DON ALPHONSO: LIQUIDE

DON ALPHONSO

LIQUIDE

Der finale Dotcomtod-Roman,
worin drei Helden ausziehen,

um den Reichen & Mächtigen
der New Economy zu nehmen,

und um einem noch
Reicheren wiederzugeben,

abzüglich einer kleinen
Provision für Heldentaten,

nebst den üblichen Spesen für
Sex, Drogen & Luxus.

Verlegt zu Berlin bei
Schwarzkopf & Schwarzkopf

Für die Toten: Kristina, Claudia, Maja.
Für jetzt & für alle, die den Himmel stürmen,
um Gott zu stürzen.

Gegen die Ehre der Mörder.
Gegen die bestehende Ordnung.
Gegen die Propheten des Abschaums
und den Fortbestand des
Goldenen Zeitalters.

Es gibt Leute, die scheinen böse zu sein, aber wenn man sie kennt, entdeckt man, dass sie besser sind.

Sergio Leone

Dramatis Personae

Worin Auskunft gegeben wird über die mannigfaltigen Gestalten dieses Werks.

DIE HELDEN

Claudia, das Marketing:
Jung, schön & erfolgsorientiert

Peter, der Jurist:
Jung, adrett, ein netter, schüchterner Kerl

David, der Spezialist:
Jung, zynisch & immer für einen Anschlag gut

DIE VENTURE-CAPITAL-SZENE

Alex: *Reicher Medienunternehmer & Investor*

Tuchner: *Staranwalt und Erfinder des führenden VC-Netzwerks BVCN*

Klaus Kastner: *Vorerst noch dynamischer, erfolgreicher Leiter des BVCN*

DIE MEDIEN

Uta: *Junge, investigative Journalistin; eigensinnig & zielstrebig*

Die Herren in Beige und Schlammgrün:
Zwei Buffetjournalisten, deren Ziele allein Wohlleben & Lästern sind

DAZU ALS NEBENDARSTELLER

Mannigfaltige Unternehmer, CEOs, Arbeitnehmer, Praktikanten, Arbeitslose, Schnorrer, Politiker, Folterexperten, Medienvertreter, PR-Leute und, um nicht nur über problematische, korrupte oder schlichtweg miese Charaktere und Personen zu schreiben, auch einige nette Prostituierte.

ORTE DER HANDLUNG

Die traumhaft schöne Munich Area,
Tel Aviv Area und Frankfurt

Vorrede

Worin der Drucker des Buches »Liquide« der Leserschaft ein paar unverzichtbare Gedanken auf den Weg geben möchte, nebst Worten, die sicher nur zufällig einem Haftungsausschluss ähneln.

Liebe Leserschaft!

NEIN! SO NICHT!

Unkommentiert darf dieses niederträchtige Machwerk nicht erscheinen. Zu gravierend wären die Folgen für die Moral, den Geist des Unternehmertums, das Ansehen der Wirtschaft, der Medien und – des Verlegers. Der Verleger, dieser verständnisvolle Homme de Lettre, der in seiner unaussprechlichen Güte das Erscheinen dieses Buches ermöglicht hat, weilt fern von Druck- und Verlagshaus. Wenn er von seiner Pilgerfahrt wiederkehrt, muss er ein fertiges Buch vorfinden, in dem fast alles gegen seine Wünsche geraten ist. Der Autor, scheint's, hat ihn hintergangen.

Nachdem für das Einstampfen der Auflage aufgrund manch unvorhersehbarer Börsenentwicklungen die nötigen liquiden Mittel fehlen, muss es nun dennoch so auf den Markt geworfen werden. Ich möchte zum Besten des Verlegers nur kurz anmerken, dass natürlich nichts der Realität entspricht und es zu bedauern ist, dass die mannigfaltigen und völlig überflüssigen pornographischen Stellen nicht bei der Korrektur getilgt wurden. Jegliches Verständnis fehlt mir auch für die Teile des Buches, die der Verleger in einer warmherzigen Regung einem Autor einräumte, der sich hernach als gewissenloser Schuft erwiesen hat, indem er den Verleger darin nicht zu seinem Vorteil schildert.

Der Autor hat überdies, scheint mir, aus so manchem Klassiker der Literaturgeschichte das ein oder andere Röslein gepflückt; zum Glück fallen die Zitate nicht mehr unter den Urheberrechtsschutz, dieweilen die Autoren der Werke schon seit Jahrhunderten tot sind. Trotz größter Anstrengungen gelang es nicht mehr, eine Liste der Quellen anzufügen. Der Verleger wird es aber nicht an einem Materialienband fehlen lassen, der bald wohlfeil zu beziehen ist. Ansonsten bin ich mir sicher, dass Sie so gut wie alle Quellen im Programm des Verlegers finden werden, jedoch sicher nicht in den Programmen der Konkurrenz.

Sollte jetzt doch noch jemand meinen, dies arme, nur der Kunst zugetane Haus mit Klagen überziehen zu müssen, so verweise ich auf Druckort und -datum – was schon Voltaire vor der Fürsorge der heiligen Inquisition schützte, sollte auch mich und den Verleger vor den Bütteln eines idyllischen Freistaates und seiner milden, weisen Regierung bewahren.

In Druck gegeben zu Agra, Indien,
mit dem Privileg des Großmoguls,
am 18. 6. MDCCLXVI

1. Kapitel

Worin die Heldin einen Bildungsroman durchlebt, in jungen Jahren weit kommt und letztlich doch stehen bleibt.

Sie hasste es.

Es war eine traumhaft schöne Sommernacht, in einem verzauberten Wald bei Starnberg. Sie schlief mit einer erfolgreichen Celebrity der Munich Area. Sie sah gut aus; selbst das viel zu große Männerhemd wirkte an ihr wie eine Lilienblüte, die geheimste Düfte preisgab. Sie stand an ihrem schicken Cabrio und tat nichts, als mit geschlossenen Augen die herrliche Luft Oberbayerns einzuatmen. Ihre Zukunft war gesichert, und einem Leben in Erfolg und Luxus stand nichts mehr im Weg. Eine Success Story. Sie hasste alles.

Es war das, was sie sich schon immer erträumt hatte. Sie wollte weg von ihren katholischen Eltern, von dem Haus in einer billigen Vorstadt von Frankfurt, mit den billigen Farbdrucken an den Wänden über der rustikalen Sitzgarnitur. Sie wollte leben, genießen wie die Banker und Agenturmenschen in den Glasburgen der City. Wenn Schulstunden ausfielen, ging sie in die teuren Cafés und sah gestylten Menschen beim Frühstück zu. Sie imitierte ihren Wortschatz, ihr Verhalten, den Stil bis ins Detail. In der Schule galt sie als frigide Schnepfe und Streberin. Sie arbeitete zäh an ihrem Erfolg.

Der Lohn war ein ausgezeichnetes Abitur. Sie bewarb sich für das BWL-Studium an einer Elite-Hochschule, die Katholische Universität in Ingolstadt, weit weg von zu Hause. Ihre Eltern erlaubten es. Der Pfarrer hatte ihnen versichert, dass sie dort im Studentenwohnheim gut aufgehoben sei. Die Kirche sei gleich nebenan, und es gäbe einen katholischen Hochschulbund.

360 Bewerber wurden zu Auswahlgesprächen für 180 Elite-Studienplätze eingeladen. Es ging zu wie auf einer Modenschau. Überall wurde geprahlt: mit Praktika, mit Beziehungen, mit der

Firma des Vaters. Sie hatte nichts. Sie saß mit ihren Unterlagen da, zupfte an ihrem Rock und kämpfte gegen die Verzweiflung an. Es musste klappen. Wenn sie nicht genommen wurde, musste sie in Frankfurt studieren. Wenn sie leben wollte, mussten die anderen um sie herum weg. Am Ende des Auswahlgesprächs fragte sie der Professor, was sie tun würde, falls man sie nicht nehmen würde. Sie sagte: Ich bin nicht hier, um zu verlieren.

Sie wurde genommen. Sie lernte viel über Marketing, Werbung und Relationship, in Theorie und Praxis. Sie lernte, dass sie Männer als Karriereleiter benutzen konnte, dass Intelligenz wenig gefragt ist und dass der Spaß im Bett zu kurz kommt. Nach vier Jahren war sie mit dem Studium fertig und bewarb sich erfolgreich an der Bayerischen Akademie für Werbung und Marketing.

Auf dem Abschlussball ihres Akademiejahrgangs bekam sie ein glänzendes Diplom und Kontakt zu einem Herrn Tuchner, dessen Anwaltskanzlei ein New-Economy-Netzwerk mitentwickelt hatte. Eine Woche später stellte sie sich dort vor. Sie wurde sofort als Marketing-Chefin des Bavarian Venture Capital Network BVCN eingestellt. Der Executive Director des Networks, Klaus Kastner, nahm sie ziemlich selbstverständlich als Geliebte.

Claudia hasste es.

Sie mochte Klaus nicht, und sie hasste Sex mit Klaus. Klaus war von sich restlos überzeugt. Er wollte ficken, aber vor allem Bewunderung. Sie hatte keine Lust auf ihn: wegen seines Bauchansatzes, seiner lichten schmutzigblonden Haare und seiner käsigen Haut. Aber Klaus Kastner hatte andere Assets; er galt als der eigentliche Schöpfer und das Mastermind des BVCN, der großen Geldvermehrungsmaschine der Munich Area. Es gab nichts, was er nicht finanzieren, verkaufen und an die Börse bringen könnte.

Sie hatte sich seine Geschichten fünfmal beim Essen anhören müssen. In ihrem Glasbeton-Büro an der Dachauer Straße wartete unterdessen ein Wust von unerledigtem Papierkram. Ihre übereilt gefeuerte Vorgängerin hatte sich nicht die Mühe gemacht, irgendetwas aufzuräumen. Die Sekretärin hatte bereits vier andere Marketing-Geliebte von Klaus kommen und gehen sehen. Sie machte aus ihrem Wissen keinen Hehl und betrachtete Claudia als vorübergehende Erscheinung.

Der Arbeitstag dauerte bis in die Nacht. Sie hatte Klaus zu einem Essen mit einem Geschäftspartner zu begleiten. Der Abend in einem Restaurant am Starnberger See wurde grauenhaft. Klaus hatte einen Zahnarzt eingeladen, um ihm sein neues Lieblingsprojekt vorzustellen; ein B2B-Portal für Zahntechnik. Claudia saß daneben und langweilte sich. Sie war eine Dekoration wie der Rosmarinzweig neben den gebackenen Rotbarben. Sie stocherte im Essen, lächelte und hatte nichts beizutragen. Klaus und der Zahnarzt sprachen über Porsche-Aktien und diskutierten, wie man in der Schweiz liegende Gelder in Deutschland ohne lästige Steuern investiert. Gegen Mitternacht war man sich einig, das B2B-Portal bekam das Investment, und Klaus nahm Claudia noch mit in seine Bootshütte. Claudia brauchte sich noch nicht mal auszuziehen. Er war brutal, rücksichtslos und selbstfixiert. Zum ersten Mal in ihrem Leben fühlte sich Claudia im Wortsinn missbraucht. Eine lebendige Wichsvorlage.

Klaus wollte kein gemeinsames Frühstück. Nur eine kurze Dusche wollte er ihr zugestehen. Nichts wie raus hier, dachte sie sich, und stopfte ihr versautes Top in eine Tüte. Es tat ihr um den ruinierten schwarzen Stoff Leid. Sie borgte ein Hemd von Klaus und trug Obsession von Klein auf. Als sie das Bootshaus verließ, telefonierte Klaus schon wieder gestenreich. Er winkte sie aus dem Bootshaus, wie ein Polizist den Verkehr an einer Unfallstelle vorbeiwinkt. Um ein Uhr morgens startete sie ihren kleinen, offenen Punto. 20 Minuten später, zwischen Starnberg und Gauting, ging der Sprit aus. Das Cabrio rollte noch eine Weile, und Claudia steuerte eine große Parkbucht auf der gegenüberliegenden Straßenseite an. Wie immer in solchen Fällen war der Reservekanister leer. Das Handy hatte sie beim hastigen Aufbruch bei Klaus liegen lassen.

Plötzlich bekam sie einen unbeherrschbaren Wutanfall und trat die Fahrertür zu. Ihre dünnen Ferre-Sandaletten boten kaum Schutz. Der Schmerz drang in ihren Kopf und durchbrach die dünne Wand aus Koks, die ihre Psyche vor der Personality ihres Lovers geschützt hatte. Claudia hielt sich an einem großen Felsblock fest, der neben dem Wagen stand. An dem Stein war eine

Inschrift in abstehenden Metallbuchstaben angebracht, und die Kühle des Metalls lenkte etwas vom Schmerz ab. Claudia biss die Zähne zusammen. Im Autoradio sang Sophie Ellis-Baxter »If this ain't love«.

Nach einer Weile kam ein Wagen aus Richtung Starnberg angerast, schlitterte in die Kurve, fing sich wieder. Die Insassen kreischten vor Angst und Vergnügen, bevor der Wagen die nächste Kurve mit viel zu hoher Geschwindigkeit nahm. Langsam verlor sich das Quietschen der Reifen in den Tannenwäldern vor Gauting.

Sie war 26. Sie war immer elegant angezogen, hatte eine gute
Ausbildung, einen schicken Wagen, einen tollen Job mit
10.000 DM Anfangsgehalt, einen mächtigen Mann
als Lover und grüne Augen, ein Grün, das
manche für einen Ausdruck von
Intelligenz halten.
Sie hasste
es.

2. Kapitel

Worin ein Held weder bekommt noch behält, was er will, jedoch zumindest eine gute Tat vollbringt.

Einen Moment schien es, das Zelt würde sich der Schwerkraft widersetzen können. Nur zwei Beine standen noch auf dem Steg, der Rest hing frei schwebend über dem Wasser. Dann kippte das Zelt langsam um und verschwand bis zum Dach im See.

Es war ein großes Zelt. Die Agentur Si2Consult hatte es als VIP-Zelt für das Sommerfest am Starnberger See gemietet, mitsamt vier anderen Zelten für das gewöhnliche Publikum und die Mitarbeiter, 40 Personen für das Catering, einem Yachthafen und einem Limousinenservice für die Betrunkenen. Si2Consult war in diesen Tagen des Sommers 2001 eine der letzten Companies in München, die sich noch eine klassische New-Economy-Party leisten konnten.

Ein halbes Jahr zuvor hatte Si2Consult mit dem Abbau eines Drittels der Human Ressources negative Schlagzeilen gemacht. Damals war das Entsetzen im zuständigen Ministerium groß, denn ein mit mehreren Millionen gefördertes Prestigeprojekt der Munich Area drohte vor die Hunde zu gehen. Doch im Februar 2001 hatte ein schwerfälliger Staatsbetrieb plötzlich immensen Beratungsbedarf festgestellt, und Si2Consult wurde engagiert. Seitdem konnte man bei Si2Consult wieder über den Rest der krisengeschüttelten Republik lachen. Die Spitzen der Politik, die während der tristen Weihnachtsfeier 2000 leider unvermutet absagen mussten, waren jetzt wieder da. Zwischen Entenleberpastete und Hummer in Lachsschinken erschienen die Krisenszenarien des letzten Herbstes irreal, und die Silberleuchter warfen ein warmes Licht auf angeregte, glückliche Gesprächsrunden.

Zu fortgeschrittener Stunde wurden die als Servierpersonal angeheuerten Studentinnen immer mehr belästigt, teils aus schierer Lust an der Schikane, teils aus den üblichen sexuellen

Motiven. Gegen Mitternacht waren der Sekt und die Spirituosen ausgegangen. Die Nachricht wurde mit Empörung aufgenommen. Es war nicht die Schuld des Caterings; niemand hätte mit dem enormen Alkoholkonsum rechnen können. Aber, so ein angeheiterter Regionalpolitiker, Strafe muss sein, und so warfen die VIPs das Zelt in den See, sehr zum Gaudium der meisten Anwesenden.

Peter konnte darüber nicht lachen. Eigentlich konnte er schon seit Wochen nicht mehr lachen. Damals erfuhr er die Ergebnisse im zweiten Staatsexamen der Rechtswissenschaften. Mit 4,00 Punkten gehörte er zu den Schlechtesten seines Jahrgangs. Nach einem Studienabbruch in Kunstgeschichte und sieben Jahren Jura war das der traurige Tiefpunkt einer ungewollten Laufbahn. Die Jobsuche wurde ein Debakel. Zur Entlastung der Kanzleien bekam er seit Wochen alle Bewerbungen zurückgeschickt. Keine Chance mit diesen Noten, meinte das Arbeitsamt.

Peter hatte Jura studiert, weil ihm alle sagten, er hätte mit Kunstgeschichte keine Chance. Er verließ auf Druck seiner Eltern die Paradiesvögel in den schöngeistigen Instituten und quälte sich durch Seminare und Repetitorien. Während des gesamten Studiums ließ er sich von Gundi, seiner Freundin, antreiben. Er hatte sie im ersten Semester kennen gelernt und sich an sie gewöhnt, wie man sich an einen Holzstuhl im Seminarraum gewöhnt. Ohne sie hätte er eine Buchhandelslehre begonnen. Kurz vor dem ersten Staatsexamen nahm er ein Freisemester. Danach lernte er nicht mehr mit Gundi und wurde zusehends schlechter.

Sie schaffte ein Prädikatsexamen. Si2Consult nahm sie mit Handkuss. Dort lernte sie den Abteilungsleiter Controlling kennen und beendete die Beziehung mit Peter. Dass er jetzt trotzdem bei Si2Consult eingeladen war, verdankte er den Resten von Gundis Fürsorge. Sie hatte ihn mitgeschleift, damit er einflussreiche Leute kennen lernte – oder zumindest jemanden, der irgendetwas für ihn hätte, und sei es nur, einen Vertrag auf Rechtschreibfehler zu korrigieren.

Für Peter wurde der Abend zur Tortur. Gundi stellte ihn einem Personalberater namens Paul vor, aber der wimmelte ihn ab. Alle Anwesenden waren etwas, hatten Visitenkarten und Visionen. Peter hatte nichts. Er konnte nicht angeben. Er konnte sich nicht betrinken. Er konnte in diesem Ambiente noch nicht mal kiffen. Ein paar Schritte weiter saßen zwei Männer mit blasierten Gesichtszügen und übertrieben edlen Anzügen in Beige und Schlammgrün; die Sorte Mensch, die ein paar tausend Mark für Koks verpulvert und die Nase rümpft, wenn sich jemand eine selbstgedrehte Zigarette anzündet.

Gegen 1.10 Uhr rempelte ihn ein lichtblondes Mädchen mit glasigen Augen an. Sie war auf eine kränkliche Art zart, wie eine zierliche, verirrte Nymphe aus den Wäldern, die sich gleich hinter dem Yachthafen in der Finsternis verloren. Sie konnte kaum Zwanzig sein. Offensichtlich war sie nicht mehr in der Lage zu gehen, aber ein kräftiger Mann mit einem derben Gesicht zog sie voran. Was er so schaue, raunzte der Mann Peter an, eindeutig betrunken. Peter trat zur Seite. Unverständliche Beschimpfungen murmelnd zog der Mann das Mädchen weiter, wie ein Satyr auf den Stichen von Carracci, der die Nymphe zum Auspeitschen führt.

Peter konnte sich das weitere Schicksal der Nymphe vorstellen. Nicht zwangsläufig Auspeitschen, aber auch sehr hässlich. Er hatte endgültig genug. Ohne sich von seiner Ex-Freundin zu verabschieden, machte er sich auf den Heimweg. Auf dem Parkplatz sah er, wie sich der Satyr neben der Nymphe in ein Cabrio zwängte. Die Nymphe fuhr zu schnell rückwärts, streifte einen Mercedes und drehte sich kurz um. Mit ihren verschleierten Augen sah sie Peter an, lachte, weniger wie eine Nymphe als vielmehr wie eine Frau mit zuviel Ecstasy. Dann würgte sie krachend den Gang rein und schoss auf die Straße Richtung Feldafing.

Bevor er seinen Golf startete, drehte sich Peter noch einen Joint, für nachher, wenn er über die Endmoräne nach München fuhr, dort, wo der Wald wie ein Gemälde von Altdorfer aussieht. Er wusste, dass er die Tüte brauchen würde. Seit dem Tag, an dem er seinen Traum von der Kunstgeschichte aufgegeben hatte, fühlte er die Depression im Nacken. Aber noch nie war ihm die Existenzangst so nah wie nach diesem Abend. Er hatte keine Freunde, keinen Beruf und keinen Spaß mehr. Und das Autoradio ging auch nicht mehr richtig. Die Kassette mit den Ärzten eierte. Er konnte nicht mal mitgrölen bei *Keiner hat das*

Recht, mir zu befehlen, was ich zu tun hab. Unterwegs überlegte er, ob er in dieser Samstagnacht, zur besten Zeit gewissermaßen, den Teufel anrufen und seine Seele für eine Nacht mit der Nymphe verkaufen sollte.

Aber er hatte die nötige Zauberformel vergessen, die ihm vor langer Zeit jemand vorgelesen hatte. Es war eine lange Litanei mit dem Spruch »O Satan mein Erbarmen«, und dann noch etwas mit »Elend«. Er bekam es nicht mehr zusammen, und er wollte sich auch nicht erinnern. Sein vergangenes Leben erschien ihm wie ein Sumpf voller vertaner Chancen. Die Strecke über die Endmoräne hinter Starnberg war kurvenreich, und er konzentrierte sich auf die Straße.

Hinter einer Kurve leuchtete das Gelb einer Warnblinkanlage auf. Peter bremste ab. Als er näher kam, sah er ein Cabrio am linken Fahrbahnrand. Die Nymphe hat's zerbröselt, dachte sich Peter und hielt an. Er hatte einen Moment gehofft, den Industriellen-Satyr zu sehen, nach einer Flugreise durch die Windschutzscheibe und mit ausgekotztem Gehirn. Vergeblich. Statt der Nymphe stand eine andere Frau am Wagen. Peter stieg aus.

»Kann ich Ihnen helfen?«

»Mein Tank ist leer. Haben Sie vielleicht einen Reservekanister Benzin dabei?«

Peter sah die Frau an. Sie war dunkelblond, ein bisschen derangiert und trug ein viel zu großes Männerhemd. Das Hemd war weit geöffnet und gab der Frau etwas surreal Erotisches. Eine Wucht. Mindestens so gut wie die Nymphe.

Und sie roch selbst aus zwei Metern Entfernung atemberaubend gut.

»Wie immer in solchen Fällen ist der Reservekanister leer«, log Peter. »Aber wenn Sie wollen, kann ich Sie nach Gauting zur nächsten S-Bahn-Station bringen. Oder wir fahren zu einer Tankstelle. Oder ich fahre Sie nach München.«

»Das wäre sehr nett, vielen Dank. Ich bin gerade gestolpert, und ich weiß noch nicht mal, ob ich noch fahren kann.«

»Schlimm?«

»Meine Zehen brennen wie Feuer«, sagte sie und humpelte langsam, aber in ihrer Hilfsbedürftigkeit graziös zur Beifahrertür, die Peter aufhielt. »Könnten Sie mein Cabrio schließen?«

Seltsam, dachte sich Peter, als er wieder im Auto saß, nur ein paar Tropfen Parfum auf einer Frau sind besser als ein Joint. Er ist ja ganz nett, dachte sich die Frau, aber sicher nur irgendein Langzeitstudent, bei der Karre. Aber hübsch verstrubbelt.

Sie fuhren schweigsam durch die kühle Nacht, glücklich über die Stille und froh, einen Menschen neben sich zu haben, der nichts forderte, nichts sprach und einfach nur da war. Erst hinter der Stadtgrenze von München erzählten sie ein paar Belanglosigkeiten über sich.

Nachdem Peter die Frau zu ihrem Apartmenthaus nach Schwabing gebracht und sie dort bis zur Tür gestützt hatte, gab sie ihm ihre Visitenkarte und notierte sich seine Telefonnummer. Er ahnte, dass er sie nie wieder sehen würde.

Bei ihrem Arbeitgeber BVCN hatte er sich auch vergebens
beworben, und sie sah nicht so aus, als ob sie
sich mit Losern abgeben würde.
Sein Auto roch noch zwei
Tage nach dieser
Claudia.

3. Kapitel

Worin ein anderer Held Schlechtes mit Schlechtem vergilt, wobei es ihm schlecht geht.

»Hi Unionista«, tippte er mit zwei Fingern in die Tastatur, »Tuchner bereitet Kündigungen für siebzig *Blu4-Medias* vor. Blutbad Montag. David.«

Neben seinem Bildschirm lagen ein paar Dutzend grünweiße Dinger, wie verstreute Gummibärchen oder verendete Käfer. Davids Sichtweise der Dinger schwankte mit seinem Gemütszustand. Grad eben war der Zustand schlecht, denn seine blonde Nachbarin war nach Hause gekommen und hatte offensichtlich jemanden dabei. Seit einer halben Stunde konnte er ihr schrilles Lachen hören. David hielt vergeblich mit Musik von Bohren und der Club of Gore dagegen. Um 2.38 Uhr nahm er das erste grünweiße Ding. Es tat ihm gut.

Seit drei Wochen hatte er sich mit dem Internet-Portal von Blu4 Media herumgeschlagen. Schuld war wie bei den meisten größeren Katastrophen seines Daseins seine Schwester. Sie hatte ihm einen Usability-Report über das Portal zugeschanzt. Blu4 Media hatte über ein Jahr hundert Leute an dem Projekt arbeiten lassen. Es gab absolute Geheimhaltung, wegen der Konkurrenten. Es gab Ad-hoc-Meldungen, dass das innovative Infotainment-Portal bald viel Geld in die Kassen von Blu4 Media und den Aktionären spülen würde. Der Launch hatte sich viermal verzögert, und zuletzt war der Chef und Mehrheitsaktionär von Blu4 Media doch etwas unsicher geworden. Unschöne Gerüchte über das Pushen der Blu4-Aktie machten die Runde; Aktionärsschützer dachten laut über Anzeigen und Klagen nach.

Der Chef von Blu4 Media besprach den Fall mit seinen Anwälten. Er war ein guter Kunde in der Kanzlei Tuchner. Man hatte seinen Börsengang begleitet und gut verdient. Der Chef erhielt volle Aufmerksamkeit. Tuchner bestellte den Jaguar, einen Börsenprofi und eine IT-Anwältin.

Vom kalten, postkonstruktivistischen Marmorpalast der Kanzlei an der Dachauer Straße waren es nur ein paar Kilometer über den Mittleren Ring in eine andere Welt: Der Besprechungsraum von Blu4 Media war ein buntes Durcheinander von schiefen Wänden, Aquarien und Möbeln, denen man beim besten Willen ihren enormen Preis nicht ansah. Draußen im Garten vor der ehemaligen Metallgießerei war der große Pool. Jetzt, da der Frühsommer den ersten heißen Tagen wich, planschte darin eine Unit präventiv gegen den Büroschlaf.

Drinnen war die Stimmung unterkühlt. Tuchner und seine Leute hörten für 3541,20 Mark pro Stunde geduldig den Sorgen und Nöten des Chefs zu. Der Beamer warf die Entwürfe für das Portal an eine Leinwand: drehende blaugrüne Kreise, violette Rechtecke und dazwischen wabernde Buchstaben. Ein Portal, das nie gleich aussehen sollte. Der Chef trug die Situation seines Portals in einer Mischung aus Unsicherheit und rosa Zuversicht vor. Die Juristen sagten und verstanden nichts.

Tuchner schickte die IT-Expertin Edith Rotberg ins Feuer. Der Chef der Agentur hatte nichts gesagt, woraus man irgendwelche konkreten juristischen Schlüsse ziehen konnte; nur die üblichen Floskeln der New Economy, um seine Unsicherheit zu verbergen. Edith hatte den brennenden Wunsch, dem Chef jede seiner Phrasen wieder in den Rachen zurückzustopfen. Dass dieser Idiot einfach so über ihre Zeit zu verfügen wagte, machte sie rasend.

»Wenn ich Ihnen – erstmal jenseits aller juristischen Fragen – einen Rat geben darf«, Edith legte eine Kunstpause für ein gewinnendes Lächeln ein, »ich denke, Sie haben das Portal aus guten Gründen geheim gehalten. Die Konkurrenz schläft nicht. Aber es scheint, dass in der Abgeschlossenheit ein nicht wirklich marktreifes Produkt entstanden ist.« Tuchner starrte seine IT-Expertin wütend an. So behandelt man keine Mandanten. Der Chef von Blu4 Media war im Gesicht rötlich angelaufen; die wabernden Dreiecke an der Leinwand waren inzwischen wieder rund und gallegelb geworden, mit einem Stich ins Kotztütenblau.

Edith wusste, dass sie jetzt den Bogen schaffen musste. »Die Klagedrohungen wegen der Ad Hocs sollten wir besprechen, wenn es klare unternehmerische Vorgaben gibt. Warum lassen Sie das Projekt nicht von jemandem prüfen? Nicht von Ihren eigenen Leuten, sondern von jemandem mit Sachverstand, der wirklich unabhängig ist. Dann können wir eine Abwehrstrategie entwickeln.«

Hier wurden Kompetenzen in Frage gestellt. Der Chef, der bei Blu4 Media eine gottgleiche Stellung innehatte, reagierte mit den letzten Reserven seiner Selbstbeherrschung. »Das Portal ist nicht marktreif? Sie können das beurteilen?«

Edith setzte alles auf eine Karte: »Schauen Sie sich das doch bitte einmal unvoreingenommen an.« Das Portal an der Leinwand hatte sich inzwischen in eine zartgrüne Steppe verwandelt, mit braunen Flecken, die entfernt an Kuhfladen erinnerten. Die Mutationen liefen nicht mehr flüssig ab. Der Chef drehte sich um und stieß dabei an die Maus. Der Cursor zuckte, und dann blieb alles stehen. Die Kuhfladen erstarrten endgültig, und der Hintergrund verharrte in fiesem Signalgrün.

Der Assistent des Chefs versuchte die Situation zu retten. »Im Bereich Flash ist die Programmierung noch ...« Das System stürzte ab. Ein blauer Bildschirm mit Fehlermeldung erlöste die Augen der Anwesenden vom psychedelischen Farbenrausch.

Der Chef schaltete den Laptop aus. Die Fehlermeldung erlosch. »Okay. Es ist alles da drauf. Beschaffen Sie jemanden, der das Ganze überprüft. Alles. Aber bitte jemanden, der das Projekt geheim hält. Keine Berater von irgendwelchen Netzwerken. Und ich bin der Einzige, der den Bericht zu sehen bekommt. Dann entscheide ich.« Damit war die Audienz beendet. Der Chef ging in den großen Pool mit seinen Praktikantinnen schwimmen.

»Und wem sollen wir das jetzt geben?«, fragte Tuchner verärgert, als die Anwälte in einer stinkenden Blechschlange vor dem Mittleren Ring stecken geblieben waren.

»Und wenn wir es doch einem unserer Berater geben? Er muss es ja nicht unbedingt mitbekommen. Fragen wir doch Klaus. Der hat sicher jemanden im Netzwerk.«

Tuchner hielt es nicht für nötig, auf den Vorschlag des Börsenprofis zu reagieren. Plumpe Betrügereien waren nicht sein Stil.

»Ich kenne jemanden, der das machen könnte«, nutzte Edith den Moment, in dem sich ihr Chef über den Börsenprofi ärgerte. »Ein Freelancer. Und vertrauenswürdig. Er ist Usability-Spezialist, Benutzerführung, Navigation. Abhängigkeit von Sitedesign und Marktchancen. Und er ist in der Szene nicht beliebt. Keiner, der mal eben für Sex auf dem Klo interne Geheimnisse verraten würde.«

Jeder im Wagen, sogar der Chauffeur, verstand die Anspielung. Vor elf Monaten hatte es eine bedauerliche Panne gegeben. Ein Junganwalt hatte bei einer Party von den wahren Unternehmenszahlen eines geplanten Börsengangs erzählt. Die Frau, der er seine Erkenntnisse ins Ohr gestöhnt hatte, verkaufte die Story an eine große Wochenzeitung. Daraufhin wäre der Börsengang beinahe gescheitert.

»Und wer ist dieser Spezialist?«

»Mein Bruder.«

Der Bruder hieß David und hatte keine andere Möglichkeit als anzunehmen. Er liebte es, Webseiten zu verreißen. Er sah sich die Entwürfe auf dem Laptop gewissenhaft an und schrieb 35 vergnüglich formulierte Seiten über das Portal, ohne sich über die Folgen Gedanken zu machen. Als kleinen Trost verglich er das Portal auf den letzten sechs Seiten mit anderen hirnrissigen Projekten der Munich Area. Der Chef sollte sich nicht als der einzige Idiot fühlen. Es war ein voller Erfolg. Vor drei Tagen hatte David den Bericht abgegeben, und seit 24 Stunden beschäftigte sich eine Abteilung bei Tuchner, die – laut Auftrag – Freistellung für die meisten Projektbeteiligten zu koordinieren.

David konnte den Laptop behalten. Er bekam den vorab vereinbarten Lohn, andere nicht. Blu4 Media dachte nicht im Traum daran, sich an die gesetzlich üblichen Abfindungen und Lohnfortzahlungen zu halten, in der Hoffnung, dass die Mitarbeiter es einfach akzeptieren würden. Die SMS an die Gewerkschaft war da nur ein wenig ausgleichende Ungerechtigkeit. Die Gewerkschaft würde sich bei den Gefeuerten anbiedern, Aktionismus verbreiten und dem Chef ein paar Monatslöhne aus dem Kreuz leiern.

»Ihre SMS wurde gesendet«, stand auf dem Bildschirm. David dachte nach. Eigentlich sollte man die Story der Presse stecken. Nicht die Story mit den Kündigungen, die war normal. Die wirklich witzige Story hatte er beim Schnüffeln in den anderen Dateien gefunden; auf dem Laptop gab es weitere Projekte und Teile der Finanzplanung von Blu4. Die Schreiberlinge der New Economy würden das nie bringen, aber er konnte der Reporterin einer alternativen Tageszeitung etwas erzählen. Seiner Ex.

Die Buchführung bei Blu4 Media war ein guter Grund, um selbst jetzt, um 3.00 Uhr, bei seiner Ex anzurufen. David steckte einen grünweißen Gummibären in den Mund und tippte ihre Nummer ins Telefon. Er war aufgeregt; er wusste, dass es falsch war, aber die Sucht nach dem Flug auf dem Racheengel war stärker. Wenn Bettina das Material veröffentlichte, wurde es für die Menschen bei Blu4 die Hölle. Er würde ihren Sturz in den Abgrund begleiten, ein phantastischer Trip in die Schwärze der New Economy, und würden auch Tausende neben ihm fallen, so hatte er etwas, das ihn schützte. Er war schnell, zu schnell, um wie die anderen im Downturn der Munich Area zu verglühen.

Seine Anspannung war umsonst. Bettina ging nicht ran. Stattdessen hörte er immer wieder das irre Gekicher seiner Nachbarin. Er hasste Blondinen, aber selten hasste er sie so wie in diesem Moment.

David legte nach fünf Minuten auf. Es wäre eine Win-Win-Situation gewesen. Bettina hätte eine gute Story bringen können, und er hätte sich schief gelacht. Sie wären essen gegangen, und er hätte sich geschworen, nichts mit ihr anzustellen.

Er schluckte noch eine von den grünweißen Käferleichen. Es war schon die dritte an diesem noch jungen Shabbes-Morgen in der Munich Area. Er legte sich auf den Rücken und versuchte, sich ganz auf die Musik von Bohren und der Club of Gore zu konzentrieren. Um ihn herum versank sein Leben im Chaos.

4. Kapitel

Worin sich zwei Journalisten über das werte Befinden und über die Voraussetzungen für effektive Berichterstattung unterhalten, nebst der Verwandlung einer Kellnerin.

Der Boden war übersät mit leeren Flaschen, Essensresten und zum Ausgang hin mit Si2Consult-Werbematerial. Die Marketing-Abteilung hatte jedem VIP-Besucher einen Laptop-Case voller Broschüren gegeben, für die sich natürlich niemand interessierte. Um 3.05 Uhr ging der Party im Yachthafen die Luft aus. Das Gegröle der Betrunkenen war leiserem Stammeln gewichen; nur hin und wieder kam vom Waldrand ein kurzes, kräftiges Würgen. Zwei junge Männer versanken einander gegenüber in ihren Armstühlen, der eine in beigem Anzug, der andere in einem schlammgrünen Dreiteiler. Mit ihrer korrekten Art wirkten sie in der sie umgebenden Orgie leicht unpassend. Ihre Unterhaltung war leise, gedämpft, nur selten von einem freundlichen Lachen unterbrochen.

»Ist mir schlecht«, sagte der Herr in Beige und blickte nachdenklich in sein leeres Weinglas.

»Das liegt diesmal nicht an der Qualität der einzelnen Spirituosen, nur an der durch Mangel bedingten Mischung«, meinte der Herr in Schlammgrün. »Aber wenn es dich tröstet, Thilo: Mir ist auch schlecht, und ich muss trotzdem heute noch was über diesen Event schreiben.«

»Aber was soll man denn bringen? Dass eine Horde betrunkener Honoratioren ein Festzelt in den See geworfen hat? Könnte ich bitte noch einen Café Coretto haben?«, unterbrach sich der Herr in Beige, als eine Kellnerin in seiner Nähe vorbeischwebte. »Dass die Ansprachen der Manager von Si2Invest zum Einschlafen waren? Ehrlich, Alphonso: Hast du begriffen, was die uns erzählt haben?«

»Es heißt Si2Consult.«

»Wirklich? Da siehst du, ich bin tatsächlich eingeschlafen. Es ist ohnehin immer das Gleiche, die gleichen Phrasen, die gleichen Leute, die gleichen Abläufe, und am Ende ist mir immer gleich schlecht.«

»Kein Mitleid. Du weißt ganz genau, dass die ewigen Häppchen und der viele Alkohol auf Dauer nicht gut tun.«

»Es ist nicht meine Schuld, wenn es hier von sechs bis acht nichts zu essen gibt! Irgendetwas muss ich zu mir nehmen!«

»Irgendetwas heißt nicht zwangsweise zwei Prosecco und fünf Gläser Wein.«

»Zumindest für uns Presse hätte man bei den Häppchen eine Ausnahme machen sollen. Ich weiß gar nicht, wann ich das letzte Mal auf die Eröffnung des Buffets durch so einen Politiker gewartet habe. Diesmal habe ich mir das Essen sauer verdient, ach was, erlitten. Das nächste Mal kommen wir erst nach den Reden. Danke«, lächelte er die adrette Kellnerin an, die nur für ihn einen Coretto gebracht hatte.

Der Herr in Schlammgrün schob ein paar großbürgerliche Regungen in Bezug auf das Personal beiseite und sagte: »Allerdings war die Betreuung heute exzellent – ich muss mich bei Ihnen und Ihren Kolleginnen ausdrücklich bedanken.«

»Bitte. Ich werde es weitergeben«, lächelte die als Kellnerin herausgeputzte Studentin, die ihren ersten Abend mit der New Economy durchlitt. Es war das erste freundliche Wort, das sie zu hören bekam, nach zehn Stunden Plackerei zwischen gieri gen Aasgeiern, die ihr die Tabletts aus der Hand gerissen hatten, nach den Pöbeleien und den Beschwerden wegen der Weintemperatur. Sie wollte am nächsten Tag für ihre Zwischenprüfung lernen, aber nach der Strapaze würde sie nur schlafen.

»Darf ich Sie etwas fragen?«, hakte der Mann in Schlammgrün nach. »Sehen Sie, ich muss über dieses Inferno berichten. Was mich interessieren würde: Wie empfanden Sie das hier?«

»Ich? Warum?«

»Weil Sie wahrscheinlich im Hauptberuf eine aufgeweckte junge Frau sind, die über diesen Irrsinn hier nachdenkt, und weil Ihre Perspektive für meine Leser neu und ungewohnt ist.«

»Aber ich verstehe nichts von Consulting.«

»Natürlich nicht!«, ereiferte sich der Herr in Beige, »niemand versteht hier etwas von Consulting! Die Leute kommen doch nur hierher, um Besteck zu klauen« – er zog zum Beweis einen Satz aus seiner Sakkotasche – »und unschuldigen Menschen wie Ihnen und uns die Laune zu verderben.«

»Sie würden mir wirklich sehr helfen.«

»Es bleibt anonym?«

»Natürlich. Thilo, kannst du noch eine Sitzgelegenheit besorgen?« Der Herr in Beige erhob sich trotz seines Alkoholpegels mit erstaunlicher Behändigkeit und offerierte einen weiteren Stuhl.

»Und jetzt erzählen Sie mal.«

Es brach aus ihr heraus. Sie hatte es stundenlang in sich hineingefressen, sie hatte sich demütigen lassen, sie hatte nett gelächelt, während man sie wie den letzten Dreck behandelt hatte. Sie erzählte alles; danach fühlte sie sich nur noch leer.

»Vielen Dank«, sagte der Herr in Beige, »so deutlich bekommt man das leider viel zu selten zu hören.«

»Wollen Sie das wirklich schreiben?«

»Natürlich!«

»Kann ich das irgendwo lesen?«

»Gerne. Es ist montags online. Bitte«, der Herr in Schlammgrün gab ihr seine Visitenkarte. »Und lassen Sie sich nicht von dem Pöbel runterziehen. Es ist einfach gesagt, aber menschlich waren Sie die einzig erfreuliche Entdeckung des Abends, Frau ...«

»Buchart. Julia Buchart. Und Sie sind ...«

»Wir sind die zynischen Säcke, die über die New Economy aus der Häppchenperspektive berichten und die trotz der Verrisse weiterhin eingeladen werden – warum, verstehen wir auch nicht, aber wir sind wohl in den richtigen Verteilern«, sagte der Herr in Beige und grinste böse.

»Es ist in unserem Beruf entscheidend, in den richtigen Verteilern zu sein«, sekundierte der Herr in Schlammgrün.

»Und – wie kommen Sie da rein?«

»Wir misshandeln die PR-Abteilungen. Social Engineering auf Neudeutsch.«

»Sie interessieren sich für unsere Arbeit?«

»Ich studiere Kommunikationswissenschaften.«

»Ach so. Legen Sie doch mal das Schürzchen ab, Frau Buchart – und knöpfen Sie die Bluse ein bisschen weiter auf – tun Sie es einfach, dann setzen wir Sie hier auf den Verteiler – Frau Schultz? Frau Schultz!« Der Herr in Beige rief schneidend und aggressiv. Er betonte »Schultz« wie ein SS-General, der nach seinem Adjutanten brüllt. Aus einer Gruppe löste sich eine künstliche Blondine und kam durch Müll und Unrat herübergestapft, leicht schwankend und die unfeinen Gesichtszüge durch den Alkohol entstellt. Sie setzte ein billiges Lächeln auf.

»Frau Schultz, wir haben leider vergessen, unsere neue Assistentin anzumelden. Wir haben Frau Buchart trotzdem mitgenommen – ich darf vorstellen – Julia Buchart – Gertrud Schultz. Frau Schultz, könnten Sie Frau Buchart in den Verteiler aufnehmen? Einladung an ihre Adresse – das war, Frau Buchart?«

»Elisenstraße 9, 80333 München, 34004551«, spielte die zur Assistentin mutierte Kellnerin mit.

»Am besten einfach in den üblichen Eventverteiler, sonst müssen wir das jedesmal neu beantragen«, fügte der Herr in Schlammgrün hinzu.

»Selbstverständlich.« Respektvoll gab die Blondine die Daten in ihren Handheld ein und zog sich zurück. Sie hatte den Herrn in Schlammgrün einmal bei einer Einladung zu übergehen versucht. Ein einflussreicher Politiker hatte dann nachgefragt, wieso der Sohn seines alten Freundes so unschön behandelt wurde. Seitdem sorgte sich die PR-Beauftragte Schultz rührend um jeden Wunsch dieser beiden Herren.

»So kommt man in die Verteiler«, sagte der Herr in Beige. »Und bloß kein schlechtes Gewissen, wenn Sie mal eine Flasche Champagner mitnehmen. Das setzen die alles von der Steuer ab, und wenn Sie nicht zugreifen, klaut sie ein anderer.«

»Frau Buchart, nachdem wir Sie eingeführt haben, könnten Sie uns ja eigentlich wirklich assistieren. Der nächste lohnende Event ist in einer Woche. Natürlich nur, wenn Sie wollen, wir würden uns freuen.«

»Ich überleg's mir. Lust hätte ich schon. Aber jetzt muss ich zurück zur Arbeit, sonst bekomme ich Ärger.« Sie band sich die Schürze um und zog ihre kastanienbraunen Haare straff nach hinten. »Auf Wiedersehen.«

»Lassen Sie sich nicht unterkriegen. Auf Wiedersehen.«

»Du mit deinen ewigen Kellnerinnen«, jammerte der Herr in Beige, nachdem sie in der Dunkelheit verschwunden war. »Mir ist immer noch so schlecht.«

»Und mir erst! Wenn ich mehr von dem Risotto bekommen hätte, hätte ich am Ende nicht so viel Süßes – obwohl, nein, von den Petits Fours hätte ich auch so genommen, bis ich zum Auto hätte kriechen müssen.«

»Lass uns kriechen«, sagte der Herr in Beige. »Morgen ist auch noch ein Event. War da nicht der Staatsempfang?«

»Nein. Der Staatsempfang ist erst in drei Wochen. Morgen ist Ausstellung bei den Spaniern.«

»O Gott. Die haben kein Geld. Da gibt es nur wieder so viel Wein und zu wenig Tapas.«

»Zumindest ist es ein anderes Publikum. Eher langweilig und kulturell orientiert.«

»Aber ein paar von den Schnorrern der Presse werden auch sein.«

»Manche Leute sind eben überall. Peinlich.«

»Hauptsache fressen und saufen.«

»Abschaum. Ist mir schlecht.«

»Uah. Mir aber
auch.«

5. Kapitel

Worin eine Parabel von Loyalität und Ehrlichkeit erzählt wird und zwei Mitarbeitern, die unternehmerisch handeln.

»Was ist los?«

»Ich bin's. Mir müssen sofort zu Blu4.«

»Bist du verrückt? Es ist fünf Uhr morgens!«

»Hör zu, ich hab jetzt keine Zeit für Erklärungen, also zieh dich an und fahr los.«

»He, nicht so schnell. Ist ja ganz was Neues, dass ausgerechnet du was tun willst, und noch dazu am Samstagmorgen. Die Assistentinnen sind erst am Montag wieder da, falls du das vergessen haben solltest.«

»O.K., du Schlaumeier, wenn du es genau wissen willst: Der Bericht ist schon seit ein paar Tagen fertig, und wir werden alle gefeuert.«

»Das kann nicht sein.«

»Und wie das sein kann.«

»Aber ich habe gestern noch mit dem Chef gesprochen, und der hat gesagt, der Bericht dauert sicher noch zwei Wochen, und er steht zum Projekt, ganz gleich, was der Spinner sagt.«

»Und ich war dabei, als der Anwalt da war, und der Chef hat mich danach zwei Stunden im Pool zur Sau gemacht. So habe ich ihn noch nie erlebt, und ...«

»Jetzt komm wieder auf den Teppich. Wir haben drei Wochen auf ihn eingeredet, dass es den Laden zum Platzen bringt, wenn er das Projekt einstellt. Weißt du nicht mehr? Er hat selber gesagt, dass ihn die Schlampe vom Anwalt gelinkt hat. Und der Typ, der den Bericht schreibt, ist doch nur ein Journalist auf Abwegen, ein Berufssohn. Alles easy. Und der Chef kann sich nicht verstellen. Er ist vielleicht manchmal etwas beschränkt, aber im Grunde ehrlich.«

»Das mag ja alles sein, aber Beate hat erzählt ...«

»Wie bitte? Du redest wieder mit Frau Siebengescheit, der zukünftigen Miss Gewerkschaft bei Blu4? Ich dachte, du würdest dir lieber die Zunge abbeißen.«

»Beate hat mich gerade angerufen. Jetzt. Mitten in der Nacht. Sie hat angeblich eine Insiderinformation, dass die Kündigungen schon geschrieben werden. Sie hat getobt, weil sie glaubte, ich hätte die Schuld.«

»Naja, nachdem das Projekt so danebenging ...«

»Ich glaube noch immer daran – und weißt du, warum? Weil wir die besten Köpfe haben und weil wir damit das Internet optisch revolutionieren. Das ist die Zukunft, Mann! Aber wenn der Chef tatsächlich den Schalter drückt, müssen wir handeln.«

»Ach was, Beate war immer schon schreckhaft. Weißt du noch, wie sie geflennt hat, als sie die Praktikantin geholt haben? Als ob es die erste Überdosis der Weltgeschichte gewesen wäre.«

»Bitte lass die alten Geschichten.«

»Immer noch empfindlich? Nehmen wir mal an, es stimmt: Was willst du jetzt tun? Laptops klauen? Raubkopien von Windows ziehen? Noch mal Pornosites surfen?«

»Ich muss auf jeden Fall noch mal nachschauen, welcher Laptop damals beim Anwalt dabei war. Wenn auf dem Rechner Teile der internen Buchführung waren, dann gute Nacht, und zwar für uns beide.«

»Der Chef kann uns deshalb nicht feuern. Er hängt da mit drin.«

»Haben wir dafür einen Beweis?«

»Wir waren dabei. Wir können es bezeugen.«

»He, der ist Mister Supersaubermann, und wenn's rauskommt, sind wir nur ein Projektleiter und ein Finanzchef mit schmutziger Weste.«

»Aber es würde den Kurs von Blu4 in den Keller treiben und damit den Chef wieder ein paar Dutzend Millionen kosten, und was wird dann aus seinem neuen Lamborghini? Sobald es um sein Geld geht, wird er vernünftig. Das hat schon immer funktioniert.«

»Trotzdem: Wenn am Montag die Kündigungen losgehen, sollten wir vorher noch aufräumen. Und zwar zusammen, denn nur so kommen wir an alle nötigen Daten. Und wir können danach die Verläufe wieder löschen – wenn nicht die Zugriffsrechte schon gecancelt sind.«

»Hast du schon probiert, ob du übers Internet an deine Daten kommst?«

»Ja, das geht noch. Aber wir müssen so oder so an den Finanzrechner ran. Und ja, ein paar Laptops will ich auch noch – mit ein paar Andenken an das Projekt. Von irgendwas müssen wir ja nach Blu4 leben.«

»Wenn das Portal stirbt, ist es nur noch ein Haufen wertloses Flash. Ist es eigentlich eh schon, wenn du mich fragst. Da gibt dir keiner mehr was für. Aber die Kundenprojekte sollten wir vielleicht sicherheitshalber mitnehmen, und die Kostenvoranschläge, und das Zeug.«

»Gut. Bis gleich. Und wenn's doch nicht passiert, haben wir nur ein paar Überstunden geschoben.«

»Wie immer. Die fleißigen Mitarbeiter mit ihren 14-Stunden-Arbeitstagen.«

»Hast du eigentlich deinen Anwalt schon mal gefragt,
wie die Arbeitszeiten im Knast sind?«

»Kreativ bis zum Ende.«

»Schnupf.«

6. Kapitel

Worin sich der Autor dieses Buches als gewissenloser Kopist, als Abschreiber und Faulenzer zu erkennen gibt, indem er das geistige Eigentum anderer für seine sinistren Zwecke missbraucht.

»Spinnst du? Mehr als 150 gibt's nicht!«

»Aber es ist ein Knaller. Der Knaller. Du kennst mich doch.«

»Wenn's ein echter Knaller ist, Okay«

»Blu4 wird das Portal nicht machen und am Montag 70 Leute feuern. Na? Ich sagte dir doch, dass es ein Knaller ist.«

»Wenn ich das bei E-Investor veröffentliche, brauche ich Beweise.«

»Ich habe ein paar Ausschnitte aus einem geheimen Bericht über das Portal.«

***

Von: Jörg Gruber
Kundennummer 123ND34UJG8879
An: Speed Brokers AG
So., 12.23 Uhr
Kauforder 1000 Blu4 Media Limit 19 Euro

***

So., 18.45 Uhr – von Jörg Gruber

BLU4 PORTAL VOR DEM AUS?
München. Die börsennotierte Webagentur Blu4 Media plant nach E-Investor exklusiv vorliegenden Insiderinformationen, ihr Multimediaportal vorerst nicht als Marke einzuführen.

Zum Abo-Bereich

***

Von: *CFO*
An: *CEO*
Um: *21:22 Uhr*

Hallo Chef,
ich sehe die Entwicklung mit großem Bedauern. Blu4 Media war ein Traum, an dem mitzuwirken für mich immer eine besondere Freude war. Wir hatten eine Vision, wir hatten ein Ziel, wir waren eine Gemeinschaft. Aber scheinbar hast du dich entschlossen, einen tiefgreifenden Wandel in der Unternehmenskultur einzuleiten, und da will ich nicht im Weg stehen. Ich weiß sehr wohl, was wir alles auf die Beine gestellt haben, und ich habe nicht vor, im Nachhinein schmutzige Wäsche zu waschen. Ich hoffe, wir werden demnächst in einem privaten Gespräch die Modalitäten ohne Anwälte klären können. Es wäre übrigens wünschenswert, wenn eventuell durch den Laptop nach draußen gelangte Finanzdaten sicher in den Konzern zurückkehren würden. Dein CFO
P.S.: Business Development wird sich auch bald bei dir melden.

***

OTS-Ad Hoc Blu4 Media
Mo., 9.53 Uhr

UMSTRUKTURIERUNGEN BEI BLU4 MEDIA
Der führende Internetdienstleister Blu4 Media richtet seine Online-Strategie neu aus. Im Zuge der Restrukturierung wird es kostensenkende Maßnahmen geben. Die Kernkompetenzen des Unternehmens werden in den Vordergrund gestellt. Das geplante Blu4 Portal wird vorerst nicht eingeführt.

»Im jetzigen Marktumfeld wäre das Portal leider mit hohen Anfangsverlusten verbunden«, so der Chef von Blu4 Media. »Wir sind in der Umsetzung unserer Zeit weit voraus und haben uns dadurch einen großen technologischen Vorsprung erarbeitet. Diese Kompetenz kommt anderen Projekten zugute.«

Die Vorstände für Finanzen und Business Development verlassen zum nächsten Ersten auf eigenen Wunsch das Unternehmen. Außerdem wird im Zuge der Restrukturierung mit einigen Angestellten über Freistellungsverträge oder innerbetriebliche Alternativen gesprochen. Insgesamt plant Blu4 Media Einsparungen im zweistelligen Millionenbereich im laufenden Geschäftsjahr.

***

Von: *Karl Behrend*
An: *Beate Gerling*
Um: *10:05 Uhr*

du verdammte schlampe! wenn du nicht mit dem gewerkschaftsscheiß gekommen wärst, wäre es nie soweit gekommen, du elende gschaftlhuberin. hoffentlich ist dein arsch der erste, der gegrillt wird.

***

Von: *Viola Maier*
An: *Beate Gerling*
Um: *10:06*

Was heute passiert ist sehr traurig. Ich will dir keine Vorwürfe machen, aber ich glaube, dass man ohne eine Konfrontation gegen den Chef sehr viel mehr hätte erreichen können. Aber das weißt du ja. Der Gang zur Gewerkschaft war leider ein Vertrauensbruch, und du wirst dich fragen lassen müssen, ob es das wert war.
Für mich ist es jedenfalls aus. Schade. Ich war gerne hier, und ich hatte mit dir eine sehr gute und schöne Zeit. Aber ich brauche jetzt erst mal eine Auszeit von Blu4 und auch von dir. Lass uns eine Pause einlegen und in ein paar Wochen nochmal drüber reden, ok?
Trotzdem alles Liebe, V.

***

Von: CEO
An: *Beate Gerling*
Um: *10:23 Uhr*

Liebe Beate,
wir waren in den letzten Monaten nicht immer einer Meinung, besonders, was die Rolle von Gewerkschaften und Betriebsräten angeht. Trotzdem sollst Du wissen, dass die unumgänglichen Umstrukturierungen nichts mit Deinen Aktivitäten zu tun haben. In dieser schwierigen Phase wäre es wahrscheinlich sogar gut, feste Ansprechpartner im Unternehmen zu haben – deshalb möchte ich mich nachträglich bei dir für so manches harte Wort entschuldigen.
Dass Du im Zuge der Restrukturierung selbst betroffen bist, tut mir aufrichtig Leid. Das Konzept für die Restrukturierung wurde nicht von mir, sondern von externen Spezialisten entwickelt. Ich bin aber in Deinem Fall gern bereit, eine individuelle Lösung anzustreben, die Deinen besonderen Leistungen Rechnung trägt.
Dein CEO

***

Mo., 12:54 Uhr – von Jörg Grüber

TRÄNEN IN MÜNCHEN
Erschütternde Szenen in den Räumen von Blu4 Media: Mit Tränen in den Augen gab der CEO bekannt, dass das Portalprojekt vorerst nicht weiterentwickelt wird. »Wir hatten eine Vision, wir hatten ein Ziel, und wir hatten eine Community – bitte lasst uns die Vision und die Gefühle füreinander behalten«, rief er den Beschäftigten zu. Er verstehe die Enttäuschung und wolle niemand Steine in den Weg legen, aber er wünsche sich, dass der Spirit von Blu4 erhalten bleibe. mehr

***

12:57 Uhr – Von Uta Hofmann

NEMAX AM MITTAG
Die Neuausrichtung von Blu4 Media wurde sehr wohlwollend zur Kenntnis genommen. Der Kurs schoss um 32 Prozent in die Höhe. Händler zeigten sich erfreut, dass der CEO sein Unternehmen mit fester Hand auf einen neuen Erfolgskurs bringen will. Das Ausscheiden des CFO wird ebenfalls als Pluspunkt gesehen. *mehr*

***

Von: *Chef*
An: *HR1*
Um: *16:13*

Liebe Frau Gronert,
ich darf Sie trotz der schwierigen Lage bitten, folgenden Auftrag bevorzugt zu behandeln. Bitte stornieren Sie sofort das Erholungswochenende für leitende Angestellte in Paris. Falls sich die Eventagentur weigert, versuchen Sie zumindest, die Anzahl der Reisenden auf zwei zu drücken. Bitte informieren Sie mich umgehend.
Ihr Chef

***

Von: *Chef*
An: *Verwaltung*
Um: *16:13*

Sehr geehrter Herr Pauli,
im Attachment ist eine Liste mit 72 Mitarbeitern. Bitte sperren Sie alle Zugangscodes und die Schlüsselkarten. Ausserdem brauche ich die Logfiles und eine Aufstellung aller Telefonate von Frau Beate Gerling der letzten drei Wochen.

Wie Sie wissen, scheidet der Finanzvorstand zum nächsten Ersten aus und geht bis dahin in Urlaub. Tragen Sie bitte dafür Sorge, dass er das Firmengelände nicht betritt. Sein Dienstwagen steht ihm ab sofort nicht mehr zur Verfügung. Lassen Sie den Wagen reinigen und übergeben Sie ihn an die HR-Abteilung zur weiteren Verwendung. Bitte informieren Sie mich umgehend über die Erfüllung der Aufträge.

Ihr Chef

***

Bad News Entertainment Group

BADEN GEHEN UND BADEN GEHEN LASSEN
Si2Consult konsultiert den Starnberger See

Von den Herrn in Beige und Schlammgrün

Wir hatten uns ja schon gewundert, warum bei diesem feinen Event mit solch ausgewählten Speisen niemand von Blu4 Media kam – die Webagentur bildet bekanntlich die einzige Horde, die es am Buffet mit uns Reportern aufnehmen kann. Kein Blu4-Team zu blauer Stunde am blauen See. Jetzt sind wir blau – äh schlauer: Der CEO wird vor dem Spiegel seine tränenselige Ansprache probiert haben. Die Mitarbeiter hingegen dürften den Schlaf der Gerechten geschlafen haben, denn um – wie sie – das nahende Ende nicht zu bemerken, musste man schon fast im Koma gewesen sein.

Koma ist übrigens ein gutes Stichwort für eine Rezension der Alkoholika. Derer waren so wenige, dass das Publikum sich an den Serviererinnen verging. Eines dieser engelsgleichen Geschöpfe gab uns gegenüber zu Protokoll, auf dass sich die Anwesenden schämen möchten:...

***

Von: *CFO*
An: *CEO*
Um: *17:03 Uhr*

Hallo Chef, gibt's was Neues vom Laptop? Dein Ex-CFO

***

Von: *CEO Blau Media*
An: *RAin Edith Rotberg*
Um: *17:37*

Liebe Frau Rotberg, Ihr unkonventionelles Handeln hat Blu4 Media in einer schweren Situation vor großen Schäden bewahrt. Eine unvermeidliche Entscheidung konnte so schnell und erfolgreich umgesetzt werden. Ich freue mich schon auf unsere weitere Zusammenarbeit. Ich darf Sie und eine Person Ihrer Wahl als kleines Dankeschön kommendes Wochenende nach Paris zu einer Schlemmertour mit allem Luxus einladen. Blu4 Media wird Sie über die Abflugzeiten in Kenntnis setzen.
Mit besten Grüßen
CEO Blu4 Media

***

Von: *CEO Blau Media*
An: *David Rotberg*
Um: *17:37*

Lieber David Rotberg, Ihr unkonventionelles Handeln hat Blu4 Media in einer schweren Situation vor großen Schäden bewahrt. Eine unvermeidliche Entscheidung konnte so schnell und erfolgreich umgesetzt werden. Sie werden sicher verstehen, dass Blu4 Media von Ihnen in der Sache Diskretion erwartet. Ich möchte Sie deshalb ersuchen, den zur Verfügung gestellten Laptop zurückzugeben. Sie erhalten im Gegenzug – als Bonus für Ihre Zuverlässigkeit – einen neuen Rechner.
Mit besten Grüßen
CEO Blu4 Media

***

»Hier ist Euer Bürgerfunk aus München! Es ist 18.22 Uhr, und bei mir im Studio ist jetzt Fredl Müller vom Querkopf Verlag mit einem Kommentar zu den Massenentlassungen bei der äh Werbeagentur Blue Medien. Fredl?«

»Das internationale Finanzkapital frisst seine Kinder. Sie waren ausgezogen, um mit einem Portal die selbstreduplizierende Medienwelt zu globalisieren, aber wie sagte schon Karl Marx: Die ursprüngliche Akkumulation ist unausweichlich! Die Börse, die Quelle allen Übels, bejubelt dieses Massaker, doch sie selbst wird an dem Blute der Arbeitnehmer ersticken! Vorerst nährt sich der Unternehmer von seinen Untaten. Das verblendete Weltkapital wird weiterkaufen bis zum Nahen der Weltrevolution ...«

***

»Es ist 18.27 Uhr. Hier bei uns im TV-Börsenparkett ist jetzt Ferdinand Müller vom Web-Bizz-Verlag. Herr Müller, wie beurteilen Sie die Restrukturierungen bei Blu4 Media?«

»Die Wirtschaftslage macht Konsequenzen unausweichlich. Es war natürlich eine richtige Entscheidung, sich mit einem Portal den Herausforderungen der Medienwelt zu stellen, aber im Moment ist eine Konzentration auf Kernkompetenzen der einzig mögliche Schritt. Wir sehen ja am Kurs, dass die interne Bereinigung honoriert wurde. Wichtig ist, dass Blu4 jetzt nicht zu sehr zurückfährt. Aber der CEO wird es schon machen, denn als Mehrheitsaktionär ist er der Gewinner des Tages. Ich jedenfalls kann nur sagen: Strong Buy, immer noch ein echtes Schnäppchen, aber immer auf die Unterstützungslinien achten ...«

***

Von: *CEO Blau Media*
An: *Ex-CFO*
Um: *19:37*

Lieber VOLLIDIOT! Der Laptop ist wieder da. Hat mich einen neuen Rechner gekostet. UND JETZT VERPISS DICH!
CEO Blau Media

***

um: *19:45*
hallo schatz bin erledigt kann heute nicht cu bussi dein chef
++chef.sms@blaumedia++

***

Von: *CEO*
An: *Alex*
Um: *19:53*

Hallo Alex!
Das war ein Rausch! Ein Tag mit 60 Millionen Gewinn für
mich, und das nur wegen der paar gefeuerten Luschen.
Die Börse glaubt an uns, und ich fange wieder an,
an die Börse zu glauben. Lass alles liegen, wir
gehen in die Villa! Die Story ist so end-
geil, die muss ich Dir erzählen.
Dein Blu4 Media
Gott

7. Kapitel

Worin sich eine Heldentat zum Schurkenstück verkehrt, woraus die Grundlage für neue Heldentaten entsteht

»Alex will Sie sprechen.«

»Jetzt? Um elf Uhr in der Nacht? Er soll mich doch morgen anrufen.«

Die Stimme der Sekretärin war leise und verriet Nervosität. »Er ist im Warteraum und tobt. Ich werde ihn nicht aufhalten können.«

»Er ist hier?«

»Leider.«

Tuchner fügte sich ins Unvermeidliche. »Schicken Sie ihn rein.«

Alex war der einzige Mandant, der sich diese Besuche leisten konnte. Sein Vater hatte in den fünfziger Jahren aus einem kleinen Elektrohandel einen großen Mischkonzern mit Schwerpunkt auf Elektronik und Medien gemacht. In den frühen Siebzigern wurde er von den Japanern fast in den Ruin getrieben. Mit einem Dreh, der noch jahrelang für Gesprächsstoff sorgte, war es ihm damals gelungen, die Elektroniksparte bei einer Holding in Bayern zu platzieren und sich mit Gewinn aus dem Geschäftsbereich zu verabschieden.

Tuchner hatte als aufstrebender Staranwalt die entscheidenden Kontakte zu den staatlichen Stellen geknüpft, die der aus dem hohen Norden stammende Unternehmer im Süden nicht hatte. Der Anwalt hatte geschickt verhandelt und so manches unbewegliche Glied ordentlich eingeschmiert. Der Vater von Alex hatte ihm das nie vergessen und ihn zu seinem Berater und Anwalt gemacht. Kanzlei und Konzern wurden zusammen groß. Das Geschäft brummte. Der Konzern war in Fernsehen, Radio und Print erfolgreich.

Vor vier Jahren war der Vater bei einem Empfang mit dem Gesicht voraus in die Gänseleberpastete gekippt. Tuchner war als Erster bei seinem Freund, drehte den massigen Leib um und blickte in die weit aufgerissenen Augen, die immer noch gierig zwischen brauner Pastete und einigen schwarzen Kaviarperlen hervorstarrten. Die Todesart wäre in ihrer barocken Pracht nach dem Geschmack des Vaters gewesen.

Sein Sohn war anders. Der Konzern seines Vaters war für ihn eine gut funktionierende, aber langweilige Geldmaschine. Er überlegte sich ernsthaft, ob er den Laden nicht verkaufen sollte, aber Tuchner schaffte es, ihn zum Weitermachen zu überreden. Er umgab Alex geschickt mit Kriechern, die Entscheidungen lobten, die Tuchner ihm einflüsterte. Trotzdem hatte Tuchner Angst vor Alex, denn der sah in ihm bei aller Abhängigkeit nur einen austauschbaren Rechtsverdreher. Alex und sein Konzern bedeutete mehr als ein Viertel des Umsatzes und das gesamte Renommee der Kanzlei. Wer mit Alex Geschäfte machen wollte, kam an Tuchner nicht vorbei. Hätte ihn Alex in die Hölle bestellt, Tuchner wäre ohne zu zögern gekommen. Die Tür flog auf, und Alex kam mit hochrotem Gesicht herein. Die gleiche Sache, die seinen Vater umgebracht hat, dachte Tuchner, schlechtes Blut, falsche Ernährung, ungesunder Lebensstil.

»Was soll das«, brüllte Alex los, »willst du mich ruinieren?«

Wenn sein Vater gebrüllt hatte, war das ein dunkles Donnergrollen; Alex klang eher wie ein keifender Rauhaardackel.

»Ich verstehe kein Wort. Ist was passiert?«

»Ob was passiert ist? Du schwatzt mir lauter Pleitebeteiligungen auf und machst dich darüber lustig! Das ist los! Und ich mache mich zum Gespött der Stadt!«

»Könntest du mich aufklären?«

»Ach ja, der gelackte Anwalt mal wieder. Du erinnerst dich doch an meinen Notgroschen in der Schweiz, oder? Mein auf deinen Rat gegründeter Venture-Fonds? Und an deine Super-Start-ups hier in München – he? BVCN, sagt dir das was? Zukunft Internet? Und dann erklär mir mal bitte das hier.« Alex knallte einen Ordner auf den Tisch. »Das ist doch dein Werk.«

Tuchner nahm den Ordner. *David Rotberg – Das Blu4 Portal* stand da auf dem Deckblatt.

»Ich weiß nicht, was du willst. Das ist der Bericht, den der Chef von Blu4 an einen Consultanten unseres Hauses vergeben hat. Aber das hat nichts mit dir zu tun, nur mit Blu4 Media, und das haben wir heute abgeschlossen.«

»Hast du den Bericht gelesen?«

»Nein, natürlich nicht. Der Chef von Blu4 wollte ihn geheim halten. Wir haben uns nur um die Kündigungen gekümmert.«

»Du hast nicht die letzte Seite gelesen?«

»Nein.«

»Dann lies«, brüllte Alex. »Seite 29!«

Tuchner verstand nichts. Alex hatte vor drei Jahren die Idee gehabt, seine Gelder in der Schweiz in einen Risikokapitalfonds zu stecken. Eine Beraterin hatte ihm von den Chancen des Internets vorgeschwärmt, und Tuchner kam gegen die Mischung aus Gutgläubigkeit und Gier nicht an. Er beschloss, das Beste draus zu machen. Zusammen mit Freunden aus Banken, Ministerien und Wirtschaft schmiedete er damals das Bavarian Venture Capital Network. Er ließ durchsickern, dass einer der ersten und besten Geldgeber Alex sein würde, auch wenn auf dem Papier eine diskrete Schweizer VC-Gesellschaft stehen würde. Die Idee schlug ein wie eine Bombe. Politiker, Manager und Presse machten kostenlos Werbung. Wenn Alex und Tuchner dahinter stehen würden, könnte es gar nicht schief gehen. Insgesamt hatte das BVCN etwa 1,7 Milliarden Mark in Start-ups gepumpt. Mit Klaus Kastner als Managing Director war ein Mann gefunden worden, der den Erfolg verkörperte: ein genialer Verkäufer, den Tuchner trotzdem wie einen Staubsaugervertreter behandeln konnte.

Die Sache hatte zwei Schönheitsfehler. Das BVCN hatte zu lange gezögert, die neuen Unternehmen an die Börse zu bringen. Faktisch gab es nur eine Handvoll Börsengänge, und die hatten nicht den erwarteten Geldsegen beschert – schon gar nicht für Alex, der sich bei Branchen wie Biotechnologie und Logistik zurückgehalten hatte.

Und dann war da noch die generelle Chancenlosigkeit aller Internet-Start-ups, die Alex aber verborgen blieb. Seine neuen Freunde aus der New Economy dämpften die Bedenken und sprachen von einer grandiosen Zukunft. Wenn ein Start-up platzte, redeten sie von Marktbereinigung und den verbesserten Chancen der Überlebenden. Alex grinste dazu und machte ein Geheimnis um seine Beteiligungen, in der Hoffnung, man würde ihn für die Graue Eminenz der New Economy halten.

Nur einmal waren Alex Zweifel gekommen. Er hatte die Geliebte gewechselt, und die Neue hatte bereits den Untergang eines Start-ups mitgemacht. Ihre Erzählungen machten Alex misstrauisch. Klaus und Tuchner ließen damals für viel Geld einen Round Table mit Experten aus den USA einrichten, um ihn zu beruhigen. Acht erfahrene Gründer erzählten Success Stories von Geschäftsideen, die Alex' Investments ziemlich ähnlich waren, amüsierten sich eine Woche auf Kosten des BVCN in Davos und fuhren heim. Als Alex dann noch eine unbelastete Praktikantin beim Gang durch sein Unternehmen kennen lernte, war die Gefahr vorüber. Er war glücklich, wenn er die Selbsteinschätzungen und Gewinnprognosen seiner Start-ups las. Das BVCN, über das 90 Millionen von Alex investiert wurden, beließ ihn in seinem kindlichen Glauben.

Statt des Glaubens fand sich auf Seite 29 des Berichts ausgewachsene Gewissheit. David Rotberg hatte das Blu4 Portal mit zwanzig anderen Unternehmen aus München verglichen, und an fünfzehn war Alex führend beteiligt. David war es um Trost und Versöhnung für den Blu4-Chef gegangen. Der sollte Hoffnung finden in dem Hinweis, dass er es auch viel schlechter hätte treffen können: wenn er an dem restlichen Mist beteiligt gewesen wäre.

Der Chef hatte keine Ahnung, was er bei Alex anrichtete, als er in einem Luxusbordell die letzten Seiten zum Besten gab.
David hatte sich beim Formulieren der Gehässigkeiten wirklich Mühe gegeben. Ab Seite 31 wusste Tuchner, dass Alex guten Grund zum Brüllen hatte. Er drückte auf die Sprechanlage. »Lassen Sie Klaus und Edith Rotberg kommen.« »Aber es ist schon halb 12.«
»Sofort.«

8. Kapitel

Worin man versucht, Helden zu später Stunde zu herkulischen Leistungen zu stimulieren, nebst einigen grundsätzlichen Erwägungen zur Schuldablagerung.

Komm endlich, dachte Claudia. Nur nicht die Haare, und bitte nicht das Kostüm. Ich habe bald nichts mehr zum Anziehen. Ihr Nacken tat ihr weh, und ihr wurde schwindlig. Die Tischplatte war hart, und die Kante drückte unangenehm in ihren schlanken Hals. Klaus versuchte sich seit drei Minuten vergeblich an seinem Orgasmus. Langsam fiel Claudia nichts mehr ein, was sie ihm noch sagen könnte. Ihr Wortschatz für derartige Situationen war beschränkt und wenig variantenreich. Sie hatte starke Zweifel, ob Klaus mit seiner Rumgrapscherei an ihrem Körper wirklichen Lustgewinn erzielen konnte.

Wahrscheinlich nicht, und so würde sie wohl noch länger auf dem Rücken liegen und aus der Froschperspektive die Männlichkeit von Klaus betrachten können. Sein Gesicht war inzwischen violett; ein seltsamer Kontrast zum schmutzigen Gelb seiner Haare. Claudia würgte trotz ihrer traurigen Situation an einem Lachen, das sich höhnisch seinen Weg ins Freie suchte.

Neben ihrem Ohr piepste plötzlich ein Handy. Es war ein sehr spezieller Ton. Klaus erstarrte in seinen hektischen Bewegungen.

»Verdammt!«

Claudia drehte den Kopf hin und her. Es knirschte leicht im Nacken, und ein Schmerz breitete sich in langsamen Wellen in Richtung Kopf aus.

»Ja!«, brüllte Klaus in das Handy. Langsam verschwand das Violett aus seinem Gesicht. Ein seltsamer Anblick, dachte Claudia, ein erstarrter angewichster Körper, nur der Mund bewegt sich.

»Was? Jetzt? Hat der Alte einen Schlag? Schon gut.« Er legte auf und feixte sie an. »Tut mir Leid, ich muss zum Chef. Aufgeschoben ist nur gut aufgehoben.«

Claudia wusste keine Antwort. Sie hob den Kopf und fühlte, wie das Blut wieder in den Körper zurückrieselte. In ihren Ohren pochte es laut. Dann drehte sie sich auf die Seite und sah Klaus zu, wie er seine Männlichkeit verstaute. »So ein Süßer«, fiel ihr ein. Sie zwang sich zu einem Lächeln.

»Es kann nicht lange dauern. Komm mit und warte, bis wir fertig sind.«

»Dauert das nicht doch zu lange?«

»Komm schon.« Es klang wie ein Kommando. Von außen sah es so aus, als ob BVCN und die Kanzlei völlig getrennte Unternehmen in einem Gebäude wären. Sie hatten eigene Eingänge und Aufzüge, unterschiedliche Sicherheitsdienste und getrennte Netzwerke. Nur auf der Chefetage der Kanzlei gab es einen Verbindungskorridor zu den Räumen des BVCN. Als sie durch die leeren Gänge des BVCN gingen, fragte sich Claudia, wie lange sie das noch aushalten würde. Sie hatte einen Job für eine Prostituierte mit Vorliebe für gefährliche Sexualpraktiken. Das Wochenende über hatte sie praktisch alles an weichen und harten Betäubungsmitteln aufgebraucht, was ihr Badschrank und der Weinkeller hergaben. Zum Glück waren ihre Zehen nicht gebrochen, und am Sonntag hatte sie mit einer Freundin aus Akademietagen den Wagen bei Starnberg abgeholt.

»Prof. Tuchner erwartet Sie bereits«, sagte die Chefsekretärin. »Und wer sind Sie?«, fragte sie Claudia.

»Das ist meine neue Marketingbeauftragte.«

»Sie warten bitte hier.«

Im Hintergrund ging eine Doppeltür auf, und Tuchner erschien aus seinem spärlich erleuchteten Büro. »Rein mit Ihnen.« Er stutzte, als er Claudia sah, nickte und schloss die Tür wieder.

Hinter Klaus hatten sich die Pforten der Hölle geschlossen. Die Anwesenheit von Alex und Edith Rotberg bedeutete nichts Gutes, und er ahnte schon, wohin die Reise gehen würde. Zum Glück war erst Rotberg dran.

»Kennen Sie das hier?«, fragte Tuchner, die Mappe in der Hand.

Rotberg warf einen Blick drauf und las den Titel. »Das ist das Gutachten zu Blu4.«

»Haben Sie es gelesen?«

»Nein.«

»Auch nicht bei Ihrem Bruder?«

»Es war geheim, ich habe es nicht bekommen. Es gibt nur ein Exemplar. Wir haben nur die Kündigungen bearbeitet. Und David redet nicht über seine Aufträge. Ich verstehe überhaupt nicht, wie das Teil hierher kommt.« Die Spannung im Raum ließ nach Tuchners Empfinden etwas nach. Zumindest die Kanzlei hatte etwas Glaubwürdigkeit zurückgewonnen. Jetzt ging es darum, einen anderen Schuldigen aufzubauen.

»Frau Rotberg, was für eine Art Mensch ist Ihr Bruder?«, fragte Alex.

»David ist 33, hat erst Kommunikationswissenschaften studiert, dann war er kurz beim Radio, hat dann ein paar Jahre für eine US-Zeitung als Auslandskorrespondent in Deutschland und manchmal auch im Nahen Osten gearbeitet. Vor zwei Jahren hat er eine Art Buchbesprechung über eine Website gemacht, zum Spaß. Das Start-up dahinter hat ihm eine Klage angehängt und verloren. Sein nächstes Target gehörte zu einem Medienkonzern. Die waren schlauer und haben ihn als Berater engagiert. Seitdem arbeitet er auch als Spezialist für die Usability von Webseiten und New Media. Er ist ziemlich zynisch und eigensinnig.«

»Und wenn er ein Projekt für Mist hält?«

»Würde ich niemandem raten, auch nur einen Pfennig hineinzustecken. Würden Sie mir bitte sagen, wozu Sie mich das alles fragen?«

Tuchner begann, mit dem Daumen die Kante des Schreibtischs zu polieren. »Liebe Frau Rotberg, Ihr Herr Bruder hat nicht nur einen Bericht über das Blu4 Portal verfasst, er hat es auch mit anderen Projekten verglichen. Mit Projekten aus dem BVCN. Seine Beurteilung war wenig schmeichelhaft.«

»Ich möchte Ihren Bruder sprechen, Frau Rotberg«, schaltet sich Alex ein. »Jetzt. Entweder hat mich das BVCN jahrelang betrogen, oder hier läuft eine gigantische Intrige.«

Klaus schluckte einen scharfen Protest mühsam runter: »Ich bin mir sicher, dass es sich um Missverständnisse handelt ...«

»Hoffentlich – wenn nicht, kannst du dir gleich überlegen, wie du meine 90 Millionen wieder zurückbringst«, platzte Alex heraus.

»Nicht so voreilig«, versuchte Tuchner die Situation zu beruhigen, »Frau Rotberg, bitte bestellen Sie Ihren Bruder her, und Klaus: Wir haben hier ein paar kurze, verheerende Analysen. Möchtest du sie lesen und uns deine Meinung dazu sagen?«

Während Edith bei ihrem Bruder anrief, verfluchte sie ihn innerlich. Die Sache mit Blu4 war ein durchschlagender Erfolg, und dann musste er mit seinen witzigen Anwandlungen alles kaputt machen. Zum Totlachen.

Es war besetzt. Edith versuchte es noch mal. Nach dem dritten Klingeln hob David ab.

»Ja?« Er klang gehetzt und verstört.

»Ich bin's. Kannst du sofort in die Kanzlei kommen?«

»Ist was passiert?«

»Kann man so sagen. Dein Blu4-Bericht liegt dem BVCN vor.«

»Scheiße. Ich komm.«

»Du kannst gleich zu Professor Tuchner kommen.«

»Volltreffer?«

»Ciao.«

Die Berichte enthielten für Klaus wenig Neues. Er wusste, dass viele Projekte Wahnwitz aus vergangenen Tagen des Überflusses waren. Aber seine Aufgabe bestand allein darin, sie zu verkaufen und nicht, sie zu hinterfragen. Er wusste, dass er in der Falle saß. Während er die sechs Seiten langsam studierte, überlegte er sich einen Ausweg.

Offen gegen Tuchner rebellieren konnte er nicht. Der Anwalt hatte ihm formal freie Hand gelassen. Seine Befehle für das BVCN kamen als höfliche Bitten oder Vorschläge, aber nie als Anweisungen. Die rechtliche Verantwortung lag ausschließlich bei Klaus. Er wusste, dass auch Tuchner die Probleme kannte, aber Beweise hatte er nicht. Er hatte über Jahre den großen Boss spielen dürfen, aber jetzt bekam er die kurze Leine zu spüren; eine Leine, die sich verdächtig nach einem Galgenstrick anfühlte.

Gegenüber Alex hatte er je nach Bedarf beschönigt, gelogen und falsche Geschäftszahlen vorgelegt. Die Berichte an Alex'

Vermögensverwalter machten ihm keine Sorgen; der war nur ein Kumpel aus alten Rennbootfahrerzeiten. Klaus hätte ihm mehrfach einen Griff in die Kasse nachweisen können, verzichtete aber, um für Notfälle einen Sündenbock zu haben. Das Dynamit lag verstreut in Claudias Büro. Ihre Vorgängerin hatte ihre Aufgabe zu ernst genommen und eine Kostenkontrolle für das Marketing veranlasst. Alex' VC-Fonds waren knapp fünf Millionen Mark für undurchsichtige Dienstleistungen berechnet worden.

Claudias Vorgängerin war so sehr von der Seriosität des BVCN überzeugt, dass sie die Partnerunternehmen verdächtigte. Sie meldete ihre Bedenken bei Klaus. Er hatte bei Tuchner ihre Entlassung erwirkt und sich mit Claudia eine Neue beschafft, die hoffentlich mehr Einbildung und weniger Intelligenz hatte. Er hatte brisantes Material entfernt, aber es gab sicher noch unsaubere Rechnungen, die er übersehen hatte. In dieser schwierigen Situation konnte er sich nicht gegen Alex stellen.

Blieben Edith Rotberg und ihr Bruder. Er hatte Edith von der ersten Stunde an schikaniert. Ihr arroganter Tonfall, ihre Attitüden, die in altem familiären Reichtum begründet waren, taten dem Abkömmling einer Kleinbürgerfamilie körperlich weh. Neben ihr fühlte er sich immer wie ein schmutziges Ding, das die Katze angeschleppt hat. Der Höhepunkt war erreicht, als ihn ein Staatssekretär einfach stehen ließ, um Edith zu begrüßen. Hintenrum erzählte sie, dass ihr Ahnherr Simon Rotberg Typen wie ihn zu Dutzenden im Schuldturm hatte verfaulen lassen. Er versuchte, sie hinauszuekeln. Aber nach zwei Tagen Mobbing hatte Tuchner ihn zu sich bestellt und erklärt, er könne Edith auch nicht leiden, aber sie sei nun einmal da. Er solle sich mit ihr abfinden, bis sich eine Gelegenheit bieten würde, sie rauszukicken.

Rauskicken war eines der Lieblingsworte des Anwalts und sein Hobby. Vielleicht war die Gelegenheit jetzt da. Denn wenn er ihrem Bruder Fehler nachweisen konnte, hatte die gesamte Familie Rotberg für beträchtlichen Ärger gesorgt. Es wurde Zeit, die bleierne Stille in dem riesigen Büro zu brechen. Klaus setzte ein seriöses Lächeln auf und sah Alex direkt ins Gesicht. Dich habe ich noch jedesmal rumgekriegt, dachte er.

»Hohles Gerede. Wir sind das führende VC Network – glaubt hier jemand ernsthaft, so ein paar Seiten Geschreibsel bedeuten mehr als die Arbeit unserer gesamten Organisation? Wissen Sie, wieviel wir für renommierte Marktanalysen ausgeben?«

9. Kapitel

Worin ein Held zwar keine Liebe zu Marmor und Stein, wohl aber zu Eisen bricht, nebst einigen Bemerkungen zum politischen System des Landes, die hinlänglich beweisen, dass es sich bei diesem Werk um reine Fiktion handelt.

»Ich wurde zu Herrn Tuchner bestellt.«

»Ihr Name?«

»David Rotberg.«

»Moment bitte.«

Die Sekretärin drückte auf die Sprechanlage. Keine Reaktion. Sie drückte noch mal. David sah sich nervös um. Im Gazastreifen hatte er ein Gefühl für gefährliche Situationen entwickelt. Die hier erinnerte ihn an ein Interview mit einem lokalen Fatah-Funktionär. Damals hatte er Wochen gebraucht, um den Termin zu bekommen. Im vereinbarten Café hatte er in einem Hinterzimmer fünf Minuten gewartet, während sein Kontaktmann vergeblich an einer weiteren Tür klopfte. David schrieb die 200 Dollar Vermittlungsgebühr ab und zog den Kontaktmann aus dem Café. Beim Hinausgehen kamen ihnen drei Jugendliche entgegen. Jetzt war es der Kontaktmann, der David zur Eile trieb. Sie sprangen in den Wagen und rasten aus dem Autonomiegebiet. Am nächsten Tag wurde der Fatah-Mann erdrosselt in einem Müllsack gefunden. Ein Bekennerschreiben der Anti-Korruptionsbrigaden beschuldigte ihn der Konspiration mit dem zionistischen Feind, und David bekam wegen der Eigenmächtigkeiten Ärger mit dem israelischen Inlandsgeheimdienst. Nurit hatte ihn lange geschnitten. Sie empfand sein Verhalten als Verrat. Wann immer ihr bei Streitereien die Argumente ausgingen, kam sie mit dieser Story.

Rechts neben dem Eingang saß eine junge Frau in einem teuren Business Suit und erinnerte David daran, dass die Hinterzimmer und die scharrenden Füße der Sterbenden tausende Kilometer entfernt waren. Die Frau war offensichtlich gelangweilt und sah ihn herablassend an. Wahrscheinlich weiß der ganze Laden schon, dass ich das BVCN beleidigt habe, und denkt über die Wiedereinführung der Todesstrafe nach, dachte David. Wenn ich hier lebend rauskomme, dann nur, weil Tuchner keinem seiner Nobelkanzleistricke meinen unrasierten Hals ohne Krawatte zumuten wird. Und die Kuh da drüben ist Ediths Nachfolgerin, solange bis die Kanzlei wegen der krummen Touren vor die Hunde geht, also noch ein Jahr, wenn Edith Recht hat.

Die Tür öffnete sich und brachte David schlagartig auf andere Gedanken. Er hatte nicht damit gerechnet, Alex zu sehen. David wusste, dass Alex eine große Nummer des BVCN war; wenn Alex den Bericht gelesen hatte, stand ihm ein harter Morgen bevor. Tuchner versuchte es mit Ausgleich und Milde. »Herr Rotberg, Ihr Bericht über Blu4 Media enthält einige Kurzanalysen von Unternehmen, die, wie Sie sicher wissen, von einem Netzwerk gefördert werden, das auch hier im Hause arbeitet. Darf ich Sie mit dem Managing Director des BVCN, Klaus Kastner, bekannt machen?«

David grinste. Er war Klaus schon mehrfach vorgestellt worden, und der Managing Direktor des Netzwerks hatte ihn danach jedesmal wieder geflissentlich übersehen. »Wir kennen uns schon.«

»Nun, Herr Rotberg, ihre Analysen sind durch eine bedauerliche Indiskretion an einen unserer Investoren geraten, und ...«

Alex ging dazwischen: »Herr Rotberg, Sie schreiben, dass ich der letzte Depp der Munich Area bin. Sie machen meine Investments madig und machen mich zum Gespött, obwohl renommierte Experten seit Jahren exzellente Marktforschung betreiben. Wie können Sie es wagen, in einem derartigen Ton ...«

Wenn schon untergehen, dachte David, dann aufrecht. »Ich schreibe es nicht nur, Sie sind auch der letzte Depp! Wie blöd muss man eigentlich sein, wenn man sich an dem ganzen Schmarrn beteiligt? Sehen Sie nicht, wie das alles den Bach runtergeht?«

Klaus sah seine Chance gekommen. »Herr Rotberg, Ihre Unterstellungen erfüllen den Tatbestand der üblen Nachrede. Würden Sie uns vielleicht mal erklären, warum Sie einfach alles querbeet verteufeln? Niemand verkennt, dass manche Sektoren Probleme haben, aber wir sind ein hervorragend aufgestelltes Netzwerk und nicht nur ein B2C-Internet-Ecommerce-Pleitenladen, wie Sie das schildern. Wir verbinden Old und New Economy zu einem konvergenten System. Wie Sie zum Beispiel dazu kommen, ein erfolgreiches Produkt wie die Plattform Steel2net als Pleitekandidaten zu bezeichnen ...«

»Steel2net ist ein Pleitekandidat.«

»Und ich sage Ihnen, Ihnen fehlen alle Einblicke; Sie müssen Ihnen sogar fehlen. Sie haben das B2B-Portal noch nicht mal von innen gesehen, weil Sie keinen Zugang haben. Sie sind kein Unternehmer, Sie haben kein Keyword für den Member-Bereich – woher sollen Sie auch eines haben. Wissen Sie, dass auf unserer Stahlbau-Plattform über 100 mittelständische Betriebe in Bayern Waren und Dienstleistungen austauschen? Dass über 160 ausländische Kooperationspartner Material und Werkstoffe anbieten? Wissen Sie, dass wir prozentual an jedem Geschäft beteiligt sind, und ahnen Sie überhaupt, was es da an phantastischen Synergiemöglichkeiten gibt? Wir sind die Einzigen auf dem Markt. Es gibt keine Konkurrenz.

Der Internet-Staatssekretär persönlich bescheinigt dem Projekt beste Aussichten, wir sind in 2002 reif für die Börse, und Sie beschreiben die auf einer Plattform versammelte Branche als, ich darf zitieren, Ausgeburt eines kranken Hirns, das noch nicht begriffen hat, wo der Bartel den Most und der Minister die Parteienfinanzierung holt. Wir revolutionieren einen wichtigen Wirtschaftssektor, und Sie behaupten, Zitat, ›Steel2net ist an den Gegebenheiten des Marktes vorbeigeplant; der typische Fall von Größenwahn einiger New-Economy-Fritzen, die glauben, eine Internetseite könnte den Stahlbauern den monatlichen Schafkopf und das Besäufnis mit den Staatsparteibonzen ersetzen.‹ Nun, der Größenwahnsinnige und der Hauptinvestor sind hier, wollen Sie bitte erklären?«

»Darf ich an Ihren Rechner, Herr Tuchner?«

»Was wollen Sie da?«

»Ins Internet, zu Steel2net.«

»Wir können das bei meiner Sekretärin machen, wenn Sie glauben, dass das was bringt.« Der Anwalt war wieder vom Standing seines besten Mannes überzeugt.

Die Anwesenden gingen zum finalen Teil der Hinrichtung in den Vorraum. David setzte sich an den Schreibtisch und drehte den Bildschirm so, dass alle hineinsehen konnten.

»So, gehen wir mal zu Steel2net.« Auf dem Bildschirm erschien eine Flash-Animation mit sich verbiegenden Stahlträgern und rotierenden Schrauben, die zu blecherner Musik die Schrift *Steel2net* formten. Darunter stand der Claim »Constructing Entrepreneurial Success« und eine Login-Maske. »Wetten, dass die meisten Stahlbauer *Entrepreneurial* für eine überteuerte Sektmarke halten?«, grinste David und tippte einen Zugangscode ein.

»Woher haben Sie den Code?«, brüllte Alex, dem man bei seiner Investition versprochen hatte, die Plattform sei von außen absolut sicher.

»Ich habe mich einfach als Journalist angemeldet, um an die Steel2net-Presseerklärungen zu kommen, da reicht eine formlose Mail für das Passwort – und schon sind wir drin!« David spürte, wie er langsam Oberwasser bekam. Es fühlte sich gut an. »So. Nehmen wir doch mal einen bekannten Medienkonzern eines hier anwesenden Investors, der zur Zeit in Unterföhring ein gigantisches Bauvorhaben ausschreibt. Wenn ich jetzt die Verwaltung wäre, würde ich doch bei der Plattform meines Chefs die Aufträge einstellen, oder? Suche: Unterföhring. Ein paar Häuser, Eisenwarenhandlung Huber, Rohre und Sanitär Heinrich, mehr gibt's nicht bei Unterföhring. Kein Megaprojekt. He, dafür Eisenwarenhandlung Huber, ein toller Geschäftspartner.«

David blickte zufrieden in die Runde. Allgemeines Schweigen. Die Frau neben der Tür versuchte, möglichst unbeteiligt dreinzuschauen.

»Kein Mediapark. Aber das kann ja mal passieren. Der Terminal 3C am Flughafen ist das größte Bauvorhaben in der Region, oder? Das wird doch drin sein – ups. Nein, so wie's ausschaut, nur normale Bauvorhaben unter 50.000 Auftragswert in der Region Friesin. Häuser. Scheunen. Ein Stall, und das in Zeiten von BSE. Mutig, fast so mutig wie Steel2net. Keine Terminals. So was.« David drehte sich zu Alex um. »Warum rufen Sie nicht Ihre Verwaltung an und fragen, warum das alles nicht hier ist?«

Schweigen. Die Frau im Business Suit starrte konzentriert auf eine obszön verkrüppelte Topfpflanze.

»Ihre Verwaltung muss es doch wissen. Plant einen Mediapark, stellt ihn aber nicht beim Chef ein. Wenn Sie nicht fragen, bekommen Sie auch keine Antworten.«

Alex nahm das Telefon und wählte.

»Ich bin's. Den Hiltmann von der Verwaltung – sofort. Ich weiß, wie spät es ist. Machen Sie hin. Hallo. Herr Hiltmann, nur eine Frage – warum steht die Ausschreibung für den Mediapark nicht bei Steel2net? Was heißt, das kann man nicht so leicht erklären. Erklären Sie es. Was?«

Nach zwei Minuten legte Alex auf. David grinste ihn breit an. »Ihr Mann hat Ihnen von der Handelskammer erzählt, oder? Dass vor über einem Jahr schon mal so ein Portal von einem anderen VC-Geber entwickelt wurde und dann Pleite ging? Dass die Kammer mit den 25 größten Unternehmen der Branche gute Beziehungen hat und überhaupt keinen Wettbewerb und keine Emporkömmlinge mag? Dass die Partei mit den Unternehmern so gut befreundet ist, dass die Kammer dem VC-Geber die Plattform für ein paar Pfennige abgekauft hat? Dass die Kammer das jetzt selbst macht und ein gewisser Politiker die Unternehmen überzeugt, ihre Aufträge dort zu platzieren? Dass sich dort niemand um irgendwelche Internet-Staatsekretäre kümmert? Und dass das sogar gut ist, weil man damit den billigen Itakerstahl und die rumänischen Schwarzarbeiter draußen und die Preise für politische Einflussnahme konstant niedrig hält? So was hat er Ihnen erzählt? Schauen Sie mal.

Das ist das öffentlich zugängliche Stahlbauportal der Kammer,
eine einfache Liste mit den nötigen Daten und einem Knopf,
um Angebote zu schicken. Da haben wir ja Ihren
Mediapark. 2,7 Millionen, von denen
Steel2net aber nichts
verdienen wird.
Schade.«

10. Kapitel

Worin der Schurke seiner gerechten Strafe zugeführt wird und sich Helden kennen lernen, ihren Heldenmut zeigen und den Heldenlohn festsetzen.

»Du hast gesagt, wir sind die Einzigen.«

»Die Einzigen, die ein derartiges Portal privat betreiben, und die Kammer ist ...«

»Ich will mein Geld zurück. Die gesamten fünf Millionen. Jeden einzelnen Pfennig. Sofort.«

»Da muss die Marketingabteilung beim Research was falsch gemacht haben. Die letzte Beauftragte haben wir gerade wegen Unzuverlässigkeit entlassen, wahrscheinlich hat sie ...«

»Wahrscheinlich hast du dir mit meinen Millionen die Nase gepudert, du ...«

»Meine Herren, wollen wir das nicht drinnen besprechen. Was tun Sie überhaupt hier?«, fauchte Tuchner Claudia an. »Haben Sie hier was zu suchen?«

»Ich habe ihr auch schon gesagt, dass sie gehen soll«, setzte Klaus an, aber Tuchner schubste ihn in sein Büro, und Alex knallte hinter ihnen die Tür zu.

David griff in seine Jacketttasche, holte ein Dose heraus und nahm ein grünweißes Gummibärchen.

Claudia fühlte sich ausgeschlossen, überflüssig und schutzlos. Sie verstand nicht genau, was da gerade passiert war, aber sie verstand, dass ihr Boss in einer schweren Krise steckte. Und sie verstand, dass man es sich mit offenkundigen Siegern nicht verscherzen sollte. »Hallo, ich bin Claudia, die neue Marketingchefin vom BVCN ...«

David hielt es nicht mehr aus. Das Lachen, höhnisch und brutal, platzte aus seiner Kehle. Es dauerte etwas, bis er sich unter Kontrolle hatte, und Claudia lächelte sicherheitshalber mit.

»David! Hör auf!«, fauchte Edith.

»Schon gut. Tut mir Leid, meine Nerven. Darf ich vorstellen: Rechtsanwältin Edith Rotberg. Ich bin David Rotberg, Kriegsberichterstatter in Tel Aviv und München.«

Die Tür zum Chefbüro war zwar bis zu einem gewissen Grad schallisoliert, aber jemand hatte etwas gegen die Tür geworfen, und ein Klirren ließ auf das Zerbrechen von Glas schließen. Die Tür ging auf, und Tuchner brüllte nach Sekretärin, Schaufel und Besen. Sekunden später war die Vorzimmerdame verschwunden.

»Gibt's Streit?«, versuchte sich Claudia in Harmlosigkeit.

»Sie machen das hier noch nicht lange, oder?«, fragte David.

»Erst seit letzter Woche.«

»Es ist so: Ihr Chef betreibt ein Netzwerk voller Studienabbrecher, die glauben, sie könnten Irgendwas-Commerce sagen und dafür ein paar schicke Autos und Büros bekommen. Ihr Chef ist derjenige, der die Träume wahr macht. Es gibt offensichtlich genug spendable Herren in der Stadt, die bereit sind, ihm für seine schönen Worte Geld zu geben. Sie sollen ihm dabei helfen, für schätzungsweise 10.000 Anfangsgehalt. Nur hat es sich herausgestellt, dass die schönen Worte Ihres Chefs nahe am Anlagebetrug sind, was in der New Economy nicht ganz untypisch ist. Jetzt hat ein nicht unbedeutender Anleger damit offenbar gewisse Probleme, nachdem ich, quod erat demonstrandum, den Beweis geführt habe.« David machte einen ironischen Kratzfuß. »Aber haben Sie das nicht gewusst?«

»Sie müssen verstehen: Mein Bruder ist ein Depp«, meinte Edith. Claudia fühlte, dass sich seit der Akademie alles verschoben hatte. Die Menschen hier waren ganz anders als das, was sie an optimistischen Kollegen kennen gelernt hatte, und niemand schien sich an die üblichen Tarife für Höflichkeit und Flirten zu halten. Die Tür flog auf; Klaus stürzte heraus. »Und Sie helfen ihm beim Packen!«, schrie Tuchner seine Sekretärin an. Danach schloss sich die Türe wieder. Claudia blickte ihrem offenkundigen Ex-Boss und der Sekretärin lange nach. Der Boden unter ihren Füßen schwand. Kein Klaus, vielleicht auch keine Claudia?

»Aber das ist ja furchtbar. Hat Herr Kastner wirklich Leute betrogen?«

»Sagen wir so: Wenn ich der gewisse Medienunternehmer da drin wäre, würde ich mir auch überlegen, wie ich mein Geld zurückbekomme – nur muss er gegen das BVCN antreten, und für den Unternehmer und alle Unternehmen des BVCN heißt die Anwaltskanzlei nun mal Tuchner. Verquickung der Interessen verschiedener Mandanten. Tricky, oder, Edith?«

»Das wird eine ganz große Katastrophe.«

Die Tür ging auf. Tuchner war im Gesicht grünlich, Alex rot. Mit einem Kreischen in der Stimme sagte er: »Frau Rotberg, weil Sie Spezialistin für das ganze New Media-Zeug sind: Würden Sie diesem Mann bitte erklären, dass es mich einen Dreck interessiert, was nicht geht, sondern nur, was jetzt an Geldrückfluss möglich ist?«

»Frau Rotberg, gehen Sie ...«

»Sie bleibt! Wie kann ich mein Geld zurückbekommen?«

Edith hielt es für klüger, nachdenklich zu schweigen.

»Schaut schlecht aus«, schaltete sich David ein, »tut mir Leid, das sagen zu müssen, aber Risikokapital hat nun mal die unangenehme Eigenschaft, sich bisweilen in Nichts aufzulösen.«

»Es hat sich aber noch nicht in Luft aufgelöst – die können doch nicht meine fünf Millionen in ein paar Wochen durchgebracht haben.«

»Naja, das hängt vom aktuellen Kokainkurs ab ...«

»Jetzt reicht's«, sagte Tuchner kalt. »Raus.«

»Der Mohr hat die Schuld bewiesen, der Mohr kann gehn«, beleidigte David die hohe Literatur, »übrigens – es gibt einen Weg, das Geld wiederzubeschaffen.«

»Interessiert?«, brach David das Schweigen, das sich ausgebreitet hatte. »Nehmen Sie mal an, Sie haben ein Team aus Spezialisten; dem erteilen Sie den Auftrag, Ihre Rechte gegenüber Steel2net wahrzunehmen. Dieses Team nimmt sich die Grundlage für die Beteiligung vor. Man muss Ihnen ja etwas versprochen haben; irgendeine halbwegs verbindliche Unternehmensbeschreibung. Ihr Team überprüft das Papier – erwartungsgemäß ist es voller Lügen. Dann knöpft sich das Team die Geschäftsunterlagen vor – die sind ja hier im Haus, weil das BVCN den Start-ups die gesamte Buchführung abnimmt. Die Macher von Steel2net haben sich sicher den einen oder anderen Dreh geleistet. Das Team schreibt ein Gutachten, das vor Paragraphen und Drohungen nur so strotzt, geht zu Steel2net und sagt, die Kohle her oder ein Fetzenprozess. Dann wird Steel2net sauer und ruft bei seiner Kanzlei an – nur heißt die Tuchner, und die Frage ist, was Tuchner dann macht.

Wenn ich eine Klageandrohung am Hals hätte und mein Superanwalt, dessen Netzwerk mein Steel2net betreut, sagt mir, ich soll das Geld rausrücken, dann würde ich es tun.«

»Totaler Schwachsinn«, sagte Tuchner. »über so was rede ich gar nicht, das ist illegal. Ich würde meine Zulassung riskieren.«

»Aber es geht doch, oder?«, fragt Alex interessiert.

»Nein, es geht nicht, das sind Mafiamethoden.«

»Und meine fünf Millionen verbrennen, das ist für dich okay, Herr Professor?«

»Es ist kein Verbrennen, Alex, es ist eine Risikokapitalfinanzierung. Das Kapital ist da, es steckt im Unternehmen ...«

»Kennst du einen anderen Weg?«

»Wie ich schon sagte, die Möglichkeiten sind begrenzt. Du hältst nur einen Minderheitsanteil am Unternehmen. Du kannst Steel2net nicht befehlen, dir deinen Anteil wieder auszubezahlen. Allerdings wäre es denkbar, mit den Gründern nach genau er Prüfung der Situation in Verhandlungen einzutreten – falls es wirklich so sein sollte, wie hier gerade beschrieben. Vielleicht finden wir nächste Woche ...«

»Herr Rotberg, können Sie einen derartigen Bericht schreiben? Sie haben doch auch für Blu4 Media etwas Ähnliches getan.« Alex kümmerte sich überhaupt nicht mehr um den Anwalt.

»Das ist totaler Irrsinn!«, ging Tuchner dazwischen.

»Du wirst dir überlegen müssen, ob du mich und meinen Konzern vertreten willst oder die Typen von Steel2net. Wie lange können die einen Anwalt wie dich mit ihren paar Millionen finanzieren?« Alex sah Tuchner an, Tuchner starrte zurück. »Herr Rotberg: Können Sie das machen?«

»Sie brauchen ein Team. Ich bin kein Jurist, ich habe keine Ahnung, wie man so was formuliert. Und ein Betriebswirtschaftler wäre auch wichtig, weil ich von dem ganzen Zahlensalat und von Bilanzfälschung nichts verstehe.«

»Hätten Sie die Leute? Ihre Schwester?«

»Geht nicht, weil sie schon zu lange bei Tuchner arbeitet. Sie ist bekannt, nach der Geschichte mit Blu4 sogar sehr bekannt. Es muss nach außen sauber getrennt sein. Außerdem ist so was ein Risikospiel; ein renommierter Anwalt wird sich nicht drauf einlassen. Aber ich habe eine Freundin, der würde es sicher Spaß machen, den BWL-Job zu machen. Sie heißt Bettina, ist zwar auch im Journalismus, aber ...«

»David«, unterbrach Edith, »Bettina ist sicher nicht ...«

»Aber es geht auch jede andere«, fuhr David fort. »Sie brauchen das Team schnell, und Bettina ist zur Zeit sowieso nicht erreichbar. Wie schaut's mit ...«, David sah Claudia an, »wie schaut's mit dir aus. Du hast doch sicher BWL gemacht.«

»Ja, ich habe BWL studiert.«

»Aber du bist erst seit ein paar Tagen hier? Noch niemand von Steel2net gesehen?«

»Noch nie gehört. Außer Klaus – Kastner und der Sekretärin habe ich auch niemanden getroffen.«

»Na prima! Dann macht es dir doch nichts aus zu wechseln – noch dazu, nachdem dein Boss gefeuert wurde und du sicher die Nächste bist.«

»Herr Kastner ist im vorläufigen Urlaub. Und Ihnen verbiete ich, an so eine Sache auch nur zu denken.« Tuchner begriff langsam, dass er der Einzige im Raum war, der den Irrsinn dieses Vorhabens erkannte. Alle anderen waren verrückt oder wollten ihn demütigen. »Alex, bitte ...«

»Würden Sie das mit Herrn Rotberg für mich machen?« Als Alex Claudia fragte, klang er so freundlich, wie ihn Tuchner seit der Testamentseröffnung seines Vaters nicht mehr gehört hatte.

Ein Medientycoon und der Typ, der ihren Boss zur Strecke gebracht hatte, forderten sie auf, die Seiten zu wechseln. Es war eine Chance für Claudia und besser als das drohende Desaster des BVCN. Rotberg hatte zwar über sie gelacht, aber inzwischen war er so nett, ihr die Rettung anzubieten – er konnte kein schlechter Mensch sein. »Ja. Ich wüsste vielleicht einen Juristen. Er sucht im Moment einen Job, er würde das sicher machen.«

»Wunderbar. Wann können Sie loslegen?«

»Morgen. Heute, von mir aus. Sobald wir den Juristen haben und wissen, was für uns drin ist.« David grinste. »Ist zehn Prozent der rückgeholten Summe in Ordnung? Bei der Burn-Rate Ihrer Unternehmen ist das nur das, was draufgeht, wenn Sie vier Wochen warten und sich Alternativen zu uns von anwaltlichen Gnaden vorschlagen lassen. Da sind der Ausgang eines normalen juristischen Verfahrens oder die Kosten einer Liquidation nicht mal eingerechnet. Zehn Prozent sind ein Sonderangebot.«

»Zuviel. Drei Prozent wäre zuviel.« Alex wollte zwar gerettet werden, aber spendabel war er nur gegenüber willenlosen Assistentinnen, und auch das nur für höchstens zwei Wochen.

»Für drei Prozent hätten Sie Ihr Geld, mit Verlaub, auf dem Sparbuch parken sollen. Neun Prozent.«

»Vier Prozent. Von fünf Millionen, stellen Sie sich das mal vor.«

»Wir werden es unter Umständen nicht ganz rausholen können. Acht Prozent.«

»Fünf Prozent sind mein letztes Wort.«

»Sieben.«

»Sechs.«

»Von mir aus. Zwei Prozent für jeden Mitarbeiter des Teams. Aber die Spesen gehen extra. Und es wäre in diesem Fall sicher sinnvoll, wenn das Ganze geräuschlos über die Bühne geht. Edith erzählt immer, dass sich das am besten über in der Schweiz abgewickelte Beraterverträge machen lässt.«

»Das Finanzamt muss ja nicht allzu viel mitverdienen.«

»Eben.«

»Von mir aus. Meine VC-Gesellschaft sitzt sowieso in Davos. Hauptsache, die Verbrecher vom BVCN bringen mein Geld nicht für Nutten und Gelage durch.«

»Es geht nicht. Es geht nicht. Man kann so was nicht machen.« Es war ein furchtbarer Abend gewesen, und jetzt, gegen ein Uhr, war Tuchner ausgebrannt und am Ende seiner Kräfte.

»Herr Tuchner«, sagte Edith, »wenn die Leute von Steel2net wirklich zusammen mit Klaus etwas Illegales oder auch nur Unredliches gemacht haben, dann ist ein klarer Schnitt besser.

Das BVCN wird auch ohne Steel2net und ohne Klaus
überleben. Und Sie schaffen mit Konsequenz
und Härte gegen Steel2net sogar neues
Vertrauen für das BVCN.
Wirklich.«

11. Kapitel

Worin sich der dritte Held anwerben lässt, wobei seine Gründe allerdings nur wenig heroisch sind.

Von: *Gundula Reuter, Controlling Assistant Si2Consult*
An: *Peter*
Um: *9.05 Uhr*

Hallo Peter, ich habe versucht dich zu erreichen, aber du bist nicht ans Telefon gegangen, oder es war belegt. Was ist los mit dir? Gestern habe ich mit Paul von Headsearch Inc. gesprochen, und der meinte, du hättest dich ihm gegenüber idiotisch aufgeführt. Du kannst doch nicht sagen, dass er ein moderner Sklavenhändler ist.

Ich weiß, dass es dir schwer fällt, dich mit Leuten wie Paul zu arrangieren, aber er hätte etwas für dich tun können. Wenn dir nichts anderes einfällt, als ihn zu beleidigen und dich über seinen Beruf lustig zu machen, darfst du dich nicht wundern, wenn du keine Chance bekommst. Eine bessere Gelegenheit fürs Networking hätte es nicht gegeben, und wenn du dich so verdammt überlegen fühlst, nur weil die anderen Karavatcho nicht von Watho unterscheiden können, dann geh ihnen damit zumindest nicht auf den Geist.

Ganz deutlich: Wenn du jammern willst, mach das daheim, und verdirb anderen nicht die Party. Wenn du ein Problem hast, versuch nicht, anderen auch ein Problem zu machen.

***

Peter las die Mail nicht zu Ende. Die Vorwürfe hatte er schon erwartet. Seine Ex-Freundin paktierte immer mit den Siegern, um auf den Schwachen herumzutrampeln. Irgendwann, hoffte Peter, würde sie selbst furchtbar getreten werden.

Das Wochenende hatte er im Museum und auf kostenlosen Pornosites zugebracht. Es war sein übliches Verhalten unter Druck. Spätestens, seit Claudia seine Lebensbahn gekreuzt hatte, war es um sein inneres Gleichgewicht geschehen. Sie hatte ihn natürlich nicht angerufen, um sich noch mal zu bedanken, mit ihm auszugehen, eine Stelle zu vermitteln und mit ihm ins Bett zu gehen. Sie hatte ihn noch nicht mal gebeten, sie zu ihrem Wagen zu bringen. Am Sonntag hatte er dann bei ihr angerufen, aber sie war nicht da. Diese verdammte Nutte, dachte er sich, als er zu einer Pornosite wechselte, der werd ich's geben. Die Site hatte sich gerade bis zur Kategorie »Asian Teens« aufgebaut, als das Handy klingelte.

»Hier Peter?«

»Hallo Peter, ich bin's, Claudia – du erinnerst dich? Du hast mich in der Nacht zum Samstag bei Starnberg gerettet.«

»Hallo Claudia, schön von dir zu hören.« Peters Stimme klang so sanft wie asiatiasche Teens, und nichts erinnerte an seine schwarzen Gedanken.

»Ich wollte mich noch ganz herzlich bei dir bedanken und mich auch gleich entschuldigen, weil ich mich so lange nicht gemeldet habe, aber meine Eltern haben mich am Wochenende besucht und verarztet. Sag mal, hast du Lust, dich mit mir zu treffen? Ich würde dich gerne zum Frühstück einladen, und vielleicht – wie soll ich sagen – du hast erzählt, dass du zur Zeit eine Stelle suchst, ist das noch aktuell?«

Peters Blick schweifte zur Tür. Dort hatten sich unter dem Briefschlitz fünf große Couverts versammelt. Couverts mit den Namen von Kanzleien drauf und immer mit dem gleichen Inhalt: »Leider müssen wir Ihnen ... würden uns aber freuen, wenn ... schicken Ihnen Ihre Unterlagen zu unserer Entlastung zurück.«

»Ich habe zur Zeit ziemlich gute Aussichten bei zwei Kanzleien. Aber ich bin offen für alles. Am liebsten wäre mir eine C3-Professur für Kunstgeschichte in Padua, aber das ist es nicht, oder?«

Ihr Lachen klang hell, warm und anziehend. Ein 1000-DM-Lachen, das man zusammenrollen, in die Nase stecken und damit Lebensgeister ins Hirn saugen konnte.

»Nein, leider nichts mit Padua. Es geht um den Juristen in dir. Können wir uns gleich treffen? 10.00 Uhr, Odeon?«

In der Dusche verfluchte Peter seine Neigung zur Unordnung. Die meisten Anzüge lagen verknüllt auf einem Haufen, und für die anderen hatte er keine passenden Socken.

»Du bist dir sicher, dass er kommt?«

»Natürlich. Mit einem Ergebnis von vier Punkten im 2. Staatsexamen hat er keine andere Chance.«

»Ich hasse Unpünktlichkeit.« David spielte gereizt an seinem Teeglas herum. »In zwei Stunden will ich mit der Arbeit anfangen, und der Typ verspätet sich. Ein perfekter Start einer wunderbaren Beziehung.«

»Da ist er. Und er hat sogar Blumen mitgebracht. Wie schön.«

Ein romantischer Vollidiot und eine katholische Kuh, die das noch toll findet, dachte David. Es gibt nichts Banaleres als Blumen und diese Leute. Claudia hatte ihm eine Stunde von ihrem Leben erzählt. Es klang entsetzlich. Faktisch war seine Mitarbeiterin eine ultrareligiöse Fanatikerin, die nach einem katholischen Gymnasium eine katholische Uni besucht hatte und danach eine lächerliche Akademie. Seine Gutachten waren immer besonders hinterhältig, wenn es um BAW-Absolventen ging. Das Wort »feuern« war dann häufig zu lesen. David hoffte inständig, dass die hohle Nuss zumindest die Basics der Buchführung beherrschte und einen Taschenrechner bedienen konnte. Bettina wäre für den Job optimal gewesen. Stattdessen würde er mit diesem naiven Dummchen gegen Unternehmen antreten müssen, und nur, weil sie zum falschen Zeitpunkt am falschen Ort gewesen war.

»Hallo«, strahlte sie Peter an; in Davids Augen mit dem billigen Lächeln einer Provinznutte oder einer PR-Praktikantin. Nach seiner Meinung gab es da wenig Unterschiede.

»Ich habe alles gegeben, aber es ging leider nicht eher«, entschuldigte Peter seine Verspätung.

Peter kam aus Prinzip unpünktlich. Es gab ihm ein Gefühl von Überlegenheit, wenn andere auf ihn warten mussten. Außerdem ertrug er es nicht, allein in einem Café zu sitzen. Er hatte das Gefühl, alle würden ihn anstarren und glauben, er hätte niemanden, der mit ihm ins Café gehen würde.

Neben Claudia saß etwas, das er als böse Überraschung auffasste. Die Sorte Erfolgsmensch, die er nicht leiden konnte; ein Typ im dreiteiligen Anzug, den die Hitze des beginnenden Hochsommers nicht zu beeindrucken schien. Claudia war auf eine unverbindliche Art freundlich, als sie ihm den Anzugträger als David vorstellte. Offenkundig war das kein Tête-à-Tête, sondern eine Art Vorstellungsgespräch. Nichts mit Ficken, dachte sich Peter und ärgerte sich, dass er Blumen und Kondome gekauft hatte. Jetzt hatte er nur noch ein paar Mark für das Frühstück in diesem überteuerten Café, und sein Konto war schon seit Monaten restlos überzogen.

David erlöste ihn von den finanziellen Sorgen, als er für alle das Frühstück »Milano« bestellte. Peter fasste Vertrauen; wer Parmaschinken, Mascarpone, Mortadella und eingelegte Artischockenherzen bezahlte, konnte kein schlechter Mensch sein.

»Peter, ich möchte gleich zum Punkt kommen. Wir – Claudia und ich – haben seit gestern Abend den Auftrag von einem Investor, im Bereich der Risikokapitalfinanzierung gewisse Vereinbarungen zu überprüfen. Derartige Nachforschungen haben natürlich immer rechtliche Aspekte, und, wie wir vermuten, auch Folgen. Lies dir bitte mal diese Unternehmensbeschreibung durch.« David reichte ihm einen Farbprospekt mit vielen bunten Bildern und nicht allzu viel Text: *Steel2net ist bereits jetzt das führende B2B-Portal für den Stahlbau in Europa. Unser Management bringt jahrelange Erfahrung auf diesem Sektor ein und setzt die Firmenziele ...*

Während Peter eine vor Selbstbewusstsein strotzende Eloge auf Steel2net halblaut vorlas, stellte David einen Laptop auf den Tisch und schaltete ihn ein. »So, Peter, jetzt schau dir mal das an – entspricht das den Ankündigungen?«

Peter brauchte ein paar Minuten, um sich in den Portalseiten von Steel2net zurechtzufinden. Er verstand nicht, wo die Reise hinführen sollte. Offenbar hatten die Versprechungen mit dem Ergebnis nichts zu tun. Wie dieses Portal die erwarteten Millionengewinne erwirtschaften sollte, war nicht erkennbar. Peter kam zu dem Schluss, dass sich hier jemand über ihn lustig machen wollte. Wahrscheinlich spielte Claudia mit ihrem Lover ein perverses Sexspiel mit einem, den sie für einen ahnungslosen

Gimpel hielten. Er würde ihnen den Spaß gründlich verderben. »Anlagebetrug würde ich so was nennen. Ich kann nur hoffen, dass ihr nicht für so was Beteiligungen verkaufen wollt. Kein Jota besser, als Omas an der Haustür gefälschte Euros anzudrehen. Ich will mit solchen Geschäften nichts zu tun haben.« Claudia strahlte ihn an.

»Du hast Recht«, sagte David, »es handelt sich tatsächlich um Anlagebetrug. Unser Investor hat sich von den Machern dieses Portals reinlegen lassen. Unsere Aufgabe ist es, sein Geld wieder aus dem Unternehmen herauszuholen.«

»Aber da müsste man einen Prozess führen, und ich habe keine Zulassung als Rechtsanwalt.«

»Wir brauchen keine Prozesse. Wir brauchen nur deinen Sachverstand. Wir schreiben einen Bericht und machen dann einen, sagen wir mal, außergerichtlichen Vergleich.«

»Aber auf so was wird sich keiner einlassen. Das ist doch ein Risikokapitalprojekt mit Totalverlusten an der Tagesordnung.«

»Das sieht unser Investor anders. Die Aufgabe ist es, das Geld zurückzuholen, und wir wissen, wie wir Steel2net weichkochen. Dafür kriegen wir einen Anteil am geretteten Investment.«

»Die Sache klingt nicht sauber.«

»Ist das sauber?« David tippte auf den Laptop. »Wir sind nur die ausgleichende Ungerechtigkeit, wenn du willst.«

»Es bleibt unter uns«, schaltete sich Claudia ein. »Und bei dir habe ich ein gutes Gefühl.«

»Also?«

»Was ist für mich drin?«

»Wir teilen brüderlich. Zwei Prozent pro Person von der Gesamtsumme. Macht 100.000 Mark für jeden, wenn wir alles wieder rausholen. Realistisch sind allerdings 50.000 bis 70.000 Mark, aber die sind steuerlich optimiert.«

Peter dachte nach. Die Sache erschien ihm seltsam irreal, aber er kannte auch die Geschichten von Leuten, die mal eben in einem Café Millionenideen entwickelten. Eigentlich hatte er keine Wahl: Wenn er nicht bald Geld bekam, würde ihn sein Vermieter in den nächsten Wochen aus der Wohnung werfen. Er war mit der Miete drei Monate im Rückstand, und die Ausrede von der bevorstehenden Prüfung zog nicht mehr.

Um mehr Zeit fürs Nachdenken zu gewinnen, sah er sich noch ein paar Seiten bei Steel2net an. Unter dem Menüpunkt Team fand er ein Bild der Founder von Steel2net. Drei Burschen in schwarzen Anzügen, die vor einem Berg Stahlträger posierten; jeder mit einem Werkzeug in den wahrscheinlich fein manikürten Händen und einem überheblichen Grinsen auf dem Gesicht. Die Lebensläufe waren geradlinig und voller Erfolge. Gute Familien. Teure Privatschulen. Elite-Unis. Auslandsaufenthalte. Beste Abschlüsse. Erfahrungen auf allen relevanten Gebieten. Geborene Gewinner. »Unser Ziel fest vor Augen: Börsengang 2002« stand darunter.

Diese Typen hatten sich nie einen Gedanken über die Abgründe des Daseins gemacht. Sie hatten nie erleben müssen, wie es ist, wegen Schüchternheit, Unsicherheit oder dem falschen Auto einen Korb zu bekommen. Sie wussten nichts von der Demütigung einer Absage, denn sie waren diejenigen, die absagten. Sie hatten behauptet, Geld scheffeln zu können, und hatten ein paar Millionen bekommen. Einfach so. Sie könnten das nächste Mal »Scheißnet« aufziehen und würden wieder für ihr Grinsen und ihr Gerede Millionen bekommen. Nur weil sie wussten, wie man sich den Marktbedürfnissen anpasst und seine Core Assets optimal kommuniziert, wie Gundi das so sagte, seit sie mit dem Controller zusammen war. Diese Dauergrinser auf dem Foto wussten überhaupt nicht, was Selbstzweifel und Existenzangst bedeuteten. Bis jetzt.

»Nu?«

»Und ihr verarscht mich nicht?«

»Hier ist eine Scheckkarte. Die Geheimnummer ist 1348. Ein Vertrauensbeweis von unserem Auftraggeber, für unsere Spesen. Du kaufst dir jetzt mit Claudia einen Laptop, in zwei Stunden geht es los, in meinem Büro. Amalienstraße 47, bei Rotberg. Claudia kann dir inzwischen den Rest erklären. Aber denkt daran: Steel2net verbrennt täglich etwa ein halbes Prozent des Investments, und damit auch ein halbes Prozent von euren 100.000 Mark. New Economy in Echtzeit.«

12. Kapitel

Worin die Helden an einem eisernen Tisch diamantene Härte gegen stahlharte Profis beweisen, nebst dem Weichkochen derselben.

»Allein in den letzten vier Wochen haben wir unsere Userzahlen um 350 Prozent angehoben. Die Marketingkampagne ist optimal auf die Zielgruppe abgestellt und wird in einem überschaubaren Zeitraum zu einer signifikanten Marktpenetration führen. Die Verbindung von innovativer Technologie und einem gewinnträchtigen Marktsegment verspricht schon in wenigen Monaten Umsätze im Bereich von mehreren Millionen Euro. Wir liegen weit über den Erwartungen. Trotz des eingetrübten Marktumfelds rechnen wir im vierten Quartal 2002 mit einem Börsengang.« Johann Traublinger hatte in exakt 2 Minuten 58 Sekunden die Vorzüge von Steel2net erklärt. Der Elevator Pitch, das Herunterrattern überzeugender Floskeln und Zahlen war ihm nach zwei Jahren in der New Economy in Fleisch und Blut übergegangen. In drei Minuten, da war er sich sicher, würde er einem Eskimo einen Eisblock verkaufen können. Länger als eine viertel Stunde würden ihm die Beauftragten seines Geldgebers nicht die Zeit stehlen. Johann kannte den Vermögensverwalter des Investors. Recht viel heller würden die drei Leute auch nicht sein, die er seit zehn Minuten im Vorraum warten ließ.

Noch einmal ging er den Text in Gedanken durch. Es ärgerte ihn, dass der Chef des BVCN seit Anfang der Woche im Urlaub war, ohne ihn vorher über diesen Überraschungsbesuch zu briefen. Johann war an diesem Freitagmorgen eigentlich zu einem Rennbootevent am Chiemsee eingeladen. Und ausgerechnet am Abend davor mussten diese Trottel anrufen und sich reindrängeln. Zuerst dachte Johann an einen üblen Scherz seiner Freunde, aber das Büro von Alex schickte ein bestätigendes Fax hinterher. Er würde die Typen abfertigen und sich irgendwann bei

Klaus beschweren. So ging man nicht mit der kommenden Elite um.

Johann stand auf, zog seinen beigen Anzug gerade und schaltete die Sprechanlage ein. »Tobi, Manfredo, kommt ihr bitte rüber?« Dann ging er zur Tür, öffnete sie energisch, als ob er in Eile sei, und steuerte auf den Besuch zu: Ein überheblicher Arsch, eine blöde Fickmamsell und ein geborener Loser, dachte er sich. Ihr würdet bei mir nicht mal das Klo ausräumen dürfen.

Von der anderen Seite des üppig eingerichteten Vorzimmers kamen seine Partner. Tobi und Manfredo wirkten ausgeschlafen, sportlich und frisch. Zu dritt waren sie nicht nur ein Team, sondern ein Produkt. Niemand konnte besser beweisen, dass die New Economy doch die Kraft habe, die Old Economy zu revolutionieren. Johann sprach, Tobi schrieb die Schecks aus, und Manfredo kannte eine Menge wichtiger Leute.

Die Gesandten des Investors waren trotz der Warterei weder sauer noch eingeschüchtert. Der arrogante Sack stellte sich als Rotberg vor. Die anderen, Claudia und Peter, wirkten leicht beschränkt. Johann würde also wohl hauptsächlich mit David sprechen, der Rest würde zuhören. Vielleicht würden fünf Minuten reichen.

Sie nahmen am Konferenztisch in Johanns Büro Platz. Der Tisch war aus geschliffenen Stahlplatten, Kristallglas, Messingrohren und Kupferschrauben zusammengesetzt; ein Kunstwerk an der Grenze zwischen Konstruktivismus und Art déco, hatte sich Johann erklären lassen. Eine Antiquität aus den frühen 30er Jahren, die noch jeden Besucher beeindruckt hatte. Ein Tisch, so fest und solide wie Steel2net. Claudia stellte unbeeindruckt ihre Aktentasche darauf ab.

»Noch mal herzlich willkommen«, gab sich Johann jovial, »es freut mich, mit euch über die Perspektiven von Steel2net zu sprechen. Seit unserer Partnerschaft mit eurem Chef ...«

»Pardon, Johann«, unterbrach David, »du warst doch an der Business School in St. Gallen – hat man dir dort beigebracht, deine Gesprächspartner zu beleidigen?«

»Ich beleidige doch niemanden«, raunzte Johann zurück, von dem Angriff leicht irritiert. Für größere Unsicherheiten war in seiner Personality kein Platz.

»Eure Partnerschaft mit unserem Chef – ich glaube, du verkennst die Realität. Ihr seid nicht Partner – ohne sein Geld bist du nichts. Steel2net wäre nur eine schlechte Idee. Und damit sind wir beim Thema«, David lehnte sich behaglich zurück, »wir sind hier, um aus euch wieder eine schlechte Idee zu machen – zumindest, eine schlechte Idee ohne das Geld eures Investors.«

»Machst du Witze?«

Claudia zog drei Aktenordner aus ihrer Tasche und schob sie den Machern von Steel2net zu. »Es gibt drei Möglichkeiten: Erstens. Ihr gebt unserem Chef sofort das Geld zurück, das noch da ist. Zweitens. Ihr prüft das, was in diesem Ordner drin steht, und gebt die vollen fünf Millionen zurück. Drittens. Wir gehen mit dem, was in diesem Ordner steht, vor Gericht und klagen das Geld aus euch raus.« David war von dem kalten Ton in Claudias Stimme überrascht. Die letzten drei Tage hatte er sie immer nur nett und freundlich erlebt. Vielleicht hatte er sie doch unterschätzt. Aber schließlich ging es hier auch um ihre zwei Prozent von der Gesamtsumme.

»Schaut mal«, versuchte es Peter etwas freundlicher, »unser Chef ist durchaus bereit zu akzeptieren, dass sich hin und wieder eine überhöhte Rechnung oder eine falsche Entscheidung einschleicht. Seht es positiv – ihr hattet ein bisschen Narrenfreiheit, ihr konntet rumprobieren und in Saus und Braus leben. Das war zwar ziemlich gegen die Abmachung, aber wir sind nicht nachtragend. Ihr hattet ein Abenteuer, und wenn ihr es besser gemacht hättet, könnte es noch weitergehen. Aber so ist halt jetzt Schluss mit lustig.

Nehmen wir nur mal diesen wunderbaren Tisch – eine traumhafte Transformation der Bauhausideale in französisches Art déco. Nur habt ihr dafür 25.000 Mark ausgegeben. Das ist, wenn man das bei Kunst überhaupt sagen darf, zu teuer. Viel zu teuer. Das Stück dürfte höchstens 10.000 Mark kosten. Ob das wohl etwas damit zu tun hat, dass die Antiquitätenhändlerin auch die Mutter von Manfredo ist?«

»Und dann konntet ihr ihn noch nicht mal genießen, weil ihr ja mit Begleitung auf den Europäischen Stahlbaukongress nach Riva musstet. Da waren wohl die Sekretärinnen dabei? Muss ein schwerer Schlag gewesen sein, als ihr dort angekommen seid und feststellen musstet, dass der Kongress schon vorbei war. Da versteht man auch die Mietkosten von 13.322 Mark für eine kleine Yacht für eine Woche. Und die Geschäftsessen zu sechst à 1000 Mark Minimum pro Abend. Das würde ich auch gern mal machen«, sagte Claudia.

»Und dann noch der schweineteure Werbeauftrag für eine Agentur, die für derlei Aufgaben noch nicht mal die Leute hat, die Einladungen für all die kleinen Eisenwarenhändler, damit die bei Steel2net mitmachen, und und und. Steht alles da drin, mit Belegen und so. Allein dafür kriegen wir euch dran. Aber so richtig sauer ist unser Chef, weil ihr ihm die ganzen Hintergründe mit der Handelskammer verschwiegen habt. Das ist mehr als nur Unterschlagung und Missmanagement – da habt ihr versucht, ihn zu verarschen. Das mag er nicht. Könnt ihr bis dahin folgen?« David grinste in die Runde.

»Könnt ihr folgen?«, insistierte David.

»Na und?«, sagte Johann. »Na und? Eine gewisse Repräsentation ist normal. Wir sind da nur Durchschnitt. Euer Chef ist auch nicht einer der Sparsamsten. Gut, wir haben verstanden. In Zukunft ein bisschen weniger. Tut uns Leid, ein paar Sachen waren vielleicht etwas übertrieben. Riva, O.K. Das war der Überschwang. Aber weißt du, wie der Abend war, an dem wir mit ihm abgeschlossen haben? Das hat euer Boss gezahlt, und Riva war ein Dreck dagegen.

Lasst uns cool bleiben. Ein Prozess würde euch nichts bringen. Das würde nur dem Projekt schaden. Und dem Bavarian Venture Capital Network. Wir werden durch die Kanzlei Tuchner vertreten – Mann, denk an den Skandal. Das will niemand. Wir haben eine grundsolide Substanz. Allein in den letzten vier Wochen haben wir unsere Userzahlen um 350 Prozent angehoben. Die Marketingkampagne ist optimal auf die Zielgruppe abgestellt und wird in einem überschaubaren Zeitraum zu einer signifikanten Marktpenetration führen. Die Verbindung von innovativer Technologie und einem gewinnträchtigen Marktsegment verspricht schon in wenigen Monaten Umsätze im Bereich von mehreren Millionen Euro. Wir liegen ...«

»Du hast mich nicht verstanden.« Claudia sprach ganz leise. »Es gibt nur drei Möglichkeiten. Ein Prozess, den ihr verliert.

Den Rest vom Investment sofort. Fünf Millionen später. Andere Auswege gibt es nicht. Die fünf Millionen später werdet ihr euch wahrscheinlich ohnehin nicht leisten können, da habt ihr zuviel verbrannt. Bleiben nur zwei Alternativen. Und nach dem, was ihr alles angestellt habt, machen wir euch fertig. Veruntreuung. Unterschlagung. Anlagebetrug. In Geschäftskreisen heißt das Lebenslang. Ihr dürft danach höchstens noch Klos putzen.«

»Das könnt ihr nicht machen. Wir gehören zum BVCN. Wenn ihr gegen uns klagt, ruiniert ihr den Ruf des gesamten Netzwerks. Da geht dann noch sehr viel mehr drauf. Lasst uns weitermachen. Die Idee funktioniert. Wirklich! Das mit der Handelskammer bekommen wir schon hin – wir haben erst gestern mit dem Staatssekretär für Internet gesprochen. Der kümmert sich darum. Ein Staatssekretär – das ist nicht nur so ein Provinzpolitiker. Mit der Handelskammer werden wir uns schon einigen. Ich weiß ja auch, dass man das unserem Investor gegenüber hätte sagen sollen, aber im privaten Bereich sind wir wirklich die Einzigen, die eine derartige Plattform machen, und so genau wollte das sowieso niemand wissen.« Manfredo versuchte es mit Charme. »Ein Prozess hilft niemandem. Und einfach so zurückgeben – das können wir nicht. Dafür haben wir zu hart gearbeitet. Steel2net – das ist unsere Vision! Das kann man nicht so einfach aufgeben! Und schließlich – euer Chef wusste, dass es ein Risikogeschäft war!«

»Eben.« Tobi fand den Zeitpunkt günstig, um gröbere Geschütze aufzufahren. »Es gab ein paar Fehler. Aber niemand denkt hier ans Aufgeben. Wenn es weitergeht, generieren wir eine Win-Win-Situation für alle Seiten. Wir können den Turnaround schaffen. Euer Chef erspart sich einen Prozess, bei dem wir erzählen, wie die Launchparty war. Ihr treibt ihn nicht in eine Katastrophe – er wird euch dafür dankbar sein. Und das BVCN hat weiterhin einen guten Ruf. Wenn wir hopsgehen, geht das ganze Vertrauen mit. Seid vernünftig. Eine Klage auf Rückerstattung des Investments – das hat kaum Chancen.«

13. Kapitel

Worin sich die Helden in der Entertainmentbranche wiederfinden, nebst anderen höchst spaßigen Erlebnissen.

»Warum ruft ihr nicht mal euren Rechtsbeistand an und fragt nach?« David klang amüsiert. »Nein? Wir haben das Gutachten gestern Abend an Tuchner himself geschickt. Das Telefonat spendiere ich euch.« Aus dem rechten Bildrand kam ein Arm und drückte Johann ein Mobiltelefon in die Hand.

»Ja? Hier Tuchner?«, quäkte es aus dem Handy, das offenbar auf Freisprechanlage umgeschaltet war.

»Herr Professor Tuchner, hier ist David Rotberg bei Steel2net, und das Management glaubt, dass es sich einen Prozess leisten kann, mit Ihnen als Verteidiger.«

»Herr Traublinger und Co. – hören Sie mich?«

»Ja, Herr Tuchner, hier sind ein paar Typen, die behaupten, Alex hätte sie ...«

»Hören Sie, Traublinger, seit gestern Abend habe ich hier eine Akte liegen, 60 Seiten dick, voller Verfehlungen«, knirschte es aus dem Handy. »Liest sich wie ein Strafregister von Schwerkriminellen. Gefälschte Rechnungen, Yachtausflüge, Urlaub, Abrechnungsfehler, Unterschlagungen und und und. Angeblich sollen Sie und Ihre Freunde das zu verantworten haben. Stimmt das?«

»Herr Tuchner, gewisse Anfangsverluste sind doch ...«

»Also stimmt der Bericht?«

»Man darf das nicht einfach negativ auslegen, wir ...«

»Jetzt hören Sie mal gut zu, junger Mann. Die Gefängnisse sind voll mit Menschen, denen man Sachverhalte negativ ausgelegt hat. Negative Auslegungen haben in unserem Rechtssystem negative Taten als Voraussetzung, und die finde ich in diesem Bericht reichlich. Wie konnten Sie es wagen, dem Bavarian Venture Capital Network so was anzutun? Wissen Sie, wieviel Schaden Sie damit angerichtet haben?«

»Ach, Schaden, ich will hören, wie gut unsere Chancen sind, wenn's zum Prozess kommt.« Johann war sich sicher, dass Tuchner ihn nicht hängen lassen würde. Tuchner hatte Steel2net immer als den großen Hoffnungsträger bezeichnet. Jetzt sollte er mal was dafür tun.

Nach einer bedeutungsschweren Pause hob Tuchner an: »Ihre Chancen? Ihre Chancen wären bei einer guten Verteidigung exzellent, solange Sie auf drei Jahre ohne Bewährung hoffen. Ich glaube aber nicht, dass Sie mit dieser Akte einen guten Anwalt bekommen werden – wie sollten Sie den auch bezahlen?«

»Aber Sie sind doch unser Anwalt ...«

»Gewesen, meine Herren. Es gibt hinreichend Verdachtsmomente, dass Sie gefälschte Rechnungen an unsere Buchprüfungsabteilung geschickt haben, und das reicht. Wenn Sie einen guten Tipp wollen: Tun Sie, was Herr Rotberg und seine Leute von Ihnen wollen. Wenn Sie es aber wagen sollten, wie auch immer den Ruf des BVCN zu schädigen, garantiere ich Ihnen Konsequenzen. Und zwar deutliche.«

Ein Klicken, und Tuchner hatte aufgelegt.

»Ich glaube, das nennt man die Arschlochkarte«, konnte sich Peters Stimme nicht verkneifen. Die sonst so zuversichtlichen Gesichter der Jungunternehmer waren aschfahl. Johann schwitzte. Das Wasser lief ihm über die Stirn, sammelte sich auf den Augenbrauen und tropfte auf sein Jackett. Alex hatte noch nie jemanden so schwitzen sehen.

Manfredo und Tobi hatten Todesangst. Innerhalb weniger Minuten hatte man ihren Lebenstraum vernichtet. Sie waren regungslos. Alex beugte sich nach vorn und schaltete den Videorecorder auf Standbild.

»Diese drei Arschlochkarten könnte ich mir stundenlang anschauen«, sagte Alex. Er besuchte die ehemaligen Räume von Steel2net in der Münchner Maxvorstadt am späten Nachmittag. Dort hatte sich inzwischen einiges verändert. Im Auftrag des BVCN hatten Arbeiter sämtliche Unterlagen und Rechner von Steel2net abtransportiert. Die Mitarbeiter waren bis auf weiteres nach Hause geschickt worden.

Zurück blieb nur ein viel zu großes und teures Büro mit elitären Möbeln und einer protzigen Hausbar. In diesem elitären Rückzugsort der ehemaligen Steel2net-Bosse stand ein gigantischer Bildschirm. Die Rechnungen wiesen ihn als Device für Powerpoint-Präsentationen aus, aber faktisch war es ein kleines Kino mit Porno-Videothek. Johann und seine Freunde wussten, wie man Handwerksmeister beeindruckt.

Claudia hatte in ihrer Aktentasche eine kleine DV-Cam versteckt und mitlaufen lassen. Die Bilder waren nicht optimal, aber in ihrer Grobkörnigkeit und Unschärfe ein typischer Ausdruck von Dotcom-Ästhetik.

»Nette Jungs«, sagte David. »Jetzt kommt noch der Teil, in dem sie sich gegenseitig Vorhaltungen machen. Tobi nennt Johann eine Koksnase, Johann haut Tobi eine rein, Manfredo hält Johann fest, und Tobi tritt Johann in den Bauch, Johann kotzt auf den Boden, und dann einigen sich Tobi und Manfredo, das Geld rauszurücken. Sie haben ja nur mitgemacht und rufen Tuchner an, ob er vielleicht einen Notar schicken kann. Derweilen kriecht Johann ins Klo und kotzt sich aus. Als er zurückkommt, hat er einen schweren Aschenbecher dabei und wirft ihn Manfredo an den Kopf. Manfredo kippt vom Stuhl, und dann verdrischt Johann Tobi. Kaum zu glauben, wieviel Kraft manchmal in so einem Jüngelchen steckt. Irgendwann sind wir dazwischengegangen.«

»Das schau ich mir zu Hause an.« Alex schaltete den Bildschirm aus und nahm die Kassette aus dem Recorder. »Wenn der nächste Unternehmer kommt und Geld will, zeige ich ihm das als Lehrfilm. Und jetzt: Wie viel Geld ist noch da?«

»Ich habe innerhalb einer Stunde alles in allem 3.694.050 DM gefunden, und das dürfte es in etwa auch gewesen sein. Die Einrichtung, das Leben in Saus und Braus, die Gehälter der Bosse, Berater und Angestellten sind weg. Kleiner Trost: Die Löhne für diesen Monat sind noch nicht abgebucht, und die Chefs werden das von ihrem Privatvermögen begleichen müssen. Von den überhöhten Bezügen bleibt den Jungs kaum was. Das macht dann letztlich abzüglich 73.881 DM pro Liquidator mal drei ist gleich 221.643 DM für alle Liquidatoren, 3.472.407 DM Geldrückfluss für den Schweizer VC-Fonds«, rechnete Claudia vor.

»Liquidatoren? Bevor der Liquidator kommt, muss ein Unternehmen in Auflösung sein.«

»Wir sehen das anders«, hielt Claudia dagegen. »Die Unternehmen sind sowieso am Ende, auch wenn die Insolvenz noch fehlt. Wir machen aus festgefrorenem Geld flüssiges Geld, wir machen VC-Fonds wieder liquide. Wir machen uns selbst liquide. Und wir liquidieren idiotische Geschäftsideen. Liquidator passt als Bezeichnung.«

»Das Büro ist übrigens schon vier Monate im Voraus bezahlt. Eine Verschwendung«, meint David.

»Warum wollt ihr hier nicht einziehen? Zu dritt? Es gibt noch viel zu tun, und faktisch habe ich die Miete gezahlt«, gab sich Alex generös.

»Ein echtes Dotcom«, feixte Peter. »Zusammen mit einer Marketingfrau und einem New-Economy-Fritzen eine Start-up-Klitsche hochziehen, in einem überteuerten Büro einer abgebrannten Firma, mit einem Milliardär als Business Angel.«

»Hören Sie nicht auf Peter, der ist ein notorischer Nörgler«, sagte David, »und außerdem ist er am Ende seiner Kräfte. Der Laden hier ist super. In Zukunft ist es wirklich besser, wenn wir dabei nicht alle auf einem Fleck in meinem Büro sitzen.«

»Schön. Was noch? Richtig, ich muss noch Tuchner anrufen.« Alex wählte seinen Anwalt an. »Hallo, wie du siehst, ist alles gut gelaufen. Wie hat dir der Bericht gefallen? Du glaubst also auch, dass man die Kerle hätte verklagen sollen.« Alex lächelte seine Liquidatoren böse an. »Wenn dir was einfällt, wie man das Ende von Steel2net sauber ausschauen lassen kann, dann mach's einfach, meinen Segen hast du. Was soll das heißen, du bist froh, dass das beendet ist? Aufhören? Wieso denn? Es gibt noch mindestens 15 andere Investments. Um es ganz klar zu sagen: Steel2net war nur der Anfang. Wie du selbst sagst, hätte man das Geld aus den Leuten rausklagen können. Wenn du weiterhin mein Anwalt sein willst, bleibst du loyal. Wenn nicht, suche ich mir jemand anderen. Verstanden? So ein Arsch!« Alex schmetterte sein Handy in die Bar.

Ich mag sowieso keinen Alkohol, dachte David ohne Bedauern, als der Mobile Communicator den Martini d'Oro verfehlte und im Scotch einschlug. Dem gehen die Nerven durch. Verträgt keinen Druck. Bei einer Reportage in Ramallah hatte er schon mal jemanden erlebt, der unkontrolliert etwas geworfen hatte. Die übliche Straßenschlacht war schon eine halbe Stunde vorbei. Er wollte nur ein Foto von der anderen Seite auf die abrückenden Israelis machen. Ein paar Kids standen noch in den Hauseingängen, und David lächelte sie an. Als er gerade »Only Photo« gesagt hatte, gingen einem die Nerven durch. David erkannte im letzten Moment, dass er etwas in seine Richtung warf. Es war ein Molotow-Cocktail. Er verfehlte David nur um Zentimeter und detonierte ein paar Meter weiter. Nurit ließ ihn nach dieser Geschichte eine Weile nicht mehr nach Gaza rein. Damit er lernte, wie er sich gegenüber Steineschmeißern zu verhalten hatte.

»Ich bin mir ganz sicher, dass Tuchner auch in Zukunft angemessen reagieren wird. Es ist eine neue Wirtschaft, und er muss sich an die Abläufe erst gewöhnen. Geben Sie ihm ein paar Wochen – wir machen inzwischen unsere Arbeit, er kann sich bewähren, und danach kann sich Ihr Konzern immer noch einen anderen Anwalt suchen.« David ging hinter die Theke und hob die Mobile Device auf. Das Display war gesprungen, der Deckel abgebrochen. »Im jetzigen Moment wäre ein offener Konflikt mit Tuchner nicht hilfreich. Wir können nur dann erfolgreich arbeiten, wenn alles diskret abläuft. Wenn Sie mit Tuchner brechen, lässt der Informationen über uns durchsickern. Er kann unsere Targets warnen und unsere Arbeit so gut wie unmöglich machen. Es funktioniert nur dann reibungslos, wenn Tuchner loyal bleibt und den Start-ups das Vertrauen entzieht. Das wirkt.«

»Na gut.« Alex hatte sich wieder im Griff. »Ich gehe erst mal ins Wochenende. Mein Vermögensverwalter wird sich noch heute um die Überweisung kümmern. Als Abschlagzahlung und für die Spesen ist hier noch eine Kreditkarte. Nächsten Freitag will ich noch so ein Video. Endlich mal Spaß mit der New Economy.« Er nahm die Reste seines Telefons und ließ seine Mitarbeiter allein in ihrem neuen Zuhause.

»Und was machen wir jetzt?«, fragte Peter.

»Ich bin todmüde und erledigt. Ich schlafe mich erst mal richtig aus.« Claudia hatte in den letzten Tagen keine Zeit für private Besorgungen gehabt. Der Job hatte sie gestresst, und in den letzten Minuten fühlte sie ein steigendes Bedürfnis nach einem Aufputschmittel. Sie würde eine Freundin aus Akademietagen besuchen, die nötige Dosis holen und sich dann ausruhen.

»Ich werde erst mal mein Büro aufräumen müssen. Und dann habe ich mich in den letzten Tagen nicht um meine süße Bettina gekümmert, das muss ich heute Abend nachholen, sonst kriege ich Ärger.« David kramte aus seiner Jackentasche ein grünweißes Gummibärchen und schluckte es. »Aber wenn ihr wollt – morgen Abend ist auf der Praterinsel die legendäre Sommerparty der Münchner PR- und Werbeagenturen, da können wir ja hin und uns die nächsten Opfer anschauen. Die meisten sind sicher auch dort, weil das Buffet exquisit ist. Ich kann genügend Einladungen beschaffen. Warum sollen wir nicht Arbeit und Vergnügen verbinden?«

»Na gut, schick uns morgen eine Mail, wann wir uns treffen.« Peter fühlte sich ausgeschlossen. David fuhr zu seiner Freundin, und Claudia hatte sicher nur eine Ausrede erzählt. Sie würde mit ihrem Cabrio einen Audi-TT-Typen aufreißen gehen, irgendeinen Jungdynamiker wie die, die sie noch heute Morgen in den Abgrund gestoßen hatte. Sie würde bis zum Morgen ficken und keinen Gedanken an Peter verschwenden. Im Grunde war sie auch nur so eine hohle Tussi. Er fuhr an den Starnberger See und rauchte einen Joint.

14. Kapitel

Worin die Journalisten von einem Helden Nachhilfe in einer wichtigen Kunstfertigkeit erhalten und viele Menschen glücklich machen.

»Noch einen Wein?«

»Danke.«

»Aber etwas mäßiger.«

»Was heißt hier mäßiger?«, ereiferte sich der Herr in Beige, der diesmal eigentlich hellbraun gekleidet war. »Es ist Sommer. In dieser Pracht all diese gierigen Agenturmenschen. Ein abscheuliches Nebeneinander von Schönheit und Elend. Das ist kein Abend für Mäßigung.«

»Na schön, aber beschwer dich nachher nicht, wenn es dir schlecht wird.« Der Herr in Schlammgrün war an diesem Abend in einem hellgrauen Anzug erschienen.

»Mir wird natürlich schon schlecht, wenn ich auf das Programm schaue. Ansprache des Verbandsmenschen. Danach der Chef vom Computergiganten. Eine Promotionshow, weil die Agenturen kein Geld mehr haben und der Kerl das Buffet zahlt.«

»Es könnte schlimmer sein. Stell dir vor, der Internetstaatssekretär würde sprechen.«

»Schrecklich. Vielen Dank.« Der Herr in Beige griff höflich auf ein weiteres Glas zu, diesmal Prosecco. »Ich eröffne jetzt das Buffet.« Die beiden standen direkt vor einer langen, mit einem weißen Tuch abgedeckten Tafel. Die Pressevertreter hatten sich dort eingefunden; möglichst weit entfernt vom Podium mit den langweiligen Speeches und strategisch günstig für die First Moves an der Hummerschwanzfront. Ebenfalls gut beim Buffet aufgestellt waren die jüngeren Teilnehmer des Events. Praktikanten, die um ihre kargen Löhne betrogen wurden und sich jetzt mit Essen amortisierten. Frisch gefeuerte Designer wollten nicht ihren ehemaligen Arbeitskollegen begegnen, die sich mit zuversichtlich leuchtenden Augen am Podium versammelt hatten. Die Langzeitarbeitslosen der Crea-Szene hofften, durch das Weiterreichen von Häppchen mit den Großen der Szene ins Gespräch kommen. Wenn das Buffet erst mal eröffnet war, war es zu spät. Dann bildeten sich von beiden Seiten kommunikationsfeindliche Schlangen. Es war ein buntes Völkchen voller vorsichtigem Pessimismus, das sich hier zum Erstschlag versammelt hatte. Wer eine Partie für die Nacht suchte und halbwegs glaubwürdig einen Job anbieten konnte, hatte die Qual der Wahl.

»Wenn du das Buffet eröffnest, werden sie uns nächstes Jahr nicht mehr einladen.«

»Ich will nächstes Jahr nicht eingeladen werden. 2002 zahlt höchstens noch Siemens das Buffet bei diesem New Lumpenproletariat. Wir wissen, was das bedeutet. Welker Salat, trocken Brot, und die Getränke muss man selber zahlen. Ohne mich.«

»Wir brauchen einen Dritten im Bunde. Zwei ziehen das Tuch, aber jemand muss das erste Häppchen nehmen, sonst traut sich keiner.«

»Da wäre jetzt eine Praktikantin gut.«

»Ich habe bei Julia angerufen, aber sie hat nächste Woche Zwischenprüfung.«

»Typisch. Die alten Tugenden Fleiß und Ausdauer kommen wieder in Mode. Wir erleben den Untergang einer Kultur, in der man nur mit schönen Worten Karriere machte.«

»Es musste so kommen.«

»Aber wir sind die Leidtragenden! Wer hilft uns jetzt?« Der Herr in Beige sah sich um, aber alle taten so, als ob sie das provozierend laute Gespräch nicht gehört hätten. Nicht jeder konnte es sich leisten, sich so zu benehmen; nicht jeder hatte einen wichtigen Vater oder für einen Weltkonzern ein New Media Budget von acht Millionen Mark zu vergeben, wie die beiden Herren.

»Zu spät. Die Reden beginnen.«

»O nein. Ich brauche dringend noch einen Prosecco.«

»Ich hole ihn dir.«

Der Herr in Schlammgrün schoss durch die angeödete Menge. Es wurde knapp, denn die Kellnerinnen hatten den Auftrag, sich bei Beginn der Reden zurückzuziehen. Eines der Mädchen war zu langsam. Der Herr in Schlammgrün griff mit beiden Händen nach den vier Proseccogläsern auf ihrem Tablett. Das war seine Spezialität. »Dürfte ich Ihnen das abnehmen?«, er lächelte die Kellnerin an.

Als er sich umdrehte, sah er sich anderen, weit geöffneten Händen gegenüber. »Na so was. Hallo David. Wir haben uns ja ewig nicht gesehen – ich dachte schon, die Hisbollahs hätten dich an die Iraner verkauft. Wieder zurück aus Erez Israel, mit ein paar blauen Flecken als Souvenir?«

»Sehr komisch, Rainer. Ich bin seit sechs Wochen wieder da.«

»Na, dann spül dir mal den Sand des Gazastreifens die Kehle runter.«

»Ich brauche das für meine Begleitung.«

»Wo?«

»Da drüben, zwei Tische weiter. Die Blonde und der lange Lulatsch.«

»Nie gesehen – nur der Typ kommt mir bekannt vor. Dabei kenne ich doch alles und jeden.«

»So kann man sich täuschen. Wir arbeiten zur Zeit zusammen, als Consultants für einen Investor. Das Übliche.«

»Willst du mich nicht vorstellen?«

»Nein. Ich will den Prosecco.« Gekonnt wand David dem Herrn in Schlammgrün zwei Gläser aus der Hand. »Ist nur zu eurem Besten. Sonst wird euch nachher wieder schlecht. Du bist doch sicher mit Thilo hier, oder?«

»Schau doch nachher mal vorbei. Wir suchen noch nach einem dritten Mann für ein Attentat auf das Buffet, und du mit deinem Training in Ramallah ...«

»Komme gleich. Die beiden da drüben nerven sowieso mit ihrer Turtelei.«

»Was gibst du dich auch mit solchen langweiligen Karrieristen ab. Ich dachte immer, du hasst Blond.«

»Man kann es sich nicht immer raussuchen.«

»Ist deine Schwester auch hier?«

»Nein, sie ist mit meiner Mutter auf ein Wochenende in Paris. Einkaufen. Geld unter Kontrolle kriegen.«

Der Herr in Beige war auch mit den zwei Gläsern Prosecco zufrieden, die der Herr in Schlammgrün gerettet hatte.

»Stell dir vor, David ist wieder im Land. Er wird gleich kommen.«

»Oh, die Rückkehr des Trio Infernale. Und das an einem so köstlichen Buffet.« Der Herr in Beige hatte inzwischen unter dem Tischtuch ein paar Sushi-Rollen ergattert.

»Sushi. Ausgerechnet Sushi. Die Rache Asiens an der westlichen Buffetkultur. Kein Wunder, dass die Zahl der Mangelkrankheiten in der New Economy so hoch ist.«

»Angeblich gibt es auch Zucchiniblüten mit Ricottafüllung, aber auf die Schnelle habe ich das nicht gefunden.«

»Da kommt ja unser Fahrer ins gelobte Land.«

»Willkommen an der Tafel, Cavaliere Davide della Monte Rossi.«

»Hätte ich mir ja denken können, dass ihr euch hier rumtreibt, so nah an den Spezereien.«

»Schhh.« Ein schlaksiger Mann, der dem Sprecher auf dem Podium Aufmerksamkeit heuchelte, ärgerte sich über die Störung. Offenbar war Zynismus nicht seine Sache. Das Mädchen an seiner Seite wäre eine umwerfende Schönheit gewesen, wenn sie 15 Kilo mehr gewogen hätte. So spannten sich die Träger ihres blauen Kleides über tiefe Hautschluchten zwischen den Graten ihrer Schlüsselbeine. Aus den eingefallenen Augenhöhlen starrte sie wütend zu den Herren und David hinüber.

»Paul Graham von Headsearch, Inc.«, erklärte der Herr in Schlammgrün mit gedämpfter Stimme. »Der ist sauer, weil wir vor zwei Wochen was über Headsearch geschrieben haben. Und daneben eines der prominenten Opfer des Blu4 Media-Massakers. Viola Maier, Spokeswoman der Portalabteilung. Hat die ganzen Ad-Hocs zum Blu4 Portal geschrieben. Sucht einen neuen Job und ist stattdessen an Paul geraten. Tragisch.«

»Magersüchtig?«

»Nein, einfach nur deprimiert. Wahrscheinlich ernährt sie sich seit der letzten Woche nur noch von Tabletten.«

»Naja.« David kramte ein grünweißes Gummibärchen heraus. »Schlimme Sache, das mit Blu4. Aber unvermeidlich.«

»Wir sollten sie füttern«, erbarmte sich der Herr in Beige. »Die erste Rede geht gerade zu Ende. Bevor der nächste Depp auf das Podium klettert, eröffnen wir jetzt das Buffet.«

»Immer wieder schön, aus dem Gaza zurückzukommen und zu sehen, dass hier all die kleinen Belanglosigkeiten weitergehen. Ihr zieht die Decke weg, ich greife zu.«

Die Herren in Schlammgrün und Beige schlenderten zu den gegenüberliegenden Seiten der Tafel. David drehte sich halb vom Podium weg, wo der Sprecher der PR-Agenturen-Vereinigung gerade vom PR-Faktotum Frau Schultz abmoderiert wurde. Sie kämpfte mit schriller Stimme gegen die geballte Langeweile an, die ihr entgegenschlug. Es war der schwierigste Teil des Abends. Sie musste die Anwesenden stimulieren, sich noch eine viertel Stunde Werbung für den Computergiganten anzuhören. Ihr Blick schweifte unsicher über die Anwesenden zur hinteren Wand des Saales.

Frau Schultz war zu eitel, um eine Brille zu tragen. Sie hatte Heuschnupfen. Im Sommer konnte sie auch keine Kontaktlinsen nehmen. Sie sah nur zwei Schemen an den Rändern des Buffets. Ihre Hände krampften sich um das Mikrofon. »Ich darf Ihnen jetzt den Höhepunkt des Abends vorstellen ...«

»Das Buffet ist eröffnet«, kam ein Ruf vom hinteren Teil des Raumes. Frau Schultz versagten die Worte. Durch den Schleier ihrer Kurzsichtigkeit erkannte sie, dass das Publikum zum Sturm
auf das Buffet ansetzte. Sie musste es aufhalten, die Leute für
den Sponsor des Abends gewinnen, die Ordnung der Welt
wiederherstellen. Es war ein feiger Anschlag gegen
ihre Person. Es ging um ihre Karriere.
Sie holte panisch Luft
und sagte:
»Äh.«

15. Kapitel

Worin sich unglückliche Zufälle zu einem glücklichen Ende fügen, nebst einer leidlichen Empfehlung zum Dresscode der New Economy.

David hatte zwei Tabletts an sich gerissen. Die Herren in Beige und Schlammgrün hatten von den Rändern mitgebracht. Der kleine Tisch bog sich unter den angekündigten Zucchiniblüten und italienischen Vorspeisen, von denen hier nur die Teigtaschen mit Trüffeln erwähnt seien. Die hätte eigentlich ein für diese Aufgabe abgestellter Kellner zum Tisch der Bosse tragen sollen.

Die Stimmung im Saal besserte sich sofort. Niemand trauerte den ersatzlos gestrichenen Worten des Vertreters des Computergiganten hinterher. Er war dafür bekannt, dass er seine Verachtung für Agenturen raushängen ließ. In den Vorjahren hatten ihn die Agenturen deshalb geschnitten. In diesem Jahr wollte niemand als Hauptsponsor auftreten. Alle großen Konzerne hatten andere Sorgen. Miserable Börsenkurse. Entlassungen. Milliardenverluste. Für den Hunger der Agenturen gab es keine Mittel.

Frau Schultz hatte versucht, die Agenturen selbst zur Übernahme der Kosten zu bewegen. Diejenigen, denen es schlecht ging, winkten ab. Die Agenturen, die angeblich keine Sorgen hatten, dachten nicht im Traum daran, ihre Konkurrenz zu füttern. Vier Tage vor dem Event, nach einigen demütigenden Anrufen, war der Computergigant dann doch noch bereit, das Buffet zu zahlen. Einzige Bedingung: eine nicht unkritische Keyspeech über die Agenturenszene. Dafür ließ der Gigant extra neue Programme auf Firmenpapier mit reichlich Werbung drucken. Den Aufwand hätte man sich sparen können.

»Perfektes Multitasking bringt First Mover zum Erfolg!«

»Mit etwas Geschmack kann man auch in Krisenzeiten noch ein vernünftiges Mahl zusammenstellen«, freute sich David Rotberg, CEO der neu gegründeten Sengen&Brennen KG. Der Beweis: Durch eine innovative Beschleunigung der Vortragsabläufe gelang es dem blendend aufgestellten Team, die Core Assets des Buffets für sich zu gewinnen.

»So soll es auch sein«, knurrte hungrig lechzend ein erfreuter namenloser PR-Berater, »der ...«

»Sagt mal«, unterbrach Paul Graham, der Mann von Headsearch, rüde den Herrn in Schlammgrün, der gerade eine Spontan-Pressemitteilung improvisierte, »was fällt euch eigentlich ein? Ihr geht zu weit. Ihr seid einfach nur peinlich. Hier arbeiten Menschen hart am Erfolg, und ihr macht alles kaputt. Ihr passt hier nicht her.«

»Darf ich mich vorstellen, bevor wir uns prügeln? Mein Name ist David Rotberg, David für meine Freunde, Herr Rotberg für Sie, Herr ...«

»Ich bin Paul Graham, und ich werde mich sicher nicht mit Ihnen prügeln. Mit so was mache ich mir die Hände nicht schmutzig.«

»Ach, kommen Sie schon, relax. Nur ein kleiner Streich. Ist aber gut fürs Networking. Hat Sie denn wirklich interessiert, was uns der Typ von seinen tollen neuen Servern erzählen wollte?«

»Es geht um Anstand. Was Sie getan haben, was Sie und Ihresgleichen immer tun, ist nur destruktiv. Sie sind schamlose Parasiten. Ich kann nicht verstehen, wie so was wie Sie hier reingelassen wird.«

»Nicht? Bei Ihrem Job sollten Sie sich besser mit den Realitäten auskennen. Frau Schultz!«, brüllte der Herr in Schlammgrün in einem Ton, wie geschaffen für einen billigen Gestapo-Streifen.

Die verhinderte Moderatorin war im Gesicht hochrot angelaufen. Sie presste die Kiefer zusammen, und ihr Hals war verspannt. Wie eine Cocktailtomate auf einem kleinen Stück vertrocknetem Mozarella, ging es David unwillkürlich durch den Kopf.

Es fehlt nur noch das Spießchen und das Basilikumblatt. Frau Schultz ging verkrampft und von einer inneren Aggression getrieben.

»Frau Schultz, Herr Graham wünscht, dass Sie für die Zukunft eine Änderung der Gästeliste vornehmen. Herr Graham?« Der Herr in Schlammgrün war die Höflichkeit in Person.

Paul schwieg einen Moment. Negative Publicity konnte er nicht brauchen. »Es ist mir nicht ganz einsichtig, wieso gewisse Pressevertreter sich immer daneben benehmen. Es schadet den Events. Es schadet der Szene. Muss das sein?«

Frau Schultz wusste, dass eine Streichung von der Gästeliste nichts bringen würde. Selbst wenn sie es nach diesem Streich gegenüber ihren Vorgesetzten vertreten konnte: Irgend jemand würde die Herren doch wieder mitschleifen; zu viele hatten ein Interesse daran, dass sie über Konkurrenten Schlechtes schrieben. Frau Schultz kämpfte keine verlorenen Schlachten. So war sie auf ihren Posten gekommen. Sie hatte keine Lust, in Zukunft von den beiden Herren verfasste pikante Details über sich zu lesen.

»Ist schon okay«, sagte sie, und ging aufs Klo, koksen. Der Herr in Beige hob ein kleines Tablett hoch und besah die Unterseite. »Rosenthal«, sagte er, »immerhin. Nachdem hier das Besteck Noname ist ...« Er ließ das Tablett in seine Aktentasche gleiten.

Pauls Hand verkrampfte sich um sein Weinglas.

»Paul, bitte.« Seine verhungerte Begleiterin legte die Hand auf seine Schulter. »Lass dich nicht provozieren.«

Paul drehte sich ruckartig um. Seine Faust mit dem Weinglas beschrieb einen Kreisbogen und kollidierte nach einer Vierteldrehung mit Claudias Schulter. Nachdem sie sich mit Peter eine Weile gelangweilt hatte, wollte sie beim Fingerfood helfen. Der Wein erhob sich zu einer majestätischen Fontäne und fiel auf Claudia und Peter zurück.

»Kulturloser Volltrottel«, sagte Peter. Viola kicherte verlegen. Paul erkannte Peter sofort wieder. Der Typ, der es letzte Woche gewagt hatte, ihn als Sklavenhändler zu bezeichnen. Er verlor die Kontrolle und brüllte los.

»Du schon wieder, du Nichts. Dich kenn ich doch. Du bist das Letzte. Du bist ein Versager, ein aufgeblasener Arsch, der sich für was Besseres hält. Kein Wunder, dass du keine Frau abkriegst. Du wirst nie eine Stelle bekommen, egal, wie lange du hier irgend jemand in den Arsch kriechst. Du bist menschlicher Abschaum. Die Arbeitswelt braucht keine neidischen Versager wie dich. Seht ihr den?«, rief er, »gerade mal vier Punkte in Jura und glaubt, dass er jemals eine Stelle bekommt.« Er packte Viola am Arm und zog sie aus dem Saal. In ihrer linken Hand hielt sie immer noch eine Zucchiniblüte mit Ricottafüllung, im Gestus einer archaischen Statuette aus Lakonien.

Peter fühlte die Blicke aller Anwesenden auf sich. Es dauerte endlose Sekunden, bis er Davids Hand auf seiner Schulter spürte. »Damit wissen wir: Unseren Personalbedarf werden wir nicht bei Headsearch decken.«

Abgebrochene Gespräche wurden wieder aufgenommen. Gesprächsfäden schlossen das Loch der Stille, das Pauls Auftritt gerissen hatte. Das Networking breitete sich von den Rändern des Raumes wieder zur Mitte hin aus, zum Kreis, der sich um den Tisch voller Köstlichkeiten gebildet hatte.

Es war etwas mehr als eine Woche her, als eine etwas zähere Flüssigkeit Claudias Kleidung ruiniert hatte. In dieser Woche war ihr Zutrauen zu ihren Kollegen soweit gewachsen, dass sie zur Arbeit die teuren Sachen aus dem Kleiderschrank holte. Peter war für ihren Stil anfällig. Mit den Spesen auf der neuen Kreditkarte war sie am Vormittag einkaufen gegangen. Sie hatte sich ein schlichtes Seidentop von Jil Sander gekauft, vorne hoch geschlossen und hinten frei. Es war Rotwein, und das Top war ruiniert.

»Leider haben wir schon vor zwei Wochen über Headsearch geschrieben, sonst könnten wir Sie beide jetzt galant rächen«, bedauerte der Herr in Beige.

»Headsearch gehört doch auch zum BVCN, oder?«, fragte Claudia, während sie sich mit einer Serviette notdürftig abtrocknete. Alle betrachteten interessiert ihre Brustwarzen, die sich deutlich unter dem feuchten Top abzeichneten. Es waren sehr schöne Brustwarzen, wohlgeformt und mit kleinen, festen Vorhöfen.

»Richtig, neu gegründet, mit ein paar Millionen aus einem Schweizer Fonds.« Der Herr in Schlammgrün dachte nach, mit welcher Information er die Brustwarzen zur Dankbarkeit verpflichten könnte. »Es gibt da ein paar dunkle Flecken. Paul hat nicht im mindesten das geschafft, was er versprochen hat. Die Ausgaben sind zu hoch, die Kunden wollen nicht so, und er hat auch nicht viele High Potentials, die er vermitteln kann. Und dann noch ein Audi TT auf Firmenkosten; das ist selbst für München eigentlich zu viel.«

»Wollen wir tauschen?«, fragte David.

»Was tauschen?«

»Eure Recherche zu Headsearch gegen den News-Knaller der Munich Area. Übermorgen steht das in allen Medien. Ihr könnt das sofort haben. Man wird euch für Hellseher halten.«

»Gibt's wieder eine spektakuläre Pleite, von der wir nichts wissen?«

»Eher die unfreiwillige Liquidation einer großen Hoffnung.«

»Das klingt nach Erpressung. Wie nett.«

»Netter. Steel2net«, sagte Claudia.

»Einen Prosecco. Schnell«, sagte der Herr in Beige. Der Herr in Schlammgrün sah sich hilfreich um, doch die Kellnerinnen waren nicht in der Nähe. Nur die üblichen Poser, die Arbeitslosen, die Verlierer, so wie das Mädchen hinter ihm. Er kannte sie flüchtig, ein Opfer der Gier in der Szene, eine an den eigenen Hoffnungen Gescheiterte. Eine Pseudo-Journalistin, die mal bei einem Contentanbieter war. Eine Lohnschreiberin.

Er grüßte sie flüchtig, und dann fiel es ihm wieder ein. Das Mädchen hieß Uta Hofmann und war inzwischen eine Hofschranze von E-Investor.

Die Szene munkelte von irgendwelchen Beziehungen,
die ihr den Job verschafft hatten. Bei E-Investor
war sie sicher nur der Fußabstreifer für
ihren Chefredakteur. Irgendwie
traurig, oder so, aber auch
nicht ganz un-
verdient.

16. Kapitel

Worin ein längst verloren Geglaubter innere Einkehr hält und aus seiner Kartause gestärkt zu den irdischen Freuden zurückkehrt.

»Professor Tuchner möchte Sie im Le Minou sprechen. Sofort. Der Fahrer wird Sie abholen.«

Klaus hatte die Einladung erwartet. Das Le Minou war die einzige Sentimentalität, die er an Tuchner kannte. Tuchner hatte keine Frau, keine Kinder, keine Geliebte, keine Freunde jenseits der Arbeit. Er hatte das Le Minou, eine ehemalige Studentenkneipe, die er gekauft und in ein Nobelrestaurant hatte umbauen lassen. Der graue Rechtsanwalt verwandelte sich dort zu einem Patron, mit selbsterfundenen Riten der Demütigung und Disziplinierung seiner Untergebenen.

Klaus hatte das Le Minou oft für Geschäftsessen genutzt. Es lag verkehrsgünstig in der Maxvorstadt, in der Nähe von Banken, Ministerien und Weltkonzernhauptquartieren. Und es war eine Win-Win-Situation für alle Beteiligten: Die Küche arbeitete nach den Wünschen der Gäste, und die Kosten für das BVCN flossen als Gewinne zu Tuchner. Nur die Steuerbehörden verloren kräftig wegen der überhöhten Rechnungen, die das BVCN geltend machte. Bloß gut, dass manche Mitarbeiter im Finanzministerium Förderer des BVCN und häufig im Le Minou zu Gast waren.

Klaus hatte nach dem großen Knall nicht damit gerechnet, das Le Minou noch einmal von innen zu sehen. Nachdem Tuchner ihn »beurlaubt« hatte, war sein Zugang auf die Rechner gelöscht. Sogar seinen Laptop hatte er im Büro lassen müssen. Als er das Gebäude an der Dachauer Straße verlassen wollte, sperrte seine Karte die Außentür nicht mehr auf. Der Pförtner sagte, er habe schriftliche Anweisungen des BVCN, niemanden ohne funktionierende Karte rein und raus zu lassen. Auch die Innentür war nicht mehr zu öffnen. Klaus war zwischen zwei Glastüren gefangen. Als er den Pförtner anschrie, schloss der nur sein schalldichtes Kabuff und starrte auf seine Monitore. Klaus sah gegen zwei Uhr morgens Tuchner, Alex, die Rotbergs und Claudia gemeinsam das Gebäude über den Kanzleiausgang verlassen. Sie wirkten gelassen und nicht unzufrieden.

Erst gegen sechs Uhr wurde der Pförtner abgelöst. Klaus schlüpfte nach draußen und startete seinen Porsche. Am Haupttor entließ man ihn ohne Gruß. Obwohl er todmüde war, konnte er nicht schlafen. Er fuhr ziellos durch den frühen Berufsverkehr, frühstückte in einem Café und verkroch sich in seine Bootshütte. Vier Tage lang rief ihn niemand an. Die Welt hatte ihn vergessen.

Seine Tage verliefen eintönig. Gegen zwei Uhr nachmittags stand er auf, schaltete den Fernseher ein und guckte Aktienkurse und Wirtschaftssendungen. Er ärgerte sich über das dumme Gerede von Bloomberg, N24 und n-tv. Dort war er oft zu Gast gewesen. Bei einem der Sender verlangte er immer nach einer bestimmten Moderatorin, die sich in ihrer Ahnungslosigkeit von ihm die Fragen aufschreiben ließ. Sie hatte vor der Entdeckung ihrer Wirtschaftskompetenz nur als Texterin für Boulevard-Magazine gearbeitet. In dieser Woche waren drei Wirtschaftslenker bei ihr zu Gast. Klaus erkannte an dem Gesprächsverlauf, dass auch die anderen den Trick mit den Fragen kannten. Danach verspürte er den brennenden Wunsch, die Glotze einzutreten. Er betrank sich, bis er ins Bett fiel. Von Mittwoch auf Donnerstag schlief er in seinem eigenen Erbrochenen, nur zwei Meter von der Badtür entfernt.

Seine Bootshütte, sonst ein liebevoll gepflegtes Holzhaus mit traumhaftem Blick über den See in Richtung Alpen, verwandelte sich in eine Müllkippe. Am ersten Abend wollte er noch in ein Bordell fahren. Er fand im Suff den Autoschlüssel nicht mehr. Mittwochs bestellte er einen Hausbesuch. Die Frau erkannte seinen Zustand und kam nicht. Klaus wartete vergeblich. In den nächsten Tagen ließ seine aggressive Sexualität unter Dauerrausch stark nach. Am Samstagmittag waren die Alkoholvorräte aufgebraucht. Schmutzig, unrasiert und unerfreulich nüchtern wollte er den Wagen starten, als das Handy klingelte.

»Hallo Klaus! Sag mal, stimmen die Gerüchte?« Die Stimme gehörte einem der Schwachköpfe aus dem Ministerium. Dr. Baum, für seine Freunde Maxl. Eine der Karrieren, die mit vier Promille und 180 Stundenkilometern an Brückenpfeilern zu enden pflegen.

»Welche Gerüchte?« Erfolg und Bestechlichkeit im unkündbaren Doppelpack war zuviel für diese Uhrzeit. Klaus hätte das Handy am liebsten an den nächsten Baum gepfeffert.

»Stell dich nicht blöd. Du hast doch sicher auch schon gehört, dass es zwischen Alex und deinem Boss kriselt.«

»Wer behauptet denn so was?«

»Das sickert aus Alex' Umfeld nach draußen. Da will sich wohl einer von seinem Vormund abnabeln, schätze ich mal.«

»Da ist bestimmt nichts dran. Tuchner erledigt die Arbeit diskret, unauffällig und gut. Er kommt eben noch aus einer anderen Zeit, als Kanzleien noch keine PR hatten. Kann es sein, dass dein, sagen wir mal, Umfeld persönliche Interessen an einem Dissens hat?«

»Nicht gleich aggressiv werden. Angeblich irgendein Krach, und dann bist du plötzlich im Urlaub. Das könnte man so interpretieren, dass du auf Tauchstation gehst, während sich dein Boss und dein bester Geldgeber massakrieren.«

»Tu mir einen Gefallen, Maxl, und erzähl den Blödsinn nicht rum. Ich bin nur ein paar Wochen in meiner Hütte beim Grillen, Segeln und Golfen. Es waren harte Jahre, und ich brauche einfach eine Auszeit. Ich möchte in aller Ruhe neue Perspektiven fürs BVCN erschließen. Nicht jeder kann sein Bett im Ministerium aufstellen. Ciao.« Klaus würgte das Gespräch ab. Maxl würde toben. Und dann würde er alle seine Freunde anrufen und die Geschichte vom Streit weitererzählen. Und Tuchner würde die Quittung für die Demütigung vom Montag bekommen, quasi mit ministeriellem Siegel. Es hatte ihm nichts gebracht, Klaus fallen zu lassen. Alex würde mit ihm so oder so brechen.

Die Probleme gegenüber der Öffentlichkeit, gegenüber den Investoren; das alles würde sich nur mit Klaus lösen lassen. Es war nur eine Frage der Zeit, bis sich Tuchner bei ihm melden würde. Der Immer-Noch-Chef des BVCN ging ins Haus zurück, duschte sich, zog einen sauberen Anzug an und fuhr nach München. Seine BVCN-Mastercard war zwar gesperrt, und trotzdem gönnte er sich einen vergnüglichen Abend in einem Privatclub. Die Kosten würde er schon wieder reinbringen.

Sonntagmittag kam der Anruf von Tuchners Sekretärin.

Nur wenige Minuten später klingelte der Fahrer und
brachte ihn im Firmen-Jaguar nach München.
Es war der Jaguar für die
ganz besonderen
Kunden.

17. Kapitel

Worin wiederum heftig kopiert, abgeschrieben und aus Quellen zitiert wird, sehr zur Arbeitserleichterung des Autors und zur Freude voyeristischer Naturen.

Bad News Entertainment Group

NETTIGKEITEN VOM INVESTOR?
Steel2net vor dem Aus

Von den Herren in Beige und Schlammgrün

Was wurde uns nicht schon alles angedreht. ISP. B2C. ASP. Und alles hatte USPs in Überfülle. Gescheiterte, ausgebrannte Ideengerippe einer weltenfernen Vergangenheit. Und nun erwischt es auch das Münchner Prestigeprojekt im Business-to-Business. Steel2net, die angeblich so zukunftsträchtige Plattform für Stahlbau, geht nach uns vorliegenden Insiderfakten ins Nirwana. Die »offizielle« Todesart ist noch unklar – vielleicht ein »Verkauf« für einen symbolischen Preis, vielleicht neue »Gesellschafter«, die den Stecker ziehen.

Die Chefs sind inzwischen keine Chefs mehr, sondern nur noch ein paar abgebrochene Studenten mit überhöhten Leasingverträgen für ihre Sportwagen. Bittere Tränen bei den Starnberger Rennboothändlern, wo Steel2net noch vor wenigen Wochen ein paar Flitscherlis für ein Firmenrennteam kaufen wollte.

Heulen und Zähneknirschen sicher auch bei den Schreiberlingen der Munich Area. Der letzte Federkratzer hatte noch am letzten Freitag Steel2net in den Himmel geschrieben – jetzt könnte es für Steel2net und Schreiberling wirklich der allerletzte Freitag gewesen sein ...

***

»Sie sind verbunden mit dem Anschluss von Steel2net, dem führenden B2B-Portal für den Stahlsektor. Leider ist unser Büro zur Zeit geschlossen. Bitte hinterlassen Sie nach dem Ton eine Nachricht. Wir rufen Sie umgehend zurück.«
»Hi Johann, hier Jörg Gruber. Ruf mich bitte so schnell wie möglich an, danke, ciao.«

***

»Hallo, hier ist die Mailbox von Johann, Nachricht jetzt, Speed kills.«
»Hallo Johann, ich bin's, Jörg Gruber, es ist Sonntag, 19.30 Uhr, sag mal, stimmt das, was BNEG meldet, dass es euch schon nicht mehr gibt. Mein Chef grillt mich, wenn das stimmt. Du kannst doch nicht den Laden vor die Wand setzen und mich einen Tag vorher schreiben lassen, dass es euch phantastisch geht. Ruf an, bitte.«

***

So., 20.45 Uhr – von Uta Hofmann

STAHLPORTAL VOR DEM AUS?
München. Das B2B-Stahlbauportal Steel2net steht nach uns exclusiv vorliegenden Insiderinformationen in den nächsten Tagen vor einem Gesellschafterwechsel. Auch ein Verkauf des Kerngeschäfts an einen Konkurrenten kann nicht ausgeschlossen werden. <u>Mehr im Abobereich</u>

***

»Hallo, hier ist die Mailbox von Johann, Nachricht jetzt, Speed kills.«
»Johann, es ist Montag, 1.30 Uhr, bitte melde dich, ich muss morgen ins Büro, mein Chef killt mich.«

***

Montag, 9:30 Uhr
BVCN-Pressemitteilung

BVCN erzielt mit Steel2net erfolgreichen Trade Sell
Das Bavarian Venture Capital Network hat mit der führenden B2B-Stahlplattform Steel2net eine weitere Erfolgsgeschichte geschrieben. Steel2net wird an eine Holding des Freistaates verkauft und mit dem bereits existierenden Business-System der Handelskammer vereint.

»Bei der aktuellen Marktlage macht ein Börsengang wenig Sinn«, erklärt Karl Bacher, der stellvertretende Leiter des BVCN. »Wichtig ist, dass wir in kurzer Zeit ein herausragendes Produkt zur Marktreife gebracht haben.«

»Synergien sind ein Core Asset der Moderne«, freut sich der Internetstaatssekretär. »Genauso, wie sich der Stahlbau den Herausforderungen der Zukunft stellen muss, müssen die entsprechenden Dienstleister kooperieren.«

Inwieweit die Mitarbeiter von Steel2net übernommen werden, ist noch Gegenstand weiterer Verhandlungen. »Wir sind in jedem Fall stolz, an der Revolution der Old Economy mitgewirkt zu haben«, sagt Steel2net-CEO Traublinger. mehr

***

»Herr Bacher, wie hoch ist der Kaufpreis von Steel2net?«
»Über die Summe wurde Stillschweigen vereinbart.«
»Der Verkauf kam doch etwas überraschend ...«
»Wir verhandeln nie in der Öffentlichkeit. Das ist ein Teil unseres Erfolgs.«
»Es gibt Gerüchte über verärgerte Investoren.«
»Frau Hofmann, das sind Gerüchte, mehr nicht.«
»Wenn Steel2net jetzt von der Handelskammer betrieben wird, wo bleibt da noch die ...«
»Ich habe keine Ahnung. Das müssen sie schon die Handelskammer fragen, Frau Hofmann.«
»Aber stimmen Sie mir nicht zu, dass es schon merkwürdig ist, wenn Steel2net massiv gepusht wird, und dann kommt ein Abgang, der nach einer Liquidation aussieht?«

»Frau Hofmann, lassen Sie sich gesagt sein: Wenn Sie Gerüchte verbreiten wollen, sind Sie hier an der falschen Stelle. Ich hatte von Ihrem Blatt immer einen guten Eindruck, und Ihre Kollegen wie der, na, wie heißt er noch mal, der Gruber, das sind faire Leute. Wir sind in der New Economy, und da ändert sich eben alles schnell.«
»Aber trotzdem.«
»Wenn Sie partout eine Antwort wollen: No Comment. Und in Zukunft lassen Sie besser den Gruber wieder ran. Wiedersehen.«

***

Von: *Karl Bacher*
An: *Chefredakteur*
Montag, 12.17 Uhr

Sag mal, sind bei Euch die Kommies am Ruder? Bezahlt euch der Gysi? Was soll die Fragerei von der Hofmann? Wer ist die überhaupt?

***

Von: *Chefredakteur*
An: *Uta Hofmann*
Montag, 12.30 Uhr

Uta, ich will Deinen Stil nicht kritisieren, aber wir verstehen uns als Partner der Wirtschaft, kritisch, und doch freundschaftlich. Bacher ist momentan die Nummer 1 des BVCN, und uns allen muss auch weiterhin an guten Kontakten gelegen sein. Ich finde es sehr gut, dass Du als Erste an die Informationen gekommen bist, aber wir hatten unseren Scoop, und das war's jetzt auch. Die Sache mit dem etwas unglücklichen Steel2net-Artikel vom Freitag ist damit auch bereinigt. Jörg ist heute leider krank, aber wenn er wieder da ist, unterhaltet euch doch mal über den adäquaten Umgang mit den wichtigen Personen in der Wirtschaft. Ich habe übrigens ein interessantes Thema gefunden: In Rosenheim will die Kreissparkasse ein Projekt hochziehen.

***

»Hallo, hier ist die Mailbox von Johann, Nachricht jetzt, Speed kills.«
»Johann, du bist das Letzte. Es war dir egal, was aus mir wird. Es wird dich sicher nicht freuen zu hören, dass ich auch weiterhin Chef vom Dienst bin. Aber das Eine verspreche ich dir, wenn du noch mal irgendwo auftauchst, und auch nur als Kloputzfrau, ich garantiere dir, ich schreibe dich in Grund und Boden.«

***

»Hier ist euer Bürgerfunk aus München! Es ist 18.09 Uhr, und am Telefon ist jetzt Fredl Müller vom Querkopf Verlag. Fredl, was sagst du zu der Geschichte mit diesen Stahlbauseiten?«
»Das internationale Finanzkapital feiert in München fröhliche Urständ. In wenigen Monaten ein derartiges Projekt hochziehen und verkaufen – das ist mal wieder typisch für die Konsummentalität der Imperialisten. Ich finde es nur seltsam, dass Teile der bourgeoisen Presse so tun, als ob diese ursprüngliche Akkumulation in Reinform eine Pleite war. Steel2net wurde als Ausbeutungsinstrument entwickelt, und bis zur Weltrevolution wird es auch leider so funktionieren.«

***

»Es ist 18.12 Uhr. Hier bei uns in der TV-Start-up-Area ist jetzt Ferdinand Müller vom Web-Bizz-Verlag. Herr Müller, wie beurteilen Sie den Exit von Steel2net?«
»Es zeigt sich wieder mal, wie stark die Munich Area doch ist. In wenigen Monaten ein derartiges Projekt hochzuziehen und zu verkaufen – das ist eine Glanzleistung. Ich finde es nur seltsam, dass manche jetzt so tun, als ob der Exit eine Art Liquidierung des Unternehmens wäre. Steel2net wurde immer als Produkt angesehen, und als Produkt ist es ein glatter Erfolg.«

***

»Das hat Tuchner doch schön hinbekommen. Eine taktische Meisterleistung.«

»Mach dir nichts vor, Claudia. Mit Druck und den richtigen Freunden kann man fast alles erreichen. Und die wahre Geschichte kennen wir ja.« David schaltete den Großfernseher aus.

»Meinst du, dass Tuchner bei Headsearch auch einen Ausweg findet? Ich fände es schade, wenn Paul so billig davonkommen würde.« Peter hatte sich in den letzten beiden Tagen in einen regelrechten Hass gegen Paul hineingesteigert.

»Wahrscheinlich. Es hängt von uns ab, wie wir es machen. Ich glaube, wir sollten Tuchner so spät wie irgend möglich in Kenntnis setzen. Ich will ihn eigentlich nicht als Player haben, er würde uns bei der erstbesten Gelegenheit in den Rücken fallen.«

»Aber wir sorgen dafür, dass Alex bei der Stange bleibt.«

»Alex wird Tuchner verlassen, sobald das hier vorbei ist. Garantiert. Je schneller wir arbeiten, desto schneller kommt das Ende der Partnerschaft zwischen Alex und Tuchner. Wenn ich Tuchner wäre, würde ich versuchen, unsere Arbeit so weit wie möglich zu verzögern. Und ich würde uns diskreditieren.«

»Glaubst du, Tuchner würde das tun?«

»Tuchner würde alles tun, was ihm nützt. Wir haben ihm die Illusion seines unsinkbaren Netzwerks zerstört. Offiziell glaubt er uns, dass wir die unsauberen Geschäftemacher zur Strecke bringen, aber er weiß auch, dass im Prinzip jedes Unternehmen irgendwo faul ist. Wir sind für ihn ein Übel, mit dem er leben muss, aber bei der ersten Gelegenheit wird er uns absägen. So werden wir uns an Alex orientieren und versuchen, nicht in einem seiner Tobsuchtsanfälle unterzugehen. Überleben ist alles.«

Claudia fragte sich, ob das Überleben mit diesem Team möglich war. David hatte sich ungefragt zum Chef aufgeschwungen. Peter war nicht uncharmant, aber eigentlich nur ein rachsüchtiger Feigling. Er hatte sie beinahe erpresst, dass Headsearch das nächste Zielobjekt sein sollte, obwohl das Investment ihres Auftragsgebers mit 2,9 Millionen relativ gering war. Sie würden Paul jetzt zur Strecke bringen und Headsearch liquidieren, aber Sieger sahen in Claudias Augen anders aus.

18. Kapitel

Worin sich die Helden an einer guten Geschäftsidee die Zähne ausbeißen, nebst den Tücken alter, unvergänglicher Liebe.

Paul verfügte gerade erst seit 71 Tagen über die Investitionssumme von 2,9 Millionen Mark. In dieser Zeit hatte er über 389.000 Mark ausgegeben. Er musste sich dabei sicher fühlen, denn die Rechnungen sprachen in schöner Offenheit von einem aufwändigen Lebensstil. Vieles war pure Verschwendung, aber nur wenig war rechtlich verwendbar.

Peter konnte nicht schlafen. Claudia und David waren an diesem Mittwoch am frühen Abend gegangen und hatten ihn mit seinen Rechnungen und Gesetzestexten allein gelassen. Wann immer er eine Spur eines Vergehens zu erkennen glaubte, löste sie sich nach ein, zwei Stunden Recherche in Nichts auf. Gesetze waren nur schwer anwendbar. Paul bewegte sich in einer rechtlichen Grauzone, ohne wirklich angreifbar zu sein. Er glitt ihm unter den Fingern weg: ölig, schleimig, immer auf der Hut.

Da waren hohe Spesenrechnungen. Paul bevorzugte japanische Restaurants; sein Stammlokal, das Shogun, konnte Peter von seinem Fenster aus sehen. Paul war fast jeden Abend geschäftlich dort und verprasste ein paar hundert Mark. Die Herren in Beige und Schlammgrün hatten sich zu einem derartigen Geschäftsessen einladen lassen und über die Erlebnisse einen höhnischen Bericht geschrieben. Claudia fand das ganz normal und erzählte ein paar Geschichten aus Akademietagen – damals sei alles noch viel besser und teurer gewesen. Peter ging in sein Büro zurück und stellte sich vor, wie sich Claudia von Paul im Shogun abfüllen und danach im Audi TT ficken ließ.

Er traute den Rechnungen nicht. Zu teuer für ein paar Sushi-Rollen. Nachdem er seinen Kollegen den ganzen Dienstag damit in den Ohren gelegen hatte, machten sie die Probe aufs Exempel und bestellten ein Menü der Oberklasse. Danach gingen sie in der Amalienstraße türkisch essen und fragten sich, was da vorhin den Preis von 773,30 DM gerechtfertigt hatte. Sie waren immer noch hungrig, und Peter lag der Aal schwer im Magen. Die Patronin erbarmte sich und gab ihnen einen Raki aus, mit dem sie den Ärger und den Spülmittelgeschmack runterspülten.

Dann war da die Sache mit dem Audi TT. Neben den enormen Spritrechnungen kamen noch diverse Umbauten dazu. Paul hatte neue Ledersitze einbauen lassen. Die Stereoanlage war teurer als der Restwert von Peters Golf. Sportpedale aus Aluminium. Sonderlackierung in Tuxedoblau. Speziell angefertigtes Gepäck aus Büffelleder. Auch darüber hatten die Herren in Beige und Schlammgrün geschrieben, aber es war gerade noch im Rahmen.

Das Büro war auch noch im Rahmen. Die Flugkosten waren auch noch im Rahmen. Ein moderner Sklavenhändler, ein Menschenmakler wie Paul musste repräsentieren. Alle Vorwürfe lösten sich in Luft auf. An diesem Mittwochabend hatten sie sich zusammengesetzt und beraten, ob sie nicht ein anderes Unternehmen überprüfen sollten. Nach ihrem Zeitplan sollte Paul spätestens am Freitag das Geld rausrücken, um Alex Schnelligkeit und Effizienz zu beweisen. Nach dem Stand der Dinge war das kaum einzuhalten. David schlug vor, Headsearch erst noch ein paar Fehler machen zu lassen und dann zuzuschlagen. In der Zwischenzeit gäbe es andere Wackelkandidaten. Peter bestand auf seinem Feldzug gegen Headsearch. Sie einigten sich in einer unerfreulichen Debatte darauf, noch einen Tag dranzuhängen. Peter hatte nur noch 24 Stunden für seine Rache.

Gegen zwei Uhr morgens fuhr er zu einem Freund aus alten Kunstgeschichtszeiten und borgte sich Marihuana. Die Hitze des ersten Sommertages stand immer noch in den Straßen Schwabings, mit einem undefinierbaren Gemisch aus Abgasen, Ozon und hoher Luftfeuchtigkeit. Peter zog seinen Chefsessel auf die kleine Veranda, die zum Steel2net-Büro gehörte, und rauchte. Langsam ließ seine Verbitterung nach.

Zurück am Schreibtisch sah er durch die üblichen Pornosites und checkte seine E-Mails. Gundi hatte ihm geschrieben. Peter ahnte, was da kommen würde.

Von: *Gundula Reuter, Controlling Assistant Si2Consult*
An: *Peter*
Um: *19.05 Uhr*

Hallo Peter,
heute hat mich Paul angerufen und erzählt, was für eine Szene du ihm gemacht hast. Ich weiß nicht, was du auf der Agenturenparty zu suchen hattest, aber tu mir in Zukunft den Gefallen und lass ihn in Ruhe. Was du beruflich machst, ist dein Problem, aber hör bitte auf, mir in den Rücken zu fallen. Nur zu deiner Information: Wir sprechen mit Paul über eine Kooperation beim Recruiting. Headsearch soll das für uns übernehmen. Du bringst mich in eine entsetzliche Lage. Entweder du änderst dich grundlegend und entschuldigst dich bei Paul, oder wir beenden den Kontakt. Wie du willst.
Gundi

***

Liebe Gundi,
du begreifst nicht, wie sehr du dich in den letzten Jahren geändert hast. Du stellst die Karriere über alles; jeder, der Karriere macht, ist für dich ein Vorbild. Es gibt aber auch Leute, die keine derartig glänzenden Karrieren machen. Es gibt Leute, die mit ihrem Schicksal hadern, die sich unsicher sind. Sind die deshalb nichts wert?
Paul hat mir durch einen unglücklichen Zufall seinen Wein auf den Anzug geschüttet. Dass ich bei der Agenturenparty war, war auch Zufall. Ich habe ihn einen Volltrottel genannt. Daraufhin hat er im Saal meine Noten rumgeschrien und mich als Versager bezeichnet. Wahrscheinlich hat er das mit den gleichen Worten getan, die du gegenüber deinen neuen Freunden auch für mich verwendest. Ich war nahe dran zuzuschlagen.

***

Das würde sie ihm nicht glauben. Gundi wusste genau, dass er nicht gewalttätig war. Sie hatte schon oft erlebt, wie er kniff. Im

7. Semester hatte ihnen ein Assistent die Hausarbeiten ohne triftigen Grund nach unten benotet. Gundi wollte dagegen vorgehen. Peter hatte resigniert. Es gab aber eine Grenze, ab der er zum Tier wurde. Gundi hatte das nicht erlebt; schon gar nicht die paar Mal, als sie ihn widerstrebend rangelassen hatte. So richtig Sex hatten sie eigentlich nie gehabt.

Erst nach und nach begriff er, dass er verloren hatte. Paul würde für Si2Consult arbeiten. Si2Consult schwamm im Geld. Pauls Geschäftsidee war die Verknüpfung von Jobportal für Führungskräfte mit der Betreuung von High Potentials in der realen Welt. Peter erinnerte sich an die komplizierten Strukturen bei Si2Consult, die bei Gundis Einstellung fast einen Monat vertrödelt hatten. Dafür hatte Paul die Lösung. Paul kam bei den Gundis und Claudias dieser Welt gut an. Er kam durch die Angebote auf seiner Website mit ihnen in Kontakt, spielte ein prunkvolles Leben vor und verkaufte sie für zwei Monatsgehälter an seine Kumpels in den Human Ressources Departments. Die bekommen vorgeschlafenes Menschenmaterial und sparen sich viel Arbeit, dachte Peter wütend. Es gibt ja schon ein paar Firmen, für die er es macht. In dem Konzept, das er Alex vorgelegt hatte, brüstete sich Paul mit Referenzkunden. Peter erinnerte sich düster, dass er sogar schon was von Si2Consult gelesen hatte. Missmutig kramte er nach dem Konzept. Wenn Paul Si2Consult als Kunden bekommt, dachte er, machen wir morgen wirklich was anderes.

Alle lieben Paul. Er wird der neue Star. Seine Idee hat nur wenig mit Internet zu tun; gerade so viel, wie nötig ist. Den Rest macht er im Shogun, auf Parties und im Audi TT. Vielleicht auch bei den Mädchen zu Hause. Wenn sogar das Controlling von Paul schwärmte, musste er ja schon einen guten Ruf haben. Paul und Si2Consult.

Die Zukunft des Recruiting. Sie sagen uns, wie sie
aussehen soll, wir liefern prompt. Bei
Nichtgefallen nehmen wir gegen
eine kleine Gebühr
einen Austausch
vor.

19. Kapitel

Worin ein Held seine Hochachtung vor den kritischen Medien im Allgemeinen und einer bestimmten Vetreterin im Besonderen zum Ausdruck bringt, und worin der Lohn für solche Tugend besteht.

»Entschuldigen Sie?«

»Ja?«

»Mein Name ist Uta Hofmann. Ich bin Journalistin bei E-Investor und beschäftige mich mit Steel2net ...«

»Tut mir Leid, Frau Hofmann, da kommen Sie zu spät. Steel2net wurde am Montag verkauft.«

»Das weiß ich. Ich habe darüber schon am Sonntag als Erste berichtet. Zur Zeit recherchiere ich für einen Hintergrundbericht.«

»Ich dachte, es sei alles geklärt«, entgegnete David freundlich. Es war ein strahlend schöner Donnerstagmorgen; das Treppenhaus im weitläufigen Bürogebäude wirkte wie eine dekonstruktivistische Silberplastik. Er stand an der Glastür zum ehemaligen Steel2net-Imperium, als ihn das Mädchen angesprochen hatte. Sie saß, mit einem Block in der Hand, auf der Treppe und lächelte professionell freundlich zurück. Sie war höchstens 25, ziemlich nachlässig gekleidet, für eine Wirtschaftsjournalistin ungewöhnlich verstrubbelt, und hatte eine teure Digitalkamera dabei.

»Sie sind nicht von Steel2net?«

»Nein. Ich bin nur der neue Mieter dieser Räume.«

»Darf ich reinkommen und mich umsehen?«

»Frau Hofmann«, David konnte sich ein breites Lächeln nicht verkneifen, »sehen Sie, Sie sind noch jung. Forsch. Sie wollen eine Story, und dazu wagen Sie sich in fremde Büros. Wissen Sie, ich bin auch Journalist und ziemlich frisch aus Israel zurück. Ich habe dort auch über die Hamas gearbeitet, und wenn ich nie etwas getan hätte, dann wären es Versuche gewesen, in Räume zu kommen, die ich vorher nicht ganz genau ...«

»Sie sehen aber nicht gefährlich aus. Sie sind auch nicht von der Hamas, schätze ich. Ich will nur ein paar Fotos und ein paar nette Worte vom Nachmieter. Vielleicht brauchen Sie auch Publicity?«

»Nein. Ganz sicher nicht. Aber ich weiß Ihr gewinnendes Lächeln zu schätzen, es ist gut, es ist sauber, es ist professionell. Also gut, kommen Sie rein.«

»Danke.«

David sperrte die Tür auf. Dahinter breitete sich das übliche Nichts aus. Leere Schränke. Leere Schreibtische. Ein paar Telefonleitungen ohne Apparate. Das BVCN hatte ganze Arbeit geleistet.

»Enttäuschend, nicht? Ein leeres Büro. Wir haben nur schnell ein paar Räume gebraucht und haben hier zugeschlagen. Also, knipsen Sie, solange Sie nicht mich fotografieren.« David ging in sein Büro und formte den Papierhaufen auf dem Schreibtisch zu einem Stapel.

»Darf ich trotzdem noch ein paar Fragen stellen? Off the records?« Die junge Frau lehnte sich an den Türrahmen und sah sich neugierig um.

»Wir wissen doch beide, dass es Off the records im Journalismus nicht gibt. Aber wir haben hier nichts zu verbergen.«

»Wer ist wir?«

»Wir sind ein Team von Consultants, die sich mit Start-ups beschäftigen. Ein Investor hat uns gebeten, uns einige Projekte der Munich Area anzuschauen. Wie ein paar hundert andere Talentscouts eben auch.«

»Und da können Sie sich so ein Büro leisten?«

»Es ist nur für ein paar Monate, und solange hatte Steel2net schon die Miete gezahlt. Wir haben es für einen günstigen Preis bekommen, aber dann müssen wir wieder raus.«

Die junge Frau lehnte den Kopf an den Türrahmen und sah unschuldig an die Decke. Nachdem sie lange genug die optischen Vorzüge ihres Profils vorgeführt hatte, drehte sie sich David wieder zu und kam zu den kritischen Fragen.

»Haben Sie die Macher von Steel2net kennen gelernt?«
»Den Chef Johann Traublinger kannte ich schon länger, aber nur vom Sehen. Und am Montag haben wir die Übergabe gemacht. Verzeihen Sie, ich bin so unhöflich. Nehmen Sie Platz. Mein Name ist David Rotberg.«
Sie ignorierte die Einladung und schmiegte sich weiter an den Türrahmen.
»Welchen Eindruck hatten Sie von Steel2net?«
»Keinen besonderen. Ein Start-up, das verkauft wurde. Das Übliche in diesen traurigen Zeiten. Herr Traublinger war froh, dass er es hinter sich hatte. My two Cents.«
»Wieso ist er nicht erreichbar?«
»Keine Ahnung. Die haben alles abgeholt und sind weg. Aber vielleicht braucht er nach dem Ganzen eine Auszeit.«
»Fanden Sie als Talentscout das plötzliche Ende nicht seltsam? Steel2net galt doch als große Hoffnung im B2B-Bereich.«
»Und die Wahrheit steht nur in Presseerklärungen, ich weiß. Nein, Frau Hofmann, die Zeiten der großen Hoffnungen sind vorbei. Heute geht es darum, kleine, smarte Lösungen anzubieten. Dienstleistungen, an die noch niemand gedacht hat. Und das suchen wir.«
»Viel Glück.«
»Frau Hofmann, der Zynismus in Ihrer Stimme verrät mir, dass Sie Zweifel haben. Sie sind eine atypische Vertreterin einer Zeitung, die noch nie echte Zweifel oder gar Kritik erkennen ließ. Ich dachte immer, dass Kritiker in Ihrem Haus nackt drei mal um den Block gepeitscht werden – das sagen zumindest die Gerüchte.«
»Ganz so schlimm ist es nicht.«
»Hm.« David hatte inzwischen seinen Laptop hochgefahren und die Steel2net-Berichterstattung von E-Investor im Internet aufgerufen. »Wenn man das so liest, könnte man glauben, dass Sie kein grenzenloses Zutrauen in die New Economy haben. Ihr kritischer Artikel vom Sonntag, der ist doch nur möglich, wenn Ihr Chefredakteur gepennt hat.«
»Kein Kommentar.«
»Wie auch immer, nett geschrieben. Jetzt weiß ich auch einiges über Steel2net. Wenn Sie Informationen brauchen ...«

»Danke, das war's. Darf ich die Bilder bringen?«

»Solange ich nicht drauf bin. Stellen Sie sich vor, ich muss zurück in den Gaza, und die Volksfront sieht ein Bild von mir in einer Kapitalistenzeitung. Das wäre mein Tod.«

»Was sind Sie nun? Journalist oder Talentscout?«

»Beides. Und Kommunikationswissenschaftler. Nebenbei fahre ich Rennrad und esse gerne türkisch. Meine Katze heißt Sabinchen. Ich schätze mal, das hier gehört zu Ihren ersten Kontakten mit der New Economy. Sie finden hier Leute in den unwahrscheinlichsten Positionen. Eine gute Freundin von mir hat Gesang studiert und schreibt jetzt bei einer angesehenen Wirtschaftszeitung. Ein Metzger wird Moderator und dann Mitbesitzer einer New Media-Agentur. Bundeswehrsoldaten entwickeln W@p-Applikationen für Handys. Vieles ist einfach so. Ich kenne mich mit Journalismus und New Economy aus. So what. Und Sie waren vielleicht mal Theaterwissenschaftlerin, haben Ihre Seminararbeiten über Brechts Mahagonny nicht fertig gemacht, waren eine Weile bei der Süddeutschen, würden am liebsten über Social Issues schreiben und sind dann über dunkle Kanäle doch zu E-Investor gekommen. Who cares?«

»Oder so. Schon gut. Vielen Dank, Herr Rotberg.«

»Bitte. Tut mir Leid, dass ich Ihnen nicht helfen konnte. Ihr Artikel ist wirklich gut.«

Die Journalistin drehte sich langsam zum Ausgang, fast so, als würde sie ohnmächtig. David sah sie erst in Dreiviertelansicht, im Profil und dann von hinten. Sie war auf eine vertrackte Art schön. Er stand auf und begleitete sie zum Eingang. David hielt bereits die große Tür auf, als Peter aus seinem Büro kam.

»David, ich hab's! Wir kriegen ihn! Wir ... Oh, guten Tag.«

»Frau Hofmann, ich darf Ihnen Peter vorstellen; Peter, das ist Uta Hofmann von E-Investor. Sie macht eine Story über Steel2net, und Peter hat offenbar doch ein lohnendes Objekt gefunden.«

»Hallo.«

»Hi.« Uta sah an Peter vorbei in sein Büro. Ein penetrant süßlicher Geruch drang in den Vorraum. Uta kannte den Geruch. Auf dem Boden, auf dem Schreibtisch; überall waren Akten verstreut. Peter hatte einen zerfledderten Ausdruck in der Hand.

Ein paar Worte waren rot angestrichen. Sie konnte das Wort Headsearch erkennen.

»Noch mal vielen Dank. Auf Wiedersehen.«

»Auf Wiedersehen.«

»Ciao.«

David schloss hinter Uta die Tür, wartete ein paar Sekunden und atmete aus.

»Probleme?«

»Ich glaube nicht. Nur eine Journalistin, die hinter Steel2net her ist. Ein ahnungsloses Dummchen.«

»Aber süß. Und ganz anders als die arroganten Tussis, die sonst über die New Economy schreiben.«

»Und ein nettes Grübchen auf der linken Wange, wenn sie lächelt. Trau niemandem. Wir brauchen eine verbindliche Story über uns. Wer wir sind, was wir tun, warum wir keine Presse brauchen. Wir sind ganz normale Talentscouts. Was ist mit Headsearch?«

***

»Also, Kinder, was kommt in die nächste Ausgabe?« Der Chefredakteur sah sich um. »Unsere Uta will sicher wieder was Investigatives machen, nach ihrem Scoop mit Steel2net. Also, Baby, was hast du für uns? Make it sexy.«

»Ich will was über Liquidatoren schreiben. Über die Leute, die hinter Kündigungen, geheimen Analysen und geplatzten Investments stehen. Diejenigen, die die Pleiten vorbereiten und daran verdienen. Ich habe heute Vormittag jemanden kennen gelernt, der das in München macht. Es gibt nach meinen Recherchen ein Team, das sich mit gezielten Liquidationen beschäftigt, und die haben schon ein prominentes Opfer gehabt. Letzte Woche Steel2net, diese Woche wird's Headsearch ...«

»Uta, ich denke, dass du verstanden hast: Keine Zeile mehr über das BVCN. Klar?«

»Aber darum geht es nicht. Da passiert etwas anderes. Ich war bei Steel2net im Büro, und da sind andere Leute drin. Ich habe eine Akte gesehen. Die planen was mit Headsearch.« Uta zog einen Stapel Bilder aus ihrer Tasche. »Man hat alles ausgeräumt.

Von Steel2net ist nichts übrig. Kein Krümel. Und der Typ hier«, sie legte ein Bild von David auf den Tisch, »der behauptet, er wäre als Trendscout für einen Investor unterwegs. Er hätte das Büro am Montag, als Steel2net verkauft wurde, übernommen. Aber der Hausdienst sagt, dass das Büro bereits am Freitag leergeräumt wurde, und die Nachmieter seit Freitagabend Zugang zu den Räumen hatten.«

»Na und?«

»Steel2net war noch nicht verkauft, da waren die angeblichen Trendscouts schon drinnen. Das sind keine Scouts. Das sind Liquidatoren.«

»Uta«, sagte der Chefredakteur, »mal ganz abgesehen davon, dass deine Phantasie mit dir durchgeht: Das auf dem Bild ist David Rotberg. David Rotberg berät seit Jahren große Konzerne. Er ist ein guter Trendscout. Er ist ein guter Berater. Seine Schwester ist der kommende Star bei der Kanzlei Tuchner, die hinter dem BVCN steht. Headsearch wurde mit Hilfe des BVCN gegründet. Der Founder, Paul Graham, ist ein seriöser Mensch, nicht so ein Tapeziertisch-Gründer aus der Garage. Paul wird in ein, zwei Jahren eine ganz große Nummer sein, und wenn David Rotberg was mit ihm macht, dann heißt das, dass Paul einen neuen Co-Investor bekommt.«

»Ihr versteht nicht. Die Sache mit den Räumen. Da ist noch einer drin. Ein total fertiger Typ, der Haschisch raucht. Ich habe ihn gesehen. Und gerochen. Das ist kein Berater.«

»Woher weißt du, wie Haschisch riecht? Und wie kommst du überhaupt dazu, da einfach rumzuspionieren? Weißt du eigentlich, wie peinlich solche Aktionen für uns werden können? Es gibt so viele Pressemitteilungen, da muss man nicht in irgendwelche Löcher kriechen und Staub aufwirbeln. O.K., du machst die sexy Story über die Investments in Rosenheim ...«

***

Von: *Chefredakteur*
An: *David Rotberg*
Donnerstag, 17.47 Uhr

Lieber Herr Rotberg,
ich muss mich bei Ihnen für den unangemeldeten Besuch von Frau Hofmann entschuldigen. Sie ist jung und unerfahren; deshalb das etwas vorwitzige Erscheinen in Ihrem Büro. Ich darf Ihnen versichern, dass das nicht im Mindesten unserem Stil entspricht. Ich hoffe, Frau Hofmann ist Ihnen nicht zu sehr zur Last gefallen. Sie wurde uns von der Pressestiftung Europa 21 empfohlen – offenbar hat sie aber bislang noch nicht gelernt, dass Wirtschaftsjournalisten andere Core Assets mitbringen müssen.

Mit besten Grüßen
Chefredakteur E-Investor

***

Von: *David Rotberg*
An: *Chefredakteur E-Investor*

Aber, aber ...

Ich kann Ihnen versichern, dass Frau Hofmann die Höflichkeit in Person war. Ich fand sie außerordentlich nett und kompetent und, als Journalist gesprochen, ein echtes Talent. Zu solchen Praktikantinnen kann man E-Investor nur beglückwünschen.

An ihrem Verhalten war nicht das Mindeste auszusetzen. Und was das plötzliche Hereinschneien angeht – da habe ich in Israel noch ganz andere Sachen erlebt. Also immer nur her mit den Praktikantinnen, solange sie nicht für Dschihad Daily arbeiten.

Meine besten Grüße an Frau Hofmann
David Rotberg

***

David überlegte, ob er den Chefredakteur nicht besser anrufen sollte, um weitere Informationen über Uta Hofmann einzuholen. Er hatte ein ungutes Gefühl. Offenbar war sie auf eigene Faust unterwegs gewesen. Schnüffeleien konnte er nicht brauchen.

»David, können wir jetzt den Bericht fertig machen?« Claudia stand ganz anders im Türrahmen als die Journalistin. Fest. Stark. Selbstbewusst. Unerschütterlich. Claudia brauchte nichts, um sich dagegen zu lehnen. Keine Berührung, keine Stütze. Sie hatte auch keine kritischen Fragen.

Sie arbeitete stur und konsequent ihre Akten und Bücher durch. David überlegte, ob Claudia jemals so etwas wie Zweifel, Unsicherheit oder Reue empfunden hatte.

Sie war glatt und sauber. Sie würde mit derselben
banalen Intelligenz Dotcoms mit aufbauen,
die sie jetzt zerstören half. David
schickte die E-Mail ab.
»Okay.«

20. Kapitel

Worin viel von den Vorzügen moderner Fortbewegung die Rede ist, nebst den Nachteilen unrentabler Korruption.

»Gefällt er dir?« Alex beugte sich zum schmalen Seitenfenster herunter. Das Leder roch angenehm, das Lenkrad lag perfekt in der Hand. Das Auto passte wie der Paul-Zalieri-Anzug, den Peter am Morgen gekauft hatte. Er war kleiner als Paul, der ständig mit dem Kopf gegen die Decke gestoßen war.

Er verachtete den Audi TT nicht. Er hatte in den letzten Tagen über das Modell geschimpft, weil er den Fahrern eine wenig schmeichelhafte Mentalität zuschrieb. Fahrern wie Paul. Aber jetzt mochte er sogar die sündteuren Aluminiumpedale. Der Wagen war ein Traum, und ab jetzt auch sein Traum. »Ja. Ich könnte mich glatt dran gewöhnen.«

»Dann nimm ihn. Wir verrechnen das mit deinem Anteil.«

»Macht es euch was aus, wenn ich ihn gleich ein wenig ausfahre?«

»Aber bitte nicht gegen einen Felsen setzen. Ich brauche dich noch. Gute Arbeit, ihr drei. Lasst uns nächste Woche doch mal zusammen essen gehen. Sagen wir, Mittwoch.«

»In Ordnung.« Peter schüttelte Alex durch das schmale Fenster die Hand und winkte Claudia und David. Er raste mit quietschenden Reifen davon. Es war ihm egal, ob die anderen da draußen ihn jetzt für einen Schnösel hielten. Er hatte sich den Wagen redlich verdient. Eigentlich hatte er Paul fast im Alleingang zur Strecke gebracht. Als er an einer Ampel in der Theresienstraße halten musste, konnte er der Versuchung nicht widerstehen. Er nahm sein Handy und rief Gundi in der Arbeit an.

»Guten Tag, Si2Consult Controlling, mein Name ist Gun...«

»Hallo Gundi, ich bin's, Peter. Du ahnst nicht, wo ich grade bin ...«

»Es ist mir auch gleichgültig, ich bin in einer Besprechung.« Gundi schnitt das Gespräch ab. Die Ampel hatte gerade auf Grün geschaltet, hinter ihm hupte ein Auto. Peter würgte den Gang rein und schoss zurück in die Fürstenstraße, wo bis zu diesem Morgen Headsearch Inc. auf 180 Quadratmeter Altbau mit Stuck und Flügeltüren residiert hatte. Claudia und David standen immer noch vor dem ockergelben Haus im Jugendstil.

»Na, schon zurück, Cowboy?«

»Sagt mal – kann ich die DV-Cam und das Video haben? Ich will mir das vor dem Einschlafen noch mal anschauen.«

»Ein bisschen rachsüchtig? Selbstverständlich.« Claudia holte die kleine Kamera aus ihrer Tasche und gab sie ihm.

Früher hatte Peter behauptet, es sei egal, in welchem Auto man im Stau steht. An diesem Freitag, am späten Nachmittag, blieb er auf der Brücke am Deutschen Museum stecken. Er schloss die Fenster und schaltete die Klimaanlage auf angenehme 21 Grad. Neben ihm schmorten ein paar Teenager in einem alten BMW, und die Fußgänger hatten unter der Mischung aus Abgasen und brütender Hitze zu leiden. Die Stereoanlage klang nach Konzertsaal. Es war nicht egal, in welchem Auto man im Stau stand.

Als Peter in seinen 25 Quadratmetern Mietheimat in Haidhausen ankam, wurde er auf seine alte Existenz zurückgeworfen. Hinter der Tür lagen zwei große Umschläge. Im ersten war die letzte ausstehende Bewerbung mitsamt Ablehnung. Im zweiten hatte ihm Gundi seine restlichen Unterlagen geschickt. Ohne Kommentar.

Sobald er etwas Luft hätte, würde er sich eine neue Wohnung suchen. Kein gemietetes Loch, sondern eine Eigentumswohnung. Vielleicht hatte ein Unternehmen auf der Abschussliste eine Immobilie gekauft. Er konnte sie dann mit den Prämien verrechnen. Das würde zum Audi TT passen. Es würde in der neuen Wohnung keine Gundi mehr geben, die sich an ein paar korrupte Scheißer verkaufte, nachdem sie ihm gegenüber jahrelang die Prüde gespielt hatte.

Peter stapfte durch den Müll zum Schreibtisch. Er räumte ein paar Sachen auf den Boden; gerade so viel, dass er seinen Laptop abstellen konnte. Dann brannte er den Ton der DV-Cam auf eine Audio-CD. Als der Laptop die CD ausspuckte, war Peter schon eingeschlafen. In der letzten Woche war er nie länger als vier Stunden im Bett gewesen.

Am nächsten Mittag wachte er mit einem schlechten Geschmack im Mund auf. Er brauchte eine Stunde, bis er in die Gänge kam. Dann ging er nach unten, tätschelte den Hintern seines neuen Wagens und frühstückte im Café Mondial. Zum ersten Mal seit zwei Wochen hatte er wieder die nötige innere Ruhe, um die Süddeutsche zu lesen. Es war ein ruhiger früher Nachmittag; die Sommerhitze vertrieb die Touristen in ihre klimatisierten Hotels oder die Museen. Das Mondial war angenehm leer und still.

Um Punkt 18.00 Uhr rief Peter bei Gundi im Büro an. Es klingelte viermal, und dann hörte er ihre Stimme. »Ja?« Peter legte sofort auf, zahlte, überließ der Bedienung ein generöses Trinkgeld und ging nach Hause. Er zog einen neuen Anzug an und steckte die Audio-CD ein. Dann fuhr er auf dem Mittleren Ring einen Halbkreis um die Stadtmitte, selten langsamer als 90 Stundenkilometer, und kam um 19.00 Uhr im Westend an. Am Rand des Mittleren Rings stand ein Kubus aus Stahl und Glas, in dem die Verwaltung von Si2Consult untergebracht war. Er stellte seinen TT direkt vor dem Haupteingang ab.

Er wartete zehn Minuten. Dann sah er Gundi. Sie hatte sich nicht so herausgeputzt wie sonst – ein kurzer Rock, ein T-Shirt mit weitem Ausschnitt. Peter versuchte sich zu erinnern, was er an dieser Frau vor Jahren erotisch gefunden hatte. Es fiel ihm nicht mehr ein. Trotzdem war er aufgeregt. Gundi hatte den Wagen sofort erkannt. Audi TT-Coupés in dieser tuxedoblauen Sonderlackierung und mit getönten Scheiben waren selten. Sie kam, offenbar beschwingt, auf das Auto zu und klopfte an das Fenster. Peter öffnete die Tür und lächelte sie an.

»Hallo, Gundi?«

»Du?«

»Naja, ich dachte, wo du sogar am Samstag viel arbeiten musst, hole ich dich ab.«

»Das ist das Auto von Paul.«

»Nein – es war das Firmenauto von Headsearch Inc. Jetzt ist es meins.«

»Paul würde den Wagen nie verkaufen.«

»Paul hat seinen Laden vor die Wand gesetzt, der Wagen ist Konkursmasse. Und dass er pleite ist, verdankt er dir und deinem sauberen Freund.«

»Was soll das heißen?«

Peter drückte auf die Play-Taste des CD-Spielers und drehte die Anlage auf. In mäßiger Qualität, aber doch deutlich dröhnte Davids Stimme aus den Boxen. »Herr Graham, wir sind hier, weil Sie unseres Erachtens Ihren Hauptinvestor betrogen haben. Zum einen haben Sie bislang nicht den entscheidenden Abschluss, den Sie angegeben haben ...«

»Ach was, es gibt natürlich Vorverträge mit Si2Consult«, protestierte Paul, »und mit Ihnen rede ich doch gar nicht, machen Sie, dass Sie rauskommen.«

»Und zum anderen haben wir Beweise gefunden, dass Sie mit einem Mitarbeiter von Si2Consult dabei sind, krumme Geschäfte zu machen – oder wie wollen Sie erklären, dass ausgerechnet das Controlling mit Ihnen verhandelt – noch dazu, wo der Chef des Controllings Teilhaber bei Ihnen ist?«

»Mach das aus! Bitte.«

Peter drückte auf Pause. »Steig doch ein. Bitte.«

Eine größere Gruppe von Angestellten verließ das Bürogebäude. Sie grüßten Gundi. Peter spielte an der Anlage herum. »Woher wissen Sie ...« dröhnte Pauls Stimme aus den Boxen. Gundi schwang sich auf den Beifahrersitz.

»Schalt es aus.«

Peter startete den Motor und signierte den langweiligen Asphalt. Die Angestellten sahen dem dunkelblauen Geschoss indigniert nach. »Wir müssen es nicht anhören. Ist sowieso nur Schall und Rauch. Es gibt keinen Paul mehr. Es gibt kein Headsearch mehr. Paul hat von seiner englischen Staatsbürgerschaft Gebrauch gemacht und ist schon wieder in Manchester. Und euch beide hat er hängen lassen. Not very kind, indeed.«

»Was ist passiert?«

»Paul hat behauptet, er hätte mit Si2Consult einen Vertrag. Dafür hat er ein ziemlich üppiges Investment bekommen. Niemand ist draufgekommen, bei Si2Consult nachzufragen, ob das überhaupt stimmt. Und dann kommst du ins Spiel. Du schickst mir eine Mail, dass ihr mit ihm noch über einen Vertrag verhandelt. Das allein ist schon Betrug. Und dann beginne ich mich zu wundern, warum gerade das Controlling sich mit so einer Kooperation beschäftigt. Ihr seid doch nur Buchprüfer; wenn, dann müsste das die Human Ressources-Abteilung machen. Komisch. Dann guckt man mal ein wenig in die Gesellschafterstruktur von Headsearch. Paul hat 50 Prozent, der Investor hat 20 Prozent, und die verbleibenden 30 Prozent sind 10 Prozent Anteile für kommende Mitarbeiter und 20 Prozent für eine Frau Treu, die zufällig die gleiche Adresse wie du hat. Und, wie es der Zufall will, Treu ist doch der Mädchenname deiner Mutter? Eingetragen wurde die Frau Treu drei Monate, nachdem du mich abgesägt hast und mit fliegenden Fahnen zu deinem Controller bist.«

»Das kannst du alles gar nicht wissen.«

»Kann ich. Ich arbeite für den Investor. Dein Freund ist von Anfang an Teilhaber bei Headsearch gewesen. Er hat das alles mit Paul zusammen ausgeheckt und dich dann als Strohfrau benutzt. Nach allem, was wir bisher wissen, zahlt Si2Consult für jede Vermittlung eine Pauschale, die in etwa dreieinhalb Monatsgehältern entspricht. Zwei Monatsgehälter tauchen bei Paul wieder auf, der Rest wird unterschlagen. Mit einer guten Konstruktion, übrigens. Könnte glatt von dir sein. Wie gut, dass der Controller von Si2Consult bei der Geschichte wohl ein Auge zudrücken wird. So richtig reich werdet ihr erst, wenn ihr über Si2Consult auch noch Personaldienstleistungen für, sagen wir mal, Siemens vermittelt. Bombensicher, solange du dich nicht verplapperst.«

»Um Himmels willen, hör auf, Peter, gut, wir hatten einen Anteil, aber glaubst du, dass sich jemand bei Si2Consult um solche Kleinigkeiten kümmert?«

»Soll ich mal jemandem die Unterlagen schicken, die mir vorliegen?«

Schweigen breitete sich im Wagen aus. Peter bog vom Mittleren Ring ab und raste über die Landsberger Straße auf die Stadtgrenze zu. Hinter dem Ortsschild der Landeshauptstadt fuhr Peter auf eine Parkbucht.

»Zieh den Rock hoch.«

»Was?«

»Du sollst den Rock hochziehen. Und die Beine breit machen. Das hast du in dem Auto doch sicher schon öfter getan.«

Gundi reagierte nicht. Peter griff ihr auf den Schenkel. Gundi hatte sich vor ein paar Tagen die Beine rasiert; jetzt standen kleine Stacheln ab und gaben der Haut etwas unangenehm Borstiges. Sie hatte tagsüber stark geschwitzt. Die Klimaanlage im TT gab dem Geruch eine zusätzlich strenge, saure Note. Die Muskeln waren verkrampft; über dem Rocksaum verlief die leichte Bräune zu einem unansehnlichen Gelb. Gundula Reuter war kein Vergleich zu einer Allegorie von Crespi oder den Teens auf den Pornoseiten. Sie war enttäuschend real.

Peter zog die Hand zurück. Er nahm die CD aus der Stereoanlage und legte sie Gundi auf den Schoß. »Ich habe euch in der Hand. Ich lasse euch laufen. Ihr kotzt mich an.«

»Weißt du, warum ich gegangen bin? Weil du dich nur dafür interessierst, andere unglücklich zu machen. Es geht dir nur dann gut, wenn es anderen deinetwegen schlechter geht. Du bist feige und hinterhältig. Wir haben uns ein Modell ausgedacht, das für den Laden ganz normal ist. Du hast uns jetzt in der Hand. Es gefällt dir. Und du hast den Wagen von Paul. Gratuliere.«

»Ciao, Gundi. Viel Spaß auf dem Weg nach Hause. Beste Grüße ans Controlling.«

Gundi stieg wortlos aus. Peter wendete den Wagen und überlegte sich immer noch, was er an dieser Frau attraktiv gefunden hatte. Sie war früher anders gewesen. Jetzt ging sie ihm nur noch auf die Nerven. Für den Abschied würde sie bezahlen. Nicht sofort. Aber irgendwann würde er durchsickern lassen, was mit Headsearch geplant war. Vielleicht kurz vor Weihnachten. Gundi und ihr Stecher hatten ihre Zukunft schon hinter sich.

Peter hatte das Leben jetzt erst richtig vor sich. Er hatte
den richtigen Wagen. Und mit Claudia kannte er
eine Frau, besser als alle Gundis. Vielleicht
würde er heute zur Feier des Tages mit
Claudia essen gehen,
aber ohne
David.

21. Kapitel

Worin familiäre Gefühle ihre Heimstatt haben und die Heldin ihre tiefsten körperlichen Neigungen ausleben will.

»Tut mir Leid, aber ich bin bei meinen Eltern in Frankfurt. Also gut, bis Montag. Tut mir Leid. Ach komm, Peter, mit dem Auto müssen sie dir doch in Scharen nachlaufen, und du bist wirklich ein netter Kerl. Mach's gut.«

»Wer war das?«, fragte ihr Vater aus dem Wohnzimmer, der trotz des laufenden Fernsehprogramms mit Musikantenstadl sehr wohl verstanden hatte, dass seine Tochter mit einem Mann telefonierte.

»Ein frustrierter Jurist, der Ärger mit seiner Freundin hat. Er wollte mit mir essen gehen, aber ich bin ja hier.« Claudia war trotz der geglückten Liquidierung von Headsearch in einer miserablen Stimmung. Am Freitagabend hatte sie mit ein paar Freundinnen ins Pacha feiern gehen wollen, aber dann hatte ihre Mutter angerufen und sie schon fast nach Frankfurt befohlen. Ihr alter Religionslehrer aus dem Leistungskurs feierte den 75. Geburtstag und hatte alle Lieblingsschüler zum Gottesdienst eingeladen. Claudia hatte den alten Kerl mit Mundgeruch verdrängt und die Einladung weggeworfen, aber ihre Eltern bestanden auf ihrer Anwesenheit. Also war sie um sieben Uhr aufgestanden und nach Frankfurt gerast. Als sie ankam, dröhnte aus dem Inneren der modernen Vorstadtkirche bereits eine bombastische Orgel. Ihre Eltern warteten; er in einem schlecht sitzenden blauen Anzug, sie in einem Trachtenverschnitt.

Als Kind hatte sie Gottesdienste geliebt. In Ingolstadt hatte sie dann eine echte Aversion dagegen entwickelt; und ein Gegenmittel. Sie lernte, ihren Kopf einfach abzuschalten und das Gerede, den Singsang und das Hostienverteilen als eine Abfolge von absurden Vorgängen zu ignorieren. Dabei half ihr zu Beginn etwas Ecstasy, aber nach ein paar Wochen verfiel sie mit der ersten Orgelfanfare ganz von selbst in Trance. In München war sie dann nie wieder in die Kirche gegangen.

Der Gottesdienst für ihren alten Lehrer traf sie unvorbereitet und auf nüchternen Magen. Sie versuchte sich von dem öden Ritual abzulenken, aber der junge Pfarrer, der an diesem Tag auf die Gemeinde losgelassen wurde, bohrte sich mit seinem Knödeltenor in ihr Bewusstsein. Ihre Eltern schleiften sie wie ein kleines Kind zum Hostienempfang. Sie kämpfte den Wunsch nieder, den Priester zu fragen, ob er den Leib Christi nicht vielleicht auch als Speed vorrätig hatte. Ihre Eltern waren zum Glück naiv genug, ihren Gesichtsausdruck zwischen Verzweiflung und Hohn als religiöse Ergriffenheit zu deuten.

Nur wenige ehemalige Schüler waren der Einladung gefolgt. Das anschließende Mittagessen fand in einem viel zu großen Saal eines Gasthauses statt, mit entsetzlich vielen alten Menschen. Claudia konnte diesen ahnungslosen Leuten nicht erzählen, was sie in München tat. Sie flüchtete sich in allgemeine Floskeln und erzählte etwas von Buchprüfung. Ihr alter Religionslehrer gab Geschichten aus der guten alten Zeit zum Besten, als er bei der Partisanenbekämpfung in Polen war. Damals habe noch Zucht und Ordnung geherrscht, und er hoffe, dass er davon etwas an seine Schüler weitergegeben habe. Zumindest bei den Anwesenden habe er ein gutes Gefühl, und Deserteuren dürfe man nicht nachtrauern.

Im Anschluss fuhr sie ihre Mutter zu einem proletarischen Konsumtempel vor der Stadt. Wieder daheim, half sie beim Kochen. Sie musste sich anhören, dass sie viel zu dünn sei und bei ihren mangelhaften Kochkünsten nie einen Mann bekommen würde. Nach dem Abendessen war sie restlos bedient. Einen Moment lang hatte sie sogar wirklich überlegt, nach München zu Peter zurückzufahren, aber dafür hätte sie eine bessere Ausrede gebraucht.

Sie stand unschlüssig im Gang und überlegte, ob es nicht doch eine Fluchtmöglichkeit gab. Wenn sie blieb, würde sie am Abend mit ihren Eltern zusammen dumme Filme anschauen müssen. Am Morgen wäre der nächste Gottesdienst, und ohne eine Prise oder ein Tablettchen würde sie das nicht aushalten. Aber sie hatte keine Ahnung, wo sie sich so etwas in Frankfurt besorgen sollte. Dann hatte sie den rettenden Einfall.

Sie suchte im Handymenü die Option Klingelton. Als sie die Rundbogentür mit Butzenglasimitat zum Wohnzimmer öffnete, drückte sie auf Okay. Das Telefon quengelte los.

»O Mann«, stöhnte sie, »nicht schon wieder.« Sie sah ihre Eltern mit einem bedrückten Gesichtsausdruck an und hob das Handy ans Ohr.

»Ja? Hallo David. Tut mir Leid, aber ich bin bei meinen Eltern in Frankfurt. Ich kann nicht einfach so kommen. Ein Serverausfall? Hast du es schon über Lan probiert? Und was heißt das? Klar habe ich die Ergebnisse auf meinem Laptop, aber der ist in München. Hat das nicht Zeit bis Montag?« Sie sah nachdenklich an die Decke. »Und die Techniker? Na gut, ich komme.« Claudia schaltete das Handy ab. »So ein Mist!«

»Ist etwas passiert?«

»Im Betrieb sind die Rechner ausgefallen. Meine Ergebnisse müssen Montagmorgen raus, und mein Chef kann nicht darauf zugreifen. Ich habe das alles noch auf meinem Laptop, und nur wenn ich es morgen vorbeibringe, kann er es noch mal prüfen.«

»Soll das heißen, du willst jetzt schon fahren?«

»Ich will nicht. Ich muss. Der Research muss raus, wenn er nicht kommt, zahlen wir Zigtausende Konventionalstrafe.«

»Die Rechner sind sowieso Schmarrn«, sagte ihr Vater, »dieses amerikanische Zeug. Bei uns arbeiten damit nur die Sekretärinnen. Dumme Maschinen und dumme Weiber.«

»Ich muss jetzt los. Tut mir wirklich Leid, aber es ist ein Notfall. In zwei, drei Wochen holen wir den gemeinsamen Sonntag nach, in Ordnung?«

Ihr Vater hatte sich schon wieder dem Musikantenstadl zugewandt. »Hast du auch das Öl nachgeschaut? Und pass bitte beim Überholen auf. Und fahr nicht schneller als 120.«

»Klar. Tschüss, ich rufe euch an, sobald ich gut angekommen bin. Darf ich noch gegen ein Uhr anrufen?«

»Mach ruhig. Erich ist sicher noch wach, oder er schläft vor dem Fernseher.« Auch ihre Mutter hatte nach dem anstrengenden Tag voller repräsentativer Pflichten nicht mehr die Kraft, sich gegen die Flucht zu wehren. Claudia nahm ihre Tasche und ging durch den penibel gepflegten Garten zu ihrem Auto. Das einzig Schöne an der Wohnanlage mit ihren spießigen Häusern war der Blick auf die Frankfurter City. Der Messeturm, die Deutsche Bank, die steile Betonnadel der Dresdner, all das war vom Garten aus zu sehen. Die Sonne ging gerade unter und tauchte die Kolosse der Banken und Konzerne in traumhafte rote Variationen von einem silbrigen Rosa bis hin zu einem fast schwarzen Violett. Eine surreale Traumstadt. Claudia hatte ein Verlangen nach dieser Urbanität, und sie wusste, dass am Fuße dieser Stadt aus Geld und Größenwahn ein rettender Strand war, übersät mit Drogen: das Bahnhofsviertel. Zumindest ein bisschen Speed würde sie nach diesem Tag brauchen.

Sie raste auf der Stadtautobahn Richtung Süden, immer auf die Wolkenkratzer zu, vorbei an schäbigen Tankstellen und alten Prostituierten, die am Rand der Straße auf das notgeile Pack aus der Provinz warteten. Die Provinz, aus der auch Claudia gerade kam und die sie mit jedem Meter hinter sich ließ, bis die Hochhausschluchten sie endgültig in sich aufnahmen. Mit ein paar Kilometern hatte sie einen unüberbrückbaren Abgrund zwischen Kirche, Religionslehrer, Musikantenstadl, Eltern und sich selbst gelegt. Jetzt noch etwas Anregendes, und sie war frei.

Claudia fuhr langsam durch die Parkbuchten am Hauptbahnhof, aber dort war niemand, der wie ein Drogendealer aussah. Die Suche nach einem Lieferanten war doch nicht so leicht. Selbst in Frankfurt konnte man nicht bei halbwegs jungen Leute anhalten und fragen, wo es hier bitte Drogen gäbe. Der Babystrich hatte sich in die Gassen an der Taunusstraße verlagert, ein paar Blocks weiter. In der Hoffnung, dass eine offene Drogenszene nicht nur harte Sachen wie Heroin und Crack bedeuten würde, quälte sie sich durch den stockenden Verkehr in Richtung Rotlichtbezirk.

Der Drogenstrich war eine eigene Welt innerhalb des Bordellviertels, das sich zwischen Bankentürmen und Hauptbahnhof erstreckte: ein Straßenblock, dessen eine Seite die Taunusstraße bildete. Auf einem Kilometer bekam man alles zu sehen: von den Wracks, die sich nicht mehr auf den Beinen halten konnten, bis hin zu den Teenies, die hier ihr Drogentaschengeld verdienten und nach dem Rausch wieder in die Vorstädte zu den wohlgeordneten Verhältnissen ihrer Eltern zurückkehrten. In dieser Welt der Drogen erschienen sie irreal sauber und gepflegt, bis sie irgendwann von zu Hause ausbrachen und endgültig auf die Bordsteine flohen. Vielleicht wurden sie dann durch ein Substitutionsprogramm gerettet. Die meisten taumelten dem finalen Schuss entgegen.

Dazwischen waren sie Frischfleisch für Männer, die ihre Väter hätten sein können. Ein endloser Tross kreiste um diesen Block; meist ganz langsam, im Schritttempo. Claudia hoffte, dass sie niemand als Frau erkannte, aber keiner der Freier interessierte sich für ihren Punto, der nur ein Glied in diesem stinkenden Riesenleib einer um sich gedrehten Autoschlange war.

Die meisten Junkies am Straßenrand waren apathisch. Vor einer Dropin-Stelle war Hochbetrieb. Dutzende von Jugendlichen saßen auf dem Gehweg. Fast alle waren ausgemergelt, unsauber und bis zur Grenze der Anorexie dünn. Vor den parkenden Autos liefen ein paar Mädchen auf und ab. Sie waren nachlässig geschminkt und gekleidet; die T-Shirts waren fast immer bauchfrei und tief ausgeschnitten. Claudia erhielt einige herausfordernde Blicke, die sie mit einer schnellen Kopfdrehung ignorierte. Sie wollte bei einem der Mädchen anhalten, fragen, wo sie etwas bekommen würde, und sich das 50 Mark kosten lassen. Dann würde sie sich was kaufen und endlich zurück nach München fahren. Nach drei Runden um den Strich war sie so aufgeregt, dass der Wunsch nach Speed zu einem pochenden Schmerz geworden war. Sie zitterte vor Erregung.

Vor ihr hielt ein Wagen an. Ein junges Mädchen stieg aus der Beifahrertür, beugte sich noch mal in das Auto, lächelte hinein, sagte etwas und warf die Tür zu. Dann stellte sie sich an den Straßenrand, nahm eine Zigarette und zündete sie an. Das Feuerzeug erhellte die Konturen eines schlanken, fein gezeichneten Gesichts. Sie hatte volle Lippen, große Augen und einen langen, schlanken Hals, den die kurzen schwarzen Haare perfekt darboten. Sie sah nur einen kurzen Moment in Claudias Gesicht. Claudia ertrug den Blick nicht. Sie würgte den ersten Gang rein und fuhr weiter.

An der nächsten Ampel hatte sie sich wieder gefasst. Es war nur eine kurze Panikattacke gewesen, ganz normal bei der Aufregung. Sie würde noch mal eine Runde fahren und dann dieses Mädchen fragen. Als sie die dunkle Schönheit wieder erreichte, stand sie teilnahmslos am Straßenrand. Sie blickte stur geradeaus und ignorierte die Fahrer, die teilweise neben ihr stehen blieben, um sie anzugaffen. Claudia war fast auf ihrer Höhe, da senkte das Mädchen den Blick und lächelte sie direkt an. Claudia klammerte sich in einem nervösen Anfall ans Lenkrad und starrte peinlich berührt auf die Straße.

Wieder auf der Taunusstraße, hatte sie sich schon etwas gefangen. Die Prostituierte schien zumindest professionell freundlich zu sein. Und sie war auch sauber und wahrscheinlich ehrlich. Wenn, dann würde sie und keine andere die 50 Mark für den Tipp bekommen. Claudia fasste einen Entschluss. Falls das Mädchen bei der nächsten Runde noch immer dort stehen würde, falls sie noch mal lächeln würde und – Claudia dachte kurz nach – falls der Tachostand immer noch bei 65.412 km wäre, dann würde sie sie fragen.

Als sie um die alles entscheidende Ecke bog, war das Mädchen verschwunden. Claudia atmete tief durch und rollte im Strom der Autos langsam weiter. Plötzlich war das Mädchen wieder da. Sie hatte sich nur zum Wagen eines Freiers runtergebeugt. Sie nahm wieder ihre abwesende Haltung ein. Claudia rollte langsam weiter, die Augen panisch auf den Kilometerzähler geheftet. Er wollte und wollte nicht zur nächsten Zahl umspringen. Sie war gerade noch fünf Meter von dem Mädchen entfernt, als der Wagen vor ihr langsam ausrollte. Irgendwo vorn hatte jemand angehalten.

Claudias Punto blieb genau auf der Höhe des Mädchens stehen. Die senkte kurz den Blick, legte den Kopf etwas schräg, dass die bleiche Schönheit ihres Halses noch besser zur Geltung kam, und lächelte Claudia an, wie sie noch nie angelächelt worden war: freundlich, höflich, offen und liebevoll. Zumindest erschien es Claudia so.

Sie sah kurz auf den Tacho. Immer noch 65.412 km.
Was soll ich bloß tun, dachte sie sich. Als sie den
Blick wieder hob, kam das Mädchen
auch schon zu ihrem
Seitenfenster.

22. Kapitel

Worin die Heldin Kapitalismus und Gefühlsleben zu einer konvergenten Symbiose bringt und zum Dank für solch Tun ein Angebot erhält.

Der Wagen vor ihr blieb weiterhin stehen. Hinter ihr hatte sich bereits der Stau verlängert. Von der Seite kam das Mädchen näher. Claudia konnte den Blick nicht von ihr abwenden. Auch aus der Nähe sah sie jung, frisch und unverbraucht aus. Eine Hobbynutte, dachte sich Claudia. Ich habe all meine Wetten verloren. Sie ist noch da, sie lächelt, und der Tacho ist immer noch nicht weiter. Dann soll es so sein. Was geschehen muss, soll eben gleich geschehen. Ich werde sie einfach fragen, und wenn ich dabei mit ihr zugrunde gehe. Sie öffnete das Seitenfenster und versuchte, nicht allzu verkrampft zu wirken.

»Hallo«, sagte das Mädchen. Falls sie überrascht war, eine Frau im Wagen zu sehen, verbarg sie es meisterhaft. »Na? Wollen wir was machen?«

»Hallo«, sagte Claudia, um Zeit zu gewinnen. Die Sache lief in die falsche Richtung. Auf diese rhetorische Frage wusste sie keine Antwort. Natürlich wollte sie etwas machen – also ja – aber natürlich nicht das, was in der Frage zum Ausdruck kam – also: »Ja, aber ...« Dann fiel Claudia nichts mehr ein. Sie konnte keinen klaren Gedanken fassen. Warum lasse ich mich auch auf solche Situationen ein, verfluchte sie sich. Wenn jetzt die Polizei kommt, was sage ich dann. Sie holte ganz langsam tief Luft und sah das Mädchen ratlos an.

Das Mädchen hielt es für ein wollüstiges Seufzen und fragte: »Soll ich erst mal reinkommen? Wir können dann in Ruhe weitersprechen.« Die Wagenkolonne vor Claudia hatte sich bereits wieder in Bewegung gesetzt. Jetzt blockierte sie den Verkehr.

»Es ist ein bisschen kompliziert«, setzte sie an, aber dann gewannen Panik und Angst die Oberhand. Sie war zu gut erzogen, als dass sie einfach davongefahren wäre. Das wäre zu unhöflich gewesen. Sie hatte aber auch zu viel Angst, um hier, vor einer Horde notgeiler Männer, sich mit einer Prostituierten über die Problematik der Drogenbeschaffung zu unterhalten. »Klar, komm rein.«

Das Mädchen schwang sich auf den Beifahrersitz. Selbst aus einem halben Meter Entfernung konnte Claudia keinen Makel, keine Augenringe, Einstichpunkte oder blaue Flecken erkennen. Das Mädchen neben ihr war Anfang zwanzig und sah auf eine südländische Art einfach nur unheimlich gut aus.

Claudia gab Gas. Nach wenigen Metern sprang der Tacho auf 65.413 km. »Hallo. Ich bin Claudia«, versuchte sie sich in Kommunikation.

»Hi, ich heiße Olympia. Also, du bist das erste Mal hier, oder? Hab ich mir schon gedacht. Macht nichts. Nur eine Sache: Mit Frauen mache ich ungern was im Auto. Die meisten Frauen wollen das auch nicht.«

»Hast du viele Frauen?«, war das Einzige, was Claudia einfiel.

»Geht so. Selten. Eigentlich zu selten. Frauen sind mir lieber als Männer. Also, es geht mit hundert Mark los, wenn du in der Nähe wohnst. Eine halbe Stunde kostet 150, eine Stunde 250, und der restliche Abend«, sie sah auf die Uhr und dachte kurz nach, »sagen wir 500. Wenn du nicht in der Nähe wohnst, können wir uns entweder ein Zimmer nehmen, oder ich muss die Anfahrtszeit mitberechnen.«

Claudia hörte nicht zu. Sie versuchte, einen Ausweg zu finden, um von der Prostitution auf die Drogen zu kommen. Sie brauchte Zeit. Vielleicht wäre es wirklich das Beste, erst mal mitzuspielen. Danach könnte sie immer noch fragen. Das wäre vielleicht sogar eine Lösung, die beide ohne Gesichtsverlust aus der Sache rauskommen lassen würde.

»Okay, Hotel, ich komme aus München. Wenn du mir sagst, wo wir hinmüssen?«

»Am besten hier gleich rechts, und dann kannst du auch gleich parken.« Der Wagen glitt in eine stille Seitenstraße, mit schmutzigen, dunklen Häusern. Am Ende der Straße war ein Haus mäßig hell erleuchtet. Nebenan war ein kleiner Parkplatz. Claudia hielt an, stieg aus und schloss möglichst leise die Tür.

»Komm«, sagte das Mädchen und nahm Claudias Hand, »hab keine Angst.« Und dann, nah an ihrem Ohr und ganz leise: »Das wird ein Riesenspaß. Du gefällst mir.«

Im Erdgeschoss des Hauses hatte sich eine Pizzeria mit dem Namen »Il Grotta« breit gemacht. Über dem Haupteingang stand auf einem alten Blechschild »Pension Wald«. Olympia war anscheinend eine alte Bekannte, und Claudia buchte das Zimmer für die gesamte Nacht. Nach all der Aufregung war sie nicht mehr in der Lage, nach München zu fahren. Als das Mädchen die ersten Stufen nach oben schritt, verlor Claudia noch mal den Mut und blieb stehen. Das Mädchen drehte sich um, kam langsam die drei Stufen herunter und legte Claudia den Arm um die Schulter. »He, mach dir keine Sorgen. Du sollst deinen Spaß haben. Das wird alles andere als ein Begräbnis.«

Durch die sanfte Berührung fühlte sich Claudia plötzlich wieder wohl. Ein warmer Schauer rieselte ihren Rücken hinunter. Seltsam, dachte sie, ich kaufe gerade eine Frau, ich mache etwas, was eigentlich unmenschlich ist, und trotzdem fühlt es sich gut an. Ich bin ein Teil ihres Elends, und sie ist total nett zu mir.

Claudia legte ihren Arm um die Taille der Prostituierten. Als Olympia die Tür zu Zimmer 18 aufschloss, stellte die Liquidatorin fest, dass sie sehr nass war.

***

»Dann arbeitest du ja in gewisser Weise auch auf 'nem Strich«, sagte Olympia. Claudia lag auf dem Rücken auf einem roten Plüschbett und sah nachdenklich auf das große Bild, das darüber hing. Eine billige Reproduktion eines Gemäldes mit einer verführerischen Spanierin.

»Nein. Ich glaube nicht, dass man das so sagen kann.« Sie rollte auf die Seite und sah Olympia zu, wie sie den gereinigten Dildo in ihre Tasche steckte. »Ich kann es nicht erklären. Es ist einfach so. Oder besser, es war so. Inzwischen arbeite ich in einem Team, wo auf der sexuellen Ebene nur ganz wenig läuft. Es sind zwei Männer. Der eine erzählt dauernd, dass er eine Freundin hat, die ja sooo toll ist, und der andere traut sich einfach nicht.«

»Ich würde an deiner Stelle der Sache nicht trauen. Irgendwann gerätst du an den Falschen. Und ich glaube dir auch nicht, dass es dir jetzt gut geht. Du hast Angst.«

»Nein, habe ich nicht mehr. Am Anfang, als ich bei dir angehalten habe, da hatte ich furchtbare Angst. Eigentlich wollte ich nur – egal, jedenfalls war es wunderbar.«

»Das meine ich nicht.« Olympia ging zu einem kleinen Tisch, nahm eine Flasche Sekt und zwei Gläser und setzte sich neben Claudia. »Du hast Angst vor dem, was dich in München erwarten kann. Und zu Recht. Was die mit dir gemacht haben, das würde ich nie zulassen. Das ist gefährlich, und die totale Demütigung. Der Typ hat dich vergewaltigt. Ins Gesicht kommen, das würde ich für keine Summe der Welt zulassen.«

Claudia hob den Arm und streichelte Olympias Hals. Die Prostituierte zuckte zusammen.

»Vorsicht, sensible Stelle. Sorg in Zukunft wenigstens dafür, dass die Typen ein Präservativ benutzen. Nicht nur wegen AIDS. Hepatitis kann genauso unangenehm sein.«

»Hier spricht der Profi.«

»Ich habe viel davon auch schon mitgemacht. Am Anfang, da habe ich ein Praktikum bei einer Werbeagentur gemacht. Was halt so ein Praktikum ist. Ich war gerade mal 17. Warum sind die Männer immer so brutal? Und nach dem Abitur wurde ich Bankdirektors Liebling. Ich dachte mir, gut für die Karriere. Dabei war der sogar einigermaßen nett.

Vor drei Jahren bin ich dann nach Frankfurt versetzt worden. Multikulturelle Stadt, wo dich keiner schräg anschaut, weil deine Eltern griechische Gastarbeiter sind. Ein schickes Büro in einem der Türme da oben. Denkst du. Am Anfang.« Olympia nahm einen Schluck Sekt.

»Und eines Tages kommst du an einen Vorgesetzten, der seine Sekretärin gerade gefeuert hat. Prima, denkst du dir, der ist der große Macker. Er schaut dich immer an, und dann gehst du nach einer Betriebsparty mit zu ihm. Du erwartest dir Sex, und was du bekommst, ist eine Vergewaltigung. Aber dann ist es schon zu spät. Du kannst nicht mehr aus der Sache raus.

Ich weiß ja nicht, wie du das durchgestanden hast, aber ich habe nach einer Woche Antidepressiva gebraucht. Nach vier Wochen war ich auf Koks. Der Typ hatte genügend davon rumliegen. Dann kam eine neue Praktikantin, und die Security fand Koks in meinem Büro. Irgendjemand hatte es dort deponiert. Die Bank verzichtete auf eine Anzeige, falls ich von mir aus kündigen würde.

Was tust du, wenn du plötzlich auf der Straße stehst, und deine Wohnung kostet 1600 Mark im Monat? Keine andere Bank wollte mich, obwohl meine Zeugnisse hervorragend sind. Irgendwann versuchst du es auf der Taunus, und weißt du was? Es klingt unwahrscheinlich, aber seit ich auf der Straße arbeite, geht es mir besser. Ab nächsten Monat arbeite ich nur noch auf Bestellung. Der einzig entscheidende Unterschied ist, dass ich mir dann die Männer aussuchen kann, und Schluss ist, wenn ich es sage.«

»Da hatte ich ja richtig Glück, dich noch zu treffen.«

»Freut mich, wenn es dir gefallen hat.« Olympia legte sich zur Seite und spielte am Gürtel von Claudias Bademantel herum. »Ich glaube, du hättest mehr Spaß am Leben, wenn du etwas anderes machen würdest. Die Story von dem Venture Capital Manager ist der totale Horror. Wenn du hier als Model arbeiten würdest, hättest du sicher enormen Erfolg, bei minimalem Risiko. Gerade hier in Frankfurt. Weißt du«, sie kam Claudias Ohr gefährlich nahe und zog nachdenklich-langsam den Knoten auf, »ich glaube ja, dass die meisten Banker hier in der City sowieso keine Modelle mit Strapsen und Rüschen wollen. Die können sich Frauen nur noch im Business-Suit vorstellen, und darunter am besten gar nichts. Mein Ex-Boss wollte am liebsten im Büro vögeln, und nur dort. Und bitte immer im möglichst seriösen Kostüm.«

»Da ist was dran«, brabbelte Claudia. Ihr Mund war trocken, und ihr Körper fing an zu glühen.

»Ich frage mich, ob das nicht eine Marktlücke wäre. Stell dir vor, du mietest ein Büro an, mit normalen Öffnungszeiten, mitten in der City, und bietest dort nur Sex in Büroatmosphäre. Das wäre doch die Alternative.«

»Für mich?«

»Ja. Warum nicht. Es sollte ja möglichst echt wirken. Du bist für eine gewisse Klientel sicher eine Traumfrau. Blond. Phantastischer Körper. Kannst du dir das vorstellen?« Olympia öffnete ihren Bademantel. »Das wird ein überirdisches Vergnügen – tags und nachts vor diesen Betongebirgen liegen und mächtige Börsianer und Banker umarmen, zu fühlen, wie sie dich wollen, wie sie dich berühren, zitternd vor Gier an deinen Busen fassen. Du kannst die Früchte ihrer Sieben-Tage-Woche genießen, Sektkorken knallen lassen, Champagner schlürfen, während die großen Herren ganz kleine miese Freier werden, und sie am Ende, wenn sie ihren Scheck abgeliefert haben, vor die Tür setzen.«

»Pfui – was hast du nur für Phantasien.«

»Was heißt hier Pfui? Nur weil es nicht zu deiner inneren Auffassung von der Arbeitswelt passt? Darf man nicht das in aller Deutlichkeit sagen, was schon längst so ist? Doch gut ...«

»Komm schon, Olympia. Es klingt wirklich gut und witzig.
Ich überleg's mir. Aber meine Eltern würden mich
umbringen ...« »Und die Vorstellung, dass
sie es merken würden, macht dir
Spaß.« »Stimmt.« Claudia
hatte noch nie in
ihrem Leben so
gelacht.

23. Kapitel

Worin die Helden als Schurken behandelt werden sollen und warum selbst in der Munich Area nicht jede Schurkerei gelingen will.

»Sieht bis jetzt eigentlich ganz gut aus.« Tuchner spießte eine Wachtel auf die Gabel und tunkte sie sorgfältig in die Champagnersauce. Die Vorhänge des Le Minou waren geschlossen und hielten das grelle Sommerlicht draußen. Bis auf den Koch und Klaus Kastner war niemand im Lokal. Offiziell war es Sonntagmittag ohnehin geschlossen. Tuchner wollte bei dieser Besprechung keine Zeugen.

»Ich traue dem Frieden nicht ganz. Die hatten so viel Vorarbeit durch den Rotberg. Eigentlich hätten sie bis zum Wochenende das nächste Unternehmen erledigen müssen. Allein schon, weil Alex sonst ungeduldig wird.«

»Ich habe am Freitag bei Rotberg und Co. angerufen, und es war keiner da. Weder unter der Steel2net-Nummer, noch auf den Handys. Es gab auch keinen Bericht. Vielleicht haben sie einfach den Freitag blau gemacht. Die Aufträge von Alex laufen ganz normal weiter ein.« Tuchner lächelte vorsichtig optimistisch. »Was wissen wir bislang über unsere Gegner?«

»Nach allem, was ich weiß, sind die Partner von Rotberg eher inkompetent. Claudia kennen wir ja. Ohne die alten Herren hätten wir sie nie engagiert. Eine dumme Nuss, frisch von der Akademie, ohne jede Erfahrung. Eine sture, katholische Streberin, die zu allem Ja und Amen sagt, solange sie sich nach oben ficken kann. Nach sechs Wochen hätte ich sie wahrscheinlich gefeuert.«

»Hättest du sie nur nicht eingestellt.«

Der ehemalige Chef des BVCN ignorierte den Vorwurf. »Der Jurist ist eine Knallschote. Ich habe Anfang der Woche mal mit

Paul von Headsearch gesprochen, der hatte seine Bewerbungsunterlagen. Der wäre beinahe beim Staatsexamen durchgerasselt. Scheinbar hängt er ab und zu auf Events rum. Paul hatte jedenfalls eine denkbar schlechte Meinung von ihm. Eine Schnapsidee, diese Idioten wollen das BVCN ausräumen. Ein klassischer Start-up-Fehler: Inkompetenz gepaart mit Größenwahn und überzogenen Erwartungen.«

»Wenn sie für jeden Bericht in Zukunft, sagen wir, drei Wochen brauchen, dauert es über ein Jahr, um gegen alle Unternehmen auf der Liste vorzugehen. Wir haben genug Zeit, um Alex' Vertrauen wiederzugewinnen. Ich denke, wir sollten uns vor allem darum kümmern. Ein paar gute Presseberichte über seine Beteiligungen, spektakuläre Aufträge, so was. Die drei Angeber sollten wir im Auge behalten, aber das Wichtigste ist, das Netzwerk zu stabilisieren. Wir haben wieder etwas Luft. Was meinst du, wie werden sie weiter vorgehen?«

»Wenn sie logisch denken, werden sie sich zuerst auf die großen Unternehmen mit frischer Finanzierung stürzen. Nur als Beispiel, Wapmobil.de ist jetzt seit zwölf Monaten online, die Finanzierung liegt 14 Monate zurück. Bei der Burnrate stehen die inzwischen sicher vor der Pleite. Das könnten sie problemlos nachweisen, und sie würden sicher auch gravierende Managementfehler finden. Damit könnten sie das Ende beschleunigen, aber mehr als ein paar hunderttausend Mark kriegen sie sicher nicht mehr raus. Also ist das Ende von Wapmobil.de für sie wirtschaftlich uninteressant.

Ich denke, so traurig die Sache mit Steel2net auch war, sie hat uns gezeigt, wie unsere Gegner arbeiten. Rotberg hat ja Vorarbeiten für 15 Unternehmen gemacht, eines von diesen Unternehmen ist sicher das nächste. Wenn ihr nächstes Ziel groß ist, noch mehr als zwei Millionen auf dem Konto hat und auf der Liste aus dem Blu4-Report steht, dann bleiben nur sechs, sieben Alternativen.«

»Was meinst du, können wir einen Angriff abwehren?«

»Bei Steel2net ist zu viel schief gelaufen. Ich denke, dass sie Steel2net auch ohne das Telefonat mit dir erledigt hätten. Aber sie hatten da auch optimale Voraussetzungen: Die Zahlen und Bücher waren gerade aktualisiert. Ich habe den Bericht durchgearbeitet, und bis zu einem gewissen Punkt muss ich sagen, Steel2net hat es verdient.«

»Wenn wir die Probleme bewältigt haben, muss ein anderer Stil beim BVCN durchgesetzt werden. Härte. Disziplin. Erfolgsorientierte Profis erobern neue Geschäftsfelder. Old Economy Qualitäten für New Economy Success. So sollten wir das nennen. Aber zuerst müssen wir konkrete Pläne gegen diese Leute entwickeln.«

»Ich habe mir seit letzter Woche ein paar Optionen durch den Kopf gehen lassen. Es gibt mehrere Möglichkeiten. Prinzipiell: So wenig Unterlagen wie möglich rausrücken. Verzögern. Und dann sorgen wir dafür, dass Alex ihnen nicht mehr vertraut, weil wir Fehler in ihrer Arbeit nachweisen. Vielleicht unterschlagen sie was. Oder sie machen gemeinsame Sache mit einem Unternehmen, nach dem Motto: Wir lassen euch davonkommen, wenn ihr uns mehr als Alex bezahlt. Vielleicht kann man so was sogar konstruieren. Oder wir versuchen, einen zu kaufen. Bei Claudia bin ich mir ziemlich sicher, dass das möglich ist.«

Tuchner legte seine Gabel auf den Teller und sah Klaus sauer an. »Ich glaube, dass du dich bei Claudia gründlich vertan hast. Du wolltest ein Spielzeug, und jetzt sägt dieses Spielzeug an einer Säule der gesamten New Economy der Munich Area. Falls du es noch immer nicht begriffen hast: Deine Claudia ist gerade dabei, eine gigantische Wirtschaftspleite zu arrangieren. Wenn deine Claudia auch nur vier oder fünf Unternehmen wegsprengt, fliegt alles in die Luft. Wir bekommen schlechte Presse. Andere werden versuchen, aus dem BVCN rauszukommen. Und was bleibt? Ein Haufen idiotischer Ideen und unfähige Gründer. Wenn das die Runde macht, investiert niemand mehr. Ohne weiteres Venture Capital können wir noch nicht mal die guten Start-ups retten, und dann kann sich der Ministerpräsident die Sprüche vom Hightech-Standort sparen. Das BVCN funktioniert nur so lange, bis es größere Ausfälle gibt. Den ersten mit Steel2net haben wir gerade noch hingebügelt. Oft darf deine Claudia das nicht mehr machen. Ich will nicht, dass man solche Leute mal eben kauft, damit sie für heute still sind. Nichts garantiert dir, dass sie dann nicht zwei Monate später trotzdem weitermachen. Korruption funktioniert nur, wenn sie nachhaltig und langfristig angelegt ist. Solche Leute müssen einfach weg.«

»Wir können sie doch umdrehen und für uns arbeiten lassen.«

»Und selbst wenn du sie umdrehen kannst: Irgendwann merken es die anderen. Dann holen sich die beiden anderen eben einen Ersatz. Blöde Fickweiber gibt es in der Munich Area wie Sand am Meer. Weiber von dieser Blabla-Akademie erzielen zur Zeit nur auf dem Straßenstrich akzeptable Preise. Vergiss das mit dem Bestechen. Die kriegen keinen Pfennig.«

Klaus wusste, dass Claudia die Schwachstelle der Gruppe war. Sie hatte sich widerstandslos vor ihn hingekniet und dankbar gelächelt, auch wenn sie innerlich angeekelt war. Claudia hatte einfach keinen Charakter. Für Geld würde sie alles tun. Natürlich hasste er sie, aber die Bestechung wäre aus seiner Sicht eine Wiederherstellung der natürlichen Ordnung gewesen. Er hatte kein Problem, Menschen zu kaufen, solange er sie demütigen konnte. Diesen spaßigen Teil der Arbeit hatte Tuchner verdorben, aber in seiner Situation musste sich Klaus fügen.

»Das macht alles schwieriger. Für die anderen Optionen brauche ich ein Team, das bereit ist, notfalls auch über Leichen zu gehen. Ich könnte mir ein paar Opfer des Blu4-Massakers holen, die haben sicher einen Hass auf den Rotberg. A propos Rotberg: Es wäre hilfreich, wenn seine Schwester nicht in der Kanzlei irgendwelche Informationen aufschnappen könnte.«

»Um Edith habe ich mich bereits gekümmert. Nach oben wegbefördert. Weit weg.«

»Und dann sollten wir noch einen Notplan haben. Einen Plan B, der Alex gründlich ablenkt.«

»Gefällt mir nicht. Plan B sind meistens übereilte Aktionen, die schief laufen. Und das Ablenken – das kann ins Auge gehen.«

»Es sollte eher in die Nase gehen. In die Nase von Alex.«

Tuchner ließ sich viel Zeit, um nachdrücklich zu sagen: »Vergiss es.«

An der Tür des Le Minou wurde geklopft. Draußen stand Tuchners Chauffeur. Der Koch schob seinen mächtigen Leib aus der Küche und sperrte auf. Der Chauffeur brachte das Handy mit.

»Herr Tuchner, Anruf für Sie.«

»Ich habe doch gesagt, dass ich nicht gestört werden will …«

Der Chauffeur zog die Schultern hoch und sagte leise: »Wichtig!«

Mit einem genervten Blick legte Tuchner eine Wachtel zurück auf den Teller. Selbst diese kleine Freude war ihm nicht vergönnt.

»Ja? Hallo Alex. Nein, von denen habe ich nichts gehört. Sollte ich? Wegen was? Headsearch? Wieso haben die Headsearch erledigt und mir nichts gesagt? Aber Headsearch war doch …?« Tuchner erstarrte am Handy. Bitte nicht Headsearch, dachte Klaus. Headsearch ist unsinkbar. In Headsearch hätte ich selbst investiert. Headsearch war als bombensicheres Zuckerl für Alex gedacht. Paul war zwar ein wenig lebensfroh, aber auch gewinnend und charmant. Er wurde auch nicht im Blu4-Report erwähnt. Paul hatte überhaupt nicht die Zeit gehabt, Fehler zu machen.

»Ich kümmere mich gleich darum. Auf Wiedersehen, Alex.« Tuchner legte das Handy vorsichtig auf den Tisch, wie eine scharfe Handgranate. Dann hob er langsam den Kopf und sah Klaus an. »Offenbar hat Headsearch mit gefälschten Verträgen Investitionen erschlichen. In den Skandal sind einige Leute bei Si2Consult verwickelt. Alex hat am Freitag mit seinen Leuten erreicht, dass Paul ihm seinen kompletten Anteil an Headsearch für eine Mark übertragen hat. Jetzt hat Alex sein Geld und alle Sachwerte abgezogen und bietet dem BVCN den Rest zum Kauf an, für hunderttausend Mark. Er sagt, das sei ein Akt der Fairness, weil wir so den Skandal noch vertuschen können. Es ist jetzt Sonntag, 13.43 Uhr. Morgen, Montag um neun muss ich der Presse etwas Glaubwürdiges verkaufen.«

Die beiden schwiegen sich eine Minute an. Dann sprach Tuchner leise weiter. »Du hast Leute, die über Leichen gehen? Gut. Die wirst du auch brauchen. Ich kümmere mich darum, dass Headsearch in aller Stille abgeräumt wird. Du kümmerst dich ausschließlich um diese Liquidatoren, wie Alex sie gerade genannt hat. Wir haben sie unterschätzt, schaff sie weg. Es ist mir egal, wie, Hauptsache schnell. Geld spielt keine Rolle.«

24. Kapitel

Worin ein Held gerne ein Gespräch führen würde und andere Gespräche führen muss.

Sie waren zu schnell. Hinter ihnen explodierte der Abgrund in dunkelrot glühenden Steinlawinen. Der Tank war voll, und der Motor dröhnte im roten Bereich, als sie durch die engen Kurven jagten. Was immer sich vor ihnen aufbaute, schossen sie mit den Bordkanonen über den Haufen. In den Lichtblitzen des Mündungsfeuers flogen die Trümmer ihrer Gegner vorbei. Es war der Flug auf einem Racheengel, in einem Kampfflugzeug am äußersten Limit, immer mit vollem Risiko durch den viel zu engen Abgrund, bis sich ein Gefühl der Unzerstörbarkeit einstellte. Dann zerriss es die Maschine neben ihm. Ein greller Feuerball erleuchtete die Schlucht, und die blutigen Fetzen, die gegen seine Kanzel klatschten, waren die Reste des Menschen, der gerade noch unsterblich neben ihm geflogen war. Sein Schrei ging in rhythmisch wiederkehrenden Geräuschen unter, die den Traum vom Abgrund wie eine alte Fotografie ausbleichen ließen. Er kämpfte sich aus dem Bett und stolperte zum Telefon. Als er endlich den Hörer abnahm, war nur das Freizeichen zu hören.

David setzte sich wieder auf sein Bett und sah nach, wer ihn in den letzten beiden Tagen über Handy zu erreichen versucht hatte. Seine Schwester, seine Großmutter, seine Großtante, das letzte Mal Claudia. Alle, nur nicht Bettina. Bettina hatte eben ihre Phasen, in denen sie ihn nicht hören und sehen wollte. So war es immer schon gewesen, und so würde es immer sein.

Er versuchte trotzdem, bei ihr anzurufen. Das Telefon läutete zwanzig Mal, ohne dass Bettina abgehoben hätte. Er überlegte, ob er nicht in ihrer Redaktion anrufen sollte, aber Bettina trennte immer zwischen Privatvergnügen und Arbeit. So liebenswert sie am Abend sein konnte, so aggressiv reagierte sie, wenn David während der Arbeitszeit mit ihr sprechen wollte. Wenn sie jetzt nicht zu Hause war, war sie wohl wirklich in der Redaktion. Oder, wie jeder normale Mensch im Sommer, beim Baden. Versuchsweise rief er noch mal an und wartete vergeblich.

David ging in seine kleine Küche und setzte Tee auf. Er kramte seine Jacke durch, fand eine der grünweißen Käferleichen und schluckte sie mit etwas Wasser hinunter. Er zog das Tee-Ei aus der alten, silbernen Kanne und füllte ein altmodisches Teeglas. Fünf Minuten sah er reglos in die rote Flüssigkeit und zählte die Sekunden. Er hatte nur schemenhafte Erinnerungen an die letzten Tage. Er hatte viel geschlafen, und ein paar Mal versucht, mit Bettina zu sprechen. Sie blieb für ihn unerreichbar.

Dann klingelte das Telefon. David stürzte zum Schreibtisch. Irgendwann, dachte er, muss Bettina anrufen.

»Hallo David. Wo warst du?«

»Morgen, Edith. Daheim. Ich habe geschlafen. Hatte letzte Woche furchtbar viel zu tun. Ach ja, richtig, wir haben Headsearch geknackt.«

»Davon habe ich in der Kanzlei aber noch nichts gehört.«

»Tja, Schwesterherz, auch dein Boss wird erst vor wenigen Minuten davon gehört haben. Bei Headsearch war so viel Betrug im Spiel, da haben wir den alten Sack gar nicht gebraucht.«

»Das glaube ich nicht. Paul ist sauber. Ich habe ihn letzte Woche ein paar Mal beraten. Da war alles korrekt.«

»Sorry, ich habe ja ganz vergessen, dass du auf ihn stehst, wie die Hälfte aller Frauen und zehn Prozent aller Männer in Münchens New Economy. Paul of Oxford hat behauptet, er hätte mit Si2Consult einen Vertrag – dabei hatte er nur was Illegales mit ein paar korrupten Mitarbeitern.«

»Findest du nicht, dass ihr etwas übertreibt? An der Idee von Headsearch war doch nichts auszusetzen.«

»Personaldienstleistungen? Heute? In der Munich Area? Hier geht doch alles vor die Hunde. Alle feuern, niemand stellt ein. Pauls Idee kann nur im Hype funktionieren. In ein paar Monaten hätte er sein Geschäftsmodell geändert: Hin zur Beratung von Unternehmen, die kündigen wollen. Das wollte er uns sogar noch als *Die Zukunft* verkaufen, als wir ihm schon seine korrupten Spielchen nachgewiesen hatten. Mitarbeiterselektion. Beratung für Massenentlassungen. Das wäre was für ihn gewesen: Wer die Beine breit macht oder auf seinen Lohn verzichtet, darf bleiben. Diesmal durfte er nicht bleiben. Es war nett, ihn winselnd im Staub zu sehen.«

»Hat es sich wenigstens für dich gelohnt, wenn du schon solche Dinger drehst?«

»Geht so. Gut 50.000 für eine Woche Arbeit. Was ganz anderes als deine 19.000 im Monat. Außerdem ist es nicht mein Problem, wenn dein Paul illegale Sachen macht.«

»Wie lange willst du eigentlich damit weitermachen? Es geht dir dabei doch nicht wirklich gut, oder? Die ganze Sache ist scheußlich.«

»Was soll daran bitte scheußlich sein? Nur halb so scheußlich wie dein BVCN. Wir killen ein paar dumme Start-ups. In ein paar Monaten wären sie ohnehin pleite, und das Geld wäre in den Händen von ein paar PR-Futzis, die damit den Drogenhandel der Hisbollah fördern würden. Die CEOs kriechen dann woanders unter. Die einzigen Geschädigten sind die Mitarbeiter, aber die wären so oder so dran. Selbst schuld, wenn sie keine Gewerkschaften und Betriebsräte wollen. Und für euch Anwälte springt immer was dabei raus. So beschissen kann etwas gar nicht sein, dass ihr damit nicht Geld verdient. Das ist scheußlich.«

»Ich tue nur meinen Job.«

»Ich auch. Und wenn du wissen willst, wie lange noch: Da draußen sind hunderte von Betrügern. Wenn ich es nicht mache, wird es jemand anderes machen. Früher oder später wird auch Tuchner die Idee haben, solche Leistungen anzubieten. Für Leute, die in andere Netzwerke investiert haben. Warte nur, in drei, vier Wochen wird er vielleicht dich an die Spitze einer Liquidatoren-Unit setzen, und das verdankst du dann deinem Bruder.«

»Nein, das wird er sicher nicht machen. Ich habe gestern mit ihm gesprochen. Ich werde stellvertretende Leiterin der Niederlassung in Paris, für mindestens ein halbes Jahr.«

»Gratuliere. Wann geht's los?«

»Morgen fliege ich und richte mich ein. Den Alfa kann ich solange nicht brauchen. Du kannst ihn ja vorerst übernehmen. Du gehst sowieso nicht so schnell nach Israel zurück.«

»Vorerst nicht. Sag mal Edith, können wir heute Abend vielleicht essen gehen?«

»Tut mir Leid, aber ich muss noch so viel machen. Komm einfach morgen früh um acht Uhr vorbei und bring mich zum Flughafen. David, zwei Sachen noch: Pass bitte auf Tuchner auf. Es gibt Gerüchte, dass er einen furchtbaren Hass gerade auf dich hat. Wenn ihr Headsearch liquidiert habt, wird er sicher noch mehr toben, und ich kann das sogar verstehen. Wenn er jetzt was gegen dich unternimmt, kann ich von Paris aus nur sehr wenig tun.«

»Schon gut. Der kann froh sein, wenn ich ihm Alex bei der Stange halte.«

»Und, David ...« Edith wusste offenbar nicht, wie sie weiterreden sollte.

»Ja?«

»David, versuch dich damit abzufinden. Komm von dem Trip runter. Ich finde es toll, dass du inzwischen den Stress mit deinen Leuten wieder erträgst, aber die Sache mit Bettina ...«

»Lass mich einfach. Lass mich. Okay? Ich weiß, was für mich am besten ist. Machs gut.« David legte auf. »Du blöde Kuh!«, brüllte er.

Edith wusste nichts. Sie sah alles durch ihre Paragraphen. Von der wirklichen Welt verstand sie nichts, und sie wollte ihm Ratschläge geben. David erinnerte sich nur zu gut an einen Vorfall in Beit Jala: Er stand in einer schmalen Gasse, als aus einem Fenster das Feuer auf einen israelischen Panzer eröffnet wurde. Der Soldat im Geschützturm reagierte sofort. David konnte sich gerade noch in eine Hauseinfahrt werfen, bevor eine Salve an die Hauswände spritzte. Er hatte einen Tag an der Geschichte zu kauen, bis ihn Edith anrief. Sie klärte ihn sachlich darüber auf, dass es sich angesichts einer ziellos abgefeuerten Salve allenfalls um Totschlag handeln konnte, weil ein Vorsatz nicht nachweisbar war. Auf solche Ratgeber konnte David verzichten.

Das Telefon klingelte schon wieder. David schüttete den Tee hinunter, bevor er abhob.

»David Rotberg?«

»Hallo David, ich bin's, Claudia. Sag mal, braucht ihr mich morgen früh unbedingt?«

»Es wäre schon gut. Was ist los?«

»Ich bin noch in Frankfurt. Ich möchte mich mit einer alten Freundin vergnügen.« Jemand lachte. David hätte nie gedacht, dass Claudias Freundinnen so dreckig lachen konnten. Claudia klang auch ganz anders. Irgendwie glücklich.

»Na schön, dann suche ich mit Peter das nächste Ziel raus, und du musst dich damit abfinden.«

»Macht ruhig.« Claudia kicherte albern.

»Wann können wir mit dir rechnen? Als Liquidatorin, meine ich, das heißt vernünftig, korrekt und professionell?«

»Wieso? Du kennst mich doch gar nicht, wenn ich professionell unterwegs bin«, meldete sich eine andere Frau. Aus dem Hintergrund kam Claudias schallendes Gelächter.

»Na, dann komm doch mal mit deiner Freundin.« Die nächste Lachsalve, diesmal von beiden. »Nach München, meine ich. Was ihr schon wieder denkt. Wer bist du überhaupt, und was hast du mit der braven Claudia gemacht?«

Claudia kramte zwischen dem Prusten
ein »Ciao« hervor und
fiel wieder über
Olympia
her.

25. Kapitel

Worin erfolgreiche Menschen der Munich Area noch spät ein Meeting abhalten, nebst den Zerstreuungen, mit denen sie sich für diese Opfer entschädigen.

In den vier Jahren, die sie den Beruf ausübte, hatte Sabine die Veränderung im Kundenverhalten deutlich registriert. Die grenzenlose Kommunikation im Internet hatte fraglos neue Trends nach München importiert, die in ihrem Betrieb schnell und unbürokratisch umgesetzt wurden. Die Konkurrenz war stark, aber es war immer gelungen, vor den anderen den neuesten Hype zu erahnen. Die Grundlage dafür waren ausgefeilte Analysen des Nutzerverhaltens. Änderungswünsche bei den Applikationen wurden durch einen steten Modellwandel zufrieden gestellt. Das Unternehmen, in dem Sabine arbeitete, hatte in der Munich Area einen exzellenten Ruf. Die Krise der New Economy tangierte es nur am Rand. Leichte Umsatzrückgänge im Kerngeschäft wurden durch verbesserte Erträge im unteren Preissegment mehr als kompensiert.

Auch wenn also Hilfskräfte aus Bulgarien an der Bar auf das Fußvolk der schicken Start-up-Szene warteten: Sabine und Kolleginnen waren noch immer die erste Wahl, wenn es um ausgefallene Wünsche ging. Die Villa Caracho lag verkehrsgünstig in der Nähe des Media Parks in der Rosenheimer Straße. Wer japanischen Geschäftskunden Bondage wie in Tokio bieten wollte, kam an der Villa Caracho nicht vorbei. Hier wurde mit handpolierten Balken und festgezurrten Stricken gearbeitet und nicht mit dem Ledernieten-Spielzeug, das der europäischen SM-Szene diesen traurigen, kulturlosen Ruf eintrug.

Es gab fast nichts, was man in der Villa nicht bekommen konnte, und die Nachfrage war groß. Designer, denen auch mit Koks nichts Neues mehr einfiel, konnten sich hier noch echte Kicks kaufen.

Das Management rühmte sich, in der Munich Area eine Art Tabubrecher zu sein. Vor drei Jahren waren sie die Ersten, die in einem exklusiven Ambiente echte Cumshots im Programm hatten. Das Marktumfeld für diese Dienstleistung war nicht einfach gewesen. Das Management der Villa hatte keine Schwierigkeiten, das Produkt an Manager zu verkaufen, aber beim Revenue Flow haperte es oft: Vor allem Mitarbeiterinnen für die PR- und Werbeetats hatten sich mehrfach geweigert, derartige Events zur Kundenbetreuung zu sponsern. Allerdings waren viele amerikanische und nahöstliche Kunden nicht bereit, auf diese Serviceleistungen zu verzichten. In den letzten zwei Jahren war das Produkt ein echter Renner geworden.

Ansonsten setzte man auf möglichst wenig Reglementierung. Im Gegensatz zu normalen Bordellen konnten sich Besucher ihre Human Ressources auch mitbringen. Manchmal setzten sich Kreative zusammen und erschufen Tableaus aus Frauenkörpern, wo sich Praktikantinnen unter Prostituierten wiederfanden; festgebunden und bewegungsunfähig, das Gelächter ihrer Kollegen im Ohr.

Das waren allerdings die Ausnahmeevents, von denen in der Szene nur hinter vorgehaltener Hand gemunkelt wurde. Das Übliche waren Jungunternehmer, die im Pacha nichts abbekommen hatten und sich den Frust in der Villa aus dem Leib fickten. Damit auch hier Best Service 4 Best Customers geboten wurde, waren die Mädchen gehalten, die Trends der Start-up-Szene im Äußeren penibel nachzuvollziehen. Sabine hatte sich für das Klischee Praktikantin auf Sektempfang entschieden: ein bodenlanges Kleid, an der Seite geschlitzt und der Rücken frei.

Dieser Sonntagabend versprach für Sabine eher langweilig zu werden, bis Klaus sich selbst und zwei Begleiter anmeldete. Er buchte sie und das japanische Zimmer für den Rest des Abends. Sabine mochte ihn nicht, aber sie hatte gelernt, das Gerede der Gäste im Allgemeinen und die Angeberei von Klaus im Besonderen stoisch und mit einem Lächeln zu ertragen.

Offenbar hatten Klaus und seine Gäste mehr zu tun als nur die Spesenrechnung auszubauen. Um 21.00 Uhr waren sie gekommen, und seit einer Stunde hatten sie sich nichts bringen lassen als zwei Flaschen Champagner. Sabine lungerte auf Abruf an der Bar herum. Die Situation ging ihr auf die Nerven. Das Zusammentreffen mit Klaus würde wie immer unangenehm werden. Immer wieder kamen Kunden in die Villa, die sie fragend anschauten. Sie ignorierte das, soweit es ging.

Ein Kunde begnügte sich nicht mit Anschauen. Sabine hatte ihn noch nie gesehen. Er war direkt auf sie zugekommen und hatte sie stümperhaft nach den Preisen gefragt. Sie hatte Schwierigkeiten, ihm zu erklären, dass sie gebucht war und auf den Einsatz wartete. Der Typ wurde rot und plapperte, dass er morgen wiederkommen würde. Sein ängstliches Verhalten stand im Widerspruch zum glatten Äußeren eines jungen Geschäftsmanns, das er sich mit einem hellgrauen Leinenanzug geben wollte. Er ging nicht, er rannte davon. Sabine ging hinter die Bar und sah durch die Überwachungskamera, wie er in einen dunklen Audi TT stieg und ungeschickt schaltend davonraste.

»Lauter Irre«, flüsterte sie dem Barmädchen ins Ohr. Unter dem Bildschirm blinkte ein Knopf rot auf.

»Das sind deine Leute, Sabine.« Das Barmädchen hob einen Telefonhörer ab und fragte: »Ja?«, dann sah sie Sabine sorgenvoll an. »Ja. Wie Sie wünschen. Sofort«, beendete sie mit einem zuckersüßen Tonfall das Gespräch. »Sie wollen was mit Fesseln.«

»Immer das Gleiche. Warum rast der Wichser nicht mal mitsamt seinem Porsche an einen Baum. Schick Georg hoch und sag ihm bitte, er soll nicht so fest anziehen. Die werden wieder ewig rummachen, und mir schnürt's alles ab.«

»Georg ist grad noch bei den Producern beschäftigt. Es kann noch ein paar Minuten dauern. Halt sie bei Laune.«

Sabine ging die Treppe hoch und klopfte an die Tür zum japanischen Zimmer. Die Tür wurde von einem fetten Mittvierziger aufgemacht, mit einem Lächeln, das nichts von Scham oder Unsicherheit verriet.

»Hallo«, flötete Sabine und schlüpfte in den Raum. Neben Klaus saß ein hagerer Mann von Ende zwanzig; ein dunkler Typ, intellektuelle Brille und nicht rasiert. Klaus war der Einzige, der gepflegt wirkte. Die anderen beiden machten den Eindruck von Leuten, die aus der Bahn geworfen worden waren. Die Anzüge waren teuer, aber fleckig und zerknittert. Der Fette hatte sich offenbar mit Champagner bekleckert und roch nach einer scheußlichen Mischung aus Schweiß und Moët Chandon Brut. Sabine dachte normalerweise nicht über ihre Kundschaft nach, aber dieses Trio war wirklich seltsam.

»Zeig uns doch mal, was du zu bieten hast«, forderte Klaus sie auf. Das weißt du Drecksack doch schon lange, dachte Sabine und ging zu einem Balken, der senkrecht im Raum stand. Sie lehnte sich dagegen, hob die Arme über den Kopf und glitt langsam am polierten Holz auf und ab. »Es tut mir Leid, aber mein Meister kann erst in ein paar Minuten kommen«, hauchte sie die drei glotzenden Männer an.

»Dann halten wir solange noch mal fest«, sagte Klaus und notierte einige Stichworte in seinen Handheld, »ab morgen werden wir uns die Unterlagen vornehmen und überlegen, welche Unternehmen als nächste dran sind. Das müssen wir bis spätestens Mittwoch haben. Dann schauen wir, wie wir die Mittel abziehen oder umbuchen können, bevor Rotberg aufkreuzt. Ich weiß, dass es schwierig ist, aber wenn die Berichte in der Kanzlei am Donnerstagabend eintreffen, bleibt uns eine ganze Nacht. Vielleicht kriegen wir es sogar hin, dass die Vorlaufzeit etwas größer wird. Wenn es nicht klappt, versuchen wir, für diese Unternehmen danach möglichst große Erfolge zu lancieren. Entweder, sie holen kaum mehr Geld raus – dann wird Alex sauer. Oder sie holen das Geld aus Unternehmen raus, die eine Woche später doch erfolgreich sind – dann wird Alex auch sauer. Ein bisschen später vielleicht, aber er wird es. He, du, das kommt nicht in Frage.«

Klaus sprang auf und packte Sabines Hände. Sie hatte versucht, das Kleid auszuziehen. Sie wusste, dass Klaus besonderen Spaß an Demütigungen hatte. Sie wollte nicht, dass das Kleid beschädigt wurde.

»Lass doch«, protestierte der Mann, den Sabine für sich die fette Sau nannte. Er hatte beim ersten Anzeichen eines Strips zu schwitzen angefangen. Seine blonde Tolle fiel ihm auf die nasse Stirn. Verdammt, dachte Sabine, ich habe zwei Wochen ohne ausgehalten, aber wenn ich nachher nichts nehme, bring ich mich um.

»Das mit dem Ausziehen machen wir schon«, sagte Klaus und presste ihre Arme nach oben gegen den Balken. »Hübsch, nicht?«

»Ich verstehe zwei Sachen überhaupt nicht.« Der junge Mann lehnte sich nach vorn und sah Klaus nachdenklich an. »Warum setzen wir nicht an der Wurzel des Übels an? Wenn die Liquidatoren auf welche Art auch immer weg sind, haben wir wieder genügend Luft. Selbst wenn es ein neues Team geben würde, würden sie ein paar Wochen brauchen, um sich einzuarbeiten. Und bis dahin könnte man die Unterlagen der Unternehmen doch in Ordnung bringen.«

»Unser Herr und Meister sagt, dass er Alex keinen Vorwand geben will, um mit ihm zu brechen. Die Sache wird durch die Wünsche von Alex bestimmt, und unser Herr will, dass wir es genau so machen. Ich habe auch schon alles Mögliche vorgeschlagen. Die Hauptprämisse ist leider: Alex bekommt seinen Willen. Mit seinen Leuten. Ich versteh dich ja. Ich würde den Rotberg auch lieber heute als morgen rösten. Aber wenn wir gut arbeiten, macht das Alex für uns. Der mag keine Versager.«

»Hm«, sprach der Mann weiter, »und dann verstehe ich nicht, wieso du dich für deinen Boss so aufopferst. Er hat dich gedemütigt, rausgeschmissen, beleidigt. Und jetzt gehorchst du ihm wieder. Ich habe das bei Blu4 Media nicht gemacht. Wir haben damals ganz klar und deutlich abgeschlossen. Und gerade du unterwirfst dich.«

Sabine schrie auf. Klaus hatte sie nicht mehr nur festgehalten. Er hatte ihre Unterarme mit aller Kraft gequetscht. Ihr wurde schlecht. Er achtete überhaupt nicht auf sie. »Wer sagt dir, dass wir nur seinen Benefit generieren? Glaubst du, ich mache so was, ohne für mich, für uns die optimale Positionierung innerhalb der Value Chain vorzunehmen? Auf diesem Markt agieren wir allein. Niemand kann vorschreiben, wie wir unsere Core Assets definieren. Wir transferieren bei diesem Spiel Millionenbeträge. Wir können bestimmen, wohin was fließt. Flexibilität ist bei diesem Spiel alles. Deshalb, und nur deshalb brauchen wir auch einen CFO.«

Die fette Sau fing an zu kichern, und dann lachten die drei. Es war ein beängstigendes Lachen. Sabine war so davon gefangen, dass sie nur sehr langsam merkte, wie sich der Druck auf ihre Arme veränderte. Es war nicht mehr Klaus. Es waren die warmen, weichen Hände von Georg.

»Noch was. Wir brauchen auch einen Plan B. Ein Ablenkungsmanöver, das nur unter uns bleibt. Machen wir morgen.« Klaus klopfte den Männern auf die Schultern. Es war die Pose eines Siegers, eines Eroberers. Dann wandte er sich an Georg.

»Mach es richtig fest. Ich will nicht, dass sich der Markt gegen unsere Erwartungen entwickelt.« Er drehte sich zu der fetten Sau und dem nachdenklichen Mann um und sagte:

»Okay, Jungs. Das ist so was wie die Kick-off-Party. Kicken
ist erlaubt. Wer will der First Mover sein?«
Das Schwein rappelte sich auf. Georg
legte ein dünnes Seil um
Sabines Arme und
sagte leise:
»Sorry.«

26. Kapitel

Worin sich zwei Helden über Vergangenes und Kommendes schlau machen, nebst der heldenreichen Walstatt, die sie besuchen.

»Und wie war dein Wochenende?«

»Ich habe geschlafen, mit meiner Schwester und Claudia telefoniert, dann war ich endlich wieder mal mit Bettina essen und bin danach froh und zufrieden ins Bett. Und du?«

»Ich habe mit Gundi gesprochen. Ich denke, sie sieht ihre Fehler ein. Ich habe sie am Samstag von der Arbeit abgeholt, und wir haben noch mal über alles geredet. Jetzt sind wir im Reinen. Ich frage mich nur, ob sie aus dem Schlamassel wieder rauskommt.«

»Das hängt vom Krisenmanagement des BVCN ab. Meine These ist, dass sie das unter den Tisch kehren werden. Kein Wort von Si2Consult. Deine Gundi hat Glück, einen so treuen Ex-Freund zu haben. Es gibt Typen, die hätten sie damit erpresst.«

»Typisch für die New Economy. Ich bin anders. Ich habe gestern Abend ein Mädchen kennen gelernt, und irgendwie, trotz Audi TT und den Klamotten, ich bin einfach zu schüchtern. Meinst du, es ist falsch, immer zu akzeptieren, was eine Frau sagt? Sagen wir mal, sie sagt, dass sie eine andere Verabredung hat, soll man das glauben?«

»Frag mich nicht. Ich weiß es nicht. Ganz gleich, ob Studentin, Journalistin oder Armeefunkerin: Sie bleiben immer ein Geheimnis. Frag doch einfach Claudia, wenn sie wieder da ist.«

Peter verzog den Mund und sah nachdenklich auf den tristen, grauen Innenhof. Auch an diesem strahlend schönen Montagmorgen hatte der Gebäudekomplex an der Rosenheimer Straße etwas von einem Gefängnis. Die düstere Atmosphäre des ehemaligen Industriebaus wurde Medienunternehmen als Loft-Style aufgeschwatzt. Auf allen Seiten waren die Gebäude über fünfzehn Meter hoch. Der Hof hätte überall sein können, wo die Industriearchitektur den dunklen Phantasien eines Piranesi nacheiferte.

In der Mitte hatte ein fürsorglicher Geist eine quadratische Wasserfläche angelegt. Wer mehr als zwei Promille oder eine gute Tablette intus hatte, konnte darin bei Bedarf ganz plausibel ertrinken. Sportlichen Abstinenzlern stand es frei, mit ihren Tretrollern auf das leicht schräge Dach des Komplexes zu klettern. Mit ein bisschen Schwung würden sie es problemlos über die beiden Reihen der parkenden Autos in den Teich schaffen. Gut für die Auto-Haftpflicht, gut für die Gebäudereinigung und gut für die sterblichen Überreste. Der Geschäftsführer einer Company, der innerhalb von fünf Jahren fast eine Million veruntreut hatte, nahm ein paar Wochen zuvor zwölf Meter Fallhöhe vertikal in Angriff. Mit dem dabei zertrümmerten SLK stieg der Gesamtschaden auf 1.056.345 DM, wie Münchens Boulevardpresse genüsslich ausbreitete. Der Teich war eine sinnvolle Investition. Dort saßen ein paar Mädchen mit Laptops. Alle waren ausgemergelt und an der Grenze zur Anorexie dünn. Sie waren sauber und trotzdem seltsam ungepflegt.

In diesem Innenhof des Komplexes, der 1999 als Kulminationspunkt der New Economy eröffnet wurde und nun viele kommende Pleitenunternehmen beherbergte, saßen David und Peter in einem brandneuen, silbernen Alfa 147 2.0 Turbo. Edith hatte sich das Modell letzte Woche direkt aus Italien kommen lassen. Ansonsten war der Innenhof voll mit Vorjahresmodellen. Verbeulte Mazdas. Ein paar Barchettas in den Modefarben des vorletzten Frühjahrs. Den Porsche Boxter sah man schnell an, dass ihren Besitzern das Geld für die Pflege fehlte. Selbst die dunklen BMW-Limousinen waren schmutzig und unseriös. In dieser Grabbelkiste voller angerosteter Nobelflitscherl wirkte der makellose Alfa fast schon irreal. Hin und wieder gingen junge Menschen über den Innenhof und sahen den Wagen neidisch an. In der Internetwirtschaft des Jahres 2001 hatten nur noch die wenigsten die 65.000 Mark, um sich so ein Geschoss leisten zu können. Arbeitsverträge bei New Media-Agenturen galten Autohändlern nicht als gute Basis für Leasingverträge.

»Schau sie dir an. Tote auf Urlaub.«

»Das ist zynisch.«

»Wieso? Was ist zynisch?«

»Der Titel. *Tote auf Urlaub.* Das ist eigentlich ein Buchtitel von Milo Dor. Ein Serbe, der die deutsche Zwangsarbeit überlebte. Die Nazis hielten sich so an die Gesetze, dass sie ihm wirklich Urlaub von der Zwangsarbeit gaben. Danach musste er wieder hin. Daher der Titel. ›Tote auf Urlaub‹. Das kann man mit den Luxuskindern da draußen nicht vergleichen. Ich habe Milo Dor mal kennen gelernt. Ein netter älterer Herr. Solide. Glaub mir, Peter, es gibt keinen Grund, das Pack da draußen auf eine Stufe mit Milo Dor zu stellen. Nur schade, dass die da draußen überhand nehmen.«

»Sind wir nicht auch ein Teil von denen da draußen?«

»Nein. Ich glaube nicht. Wir funktionieren zwar ähnlich, aber wir arbeiten erfolgreich. Obwohl – wir sind vielleicht so etwas wie konsequent zu Ende geführte New Economy.«

Peter dachte kurz nach. »Vielleicht kann man es ja mit der Aufklärung und de Sade vergleichen. Die Theorie von der Gleichheit aller, vom allgemeinen Glück funktioniert nur dann, wenn sie den Menschen gewisse Illusionen lässt. Alle Aufkärer sagen, dass der Mensch sich doch letztlich irgendwo mit der bestehenden Ordnung abfinden soll. Das ist eigentlich inkonsequent. De Sade ist anders. Der denkt die Freiheit konsequent zu Ende. Die grenzenlose Freiheit eines Individuums ist der Tod der anderen. Sie müssen sterben, damit de Sades Helden leben können. Seine Juliette ist grausam, destruktiv und macht, was sie will. Sie fickt, sie tötet, und ihr geht es gut dabei. Und für das Aufrechterhalten ihres Lustprinzips würde sie alles tun.«

»Du bist aber keine Juliette. Was würde eine Juliette machen, wenn sie eine Gundi in ihrer Hand hätte? Sie demütigen, erpressen, vergewaltigen, ihr einen Funken Hoffnung lassen und sie dann mitsamt ihrem Freund vernichten. Du hast eher was von Kafka. Ich glaube, wenn man uns in eine literarische Form pressen müsste, dann eher in einen Schelmenroman. Mit so netten altertümlichen Überschriften. Alain Rene Lesage zum Beispiel. Der hinkende Teufel. Allerdings müsste man dann den Teufel auftreten lassen, und der würde sich hier wahrscheinlich langweilen. Es ist alles so banal.«

»Das Buch habe ich nicht gelesen. Jetzt ist es schon halb zwölf, und noch immer ist niemand bei denen da. Bist du dir sicher, dass es sie überhaupt noch gibt?«

»Klar. Aber es ist Montag. Beide haben noch ziemlich viel Geld. Warum sollten sie sich den Tag mit so etwas Unschönem wie Arbeit versauen?«

»Jetzt geht wieder jemand in den Aufgang.« Peter nahm ein kleines Fernglas in die Hand. »Eine hübsche junge Frau. Frisch. Clean. Sauber. Passt hier nicht her.«

»Darf ich mal?« David warf auch einen Blick durchs Okular. »Die kenne ich. Heißt Jutta. Es gibt kaum einen Event, wo sie nicht ist. Ist in der Hierarchie unseres Zielobjekts relativ weit oben, aber: Nur der erste CEO gewinnt.«

»Ein blödes Spiel, sich das nächste Opfer rauszusuchen, indem man schaut, wer der fleißigere CEO ist. Wir verschwenden hier nur unsere Zeit.«

»Ich will nicht so einfach durchschaubar sein. Wenn wir einfach nur rational vorgehen würden, könnte sich Tuchner ausrechnen, wann wer dran ist. Sei nicht so hippelig. Die CEOs kommen sowieso mit dem Auto und belegen ihre tollen CEO-Parkplätze. Das werden wir schon mitbekommen.«

»Vielleicht gibt es schon was Neues von Headsearch.«

»Wir können ja mal ins Internet schauen. Das Wireless Modem zahlt ja nur Alex.«

Peter zog seinen Laptop vom Rücksitz und verband das Handy mit dem Modem. Es dauerte fast fünf Minuten, bis die Website von Headsearch geladen war.

»Es soll ja Leute geben, die glauben ans mobile Internet.«

»Du wirst lachen, Peter: Alex hat sogar so ein Start-up.«

»Gibt es irgendwas, was er nicht hat?«

»Ein erfolgreiches Unternehmen.«

Während sie lachten, erschien in der Mitte des Bildschirms ein Textfeld.

Headsearch Inc.
Pressemitteilung Montag, 9.57 Uhr

ERFOLGREICHES MANAGEMENT BUY-OUT

Headsearch Inc., Münchens führender Personaldienstleiter für High Potentials, geht im Rahmen eines MBOs zu 100 Prozent in den Besitz des Managements über. Gleichzeitig scheidet der Founder und bisherige CEO Paul Graham aus.

»Die schwierige Start-up-Phase haben wir damit überwunden«, freut sich der neue CEO Adrian Müller, »trotzdem gilt unser Dank Paul Graham, ohne dessen aufopferungsvolle Tätigkeit der Erfolg unseres Dienstleistungsportfolios unvorstellbar gewesen wäre.« Paul Graham wird Headsearch auch in Zukunft beratend zur Seite stehen. Mit dem MBO erzielt auch das Bavarian Venture Capital Network einen weiteren spektakulären Erfolg. »In Zeiten der Börsenkrise ist es entscheidend, neue Strategien zur Gewinnoptimierung zu entwickeln«, erklärt Karl Bacher, der stellvertretende Leiter des BVCN. »Bei dem Headsearch Management wissen wir unser Mitglied in besten Händen.«

*

»Kannst du mal zu BNEG auf die Website gehen und schauen, was meine Freunde sagen?«
»Das dauert wieder. Noch immer kein CEO da? Da isses. BNEG.«

*

Bad News Entertainment Group

DAS ENDE EINER KOPFGELDJAGD
Runter mit dem Schädel!
Von den Herren in Beige und Schlammgrün

Es war einmal ein Prinz namens Paul Graham. Der Paul, der verkauft Leute und wird reich. Zum Glück weiß unser Paul nicht, dass man so was später mal Sklavenhandel nennen wird, sonst würde er sich ganz bitter schämen. Damit er erst gar nicht auf solche Gedanken kommt, kriegt der Paul ein nettes blaues Auto. Das ist zwar teuer, zahlt aber alles der Investor. Und wenn er nicht gestorben wäre, würde er noch heute damit auf Münchens Straßen Dackel plattfahren.

Das war die Märchenstunde, hier ist die grausame Realität: Headsearch Inc. hat sich von Paul Graham getrennt. Quasi selbst enthauptet. Der ganze Laden – ein paar Rechner, ein überteuerter Mietvertrag und ein paar Typen, die der Paul so kannte – geht an ein paar Ahnungslose, die weiter in den Abgrund wollen. Aber wer bitte investiert schon in einen Jobvermittler, wenn überall die Leute gefeuert werden? Was das BVCN draufgezahlt hat, ist nicht bekannt ...

*

»Und so weiter.«

»Da kommt einer.«

»Das sieht nach einem CEO aus – das ist auch einer!«

Ein dunkelgrüner Mercedes fuhr am Alfa vorbei. Er bog in einen freien Parkplatz ein. Auf dem Heck stand in kleinen gelben Buchstaben www.virtualstrike.de. Heraus kam ein schlanker, großer Kerl mit braunen Haaren und einem dunkelgrauen Anzug. Er rückte das Sakko gerade und grüßte in Richtung der Wasserfläche, wo die verhungerten Mädchen mit den Laptops saßen. Auf der anderen Seite erschien eine Blondine von mehr als dreißig Jahren. Die beiden schienen auf etwas zu warten. David räkelte sich zufrieden in seinem Sitz.

»Virtualstrike ist toll. Bei Virtualstrike ist Claudia dran. Eine Splatterspiele-Site mit miserabler Buchhaltung. Claudia kann sich ihr Bett diese Woche im Büro aufstellen.«

»Okay, damit wissen wir, wer als Nächster dran ist. Kennst du die Frau?«

David nahm das kleine Fernglas. In diesem Moment fuhr ein schwarzer Lieferwagen am Alfa vorbei und hielt auf einem weiteren Firmenparkplatz von Virtualstrike. Ein paar Leute stiegen aus und hantierten im Inneren mit Filmequipment. David begann zu lachen.

»Was ist daran so lustig?«

»Das ist Wiebke Dressler.«

»Muss man die kennen?«

»Nein, eigentlich nicht. Zumindest nicht, wenn man nicht auf New Economy steht. Die Frau macht eine der dümmsten Fernsehshows der Republik. Das Ganze heißt NewBiz-Duell. Da werden die großen Hoffnungen der New Economy eingeladen und treten dann jeweils in thematischen Paarungen gegeneinander an. Also, zum Beispiel: Eatfast gegen Burgerbringer. Oder Virtualstrike gegen eine andere Spielesite. Der Gewinner bekommt einen überhypten Unternehmer als Berater. Und der Verlierer bekommt ansonsten unverkäufliche Werbefläche bei der Onlineausgabe eines Wirtschaftsmagazins.«

»Und die machen jetzt bei Virtualstrike Filmaufnahmen. Meinst du, wir ballern diese Woche ihren Kandidaten weg?« »Es wäre am besten, wenn wir sie am Tag drauf erledigen.

Stell dir vor, du hast montags die Schlagzeile ›Virtualstrike hat gewonnen‹. Und am Dienstag müssen alle schreiben: *Virtualstrike ist pleite.*«

»Das wäre dann schon ein Präzisionsschuss. Peng.«

»Das würde uns leider Publicity bringen.«

»Und außerdem verbrennen
sie noch mehr Geld.«

»Unser aller
Geld.«

27. Kapitel

Worin erneut Zeugnis abgelegt wird vom verlässlichen Tun der Medien und von den weniger verlässlichen Wirkungen moderner Genussmittel.

»Ich habe es doch gesagt.«

»Was hast du gesagt, Herzchen? Du hast gesagt, dass Headsearch von ein paar ominösen Leuten liquidiert werden sollte. Stattdessen hat das BVCN durch den Verkauf gut verdient, und von deinen Liquidatoren keine Spur. Wo siehst du ein Problem?«

»Wieso kommt das so plötzlich? Und ein Verkauf ist doch kein Zeichen von Stärke. Paul Graham ist wie vom Erdboden verschwunden. Dasselbe wie bei Steel2net oder so.«

»Stopp. Wenn wir schon über Steel2net sprechen, dann richtig. Woher hattest du eigentlich letzte Woche die Informationen?«

»Eine zuverlässige Quelle.«

»Uta, sag mal, kennst du die Bad News Entertainment Group?«

Sie war in der Falle. Ihr Chefredakteur hatte eigentlich von den guten Quellen des Internets keine Ahnung. Sie hatte schon Jörg Gruber ertappt, wie er Insidermeldungen bei Dotcomtod.com kopierte und dann dafür vom Chefredakteur Informantenlöhne erschlich. Die BNEG war dagegen vergleichsweise unbekannt.

»Ja. Hin und wieder ist es ganz lustig, was über die Events zu lesen, auf die ich nicht darf.«

»Ich habe deinen Steel2net-Bericht mit deren Bericht verglichen. Entweder haben die von dir abgeschrieben oder du von denen. In deinem Beitrag tauchen ein paar Verständnisfehler auf. Beim anderen nicht. Kannst du das mal erklären?«

»Die BNEG war nicht meine Quelle. Ich habe das zwar am Sonntag gelesen, aber alles andere habe ich selbst gemacht; bei der Hausverwaltung nachrecherchiert ...«

»Mit solchen Touren gefährdest du den Ruf unseres Blattes. Ich will nicht, dass es heißt, E-Investor verlangt Geld für Informationen, die auf windigen Seiten wie BNEG oder Dotcomtod gesammelt wurden. In Zukunft keine Eigenmächtigkeiten mehr, nicht heute bei Headsearch, nicht morgen sonstwo.«

»Und sollen wir Headsearch einfach vergessen? So tun, als ob nichts gewesen ist?«

»Ich wüsste nicht, was an einem Verkauf sexy ist. Deine Extratouren gefallen mir nicht. Aber wenn du unbedingt willst: Mach was über Headsearch. Die Pressemitteilung hast du ja. Das sollte für einen Zehnzeiler reichen. Aber lass deine Finger von Rotberg, sonst bist du schneller wieder bei der Schülerzeitung, als dir lieb ist.«

***

»Guten Tag, Uta Hofmann von E-Investor. Ich hätte gern David Rotberg gesprochen.«

»Tut mir Leid«, Claudia unterdrückte ein Gähnen, »der ist momentan nicht da.«

»Wann kann ich ihn sprechen?«

»Ich kann ihm Ihre Nummer geben, sobald er wieder da ist. Ich bin gerade erst gekommen«, Claudia musste unwillkürlich kichern. »Pardon. Ich bin etwas übermüdet.«

»Er hat meine Nummer. Er möchte mich bitte umgehend zurückrufen, und zwar unbedingt nur unter der Durchwahl 756. Oder auf dem Handy oder so.«

»Richte ich ihm aus.«

Claudia hatte gerade aufgelegt, als Peter und David das Büro betraten.

»Hallo, Claudia. Du siehst grässlich aus. Total übernächtigt.«

»Danke, David. Der Charme des Gazastreifens. Mir geht's prächtig. Und was machen wir diese Woche? Habt ihr schon was ausgesucht?«

»Natürlich. Und du hast den Hauptpreis: Virtualstrike.«

»Bitte nicht.«

»Tut uns Leid. Es war Schicksal. Das Los hat entschieden. Das heißt vor allem Buchprüfung. Also, an die Arbeit.«

Claudia ging in ihr Büro und schloss die Tür hinter sich. Vor fünf Stunden hatte sie noch mit Olympia im Bett gelegen. Die Griechin war dann in die U-Bahn hinabgestiegen, ein dunkles Wesen auf der Flucht in ein Schattenreich, und Claudia war sehr unglücklich. Nach ein paar Minuten hatte sie sich wieder unter Kontrolle. Trotzdem wäre sie bei jeder Autobahnausfahrt bis München Schwabing am liebsten umgekehrt, um mit Olympia das Bürobordell zu eröffnen. Olympia Agency.

Es war verrückt. Dass sie jetzt wieder in einem Büro saß und seltsame Dinge über seltsame Unternehmen schrieb, war auch verrückt, und außerdem frustrierend. In spätestens zwei Wochen würde sie wieder nach Frankfurt fahren. Bis dahin würden sie noch zwei weitere Start-ups liquidieren, und mit einem finanziellen Polster von mindestens 200.000 Mark ließ sich das weitere Leben gut planen.

Sie druckte den letzten Finanzbericht von Virtualstrike aus. Mitarbeiterzahl 37. Ihr müsst sterben, damit ich leben kann, dachte sie. Je schneller ihr tot seid, desto besser. Genauso wie in euren Ballerspielchen. Es macht euch Spaß? Klasse. Mir macht es auch Spaß. Die Vorstellung von 37 ballernden, schreienden Kerlen, die vor Bildschirmen hin und her zappelten, gefiel ihr. Sie saßen angeschnallt auf ihren Stühlen in einer langen Reihe und probierten die neuesten EgoShooter aus. Und die neuesten Splatterteile. Die Porno-KZs. 37 Typen in einer Reihe, und alles in möglichst guter 3D-Auflösung. Die Hände klammerten sich an die Joysticks, und auf den Bildschirmen spritzte das Blut. Immer neue Spiele, immer neue Grausamkeiten. Weggeschossene Hirne, explodierende Bäuche. Alle paar Minuten gibt es mehr Arbeitsspeicher, bessere Grafikkarten, realistischere Bilder. Ein Bombengeschäft. Tote Körper als totale Awareness. In den Kugelspitzen werden die Opfer wie in Vexierspiegeln reflektiert. Eine neue Generation von Prozessoren erlaubt eine bessere Penetrationsleistung. Die Kugeln fliegen schneller, das Blut spritzt weiter. Die Bildschirme verformen sich, das Glas verkrampft sich wie ein Hirn, das von einem Geschoss durchwühlt wird. Die Leichenteile ballen sich zusammen, die dreidimensionale Show drückt sich im Glas ab. Der Knaller. Immer mehr Kugeln, Raketen und Bomben feuern die 37 in die zusammengekrampften Gedärme, immer weiter wölbt sich das Massaker auf den Bildschirmen nach außen. Aus den Seiten beginnt langsam das Blut zu laufen, grün bei den toten Aliens, grau bei den Weltkriegsspielen und rot bei den Vergewaltigungen. Einer macht sich gerade über eine fast schon vollplastische Frau her und jagt eine Kugel in ihren Bauch, da zerreißt es den Bildschirm. Eine Kaskade von Glas fliegt auf sein Gesicht zu und kommt hinten wieder raus. Der Kopf fällt wie ein geplatzter Luftballon in sich zusammen. Die anderen 36 ballern wie verrückt weiter, da zerfetzt der nächste Bildschirm und spickt ein verzerrtes Gesicht mit funkelnden Splittern. Ein Diamantenregen verwandelt eine Fratze in einen blutigen Sack. Der nächste explodierende Bildschirm reißt einen Kopf ab und lässt ihn rotierend nach hinten fliegen. Ein Glasstrahl trennt eine Stirn direkt über den Augen auf. Die Überlebenden sind entsetzt. Sie schreien vor Angst und Mordlust. Noch immer schießen sie auf die schwangeren Bildschirme, sie können nicht aufhören. Eine Glasscheibe löst sich im Ganzen und durchtrennt wirbelnd einen Hals. Von links nach rechts lösen sich lange Glasdolche und treffen sich in einem weit aufgerissenen Mund wieder, umströmt von Blut. Und dann platzen die restlichen Monitore weg, zerreißen die verbliebenen Köpfe in kleine graurote Brocken. In der plötzlichen Stille, nachdem die Explosionen und Schreie der Täter verhallt sind, Körper, die in den Sitzen nach unten wegrutschen. Ganz, ganz langsam. Ohne Köpfe. Nur Körper, die Muskeln noch ganz verkrampft von der Erregung, plötzlich Teil eines real gewordenen Videospiels zu sein. 37 Körper, die sich aus ihren Fesseln lösen und auf den Boden sinken.

Ich hätte das Zeug nicht nehmen sollen, dachte Claudia und kippte vom Stuhl.

***

Das Sofa hatte 8355 Mark gekostet. Es war gutes Leder, glatt, schwarz und kalt. Niemand hatte bei Steel2net daran gedacht, ein paar Mark in eine Decke zu investieren. David und Peter deckten Claudia mit ihren Sakkos zu.

»Meinst du, es ist schlimm?«

»Wenn es das Zeug aus ihrer Handtasche war, dann ist es kein allzu großes Problem. Poppers. Hoffentlich. In Israel kannte ich Leute, die haben das zum Frühstück gegessen.«

»Und wenn es doch was Schlimmes ist?«

»Du bist doch so gegen den Notarzt. Wenn wir sicher gehen wollen, sollten wir ihn holen. Und zwar sofort.«

»Wenn wir sie zum Entgiften bringen, kann das strafrechtliche Folgen haben. Was würden ihre Eltern sagen, wenn sie das erfahren?«

»Ihre Eltern würden schon tot umfallen, wenn sie uns beide kennen lernen würden. Ein Atheist, der mal Kunstgeschichte studiert hat, und ein halber Nichtarier.«

»Warum muss das passieren. Gerade jetzt, wenn der Laden zu laufen beginnt.«

»He, erstens ist das hier keine Maschine, sondern ein Mensch, und zweitens wird es mir zu bunt. Es reicht. Ich will nicht alles nur noch schlimmer machen. Ich rufe jetzt einen Arzt ...«

»Ich sagte doch, keinen Arzt!« Peter sah die schlafende Frau verzweifelt an. Sie war fast weiß, mit leicht durchschimmernden blauen Adern. Als sie sie auf das Sofa getragen hatten, war er ein paarmal an ihre Brüste gestoßen. Sie hatte feste, solide und wahrscheinlich sehr schöne Brüste und eine seidig glatte Haut, ganz anders als Gundi. Trotz der Situation war ihm das durch den Kopf gegangen. Erst danach wurde er panisch.

»Cool down. Chill out. Ein mieser Trip im Team ist mehr als genug. Ich rufe einen guten Freund an, der Arzt ist. Oder willst du weiter zuschauen und durchdrehen? Sie schläft, sie atmet ruhig, und sie wird es nicht mitbekommen.«

Eine Stunde später hatte Dr. Wassermann Claudia untersucht. Sie wurde nicht richtig wach, aber ein paar Sätze brachte er aus ihr heraus. Danach durchsuchte er systematisch ihre Tasche und ihr Büro. Sein Gesicht verhieß nichts Gutes.

»David, deine junge Freundin wird sterben, wenn sie so weitermacht. Das heißt, wenn die Polizei das hier durchsucht, wird sie nicht sterben, aber sie landet im Gefängnis. Ich habe Folgendes gefunden.« Er leerte eine kleine Tüte auf den Art-déco-Tisch aus. »Drei Gramm Kokain. Zehn Tabletten Speed. Sechs verschiedene Sorten Ecstasy – wie soll die das nur dosieren? Eine

Schminkdose voller Poppers. Vom Anreger bis zur Psychodeformation alles dabei. Die Frau ist süchtig. Sie nimmt alles, solange sie nicht rauchen oder spritzen muss. Sie will gut aussehen und gut riechen. Ein sportlich-attraktives Drogenwrack.«

»Dr. Wassermann, ich kenne sie seit zwei Wochen. Das ist das erste Mal, dass ich so was mitbekomme. Aber ich werde tun, was ich kann.«

»Im Moment kannst du nicht viel tun. Sie hat einen Popper zuviel genommen, zuwenig geschlafen und nichts gegessen. Du bleibst heute Nacht hier, besorgst eine ordentliche Decke, kochst ihr einen Kamillentee und passt auf, dass sie keine weiteren Dummheiten macht.«

»Klar. Aber ich kann sie nicht dauernd überwachen. Und ihre Eltern sind in Frankfurt, und die würden sie verstoßen, wenn sie das mitbekommen würden.«

»David, wir wissen beide, was du kannst und was nicht. Du kennst meine Meinung, was dich angeht. Aber gut. Wenn sie was hat, nimm es ihr weg. Wenn's sein muss, mit Gewalt. Wenn sie sich zu sehr wehrt, ruf mich an. Dann komme ich. Und Sie«, wandte er sich an Peter, »Sie wissen hoffentlich, dass ich weiß, dass David sich nicht mal trauen würde zu rauchen. Allein schon wegen seiner Großmutter. Aber irgend jemand raucht hier. Und es ist auch nicht das Mädchen. Und es sind auch keine normalen Zigaretten.« Er schüttelte drohend den Zeigefinger. »Wenn das mehr wird, muss David auch jemand anderem das Zeug abnehmen. Verstanden? Auf Wiedersehen, die Herren.«

»Auf Wiedersehen, Dr. Wassermann.« Peter schloss die Tür hinter dem Arzt. »Was meinte er damit, er weiß, was du kannst, und was du nicht kannst?« – »Das übliche Gerede von Hausärzten. Er ist nicht so böse. Ein netter Kerl.« – »Bleibst du jetzt die Nacht über hier?« – »Dr. Wassermann wird stündlich anrufen, um mich zu kontrollieren. Ich muss. Außerdem kann ich noch was tun.« – »Macht es dir was aus, wenn ich gehe? Ich habe noch eine Verabredung.« – »Dann lass dich von dem hier nicht runterziehen.« – »Liquidatoren sterben nicht, sie lassen sterben.«

28. Kapitel

Worin die Helden die Schärfe ihres Geistes aneinander prüfen, nebst einem Festmahl, das ihnen zu Ehren ausgerichtet wird.

Von: *David Rotberg*
An: *Uta Hofmann*
Um *18:12 Uhr*

Liebe Frau Hofmann, ich habe leider erst heute erfahren, dass Sie mich sprechen wollten. Ich bin diese Woche völlig ausgeplant, hätte aber am Wochenende Zeit, mich mit Ihnen zu treffen, und zwar richtig, nicht nur so zwischen Tür und Angel. Wegen Ihrer Anfrage zu Headsearch ...

*

David ahnte, dass die Journalistin auf eigene Faust recherchierte. Sein erster Impuls war, den Chefredakteur von E-Investor aufzufordern, sie rauszuschmeißen. Dann hatte er ihren Namen durch eine Suchmaschine laufen lassen. Ihre Spur war so breit wie ein CEO nach der Launchparty. Diese jungen Leute verbreiteten ihre ganze Vita im Internet. Kein Gefühl für Datenschutz. Uta Hofmann hatte offensichtlich bei einigen Start-ups gearbeitet. Bei jedem dieser Unternehmen gab es ein paar Informationen über sie. Besonders interessant war die letzte Stelle vor E-Investor. David brauchte sie lebend, und am besten quietschvergnügt und redselig. Er nahm eines seiner Gummibärchen und trank einen Schluck Wasser.

*

... wegen Ihrer Anfrage zu Headsearch: M.E. steht die Wahrheit sowieso nie in den Pressemitteilungen. Das BVCN hat sicher nicht so geblutet, wie Sie das vermuten. Venture Capital ist ein ganz eigenes Geschäft, mit eigenen Regeln, und die sind schwer zu durchschauen. Halten Sie sich doch einfach den kommenden

Sonntagabend frei – da ist ein Spitzenevent der Munich Area, und ich habe zwei Einladungen. Meine Freunde sagen, dass es ein phantastisches Buffet gibt. Ich werde Ihren Chefredakteur instruieren, das als Arbeitszeit zu berechnen.
Alles Liebe, Ihr David Rotberg

*

David hatte die Mail gerade abgeschickt, da kam Claudia in sein Büro und baute sich mit verschränkten Armen vor ihm auf.

»Was hast du bei mir im Büro gemacht?«

»Ich habe nach Drogen gesucht. Das sind die Dinger, die bei euch an der Uni als Nachspeise galten und in der realen Welt leider illegal sind. You know that I love you, wie man in New York sagt, aber ich brauche Mitarbeiter und keine Junkies.«

»Es geht dich einen Dreck an, was ich tue. Rück sofort das Zeug wieder raus.«

»Das weiße Zeug schwimmt jetzt wahrscheinlich schon in der Isar. Schlecht für die Enten, gut für dich.«

»Du Schwein!« Claudia verlor die Kontrolle. »Weißt du, wieviel das gekostet hat?«

»Zwischen tausend und tausendfünfhundert, schätze ich. Claudia. Bitte hör mir mal einen Moment zu. Als ich dich vorgestern gefunden habe, da dachte ich, alles ist aus. Ich habe schon ein paar Leute an dem Zeug draufgehen sehen. Nur die wenigsten kommen da heil wieder raus. Und es gefährdet unsere Arbeit. Sind wir denn so schlimm, dass du hier Drogen brauchst?«

»Es ist stressig. Ich arbeite bis zu 16 Stunden. Du scheuchst mich rum, und Peter stört mich dauernd. Und abends nehm ich dann was. Es ist mein Abend. Der geht dich verflucht noch mal nichts an.«

»Doch, der geht mich natürlich was an. Wenn sich Montagnacht niemand um dich gekümmert hätte, dann wärst du gegen drei Uhr morgens an deinem Erbrochenen erstickt.«

Claudia und David starrten sich eine Weile wütend an, bis Peter ins Zimmer kam.

»Was ist denn jetzt schon wieder?«

»Unser lieber David hat mal wieder seine Chefallüren.«

»Peter, kannst du ihr sagen, dass sie die Drogen sein lassen soll?«

»Es geht euch beide nichts an.«

Peters Zeit war gekommen. Jetzt konnte er Claudia zeigen, wer ihr echter Freund war.

»Hör mal, David, deine Chefallüren gehen uns wirklich auf die Nerven. Es mag ja sein, dass du dich für unersetzlich hältst. Bist du aber nicht.«

»Jeder ist ersetzbar. Aber wenn wir Erfolg haben wollen, müssen wir zusammenhalten.«

»Das sagst du nur. Du willst doch nur anschaffen. Du befiehlst. Du gibst den Weg vor. Ich sehe aber kein Schild, dass du der CEO bist. Du hast den Auftrag ergattert, mit einer ziemlich miesen Nummer. Okay. Aber das war vor zwei Wochen. Hier sind alle gleich. Und du kannst nicht einfach in Claudias Büro rumschnüffeln.«

»Ich kann und ich werde.«

»Nein, das wirst du nicht. Du hast dich lange genug wie der Boss aufgeführt. Es wird Zeit, dass wir dir die Grenzen aufzeigen. So geht's nicht weiter. Fang gefälligst an, mich und Claudia zu respektieren.«

David versuchte, die Eskalation zu begrenzen. Er sah auf seine Uhr. Soll sie doch der Teufel holen. Ein Junkie und ein mieser Verräter. Mit solchen Leuten würde man im Gaza keine Minute überleben. »Wie auch immer, es ist 18:30 Uhr. Wenn wir pünktlich bei Alex sein wollen, müssen wir los. Wenn ihr wollt, könnt ihr das auch gern mit Alex besprechen, von wegen miese Nummer, Grenzen und Respekt.«

Auf der Treppe vor dem Bürogebäude hatten sie ihr professionelles Lächeln wiedergewonnen. Claudia freute sich auf Alex. Sie strahlte über das ganze Gesicht.

Wie aus dem Modekatalog, dachte Uta und drückte auf den Auslöser.

Alex hatte in einem Innenhof an der Brienner Straße einen Tisch reservieren lassen. Sein Sekretariat orderte als Vorspeise für diesen Sommerabend unter dem tiefblauen Himmel Eier mit Trüffelcreme. Die Liquidatoren nahmen gerade bei Alex Platz, als ein arroganter Maître Uta fragte, ob sie reserviert habe. Als sie verneinte, wurde ihr unfreundlich die Türe gewiesen. Von wegen, in der New Economy sind alle gleich, oder so.

»Diese Woche wird es ein Kinderspiel, im wahrsten Sinn des Wortes.« Peter genoss es, das Projekt vorzustellen. »Virtualstrike kriegt reale Prügel.«

»Virtualstrike.« Alex schob genervt den Teller mit der Trüffelcreme zur Seite. Das war ein Fehler, dachte Peter. Hätte ich nur vorsichtig angefragt. Wahrscheinlich ist der Boss von Virtualstrike sein bester Freund. Alex winkte dem Kellner. »Nehmen Sie das weg und bringen Sie den Hauptgang.«

»Zumindest hat sich David für Virtualstrike stark gemacht«, stolperte Peter weiter. Über dem Tisch lag einen Moment ein peinliches Schweigen. »Die Hauptarbeit wird diesmal wohl Claudia machen.«

»Ich habe Hühnchen mit Krebs-Coulis als Hauptgang bestellt. Ist das für euch in Ordnung? Kommt gerade«, führte Alex aus. Der arrogante Maître führte den Koch an, der auf einem kleinen Wagen eine Porzellanterrine schob. Er stellte sie auf den Tisch, hob den Deckel, und der Maître füllte kleine Tonpfannen mit einem Schöpflöffel. Zwischen sorgsam tranchiertem Hühnerfleisch schwammen rotweiße Krebsschwänze in Selleriesauce, und zur Dekoration waren zwei dunkelrote Krebse in Rigor mortis beigelegt. Ein Stillleben, dachte Peter. Ein zerschnittenes Huhn und zwei gekochte Kriechtiere. Eine Allegorie. Claudia, David und ich. Wie nett. Das hat sich Alex gut ausgedacht. Peter hatte keinen Appetit mehr.

»Also Virtualstrike.« Alex konnte sich ein Lächeln nicht verkneifen. »Großartig. Ich hatte die Typen mit ihren Ballerspielen total verdrängt. Als ich investiert hatte, da klang das alles nach einer klasse Idee. Communities machen im Internet. Rollenspiele. Römisches Imperium aufbauen. Neue Welt erobern. So wurde mir das verkauft.«

»Aber Virtualstrike macht doch nur Massaker, Metzeleien und so was«, versuchte sich Claudia in Sachverstand.

»Zu Beginn war das noch anders. Nach einem viertel Jahr kamen die Gründer zu mir und haben mir einen Vorschlag gemacht. Sie wollten eine Sendung, in der sie Videospiele vorstellten. Gleichzeitig sollte man im Internet mitspielen können. Irgendwas für Blagen am Sonntagmorgen, wenn die Eltern noch im Bett sind. Die Pilotsendung war ein mäßiger Erfolg, danach wurde es auch nicht besser. Ich habe ihnen ein Ultimatum gesetzt: Drei Monate, dann würden sie rausfliegen.« Alex nahm einen Krebsschwanz.

»Es klingt doch gar nicht so schlecht, beide Medien zusammenzubringen. Dazwischen könnte man optimal Werbung für Spiele schalten, für Merchandising-Produkte. Und die Produzenten müssten doch scharf drauf sein, ihre Spiele dort unterzubringen.«

»Von wegen. Damals war die Zeit, als ISDN-Leitungen so richtig populär wurden. Virtualstrike hatte versuchsweise eine Community laufen, die irgendwas mit einer Spezialtruppe spielte. Also ein Ballerspiel in Echtzeit. Ich dachte, es wäre so was wie Ninja Turtles. Als ich dann in Urlaub bin, haben sie dieses Spiel ins Programm gebracht.« Alex nahm einen Schluck Rotwein. »Dann ruft mich jemand von der Landeszentrale an, von wegen wir hätten da was ausgefressen und ich solle das schnell wegnehmen, sonst müsste er was tun. Ein paar Sittenwächter würden schon jammern. Er selbst findet das ja nicht so schlimm, aber die Optik wäre verheerend. Also fliege ich zurück, und was sehe ich. 8:00 Uhr unsere Teletubbie-Konkurrenz, Winkewinke, 8:30 Uhr Virtualstrike-TV, ein paar Söldner auf Drogen vergewaltigen im Urwald Frauen, höhö, dann um 9:00 Uhr die Biene Maja. Naja, zumindest hatten wir damit ordentlich Quote für drei Wochen.«

»Es gibt also kein Virtualstrike-TV mehr, und es ist auch kein Neues geplant?«, fragte Peter. »Nur, damit wir nicht aus Versehen einen Kollateralschaden verursachen. Vielleicht sollten wir in Zukunft immer vorher die Ziele abstimmen, nicht dass wir etwas Falsches machen.«

»Beim BVCN kann man nichts Falsches treffen. Das muss alles weg, so schnell wie möglich. Keine falsche Vorsicht.«

»Apropos Virtualstrike-TV: Ist es abgesprochen, dass Virtualstrike beim NewBiz-Duell antritt?«, fragte David nach.

»Ausgeschlossen. NewBiz-Duell läuft bei der Konkurrenz.«

»Und am Sonntag ist Virtualstrike dort, um sich einen weiteren Business Angel zu holen. Zufälligerweise ein Medienmacher aus Berlin.« David legte ein Papier auf den Tisch. »Sie nennen es: *Game Site Challenge: Ein spannender Shootout.* Grauslig.«

»Moment.« Alex nahm das Papier und rief sein Büro an. »Ich bin's. Folgendes: Könnt ihr mir erklären, wieso Virtualstrike bei der Konkurrenz antritt? Was heißt hier ›Ähhhh‹? Habt ihr auch grad erst gemerkt? Und wozu bezahle ich euch eigentlich?« Er legte auf. »Dieses verdammte Lesbenpack. Zu blöd, um die Programmzeitschrift zu lesen. Die brauchen mal so eine richtige Ladung sonstwohin.«

»Heutzutage ist es eben schwer, vernünftiges Personal zu finden«, überspielte Claudia die Situation.

»Schießt sie so schnell wie möglich ab, am besten noch vor der Sendung. Tut mir Leid, ich muss los.« Claudia merkte, dass Alex bei dem »Tut mir Leid« nur sie angesehen hatte. »Ruft mich an, wenn ihr Virtualstrike erledigt habt. Und macht mir eine Videoaufzeichnung vom NewBiz-Duell. Ich bin am Wochenende leider in Nizza.« Er ging um den Tisch herum und legte Claudia die Hand auf die Schulter. »Ihr schafft es. Weiter so. Ciao.«

Claudia sah Alex nachdenklich hinterher. Ein echter Entscheider. Straight. Konsequent. Eine Führungsperson. Er wusste, was er wollte. Es war sicher kein Zufall gewesen, dass er unter dem Tisch ein paar Mal ihre Beine gestreift hatte. Dazu war die Berührung zu direkt. Sie legte die Hände vors Gesicht und konzentrierte sich einige Sekunden.

»David. Es tut mir Leid, was ich vorher gesagt habe. Es ist mir rausgerutscht. Ich weiß, dass ich zuviel genommen habe. Aber ich versuche seit Wochen, es zu reduzieren. Es geht auch, weil die Arbeit eine Art Ersatz geworden ist. Vergiss einfach alles, was ich gesagt habe.«

»Kein Problem. Ich hätte es auch nicht hinter deinem Rücken machen sollen.« David sah Peter an. Peter ignorierte den Blick. Er legte mit dem Messer einen Krebs unter dem Hähnchen frei und applizierte ihn behutsam auf die Gabel.

»Ein Jammer. Flusskrebse sind inzwischen so selten geworden.
Auf Stillleben des frühen 17. Jahrhunderts sind ganze
Körbe davon. Eine Fastenspeise. Und heute sind
sie eine Delikatesse. Wie geschaffen für
warme Sommernächte in der
traumhaften Munich
Area.«

29. Kapitel

Worin die Helden Üblen übel mitspielen, wobei sie sich nicht um die vereinbarten Spielregeln kümmern.

Auch wenn niemand in ihrer lichtdurchfluteten Halle war, fühlte sie sich als Herrscherin. Sie entschied, wer eingelassen wurde. Sie blätterte gelangweilt in der Bunten und fragte sich beiläufig, ob ihr Urlaub ab übernächster Woche bewilligt wurde. Seit sie nicht mehr mit dem stellvertretenden Leiter der Personalabteilung zusammen war, wurde alles so furchtbar kompliziert. Dabei war es in ihren Augen egal, mit wem man bei der Kanzlei was hatte. Alle waren sie sich irgendwie ähnlich. Kein Wunder, dass die großmäulige Rotberg weg war. Die Sekretärinnen tratschten von einem bösen Streit.

Die Drehtür bewegte sich, und herein kam ein Mensch, der keinen Anzug trug. Im gleißenden Gegenlicht, das sich auf dem Marmorfußboden spiegelte, konnte sie zumindest das erkennen. Kein Anzug, kein Einlass. Die Schuhe tackerten wie Stilettos auf dem kostbaren toskanischen Stein.

Erst nachdem der Mensch in die Schattenzone vor dem Empfang getreten war, erkannte sie in ihm einen Fahrradkurier. Der Mann war groß, muskulös und schmutzig. Unter seinem Helm quoll eine Rasta-Mähne hervor. Er zog einen dicken Umschlag aus seiner Tasche und sagte: »Das da muss zum Herrn Tucha, oder wie der heißt.«

»Sie meinen Rechtsanwalt Professor Doktor Tuchner?«, fragte sie entgeistert. Niemand hatte es je gewagt, so einen schmutzigen Boten zu schicken. Ob das ein Affront war?

»Irgend so was. Jedenfalls soll er es sofort lesen, weil es um eine Sache von einem Alex geht, hat der Absender gesagt. Der heißt Rotberg. Unterschreiben Sie und bringen Sie es ihm.« Der Mann hielt ihr einen durchgeschwitzten Block hin.

***

»Herr Tuchner, schönen guten Morgen. Na, was sagen Sie zu dem Bericht?«

»Herr Rotberg, ich habe keinen Bericht bekommen.«

»Dann ist er jeden Moment bei Ihnen. Wir haben Ihnen einen Fahrradkurier geschickt, damit es schnell geht.«

Tuchner sah aus dem riesigen Glasfenster hinunter auf die Dachauer Straße. Ein riesiger Mensch schwang sich auf eine skurrile Radkonstruktion und raste in Richtung Innenstadt.

»Bislang ist nichts hier.«

»Na, auch nicht schlimm. Vertrauen Sie uns. Wir gehen jetzt rein. Falls die so dumm sind, Sie um Rechtsbeistand anzuwinseln, geben Sie ihnen einfach den Rest. Entscheidend sind nur die Seiten 27, 28 und 29, wegen Unterschlagung. Der Rest ist nur ein wenig Fingerübung. Wir werden nicht lang brauchen, lassen Sie bitte Ihr Handy eingeschaltet.«

»Wollen Sie mir vielleicht mal sagen, worum es geht?«

»Was haben Sie gesagt? Wir sind gerade im Mediapark, der Empfang ist schlecht. Hallo?«

»Das war fies.« Claudia fand langsam Gefallen an Davids kleinen Gemeinheiten.

»Aber es hat doch Spaß gemacht. Habe ich dir heute schon gesagt, dass du blendend aussiehst?« David schloss den Alfa ab. »Er muss den Bericht gerade bekommen. Los geht's. Wie bei Baby Bloodshed: Man muss sie killen, wenn sie noch in den Betten liegen.«

»Ich fand das als Motto des Ballerspiels nicht witzig, und ich finde es auch nicht komisch. Kommt endlich, ihr Spaßvögel.«

»Du bist der Boss, Claudia.«

***

Virtualstrike hatte das gesamte Dachgeschoss eines Gebäudeflügels angemietet. Nach oben ging es in einem ehemaligen Lastenaufzug. Ein Spiegel an der Rückwand versuchte vergeblich, dem Ganzen etwas Nobles zu verleihen.

Claudia betrachtete sich. Sie trug ein neues, hellgraues Kostüm; eng, seriös, ein klein wenig streng und trotzdem sexy. Sie fühlte sich etwas eingeschnürt, aber mehr wie in einer Rüstung, denn in Fesseln. Ihre feinen Lackschuhe hatten präzise die Farbe ihrer Perlenkette. Sie hatte die Haare hochgesteckt. Sie fand sich rundum schön. Und alles hatte sie selbst bezahlt. Sie fühlte sich in den Kleidern, die sie geschenkt bekommen hatte, nicht mehr wohl. Hinter ihr standen zwei selbstbewusste Männer mit ernsten Gesichtern. Peter hatte einen sportlichen graublauen Anzug mit schmalem Revers gewählt, David einen perlgrauen Dreiteiler. Sie waren stoisch und todschick.

Als sie Peter kennen gelernt hatte, war er ein verhuschter Arbeitsloser, in einem abgewetzten Anzug, den ihm sicher seine Ex-Freundin ausgesucht hatte; übermüdet, frustriert und chancenlos. David war ein gehetztes Raubtier gewesen, ein Spaßterrorist, dem sein loses Mundwerk beinahe den ungewaschenen Hals gebrochen hätte. Ein Zyniker auf Gratwanderung, ohne Sicherung und ohne echtes Ziel.

Sie hatte beide getroffen, als sie zutiefst gedemütigt wurde. Peter hatte sie von der Straße aufgesammelt, und ohne David wäre sie noch lange und oft die Wichsvorlage von Klaus gewesen. Aber sie hatte David und Peter zusammengebracht; sie war die Alchemie, die das Trio geschmolzen und geformt hatte; zu einer echten Waffe, und nichts würde ihren Aufstieg aufhalten. Sie war angespannt, aggressiv und geil, ohne irgendetwas genommen zu haben. Am liebsten hätte sie jetzt noch mal Sex gehabt, egal mit wem.

Sie stiegen aus. Claudia ging zielstrebig auf den Empfang zu. Dort saß ein junges Ding wie aus einem Adventure-Game: kurze rote Haare, die Füße mit Turnschuhen auf dem Tisch, eine viel zu weite Hose in grauen Tarnfarben und ein enges, gelbes T-Shirt mit der Aufschrift »Shoot to kill«. Es sollte selbstbewusst wirken, aber Claudia konnte ihr die Angst ansehen, die sie und ihre Männer verbreiteten. Du musst sterben, damit ich leben kann.

»Wo ist der CEO?«

»Ganz da hinten, aber der ist gerade in einer Besprechung, da können Sie nicht einfach rein und stören. He!« Claudia ignorierte das Gerede und schritt den Gang entlang. Graffitikünstler hatten die Wände und Türen mit Monstern und Aliens übersät, Torwächtern zum innersten Kreis von Virtualstrike. Am Ende des Ganges war eine große Doppeltür aus schwarzem Glas. Claudia blieb kurz stehen, und ihre Kollegen öffneten die Flügel. In der Mitte des fensterlosen Raumes war ein großer Schreibtisch, der imponieren sollte. Rechts und links standen große Flachbildschirme, dazwischen saß der große, bleiche CEO. Hinter ihm an der Wand, in mystischem Halbdunkel, hing eine enorme Waffensammlung aus realem und erfundenem Schießgerät.

»Herr Fuchs, wir sind hier im Auftrag Ihres Hauptinvestors. Sie haben wahrscheinlich bereits von unserer Ankunft gehört. Wir haben alle nötigen Vollmachten mitsamt notarieller Beglaubigung. Es ist mir hier zu dunkel. Wo ist das Licht, um diesen jämmerlichen Hokuspokus zu beenden?« Peter hatte neben der Tür den Schalter entdeckt. Auf der linken Seite des Raumes drehten sich Lamellen und ließen das Sommerlicht eines Münchner Vormittags herein. Die Zaubererhöhle verwandelte sich in ein schäbiges Büro, das mal einen Staubsauger gebraucht hätte.

»Ich habe keine Zeit für Sie. Ich muss noch heute Abend ...«

»... nach Berlin zur Vorbereitung einer Fernsehshow, wo Sie so tun wollen, als ob hier alles bestens wäre, ich weiß. Ist bei Ihnen alles in Ordnung?«

»Ja, sicher, die Geschäfte laufen gut.«

»Dann wird es Ihnen sicher auch nicht weiter wehtun, den Anteil, den unser Auftraggeber hält, zurückzukaufen. Wir sind keine Unmenschen. Die Investitionssumme betrug 5,6 Millionen DM – das hätten wir gerne wieder.«

»Wie käme ich dazu?«

»Nicht mal Sie wollen Anteile an Ihrem eigenen Unternehmen?«, schaltete sich David ein. »Sieh mal an. Eine echte Uzi. Der Mann hat Geschmack. Ich darf doch, oder?« Er trat hinter den CEO und zog eine kleine, hässliche automatische Waffe von der Wand. In der Mitte steckte ein langes Magazin. David setzte sich auf einen Stuhl vor den Schreibtisch und sah dem CEO ins Gesicht. Seine Hände zerlegten die Maschinenpistole in ihre Einzelteile und setzten sie wieder zusammen. Das Ganze dauerte kaum mehr als sieben, acht Sekunden. »Ich bin etwas eingerostet. Das können Ihre Computerkiddies nicht, wetten?«

»Das Ding ist unbrauchbar. Es ist nur Designvorlage. Kommen Sie mir nicht mit dem Kriegswaffenkontrollgesetz.«

Claudia wuchtete einen Ordner auf den Schreibtisch. »Herr Fuchs, Sie haben gegen 17 Punkte des Vertrages mit Ihrem Investor verstoßen. Sie haben zum Beispiel Spiele angeboten, die rassistisch und menschenverachtend sind, indem Sie einfach den Namen geändert haben.«

»Also bitte, das sind doch nur Spiele. Absolut harmlos. Das tut niemandem weh. Und Ihr Chef hat uns sogar mal den Auftrag erteilt, so was als Format ins Fernsehen zu bringen. Lief super, bis er kalte Füße bekommen hat, weil ein paar Windelproduzenten ihre Werbung abbestellt haben.«

»Sie haben mit Medienunternehmen Verträge abgeschlossen, die definitiv ausgeschlossen waren – schon Ihr Auftritt beim NewBiz-Duell wäre ein Auflösungsgrund. Ihr jüngster Jahresabschluss erfüllt den Tatbestand der Bilanzfälschung. Und wenn das so weiter geht, machen Sie in ein paar Monaten Konkurs.«

»Wenn Sie das wissen, wieso glauben Sie dann, dass ich das Geld zurückzahlen könnte?«

»Finden Sie auch alles im Bericht. Sie haben Ihre Tante, Angelika Bauer, 53, Hausfrau, als Beraterin bezahlt. Und noch etliche andere Leute, bei denen der Verdacht auf Unterschlagung nahe liegt. Und dann die 37 Vollzeit-Mitarbeiter. Davon arbeiten 34 als angebliche High-Potential-Leiharbeiter einer obskuren Firma in Hamburg. Die Firma hat recht obskure Gesellschafter, die im Ausland sitzen und nie ans Telefon gehen. Wenn ich mich hier so umschaue, sehe ich keine 37 hochmotivierten Vollprofis. Alles, was man bei Ihnen sieht, sind Studis auf 630-Mark-Basis. Für ein paar Spiele im Netz braucht man nicht mehr. Kann es sein, dass Sie auch mit den angeblichen Vollprofis einfach Gelder unterschlagen haben?«

»Jetzt reicht's. Raus hier.«

»Immer das Gleiche«, langweilte sich Peter.

»Nach Punkt 7 des Vertrages können Sie uns nicht rausschmeißen. Wir stehen hier für den Miteigentümer.«

»Sie wissen wohl nicht, wer mein Anwalt ist?«

»Dann rufen Sie ihn doch an. Am besten gleich bei ihm persönlich, denn er kennt die Akte.«

Während der CEO telefonierte, hatte David Zeit zum Üben. Bis der Notar kam, schaffte er die Uzi unter sechs Sekunden.

Der CEO kaufte die Anteile seiner Firma zurück und zahlte die 3.911.567 Mark mit dem Vermögen einer Briefkastenfirma, die genauso viel auf dem Konto hatte. 3,9 Millionen war auch das, was Claudia nach drei Tagen und Nächten voller Arbeit auf dem Konto der Briefkastenfirma vermutet hatte.

***

»Geht schon mal vor, ich habe noch was mit ihm zu besprechen.« David zerlegte die Uzi noch mal und baute sie ohne hinzuschauen zusammen. »Herr Fuchs, wir sind angestellt, um die finanzielle Seite Ihres Unternehmens zu prüfen. Wir verurteilen Sie nicht wegen moralischer Vorbehalte gegen die Spiele, die Sie vertreiben. Ich weiß, dass eine gewisse Gewaltbereitschaft durch Medien kompensiert werden kann. Sehen Sie«, er lächelte den CEO offen an, »als ich klein war, habe ich mir immer Tom und Jerry angeschaut, wenn ich wütend war. Das ist furchtbar brutal, aber gut.« Er stand auf und ging zur Wand mit den Waffen. »Meine Eltern hatten keinen Computer, und heute bin ich zu alt für Videospiele. Aber, wissen Sie, ich habe mir gestern Abend mal die Messageboards bei Virtualstrike genauer angeschaut. Und ich bin mir sicher, dass sie trotz dieser Unannehmlichkeiten erfolgreich sein können. Weil Ihre Communities die Spiele lieben. Für viele User ist das nahe an der Realität. Und das liegt sicher daran, dass Virtualstrike neue Optionen entwickelt. Neue Waffen, neue Funktionen, sagen zumindest die User. Und das kann man sich dann für ein paar Mark runterladen. Mein Respekt für ihr gutes Customer Relationship Management.«

»Ich bin mir sicher, dass gerade die Optionen ein lukratives Geschäftsfeld sind. Das wollen wir am Sonntag auch in den Vordergrund stellen. Ein echtes Core Asset. Das Internet an sich ist nicht so gelaufen, wie wir es uns erwartet haben, aber die Optionen bringen's.«

»Richtig. Kopf hoch. Nehmen Sie es nicht tragisch. Hinfallen ist keine Schande, nur Liegenbleiben. Und ich muss sagen, wenn man mal von der versuchten Unterschlagung absieht, haben Sie wirklich ordentlich gewirtschaftet. Das ist auch der wahre Grund, warum wir auf weitere Schritte gegen Sie verzichten.«

»Sie meinen, ich kann weitermachen? Wenn ich am Sonntag durch das Duell einen neuen Investor finde, werden Sie die Geschichte nicht veröffentlichen?«

»Die Substanz im Kerngeschäft ist doch gut. Da sind Sie auf Ideen gekommen, die suchen ihresgleichen. Kein Wunder, dass Sie auf Ihre In-House-Developments stolz sind. Mir als Geschäftsmann scheinen die Optionen eine echte Marktlücke zu sein, die Sie erfolgreich ausfüllen. Zum Beispiel mögen Ihre User die neuen Optionen beim Spiel Jihad. Die totale Marktpenetration. Da haben Sie ungeheuren Zuspruch, wenn man die Boards so durchgeht. Besonders beliebt sind die israelischen Armeefunker, die man sich bei Ihnen als Zwischensequenz runterladen kann. Ein Gefangenentrupp, wo es darum geht, die Männer vor den Augen der Frauen zu erschießen, die Frauen zu vergewaltigen und dann auch umzubringen, damit es keine Bastarde gibt. Für 2 Mark 99. Also nehmen Sie das bitte nicht geschäftlich.« David rammte dem CEO die Uzi ins Gesicht. »Ich habe nur als Mensch mit so was gewisse Probleme.« Er trat ihn vom Stuhl. »Ich habe eine gute Freundin, die ist Armeefunkerin.« Er kickte ihm mit aller Kraft in den Bauch. Der CEO versuchte, sich wegzurollen. »Ich würde Ihnen deshalb als Mensch raten, in diesem Sektor das Business Development einzustellen.« Ein Tritt in den Rücken. »Sonst reaktiviere ich dieses kleine nahöstliche Tool.« David trat den CEO mit angemessener Kraft in den Unterleib. Der CEO schrie laut auf.

»Glauben Sie mir, ich kann mit einer Uzi umgehen. Ich darf sie doch behalten, oder? Vielleicht fragen Sie bei der Hisbollah nach, ob die Ihnen eine M16 als Ersatz geben. Im Gegenzug für ein paar Downloads.« David drehte sich um, verharrte kurz und kam zurück.

»Tut mir Leid. Ich habe vergessen, dass das ja alles nur ein
Spiel ist. Sorry. Das hier«, er rammte dem CEO,
der sich am Tisch hochgezogen hatte,
das Knie ins Gesicht, »ist zum
Glück auch nur
Literatur.«

30. Kapitel

Worin sich Politik, Wirtschaft und Medien einig sind, dass das Goldene Zeitalter fortbestehen wird, nebst einiger irrelevanter Randglossen ahnungsloser Defätisten.

Staatsempfänge waren nicht ihre Welt. Es war verschwendete Zeit. Es gab keine relevanten Informationen. Überhaupt waren alles Repräsentative und Arrangierte, alle Pressekonferenzen und Events nur Showveranstaltungen, die mit der realen Welt nichts zu tun hatten. Die reale Welt der New Economy sah anders aus. Sie kannte diese Welt auch aus der Froschperspektive. So wollte sie es auch beibehalten. Es war wenigstens ehrlich.

Im Spiegel sah sie ein genervtes Mädchen, das sich nicht um Äußerlichkeiten scherte. Ein kleiner, beleidigter, grauer Frosch. Grauer Pulli, graue Hose. Eine billige, alte Swatch. Sie zog die Mundwinkel tief nach unten. So bleibe ich den ganzen Abend, dachte sie. Ein tierisch genervter Frosch. Schlimmer, eine Kröte. Eine Unke. Keiner wird mit mir reden, und David Rotberg wird sich mit mir blamieren.

Es klingelte an der Tür. Du kommst mir nicht hoch, die böse Überraschung kriegst du unten. Das hast du dir auch verdient, du Wichser. Ich sage dir ab, und du hetzt diesen Arsch von Chefredakteur auf mich. David hier, Rotberg da, sein ganz toller Vater, unbedingt hingehen. Na schön. Kannst du haben, oder so.

Es klopfte an der Wohnungstür. Er war schon nicht mehr unten. Sie ging zur Tür und riss sie auf. Irgendwie stülpte sie eine professionelle, halbwegs gut vorgetäuschte Freundlichkeit über ihren Hass. Umsonst.

Draußen stand David Rotberg mit einem Kräutertopf. Sie hatte erwartet, dass er ein paar geschmacklose Rosen oder einen Strauß tropischer Obszönitäten mitbringen würde. Der Kräutertopf brach das Eis. Es war ein wuchtiger, alter Tontopf im Renaissancestil. Rosmarin, Thymian, Koriander, Salbei und andere Dinge, die sie nicht kannte, waren wie in einem kleinen Garten angeordnet. Menschen, die handgetopfte Kräuter mitbringen, können gar keine schlechten Menschen sein. Selbst, wenn sie wahrscheinlich Liquidatoren sind und wirklich schöne, elegante Anzüge tragen.

»Ich bin noch nicht fertig. Ich muss mir noch rasch was Hübsches anziehen«, flötete sie, schickte David in die verdreckte Küche und schlüpfte in ihr Zimmer. Das einzige Kleid, das nicht verschmuddelt in ihrem Rucksack lag, trug sie sonst nur zu den Empfängen ihrer Pressestiftung. Aber dann brauchte sie auch diese unbequemen Schuhe, in denen sie kaum laufen konnte. Und Lippenstift. Wo zum Teufel war der Lippenstift?

***

»Wen hat unser David heute mit dabei?« Der Herr in Beige trug, dem Anlass entsprechend, einen leichten schwarzen Anzug. Er legte Wert auf ein gepflegtes, repräsentatives Äußeres zum Empfang für die Ausstellung »Bavaria New Media«, oder auch »Laptop auf Misthaufen«, wie der Herr in Schlammgrün, auch in Schwarz, wenig respektvoll ausführte.

»Eine der Hofschranzen der New Economy. Uta Hofmann. War mal eine journalistische Hoffnung, bis sie sich auf das ganze New Media eingelassen hat. Ich war vor über einem Jahr mal auf der Kick-off-Party von irgend so einem Multimedia-Content-Provider, und da war sie Content Managerin.«

»Du warst auf einer Party, bei der ich nicht eingeladen war?«

»Da warst du grade in den Colli Eugenaei, und dann am Lido. Es war die übliche Geschichte: Junges Ding kommt in die große Stadt und will Karriere machen. Sie landet bei ein paar Berufssöhnen im Start-up. Amerikanistin mit journalistischen Ambitionen wird eine korrupte Lohnschreiberin und hilft, andere auszubeuten. Davor noch zwei, drei andere, ähnlich sinnlose Geschichten. Gerade mal 24, und schon einen Lebenslauf voller Pleite-Start-ups. Und jetzt schreibt sie für E-Investor.«

Die Erheiterung der beiden Herren wollte kaum zur tristen Stimmung im Herculessaal der Residenz passen. Vor schweren

Tapisserien langweilten sich die Heads der Munich Area, weil es nichts Gutes zu erzählen gab. Die Szene hatte sich über Jahrean immer mehr und bessere Erfolge gewöhnt. Im letzten Jahr hatte es den ersten Einbruch gegeben, aber da war man sich noch sicher, dass das nur eine gute Gelegenheit für Aktienkäufe sei. Lange würde es der Nemax nicht unter 9000 aushalten, und die Börsengang-Berater hatten noch einmal glänzend Hof gehalten. Dieses Jahr klang es schon etwas anders: Die Optimisten sahen eine nötige Marktbereinigung, und die Börsenberater orientierten sich um. Wenn einer draufging, freute sich die Konkurrenz, als ob für einen Ertrinkenden die Überlebenschancen besser werden, weil ein anderer Ertrinkender »Belly up« geht. Belly up, oder auch Tits up, war ein Lieblingswort dieses Abends voller vorsichtigem Pessimismus.

Doch bis auf ein letztes, höhnisches Lachen des Herrn in Beige verhallten diese bösen Worte mit dem Auftritt des Staatsministers.

Der Staatsminister hatte keine Ahnung von New Media; dazu hatte er ja seine Sekretärinnen. In Vierharting, wo er herkam, gab es zwar eine Sondermülldeponie und drei Fälle von Rinderwahn, aber zumindest nach seinem Kenntnisstand kein Internet. Das sollte bitteschön auch am Hightech-Standort München bleiben, solange der Strukturausgleich nur die Gelder brachte. Eigentlich wollte der Staatsminister nicht auf den Empfang, aber sein Ministerpräsident hatte ihm gesagt, er solle sich nicht so haben, wer mit den Grünen fertig wird, wird auch mit den Internetlern fertig, und außerdem solle er sich in Berlin bei so einem New-Media-Hansel was Unternehmerfreundliches schreiben lassen. Der Hansel sei zwar eigentlich ein dreckiger Schwab, aber doch CDU-nah, meinte zumindest ein guter Freund des Ministerpräsidenten. Die Adresse würde die Sekretärin des Ministerpräsidenten der Sekretärin des Staatsministers mailen, oder wie das mit der elektrischen Post heute hieße.

Der Staatsminister tat, wie ihm befohlen. Sein Staatssekretär schickte die Rede sicherheitshalber zum BVCN, und nachdem dort alle einverstanden waren, konnte sich der Staatsminister an das Papier klammern. Angesichts der Position und Würde des Amtes hatte der Schreiber in Berlin die Sätze kurz gehalten; es würde schon gutgehen. Basst scho, hatte der Ministerpräsident im Kabinett bestätigt.

»Meine sehr geehrten Damen und Herren.« Der Staatsminister kam ins Stocken. Da fehlte was. Er hatte zwar vernommen, dass die New Economy von einer gewissen Gleichheit aller ausging, aber das konnte in der bayerischen New Economy natürlich nicht so sein. In Bayern gingen die Uhren nicht umasonst anders. Aber das konnte der Hornochs in Berlin natürlich nicht wissen, bei dem Kommunistengschwerrl. Also nahm sich der Staatsminister vor, fürderhin nicht mehr sündige Texte aus dem Babel Berlin zu verlesen, holte verärgert noch mal Luft und sagte mit donnerndem Bass: »Verehrte Hochwürden, meine sehr geehrten Damen und Herren.« Da fiel ihm ein: Wenn er jetzt nicht weiterlesen würde, würde er allenfalls seine Erlebnisse mit der Ramona zum Besten geben können, wie er das auch zu Hause im Kriegerverein Vierharting tat. Aber zum Thema des Abends würde ihm nichts einfallen. Er verfluchte den Ministerpräsidenten, den Staatssekretär und vor allem Berlin und fügte sich in die Unvermeidlichkeit des Vorlesens.

»Erfolg hat in Bayern eine lange Tradition.« Das war schon mal nicht schlecht. Der Staatsminister nahm Fahrt auf. »Auch in diesen nicht immer einfachen Zeiten ist Erfolg wichtig. Leider haben wir in den letzten Wochen an den Börsen starke Kursschwankungen, ja sogar Einbrüche erleben müssen.« Und schuld waren nur die Sozis. »Aber wir alle wissen: Erfolg ist nicht umsonst zu haben. Erfolg braucht eine solide Finanzierung. Deshalb sind jetzt Alternativen zur Börse wichtiger denn je. Gerade hier ist die Münchner Region ein Vorbild in Deutschland.« Eh klar. Was nicht Bayern ist, ist halt nichts. »Unsere Netzwerke sind ein echter Standortvorteil. Umso bedenklicher stimmt es deshalb die bayerische Staatsregierung, dass in Berlin ...« Hatte er es nicht gewusst? Die Sozis. Und die Preußen. Der Staatsminister holte Luft für den vernichtenden Schlag. »... dass in Berlin geplant wird, das ...« Der Magen des Ministers krampfte sich panisch zusammen. Er merkte, wie ihm der Schweiß in den Achseln lief. So würde er nachher nicht zur Ramona können. Seine Augen starrten schreckgeweitet auf das Papier. Da stand ein Wort, das er noch nie gelesen hatte. Noch nicht einmal im Bayern Kurier. Er würde es nie schaffen. Seine prall gefüllten Lungen ließen ihn stockend über das Wort knirschen. »Das Fen-Tur-Eka-Pitl in erheblichem Umfang zu besteuern. Dagegen werden wir uns wehren.« Die Herren in Beige und Schlammgrün und David waren die Einzigen in dem riesigen Saal mit 600 Spitzenleuten aus der New Economy, die es wagten zu lachen, und Uta ließ sich zumindest aus Höflichkeit anstecken. Niemand hörte es. Das höhnische Gekreische ging in tosendem Applaus unter.

»Fen-Tur-Eka-Pitl! Das wäre dem Ministerpräsidenten nicht passiert. Der lässt sich die Reden immer vorher vorlesen.«

»Aber dafür müssen wir schwer büßen. Billige Semmelknödel mit Zuchtchampignons. Frau Hofmann, essen Sie es nicht, Ihnen wird sicher nur schlecht. Erfahrungsgemäß kommen nachher kleine Häppchen, die besorgen wir Ihnen. Wissen Sie, letztes Jahr gab es Kaninchenpfeffer französische Art, dazu Steinpilze. Da hätten Sie hier sein sollen. Dieses Jahr verschwenden Sie Ihre Schönheit an eine sterbende Welt.«

»Richtig. Wir bereiten seit Wochen unseren Absprung in Richtung Kultur- und Pharma-Events vor. Wir haben seit letzter Woche eine Assistentin, aber sie boykottiert uns, wenn wir zur New Economy gehen. Wahrscheinlich hat sie dieses Semmelknödel-Debakel erahnt. Wir hätten auf Julia hören sollen.«

Uta war peinlich berührt, als David ihr die Herren in Beige und Schlammgrün vorstellte. Falls sie ihren Artikel über Steel2net kannten, ließen sie sich aber nichts anmerken. Die beiden hatten kein anderes Thema als das Buffet und die Getränke, und das Urteil war, den fränkischen Weißwein ausgenommen, vernichtend. Sie behandelten Uta mit größter Wertschätzung. Trotzdem war sie froh, als sich die beiden zur Schlacht um die Süßigkeiten verabschiedeten. David eroberte für sie gedämpftes Gemüse mit Basmati-Reis. Dann zogen sie sich in einen Nebenraum zurück.

»Und du warst wirklich eine der Verantwortlichen bei Killer Content?«

»Ich bin da eigentlich nur reingerutscht. Es klingt fast wie die Geschichte einer Hure: Du hast Geldsorgen, du kennst jemanden, der gerade was aufmacht. Das war Dezember 1999. Drei junge Freunde, die an das Internet geglaubt haben. Die dachten, alle anderen Medien wären nach zwei, drei Jahren verschwunden.«

»Könnten Sie uns bitte noch zwei Martini d'Oro bringen?«, fragte David eine Serviererin, die gerade Gläser in die Küche trug.

»Und dann ruft dich einer an und meint, er geht mit dir essen. Ich gehe nie wieder mit jemandem von der New Economy essen. Nie mehr. Der war gerade mal 19 und hat von einem Schweizer VC 5,8 Millionen bekommen. Einfach so. Ich dachte mir, es wird schon nicht so schlimm, ich kannte die Leute von früher, und ein paar von meinen Freunden haben auch mitgemacht.«

»Moment.« David fing zwei Gläser Sekt ab.

»Und dann sitzt du in so einem Loch und versuchst, einen Redaktionsbetrieb für ein Reiseportal zu organisieren. Es gibt keine Kostenkontrolle, keine Kompetenzen oder so. Der ganze Elan ist nach zwei Wochen weg. Einer der Gründer ist ein Großmaul. Er ist zu allen möglichen Unternehmen gelaufen und hat versprochen, ihnen Multimedia-Applikationen zu machen. Dann werden Meetings anberaumt, und jedes dieser Sales-Gespräche wird als zahlender Kunde präsentiert. Nach einem Monat haben die Gründer wirklich geglaubt, sie würden Millionen verdienen. Wir haben komplette Techno-Audiostreams und Funsportvideos produziert und wollten einen Probebetrieb machen. Dann kam einer der Gründer auf die Idee, bei der GEMA anzurufen und Bescheid zu geben. Die GEMA hat prompt Lizenzgebühren für Musik verlangt, und wir konnten nicht zahlen. Aber wir hatten auch schon für unsere Launchparty eingeladen und konnten nicht mehr zurück. Der Sendestart war nur ein Fake für die anwesenden« – Uta spitzte ironisch den Mund – »Spitzenvertreter und Promis der Munich Area.«

»Noch einen Prosecco?«, fragte David rhetorisch. »Das müssen doch gigantische Fehlinvestitionen gewesen sein.«

»Na und? War doch nur Venture Capital. Spielgeld. Die Chefs haben sich zuallererst Laptops und Handys gekauft. Wir hatten fünf verschiedene Logos zur Auswahl, aber keinen Content. Kannst du dir das vorstellen? Eine Seite mit absolut nichts drin.

Und gleichzeitig eine Werbekampagne dafür. Aber damals war ich schon nicht mehr dabei.«

»Und wie bist du raus?«

»Die Content Manager sollten sich für alle Veröffentlichungen verantwortlich erklären. Das war gut ausgedacht: Zwei Studenten sind dran, wenn was schief geht, und es konnte viel schief gehen. Die Gründer haben ein paar Leute angeheuert, die extreme Comedy-Formate entwickeln sollten. Tabubrecher. Hauptsache Schlagzeilen. Es sollte Deutschlands krasseste Online-Show werden. Es war nur geschmacklos. Nach der ersten Präsentation habe ich gesagt, ich gehe. Dann gab's einen riesigen Streit, ich müsse den Monat noch machen, sonst würde ich kein Geld bekommen. Ich habe das Hinterhaus gehasst. Ich war am Ende richtig psychisch krank. Kennst du das, wenn du aufwachst und einfach nicht aus dem Bett kannst? Du weißt, dass du musst, aber es gibt nichts, was dich antreibt. Du schwimmst in einer Suppe aus Frust, bis sie dich anrufen und fragen, wo du bleibst.«

»Kennst du Prozac?«, fragte David. »Das hilft in solchen Fällen. Eine Tablette am Tag, und es geht dir gut. Du musst nur aufpassen, dass du dich nicht dran gewöhnst, sonst bist du schnell auf fünf, sechs Teilen am Tag. Aber es gibt dir die nötige Kraft. In Israel gibt es das Zeug sogar mit ein paar zusätzlichen Wirkstoffen. Das nehmen Soldaten, deren Kameraden umgekommen sind. Und hier in München gibt es eine Agentur, die hat Wodka Prozac erfunden. Praktikantentreibstoff. Kein Wunder bei 14 Stunden Arbeit am Tag.«

»Das meinst du nicht ernst.«

»Doch. Ich kenne so einen Fall.«

»So schlimm war es bei mir nicht. Also bin ich dabei geblieben, bis ich meinen Vertrag fristgerecht kündigen konnte. Bis dahin ist die Comedy nicht ins Netz gestellt worden. Ich habe letztlich 7,50 Mark Stundenlohn bekommen, wenn ich die Überstunden mitzähle. Am Tag, als ich raus bin, haben sie die Comedy on Demand reingestellt. Sie war nur eine Weile drin, dann haben sie Angst bekommen. Den ganzen Krempel hab ich einfach in einen Schuhkarton gepackt – und nie wieder angeschaut. Aber inzwischen machen sie hauptsächlich Content Providing.«

»Also Journalisten-Prostitution.«

»Kann man so sagen. Der Bayerische Journalistenverband hat die Geschäftspraktiken bereits öffentlich angeprangert. Was sie machen, ist nichts anderes als Batteriehaltung, nur mit Journalisten statt Hühnern.« Sie sah David fragil an. Ich hatte diesen Abend nicht gewollt. Ich wollte hässlich aussehen und garstig sein. Dann habe ich mich für dich umgezogen, ich war nett, wie mit einem alten Freund aus Kindertagen, ich habe mir Komplimente machen lassen, und zum Schluss habe ich mich auch noch bei dir ausgeweint, obwohl ich dich nicht kenne, sagten ihre Augen. Ich weiß nicht, warum, aber ich vertraue dir. »Ich glaube, ich bin etwas betrunken. Kannst du mich nach Hause bringen? Es war wirklich schön, aber ich bin so müde.«

Im Hof der Residenz wartete ein silbrig-kühler Alfa 147, um Uta in sich aufzunehmen und zurück in ihre kleine, schmutzige Wohnung in Nymphenburg zu bringen.

David würde behutsam chauffieren und ihr zum Abschied
für die schönen Stunden danken. Die fette Sau sah den
beiden hinterher, als sie Arm in Arm die grandiose
Treppe der Residenz hinunterschritten. Sie
sahen glücklich aus. Ein Traumpaar,
dachte er. Die Frau
muss ich mir
merken.

31. Kapitel

Worin dank der modernen Medien für zwei Helden ein Goldenes Zeitalter anbricht, obwohl vor ihren Augen Titanen stürzen und Welten erzittern.

Er hatte Claudia erwartet. Als er den Raum mit der Hausbar und dem Großbildschirm betrat, war er trotzdem überrascht. Der Fernseher lief und verbreitete ein mattes, bläuliches Licht. Claudia lag auf der Couch, die längs zum Bildschirm an der Wand stand. Sie trug ein enges, pastellfarbenes Kleid mit langem Rock und üppigem Dekolleté. Ohne das cremeweiße Top wäre es undenkbar gewesen. Brust und Schultern waren fast völlig frei. Eine enge Perlenkette schmeichelte ihrem Hals, kleine Goldohrringe betonten ihr weiches Gesicht. Ein Goldkettchen wand sich mehrfach um ihren rechten Arm. Sie hatte den Kopf leicht gesenkt, dass ihre fein geschwungenen Augenbrauen, die Stirn und der gebogene Hals perfekt zur Geltung kamen. Sie hatte sich vom Bildschirm weggedreht, um ein Schriftstück lesen zu können. Von Claudia ging eine kontemplative Ruhe aus, die er an ihr noch nie gesehen hatte.

Peter wusste, dass Claudia von Kunst im Allgemeinen und Malerei des 18. Jahrhunderts im Besonderen keine Ahnung hatte. Sie war von erschreckender Kulturlosigkeit; ein Degas galt ihr nicht mehr als ein Donald Duck von Carl Barks. Trotzdem sah sie aus wie das lebende Modell für Jean Raoux' Briefleserin. Eine Frau, die Schmeicheleien ihres Geliebten liest und dabei grenzenlose Zufriedenheit empfindet. Still genoss Peter den Anblick. Die Perlen schimmerten mit der Haut um die Wette. Claudia hob ihre grünen Augen, lächelte schief und zerstörte den Eindruck der meditativen Abgeschlossenheit, der ihr eine unnahbare Grazie verliehen hatte.

»Hi«, sagte sie und wedelte mit dem Papier, »Post von Alex. Sein Vermögensverwalter hat endlich die Überweisungen getätigt. Wir haben bislang 10.116.617 Mark sowie einen Audi TT und Sachwerte von etwa 70.000 Mark herausgeholt. Die Sachwerte werden mit unseren Spesen verrechnet. Pro Liquidator macht das bislang 202.322 Mark, wobei bei dir 55.000 Restwert für den Audi TT weggehen. Aber das musst du noch zurücküberweisen, sobald wir die Vollmachten über die Konten in der Schweiz haben. Leider hat Alex damit insgesamt einen Verlust von 3,9 Millionen, aber da wird er steuerlich noch was tricksen können. Ist was?«

»Kennst du Jean Raoux?«

»Nö. Keine Ahnung. Was ist das?«, fragte sie mit einem breiten Frankfurter Dialekteinschlag.

»Egal. War nur so ein Gedanke. Gibt's noch mehr Statistik?«

Claudia überhörte den bitteren Ton in seiner Stimme. »Wenn Virtualstrike auch noch komplett kippt, haben wir Alex von insgesamt 54 überflüssigen Fressern befreit. Davon sind acht Führungspersonal, fünf Verwaltung, sieben Sekretariat, zehn Technik, acht Berater und freie Mitarbeiter, vier Sonstige und zwölf ominöse Praktikanten, die hoffentlich so klug waren, nichts zu tun und einfach die Zeugnisse abzustauben. Zumindest war das zu meiner Zeit noch so.« Sie gähnte entzückend und wirkte gleich wieder etwas menschlicher. »Es hat übrigens schon angefangen. Wenn es dich nicht stört, dass ich liegenbleibe, darfst du auch aufs Sofa.« Sie rutschte nach hinten zur Lehne, und Peter setzte sich zu ihr. Sie roch wieder nach diesem Parfum, das er schon in der ersten Nacht bei Starnberg an ihr gemocht hatte.

***

»Hallo, herzlich willkommen zum NewBiz-Duell!« Wiebke Dressler fühlte sich etwas unsicher. Vor einer Woche hatte es eine unangenehme Sitzung mit den Sponsoren gegeben. Der Chefredakteur von Economy Now! hatte den Sinn der Sendung in Frage gestellt. Ein Format voller zukünftiger Pleitekandidaten sei was für die Comedy-Abteilung, und sein Blatt bekomme langsam kalte Füße. Nur mit Mühe konnte man ihn überzeugen, dem Ganzen noch ein paar Monate zu geben. Prompt sickerte es zu Dotcomtod.com durch. Sentinel *Signor Alfredo* schrieb, ab

Mitte Dezember gäbe es beim Duell keine Überlebenden. »Heute haben wir echte Duell-Spezialisten hier! Denn heute, meine Damen und Herren, geht es um Online-Game-Sites! Es treten an: Virtualstrike.de aus München gegen Pigfight.de aus Düsseldorf – und hier sind unsere Teams!« Ein billiger Tusch, der visionär klingen sollte, und Dosenapplaus begleiteten den Einzug der Kämpfer. »Herzlich willkommen! Wir haben natürlich vorher unsere Teams besucht. Wir wollen Ihnen, liebe Zuschauer, erst einmal einen Eindruck vermitteln, wo unsere dynamischen Unternehmer die Träume ihrer Kunden virtuelle Realität werden lassen!« Sie hatte es geschafft. Kein Versprecher. Dafür hatte es etwas zu lange gedauert, bis die Einspielung kam. Sie hatte eineinhalb unendlich lange Sekunden in die Kamera grinsen müssen.

»Okay, 1:30 Pause!«, kam es aus der Regie. Sie drehte sich zu den Teams um. Die Pigfight-Gründer wirkten mit ihren Glatzen wie Skinheads, die sich als Manager verkleidet hatten. Sie waren unsympathisch und hatten sich für ihre Kunden eine grobe Sprache angewöhnt. Virtualstrike war dagegen mit sauberen jungen Menschen angereist. Auch das Girl mit den kurzen roten Haaren wirkte im Anzug seriös, und ein massiger Chefentwickler ergänzte die hagere Gestalt des CEO. Wenn sie, wie vereinbart, Freitagabend gekommen wäre, hätte Wiebke sie bevorzugt. Jetzt waren sie aber erst eine Stunde vor der Sendung eingetrudelt; gerade noch Zeit genug für die Maske. Für Previews war keine Zeit mehr. Wiebke war froh, bereits in München alles geklärt zu haben. Auf dem Kontrollmonitor rauschten zerstückelte Aliens, brennende Kampfflugzeuge und detonierende Miniaturwelten vorbei. Dazwischen immer wieder kurze Ausschnitte aus Interviews. Die Pigfighter in einem Autowrack, Virtualstrike im düsteren Future-Büro. Dann lief kurz eine fotorealistische Videosequenz mit israelischen Armeefunkern, die offenbar gefesselt waren.

»Mein Gott! Um Himmels willen, bitte nicht das!«, schrie der CEO.

»Nicht was?« fragte Wiebke entsetzt.

»Nicht die Sequenzen aus Jihad!«

»Noch 30 Sekunden«, rief die Regie.

»Aber das sind doch Ihre Produkte, die sie nachher vorstellen wollen!«

»Nein! Ich kann das jetzt nicht erklären, aber bitte nicht die Sachen aus Jihad, International Guerilla und Security Zone. Spielt irgendwas mit Zombies. Oder was für Kinder. Ohne Gewalt. Bitte!«

»Was soll das heißen? Zuerst kommen Sie zwei Tage zu spät, und dann wollen Sie alles umschmeißen?«

»Rauslassen! Bitte!«

»Regie, haben wir noch was anderes? Irgendwas für Kinder?«

»Noch zehn Sekunden. Neun. Acht. Nehmt erst den Success Creator! Wir haben noch was! Titel kommt nachher auf den Teleprompter 2.«

»Solche Idioten!«

»Zwei. Eins. Auf Sendung!«

»Hier sind wir wieder, meine Damen und Herren, und jetzt darf ich Sie bitten, äh – den Success Creator des heutigen Abends zu begrüßen – äh – Karl Weiler!«

Im Bildhintergrund öffnete sich eine Tür. Es dauerte vier Sekunden, bis ein schlaksiger Mittvierziger mit langer, blonder Mähne herauskam. Er war offenbar vom vorzeitigen Auftritt überrascht. Er schüttelte Wiebke schon die Hand, als der Dosenapplaus und der Tusch losgingen. Wiebke lächelte gequält.

»Sag mal, ist unser Fernseher kaputt?«

»Wieso?« Claudia sah fasziniert auf den Bildschirm.

»Ich hatte den CEO mit schmalem Gesicht in Erinnerung.«

»Stimmt. Er wirkt aufgequollen. Vielleicht ist er Frustfresser.« Sie fächelte sich mit dem Brief Luft zu. »Heiß. Bringst du mir einen Martini?« Peter ging zur Bar, schenkte einen Martini ein und holte sich einen Campari. Was sonst.

Claudia rutschte kribbelig auf dem Sofa hin und her. »Der Weiler ist ein ganz schönes Früchtchen. Baut einen neuen Standort für seine Agentur auf und sagt noch im Dezember 2000, dass er dringend Leute braucht. Die haben bei uns an der Akademie die Anfänger aus den Seminaren rausgekauft und nach Bremen verfrachtet. Letzte Woche hat er dann alle gefeuert. Ein echtes Schwein. Hoffentlich muss er die Pigfights als Sieger nehmen, das wird ein nettes Foto, die Nazis und er.«

Weiler stellte sich locker hin und las seine Keyspeech vom Teleprompter ab: »Erfolg hat in meinem Unternehmen eine lange Tradition. Auch in diesen nicht immer einfachen Zeiten ist Erfolg wichtig. Leider haben wir in den letzten Wochen an den Börsen starke Kursschwankungen, sogar Einbrüche erleben müssen. Wir alle wissen: Erfolg ist nicht umsonst zu haben. Erfolg braucht eine solide Finanzierung. Deshalb sind jetzt Alternativen zur Börse wichtiger denn je. Gerade hier ist Deutschland ein Vorbild für Europa. Unsere Netzwerke sind ein echter Standortvorteil. Umso bedenklicher stimmt es uns Internet-Unternehmer, dass in Brüssel geplant wird, das Venture Capital zu besteuern. Dagegen werden wir uns wehren.«

»Venture Capital klingt schon auf Hessisch blöd, aber Schwaben sollten die Vokabel streichen. Ich brauche einen Martini.«

»Auf Bayerisch ist das auch sicher eine Wucht. *Weeentschahgabidl,* wenn die Eingeborenen das überhaupt entziffern können.«

Wenn Peter so hinter der Bar stand und Eiswürfel in den Martini fallen ließ, wirkte er nicht unattraktiv. »Peter?«

»Ja?«

»Kannst du mir einen ganz kleinen Eiswürfel pur mitbringen? Gegen die Hitze? Du darfst mir damit den Nacken einreiben, aber nur, wenn du ganz vorsichtig bist.«

Als Peter wieder auf dem Sofa saß, hatte Weiler seine Keyspeech mit einer dunklen Drohung mit Arbeitsplatzverlusten beendet. Er wandte sich selbstsicher Virtualstrike zu. »Wie definiert ihr eure Core Assets?«

»Im Onlinesektor sehen wir im Moment eine Stagnation auf hohem Niveau. Deshalb ist es essentiell, mit innovativen Produkten neue Märkte zu erschließen. Wir entwickeln als USP einzigartige Zusatzapplikationen und so genannte Microgames, die auch bei knapper Freizeit enormen Spielspaß ermöglichen.«

»Und so ein Microspiel schauen wir uns jetzt mal an«, schaltete sich Wiebke Dressler ein. »Hier kommt was für unsere jungen Zuschauer, etwas, das auch Eltern ihren Kindern schenken können; es heißt Baby ... Bloodshed, und der Untertitel ist ...« Es dauerte etwas, bis der Teleprompter umschaltete. Im Gesicht des CEO spiegelte sich namenloses Grauen. »... man muss sie killen, solange sie noch im Bett liegen!«

Eine endlose Minute lang kroch ein Zombie-Baby durch eine Entbindungsstation und schlitzte, von den fotorealistisch abgebildeten Genitalien her, Kleinkinder auf. Für jeden gefressenen Magen erhielt es Punkte. Eine Krankenschwester beendete das Spiel, indem sie dem Zombie-Baby mit einem Bohrer das Hirn penetrierte. Der Aufnahmeleiter hatte schon nach wenigen Sekunden die tobende Jugendschutzbeauftragte in der Leitung.

»Das hatten wir für Halloween entwickelt«, versuchte CEO Fuchs die Situation zu retten. Claudia zuckte bei jedem eiskalten Wassertropfen zusammen. Wiebke sah aus wie ihre eigene Leiche fünf Tage nach dem Exitus. Die Pigfights fanden es amüsant. Weiler fielen keine Fragen mehr ein.

Am Ende bekamen die Pigfights ihr Bild mit Weiler. Ab jetzt würde er ihnen beratend zur Seite stehen. Wiebke Dressler moderierte sich einem Abgrund entgegen, aus dem keine Moderatorin je wieder hervorgekrochen kam: »Und unsere zweiten Sieger von Virtualstrike erhalten eine Woche Werbeflächen auf allen Internet-Seiten bei unserem Partner Economy Now! Und unser Techniker hat das bereits eingegeben.« Die Kamera fuhr auf einen Flachbildschirm zu. Links stand: »Economy Now! Kompetenz in Real Economy«, darunter der Artikel »Entertainment – die Zukunft liegt im Internet«, rechts oben das animierte Werbebanner. Das Zombie-Baby hob den Kopf. Eine Kettensäge ging durch. Die Blutspritzer formten »Virtualstrike« und verliefen zu »Home of Baby Bloodshed«. Die Regie schaltete viel zu spät auf das Gesicht eines anderen Zombies. Erst nach längerem Hinsehen erkannte man, dass es der lächelnde Rest der Wiebke Dressler war.

»Ich glaube, wir müssen die Statistik erweitern. Zählen wir Kollateralschäden auch?« Claudia drehte sich auf den Rücken und spielte mit ihrer Perlenkette. »Also, die Dressler sowieso, dann noch die Regie, wahrscheinlich auch die Redaktion im Sender, die Verantwortlichen bei Economy Now!«

Sie legte den Kopf nach hinten. »Peter?« –
»Ja?« – »Tust du mir einen Gefallen?
Fick mich.« – »Wie bitte?« –
»Fick mich.
Bitte.«

Zwischenrede

Worin der Autor die Leserschaft von seinen redlichen Absichten zu überzeugen sucht, nebst deutlicher Distanzierung vom Wahrheitsgehalt dieses fiktionalen Textes.

Liebe Leserschaft,

alle großen Vorbilder des Autors haben in Vorreden versucht, das Kommende ins rechte Licht zu rücken. Diese Vorreden sind zumeist das Beste am Buch, und dem gedachte ich nachzueifern. Aber: Allenfalls ein paar Bemerkungen wollen einem die modernen Verleger einräumen, am besten gar nur ein Zitat eines Vorbilds. Ich musste mich in diesem Punkt unterwerfen, obwohl ich bis heute nicht verstehe, warum eine moralische Vorrede einem Buch schaden soll, in dem durch die fragwürdigen Charaktere so viel Übles getan wird. Also ließ ich mich überzeugen, nur ein Zitat voranzustellen – ich wählte Worte des Comte de Mirabeau, die für mich am Anfang der Konzeption der weiblichen Hauptfigur standen; ich darf sie hier wiedergeben:

»... während ihre zu einem Schmollmund geformten Lippen meinen Saftstiel reizten. Wir genossen einige Minuten diese köstliche Lage, die uns bald eine Entladung des Saftes bescherte, ohne welchen die hintergangene Vorsehung aufhören würde, das menschliche Geschlecht sich fortpflanzen zu sehen ...«

Doch auch dieses Zitat erschien dem Verleger unangemessen, obwohl meine Heldin zwei Seiten später ein ähnliches Erlebnis hatte. Mein Protest, dass hier die Doppelmoral unschöne Blüten treibe, verhallte ungehört. Auch blickte mich die Vertrieblerin meines Verlegers seltsam an, als ob das Zitieren von Klassikern wie Hic&Hec ein Kapitalverbrechen sei. Vielleicht war sie auch nur erzürnt, weil ich meine Präferenzen für Schmollmünder zu erkennen gegeben hatte – ihr teutonischer Mund ähnelte eher einem schmalen Dichtring, wie man dergleichen im Sanitärbereich findet.

Wie auch immer, das Zitat brachte den Vertrag nah ans Scheitern. Nach zwei Wochen rief das Scheusal von Verleger an und schlug mir als Kompromiss eine Zwischenrede vor. Ich ließ mich also überreden und schrieb.

Inzwischen waren die Fahnen beim Korrektor. Der war entsetzt. Er hob an zu jammern: Die Schilderung der bayerischen Politik sei brutal, gemein und zutiefst bösartig. Er wolle meinetwegen nicht seine klägliche Korrektorenexistenz verlieren, greinte er der feigen Verlagsjustiziarin ins Ohr.

O Schicksal! Warum habe ich diese Person erst so spät in all ihrer Gemeinheit kennen gelernt! Sie beschwatzte den Verleger, dass man so etwas tatsächlich nicht schreiben könne. Zufälligerweise sah ich sie wenige Tage später bei einem New-Economy-Event Hand in Hand mit einem CEO, der unbeabsichtigt Ähnlichkeit mit einer Person dieses Buches hatte. Leider werde ich sie wahrscheinlich in diesen Band nicht mehr einfügen können, doch trage ich mich mit dem Gedanken, eine Fortsetzung vorzulegen – und dann kannst du dich auf was gefasst machen, Annette.

Die Kanaille also beeinflusste den Verleger dahingehend, die Fahnen testweise unter seinen Freunden in der Wirtschaftspresse kursieren zu lassen. Es waren harte Tage für ihn. Alle paar Minuten riefen Journalisten an und wollten wissen, was es kosten würde, wenn die Abschnitte über die Presse verschwinden würden – und wie hoch der Aufpreis wäre, wenn man die Gestalten des Buches als die Schreiber der Konkurrenz identifizieren könnte. Die nötigen Änderungen würden sie in zuvorkommender Manier selbst übernehmen. Der Verleger kassierte von allen, ließ den Korrektor die entsprechenden Titel und Namen verallgemeinern und rief mich in sein Büro.

»Herr Porcamadonna«, er lächelte mich mit aller Freundlichkeit an, zu der ein Verleger gegenüber einem Autor fähig ist. »Herr Porcamadonna! Was zum Teufel fällt Ihnen ein, mir so einen Wechselbalg unterzuschieben! Wollen Sie mich ruinieren?« Er richtete sich zu seiner imposanten Leibeshöhe von 1,57 Meter auf und stellte sich vor mich. »Eines will ich Ihnen sagen«, brüllte er und tippte mit seinen dicken Wurstfingern auf die Weste meines schlammgrünen Anzugs, »so geht das nicht!«

Nachdem er sich so als verständiger und nachsichtiger Homme de Lettre erwiesen hatte, ließ er sich mit einem satten Plumps in seinen Ledersessel fallen und glotzte mich mit blutunterlaufenen Augen an. »Meine Prostata«, japste er, »in meinem Alter dürfen Sie mir so was nicht antun.«

»Na schön«, erwiderte ich. »Ich werde an meine Zwischenrede ein, zwei Absätze anhängen, dass alles gar nicht so gemeint war, dass es die Leute gar nicht gibt und dass Sie als Verleger Ihr Bestes gegeben haben, um es auch genau so erscheinen zu lassen.«

»Sie meinen, jemand wird glauben, dass das alles nur Fiktion ist?«

»Naja, sehen Sie, die meisten Sachen habe ich so ähnlich wirklich erlebt. Es ist aber nicht in dieser Dichte und Kombination passiert. Das Leben in der New Economy ist nicht so verwerflich und negativ wie das der drei Hauptpersonen. Es ist etwas langsamer und langweiliger, aber trotzdem: Es wäre durchaus möglich. Erinnern Sie sich an das Zelt am Anfang, das in den See geworfen wurde? Das ist wirklich bei der Party einer Firma passiert; nur nicht am Starnberger See. Die Schokoladenseiten der Journalistin Uta habe ich bei einer Freundin abgeschaut, die Abgründe von einer Bekannten und der Rest ist Phantasie.«

»Tolle Bekannte haben Sie«, mäkelte der Verleger. »Da wundert mich überhaupt nichts mehr.«

»Paul Graham – jemand mit dessen Benehmen habe ich wirklich getroffen, als ich ein Buffet vor der Zeit eröffnet habe. Frau Schultzes gibt es zuhauf im echten Leben, mit all ihren Fehlern und Dummheiten, nur heißen sie nicht Schultz. Es wird viele geben, die sich teilweise darin erkennen könnten. Nur: Es ist nicht eine bestimmte Person.

Falls doch jemand irrtümlich aufschreit: Auf den werden alle anderen mit dem Finger zeigen. ›Hehe, XY, das ist ja YZ.‹ Sie werden alle Freunde anrufen und sagen, wenn Sie wissen wollen, wie die XY fickt, dann sollen Sie das Buch kaufen und das Kapitel über Viola lesen.«

Das gierige Blitzen in den Augen des Verlegers sagte mir, dass er den Braten geschluckt hatte. Er zog eine fette Zigarre aus dem Etui und sagte, neugierig wie ein Venture Capitalist, bei dem ein PR-Mädchen einen Pitch hält: »Weiter. Ich höre?«

»Sehen Sie, ich habe mich über drei Jahre in diesen Kreisen aufgehalten. Die Leute haben geglaubt, sie machen eine Revolution. Stattdessen haben sie einfach nur sinnlos Geld verbraten. Die sind fertig. Die haben auch gar nicht mehr das Geld, um einen potenten Verlag wie den Ihren wegen Geschäftsschädigung zu verklagen. Und außerdem habe ich das Buch so angelegt, dass sich auch ein realer Paul Graham über 95 Prozent des Buches freuen könnte, weil es andere erwischt. Für die Leute ist das Buch etwas, das sie ein bisschen ablenkt, das ein wenig Spaß macht und für sie irgendwo glimpflich ausgeht.«

»Und was sagt die Politik? Die VCs? Wenn sich ein Anwalt beleidigt fühlt?«

»Die Politik ist das sogar in Bayern gewöhnt. Staatsekretäre gibt's im Dutzend billiger. Und dem Stoiber kann die New Economy inzwischen gestohlen bleiben. Die VCs, was soll ich dazu sagen? Die meisten werden in den nächsten Monaten verschwinden. Die Überlebenden werden ganz brav ihre Business-Pläne lesen und hoffen, dass sie nicht doch noch draufgehen. Und die Anwälte verdienen auch am Untergang eines Netzwerks. Laute Klagen schaden bei dem Geschäft nur. Und Tuchner oder ein BVCN hat es nie gegeben.«

»Trotzdem: Wir werden die Hilfe genau der Medien brauchen, über die Sie so gelästert haben. Warum sollten die nach den Beleidigungen etwas darüber bringen?«

»Evelyn Kern-Dreesen.«

»Wie bitte?«

»Evelyn Kern-Dreesen. Die kennen Sie nicht. Flach wie ein Brett, unattraktiv wie Kernseife, roch auch so, undefinierbare Haarfarbe und dumm wie eine PR-Tante. Eine von denen, die

Sätze unter 50 Wörtern erst gar nicht lesen. Ein übellauniges Weib, das alles hasst, was nur ein bisschen schick, gut gekleidet, geistreich, charmant, kurz, nicht wie Evelyn Kern-Dreesen ist. Sie wird beim Lesen des entsetzlichen Endes das Gefühl haben, dass sie ja schon immer Recht hatte mit ihrer Art, und eine gute Rezension schreiben. Die Kulturabteilungen requirieren sich zum großen Teil aus Kern-Dreesens, die durch Zellteilung neue Kern-Dreesens hervorbringen. Gralshüterinnen des Verquasten, Vestalinnen der Ödnis, die nur dann auch ein gutes Buch schätzen, wenn andere fertig gemacht werden.

Und dann gibt es noch Rezensenten, die sind weniger übellaunig, sondern eher schadenfroh, so wie ich. Leute wie ich werden das Buch lieben. Und die korrupte Bande der Wirtschaftspresse, die ich beschreibe, wird zumindest so tun, als ob sie es lieben würde. Damit machen sie klar, dass sie gar nicht gemeint sein können. Ein paar Leute werden auch Verrisse schreiben, mit dem billigen Bonmot, in der Mitte des Buches gäbe es einen Dialog über genau diese Fragen, aber das disqualifiziert sich von selbst.«

»Und wenn der Verriss so daherkommt: Don Alphonso, bei Dotcomtod der Meister der kleinen literarischen Miniatur, hat sich an 400 Seiten versucht. Wäre er nur bei den Miniaturen geblieben. Nach drei Seiten geht ihm die Luft aus. Für 400 Seiten fehlt ihm jede Qualifikation.« Der Verleger stopfte seine Zigarre heftig in den Aschenbecher. »Das kenn ich doch. Alles Stasi außer Mutti.«

»Schicken Sie mir die Namen der Leute, die das Buch besprechen wollen. Ich schau erst mal nach, was sie 1999 bis 2001 so gesagt haben, und veröffentliche das bei Dotcomtod, wenn mir die Besprechung nicht gefällt.«

Der Verleger lächelte zurückhaltend wie ein Zuhälter, der vom Tod seines Konkurrenten hört. »Was ist mit den Hauptpersonen?«

»Unsere drei Liquidatoren? Reine Phantasie. Es gibt keine derartigen Liquidatoren. Es gab sie früher einmal, vereinzelt: Anfang 2001 machten ein paar Storys die Runde, die als Vorlage dienen. Das ist ein Job für Anwälte und echte Consultants. Nebenberufs-Liquidatoren sitzen früher oder später bei einer

Freundin beim Tee, und die erzählt ihnen, dass sie gerade einen kleinen Studentenjob für ein paar Monate bekommen hat. Nichts Aufregendes, aber gut bezahlt, und es wird ihr helfen, sich den einen oder anderen kleinen Traum zu erfüllen. Dann sagt sie, dass es bei einem Projekt ist, das der Liquidator gerade in den Abgrund geschrieben hat. Der Liquidator gibt zu bedenken, dass das Projekt angeblich auf der Kippe steht, und die Freundin meint, dass es ihren Bereich nicht betreffen würde. Der Liquidator weiß es besser. Sie zieht die Beine hoch, lässt die Hände im Pulli verschwinden und ist nur noch grauer Stoff, eine grobe Teetasse mit Fingern drumrum und ein hoffnungsfrohes Gesicht. Also sitzen sie eine kleine nette Ewigkeit in der Küche und trinken weiter Tee, bis das Telefon klingelt. Ein Projektleiter ruft an und sagt ihr, dass alles aus ist. Ihr Job, sein Job, Jahre der Begeisterung für das Projekt. Sie weint leise, fast unhörbar, sagt: Ach was, ist doch nur ein Job. Wie fühlt sich so ein Liquidator nach dieser Szene? Er hat gerade einen fünfstelligen Betrag bekommen, er war mit wichtigen Leuten essen. Es ist ja auch egal, er ist selbst schuld, aber eines ist sicher: Er wird wegen dieses Buches niemanden verklagen.«

»Trotzdem, Sie werden sich was einfallen lassen, um in der Mitte des Buches klarzustellen: Hier ist alles Fiktion. Und machen Sie es gut. Kippen Sie das bisherige Zwischenrede-Blabla raus. Hat mir sowieso nicht gefallen. Und lassen Sie sich ruhig Zeit damit. Es soll glaubwürdig sein.«

»Darf ich Sie daran erinnern, dass wir eigentlich morgen zusammen nach Israel auf die Buchmesse wollten? Und danach zwei Wochen nach Eilat? Dass alles schon fertig war? Wie soll ich das jetzt schaffen?«

»Mir egal. Bleiben Sie eben hier. Schreiben Sie die Zwischenrede neu. Ich kann meine Justiziarin fragen, ob sie an Ihrer Stelle mit will.« Er zündete sich eine Zigarre an. »Noch Fragen?«

Das war vor 18 Stunden. Inzwischen ist die Zwischenrede fertig. Wie der gesamte Roman entstand sie an einem Ort, weit entfernt von der Munich Area, in einer Wohnung voller Biedermeiermöbel und Stuck, auf einem alten 486er Laptop. Das Fenster neben mir geht nach Südosten, und am Horizont sind die ersten Wolkenstreifen vom jungen Morgen angerötet wie das Sitzfleisch eines Mannes, nachdem er sich bei Lady Roxana hat auspeitschen lassen. Lasse ich meinen Blick nach Westen streifen, erblicke ich den Chor eines gotischen Domes; er erstrahlt in tiefem Rot wie ein blutender Rubin, ein Juwel, das vom Irrsinn seines Schöpfers kündet; eines Mannes, der die höchsten Ämter seiner Zeit bekleidete und dennoch jämmerlich verendete, und der auch nach 600 Jahren in all seiner Hybris und seinem Größenwahn hervorragend in dieses Buch passen würde.

Mein Verleger ist bereits auf dem Weg nach Israel, seine Justiziarin ist dabei, und die Vertretung des Korrektors ist eine junge, aufgeschlossene Germanistin. Der werde ich diese Zwischenrede behutsam nahe bringen.

Bis mein Verleger wieder da ist, ist das Buch bereits gedruckt
und an die Presse verschickt. Dann kann er nichts
mehr aufhalten. Liebe Leserschaft,
alles an diesem Buch war, ist
und bleibt fiktiv.
Ehrlich.

Ich bin ein Sadist, aber ein vollkommen normaler Mensch.

Luis Buñuel

32. Kapitel

Worin die Leser tiefe Einblicke in das Sexualverhalten der Helden erhalten, nebst dem Beweis, dass man in der New Economy Beruf und Gefühl sehr wohl in Einklang bringen kann.

Noch in der Nachtschiene des Inforadios wurde ein Beitrag mit den Worten anmoderiert: »Ein Baby kriecht durch eine Entbindungsstation. Es tötet andere Babies und frisst deren Eingeweide. Was gestern Abend in einem Business-Magazin zu sehen war, zeigt, dass der Handel übers Internet seine Unschuld verloren hat. Aber es gibt auch andere Beispiele. In München arbeiten findige Jungunternehmer an Zukunftsmodellen. Ihr Erfolgsrezept heißt B2B. Firmen wie Medcontact oder Steel2Net ...« Dann sind sie also tatsächlich ins Messer gelaufen, dachte David. Er fuhr nach einem rundum gelungenen Abend mit guten Informationen und wichtigen Lügen ziellos über den im Neonlicht strahlenden Mittleren Ring. Uta hatte ihn auf eine Tasse Tee mit nach oben genommen, sich in einem alten Sessel zusammengerollt und von der deprimierenden Arbeit bei E-Investor erzählt. David hatte seine blendend erfundene Story von seinem Boss angebracht, der schwerreiche Investor aus der französischen Schweiz, der für seinen Konzern intelligente Lösungen für drahtlose Datenübertragung und Netzwerksicherheit suchte. Sie hatte ihm sehr warm nachgeschaut, als er gegangen war.

Am nächsten Morgen ging David um sieben Uhr ins Büro, um sich zum Frühstück den Untergang von Virtualstrike auf Video anzusehen. Statt einer vollen Videokassette fand er in der Bar einen schlafenden Peter, der bis auf seine Uhr und ein Kondom nackt war. Sein bleicher Körper bildete einen fragwürdigen Gegensatz zum satten Schwarz des Sofas, auf dem er mit leicht geöffnetem Mund schnarchte. David schlich sich aus dem Büro, wartete bis halb neun und rief dann an. »Hier Peter?«, kam es abgehetzt und angeschlagen aus dem Hörer.

»Guten Morgen – so früh schon im Büro? Ich wollte eigentlich nur auf den AB sprechen und sagen, dass ich etwas verschlafen habe.«

»Macht nichts, Claudia ist auch noch nicht da.«

»Wie war's gestern?«

»Was war wie?«

»Die Show im Fernsehen, was denn sonst? Hast du sie gesehen?«

»Ach so, klasse. Super. Virtualstrike hat sich auf offener Bühne entleibt, und die Moderatorin war grässlich.«

»So gut? Ich komme gleich.«

Tatsächlich fand David einen komplett bekleideten Peter vor. Er sah sich kurz die Kassette an und ging dann daran, seine E-Mails abzuarbeiten. Zuoberst fand er eine Mail, die wie ein Ruf aus einem beendeten Leben war.

***

von: *nurit_bar_am@zahal.gov.il*
an: *david rotberg*

shalom chawer, wie geht's dir? was machst du gerade? ohne dich ist es langweilig geworden. und das sage ausgerechnet ich nach allem was du angestellt hast. schreib mir, wie es dir geht. und wann du wieder kommst. dann nehme ich dich wieder in den gaza mit. lass es dir gut gehen. ciao, nurit

***

Von: *David Rotberg*
An: *Nurit Bar-Am*

Hallo Nurit, mir geht's besser, als ich erwartet hätte. Ich arbeite mal wieder in der New Economy. Minimum 12 Stunden Arbeit am Tag, aber da komme ich erst gar nicht zum Nachdenken. Mach dir um mich keine Sorgen. Wenn sich jemand Sorgen machen muss, bin ich das. Pass bloß auf Dich auf, bitte. Ich hatte letzte Woche mit einem Unternehmen zu tun, das Spiele wie »Jihad« vertreibt. Ekelhaft. Zum Glück habe ich gegen sie gearbeitet; die Story wird dir gefallen. Wir haben sie liquidiert. ;-)

*

Wenn er »wir« schrieb, dann musste er auch erklären, was damit gemeint war. Nurit wollte alle persönlichen Dinge wissen. Besonders die Weiblich-Persönlichen. Leugnen zwecklos.

*

Wir, das sind ich, ein Kerl und eine Frau. Peter und Claudia. Gute, zuverlässige Leute bisher. Ich schicke dir ein Bild mit, aber bitte nicht eifersüchtig werden. Bis bald, David

*

Er holte aus seiner Aktentasche ein Bild von sich, Claudia und Peter und legte es in den Scanner. Uta würde wahrscheinlich stundenlang ihre Wohnung nach diesem Bild durchwühlen. Sie würde natürlich in der Küche anfangen, dort, wo David das Bild neben dem schmutzigen Frühstücksgeschirr unter einer Ausgabe von E-Investor entdeckt hatte. Irgendwann würde sie Angst bekommen, dass er es gefunden haben könnte. Entsetzliche Angst. Das würde sie lehren, das nächste Mal die Küche aufzuräumen. David freute sich schon auf das nächste Treffen.

Es war ein phantastisches Bild von drei zuversichtlichen, jungen Menschen auf einer Stahltreppe, elegant, mit einem gewinnenden Lächeln. Niemand hätte gedacht, dass die Frau dringend eine Prise Koks brauchte, der eine Typ die anderen gerne gefeuert hätte und der zweite sich gleich mit seiner Feigheit blamieren würde. David war etwas verärgert, dass Uta ihnen damals schon so dicht auf den Fersen war.

Peter riss ihn aus seinen Gedanken. »David, können wir mal ganz grundsätzlich reden?«

»Über unsere Arbeit? Dann sollten wir auf Claudia warten.«

»Nur wir beide. Findest du, dass wir zusammenpassen?«

»Als Team? Nein. Aber das würde ich auch Claudia sagen. Ganz offen, Peter: Es gibt zu viele Gegensätze. Normalerweise würde ein Start-up jetzt nach Kreta fahren und auf Berge klettern, um das Teamgefühl zu stärken. Aber wir sind kein Start-up. Wir haben keine Zeit. Zeit ist unser Geld. Wahrscheinlich reicht die Geldgier als Klebstoff aus.«

»Und dass vor allem die Gegensätze zwischen dir und dem Rest die Probleme machen?«

»Ist das eine Aufforderung zum Ausscheiden?«

»Ich will nur wissen, was du denkst.«

»Ich habe nicht den Eindruck, dass du mit Claudia allein besser zusammenpassen würdest. Du bist etwas wankelmütig, unzuverlässig und grübelst zu viel. Du bist zu sehr Kopfmensch. Wenn das alles vorbei ist, wirst du dir Bücher kaufen und verträumt über die Rücken streichen. Sie ist ein Vollprofi mit der Mentalität eines Panzers. Sie kennt ihren Weg, und den geht sie, bis sie irgendwo in einer Grünwalder Villa sitzt und sich am Pool langweilt. Dann kommt Jacques und geht mit ihr shoppen. Ist aber auch egal. Ohne meine Vorarbeit und meine Kontakte könntet ihr allein nichts machen, und ich brauche euch. Aber es ist nur ein Job. Wenn du Freunde willst, such sie dir woanders. Geliebte sowieso. Irgendwann kommt der Zeitpunkt, da sprengen wir einen Laden, und da ist dann vielleicht eine Frau, die du retten kannst: Das ist dann deine Chance für einen Fick. Und jetzt erzähl mal, was ihr so von mir haltet.«

»Das weißt du schon. Du hast Chefallüren, dein Zynismus nervt, und die Angeberei mit deinen Kontakten, deinen Erfahrungen und Beziehungen.«

»Merci. Hoffentlich geht es dir jetzt besser. Noch was?«

»Nein.«

»Gut, dann mache ich jetzt meine Mails fertig. Wir reden über das nächste Ziel, sobald Claudia da ist. Weiß der Teufel, mit welchem Ego-PR-Heini sie heute Nacht auf der Piste war.«

Peter war ein schlechter Schauspieler, so früh am Morgen, nach so einer Nacht, ohne Joint. Er war verunsichert, einsam, wütend und verknallt. David schickte seine Mail ab und rief

Claudia auf dem Handy an. »Wo bleibst du? Oder bist du schon wieder mit deiner famosen Freundin aus Frankfurt unterwegs?«

»Ich bin auf dem Weg. Ist Peter schon da?«

»Klar. Er hat mir gerade die ersten morgendlichen Vorhaltungen gemacht. Und er wollte wissen, ob ihr zusammenpasst.«

»Ich muss jetzt aufhören, die Bullen stehen hinter mir. Bis gleich.«

***

Wenn es sich wenigstens gelohnt hätte. Claudia fand es normal, dass Männer im Bett rücksichtslos, langweilig und dumm waren. Im Normalfall lohnte es sich später, bei der Benotung, bei der Stellensuche. Peter hatte nichts zu bieten. Er war zufällig dagewesen, und sie hatte sich schon wegen dem Koks nicht unter Kontrolle. Von Genuss beim Sex keine Spur. Peter brauchte nur ein paar Sekunden. Danach hatte er sie angehimmelt und versucht, mit ihr zu schmusen. Er hatte das sogar gesagt: »Schmusen.« Sie hasste dieses Wort. Am liebsten hätte sie ihm in die Eier getreten. Außerdem konnte der Idiot generell nicht die Klappe halten. Im zweiten Anlauf begriff sie, dass Peter so gut wie keine Praxis hatte. In ihrer Wahrnehmung hatte er zehn Minuten Grundkurs Trampolin auf ihr absolviert. Danach machte er noch so was wie eine Liebeserklärung und schlief ein. Claudia fuhr nach Hause, legte sich in die Wanne und dachte an vergangene Zeiten in Frankfurt. Die Idee, in einer Agentur notgeile Banker abzumelken, kam ihr realistischer denn je vor.

Sie fuhr schon zum dritten Mal am Büro vorbei. Sie wollte da nicht hochgehen und sich von diesem unreifen Idioten als seine Freundin behandeln lassen. Und dann hatte dieser Hornochse – nein, dieser Hörnchenochse – auch noch mit David über sie geredet. Wahrscheinlich hatte er ihn schon zur Hochzeit eingeladen. Sie beschloss hochzugehen. Hochgehen war vielleicht die Lösung. Sie würde dem Stier sein Hörnchen ausrupfen.

Claudia hatte Glück. Peter war gerade im Odeon beim Frühstücken. Sie versuchte sich mit David in belanglosem Smalltalk, bis Peter zurück war. David hatte doch keine Ahnung von den Ereignissen der letzten Nacht. Er war so wie immer: ihr gegenüber höflich und distanziert, aber ansonsten zynisch und bösartig. Kein Wort über Peter.

Peter übernahm bei der Besprechung den Vorsitz: »Und was machen wir diese Woche?«

»Dasselbe, was wir jede Woche machen, Peter, wir killen ein Start-up. Nachdem wir uns letzte Woche per Zufall für Virtualstrike entschieden haben, würde ich vorschlagen, dass wir diesmal etwas ganz anderes machen. Kein B2B, B2C oder sonst was.«

»Wie wär's mit dem Mobile-Start-up?«

»Die sind angeblich so gut wie pleite. Lohnt sich nicht.«

»Claudia«, Peter warf ihr einen leicht verträumten Blick zu, »hast du nicht irgendeinen Wunsch?«

Das war das Codewort. »Sag mal, Peter, glaubst du, dass das hier irgendein verdammtes Spiel ist? Eine Damenwahl? Wir haben einen Auftrag. Der heißt, so schnell wie möglich die Investitionen zurückzuerstatten. Wenn wir dabei schludern, weil es um irgendwelche Wünsche geht, sind wir schneller wieder draußen, als du dir vorstellen kannst. Irgendwann wird Alex sehen, dass er zig Millionen verloren hat, und er wird überlegen, ob andere nicht effizienter gearbeitet hätten. Wir sind nur durch ein paar Zufälle zusammengekommen, und wenn wir uns nicht alle am Riemen reißen, wird's schnell ineffektiv. Geschichten wie dein Headsearch können wir uns nicht mehr leisten. Gewöhn' dir endlich mal Professionalität an.«

Ich würde eher mit einem Alligatorenweibchen schlafen als mit dieser Frau, dachte David. Peter, du musst noch viel lernen. Sonst hast du bald keine Zeit mehr, um noch was zu begreifen.

»Könnten wir vielleicht mal professionell weiterdiskutieren? Ich habe eine Idee, was man bei AdPress machen könnte. Tuchner kriegt einen Herzkasperl, wenn wir ihm seine PR-Agentur ausräuchern.«

33. Kapitel

Worin die Medien ihre wichtige Kontrollfunktion zum Besten von Staat und Gesellschaft wahrnehmen, die Bösen verteufeln und die Guten – also sich selbst – loben.

ECONOMY NOW!
Kompetenz in True Economy > NewBiz-Duell

Liebe Leser, leider kommt es wegen Wartungsarbeiten an unseren Servern zum Ausfall einiger Angebote. Wir bemühen uns, die Seiten umgehend wieder verfügbar zu machen. Bitte besuchen Sie uns in den nächsten Tagen wieder.

Ihre Wiebke Dressler, im Namen des Teams

***

Von: *Chefredaktion Economy Now!*
An: *Wiebke Dressler*
Um: *7:14 Uhr*

Sehr geehrte Frau Dressler,
wir sehen nach dem gestrigen Vorfall leider keine andere Möglichkeit, als unser Engagement beim NewBiz-Duell fristlos zu beenden. Ein entsprechendes Schreiben unserer Rechtsabteilung wird Ihnen innerhalb der nächsten Stunden zugehen. Ich fordere Sie auf, Economy Now! im Zusammenhang mit Ihrer Sendung nicht mehr zu erwähnen.

i.A. Borrman, Sekretariat

***

»Guten Morgen, Montag, halb acht mit der besten Morgencrew der Stadt! Liebe Leute, raus aus den Federn! Rumliegen kann echt gefährlich sein! Nicht nur, weil der Boss meckert! Seit Neuestem gibt es auch andere Gefahren! Gestern Abend im Fernsehen zum Beispiel! Also, da schau ich mir das NewBiz-Duell an, und was sehe ich? Ihr werdet es nicht glauben! Da gibt es ein Spiel, da werden Babies im Bett die Mägen aufgeschlitzzzzzzzt! Ja! Heißt auch so: Baby Bloodshed! Wuääh! Echt eklig! Dass so was überhaupt gezeigt wird? Was haltet ihr davon? Ruft mich hier im Studio an, die Nummer ist 992 299! Da fällt mir ein: Kennt ihr schon den neuesten Witz aus der heutigen Ausgabe des München Express? Nein? Kommt Jack the Ripper mit einer abgeschnittenen Frauenbrust zum Gynäkologen und sagt ...«

***

Mo., 8.35 Uhr – von Jörg Gruber

VIRTUALSTRIKE, DAS GELD UND DIE MORAL

Berlin. Die Münchner Spieleschmiede Virtualstrike hat gestern Abend beim NewBiz-Duell gegen die Spielesite Pigfight verloren. Die Niederlage gegen das glänzend positionierte Team aus Düsseldorf war aber nur Nebensache, nachdem Virtualstrike eines seiner Produkte vorgestellt hatte. Mit »Baby Bloodshed« wurden alle Grenzen der Moral nach unten durchbrochen.

Mehr im Abobereich, siehe auch den Kommentar

***

Mo., 8:54 Uhr – von Uta Hofmann

MITGEFANGEN, MITGEHANGEN, MITAUFGESCHLITZT?

Kommentar. Für viele Eltern dürfte es eine böse Überraschung gewesen sein, was da gestern über die Bildschirme flimmerte: Das Start-up Virtualstrike hatte offensichtlich nicht die geringsten Bedenken, ein denkbar brutales »Spiel« als Kinderprodukt vorzustellen. Die Leidtragenden sind alle, die mit innovativen Produkten für den guten Ruf der Branche gekämpft haben.

Mehr im Abobereich

***

»Guten Morgen beim Frühstücksfernsehen! Es ist 9:53 Uhr, und jetzt zu unserem letzten, brandaktuellen Thema: Gestern Abend kam es bei der New-Economy-Show »NewBiz-Duell« zu einer folgenschweren Fehlentscheidung der Redaktion. NewBiz-Duell zeigte Bilder, die in ihrer geistlosen Brutalität wohl einmalig in der deutschen Fernsehgeschichte dastehen. Wir spielen das kurz mal ein.

Das also sind Szenen aus einem Videospiel, das in Deutschland zu kaufen ist. Achten Sie auf das grüne Baby am unteren Bildrand – jetzt klettert es zu dem anderen Baby – es erwürgt es – spreizt die Beine der kleinen Leiche – und jetzt frisst es sich, vom Unterleib kommend, in den Bauch vor – ich denke, wir haben genug gesehen. Zugeschaltet ist jetzt Ulrike Maierhofer; sie ist Vorsitzende des katholischen Landfrauenbundes und Leiterin der Aktion Pro Kind. Was sagen Sie, wenn Sie solche Bilder sehen?«

»Wie können Sie so etwas senden?«

»Aber Frau Maierhofer, das ist doch nur ein Ausschnitt einer Sendung auf einem anderen Programm.«

»Trotzdem. Das gehört sich nicht. So was. Wir haben ja schon immer gesagt, dass der Schmutz von den Bildschirmen runter muss. Jetzt muss der Staat eingreifen und deutliche Grenzen setzen. Und Sie sollten sich schämen, so was zu zeigen, junge Frau. Das war ja päderastisch, Sie sind sicher auch nur so eine.«

»Das war Ulrike Maierhofer, Vorsitzende des katholischen Landfrauenbundes und Leiterin der Aktion Pro Kind, und wir sehen uns nach der Werbung gleich wieder.«

***

»Grüß Gott zur Diskussion um zwei. Aus aktuellem Anlass wollen wir mit Ihnen heute über Gewalt und Internet sprechen. Die Sendung ist überschrieben mit: Blut.de und Geschäft.com.« Andreas Kaul verlieh seiner Stimme etwas Nachdenkliches. Er war nervös. Er moderierte das Gespräch gern, weil es ihn, den jungen Redakteur, mit den Mächtigen und Bedeutenden der bayerischen Welt zusammenbrachte. Heute hatte das Thema Babynahrung auf dem Programm gestanden, mit einem schillernden

Industrievertreter und einem Biobauern. Viel Human Interest und Social Issue. Aber der Industrielle hatte abgesagt, und der Sendungsleiter hatte die Virtualstrike-Show ins Programm gehoben. Es hatte Andreas Kaul kalt erwischt: In der Computerschiene des Senders hatte er erst vor vier Wochen einen Beitrag über die lustigen Ideen von Virtualstrike gemacht. Baby Bloodshed wurde als gelungenes Beispiel für Hightech aus Deutschland bezeichnet. Radio hat zum Glück keine Bilder.

»Telefonisch zugeschaltet ist jetzt der Staatssekretär. Herr Staatssekretär, Sie waren ja gestern auf der Eröffnung der Ausstellung Bavaria New Media – gibt es da auch Leute, die solche Sachen produzieren? Die Bilder im Fernsehen waren ja schrecklich.«

»Also lassen Sie mich zu den Bildern was sagen. Das Innenministerium hat natürlich sofort eine Untersuchung eingeleitet. Es ist wieder mal typisch, dass das in Berlin passiert ist. Es stimmt zwar, dass eine Firma mit Sitz in München das vorgestellt hat, aber das Spiel wurde von Programmierern einer Hamburger Firma erstellt, die noch dazu ausländische Besitzer hat. Als Bayerische Staatsregierung sind unsere Mittel zur Gegenwehr beschränkt. Was den Standort München angeht: Die betreffende Firma ist auf einem Areal angesiedelt worden, das die Stadt München und damit Rot-Grün betreibt. Mit unserem Hightech-Standort Bayern hat das nicht das Geringste zu tun.«

Andreas Kaul war lange genug Journalist, um bei diesen Worten nicht einmal den Mund zu verziehen. Er schob ein freudigerkennendes »Aha« nach und wandte sich vertrauensvoll an die Frau, die neben ihm saß.

»Bei mir im Studio ist Frau Dr. Gertrud Hofmaier, sie ist in der Programmabteilung der für Bayern zuständigen Landeszentrale. Frau Hofmaier, das war ja echter Horror, was wir da gesehen haben.«

»Natürlich wäre das in den Sendern, die wir kontrollieren, nicht möglich. Unser Jugendschutz würde die laufende Sendung rausnehmen. Da kennen wir gar nichts. Ich wüsste auch nicht, dass eine Firma wie diese es je ins frei empfangbare Fernsehen geschafft hätte. Nach dem Vorfall müssen wir aber auch überlegen, wie wir im Internet wirksam agieren können.«

»Eben«, schaltete sich der Staatssekretär ein. »Die Bayerische Staatsregierung hat bereits vor Monaten einen Gesetzesentwurf in den Bundestag eingebracht, der die Kontrolle im Internet gegen Drogenhandel, Terrorismus und Bandenkriminalität erlauben würde.«

Das war das Stichwort für den Moderator: »Das Internet hat sich natürlich zum rechtsfreien Raum entwickelt, eine Gefahr, die in Bayern, soweit ich weiß, mit eigenen Cybercops begrenzt wird.«

Ein tiefes Schnaufen des Staatssekretärs sagte ihm, dass er auf dem richtigen Weg war. Andreas Kaul nahm Volkes Stimme auf Sendung: »Und wir haben jetzt unseren ersten Anrufer. Nepomuk Wagner heißt er, ist 83 und kommt aus Vierharting. Grüß Gott! Sie sind einer der Honoratioren des Ortes und stellvertretender Vorsitzender des Kriegervereins.«

»Griass eana God. Also mei Frau, de hod des a gseng und hot mi grufa, und i sog eana, des doaf do ned woa sei: Do wean de gloana Butzis umbrocht. Wissens, i hob ja vui dalebt im Kriag, do woa i bei da Bartisanabekämpfung, wos de mid de Leid gmocht hom, de Bartisana, des woa fast genauso schlimm, ned woa, wobei de Russn, de hom ja nochad gsogt, dass mia a ned bessa woarn. Oba i sog eana: Wos hod da Ameriganer mid dem Indiana gmocht? Ha? Do is doch koa Wunda, wenn so a Dreg aus Ameriga ins Radio und ins Fernseh kummt.«

Nepomuk Wagner war 83. Er hatte den Beitrag über Baby Bloodshed sicher nicht gehört. Trotzdem lief es Andreas Kaul beim Wort »Radio« eiskalt den Rücken hinunter. Er hätte alles darum gegeben, den Beitrag nie gemacht zu haben. Er musste noch 50 Minuten Gespräch um zwei durchstehen. Jetzt hieß es, Augen zu und durch. »Herr Staatssekretär, es scheint eine gewisse Verbitterung in der Bevölkerung zu geben.«

»Wie der Herr Wagner schon so treffend sagte ...«

***

»Hier Dr. Wassermann.«

»Herr Dr. Wassermann, mein Name ist Gabriel, ich bin Redaktionsleiterin der Talkshow Mücke. Wir haben uns vor zwei

Wochen bei der Ausstellung über Fotos aus dem Schtetl getroffen, mit diesen wunderbaren Bildern von diesen armen, aber doch so erfüllten Menschen, die in ihrem Leid noch diese Würde ausstrahlen.«

»Jetzt. Richtig. Ich habe Sie nicht vergessen. Ich erinnere mich an Sie.«

»Ich weiß nicht, ob Sie heute von der Sache mit Baby Bloodshed gehört haben, diesem Videospiel, das gestern im Fernsehen zu sehen war.«

»Beiläufig, ja.«

»Naja, und Pastor Mücke hat daraufhin entschieden, dass wir aus aktuellem Anlass unser geplantes Thema ›Christlich-arabischer Dialog‹ kippen und stattdessen eine Sendung über Gewalt im Internet machen. Nun können wir den Bischof und den Imam nicht mehr ausladen, das wäre einfach zu peinlich, und da haben wir uns gedacht, wir nehmen einen Vertreter der dritten Weltreligion ...«

»Frau Gabriel, ich darf Sie in diesem Fall an die israelitische Kultusgemeinde verweisen.«

»Da hab ich schon angerufen, aber da geht niemand ran, und auch sonst erreiche ich keinen, wegen der Anschläge in Israel, und da habe ich mir gedacht, nachdem Sie auch noch Arzt sind, könnten Sie vielleicht noch ihr Fachwissen zu den Gewalttaten einbringen, Realismus und so, und dann auch die jüdische Sicht zu den Kinderschlächtereien beisteuern, und dann wollen wir in die Breite gehen und fragen, ob derartige Spiele nicht die Gewalt auf der Welt nur reflektieren, man denke nur an Palästina, Pastor Mücke würde sich jedenfalls sehr freuen. Dr. Wassermann? Dr. Wassermann, sind Sie noch dran?«

***

»Hier ist euer Bürgerfunk aus München! Es ist 18.12 Uhr, und bei mir im Studio ist jetzt Fredl Müller vom Querkopf Verlag. Fredl, wie kann man sich die entsetzlichen Bilder erklären, die die heutige Mediengeneration macht?«

»Der wahre Grund ist doch das enorme Gewaltpotential, das den Menschen in der westlichen Welt als Normalität verkauft wird. Allein was wir heute wieder sehen mussten: Da schießen Zionisten mit einer Panzergranate auf einen jungen Araber in seinem Auto, nur weil sie ihn verdächtigen, dass er eine Bombe dabei hat. Dabei gibt es Berichte im Internet, die zweifelsfrei belegen, dass das spätere angebliche Bekennerschreiben des Djihad eine Erfindung des Mossad ist. Diese israelische, im Westen akzeptierte Shoot-to-kill-Mentalität erzeugt erst die Verbitterung in der islamischen Welt, die in einem leider manchmal grausamen Befreiungskrieg endet. Aber die Ursache liegt natürlich im amerikanischen Kulturimperialismus, und da kommen wir natürlich gleich zum kollektiven Unterbewussten der Amerikaner, denn was die mit den Indianern gemacht haben und in Südamerika immer noch tun ...«

***

»Wann haben wir das Teil über Virtualstrike gebracht?«

»Vor drei Wochen, bei Wirtschaft.«

»Kinder, ich sag doch immer, aufpassen, was ihr schreibt. Wieso habt ihr nicht genauer recherchiert? Als ob wir nicht schon genügend Probleme mit der Werbung haben.«

Die Redaktion schwieg den Chefredakteur an. Der Newsmag-Chefredakteur galt als bornierter Choleriker, der erst alles in den Himmel schreiben ließ, aber in Krisen wild um sich schlug. In den Boomjahren war sein Blatt mit extensiver Berichterstattung über den Neuen Markt groß geworden. Wer Anfang 1999 das Newsmag-Musterdepot gekauft hatte, konnte sich im April 2000 über 110 Prozent Wertzuwachs freuen. Wer damals nicht verkaufte, hatte nichts zu lachen: Im Sommer 2001 stürzte das Depot auf neun Prozent des Anlagevermögens ab. Der Nemax 50 rutschte immer weiter auf die 1000er Marke zu, auch wenn alle Newsmag-Analysten bei jedem weiteren Crash Einstiegskurse erkannten. Sie selbst kauften nicht mehr. Die meisten hatten sich gründlich verspekuliert.

»So geht das nicht weiter. Die Leute lachen uns ja schon aus. Die kostenlose Werbung für Start-ups muss ein Ende haben. Ein Ende mit Schrecken. Wir müssen den Entscheidern da draußen zeigen, warum es nicht geklappt hat. Wir brauchen: Schuldige,

Schuldige und nochmals Schuldige. Blöde Start-ups. Die korrupten Gewerkschaften. Die miese Bundesregierung mit ihrer standortfeindlichen Politik. Das geldgierige Personal. Die inkompetenten Manager. Die feigen Investoren. Das wollen die Leute sehen, die ihr sauer verdientes Geld am Neuen Markt verpulvert haben. Da traut sich auch noch niemand ran. Aber wir sind die Ersten. Wir werden die Abgründe zeigen, aber auch sagen, wie es wieder rausgeht. Eure Vorschläge.«

Newsmag und E-Investor gehörten zum gleichen Verlag. Der Chefredakteur von E-Investor saß mit am Tisch. Den Virtualstrike-Beitrag hatten seine Leute verantwortet.

»Wir haben in der Redaktion eine junge Kollegin, die ich auf solche Sachen angesetzt habe. Sie recherchiert zur Zeit ein paar Leuten hinterher, die Start-ups killen und Investorengelder abziehen helfen.«

»Na also. Schuldige, Zyniker, Verbrecher.
Wir nennen es: Die Opfer
und Täter der New
Economy.«

34. Kapitel

Worin aus schlechten Taten gute Meldungen werden sollen, nebst den bedauerlichen Schicksalen unschuldiger Publikumslieblinge.

Die schlechten Nachrichten trafen den emsigen Mediapark an der Rosenheimer Straße unvorbereitet. Virtualstrike war das vierte Unternehmen aus dem Mediapark, das beim NewBiz-Duell angetreten war, und diesmal sollte es endlich klappen. Die drei Vorgänger waren gegen die nichtbayerische Konkurrenz untergegangen. Nachdem Wiebke Dressler diesmal selbst erschienen war, glaubten alle, die Sache sei für den Mediapark entschieden. Am Sonntagabend kamen sie in die Büros und Lofts, um die Münchner Helden siegen zu sehen.

Nach der entscheidenden Einspielung fanden sie, dass Wiebke Dressler völlig überreagiert hatte. Ihr Gestottere und ihre Parteinahme für die Pigfights erschienen den meisten schlimmer, da unprofessioneller als Baby Bloodshed. Es war das Kultspiel im Mediapark. Aber von den Berlinern sei eben nichts anderes zu erwarten. Der Hass der krisengeschüttelten Berliner Szene gegen die erfolgreiche Munich Area sei evident.

Genauso evident wie die Filmteams, die am nächsten Morgen in den Mediapark einfielen. Zuerst hatten die Manager, Seniors und Directors noch geglaubt, da würde endlich wieder jemand über die schicke Branche berichten. Eitel lächelnde Jugendliche begrüßten die Medienvertreter mit freundlichem Winken, und so mancher Lippenstift wurde hervorgekramt, bevor man sich rein zufällig im Hof den Kameras stellte. Doch die Filmteams stellten böse Fragen, was denn die jungen Leute hier von ihren verdorbenen Kollegen hielten, und nicht alle waren zu Beginn so klug, sich einer Ausflucht zu bedienen. Prompt fand sich die Werbeleiterin von Bike4You.de in einem Mittagsmagazin als Anhängerin des Babyschlitzens wieder.

Nach diesem Überfall verkrochen sich die jungen, schicken Menschen wieder in ihren Büros und starrten angsterfüllt in den Hof. Vielleicht, so begann bei einigen die Einsicht, vielleicht war es doch sinnvoll, nicht alles Machbare wirklich zu tun. Vielleicht wäre Zurückhaltung angebracht. Vielleicht sollte man doch vor die Kameras treten und sich deutlich von den Inhalten von Virtualstrike distanzieren. Leider hatte im Medienpark auch eine kirchennahe Medienagentur ihren Sitz. Deren geistlicher Leiter stahl den hübschen Menschen die Show. Der 58-Jährige nahm die Gelegenheit wahr, um am Ort des Geschehens die Unmoral zu verdammen. Die Filmteams bekamen einen Monolog über diese traurige Zeit und die Notwendigkeit, Medien und kirchliche Ethik zu vereinen. Hier der aufrechte Kirchenmann, dort die schmutzbesudelte Werbefrau. Dem Stolz des Paters sollte erst Monate später die Reue folgen: DJ Mitra fand den Take des drohenden Ordensmanns so »endgeil«, dass er ihn für das Video seiner Single »ExOrInZist« verwendete. Der anschließende Prozess zwischen DJ Mitra und der Rechtsabteilung der Franziskaner brachte die Single auf Platz 2 der Dance-Charts.

Alle waren sich sicher, dass Virtualstrike nicht den Mut haben würde zurückzukehren. Deshalb war die Überraschung groß, als gegen 19 Uhr kein Umzugsunternehmen kam, um die Reste von Virtualstrike zu entfernen. Der grüne Virtualstrike-Mercedes schwebte in den Hof, ganz so, als wäre an diesem Tag nicht der Himmel herabgestürzt. Mit größter Selbstverständlichkeit hielt der Wagen auf dem Virtualstrike-Parkplatz. Der CEO stieg aus, atmete die warme Münchner Sommerluft ein und grüßte zur Wasserfläche, wo sich die jungen Menschen mit ihren Laptops wieder versammelt hatten. Niemand grüßte zurück. Der CEO kümmerte sich nicht darum und ging zu AdPress.

Im dritten Stock des Nordflügels hörte Carsten Jentner dem CEO geduldig zu. Er hatte Anfang 1998 erkannt, dass die New Economy neue Methoden in der Public Relation brauchte. Bei seiner alten Firma war er mit seinen Ideen gegen Wände gerannt. Er hatte die Chance genutzt und seine Idee wie ein Startup verkauft. AdPress stand für spezialisierte PR in einem Wachstumsmarkt. AdPress würde mit den Großen der New Economy groß werden, und die Pleitekandidaten würden von selbst aus dem Kundenportfolio verschwinden. Die Idee hatte überzeugt. Bis Mitte 2000 war AdPress tatsächlich gewachsen und hatte ein Jahr Gewinne erwirtschaftet. Dann blieben die Aufträge aus. Inzwischen konnte AdPress nicht mehr wählerisch sein. Schon gar nicht, wenn Personen aus dem Umfeld des BVCN ein Wort für Virtualstrike einlegten.

»Herr Fuchs«, sagte Jentner nachdenklich, »Sie werden verstehen, dass PR für Sie nach dem heutigen Negativ-Hype schwierig ist. Mit ein paar Pressemitteilungen ist es nicht getan. Niemand interessiert sich für Sie als Unternehmer. Alle wollen den Schöpfer von Baby Bloodshed. Es gibt eigentlich kein Mittel dagegen. Das spezifische Problem ist, dass sie weitgehend allein sind. Nach dem Tschernobyl-Zwischenfall wollten trotzdem viele Politiker weiterhin ihre Zuckerl von der Energiewirtschaft. Bei Pleiten gibt es neben den Hauptschuldigen immer Investoren oder Vorstände, die etwas zu vertuschen haben und die Aufmerksamkeit ablenken wollen. Aber Virtualstrike mag im Moment niemand.

Ganz im Gegenteil: Wenn jemand irgendwas erreichen will, wird man Virtualstrike als Prügelknabe nehmen. Die CSU: Virtualstrike ist Schmutz aus kranken Hirnen, also mehr Kontrolle im Internet. Die SPD: Virtualstrike ist ein Versagen der Erziehungseinrichtungen, also mehr Geld für Lehrer. Die FDP: Virtualstrike sitzt im Medienpark der Stadt München und des Landes Bayern, also sieht man, was die Wirtschaftspolitik von Rot-Grün-Schwarz wert ist. Die Grünen: Virtualstrike könnte morgen schon von einem Server aus Amerika kommen, also ein Ende der Globalisierung. Die PDS: Virtualstrike wäre in der DDR nicht denkbar gewesen, also Schluss mit der menschenverachtenden Marktwirtschaft.« Warum bin ich eigentlich nicht bei meiner Firma geblieben, dachte sich Jentner, als ihm die Argumente der Gegner einfielen. Was Virtualstrike anging, war sein Hirn leer.

»Was wollen Sie überhaupt? Wir bezahlen Sie gut. Jeder hier weiß, dass Sie die Kohle brauchen. Ich will drei Pressemitteilungen, eine heute, zwei morgen. Das ist alles.« Die New Economy und der CEO gingen von einer gewissen Gleichheit aller aus, solange die Rechnungen bezahlt wurden.

»Das ist nicht alles. Eine Pressemitteilung hilft überhaupt nichts, wenn sie nicht gedruckt wird. Wer soll das nach dem Debakel bringen? Welcher Chefredakteur würde das zulassen? Glauben Sie ernsthaft, jemand würde den Ruf seiner Zeitung ruinieren? Was Sie brauchen, ist etwas anderes. Zuallererst: Es darf nicht wirken, als ob Sie Unterstützung kaufen würden. Alle würden über den arroganten CEO schreiben, der auch nach diesem Debakel nichts verstanden hat.« Und sie hätten verdammt Recht damit.

»Wenn Sie so etwas erfolgreich durchziehen wollen, brauchen Sie eine Strategie, mit der Sie sich als erfolgreich agierendes Unternehmen präsentieren. Der ehrliche CEO von nebenan, den eine falsche Einspielung ruinieren soll. Im ersten Schritt brauchen wir eine Erklärung, in der die Schuld der Redaktion herausgestellt wird. Die Bilder haben nicht Sie verbreitet, sondern der Sender. Rechtlich kann in diesem Fall nur der Verbreiter belangt werden. Sagen Sie, dass an der Version selbstverständlich noch Überarbeitungen vorgenommen werden. Herrgott, Microsoft macht doch auch die Betatests am Endverbraucher – so müssen Sie argumentieren. Und gleichzeitig eine andere Version vom Spiel haben. Ohne die ganzen Brutalitäten.

Das andere brutale Zeug haben Sie zum Glück schon am Freitag vom Netz genommen. Gut so. Hoffen wir mal, dass das niemand noch mal hochkocht. Da war doch nichts allzu Fieses dabei, volksverhetzend, übertrieben rassistisch, antisemitisch, oder? So, dass man sich auf Satire rausreden kann. Oder zumindest darauf, dass es nur ein Spiel ist.«

Der CEO rieb sein geschwollenes Kinn und schwieg.

»So. Die Erklärung stellen Sie bei Virtualstrike auf die Eins. Drunter Ihre Nummer. Seien Sie für jede Anfrage offen, reagieren Sie demütig. Ignorieren Sie Provokationen. Halten Sie sich an den Text, wenn jemand anruft. Vielleicht schaffen Sie es ...«, Jentner dachte kurz nach. »Vielleicht können Sie auf die Schnelle ein, zwei harmlose Spiele irgendwo zukaufen. Die packen Sie zu Baby Bloodshed und präsentieren das Ganze als Bundle zu, na, sagen wir mal Halloween. Geht das?«

»Müsste schon gehen. Es gibt Kram aus Japan und den USA, die man für solche Sachen auf Lizenzbasis vertreiben kann.«

»Gut. Nennen wir es *The Halloween Triple.* Oder Bundle. Nein, Triple ist besser. Und dann lassen Sie morgen die Erfolgsmeldungen raus. Ich weiß zwar nicht, wie Sie oder die Leute vom BVCN den Sender dazu gebracht haben, bei Ihnen ein Spiel zu kaufen, aber inzwischen wundert mich gar nichts mehr.«

»Also machen Sie es?«

»Nein. Sie werden es selbst machen. AdPress wird zu Ihrem eigenen Besten nicht offen in Erscheinung treten. Wir können ein paar Sachen hintenrum lancieren, dazu brauche ich eine Liste mit allen Journalisten, die in den letzten Monaten über Virtualstrike berichtet haben. Die haben jetzt Angst, dass ihr altes Geschreibe wieder hochkommt. Mit den Leuten muss man mal reden. Diskret und hintenrum. Aber vornerum, für die Öffentlichkeit haben Sie eine Mitarbeiterin, die das für Sie macht. Jutta wird Ihnen die junge Dame vorstellen.« Und uns vor dem Alptraum bewahren, mit dir Schwein unseren Namen zu besudeln. Für 30.000 Mark lasse ich mir den Ruf nicht ruinieren.

***

Viola Maier hatte letztlich den Abstieg akzeptiert. Von der Spokeswoman des legendären Blu4 Media Portals zur Praktikantin bei AdPress war ein Karriereknick. Aber nachdem die Sache mit Paul nicht geklappt hatte, blieben ihr keine Alternativen.

Sie war de facto Spokeswoman gewesen. Allerdings sagte ihr Arbeitszeugnis etwas anderes. Demzufolge war sie im Laufe eines Jahres zum PR-Assistant aufgestiegen, was in etwa so viel bedeutet wie Kaffeekochen und Geschirrspülen. Echte Qualifikation hatte sie nicht vorzuweisen. Nach sechs Semestern BWL hatte sie sich aus den langweiligen Seminaren verabschiedet und bei Blu4 Media angeheuert. Sie orientierte sich an Beate Gerling, die die Company seit der Gründung kannte. Als Beate laut über die Gründung eines Betriebsrates nachdachte, hatte Viola dem Chef Meldung erstattet. Die Gewerkschaften hatten in der New Economy nichts zu suchen. Unnütze Apparatschiks, die den Erfolgreichen asoziale Mühlsteine um den Hals hängten.

Sie glaubte an einen Fehler, als sie ihre Kündigung bekam. Sie hatte sich mit ein paar Pillen aber schnell wieder gefangen; die

Spokeswoman von Blu4 Media würde jeder mit Handkuss nehmen. Zumindest hatte das Paul versprochen. In seinem tuxedoblauen TT, nach dem Essen beim Japaner, bevor er dann verschwunden war, der Großkotz. Nach zwei Dutzend fehlgeschlagenen Bewerbungen hatte sie im Pacha Carsten Jentner kennen gelernt, und der hatte ihr eine Chance geboten: ein dreimonatiges Praktikum, und eventuell würde er sie übernehmen. Inzwischen hatte sie aber schon Gerüchte gehört, dass auch AdPress um Entlassungen nicht herumkommen würde. Sie selbst bekam den Arbeitsplatz einer festangestellten Kraft, die zuvor im gegenseitigen Einvernehmen ausgeschieden war. Zumindest war das die offizielle Version. Nach einer Woche bei AdPress hatte Viola noch nicht den Mut, genauer nachzufragen.

Entsprechend demütig war sie dann auch, als sie zu Jutta gerufen wurde. Jutta hatte den Rang eines Executive Director Press Relation und war trotz ihrer 28 Jahre schon so etwas wie der gute Geist von AdPress. Gegenüber Medienvertretern konnte sie die Liebenswürdigkeit in Person sein. In Wirklichkeit hielt sie ihre schreibende Kundschaft für den letzten Abschaum. Jutta machte sie mit Karl Fuchs bekannt und erklärte den Job. Sie sollte sich keine Sorgen machen.

Sie müsste zwar in den nächsten Tagen unter *Virtualstrike* ans
Telefon gehen, sich die E-Mail-Adresse *vio@virtualstrike.de*
zulegen, aber nur vorübergehend. Ihr Arbeitgeber
bliebe in diesem Fall weiterhin AdPress.
Viola fügte sich ohne
Widerrede.

35. Kapitel

Worin übermäßiges Heldentum ebenso beurteilt wird wie Unachtsamkeit, nebst einigen Überlegungen zum Sinn von penibel vorbereiteten Insolvenzen.

Nach drei Stunden wurde die gereizte Debatte vertagt. Am Ende hätte jeder wissen können, was die anderen von ihm hielten. Claudia sah in David einen nervtötenden Zyniker und in Peter einen Versager. Peter erlebte David als autoritären Angeber und Claudia als seine unergründliche Geliebte. David fragte sich, ob es im Gaza nicht besser war; da wusste man wenigstens, dass man niemandem trauen konnte. Sie waren professionell genug, ihre persönlichen Differenzen auf beruflicher Ebene auszutragen. Dann gingen sie nach Hause und ärgerten sich.

Für den Dienstagvormittag überlegten sich Claudia und Peter halbwegs plausible Ausreden, warum sie erst gegen Mittag kommen würden. Gegen ein Uhr saßen sie wieder in ihren Büros und warteten, wer den ersten Schritt wagen würde. Peter hatte sich noch nicht mal einen giftigen Blick von Claudia eingefangen, als Alex hereinplatzte. Er bat sie in den Besprechungsraum und hörte sich fünf Minuten die Erklärungen von Claudia an, wie Virtualstrike erledigt wurde. Dann holte er einen Stapel Papiere aus seinem Aktenkoffer und wandte sich an David.

»Ich habe gestern einen Anruf von Virtualstrike erhalten. Charly Fuchs will dich verklagen. Wegen Körperverletzung. Hast du eine Erklärung?«

»Charly Fuchs wird einen Dreck tun. Charly hat die Hosen voll. Er weiß, was wir gegen ihn in der Hand haben.«

»Die Körperverletzung. Noch mal. Hast du eine Erklärung?«

»Wir haben nachher geredet. Ich habe ihm gesagt, dass er mit seinem Sündenregister besser schnell verschwindet. Plötzlich meinte er, er könnte was der Presse erzählen. Von wegen, dass man ihn vorsätzlich in den Ruin treibt. Er stellt es so dar: Ein Medienkonzern hat ihn angeheuert, um ein Schmuddelformat zu produzieren. Er macht es, aber als es schiefgeht, macht man ihn zum Sündenbock. Irgendwann haben wir uns dann angebrüllt, er hat mich geschubst. Er hat Training am Joystick, ich habe Training aus Ramallah. Nicht meine Schuld.«

»Und ob es deine Schuld ist!«, explodierte Alex. »Was glaubst du, was die Presse daraus macht! Die werden sagen, ich schicke Schlägertrupps gegen Leute los, die was über mich wissen. Mafiamethoden. Ein Mucks, und das Projekt hier ist am Ende!«

»Das war wirklich ein schwerer Fehler«, schaltete sich Peter ein. »Warum machst du solche Extratouren? Warum erzählst du nichts? Es ist das erste Mal, dass ich von dieser Prügelei höre.«

Alex kümmerte sich nicht um Peters Ausführungen: »Dein Verhalten ist unverantwortlich. In Zukunft sind mir wegen dir die Hände gebunden, wenn ich etwas gegen Virtualstrike unternehmen will. Die können alles sagen, und sobald ich dementiere, kommen sie mit der Prügelei, die mein Beauftragter angezettelt hat.«

»Ach was, niemand wird Virtualstrike mehr was glauben. Die haben sich endgültig diskreditiert. Ausgerechnet der Hersteller von Baby Bloodshed winselt, nur weil er eine Prügelei hatte. Dabei prügelt zur Zeit doch sowieso jeder auf Virtualstrike ein. Virtualstrike prügeln, das Game fürs Sommerloch. Ohne uns würden sich die Medien jetzt auch auf den Investor stürzen, der Virtualstrike finanziert hat. Was Virtualstrike seit Freitag macht, ist nicht mehr unser Problem. Virtualstrike muss nur noch den Insolvenzantrag ausfüllen.«

»Die denken gar nicht daran aufzugeben. Oder wie erklärt ihr euch die Pressemitteilungen?«

»Welche Pressemitteilungen«, versuchte sich Claudia in Unschuld.

»Die Pressemitteilungen von Virtualstrike, die seit gestern Abend kursieren. Und die Interviews mit Fuchs. Für die Ausstrahlung kann er nichts, da hat der Sender einen Fehler gemacht, und der Sender ist auch noch so blöd und gibt das zu, indem er die Moderatorin feuert. Und überhaupt ist das Spiel ja nur eine Entwicklung für Halloween.«

»Wer zum Teufel bringt solche Interviews?«

»Die Öffentlich-Rechtlichen. Ganz normal, heute früh im Radio: Hallo, nach der Aufregung gestern haben wir vom Andreas Kaul eine Umfrage unter Schülern, die das alles ganz witzig finden, und da gibt es noch ganz andere Sachen, die viel schlimmer sind, und so weiter. Und dann hat Virtualstrike auch noch enormen Erfolg, ich darf zitieren.« Alex nahm eines der Blätter und las vor. »›Trotz 2. Platz: Halloween Triple von Virtualstrike wird der Sommerhit! Virtualstrike, die führende Spieleschmiede für Microgames, liegt mit seinen Produkten goldrichtig: Nach dem Auftritt in der Sendung NewBiz-Duell wurde das Halloween Microgame Triple über 64.000 Mal von der Website www.virtualstrike.de heruntergeladen. Das ist ein enormer Erfolg für eine echte Killerapplikation, freut sich Virtualstrike-CEO Karl Fuchs.‹ Er freut sich! Und wieso kann er sich bei so was freuen? Weil ihr versagt habt! Erst verbrennt er mein Geld, und sobald ich draußen bin, kommen die Gewinne. Wieso gibt es im Vertrag keine Klausel, dass er mit zukünftigen Einnahmen für meine Verluste aufkommt?«

»Das ist rechtlich kaum möglich«, versuchte Peter zu erklären.

»Es interessiert mich einen Dreck, was rechtlich möglich ist. Wenn ich das wissen will, rufe ich bei Tuchner an! Du bist hier, damit du solche Sachen möglich machst. Sonst nichts. Wenn es dir nicht passt, kannst du ja bei Tuchner anheuern. Oder bei Virtualstrike.«

Alex holte Luft. »Noch eine Pressemitteilung: ›Virtualstrike erhält Auftrag von GameLive-TV. Virtualstrike, die führende Spieleschmiede für Microgames, entwickelt innovative Spielideen für den Relaunch von GameLive-TV. Die geplante Erotikshow La Luna wird damit den Zuschauern die interaktive Teilnahme an ausgefallenen Spielereien ermöglichen. Wir werden eine stimmungsvolle Komponente erschaffen, die den Ansprüchen der Zuschauer zu später Stunde entgegenkommt, verspricht Virtualstrike-CEO Karl Fuchs.‹ Und so weiter. Jetzt geht's ans Hühnerficken, und ich bin draußen. Überlegt ihr euch manchmal, wen ihr da schlachtet?«

»Ich überlege es mir jedesmal sehr genau. Das Ganze hat nichts mit unserer Arbeit zu tun. Wir haben Virtualstrike nicht den Auftritt bei NewBiz-Duell verschafft. Wir sind nicht dafür verantwortlich, wenn sich irgendein Pornokanal wegen der Awareness dranhängt.«

»Ihr seid dafür verantwortlich, dass ich mein Geld wiederbekomme. Offenbar hat Virtualstrike noch so viel von meinem Geld, dass sie sich eine PR-Kampagne leisten können. Das habt ihr vergeigt. Und schuld sind ein durchgeknallter Schläger und ein beschissen geschriebener Vertrag eines miesen Juristen.«

Der Sturm hatte einen großen Bogen um Claudia gemacht. Offenbar hatte Alex genug getobt. »Die Arbeit läuft unter enormem Zeitdruck ab. Bei mir ist es so, dass ich mich eben nur auf die größten Posten konzentrieren kann. Wenn ich noch genauer arbeiten würde, würde es länger dauern. Also suche ich die optimale Abstimmung zwischen Gründlichkeit und Schnelligkeit. Virtualstrike hat vielleicht ein paar Mark irgendwo verstecken können. Oder sie nehmen die Einnahmen von den Spielen. Es sind ja nur drei Pressemitteilungen und vielleicht ein paar Telefonate mit befreundeten Journalisten. Aber wenn wir dafür sorgen müssen, dass die auch wirklich tot sind, verlieren wir Zeit. Virtualstrike wird schon noch untergehen. Sie haben praktisch keine Mittel mehr.«

»Na, offensichtlich gibt es hier ja doch noch vernünftige Menschen. Ihr beiden, ihr schaut, dass ihr euch ändert, sonst gibt's ernsthafte Probleme. Nehmt euch an Claudia ein Beispiel. So arbeiten Profis. Ich habe jetzt noch was mit Claudia zu besprechen.« Alex ging davon aus, dass Peter und David gehen würden, und er hatte Recht.

»Claudia, ich mach es kurz. Ich will von dir alle drei Tage einen Bericht über die Arbeit. Dafür bekommst du wöchentlich 1000 extra. Und noch was. Hier sind unschöne Verhaltensweisen eingerissen. Die Spesenrechnungen explodieren. Ich bin ein großzügiger Mensch, aber inzwischen wurden über 10.000 Mark verschwendet. Bei David habe ich den Verdacht, dass er kokst. Vielleicht ziehen die beiden auch auf meine Kosten durch die Bordelle. Pass auf sie auf, und wenn einer durchknallt, dann ruf mich sofort an.« Er gab ihr seine private Visitenkarte. »Tag oder Nacht.« Toll, dachte sich Claudia, einerseits mehr Geld, andererseits das Koks selbst bezahlen.

***

»Das war deine Schuld. Ohne die Schlägerei hätte es die Probleme nicht gegeben.«

»Das höre ich jetzt zum zehnten Mal. Mach dir keine Sorgen. Alex wird in ein paar Tagen wieder handzahm sein.«

»Dir kann es ja egal sein, was aus uns wird. Dein Vater würde alles zahlen. Aber für mich ist das der erste richtige Job. Ich will nicht darauf verzichten, nur weil du dich nicht unter Kontrolle hast. Was ist das überhaupt für ein Zeug, das du dauernd nimmst.«

David schluckte das grünweiße Gummibärchen. »Eine Angewohnheit aus Israel. Wenn dir was auf die Nerven geht, nimmst du einfach einen getrockneten Fruchtgummi. Hilft auch bei Wutanfällen, wenn du fest zubeißt. Die Wirkung von Hasch, nur gesünder.«

Sie schwiegen sich eine Weile an. Peter war zum ersten Mal seit Wochen bewusst geworden, wie teuer ihr Stammlokal war. Inzwischen hatte er auch eine Kreditkarte von Alex, aber die war wegen einiger Eskapaden überstrapaziert. Diesmal bezahlte er bar. Er hatte sich für Roquefort in Blätterteig entschieden. David hatte, ohne sich die Preise anzusehen, Gänseleberpastete mit Artischockenherzen bestellt, eine Speise, die im 16. Jahrhundert in Frankreich in Mode gekommen war.

In seiner dunkelgrauen Weste sah er aus wie ein Hofmann der Katharina von Medici, der sich die Gunst einer Hofdame mit einer neuen Bartholomäusnacht erobern würde. Schule von Fontainebleau. Der Streit mit Alex hatte keinen erkennbaren Eindruck hinterlassen.

»Sag mal, Peter. Macht dir unser Job noch wirklich Spaß? Oder ist es nur wegen der Kohle?«

Peter starrte finster seinen Roquefort an. Der Käse war von erlesener Qualität; er schmolz zart auf der Zunge und erinnerte geschmacklich entfernt an Zungenküsse mit Claudia. Eigentlich erinnerte ihn seit Tagen alles mehr oder weniger entfernt an Claudia. Er fragte sich, was Alex gerade mit Claudia tat.

»Wenn du keine Lust mehr hast, steig aus, mach dir eine schöne Zeit in Italien.«

»Ich will nicht aussteigen, verdammt. Ich will das hier durchziehen, und ich werde es auch tun, wenn Alex uns nicht wegen dir feuert.«

»Peter, du hast Alex am ersten Abend nicht erlebt. Alex hat vor allem Angst um sein Geld. Im Grunde seines steinernen Herzens ist er ein geiziger Grattler. Sobald das erste Unternehmen abraucht, wird er sich wünschen, uns nie so behandelt zu haben.«

»Aber die rauchen doch nur ab, wenn wir sie abrauchen lassen.«

»Nein. Ein paar werden ganz sicher von alleine draufgehen, und er wird sein Geld verlieren. Denk nur mal an die sieben Projekte, an denen Alex mit anderen zusammen beteiligt ist. Da ist es fast unmöglich, sein Geld herauszuholen. Man müsste mit den anderen Investoren reden. Und dann würden sie sich sofort streiten, wer wieviel zurückbekommt. Das ist etwas für Anwälte. Wir kümmern uns um die anderen Investments, soweit wir eben kommen.«

»Aber wenn eines der anderen Pleite geht, gibt es den nächsten Konflikt.«

»Glaubst du? Wenn es jetzt passieren würde, was hätten wir schon tun können? Wir schuften Tag und Nacht. Wir kümmern uns um das, was wir schnell erledigen können. Wer jetzt pleite geht, hat das Geld schon vor Jahren durchgebracht. Alex würde einen Schock bekommen.«

David durchbohrte ein zartbeiges Artischockenblatt,
das an der Spitze violett wie der blutige Ausfluss
einer eitrigen Wunde war. »Machen wir doch
die Probe. Wen sprengen wir?
Paypinion oder eher
Maccazan?«

36. Kapitel

Worin wahrhaft selbstloses Heldentum ohne jegliche Geldgier zu finden ist, nebst den Hilfeschreien gequälter Seelen.

Claudia erwartete sie schon. »Na, ihr Helden? Traut ihr euch wieder her?«

David ignorierte die Stichelei. »Wir sollten uns jetzt um die Zielauswahl kümmern.«

»Ich habe mit Alex schon vereinbart, dass wir uns diesmal Ad-Press vornehmen. Auf PR-Agenturen ist er im Moment nicht gut zu sprechen. Aber tut mir diesmal den Gefallen und geht es ordentlich an. Keine Eskapaden mehr.«

»Und bitte kein Koks«, ätzte Peter.

»Und keine 400 Mark um Mitternacht mehr abheben, ohne Rechnung«, gab Claudia zurück.

»Meine Lieben, können wir uns jetzt wieder an die Arbeit machen, wie jedes andere gutgelaunte, dynamische junge Unternehmen? Drei junge Menschen erobern die Welt mit einer genialen Dienstleistung.«

»Mit 33 ist man nicht mehr jung, David«, gab Claudia zu bedenken.

»Friede. Bitte. Einfach mal einen Nachmittag nett sein.«

Alex war durchaus nett gewesen, dachte Claudia, als sie in ihr Büro zurückging. Beim flüchtigen Abschiedskuss hatte sie ihn zum ersten Mal geduzt.

Nach zwei Stunden mit einer Tüte hätte Peter jemanden gebraucht, um sich auszutauschen. Stattdessen ging er zu David.

»Das mit Paypinion – das hast du doch nicht ernst gemeint, oder?«

»Doch, natürlich. Paypinion ist schon so gut wie tot. Jemand hat bei Dotcomtod einen Insider eingestellt. Thema: Paypinion betreibt Konkursverschleppung. Das ist ein Knaller, denn Paypinion behauptet, dass sie Mitte 2002 den Break Even schaffen werden und dass die VC-Finanzierung bis dahin sicher reicht. Jetzt werden alle von E-Investor bis E-Market darüber herfallen und der Presseabteilung bei Paypinion einen schlechten Tag bereiten. Pass auf.« David stellte sein Telefon auf Lautsprecher und wählte eine Nummer.

»Paypinion Public Relations, mein Name ist Anton Gerold, was kann ich für Sie tun?«, kam eine quengelige Bübchenstimme aus dem Telefon.

»Guten Tag, Blumental mein Name, ich arbeite als freier Autor für Tornado-Insider. Es gibt da einige Informationen über angebliche Finanzierungsprobleme bei Paypinion.« Von der anderen Seite der Leitung kam ein Stöhnen. »Ich weiß natürlich, dass man so was keinen Glauben schenken darf, aber gerade deshalb wäre es wichtig, von Ihnen eine Stellungnahme zu erhalten.«

»Herr Blumental, es tut mir Leid, aber wir möchten uns im Moment zu diesen haltlosen Anschuldigungen nicht äußern. Wir können Ihnen nur das sagen, was wir Ihren Kollegen auch schon gesagt haben. Wir haben bereits unsere Anwälte informiert, die gegen diese Verleumdung vorgehen werden. Das ist alles.«

»Vielen Dank, Herr Gerold.« David legte auf. »Da schwitzt jemand ganz schön. Der wird aber sicher noch mehr schwitzen. Wie man so hört, sind interne Unterlagen an die Gewerkschaften gegangen. Und an Badnewsentertainment.com. Gerade so viel, dass die Konkursverschleppung plausibel erscheint. Der Gewerkschaftler hat schon reagiert, mit einer Pressemitteilung, dass mit Entlassungen zu rechnen ist.«

»Hast du das gemacht?«

David grinste. »Kein Kommentar.«

»Hast du bei so was keine Skrupel?«

»Wenn ich es gemacht hätte, würde ich fragen: Warum denn? Wir haben doch vom BVCN die Buchhaltung von Paypinion. Sie haben ihr Geld zu schnell verbrannt. 1999 hatten sie 28 Millionen von allen möglichen VC-Gesellschaften, darunter vier Millionen von Alex. Damit hat Paypinion irgendwelche Surfer bezahlt, damit die Testberichte von Verbrauchern schrieben. Und was haben die Surfer getan? Paypinion hat einen Konkurrenten in Dortmund, Cervizz. Die Testberichte wurden von den Usern auf beiden Seiten kopiert und beim jeweils anderen eingestellt. Beide hatten so viele Einträge, dass sie das nicht nachprüfen konnten. Außerdem war's ohnehin egal, weil sich das alles über Werbeeinnahmen finanzieren sollte. Klang ja auch genial: Ein Kunde will sich einen Laptop kaufen, geht zu Paypinion und findet durch die Berichte über Laptops auch gleich die Anzeige eines Laptopherstellers.«

»Also Werbung direkt beim Konsumenten. Man lockt ihn mit den Erfahrungsberichten ehrlicher Tester und verpasst ihm die Werbeklatsche. Die Idee ist großartig.«

»Nur haben die Unternehmen keine Werbung geschaltet. Sie hatten Angst, dass sie oben werben und darunter ihre Produkte zerrissen werden. Im Ergebnis hat Paypinion einige Millionen für eine Werbekampagne verbraten und den Rest für großkotzige Parties, schnelle Autos und Meetings auf Lanzarote. Und dann gab es noch größenwahnsinnige Pläne zur Weltherrschaft unter den Meinungsseiten. Nach einem Jahr war das Geld durch. Auch die vier Millionen von Alex. Und sie hatten bereits über drei Millionen Schulden, die sie aber geheim gehalten haben.«

»Wie kann man nur soviel Geld verschleudern.«

»Du verstehst noch immer nicht. Es war kein Geld, sondern VC. VC ist zum Ausgeben da. Wer viel verschleudert, wächst schnell und kann an die Börse. Im Spätsommer 2000 haben sie noch mal Geld bekommen. 15 Millionen, weil die Investoren glaubten, dass Cervizz als Hauptkonkurrent dann keine Chance mehr hat. Paypinion wäre Monopolist gewesen. Allerdings hat auch Cervizz noch mal Geld bekommen. Beide hatten neue Ideen: Man wollte die Verbraucherberichte als Content verkaufen, aber wer zahlt schon für das Geschreibsel von Amateuren. Dann wollte man mit der Industrie Kooperationen schließen. Aber die Industrie war von den aufgeblasenen Jüngelchen in den SLKs genervt. Also haben beide Meinungsseiten die Werbung auf Null geschaltet, ihre Autoren nicht mehr bezahlt und ihre Auslandstöchter eingestampft.«

»Einfach so?«

»Einfach so. Stattdessen ist Paypinion voll in das Callcentergeschäft eingestiegen. Sie wollten mit staatlicher Förderung das

Outsorcing von Beschwerdestellen übernehmen. Das wurde als neuer, lukrativer Geschäftszweig gepriesen. Nach vier Monaten war die Förderung dann auch verbrannt, und ein paar Journalisten haben eine Reportage drüber gemacht. Richtig peinlich. Seitdem hofft Paypinion wieder auf neue VC-Millionen. Aber wir wissen, dass sie inzwischen von den enormen Personalkosten aufgefressen werden. Sie brauchen das Geld jetzt und heute. Seit einem Monat sind sie eigentlich pleite. Nach außen hin läuft natürlich alles normal, sagen die Pressemitteilungen.«

»Wie lange können sie das noch aushalten? Das ist doch Konkursverschleppung.«

»Und wenn schon. Wenn der große Knall kommt, können die Mitarbeiter lange auf ihre Löhne warten. Besser heute gekündigt werden und noch mal den Sommer genießen, als drei Monate schuften und kein Geld mehr bekommen. Die Mitarbeiter haben bei einem Konkurs immer das Nachsehen.«

»Und du verkaufst deinen Zynismus als Wohltat.«

»Sobald du über das traurige Schicksal der Steel2net-Gründer geweint hast, sag das noch mal. So ist das Geschäft. Die Zeitungen werden die Pleite als Sensation verkaufen. Sie haben die großkotzige Selbstdarstellung, sie haben die Pleite, sie können sich investigativ geben. Und sie können sich als Anwälte der armen Mitarbeiter präsentieren. Inzwischen holen sich die Journalisten auf der Website der Gewerkschaft die besten Mitarbeiterstatements. Dort gibt es Meckerforen, wo die Mitarbeiter endlich mal den Frust rauslassen. Und dann wird losdiskutiert, gegen den Boss, gegen die Kunden.«

David clickte sich auf die Seite index/php3messageboard/paypinion. Dort hatte sich bereits eine lebhafte Debatte um die Existenz von Paypinion entwickelt.

***

um 15.45 Uhr **ich fordere die gewerkschaft auf,**
das board sofort zu schließen. ihr habt nicht das recht, pp mit so einer schmuddelecke fertig zu machen. pp geht's großartig, wenn ihr es nicht kaputt macht.

*

um 15.48 Uhr **re: ich fordere die gewerkschaft auf,**
dieses board unbedingt offen zu lassen! Wenn es um pp wirklich so schlimm steht, müssen wir drüber reden. und andi und seine bande reden seit wochen nicht mehr mit uns. niemand will hier seinen arbeitsplatz verlieren, aber wir wissen ja, was mit den leuten passiert, die nachfragen. :-(

*

um 15.49 Uhr **haltet endlich die klappe!**
wenn ihr hier internas ausplaudert statt zu arbeiten, ist es kein wunder, wenn es nicht richtig läuft. packt lieber mit an. wer hier betriebsinterna postet, verstößt gegen seinen arbeitsvertrag. Ich sage das nur ungern, aber wir werden uns morgen die logfiles anschauen. also überlegt euch, was ihr tut.

*

um 15.52 Uhr **he Andi!**
erzähl hier keinen mist. muss ja keiner mitkriegen, dass der CEO auf droge ist und nur vor sich hinlallt. du weißt doch nicht mal, was ein logfile ist, und hier kann man auch über eine sichere verbindung posten.

*

um15.52 Uhr **re: haltet endlich die klappe!**
wo sind hier betriebsinterna? sogar die gewerkschaft weiß doch, dass PP am ende ist. du hast doch nur angst, dass jetzt dein arsch wegen konkursverschleppung gegrillt wird:-)))) mich kostet es vielleicht den job, aber euch obermacker vor gericht zu sehen, ist es allemal wert;-)

*

um15.53 Uhr **re: re: haltet endlich die klappe!**
dann kündige doch, du verräterschwein! such dir ne stelle in irgendeinem großkonzern. ich bin pp dankbar, dass ich einen

spannenden job habe, keine hierarchien und immer nette leute um mich rum, mit ein paar ausnahmen. und glaubt bloß nicht der gewerkschaft. die will nur eure beiträge und verbreitet deshalb solche horrormeldungen.

*

um15.55 Uhr **Von: Unionista, betreff Horrormeldungen**
Der Gewerkschaft wurden heute interne Papiere aus der Buchführung anonym zugefaxt, die auf eine unmittelbar bevorstehende Insolvenz hinweisen. Wir haben selbstverständlich bei Paypinion nachgefragt und bislang keine Antwort, aber auch keine Aufforderung zum Widerruf erhalten. Es gibt noch nicht mal eine Gegendarstellung. Die könnte man selbstverständlich hier posten. Nach unserer Meinung sind die 180 Arbeitsplätze akut bedroht. Auch bei Dotcomtod.com und bei badnewsentertainment.com gibt es entsprechende Meldungen. Bei badnewsentertainment gibt es sogar Jpegs der Faxe, wer es nicht glaubt, soll nachschauen.

***

»The Best of Munich Area. Free Flow of Information. High
Speed Capitalism«, sagte David. »Das hätte sich Karl
Marx seligen Angedenkens nicht träumen lassen.«
»Du hast das gemacht, David. Ist dir denn klar,
was du damit angerichtet hast?« »Peter:
Ein Haifisch ist kein Haifisch,
wenn man's nicht
beweisen
kann.«

37. Kapitel

Worin die Erlösung der gequälten Seelen durch die Fürsorge der freien sozialen Marktwirtschaft und der Medien vorgestellt wird, nebst dem Gewinn, den die Beteiligten aus diesem noblen Verhalten ziehen.

Von: *Uta Hofmann*
An: *Chefredaktion Newsmag*
Um: *17.05 Uhr*

Ich würde die Story über Steel2net noch mal schieben. Wenn Paypinion platzt, ist das der ideale Einstieg für die Serie. 180 Mitarbeiter bedroht, inkompetentes Management, über 40 Millionen Mark in den Sand gesetzt, und das BVCN und ein paar prominente Investoren hängen drin. Kurz: Die größte Pleite dieses Monats, das will was heißen.

Ich werde mit den naiv-optimistischen Gründern einsteigen, die zuviel Geld bekommen, die Kontrolle verlieren, wüste Parties schmeißen und korrupt werden. Außerdem ein paar Studis, die es jetzt auslöffeln müssen. Solche O-Töne ;-): *»Du hast doch nur Angst, dass jetzt dein Arsch wegen Konkursverschleppung gegrillt wird. Mich kostet es vielleicht den Job, aber euch Obermacker vor Gericht zu sehen, ist es allemal wert.«*

Dann der Knaller: Ein paar interne Dokumente der Selbstbeschreibung von PP gegenübergestellt, z.B. eine hohe Rechnung für Werbung gegen ein Zitat aus einem Interview, in dem der CEO sich als effizienter Sparer präsentiert. Wahrscheinlich komme ich an weitere interne Papiere. Sexy Story, oder so.

Wenn es nichts mit der Pleite wird, können wir immer noch Steel2net bringen.

***

Von: *Chefredaktion*
An: *Uta Hofmann*
Um: *17.16 Uhr*

Super. Lass es krachen. Du hast noch 40 Stunden. Tolles Zitat.

***

»Hier David Rotberg.«

»Hallo, David, hier Uta. Ich brauche deine Hilfe. Mein Chef hat mich verdonnert, für Newsmag was über die Sache mit Paypinion zu machen. Hast du schon davon gehört?«

»Ist ja Thema Nummer Eins in der traumhaft schönen Munich Area.«

»Kannst du mir bei deinen Freunden von Badnewsentertainment helfen? Die haben doch die Dokumente auf ihrer Website, und angeblich noch mehr.«

»Die geben nie was an die Presse raus. Sie haben einen Hass auf Wirtschaftsjournalisten. Die lachen über die Presse, die die Unterlagen nicht hat. Vielleicht fragst du mal bei der Gewerkschaft nach.«

»Die lassen auch nichts raus. Kannst du für mich ein gutes Wort einlegen?«

»Gut. Aber ich kann dir keine Erfolgsgarantie geben. Es wird verdammt hart.«

»Vielen Dank. David?«

»Ja?«

»Ich halte das Ganze nicht mehr lang aus. Das ewige Prostituieren, das Anbiedern an den Chefredakteur, das Geifern nach Sensationen. Diese ganze Scheiß New-Economy macht mich krank. Du weißt gar nicht, wie sehr du mir hilfst.«

Beruht ganz auf Gegenseitigkeit, dachte sich David. Er rief den Herrn in Schlammgrün an.

»Hallo Don, eine Bitte: Kannst du alle Dokumente Uta Hofmann von E-Investor geben, wenn sie anruft, und ihr sagen, ich habe es eingefädelt?«

»Muss das sein? Wir sind doch keine Versorgungsanstalt für faule Journalisten.«

»Ich habe meine Gründe, Don.«
»David, mein Chawer? Ein Wort unter uns Stammesbrüdern? Die Kleine hat dir den Kopf verdreht, oder? Ich hab ein bisschen rumrecherchiert. Deine Uta ist Absolventin der ultrakonservativen Pressestiftung Europa 21. Die Leute werden auf Sekundärtugenden, Karrieregeilheit und Seilschaften getrimmt. Vornerum labern sie von Verantwortung und dass sie kritisch und investigativ sind, aber in Wahrheit wollen die nur Bestätigung für ihr mieses, verkorkstes Ego. Such dir doch lieber eine mondäne PR-Frau mit einem ordentlichen Alkoholproblem statt dieser Uta.«
»Was weißt du über die Finanzplanung von Killer Content?«
»Lass mich nachdenken, ich glaube, die sind von einem VC ...«
»Also nichts. Uta kennt sich da aus. Uta hat Unterlagen. Eine Hand wäscht die andere.«
»Passiert was mit Killer Content?«
»Gut möglich. Wenn es soweit ist, bekommt ihr das Material. Von Uta, über mich.«
»Okay. Trotzdem, David: Lass die Finger von der Frau. Sie sieht nett aus, aber sie tut dir nicht gut. Für die Karriere tut sie alles. Die verrät dich an deine Todfeinde und lächelt dich dabei unschuldig an.«
»Komm, Uta ist doch harmlos. Was ist los? Eifersüchtig? Hat sie dich abblitzen lassen? Die ist doch eigentlich genau dein Typ, so klug, dunkel und hübsch, mit Grübchen.«
»Diese Leute von Europa 21 sind lustfeindlich, korrupt und verfault. Deine Partnerin Claudia dagegen versprüht geradezu bedenkenlose, ehrliche Amoral, die ist sicher klasse im Bett.«
»Ich kann Claudia ja mal fragen, ob sie dich will und was es kostet. Sei nett zu Uta. Just lay back and think of Claudia. Ciao, Don.«
Kaum hatte er aufgelegt, als sein Handy klingelte.
»Was ist mit Paypinion?«, schnauzte ihn Alex an.
»Es sieht so aus, als ob mein Verdacht richtig war.«
»Welcher Verdacht?«
»Im Blu4-Bericht stand: ›Paypinion ist ein aufrecht stehender Kadaver. In den Augen der Gründer gehalten von Entrepreneurial Spirit und nach Meinung der Gerichte von Konkursver-

schleppung.‹ Offenbar haben ein paar frustrierte Mitarbeiter interne Unterlagen rausgelassen, weil es zu Ende geht.«

»Und was ist mit meinem Investment?«

»Das war irgendwann vor zwei Jahren. Da können wir nichts mehr tun. Das Geld war schon weg, bevor wir uns kannten. Tut mir wirklich Leid. Ich hätte es auch gerne rausgeholt.«

»Es muss gehen.«

»No way. Wir können nicht den Agenturen das Geld für eine Werbekampagne des Jahres 2000 abnehmen.«

»Komm schon, es muss einen Weg geben. Die können doch nicht für eine Website Dutzende Millionen verbrannt haben. Vielleicht haben sie Gelder irgendwo versteckt.«

»Ich habe mir vorhin die uns verfügbaren Unterlagen angeschaut. Paypinion besteht nur noch aus Schulden. Man kann das noch nicht mal dem BVCN ankreiden, denn da haben sich alle möglichen Leute reinreißen lassen.«

David kostete das Schweigen an der anderen Seite der Leitung aus.

»Tut mir wirklich Leid.«

Das Schweigen dauerte etwas zu lange. Vielleicht war es doch zu viel. David versuchte es mit mehr Verständnis.

»Hören Sie, das kann man in der jetzigen Situation praktisch nicht mehr kontrollieren.«

Das Schweigen wurde bedrohlich.

»Hallo?«

»Lass dir was einfallen. Entweder es gibt eine Lösung, oder ich suche mir andere Leute. Du hast doch immer rumgetönt, dass ihr das könnt. In einer Stunde will ich ein Konzept oder eure Kündigung, und den Schaden wegen Paypinion verrechnen wir mit eurer Gage.«

Alex hatte aufgelegt. David legte die Hände vors Gesicht und atmete langsam durch. Sein Auftraggeber war nicht nur feige und charakterlos, er war auch unüberlegt und unberechenbar. Aber er hatte sie in der Hand: Der Idiot von Vermögensverwalter hatte ihren Anteil noch immer nicht überwiesen, und wegen dieser Tätigkeit konnte man Alex nicht vors Arbeitsgericht ziehen. Wenn alles herauskam, würde Peter ihm in den Rücken fallen und behaupten, er hätte den Fall von Paypinion inszeniert.

Danach blieb David nur noch die Auswanderung nach Israel. Nicht schon wieder Westbank, dachte er, als er mit einem vagen Plan bei Alex anrief.

»Es ist nicht wirklich alles verloren. Nur sind uns weitgehend die Hände gebunden. Ich würde Ihnen raten, einfach heute Abend eine Telefonkonferenz mit allen verfügbaren Investoren zu machen und zu versuchen, die Assets zu kaufen.«

»Ich soll da nochmal was reinstecken?«

»Ich bin noch nicht fertig. Wie ist das, die Verbraucherverbände machen doch bei Ihnen eine Sendung, oder?«

»Ja, es gibt sogar ziemlich weitreichende Kooperationen. Das kommt noch aus der Zeit meines Vaters.«

»Dann schließen Sie sich doch am besten jetzt gleich mit den Verbänden kurz. Prinzipiell werden die sicher ein Interesse an den Resten haben. Andere potentielle Käufer für Paypinion gibt es nicht. Dann einfach den VCs die Anteile an Paypinion für ein paar Mark abkaufen. Und dann geht es an die Verbraucherverbände, für zwei oder drei Millionen.«

»Könnt ihr das nicht arrangieren?«

»Nein. Es wäre ein Fehler, wenn wir bei den VCs auftauchen würden. Wir müssen uns um die Gründer kümmern, damit die ihre Anteile rausrücken. Lassen Sie das doch ihren Vermögensverwalter tun. Der soll für alle Anteile nicht mehr als insgesamt 150.000 bezahlen. Sie sorgen dafür, dass die Verbände nur mit Ihnen sprechen. Machen Sie den Verbandsleuten klar, dass es nichts bringt, solange die unfähigen Gründer noch im Boot sitzen. Versprechen Sie ihnen, dass Sie – und nur Sie – das Problem schnell und unbürokratisch lösen können. Wir werden inzwischen den Gründern Angst einjagen. Und am Ende bekommen die Verbände ein gesäubertes Unternehmen aus einer Hand.«

»Wie schnell geht das?«

»Morgen Nachmittag könnten wir es schaffen, wenn wir durchmachen. Aber zuerst müsste man die anderen Investoren dazu bringen, auszusteigen. Vielleicht«, David machte ein Kunstpause, »vielleicht kann man bei den Investoren auch ein bisschen nachhelfen. Wir schauen mal nach, welcher Investor sich einen Totalverlust am wenigsten leisten kann. Irgendjemand, der schon drei, vier Pleiten hat. Es gibt sicher irgendeinen Fondsmanager, der gerade die Meldungen liest und an Selbstmord denkt. Der wird der Preisbrecher. Er kann das dann den Medien als erfolgreichen Trade Sell verkaufen. Er gilt dann als weitsichtig, und es hält die Preise der anderen niedrig.«

»Gut. Dann machen wir das. Aber was ist, wenn sich die Verbände Paypinion nicht leisten wollen?«

»Dann sind die vier Millionen weg. Aber ich denke, 2,5 oder gar drei Millionen für eine gut im Markt positionierte Plattform mit hohem Bekanntheitsgrad und Millionen Page Impressions müsste machbar sein. Wenn sich die Verbände ausschließlich auf die Kernbereiche konzentrieren und Partner in der Industrie finden, kann es sich lohnen. Dann brauchen sie nur noch ein vernünftiges Management und ein paar Techniker. Und wir sollten schon mal gut 140 Kündigungen besorgen.«

»Kannst du mir das mal zusammenschreiben und rüberfaxen, und vielleicht eine Kostenaufstellung von Claudia, was der Betrieb eines derartigen Portals bestenfalls kosten würde?«

»Machen wir.«

»Ich schicke euch morgen früh meinen Vermögensverwalter vorbei, damit er sich mit euch abstimmt. David, wenn das gut geht, darfst du den CEO von Virtualstrike noch mal durchprügeln, und ich halte ihn dabei fest.«

David suchte nach einer grünweißen Käferleiche. Sie wurden
langsam knapp. Das Zeug war in München nicht leicht zu
beschaffen, aber ein Schweizer Importeur lieferte
auch größere Mengen nach Deutschland.
David bestellte eine Packung auf
der Internetseite des
Händlers.

38. Kapitel

Worin erfolgreiche Unternehmer in Dortmund den Sieg über die Munich Area feiern, nebst einigen Belanglosigkeiten, die zu übersehen kein Verbrechen ist.

Cervizz wurde im Sommer 1999 in einer Kneipe der Dortmunder Innenstadt gegründet. Eine Werbekauffrau, ein Berufssohn, eine Journalistin ohne Job, ein Informatiker und ein Theologiestudent hatten sich eher zufällig kennen gelernt und auf einer Serviette den ersten Plan entworfen. Es dauerte keine sechs Wochen, da hatte der Vater des Berufssohnes die ersten Investoren gefunden. Dortmunds Presse, die damals neidvoll auf die verhassten Boomregionen Hamburg, Berlin, Frankfurt und München schielte, witterte eine lokale Erfolgsgeschichte. Als Cervizz im Frühherbst 1999 in eine alte Fabrikhalle einzog, waren alle Medien dabei.

Paypinion war eine böse Überraschung für Cervizz. Die Munich Area setzte den optimistischen Gründern aus Dortmund ein Start-up aus der Retorte gegenüber. Ein paar VC-Gesellschaften glaubten, wenn man nur eine gut finanzierte Konkurrenz etablierte, würde Cervizz schnell unterliegen. In Dortmund ließ man sich diesen Affront nicht gefallen. Vertreter von Stadt und Land sorgten dafür, dass Cervizz keine Nachteile hatte.

Den ersten Geburtstag feierte Cervizz in einem Charterflugzeug. Mit dabei waren fast alle Mitarbeiter und vier Fernsehteams. Eine Woche zog man durch Barcelona. Die Werbekauffrau bezeichnete es als gelungene Symbiose aus internem Networking, Exploration einer europäischen Boomregion und Chillout. Der Hangover kam in Dortmund: Der Jahresabschluss war verheerend. Die Fernsehberichte aus Spanien retteten Cervizz. Was so oft in den Medien war, konnte kein Pleitenunternehmen sein. So einfach sollte München nicht gewinnen. Zähneknirschend schoben die Investoren noch mal ein paar Millionen nach, und der Theologiestudent gab bekannt, dass man jetzt den Break Even fest vor Augen habe.

Nach längeren Beratungen mit einer Event-Agentur entschied man sich für eine günstige Geburtstagsparty 2001: ein Ruinenfest auf dem Trifels. Das war ein wenig selbstironisch, und doch voller Symbolkraft: neue Unternehmer an einem geschichtsträchtigen Ort, von dem aus Deutschland einst beherrscht wurde. Die Event-Agentur hatte Recht. Die Mischung aus Selbstbescheidung, rustikalem Buffet und DJs hoch über dem Rhein kam an. Der etwas müde Start war schnell vergessen, als bekannt wurde, dass das verhasste Paypinion vor dem Bankrott stünde. Die Kameras und Recorder füllten sich mit Statements von glücklichen Siegern.

Am Morgen danach hatten die Gründer für Belegschaft und Medien eine Rede gehalten. Man sei stolz, als innovative Gründer im Wettbewerb mit übermächtigen Gegnern bestanden zu haben. Mit dem Ende von Paypinion werde man die Marktführerschaft in Europa übernehmen. Auch im Moment des Triumphes wolle man seinen Respekt vor dem Konkurrenten zum Ausdruck bringen. Am Mittag lagen sich die Cervizz-Gründer bei einer Privatfeier in den Armen. E-Investor hatte ihnen ein Geburtstagsgeschenk gemacht.

***

Mi., 12:39 Uhr – von Uta Hofmann

UNSAUBERE ZAHLEN BEI PAYPINION

München. Die Hinweise für eine drohende Insolvenz der Verbraucherplattform Paypinion verdichten sich. Nach E-Investor vorliegenden Dokumenten ist die Auszahlung der Gehälter bereits in diesem Monat nicht mehr gesichert. Paypinion will sich zu den Vorgängen nicht äußern. Ein Sprecher erklärte, dass im Moment wichtige Gespräche mit Investoren geführt werden. Allerdings war von einer der beteiligten VC-Gesellschaften zu erfahren, dass sie ihre Anteile bereits abgestoßen hat.

<u>Mehr im Abobereich</u>

***

»Endlich«, sagte der Berufssohn und schenkte Champagner nach. »Das war knapp.«

»Ach komm.« Die Werbekauffrau umarmte ihn. »Wir haben es geschafft. Wir sind die Sieger. Wir haben sie vernichtet. Wir werden gefeiert und sie in den Schmutz getreten.«

»Das haben sie auch verdient. Erst unsere Idee und die Inhalte klauen, und jetzt der betrügerische Bankrott. Ich möchte bei denen im Vorstandszimmer sitzen und zuschauen, was da passiert.« Der Theologiestudent hatte den Konflikt immer persönlich genommen. Das Forum der Gewerkschaften bereitete ihm Genugtuung.

***

um 12.48 Uhr **hochmut und fall**
»wir werden die Situation meistern«. »paypinion ist grundsolide«. »der break even wird bald erreicht« – ich kann diese lügen nicht mehr ertragen. Wo sind denn unsere kunden? Wieso dauert es so lang, bis die gehälter da sind? sagt uns wenigstens die wahrheit!

um 12.50 Uhr **re: hochmut und fall**
das war doch klar. seit monaten regiert andi nur noch mit seiner clique. sie wissen, was sie machen, wir sollen das brav umsetzen. dann fahren sie mit ein paar deppen von si2consult auf ein bergwochenende, und alles wird wieder ganz anders. die sind schlichtweg inkompetent.

um 12.51 Uhr **bitte, haltet endlich die klappe**
wer nicht mehr will, soll gehen. niemand will hier mit kollegen arbeiten, die anonym rumgiften und sicher auch selbst beigetragen haben, dass es probleme gibt. ihr tut ja so, als ob ihr nicht beteiligt seid :-(

um 12.54 Uhr **verpiss dich, pr-schlampe**
ich weiß wer du bist, du hast lange genug dein geld bei andi erfickt. mach, dass du wieder auf deinen akademie-strich zurückkommst. warum bist du zu feig, selbst deinen namen drunter zu

setzen, KATHI SCHULTZ? vielleicht kann dir ja deine schwester einen neuen stecher besorgen.

***

»Das muss die Hölle auf Erden sein. Mindestens 300 Postings, und das noch nicht mal in 24 Stunden.«

»Die machen nichts anderes mehr. Und Andi kann nichts dagegen tun, weil er von seinen Investoren gekreuzigt wird.«

»Soll ich auch mal was schreiben?«, fragte die Journalistin. Unter dem Applaus ihrer Partner setzte sie ins Forum:

***

um 12.59 Uhr **hoffnung für andi**
im gefängnis gibt's sicher internet – wir können ihm zum abschied eine liste mit den besten teenie-seiten schenken. kostet uns nichts, und er hat was, um sich von seinem zellengenossen (59, 134 kg) zu erholen.

um 13.01 Uhr **re: hoffnung für andi**
vielleicht sollte man für ihn eine haftstrafe im schwulen gorillakäfig anordnen. »wir sind der inbegriff des 500-pfund-gorillas.« (andi letztes jahr bei der großen party). hoffentlich haben sie dort richtig harte bananen.

***

»Zumindest gibt es doch ein paar kreative Leute bei Paypinion«, wunderte sich der Berufssohn. »Das ist auch das einzige Vergnügen, das ihnen bleibt. Bei uns wäre das sicher ähnlich verlaufen«, gab der Informatiker mit seinem schlichten Gemüt zu bedenken. Der Berufssohn nahm eine frische Champagnerflasche, schüttelte sie und ließ eine Fontäne auf den Informatiker niedergehen. »He, du Heulsuse. Die sterben, wir leben. Ab sofort haben wir die totale Marktpenetration! Jetzt kommt die ganz große Zeit!«

Der Informatiker nahm ihm die Flasche aus der Hand. Einen Moment war Stille. Der Informatiker stellte sich auf das Sofa über den Berufssohn. Dann hob er die Flasche langsam über seine Lippen und ließ den Champagner über sich und seine Kollegen fließen. Sie hatten seit Barcelona nicht mehr so gelacht. Und Paypinion hörte nicht auf, sich selbst zu zerfleischen.

***

um 13.44 Uhr **es ist vorbei**
und unsere partner sind auch auf tauchstation. ich habe gerade einen freund bei kasus content angerufen. die haben bereits die anweisung, uns aus ihrer website zu streichen. das war's.

*

um 14.43 Uhr **selbst schuld**
ich stecke in einem einzigen verhandlungsmarathon, um euch zu retten. wenn es für paypinion jetzt tatsächlich eng werden sollte, ist das eure schuld. wir werden morgen alles daran setzen, die schuldigen für all diese sauereien hier zu finden. andi

*

um 15.31 Uhr **laptops**
wenn die löhne nicht mehr kommen, dann kann ich doch einen laptop als ersatz mitnehmen? die haben doch auch kein geld mehr für die rechtsanwälte :-)

*

um 15.32 Uhr **re: laptops**
hat jemand zutritt zu andis büro? der hat doch für sich und seine bande erst letzte woche neue gekauft;-)))

*

um 17.51 Uhr **wie könnt ihr noch lachen?**
ich habe in weniger als einem jahr über 800 überstunden geschoben. das wurde als selbstverständlichkeit genommen. Als ich vor zwei wochen gefragt habe, wie das mit der bezahlung ist, hat andi getobt, ich würde gegen den paypinion-spirit verstoßen. wenn ich jetzt zurückschaue, bin ich nur ausgebeutet worden. erst ein praktikum, dann hat es ewig gedauert, bis ich übernommen wurde, und jetzt das. wenn ich jetzt gefeuert werde, hatte ich insgesamt einen stundenlohn von 12 mark. new economy ist das letzte.

*

um 17.55 Uhr **re: wie könnt ihr noch lachen?**
paypinion-spirit! wie blöd muss man sein, um auf so eine lüge reinzufallen. wenn ich so blöde ärsche wie dich sehe, kann ich nur lachen.

***

Um 18 Uhr rief ein Wirtschaftsmagazin bei Cervizz an und bat um Stellungnahme. Der Berufssohn war ganz in seinem Element. »Wir sehen den Niedergang unseres Konkurrenten natürlich mit Sorge. In der Marktwirtschaft ist Konkurrenz nichts Schlechtes, ganz im Gegenteil. Wir hoffen, dass durch die Vorgänge in München kein dauerhafter Schaden für unsere Branche entsteht. Es hat sich aber wieder mal gezeigt, dass es im E-Business mehr braucht als nur ein paar unerfahrene Söhnchen und ein paar Millionen. Cervizz hat immer auf Seriosität, Nachhaltigkeit und smarte Investitionen gesetzt. Insofern: Wir sind sehr zuversichtlich, was unsere Zukunft angeht. Natürlich hat die Marktbereinigung für uns auch Vorteile. Nachdem wir Marktführer in Europa sind, ist ein Börsengang am Neuen Markt in den nächsten Monaten wieder in greifbarer Nähe. Haben Sie ein Pressefoto von mir? Nein? Schauen Sie einfach auf unsere Homepage unter Presse.« Seine Kollegen feierten ihn für diese Glanzleistung. Kein Versprecher nach über einer Flasche Champagner und mehreren Pillen. Ein Paypinion-Mitarbeiter schloss sich an.

um 18.11 Uhr **unsere gegner**
jetzt kriegt cervizz alles, obwohl die noch beschissener sind. warum sitzen nur bei uns die verräter?

*

um 18.13 Uhr **servus cervizz**
ich wette, die sind da draußen und lachen. noch. aber nach den neuesten meldungen – hört man – zeichnet sich eine lösung ab, die cervizz nicht gefallen wird. d. monterosso ;-)

***

Die Cervizz-Gründer hatten noch viel zu lachen. Erst gegen 19 Uhr wurde es auf dem Board ruhig. Die Gründer ließen den Tag mit ihren engsten Mitarbeitern in einem japanischen Restaurant ausklingen. Das erste Sushi war noch nicht serviert, als beim Berufssohn das Handy klingelte. Es war sein Vater, gleichzeitig der Aufsichtsratsvorsitzende der Cervizz AG.

»Hast du das mit Paypinion mitbekommen?«

»Klar. Wir sind seit 24 Stunden beim Feiern.«

»Du hast es also noch nicht gehört. Paypinion ist nicht pleite. Es wird an die Verbraucherverbände verkauft und zu deren Plattform umgestaltet.«

»Aber wir wollten doch mit den Verbraucherverbänden zusammengehen. Und im Gegenzug wollten die sich an uns beteiligen.«

»Das ist es ja. Ich habe gerade mit ihnen gesprochen. Nachdem sie Paypinion haben, sind wir ihnen viel zu teuer. Sie wollen uns nicht mehr.« »Was heißt das?« »Du kommst sofort zu Cervizz und holst deinen Kram. Ich schicke dir einen Anwalt, der uns beide aus dem Laden rausboxt. Und zwar noch heute.
Zu den anderen kein Wort.« »Wo gehst du hin?«, fragte
ihn die Journalistin, die bald wieder ohne Job
sein würde. »Eine Familienfeier.
Hab ich ganz
vergessen.«

39. Kapitel

Worin ein Held über sich hinauswächst, indem er jenseits banaler Heldentaten über das Gute in sich und das Böse in der Welt raisonniert.

Er hatte 57.000 Mark verdient. Er war müde, überarbeitet und unglücklich. Er fuhr nach Starnberg und dann weiter nach Aufkirchen. Er stellte den TT auf einem Feldweg ab, setzte sich auf eine Wiese und sah das Alpenpanorama an. Er drehte seine allabendliche Tüte. Vor dem Staatsexamen hatte er nie mehr als zweimal die Woche Haschisch geraucht. Er zündete den Joint nicht an. In der Stille des Sommerabends versuchte er, über den letzten Tag Bilanz zu ziehen.

Der größte Fehler von Paypinion war die Werbekampagne, die im Herbst 1999 gelaufen war. Der Werbe- und Marketingetat lag im ersten Jahr bei 10,7 Millionen DM. Peter untersuchte diesen Etat auf überteuerte Agenturen, Privatparties, Unterschlagungen. Er fand eine gigantische Fehlinvestition. Leider war es eine Fehlinvestition, an der Alex beteiligt war. Paypinion hatte vor allem bei seinen Medien Werbeblöcke gekauft. Alex hatte zwar vier Millionen investiert und 6,9 Millionen durch Paypinion verdient. In den Deal war eine weitere Beteiligung von Alex verwickelt: AdPress.

Die Marketingagentur AdPress hatte Paypinion ein extrem überteuertes Paket vermittelt. Der Vertrag, den Peter im Chaos der BVCN-Buchführung fand, überließ es praktisch den Sendern, wann und wo die Spots von Paypinion laufen würden. Das Kontingent hätte auf dem freien Markt gerade mal die Hälfte gekostet. AdPress hatte seinem Gesellschafter Alex ein Bombengeschäft zugeschanzt.

Um Mitternacht bestätigte Alex, dass die Verbraucherverbände an der Übernahme von Paypinion interessiert waren. Peter erklärte, was es mit dem Werbeetat auf sich hatte, und Claudia bestätigte seine Beobachtung. David zuckte nur mit den Schultern; das sei alles völlig normal in diesen Kreisen. Trotzdem brauchten sie unter diesen Voraussetzungen andere Folterinstrumente.

Peter fand noch ein paar Kleinigkeiten, mit denen sie eine Insolvenzverschleppung unterstellen konnten. Er war sich nicht sicher, ob es reichen würde. Wenn das Paypinion-Management klug wäre, würde es einfach auf den krummen Deal mit AdPress verweisen und die Liquidatoren hochkant aus dem Büro werfen. Selbst die Insolvenzverschleppung war eigentlich keine: Die VC-Gesellschaften, die in der zweiten Runde investiert hatten, überwiesen das Geld vierteljährlich in kleinen Tranchen. Ein VC hatte die Zahlung mit einem lächerlichen Vorwand zuerst verzögert und seit drei Monaten ganz eingestellt. Paypinion hätte natürlich klagen können. Aber sie waren auf der Suche nach weiteren Investoren, und eine Klage hätte alle verschreckt.

Nachdem es keinen besseren Ansatz gab, mussten sie Paypinion über die wackelige Insolvenzverschleppung nageln. Am frühen Morgen konnten sie an den Schreibtischen ausruhen; nur Claudia legte sich auf die Couch. Allein. Sie behandelte Peter wieder wie einen langweiligen Kollegen. Er schluckte seinen Ärger hinunter und redete sich ein, dass sie sowieso nicht sein Typ war.

Um Punkt acht Uhr kam der Vermögensverwalter, ein unsympathischer Mittvierziger ohne erkennbare Qualifikationen. Er hörte sich schweigend den Plan an und brachte dumme Einwände vor. Er glaubte nicht, dass 150.000 DM reichen würden, um den VCs ihre Anteile abzukaufen. Schließlich rief Claudia bei dem VC an, der seine Zahlungen verzögert hatte. Nach ein paar Minuten Verhandlung war der VC bereit, seinen Acht-Prozent-Anteil an Paypinion für 10.000 DM zu verkaufen. Dann informierte Claudia Alex über die Probleme mit dem Vermögensberater. Nach einem kurzen Disput wurde er kooperativ. Gegen ein Uhr nachmittags rief er sie aus einem Café in der Pacellistraße an. Alle Investoren waren einverstanden; allerdings hatte er insgesamt etwas über 200.000 DM ausgeben müssen. Die Verträge würden die VCs bei einem Notartermin im Laufe des Nachmittags unterschreiben.

Blieben noch das Management und das Personal. Paypinion hätte der Planung zufolge im Sommer 2001 dreihundert Mitarbeiter haben sollen. Die Krise machte diese Pläne zunichte, aber Paypinion hatte trotzdem die nötigen Räume angemietet. In der alten Messe an der Theresienhöhe beherbergte eine Halle 180 Arbeitsplätze, und im leerstehenden Teil hatte man im Boom einen Crea-Spielplatz mit Poolbillard und Kicker bauen lassen. An diesem Tag hatte kein Mitarbeiter Lust auf Spielchen. Manche standen in Gruppen zusammen und redeten leise, andere starrten ängstlich in die Rechner. Ihnen war klar, dass das Erscheinen der Beauftragten eines Investors nichts Gutes bedeutete.

Die Liquidatoren wurden im Vorstandszimmer von den Gründern erwartet. Vier Männer und eine Frau, und niemand älter als Peter. Trotzdem hatten sie alle erstklassige Abschlüsse von renommierten Hochschulen. Das Mädchen war richtiggehend schön. Schlicht, elegant und im Vergleich zur aufgedonnerten und übermüdeten Claudia eine natürliche Grazie. Ein perfektes Opfer.

Claudia hielt den Gründern ein Bestätigungsschreiben hin. »Zu Ihrer Information: Wir vertreten den einzig verbliebenen Investor. Wer ist hier für die Finanzen zuständig?«

»Ich bin die CFO«, sagte die Grazie und reichte ihr eine Visitenkarte, die Claudia ohne Beachtung weglegte.

»Hören Sie, wir sind froh, dass wir jetzt nur noch einen Ansprechpartner haben«, meldete sich das Semmelgesicht, das sich als CEO Andi vorgestellt hatte. »Schuld sind nur die Gewerkschaften und die Medien. Wir arbeiten weiterhin am Break Even und sind zuversichtlich, das auch zu schaffen.«

»Das heben Sie sich besser für Ihren nächsten Pitch auf.«

»Sie vertreten Alex?«, fragte die CFO, nachdem sie die Papiere studiert hatte. In ihrer Stimme war etwas Scharfes, Raues. »Davon hat er mir aber gar nichts erzählt. Sind Sie sich sicher, dass Sie keine Betrüger sind?«

»Haben Sie Zweifel an der Echtheit der Unterlagen?«

Claudia ging über die Frau hinweg wie ein Panzer über ein verrostetes Fahrrad. Die Grazie wehrte sich nicht, als ihr die Insolvenzverschleppung vorgehalten wurde. Der CEO präsentierte sich als gutgläubiger, betrogener Chef mit Willen zur Besserung. Er forderte die CFO auf, sofort ihren Resturlaub zu nehmen. Der Cheftechniker nahm ihr alle Schlüssel ab, brachte sie hinaus und sperrte ihr Büro zu. Claudia machte unbeeindruckt weiter. Es dauerte eine halbe Stunde, dann waren die Gründer zu einer Übertragung der Paypinion-Anteile bereit, falls Alex auf eine Anzeige wegen Insolvenzverschleppung und Veruntreuung verzichten würde.

David stellte den restlichen Gründern frei, ihren Urlaub zu nehmen. Mit der Leiterin Human Ressources wurden zehn unverzichtbare Festangestellte und 30 billige Studenten ermittelt. Der Rest konnte nach einer improvisierten Betriebsversammlung erst mal nach Hause. Um 19 Uhr war es vollbracht. Es war ein sauberer und professioneller Schnitt. Peter ertrug die Blicke der Gekündigten trotzdem nicht.

Am Abend kam der Vermögensverwalter mit einem Vertreter der Verbraucherverbände. Claudia schilderte die Firma als kerngesunden Marktführer, der leider nur durch die Unzuverlässigkeit eines krisengeschüttelten VCs in die Schieflage gekommen sei. Nach zäher Diskussion einigte man sich auf einen Preis von 3,05 Millionen. Im Frühjahr 2000 hatte Paypinion ein Kaufangebot von 110 Millionen abgelehnt.

Um dem Geschäftsvorgang den Anschein der unseriösen Leichenfledderei zu nehmen, erzählte der Vertreter etwas über die Strategie seiner Verbände. Man hatte auch mit Cervizz aus Dortmund eine Übernahme andiskutiert, aber die waren zu unprofessionell und zu teuer. Durch die Übernahme von Paypinion habe Cervizz die Existenzberechtigung verloren. Auf diesem engen Markt könne es nur einen geben. Der Vertreter rechnete fest mit einem Aus für Cervizz in den nächsten Tagen.

Die 140 Ex-Mitarbeiter von Paypinion standen vor dem Nichts, und auch in Dortmund würden demnächst über hundert Arbeitsplätze wegfallen. Peter wusste, dass es unvermeidlich war. Das Schicksal der CFO rührte an seinem Gewissen. Er wusste, dass das Mädchen unschuldig war. Sie hatte ihren Job gut gemacht. Die Bücher waren in Ordnung. Sie war das, was es nach seinem bisherigen Verständnis in der New Economy nicht gab. Intelligent, seriös und verantwortungsbewusst. Sie hatte sich mit den falschen Kollegen und Investoren eingelassen. Das konnte schon mal passieren. Vor vier Wochen hätte er sich auch nicht vorstellen können, mit einer nymphomanischen Zicke und einem Psychopathen ein paar hundert Leute um ihren Job zu bringen.

David machte es sich leicht. Er sagte, da draußen sei Krieg. Auf Einzelschicksale könne man keine Rücksicht nehmen. Und Claudias Lust an Effizienz und Kostenreduktion erinnerte an wenig glanzvolle Epochen der deutschen Geschichte. Keiner dieser Erfolgsmenschen würde je wie Peter verzweifelt an den Starnberger See fahren, mit einem Kloß im Hals, und einsam das Alpenpanorama anstarren.

Die CFO hätte es verdient, gerettet zu werden, aber Peter hatte nur zugesehen, wie sie geschlachtet wurde, mit Messern, die er geschliffen hatte. Es musste auch eine Alternative geben.

Peter rief die Auskunft an und fragte nach der Nummer
des Unionistas. Wie alle New Media
Worker war er auch um halb
neun abends noch
im Büro.

40. Kapitel

Worin ein Held Kapitalismus und Gefühlsleben zu einer konvergenten Symbiose bringt und zum Dank für solch Tun ein Angebot erhält.

Der Unionista hatte eine satte, tiefe Stimme mit rheinischem Akzent. Er klang freundlich und vertrauenerweckend.

»Hier Stefan Fischer.«

Peter legte sofort wieder auf. Er wusste nicht, was er dem Unionista erzählen sollte. Er starrte auf die Berge und versuchte, seine Aufregung unter Kontrolle zu bringen. Die Natur lenkte ihn von seiner Angst ab. Das Hochgebirge schien zum Greifen nah; man konnte in Richtung Garmisch die Wälder und über der Baumgrenze die Geröllfelder und Gletscher erkennen.

Er fühlte sich richtig dreckig; so dreckig wie ihr Büro. Es hatte sich in den letzten Wochen in eine Müllkippe verwandelt. Bei David lagen zerfledderte Ordner auf dem Boden. Claudia hatte die Marotte, alles vom Schreibtisch zu werfen, um Platz zu machen. Neben dem Schreibtisch lagen Dokumente, Jogurtbecher und Tablettenschachteln in wildem Durcheinander. Peter hatte genug von dem Dreck.

Er rief den Unionista noch mal an. Dann soll es so sein. Was geschehen muss, soll eben gleich geschehen. Ich werde einfach erzählen, und wenn ich dabei zugrunde gehe. Um David und Claudia ist es nicht schade.

»Hier Stefan Fischer.«

»Herr Fischer, ich rufe wegen einer delikaten Angelegenheit an: Paypinion.«

»Sind Sie von den Entlassungen betroffen?«

»Nein. Ich habe Informationen. Wissen Sie, dass das Kerngeschäft gerettet wurde?«

»Nein. Soweit ich weiß, soll Paypinion abgewickelt werden.«

»Dann habe ich eine gute und eine schlechte Nachricht. Die Internetplattform wird von den Verbraucherverbänden übernommen. Die schlechte Nachricht: Die Verbraucherverbände werden nicht, wie geplant, mit dem Konkurrenten Cervizz zusammenarbeiten. Cervizz steht deshalb unmittelbar vor dem Aus.«

»Sind Sie sicher?«

»Ja.«

»Sind Sie Mitarbeiter?«

»Nein. Hören Sie, ich will nur nicht, dass es noch mehr Unschuldige erwischt. Die haben noch nicht mal eine Ahnung, was auf sie zukommt.«

»Und Sie wissen das.«

»Ja.«

»Zuerst mal: Ich garantiere Ihnen, dass ich die Informationen absolut vertraulich behandle. Ich glaube Ihnen. Sehen Sie, ich hatte gerade Besuch von einem Ex-Mitglied des Paypinion-Vorstands. Ich weiß, dass ein Team eines Schweizer VC-Fonds Paypinion geknackt hat. Ich bin froh, dass es knapp am Konkurs vorbei ging, aber die Methoden des Teams sind, naja ... Der Anwalt in mir fand die Konstruktion, mit der Paypinion geknackt wurde, teuflisch gut. Der Gewerkschaftler wäre entsetzt gewesen, aber den lassen wir mal vor der Tür.

Ich habe kein Mitleid mit den Paypinion-Gründern, mit einer Ausnahme. Als dieses Team anmarschiert ist, hätte die Finanzchefin die Vorwürfe abschmettern können. Ihr eigener Boss hat sie hintergangen.«

»Die CFO war bei Ihnen.«

»Und Sie arbeiten in diesem Team.«

Die beiden schwiegen sich eine Weile an. Der Unionista machte den ersten Schritt.

»Off records: Ich persönlich bin der Meinung, dass so etwas mit Paypinion geschehen musste. Viel Geld, zu wenig Ahnung vom Geschäft. Und dann noch der Gesamtmarkt: Der Sektor ist zusammengebrochen, so tief, tiefer geht's kaum. Für alle Beteiligten ist das die glühende Hölle, in der sie zusammengequetscht werden. Ich höre täglich diese Geschichten und Hilferufe aus dem Abgrund. Und es breitet sich rasend schnell aus. Wer auf dem Gipfel war, ist jetzt im Staub. Oder anders gesagt: In der Branche wird das Unterste zuoberst gekehrt. Und da sind Erscheinungen wie, sagen wir mal, ›Teams‹ unumgänglich. In der Munich Area gibt es mindestens ein halbes Dutzend Teams, die in der Krise das Beste für Investoren herausholen. Akzeptiert. Ich habe kein Problem, wenn sinnlose Start-ups eingestellt werden. Ich will nur, dass die Mitarbeiter menschlich behandelt werden. Und da war bei Paypinion nicht alles in Ordnung. Früher nicht, gestern nicht, und heute auch nicht.«

»Okay, vergessen Sie's.«

»Warten Sie. Ich habe damit nicht Sie oder das Team gemeint. Ich mache Ihnen einen Vorschlag. Wir haben nächste Woche Mittwoch um 20 Uhr eine Podiumsdiskussion im Deutschen Museum. Da geht es um genau solche Fragen. Was wird aus den Arbeitnehmern der New Economy, wie kann man ihnen helfen? Und was können Arbeitgeber tun, um die Situation zu entschärfen? Es muss für die Mitarbeiter noch andere Möglichkeiten geben, als ihnen die Gehälter nicht zu zahlen, wenn's schief geht. Es soll eine Win-Win-Situation für alle Beteiligten werden, und ich kann mir durchaus vorstellen, dass auch Leute wie Sie eine wichtige Funktion haben. Denn Sie machen ein paar Fehlentwicklungen rückgängig, und wenn das sozial abgefedert wird, ist es eine sinnvolle Tätigkeit. Wir alle brauchen eine vernünftige Konsolidierung, und ich bin froh, wenn auf der anderen Seite Leute sitzen, mit denen man über die sozialen Aspekte reden kann. Sie sind nicht mein Feind. Sie haben ein tieferes Verständnis von der Gesamtproblematik als die meisten VCs und Gründer, mit denen ich sonst zu tun habe. Sie rufen an und helfen mir, die Situation besser zu verstehen. Kommen Sie einfach vorbei, und danach unterhalten wir uns am Buffet.«

»Die Gewerkschaften bieten ein Buffet?«

»Klar. Unsere Moderatoren würden nie auf eine Veranstaltung gehen, die kein Buffet hat. Es wird ein netter Abend. Noch mal, ich kann mir sehr wohl eine enge Kooperation vorstellen. Vielleicht können Sie Ihren Auftraggebern vermitteln, dass allzu brutale Kündigungen die Branche mehr kosten als ein ordentlicher Sozialplan. Schließlich müssen sie den Imageschaden nachher mit teuren Agenturen wieder beheben.«

»Ich denk drüber nach.«

Peter legte das Handy weg. Der späte Abend hatte die Alpenkette in ein imposantes Rot getaucht. Dahinter war Italien, da war Kunst, Kultur, Vergessen. Da wollte er hin. Jetzt war er in der richtigen Stimmung für den Joint.

Es hatte verdammt gut geklungen. Der Unionista wusste, wie er seine Ideen so anbringen konnte, dass auch eine Schar Unternehmer ihren Beitritt zur IG Metall erklärt hätte. Und trotzdem war sich Peter unsicher. Er ahnte, dass ihm der Unionista alle Informationen aussaugen würde, ohne die versprochenen Wohltaten vollbringen zu können.

Gegen Liquidatoren war er letztlich hilflos,
und er hing an den vorzeitlichen
Gewerkschaften wie ein
Gerippe an einem
alten, rostigen
Eisenha-
ken.

41. Kapitel

Worin sich unüberwindbare Abgründe für die Helden auftun, nebst der Schleichwege, derer sie sich bedienen wollen.

Sie waren zu schnell. Nichts konnte sie aufhalten, nicht das Inferno hinter ihnen, nicht die Gegner, die panisch versuchten, aus dem Schussfeld zu entkommen. Wer im Fadenkreuz war, löste sich in einem Feuerball auf. Er sah die durchsiebten Leichen der Gegner zwischen sich und seinen Freunden in der Finsternis versinken. Es war der Flug auf dem Racheengel, auch wenn er wusste, dass er selbst schon explodiert war. Etwas hatte die Trümmer seiner Existenz wieder zusammengefügt und ließ den Motor im roten Bereich durch die Schwärze donnern. Die Schlucht, in der die anderen sterben mussten, war ihr Lebensraum. Sie rasten nebeneinander durch eine Kurve, und dahinter war plötzlich kein Platz mehr. Aus dem Abgrund wurde eine enge Spalte, kaum breit genug für einen von ihnen. Über den Gefechtsfunk kamen die Schreie der anderen, aber sie wurden von einem schrillen Ton überlagert. Das Bild löste sich auf, und David wachte mit einem faden Geschmack im Mund und pochenden Schmerzen in den Schläfen auf. Es war, als ob ihn jemand gewürgt hätte.

Er ignorierte das Telefon und ließ den Anrufbeantworter rangehen. Obwohl – nachts um vier konnte es eigentlich nur Bettina sein.

»Du verdammtes Arschloch, nimm gefälligst ab! Ich muss mit dir reden! Du hast sie ja wohl nicht mehr alle!«

Bettina – oder Edith.

»Was zum Teufel ist los, Edith? Ich hatte einen Scheißtag, lass mich schlafen.«

»Habt ihr das mit Paypinion gemacht?«

»Hör mal, da gab es irgendwo eine undichte Stelle. Wir mussten schnell irgendeine Lösung finden, bevor alles zusammengebrochen ist. Und es ist ja alles gut gelaufen. Alex hat blendend dabei verdient. Nur die anderen Investoren haben das Nachsehen. Ist aber nicht mein Problem. Tuchner wird viel Arbeit wegen der Kündigungen bekommen. Alles wieder im grünen Bereich. Gute Nacht.«

»Was habt ihr mit dem Management gemacht?«

»Keine Sorge. Die sind alle gefeuert und kaltgestellt.«

»Und Catherine?«

Es war zu spät in der Nacht. David fiel keine Bekannte mit dem Namen Catherine ein.

»Ich kenn doch da nicht jeden ...«

»Catherine Marold. Die CFO von Paypinion.«

»Ach so. Die haben wir als Erste genagelt. Hat schnell begriffen, dass wir sie wegen Konkursverschleppung dranhaben. Eine Freundin von dir?« In Ediths Bekanntenkreis gab es viele schicke Leute, die bei Prada Geld kontrollieren gingen.

»Catherine Marold ist die Frau, die die große Werbekampagne geplant hat. Sie war damals mit Alex zusammen.«

»Kein guter Geschmack.«

»Du kapierst es nicht, oder? Sie kennt die Hintergründe der Kampagne, und sie kennt euch. Ihr kommt direkt von Alex ...«

»Langsam. Welche Hintergründe?«

»Hast du die Verträge für die Werbung nicht gesehen? Die habe ich damals geschrieben!«

»Doch, klar. Aber das ist doch alles in Ordnung, oder? Formaljuristisch. Du würdest doch nichts machen, was nicht absolut wasserdicht ist.«

Das Schnaufen an der anderen Seite verriet David, dass er gerade Unsinn redete. Großen Unsinn.

»Okay, Edith, was ist los?«

»Nichts, abgesehen davon, dass du gerade meine Karriere ruinierst. Ich will nicht, dass auch nur ein Wort über die Werbeverträge irgendwo erscheint.«

»Ist da was faul?«

»Staatsanwälte würden sagen: Ja. Alex verkauft schwer verkäufliche Werbeflächen aus seinem Konzern an PressAd. Der Laden gehört allein Jeanette Jentner. Die macht kleine Werbepakete für Start-ups, Endpreis irgendwo zwischen 200.000 und zwei Millionen. Ihr Mann berät mit der PR-Agentur AdPress Start-ups und vermittelt denen die Werbepakete zu ziemlich hohen Preisen. Auf diese Weise hat Alex bis 2000 gut verdient – er wurde seine Werbung los, und seine Beteiligung bei AdPress brachte im Boom ordentliche Gewinne. Formal gesehen steckt Alex Geld in Start-ups und zieht es ihnen gleich wieder aus der Tasche. Damit das steuerlich keine Probleme gibt, haben wir PressAd als formal unabhängige Firma dazwischengeschoben. Die paar Mark, die Jentners in die eigene Tasche gewirtschaftet haben, waren nicht so tragisch. Hauptsache, das in der Schweiz als VC-Fonds gebunkerte Geld kam so sauber in den Konzern zurück und ging nicht an die Medien seiner Konkurrenz. Wer von Alex VC wollte, kam an den Werbepaketen von PressAd nicht vorbei.«

»Aber das ist ja großartig. Beihilfe zur Geldwäsche und Steuerhinterziehung. Damit killen wir den Jentner-Clan. Alex wollte die sowieso als Nächste erledigen ...«

Irgendwie fand er nicht die richtigen Antworten.

»Wenn Alex so weitermacht, fliegt ihm der ganze Laden um die Ohren. Wir haben für ihn ein Modell entwickelt, das leise und unauffällig perfekt arbeitet, aber wenn er jetzt den zentralen Teil hochgehen lässt, ist das praktisch irreparabel. Ein kritischer Artikel, und die Staatsanwälte sind uns auf den Fersen.«

»Mach dir keine Sorgen, die CFO wird nichts erzählen, weil sie keine Anzeige wegen Konkursverschleppung will.«

Das Schweigen auf der anderen Seite brachte deutlich zum Ausdruck, was Edith von ihrem Bruder hielt: nichts.

»David, ohne die Werbeverträge wäre die Konkursverschleppung nicht nötig gewesen. Und wenn die anderen Investoren mitbekommen, wo ihr Geld hinversickert ist, wackelt München. Catherine Marold weiß das. Jentners wissen das. Und sie wissen auch, wie man so was bekannt macht. Catherine und die Jentners müssen auf jeden Fall schweigen.«

»Du willst damit sagen, wir dürfen AdPress nicht abschießen? Und wie erklären wir das Alex? ›Lieber Alex, du bist ein Ganove, und das bringt dich in den Knast?‹ Oder so?«

»Mussolini hat mal gesagt, einen hohlen Zahn muss man ausreißen oder mit Gold stopfen. Bei Jentner tut's vielleicht auch eine Amalgam-Füllung, aber bei Catherine Marold wird's teuer. Du fährst morgen früh zu dem Mädchen und bietest ihr eine möglichst gute Stellung bei Paypinion an. Irgendwas mit 130.000 Jahresgehalt Minimum. Sie soll Paypinion leiten. Und dann müsst ihr mit Alex reden und verhindern, dass AdPress einfach so hochgeht. Jentner ist ein alter Fuchs. Der wird sich höflich verbeugen, wenn ihr ihm das Kreuz brecht. Aber acht Wochen später laufen die Verträge bei Panorama über den Bildschirm. Der weiß, wie man so etwas über ein paar Banden spielt. Der Verkauf von Werbezeiten über AdPress ist durch den Niedergang der Start-ups sowieso tot, aber Jentner muss still sein. Und seid bitte bei Frau Jentner extrem vorsichtig. Sie ist oft auf Droge und unberechenbar. Nicht nur Prozac.«

Sie schwiegen sich ein paar Sekunden an. David machte den ersten Schritt.

»Erwartest du eine Antwort?«

»Was sagt Dr. Wassermann?«

»Er meint, Claudia würde zu viel schlucken. Sonst nichts.«

»Dr. Wassermann wird langsam alt. Also pass auf. Die Werbeverträge waren die Hauptknackpunkte. Sucht eine elegante Lösung. Vielleicht könnt ihr euch mit Jentner gütlich auf eine Restrukturierung einigen. Er soll AdPress und PressAd fusionieren, die Hälfte der Belegschaft feuern, Gewinne ausweisen. Und dann suchen wir jemanden, der den Laden kauft.«

»Und wie vermittle ich das Alex? Der erwartet eine saubere Liquidierung.«

»Da solltest du dir alle Mühe geben. Bei Alex muss man mit allem rechnen. Wenn die Verträge bekannt werden, ist zuerst die Kanzlei dran. Alex wird es auf uns schieben und uns das Mandat entziehen. Und sein neuer Anwalt würde sicher abraten, so was wie euch zu beschäftigen. Vielleicht habt ihr für Alex sogar einen Weg gefunden, mit dem er sich von allen alten Problemen befreien kann. Der unschuldige Unternehmer, von den Start-ups bestohlen, von den Anwälten ausgetrickst und vom Finanzamt zu Unrecht verfolgt.«

»Gibt es etwas, was man im Notfall machen kann?«

»Keine Ahnung. Tuchner sagte immer, eine schöne Frau würde von Alex in den ersten zwei Wochen alles bekommen. Zwei Wochen könnten reichen, um ihn auf andere Gedanken zu bringen. Mach doch einfach eine Geschlechtsumwandlung.

Und eine Perücke solltest du kaufen. Er steht nur auf
Blond.« »Jetzt weiß ich wenigstens,
dass du mit ihm nichts hattest.«
»I never fuck the
clients.«

42. Kapitel

Worin ein Held versucht, alte Heldentaten mit neuen Abenteuern zu bewahren, nebst einer schönen Frau, die Wohltaten zu schätzen weiß.

Sie hatte sich immer die entscheidenden Gedanken gemacht. Als ein Investor die Zahlungen einstellte, entwickelte sie einen Notplan. Bis Frühjahr 2002 könnte Paypinion gerettet werden. Bis zum Weihnachtsgeschäft wollte sie die volle Belegschaft halten, und für Januar hatte sie schon eine Liste derjenigen, die gehen mussten. Falls es doch schief laufen sollte, setzte sie auf Alex. Auch, wenn es seit sieben Monaten vorbei war, rechnete sie im Notfall fest mit seiner Solidarität.

Und dann schickte Alex ein paar Vogelscheuchen, die sie der Konkursverschleppung beschuldigten. Eine billige Nutte und zwei Strauchdiebe. Kein Wunder, dass der Arsch von CEO ihnen noch geholfen hatte. Ihr erster Weg nach dem Rausschmiss führte direkt zum Unionista Stefan Fischer. Er tröstete sie, kochte Kaffee, vermittelte ihr einen guten Anwalt und lud sie zu einer Podiumsdiskussion ein. Er gab ihr die Telefonnummer einer Journalistin, die eine Story über Paypinion machen wollte. Zu schade, dass er Gewerkschaftler war. Mit ihm hätte sie sofort wieder eine Firma gegründet.

Am Morgen danach blieb sie mit einer Schachtel Pralinen und einer Flasche Sekt im Bett liegen. Sie vertrieb sich die Zeit mit alten Ally-McBeal-Folgen, die sie zwar aufgenommen, aber nie angesehen hatte. Um zehn Uhr waren Pralinen und Sekt weg. Zum Tengelmann in der Türkenstraße waren es nur fünf Minuten. Sie kam nicht weit. Vor ihrem Haus stand ein silberner Alfa 147, und eine der Vogelscheuchen von gestern sprach sie an.

»Frau Marold, mein Name ist David Rotberg ...«

»Verschwinden Sie.« Ally McBeal hätte es nicht besser sagen können. 1:0 für sie.

»Frau Marold, Sie sind zwar beurlaubt, aber immer noch Angestellte einer Firma, die ich bis heute Abend leite. Bitte, hören Sie mir einfach einen Moment zu.«

»Sie wollen ein Meeting auf der Straße abhalten?« 2:0.

»Nein, natürlich nicht. Können wir vielleicht irgendwo miteinander reden?«

»Nach meinem Urlaub kann ich Ihnen vielleicht einen Termin einräumen.« 3:0. Die Vogelscheuche kam nicht gegen sie an.

»Frau Marold, da hinten ist das Treszniewsky. Ich möchte Sie einfach bitten, mir nur eine viertel Stunde Ihrer Zeit zu schenken. Zuerst, weil ich mich bei Ihnen vorbehaltlos für unser gestriges Verhalten entschuldigen wollte.« Die CFO senkte den Kopf, biss sich auf die Lippe und lächelte schüchtern. 4:0. »Na schön.«

Die Vogelscheuche orderte das Frühstück Paris für zwei Personen. Wer Champagner, Entenleberpastete und Kaviar auf Wachteleiern bestellte, konnte gar keine schlechte Vogelscheuche sein. Selbst wenn die Vogelscheuche an diesem Morgen eher nach einem nicht unattraktiven Mann aussah. So ein Pech für die Vogelscheuche, dass sie in ihr Verderben rannte. Es war 10.12 Uhr, und gerade setzte sich unaufhaltsam ihre Rache in Bewegung. Am Ende des Gesprächs würde sie dem Liquidator erzählen, was in diesem Augenblick passierte.

»Frau Marold, wir wurden erst vorgestern Nachmittag informiert, dass bei Paypinion die Pleite droht. Wir hatten nur sehr wenige Unterlagen, und aus denen haben wir auf Insolvenzverschleppung geschlossen. Wenn wir genauer gearbeitet hätten, wäre uns die Fehleinschätzung schnell aufgefallen. Allerdings hatten wir so viel mit den anderen Gesellschaftern zu tun, dass uns für eine genaue Analyse die Zeit gefehlt hat. Ich will offen sein: Wir mussten den Vorstand entfernen. Paypinion braucht einen unbelasteten Neuanfang. Ich sage das, damit Sie nicht einen falschen Eindruck bekommen. Unser Team ist auf solche Aufgaben spezialisiert, und es ist nichts Persönliches.«

»Wenn's Ihnen Spaß macht.« Mit zynischem Unterton, 5:0. Sie war uneinholbar im Vorsprung.

»Es macht keinen Spaß. Ich habe mir heute Nacht Ihre Buchführung genau angeschaut, und die Schuld liegt bei Ihrem säumigen Investor und den Fehlentscheidungen des CEOs. Und es war auch ...« Die Vogelscheuche machte eine Pause. »Frau Marold, ich will ganz offen sein. Der Name Rotberg sagt Ihnen wahrscheinlich etwas. Edith Rotberg ist meine Schwester. Ich habe mit ihr gesprochen, und ich kenne jetzt das ganze private Drumherum zwischen Ihnen und Alex. Wenn ich von dieser, sagen wir, privaten Komponente Kenntnis gehabt hätte, hätte ich diesen Teil des Jobs abgelehnt. Ich lasse mich nicht zu einem Büttel für private Grausamkeiten machen. In diesem Punkt möchte ich mich bei Ihnen entschuldigen. Sie haben hervorragende Arbeit geleistet. Und deshalb möchte ich Sie fragen, ob Sie für mich arbeiten wollen.«

»Als was?« 5:1, weil fassungslos und überrumpelt. Die nächste Antwort würde wieder böse sein.

»Als Chefin von Paypinion. Sie wissen, dass mein Team heute befugt ist, das zu entscheiden. Paypinion geht an die Verbraucherverbände. Ich kann aber garantieren, dass Sie auch danach die Chefin sein werden. Alex bekommt nichts mit. Und Sie werden ohne Ihre bisherigen Vorstandskollegen agieren. Die sind und bleiben gefeuert.«

»Sie meinen, es geht mit Paypinion weiter?« Immer noch fassungslos, 5:2.

»Nur unter ganz bestimmten Bedingungen. Ich habe mich heute über Sie informiert, und Sie haben ein paar indiskutable Angewohnheiten. Sie arbeiten zu viel. Wenn Sie bei einem Verband arbeiten, sitzen Sie unter keinen Umständen länger als 50 Stunden pro Woche im Büro. Ansonsten würde auch Ihr Stundenlohn furchtbar sinken. Als Jahresgehalt steht bei Ihnen 160.000 auf meiner Liste. Ist das in Ordnung? Dann würde ich Sie sofort zu Paypinion bringen und den Vertrag fertig machen.«

5:3, und sie war nah dran, alles zu verlieren. Das Verderben des Liquidators wurde ihr eigener Untergang. Sie musste sofort nach Hause. Sie warf einen Blick auf ihre Uhr. 10.22 Uhr. Vielleicht, wenn sie rannte, konnte sie es noch aufhalten.

»Ich sage ja. Warten Sie einen Moment, ich muss nur schnell meine Sachen holen.«

Um 10.23 Uhr fing sie an zu rennen. Um 10.25 war sie an ihrer Wohnungstür und fand den Schlüssel nicht. Um 10.27 tippte sie hastig die Nummer ins Telefon. Es war belegt. Um 10.29 war es frei.

»Hier Marold. Stoppen sie den Artikel!«

»Frau Marold, wir sind seit zehn Minuten im Druck, oder so. Ich kann nichts mehr tun.«

»Dann versuchen Sie zumindest die Sachen mit den Liquidatoren rauszunehmen. Bitte!«

»Die hatten ohnehin keinen Platz mehr. Es gab in der letzten Stunde noch ein paar neue Entwicklungen. Der Cervizz-Chef ist von seinem Posten zurückgetreten, und Paypinion hat einen Käufer. Und die Sache mit den Liquidatoren und dem Auftraggeber ist uns noch nicht genügend abgesichert.«

»Die Sache werden Sie so oder so bleiben lassen. Ich ziehe alle Aussagen zu den Vogelscheuchen zurück. Verstanden? Falls ein Wort erscheint, informiere ich meinen Anwalt. Aber wenn Sie in zwei Stunden bei Paypinion sind, können Sie für E-Investor ein Exklusiv-Interview mit der neuen Paypinion-Chefin führen.«

»Ist schon gut.« Uta legte auf. In der Pressestiftung hatte man ihr ruhiges Recherchieren beigebracht, aber das war mit den Anforderungen der New Economy nicht zu vereinbaren. Der Kamikazestil der Dotcom-Szene würde bald auch auf andere Bereiche des Journalismus überschwappen. Es war der Sieg des Hypes über die Berichterstattung.

Sie würde trotzdem mitmachen. Und das verdammte
Bild würde sie auch wiederfinden.
Zu dumm, dass auch die
Digitalkopie gelöscht
worden war.

43. Kapitel

Worin die Helden endlich einmal an sich selbst denken und zu ihrem Vorteil handeln, nebst einigen Details zu ihren Geschäftspartnern.

»Wie beurteilen Sie das, was sich jetzt bei Ihren Konkurrenten von Cervizz abzeichnet? Innerhalb von 48 Stunden vom scheinbaren Gewinner zum Pleiteunternehmen?«

»Wir sehen den Niedergang unseres Konkurrenten natürlich mit Sorge. In der freien Marktwirtschaft ist Konkurrenz nichts Schlechtes, ganz im Gegenteil. Es hat sich aber wieder mal gezeigt, dass es im E-Business mehr braucht als ein paar Millionen. Paypinion hat im letzten Jahr auf Seriosität, Nachhaltigkeit und smarte Investitionen gesetzt, und dieses Standing haben die Verbraucherverbände jetzt belohnt.«

»Vielen Dank, das war Catherine Marold, die neue Chefin des Verbraucherportals Paypinion.de. Mehr zu neuen Ideen aus E-Commerce und Online-Branche gibt es hier bei uns ab kommendem Sonntag immer um 20.15 Uhr bei @-World, dem neuen Magazin rund um Erfolg und Internet, präsentiert von unserem Partner E-Investor ...«

Peter schaltete den Fernseher aus. »Schade, dass es NewBiz-Duell nicht mehr gibt. Ich hätte mir einen Knaller zum Abschied gewünscht. Die Liquidatoren treten gegen das BVCN an. Und als Hauptkampf des Abends Alex gegen Tuchner.«

»Sei nicht so gehässig, Peter. Bringst du mir bitte einen Martini d'Oro?« Claudia lag hingestreckt auf dem Sofa im Aufenthaltsraum und fächelte sich eine schwache Brise zu. Der Berufsverkehr hatte an diesem Donnerstagabend der ohnehin bleischweren Luft eine Dosis Kohlendioxid und Benzol beigemischt. Vor dem Büro staute sich die Karawane der Provinzler, die nach Hause zu Mami, Freundin oder ins Bordell wollten.

Peter dachte kurz nach und sagte: »Hol ihn dir selbst.«

»Trottel.«

Das muss ja wirklich verheerend schlechter Sex gewesen sein, dachte David, als er im Vorraum das Gestänkere hörte.

»Freunde, wir haben diese Woche zu viel gearbeitet. Und außerdem gibt es noch ein Problem, das ich gerne lösen würde. Ein Problem, das uns alle betrifft.«

»Claudias Kokserei?«

»Peters Dauerdröhnung?«

»Meine perverse Leidenschaft für Tuchners Unterwäsche. Wenn meine Schwester unsere Beraterverträge so gemacht hat wie das Zeug von AdPress, dann will ich nicht, dass das Geld irgendwo allzu lange rumliegt. Auf das jetzige Konto haben neben uns auch Alex und sein Vermögensverwalter Zugriff. Ich habe das schon dreimal moniert, aber passiert ist nichts. Ich möchte morgen nach Davos und das Geld einfach abräumen. Da liegen 259.322 Mark pro Person, und wir können auch gleich die Sache mit dem TT regeln.«

Die Fahrt nach Davos verlief ungewohnt harmonisch. Der silberne Alfa glitt unter einem bewölkten Himmel durch verschleierte Bergriesen. Als Peter einmal fast versehentlich Claudias Schulter berührte, blieb sie ganz ruhig. In Davos eröffneten sie in der Kantonalbank Privatkonten.

Danach gingen sie in ein unscheinbares, schwarz verspiegeltes Bürogebäude, das neben der Vermögensverwaltung eines Medienkonzerns auch eine gute Privatbank beherbergte. In einem großen, diskreten Saal räumten sie das Gemeinschaftskonto bis auf drei Franken aus.

Sie bummelten durch das romantische Städtchen, das so jämmerlich am Geld aus aller Herren Länder zu ersticken drohte. Claudia entdeckte eine Boutique mit reichhaltigem Angebot an Comme de Garçon. Sie brauchte den ganzen Nachmittag, aber danach hatte sie drei traumhafte Kleider gekauft. Ihre Kollegen ertappten sich bei dem Gedanken, dass die blöde Kuh wirklich gut aussehen konnte. Wenn sie sich Mühe gab, hatte sie so etwas wie Charme. Manchmal vergaß sie sogar die Deformation durch Universität und Akademie, und unter der zickigen Oberfläche schimmerte so was wie Charakter durch.

An das Abendessen hängten sie noch eine Nacht in Davos. Das waren sie ihren Spesen schuldig. Draußen ging ein grandioses Unwetter nieder, wie es sie nur in den Alpen gibt: Kurz, scheinbar unerbittlich, bis es sich dann in einen endlosen Regen auflöst. Sie trafen sich in Claudias Zimmer und schalteten das Licht bis auf eine diffuse Schreibtischlampe aus. In dem riesigen Doppelbett war genug Platz für alle. Nachdem sie, in fette Schweizer Daunendecken gehüllt, schweigsam die erste Flasche Wein getrunken hatten, sprachen sie doch noch über den Job. Claudia würde Alex die peinlichen Aspekte im Fall AdPress schonend nahe bringen, Peter mit Tuchner über die Möglichkeiten zur stillen Restrukturierung der Agentur reden.

»Und unser David sorgt mit seiner Schwester für einen Käufer.«

»Die hat schon jemanden. Einen paneuropäischen VC, der im E-Commerce auf die Schnauze gefallen ist. Dagegen ist eine PR-Agentur eine solide Investition. Also alles ganz leicht. Was ganz anderes als die schreckliche Stunde mit Tuchner für dich, Peter.«

Peter kannte die Berichte von Kommilitonen, die bei Tuchner gearbeitet hatten. Es kursierten wilde Gerüchte über einen cholerischen Leuteschinder. »Wie ist der denn so?«

»Edith meint, er ist das Letzte. Feige, korrupt, hintenrum. Kann auf Kommando freundlich sein. Claudia kennt ihn besser.«

»Nur das Übliche. Langsam zu alt, aber erfolgreich und zynisch. Meinte Klaus Kastner.« Klaus hatte ihr das in ihrer letz ten Nacht erzählt. Sie mochte David und Peter nicht besonders, aber als sie an Klaus dachte, schenkte sie ihren Kollegen einen warmen Blick. »Tuchner hat in den frühen Siebzigern einen SS-Mann verteidigt, der noch kurz vor Kriegsende Gefangene bei Todesmärschen erschossen hat. Ein Nazi, der danach Karriere gemacht hat. Tuchner hat einem Überlebenden im Zeugenstand so zugesetzt, dass der zusammengebrochen ist. Der Prozess endete mit Freispruch aus Mangel an Beweisen. Das wurde für ihn erst in den Neunzigern ein Problem, als man seinem Mandanten doch noch ein paar andere Verbrechen nachweisen konnte.« Claudia schob vorsichtig ihre Füße unter der Decke hervor. David fand, dass sie sehr hübsche Zehen hatte. Sie waren fein gegliedert, mit süßen, knubbeligen Ballen am Ende. Wahrscheinlich war sie zwischen den Zehen extrem sensibel. Wie sie wohl reagieren würde, wenn er den kleinsten, wehrlosesten vorsichtig zwischen die Zähne nehmen würde? »Er hat sich aus der Affäre gezogen, als er für ein paar tausend Mark bei Starnberg ein Mahnmal für die Opfer seines Mandanten setzen ließ, mit der Inschrift ›Zum Gedenken an die hier zu Tode Gekommenen‹, weil ein Mord nicht nachgewiesen wurde. Klaus fand das cool. Hoffentlich bricht Alex mit ihm, wenn das alles vorbei ist.«

»Alex passt zu Tuchner«, sagte David. »Du solltest dich mal mit Catherine Marold unterhalten. Alex ist menschlich ein echtes Scheusal. Steht auf widerliche Sexualpraktiken. Er braucht immer irgendwelche Spielsachen, die er dann zerschlägt. Uns wird er früher oder später auch zerstören, wenn wir ihm nicht mehr passen.«

»Ich traue ihm nicht. Lass dich von ihm nicht einwickeln«, eifersüchtelte Peter. Er hätte David am liebsten zum Fenster hinausgeworfen, um mit Claudia allein zu sein.

»Wir bringen das sauber zu Ende. Was macht ihr eigentlich, wenn das alles vorbei ist?«

»Ich gehe zurück nach Israel. Oder nach Wien und mache was über die Nazis von der FPÖ und über Arisierungen. Ich habe genug von der New Economy und all den Core Assets. Ich bin eigentlich nur wegen Bettina hierher gekommen, und jetzt will ich wieder schreiben. Wie Bettina das immer so schön sagt: Man kann die Welt nicht besser machen, aber man kann verhindern, dass sie noch schlechter wird.«

»Was sagt deine Bettina eigentlich zu diesem Job?«

»Nichts. Ich kann nicht einfach einer linken Journalistin erzählen, was wir hier tun. Einen Tag später gäbe es einen Exklusivbericht über uns. Aber gerade das macht den Job so hart: Niemanden von außerhalb zu haben, mit dem man reden kann.«

»Und was wirst du machen, Peter?«

»Auch weggehen. Nach Italien, solange mir das Geld reicht und ich Sprit für den TT habe. Museen besichtigen. Gut essen. Und dann arbeite ich wieder als freischaffender VC-Jäger. Aber ich habe noch nicht drüber nachgedacht. Jetzt du, Claudia.«

»Das kann ich euch nicht erzählen.«

»Sie will heiraten, Kinder kriegen und in den Kirchenvorstand«, sagte David und erhielt zum Dank ein Kissen an den Kopf.

»Gib mir noch einen Wein, du Trottel. Ich will – nein, das klingt zu komisch für euch.«

»Erzähl schon.«

»Ich will ein Start-up gründen. In Frankfurt. Dienstleistungen für Banker, mit einer Freundin. Morgen fahre ich hin und rede mit ihr drüber. VC habe ich ja genug. Und damit ich gut ankomme, will ich jetzt schlafen. Gute Nacht.« Sie hatte wirklich sehr schöne, intelligente grüne Augen. Mit der angebrochenen Rotweinflasche gelang es Peter und David, noch eine halbe Stunde und einen Gutenachtkuss herauszuschinden.

Den Rest der Nacht unterhielten sie sich über die Frage,
ob Claudia nur eine nette oder schon eine
tolle Frau war. Gegen fünf Uhr
war sie definitiv
toll.

44. Kapitel

Worin viel von fleischlichen Genüssen die Rede ist, nebst den Gründen, warum von denselben nur geredet wird.

»Kannst du mir einen Gefallen tun?«

»Jeden.«

»Ruf in 15 Minuten bei meinen Eltern in Frankfurt an und sag, dass ich sofort kommen muss, weil du mich wegen irgendeiner unklaren Datei brauchst. Ist Rotberg eigentlich ein sehr jüdischer Name?«

»Geht so. Meine Großmutter ist eine geborene Levin.«

»Macht es dir etwas aus, einen anderen Namen zu erfinden? Meine Eltern ...«

»Ihr habt alle einen Judenknacks.«

»Sei nicht böse. Irgendwas anderes als David Rotberg, bitte.«

»Ärger?«, fragte Uta.

»Ja. Moment bitte.« David spülte eine grünweiße Käferleiche mit Prosecco hinunter. Es würde ihm schon etwas Kreatives einfallen unter all diesen Kreativlingen, die sich zur Vorstellung der Studie »Content Kingdom – Inhalte im 21. Jahrhundert« in der Bibliothek des Literaturhauses versammelt hatten. Das Berliner Marktforschungsinstitut IQ4U hatte sechshundert bezahlte Trendscouts gefragt, ob sie für Inhalte im Internet zahlen würden, so sie dafür zahlen müssten. Tatsächlich ließ sich die Hälfte der Trendscouts bewegen, die Frage mit Ja zu beantworten. IQ4U verstieg sich zur Behauptung, die Hälfte aller deutschen User wollten für Contents im Internet zahlen. Wer mehr wissen wollte, musste die Studie für 1450 Euro kaufen. Darin fand man auf 300 Seiten aufgeblasene Tipps zur Contentgestaltung mit bunten Grafiken. IQ4U verdiente an diesem Abend nicht genug, um die Kosten für das Buffet wieder reinzuholen. Nur der Innovationsvorstand von Killer Content kaufte die Studie.

»Mozarellaspießchen. Frühlingsrollen. Quiche aus der Tiefkühltruhe. Und ich habe heute Mittag extra wenig gegessen«, jammerte der Herr in Beige die Journalistin an. »Das traut sich ja nicht mal der Businessplan-Wettbewerb den Studenten vorzusetzen.«

»Da wird mir schon vom Anschauen schlecht«, bestätigte der Herr in Schlammgrün. »Wenn es wenigstens eine Vinaigrette dazu gäbe. Und dabei stand in der Einladung: Networking am Buffet. Habt ihr schon mal so ein miserables Buffet erlebt?«

Uta verdrehte die Augen. »Vor drei Wochen war ›Green Economy‹, ein Joint Venture der Grünen mit dem Technologieverband. Da war es auch entsetzlich. Pampige Süßigkeiten, die durch Hitze zähflüssig wurden. Widerlich.« Sie war froh, dass sie die Herren und David getroffen hatte. Der Innovationsvorstand ihres ehemaligen Arbeitgebers war immer in ihrer Nähe. Er wollte etwas loswerden. Es gab viele alte offene Rechnungen, und Uta hatte Angst vor einem Eklat. Der Innovationsvorstand sprach laut von den kommenden Erfolgen seiner glänzend aufgestellten Company. Die durch unfähiges Personal hervorgerufenen Probleme der Startphase seien überwunden.

Der Herr in Beige suchte das Buffet vergeblich nach Anzeichen von Luxus ab. »Und dann wundert sich die New Economy, wenn wir sie zerreißen. Aber in drei Monaten ist Elmau, da werden wir gerettet.«

»Was ist Elmau?«, fragte die Journalistin.

»Du kennst Elmau nicht? Einmal im Jahr treffen sich Jungunternehmer und VCs und sagen, dass alles in Ordnung ist und das Goldene Zeitalter anbricht, dass das Geld auf der Straße liegt, um eingesammelt und unter die Agenturen und Dealer gebracht zu werden.«

»Da musst du unbedingt hin, wenn es E-Investor dann noch geben sollte. Sieht ja nicht so gut aus, was man so hört«, schaltete sich der Herr in Schlammgrün wenig galant ein.

»Das heißt es schon seit Monaten. Wenn, dann ist es auch egal. Dann suche ich mir im Verlag was anderes, und bei Newsmag habe ich den Fuß in der Tür.«

»Na, dann musst du dich sofort anmelden. Frau Schultz! Wo ist Frau Schultz?«

David war das Gespräch sichtbar peinlich. »Jungs, wir können über alles reden, aber momentan nicht über Frau Schultz. Sie ist seit drei Tagen im Krankenhaus. In einer Klinik am Tegernsee.«

Einen Moment herrschte andächtiges Schweigen am Tisch. Dann machten sich die Herren in Beige und Schlammgrün auf, um das denkwürdige Ereignis weiterzuverbreiten. Uta verstand nichts. »Was hat sie denn?«

»Das, was viele haben. Ein psychisches Problem und zu viele Drogen im Körper. Angeblich war's ein Autounfall mit mehr als drei Promille.«

»Könnte man da nicht mal was drüber machen? Sucht und New Economy?«

»Da wirst du kaum einen Gesprächspartner finden.«

»Aber es gibt doch Experten.«

»Nein. Es gibt Suchtberatung für Schwerstabhängige, aber die New Economy hat andere Probleme. Hier sitzt keiner mit der Nadel hinter dem Müllcontainer. Es ist auch nicht schick. Es ist eine Notwendigkeit, mit der man sich arrangiert, aber über die keiner redet. Es passt nicht zum cleanen Bild der New Economy. Aber jeder schluckt etwas. Wenn die Hoffnungen sterben, kommen die Ersatzhoffnungen: Drogen.«

Uta sah David nachdenklich an. »Und was schlucken die Berater wie David Rotberg?«

»Grünweiße Fruchtgummis aus Israel. Ist auch eine Marotte. Und du?«

»Nichts. Journalismus ist eine Droge. Und ich verdiene nicht genug für solchen Luxus.«

»Willst du wirklich was drüber schreiben?«

»Bei E-Investor wäre das schwierig, aber bei Newsmag würden sie es drucken, nach dem Erfolg des Paypinion-Coverage. Es soll eine Serie werden, und das nächste Mal geht's um die New-Media-Worker. Social Issue, da passt das gut rein. Kommende Woche ist auch eine Podiumsdiskussion zur Arbeitsplatzsicherheit, von den Gewerkschaften.«

»Geh doch einfach in einer Szenedisco aufs Damenklo und lass die Kamera mitlaufen.«

»Wolltest du nicht noch deine Freundin anrufen?«

»Richtig. Ganz vergessen.« David rief bei Claudias Eltern an. »Shalom, mein Nome ist Arik Blumental vun Schmul, Goldberg un Partner. Tun Se sein de Mame vun der schejnen Claudia?«

Auf dem Weg nach Frankfurt waren ihr die Pläne eines Bordellbetriebs in der City zunehmend kurios und idiotisch vorgekommen. Es war ein kurzer Rausch gewesen, die plötzliche Nähe eines anderen Menschen und der Zauber einer ersten Nacht, aber es war nichts, was sich wiederholen ließ. Claudia verstand nicht mehr, was sie damals empfunden hatte.

Bevor sie zu ihren Eltern fuhr, versuchte sie es trotzdem noch mal. Im späten Tageslicht hasteten eilige Männer zu den Eros-Centern, und ein paar Junkies lungerten in Hauseingängen. Was ihr über Wochen wie eine Verheißung erschienen war, zeigte sich als ärmlicher Straßenzug voller Schmutz und heruntergekommene Menschen. Es war nicht ihre Welt. Auch ihr Vater war nicht mehr ihre Welt.

»Da hat so ein Computer-Inder namens Ariblomentaal für dich angerufen. Der will irgendeine Datei. Du sollst sofort kommen. Ich habe ihm gesagt, dass das nicht geht.«

»Bitte nicht.«

»Wieso arbeitest du eigentlich mit diesem Pack zusammen? Ruft hier einfach mit seinem unverständlichen Akzent an und führt sich auf wie ein Chef. Was hat der in einer ordentlichen Firma verloren?«

»Es gibt eben einen Mangel an Fachkräften.«

»Das ist noch lange kein Grund, sich so unhöflich am Telefon zu benehmen. So können die sich im Slum von Islamabad aufführen, aber hier gibt es klare Regeln für den zwischenmenschlichen Umgang.«

»Was hat er denn genau gesagt?«

»Nur, dass du unbedingt kommen musst und dass es morgen früh ein Treffen gibt. Was sind das nur für Leute, die am Sonntag arbeiten.«

»Internationale Kunden. Tut mir Leid, ich muss bald zurück. Ich gehe morgen Abend in München zum Gottesdienst.«

Der Computer-Inder entwickelte sich zum Anlass für eine Weltbetrachtung aus Frankfurter Vorortperspektive. Ihr Vater schlug den Bogen von Indien über die Türken und Amerikaner bis hin zu den Bordelljuden, die seines Erachtens für die ganze Drogenkriminalität in Frankfurt verantwortlich waren. Claudia entschuldigte sich unter Hinweis auf den morgigen anstrengenden Tag, ließ das klebrige Nussgebäck stehen und verabschiedete sich mit dem Versprechen, bald wiederzukommen.

Auch diesmal verwandelte der Sonnenuntergang die City in einen rötlich glühenden Kristall, eine abgeschlossene Welt, zu der ihre Eltern nie Zugang erhalten würden. Claudia ließ sich durch den Verkehr treiben. Sie hätte auch direkt auf die Autobahn fahren können, aber sie redete sich ein, dass der Weg durch die City schöner war. Die Nähe zum Rotlichtbezirk war Zufall. In der City kam ihr die Idee, von der Taunusstraße Abschied zu nehmen. Diesmal für immer, ihre Zukunft lag in München.

In der letzten Abenddämmerung fielen Scharen von Freiern ein. Schon in den Randbereichen des Bezirks standen leicht bekleidete Mädchen mit hungrigen Augen. Es waren Drogenwracks, Menschen ohne Hoffnung und Bleibe. Sie waren nicht schön, aber nach dem Abendessen ertrug Claudia ihre Blicke mit einem seltsamen Gleichmut.

Sie hatte natürlich etwas Angst vor einem Wiedersehen. Aber sie wollte sich beweisen, dass sie nicht zu feige war. Sie wollte Standhaftigkeit beweisen. Wenn sie die Stelle sehen würde, wo sie Olympia getroffen hatte, konnte sie endgültig mit der Spinnerei abschließen. Gelöst und selbstsicher fuhr sie durch die Straße ihrer ersten Begegnung. Es war so einfach. Unter dem Dutzend Prostituierten am Straßenrand war niemand, der auch nur im Entferntesten Ähnlichkeit mit Olympia hatte. Claudia war sich nicht mehr sicher, ob sie das dunkle Mädchen überhaupt noch erkennen würde, als der Verkehr ins Stocken geriet. Ein paar Wagen vor ihr beugte sich ein Mädchen zu einem Auto hinunter. Claudia fühlte sich mit drei Gramm Kokain im Koffer auf dem Straßenstrich unbehaglich. Im Rückspiegel sah sie, wie ein anderes Mädchen aus einem Wagen hinter ihr ausstieg. Es war Olympia.

Claudia erkannte sie sofort. Nichts hatte sich geändert. Ihre Vorsätze, ihre hart erarbeitete Sicherheit und die Gewissheit lösten sich in Sekundenbruchteilen auf. Kein Tropfen Blut blieb ihr, der nicht bebte. Sie kannte das Gefühl. Es war ein Zeichen des alten Fiebers. Sie wollte so schnell wie möglich um diesen verdammten Block, bevor irgendein dreckiger Typ Olympia mitnahm und vergewaltigte.

Im dichten Verkehr brauchte sie über drei Minuten, um wieder in die Straße zu kommen. Sie konzentrierte sich fest auf die Silhouette, die sich hundert Meter vor ihr am Straßenrand abzeichnete. Alles um sie herum verschwand. Sie wollte dieses Mädchen, sonst nichts. Die Zivilstreife hinter ihr musste hupen und das Blaulicht aus dem Fenster halten, um auf sich aufmerksam zu machen.

»Guten Abend, Fahrzeugkontrolle«, sagte ein gelangweilter Polizist, der hier schon alles Mögliche erlebt hatte. Bankerinnen auf der Suche nach dem Kick waren für ihn ein Normalfall. So richtig heftig wurde es mit den Frauen immer erst während der Buchmesse. Für Claudia war es ein Alptraum.

»Wohin fahren Sie?«

»Nach München.«

»Da sind Sie aber hier denkbar falsch.« Nach einer längeren Pause, die Claudia in ihrer Peinlichkeit wehtat, fügte er hinzu: »Führerschein und Fahrzeugschein bitte.«

Während der Polizist die Papiere kontrollierte, zog die Blechschlange ungerührt an ihrem Wagen vorüber. Olympia stand bewegungslos am Straßenrand und sah in ihre Richtung.

»Vielen Dank.« Der Polizist gab ihr die Papiere zurück. »Nach München fahren Sie am besten geradeaus und dann vorne rechts. Dann kommen Sie direkt auf die Autobahn.«

Claudia gab sich alle Mühe, den Wagen so langsam und so umständlich wie möglich zu starten. Sie wollte nicht mit Polizeischutz aus dem Bezirk fahren. Die Zivilstreife bog in den Verkehr ab und ließ ihr freundlich und unerbittlich den Vortritt.

Das Mädchen sah Claudia unverändert entgegen. Als sie sie erreichte, blieb der Verkehr fast stehen. Olympia lächelte sie an und winkte. Claudia ignorierte es und rollte stur weiter. Kurz vor der Stadtgrenze von München hatte sie den Schmerz verdrängt.

45. Kapitel

Worin das Wirken eines Helden über Gebühr geachtet wird, nebst einigen teuren Erklärungen zum Funktionieren der Munich Area.

Peter hatte sich über das Wochenende die ganze Sache mit AdPress noch mal gründlich überlegt, mit dem Ergebnis, dass er unter keinen Umständen zu Tuchner wollte. Dass er sich breitschlagen ließ, war Claudia zuzuschreiben. Sie hatte ihm signalisiert, dass es in ihren Augen einen direkten Zusammenhang zwischen dem Versagen im Bett und dem Versagen im Beruf gab.

Montag, Punkt 15 Uhr saß Peter Tuchner gegenüber. Er trug den Vorschlag zur Restrukturierung von AdPress vor, und der Anwalt sagte zu. Einfach so. AdPress, so Tuchner unumwunden, sei ihm immer als unseriöses Geschäftsmodell erschienen, und er weine den Marktschreiern keine Sekunde nach. Der Boss von AdPress hätte Alex überzeugt und wäre erst danach zu ihm gekommen, um Mitglied des BVCN zu werden. Er begleite den Exit von AdPress mit einer gewissen Befriedigung.

»Diese Restrukturierung ist eine typische Juristenidee. Ich darf davon ausgehen, dass das Ihr Beitrag war?«

»Ja«, log Peter.

»Ich kannte Sie bisher nicht, oder besser, nur aus den Rechtsgutachten der Berichte. Wissen Sie, ich komme aus einer anderen Zeit. Diese ganze New Economy, das war von Anfang an nicht mein Ding. Aber niemand fragt Anwälte, ob sie so etwas machen wollen. Die Mandanten hören irgendwo was von Börsengängen und Milliardengewinnen. Dann kommen sie hier mit ihrem Geld rein, und man kann ihnen die Flausen nicht ausreden. Aber ich hatte ein paar junge Leute hier, die kreative Modelle zur Vermögensverwaltung entwickelt haben. Ich habe es einfach laufen lassen. Ich hätte besser aufpassen müssen, aber ich habe den falschen Leuten vertraut.

Wenn ich die Berichte Ihrer Kollegen lese, klingen die wie das, was ich immer aus dem BVCN gehört habe. Der gleiche«, Tuchner ließ Zynismus in seine Stimme fließen, »Hype, dieselben reißerischen Sprüche. Früher war der Markt so ›sexy‹, die Unternehmer erfüllt von entrepreneurial spirit voller Ideen, und heute schreiben Ihre Kollegen, dass der Markt tot ist, die Unternehmer inkompetente Idioten voller Lügen. Die Übertreibungen der letzten Jahre werden ins Gegenteil verkehrt, und zwar von den Leuten, die früher am lautesten geschrien haben. Leute, wenn Sie gestatten, wie Ihre Kollegen: ein Journalist und eine Marketing-Spezialistin. Die Presse und die Agenturen haben sich jahrelang vollgefressen, und jetzt versuchen sie, an der Krise zu verdienen.«

Er sah Peter nachdenklich an. »Ich will nicht sagen, dass die Kritik nicht auch gerechtfertigt ist. Ab einem gewissen Zeitpunkt sind alle auf den Zug aufgesprungen. Vielleicht erinnern Sie sich noch an den Begriff ›Jobmaschine Internet‹. Wir wollten die Munich Area voranbringen. Es war riskant, und manche Leute, besonders die Politiker und die Medien, haben die Risiken aus den Augen verloren.«

Tuchner stand auf, ging zur großen Glasfront seines Büros und sah auf die Alpenkulisse, die sich im Süden von München abzeichnete. »Von 10.000 Geschäftsideen bekommen gerade mal 1000 Risikokapital. Von diesen 1000 werden 100 ein finanzieller Erfolg. 20 davon gehen an die Börse. Zwei werden Marktführer. Ich habe das allen gesagt. Natürlich glaube ich daran, dass die Unternehmen des BVCN zu den besseren gehören, aber das Risiko kannte jeder. 1999 war die Ausnahme; da schien es, als ob alles und jeder am Neuen Markt reich werden könnte, besonders mit Internet. Ihr Auftraggeber kommt aus den Medien und hat sich deshalb für Internetfirmen entschieden. Ich habe auch andere Vorschläge gemacht. Medien sind immer riskante Anlagen, auch das war bekannt. Was wir jetzt erleben, ist normal. Wenn ein Fahrradhändler Pleite macht, interessiert das niemanden. Aber wehe, ein Start-up geht unter, dann jammern alle von E-Investor bis N24. Und niemand sagt die Wahrheit: Es gibt keine Dotcom-Krise, es gibt nur eine Hype-Krise. Ihr Team will an der Hype-Krise verdienen. Das ist legitim.«

Tuchner versenkte sich wieder in seinen großen, schweren Chefsessel und sah Peter eine Weile nachdenklich an.

»Ich will Ihnen gegenüber ehrlich sein. Ich halte nichts von der Arbeit Ihres Teams. Steel2net, Virtualstrike und besonders Headsearch, das waren simple Raubzüge. Wie Sie sehen, war es für uns ein Leichtes, die Unternehmen zu erhalten und neu zu positionieren. Virtualstrike wird vielleicht noch verschwinden, aber das BVCN hat kaum Schaden erlitten. Weil wir hinter den Kulissen intelligent agieren. Ich bin der festen Überzeugung, dass Ihr Team die meisten Investments herausholen kann, aber uns tut das nicht weh. Was mich aber seit letzter Woche überrascht hat, ist ein gewisser Wandel.

Zuerst Paypinion. Ein Unternehmen, das wirklich schon am Ende ist, droht durch ein Informationsleck unterzugehen. Ich muss gestehen, dass mir gerade Paypinion egal war; da stecken alle möglichen Leute drin, und wir haben nur mitgemacht. Ein Totalverlust hätte das BVCN kaum tangiert. Und dann tritt ausgerechnet Ihr Team auf und rettet den Pleitekandidaten. Ich war überrascht.«

Peter hatte sich Tuchner ganz anders vorgestellt. Er traute dem Anwalt nicht, aber er wollte weiter zuhören.

»Und jetzt kommen Sie schon wieder mit einer Rettung. Sie. Nicht die anderen beiden. Sie entwickeln Lösungen für Fälle, die besonders schwierig sind. Mein Eindruck ist, dass Ihr juristischer Sachverstand langsam die Oberhand über das dumme Gerede der anderen gewinnt. Sie sind der Motor des Teams. Ohne Sie wären die anderen beiden hilflos. Allein schon deshalb, weil ich ohne einwandfreie Berichte niemals einem Unternehmer raten würde, das Investment zurückzuzahlen. Aber was Sie gemacht haben, nötigt mir doch einigen Respekt ab. Halb Staatsanwalt, halb Detektiv. Und seit Neuestem nicht mehr als Zerstörer, sondern als Erfinder kreativer Lösungen. Was machen Sie eigentlich, wenn der Job bei dem Team beendet ist?«

Peter lächelte. »Ist das ein Angebot?«

»Ist das eine Nachfrage? Ich will es mal so sagen: Wenn ich ein anderer großer Player in der Anwaltszene wäre, dann würde ich Ihnen anbieten, bei mir zu arbeiten. Es gibt da draußen Dutzende von Netzwerken und Tausende von Start-ups. Milliarden von Risikokapital wurden investiert, davon 90 Prozent in Pleitenunternehmen. Davon ist vielleicht noch die Hälfte da. Da draußen warten immer noch Milliarden, die für sinnlose PR und Werbung verschwendet werden. Und es gibt ein paar tausend Investoren, die nicht mehr ruhig schlafen können. Was Sie gerade machen, ist eigentlich eine logische Entwicklung. In der Schifffahrt gibt es Bergungsunternehmen. Warum soll es das nicht auch im VC-Geschäft geben? Die Idee ist neu, es gibt einen gigantischen Markt, und Sie haben die nötigen Werkzeuge.

Ihr Team hat gegen das BVCN und auch gegen meine Kanzlei gearbeitet. Deshalb kann Ihr Team für mich kein Gesprächspartner sein. Aber genauso, wie es in jedem Start-up verwertbare Assets gibt, sehe ich in Ihrem Team etwas, was mich interessiert. Sie interessieren mich. Sie haben Sachverstand, Sie sind kreativ und Sie haben Erfahrung. Aber Sie arbeiten heimlich. Niemand wird Sie nachher kennen. Sie können Ihre Erfolge noch nicht mal bei der Bewerbung anbringen. Ihre Kollegen können das rausposaunen. In deren Jobs wird man mit so was berühmt.

Ich habe dank Ihrer Arbeit ein gereinigtes Netzwerk. Mit meinem stabilen Portfolio kann ich die nächsten ein, zwei Jahre der Krise gut überleben. Die schlimmsten Fehlentscheidungen hat nun mal Alex getroffen. Damit wäre die Sache ausgestanden. Aber mit Ihrer Hilfe könnte das Ganze noch ein echter Erfolg werden. Überlegen Sie mal: Wenn ich Ihnen Mandanten von anderen Netzwerken verschaffen würde, die sich betrogen fühlen? Und Ihnen ein besseres Team geben würde, mit echten Profis, das Sie leiten könnten? Es ist eine echte Win-Win-Situation. Ich will von Ihnen keine Antwort. Überlegen Sie es sich in Ruhe. Und in zwei Wochen sprechen wir noch mal.«

David wartete eine Straßenecke weiter mit dem Alfa auf ihn. Peter wusste nicht, ob er ihm alles erzählen sollte, und David gab sich alle Mühe, seine Bedenken zu zerstreuen.

»Ein Held, durchgekaut und wieder ausgespuckt. Noch ein bisschen blass. Und wie war's in den Klauen des Monsters?«

»Lass mich bloß in Ruhe.«

»Was ist? Hat er Zicken gemacht?«

»Alles okay. Er ist einverstanden.«

Sie fuhren schweigend durch den sonnigen Münchner Nachmittag. In den Cafés an der Leopoldstraße herrschte Hochbetrieb, und München war in Urlaubsstimmung. Peters Unmut wuchs mit jedem Lachen, das durch die Fenster in den Wagen drang. Er war der Dumme in diesem Spiel. Er musste den Kopf hinhalten. Er musste heute und morgen wieder schuften, um eine juristisch saubere Lösung für AdPress zu finden.

»Wie ist es gelaufen?«, rief ihm Claudia entgegen, als sie im Büro angekommen waren.

»Sehr gut. Wenn du jetzt nicht wieder einen Fehler machst, wird alles gut.« Die kleine Spitze musste sein. Peter ging es gleich sehr viel besser. Tuchner mochte ein korruptes Schwein sein, aber in der Einschätzung seiner Kollegen hatte er Recht. Dumme Angeber, die ohne ihn chancenlos wären.

Claudia würgte den Ärger hinunter und ging in ihr Büro. »Was wollt ihr hier?«, fauchte sie ihre Kollegen an, die zuhören wollten. »Raus hier. Mein Job. Geht euch nichts an.« Während Peter und David vor der Tür mit steigender Verbitterung zu streiten begannen, setzte sie für Alex ihren Charme ein. Alex war mit dem Verkauf von AdPress einverstanden. Er wollte sich ohnehin demnächst mit ihr in aller Ruhe unterhalten. Allein.

Er würde ihr ein paar Vorschläge für ihre
berufliche Zukunft unterbreiten.
Die Freude, mit der Claudia
reagierte, war nicht
gespielt.

46. Kapitel

Worin einer aufrechten Journalistin ein schreckliches Geschick zustößt, nebst einer unschönen Heldentat wider die Hoffnung, die uns doch alle am Leben erhält.

Von: *Chefredaktion Newsmag*
An: *Chefredakteur E-Investor*
Mittwoch, 8.14 Uhr

Habe es gerade gehört. Tut mir Leid um euch. Du kannst auf alle Fälle bei uns weitermachen, und Jörg Gruber werden wir auch übernehmen. Die Hofmann kann noch ihre Serie zu Ende schreiben. Wir übernehmen sie zur Probe und kündigen ihr nach einem Monat.

***

Dotcomtod Insider: E-Investor wird E-liminiert
Mittwoch, 8.23 Uhr von Q

Hallo, ihr Schlafmützen von E-Investor! Während ihr hier bei Dotcomtod nach billigen Insiderinformationen sucht, hat DCT, der führende Anbieter für exitorientierte Unternehmensmeldungen, den ultimativen Horror für euch parat: Wie gestern Abend ein bierduseliger Verlagsangestellter ausplauderte, hat Euer Verlag beschlossen, dass Eure Abschreiberklitsche zugemacht wird. Diese Frohbotschaft widmen wir besonders Jörg Gruber, der sich seine News über Monate hinweg bei uns beschafft hat. Möge er in Frieden vom Kaninchenzüchterverein Haslang-Süd berichten.

***

Von: *Chefredaktion Newsmag*
An: *Uta Hoffmann*
Mittwoch, 8.52 Uhr

Liebe Frau Hofmann,
ich habe es gerade gehört. Es tut mir aufrichtig Leid um E-Investor. Es war ein gutes Produkt, das jetzt leider den Marktbedingungen zum Opfer fällt. Trotzdem wollen wir versuchen, eine Kernmannschaft zu übernehmen, die aus Ihrem Chefredakteur, dem CvD und Ihnen besteht. Allerdings können wir vorerst nur Verträge auf Probe bieten. Lassen Sie den Kopf nicht hängen und liefern Sie uns weiterhin eine gute Serie zu den Opfern der New Economy.

***

»Hier Uta. Störe ich?«

»Ich bin gerade in einer Besprechung, tut mit Leid. Du klingst schrecklich. Ist was passiert?«

»E-Investor wird geschlossen.«

»Sollen wir uns treffen? Um 12 Uhr?«

»Im San Francisco Café in der Türkenstraße. Ciao.«

»Ciao. Lass den Kopf nicht hängen.«

David legte das Handy weg und lächelte wieder Jeanette Jentner an. Zwischenzeitlich war es ihm nicht leicht gefallen, die dürre Frau mit den verkniffenen Mundwinkeln anzulächeln. Die selbsternannte Werbespezialistin behandelte ihn, als wäre er ein Schmutzfleck, den man mit ein paar positiven Sprüchen wegwischen könnte. Sie und ihr Mann sahen nicht den geringsten Bedarf, AdPress und PressAd zu restrukturieren. Die Liquidatoren hätten die falsche Meinung und müssten positiv umdenken. David hatte gerade zum entscheidenden Schlag ausgeholt, als sein Handy klingelte. Die Unterbrechung hatte die Werbespezialistin genutzt, um ein paar verpackte Bücher aus einem Regal zu ziehen und auszuteilen.

»Das sollten Sie mal lesen, bevor Sie hier weiterhin irgendwelchen Unsinn verbreiten. Das ist mein Successbuch der Lebensfreude. Damit können Sie lernen, wie wichtig eine positive Einstellung zum Leben ist. Lesen Sie es, bevor Sie mir mit Ihrem Defätismus kommen. Ich habe Leute gecoacht, die ebenso verbittert waren wie Sie. Denen ging es danach viel besser. Was Sie tun, ist vor allen Dingen schlecht für den Charakter.«

»Was Sie getan haben, Frau Jentner, war vor allem schlecht für unseren Investor. Ihre Buchführung enthält mehr Gesetzesverstöße, als ich hier aufzählen kann. Sie haben den Laden in den Boden gewirtschaftet ...«

»Die Zeiten sind ganz allgemein schlecht«, fiel Carsten Jentner ein. »Es gab natürlich in den Zeiten des Hypes ein paar Fehler. Was glauben Sie, was hier los war? Wir hatten so viele Aufträge, dass wir sie kaum bewältigen konnten. Jetzt ist es ruhiger, und die Sache läuft einigermaßen ordentlich. Nicht perfekt, aber der nächste Boom kommt bestimmt. Und dann sind wir optimal positioniert. Wir haben beste Kontakte zu allen wichtigen Wirtschaftszeitungen von Handelsblatt bis E-Investor.«

»Gehabt. Das Handelsblatt hat im letzten Monat keine einzige von Ihnen lancierte Story gebracht. Und E-Investor wird gerade eingestellt. Schockiert? Freuen Sie sich doch, Frau Jentner. Dann müssen Sie in Zukunft wenigstens nicht mehr den Jörg Gruber als ›Berater‹ bezahlen.« Einen Moment war Stille im nach Feng-Shui-Grundsätzen eingerichteten Büro. David wusste, was der dummen Kuh im himmelblauen Kleid und dem Pseudo-Existenzialisten in Schwarz wehtat. »Sie glauben, Sie können alles und jeden irgendwie belabern. Und wenn es mit dem Belabern nicht mehr geht, dann wird eben bezahlt. Ich gebe Ihnen prinzipiell Recht, dass ein Journalist nicht mehr als ein Essen kosten darf. Ihr Pech ist, dass dieses Team hier leider sehr viel teurer ist. Also stecken Sie sich Ihre positive Denke sonstwohin und tun Sie, was ich Ihnen sage. Ich weiß genau, wie wir die Probleme von AdPress in die Öffentlichkeit dringen lassen. Dann will ich mal sehen, ob die Jentners nochmal Kundschaft bekommen. Wer lässt seine Erfolge schon von korrupten Pleitiers verkaufen?«

»Ich sehe prinzipiell auch noch eine andere Lösung«, ergänzte Claudia. »Wenn Sie die Umstrukturierung und die Verschlankung nicht vornehmen wollen, entfernen wir Sie einfach aus AdPress. Wir haben zwar keine Möglichkeit, das bei der formal selbstständigen Werbeagentur PressAd zu tun, aber bei AdPress

– kein Problem. Frau Jentner, Sie können dann gleich nach Hause fahren, und alles, was Sie von hier mitgenommen haben, einpacken und vorbeibringen. Zum Beispiel die Sauna, die angeschafft wurde. Die sehe ich hier nirgends. Haben Sie dafür übrigens eine Erklärung? Außerdem wüsste ich gerne, warum Sie, Herr Jentner, Ihre Frau auf Firmenkosten drei Wochen nach Mauritius verfrachtet haben. Wollen Sie mehr hören?«

Peter präsentierte die Todesliste: »Unser Plan sieht nach Rücksprache mit der Kanzlei Tuchner und dem BVCN so aus: Sie können beide hier als Chefs weiterarbeiten. Dann entlassen Sie alle sechs so genannten Unitleiter, also alle, die über 9000 Mark im Monat verdienen, und fünf Hilfskräfte. Gleichzeitig verkleinern Sie das Büro und geben zwei BMWs auf. Wir würden garantieren, dass das BVCN Ihre Agentur empfiehlt. Außerdem haben Sie dann die Größe, die der neue Gesellschafter verlangt. Mehr als sieben Mitarbeiter sind nicht akzeptabel.«

»Nein«, sagte, jetzt doch leicht negativ, Jeanette Jentner.

»Oder Sie haben nur einen Chef und können sich noch zwei Unitleiter leisten. Damit wäre der neue Gesellschafter auch einverstanden. Wir werden aber keine Lösung akzeptieren, mit der die Agentur nicht bald wieder Gewinne ausweist. Frau Jentner, offen gesagt: Ihre Meinung ist nicht gefragt. Die Werbeagentur besteht nur aus Ihnen allein, und ohne das ständige Ausnutzen von AdPress ist es damit so oder so vorbei. Akzeptieren Sie es besser. Den Vertrag für die Unternehmenzusammenführung ist schon fertig.«

»Vielleicht halten Sie Ihren Mitarbeitern ja noch einen Gratis-Vortrag: Positiv denken auch in der Phase der beruflichen Neuorientierung. War da heute Abend nicht irgend so eine Veranstaltung geplant?« Es war nicht nett und noch nicht mal originell. Aber David brach damit den Widerstand von Jeanette Jentner endgültig.

»Es gibt Menschen, die haben eine Personality, und Menschen, die haben keine«, giftete die Frau in Himmelblau zurück und ging ins Klo, koksen. Dieses eine Mal noch würde Alex über den Posten »Unvorhergesehene Sonderausgaben« zahlen. Carsten Jentner sah ihr mit dem Blick eines Mannes nach, der begriff, dass er besser nie geheiratet hätte. Jutta hatte ihm seit Monaten gesagt, dass es zur Katastrophe kommen würde. Wegen des Krisengeredes hatte er das Verhältnis mit ihr beendet. Er hätte besser auf Jutta hören sollen.

Während er die Liquidatoren anschwieg, betrat Jutta das Büro. »Carsten, der CEO von Maccazan ist draußen, und der Termin ist gleich.«

Claudia erhob sich, schenkte Jutta ein süßes Lächeln und packte ihre Unterlagen ein. »Herr Jentner, beide Optionen erscheinen auf lange Sicht möglich, aber wenn ich mir Ihre Mitarbeiter anschaue, dann würde ich mich für die zweite Option entscheiden. Besser für den Gesellschafter, besser für die Agentur, besser für Sie selbst. Guten Tag.«

»Du hinterhältige Schlange«, sagte David draußen und zwickte sie in den Hals. »Woher willst du wissen, dass sie miteinander ficken?«

»Weiblicher Instinkt. Weil es eine Rechnung über ein Versace-Kostüm Größe 36 gibt. Die verschrumpelte Bohnenstange hat mindestens 38.« Claudia hätte auch erzählen können, dass sie Jutta von der Akademie kannte. Ihr Verhältnis mit Jentner war ein halbes Jahr Thema Nummer eins gewesen, als Case Study für den direkten Weg nach oben ohne Umwege über das niedere Management.

Gegen Mittag rief sie Jutta an und empfahl ihr, zu bleiben. Jutta spielte einen Moment mit dem Gedanken, einfach zu kündigen und eine neue Stelle zu suchen, doch Claudias Hinweis auf den schwierigen Arbeitsmarkt und die Erinnerung an das wirklich schöne Kostüm stimmten sie um.

***

Das San Francisco Café war typisch amerikanisch. Getränke mussten an der Theke geholt und gleich bezahlt werden. Uta hatte es in langen Wochen des studentischen Nichtstuns geschafft, die Verhältnisse zu europäisieren. Wenn sie kam, bestellte sie kurz, nahm immer den gleichen Tisch, packte ihre Zigaretten aus und ließ sich die Getränke an den Tisch bringen. Mit ihrer Beschäftigung bei E-Investor hatte sie das Rauchen und die

Café-Besuche eingestellt. Jetzt war ein guter Zeitpunkt, damit wieder anzufangen.

»Nimm's nicht so tragisch. Die New Economy verdirbt den Charakter.«

»Du musst es wissen, David. Weißt du, dass ich heute Abend noch was über die Arbeitsplätze in der New Economy schreiben muss? Newsmag will die Serie weiterhin haben. Ich sollte über E-Investor schreiben. Über unser verlogenes Meeting. 20 festangestellte Leute, und 17 stehen vor dem Nichts. Angeblich sucht man nach Alternativen im Betrieb, aber es glaubt keiner.« Uta drückte die Zigarette aus und zündete die nächste an. »Und dann die Übersprungs-Handlungen. Die Sekretärin hat eine Liste der Büroklammern erstellt, damit sie nicht an das Ende denken muss. Wir müssen noch die zugekauften Artikel abfeiern, also ist kein Platz mehr für unsere eigenen Sachen. Trotzdem schreiben die meisten an irgendwelchen Beiträgen, die nie gedruckt werden. Beschäftigungstherapie. Hier«, sie gab David ihre Digitalkamera, »mach ein Bild von mir.«

»Schau nicht ganz so unglücklich. Denk an was Schönes. Lass dich nicht runterziehen von diesen Leuten. Und vergiss nicht, am Ende die Kamera und den Laptop zu klauen.« Uta rang sich ein Lächeln ab, und David schoss ein paar Bilder.

»Sag mal«, sagte sie und fotografierte David, »wieso bist du eigentlich immer so notorisch gut drauf? Du arbeitest doch auch in diesem Bereich. Wenn dein ominöser Boss nicht mehr an die Sache glaubt, bist du auch draußen. Hast du keine Angst?«

»Nein. Ich werde überleben. Das alles ist doch eigentlich nur Kinderkram. Man darf es nicht allzu ernst nehmen. Die Leute schuften bis zu vierzehn Stunden am Tag und wundern sich dann, dass sie keine Freunde mehr haben. Das ist kein schönes Leben.«

»Was ist dann schönes Leben?«

»Eine Ex-Freundin, die sich noch mal rumkriegen lässt. Oder ein Abend am Strand südlich von Jaffa, wenn du einen Tag lang Tränengas im Gaza geschluckt hast. Aber die Ex-Freundin ist besser.«

»Meine Ex-Freunde sind alle unsäglich, oder so.«

»Meine Ex-Freundinnen auch. Alle außer Bettina. Bettina ist einzigartig.«

»Warum ist sie dann deine Ex-Freundin?«

»Sie ist unbeständig. Sie hat einen anderen Weg genommen, und das ist nicht zu ändern. Und als Journalistin steht sie auf der anderen Seite. Ihr Herz schlug immer links.«

»Woran merkt man eigentlich, dass man jemand Wichtigen verloren hat?«

»Man merkt es einfach. Dann, wenn es endgültig zu spät ist.«

David suchte einen grünweißen Fruchtgummi, nahm
ihn und ließ sich in seinen Sessel zurücksinken.
»Nimm's nicht so tragisch. Und wenn's
bei Newsmag nicht klappt,
kann ich dir vielleicht
etwas anderes ver-
schaffen.«

47. Kapitel

Worin viel um den heißen Brei herumgeredet wird, namentlich von denen, die ihn unfreiwillig auslöffeln müssen.

Der Herr in Beige tobte. Der Unionista hatte an alles gedacht, außer an den Prosecco. Ohne ein Glas Prosecco würde der Herr in Beige nicht moderieren. Der Herr in Schlammgrün zog los, um eine Flasche aufzutreiben. Inzwischen schikanierte der Herr in Beige den Unionista.

Der Abend versprach eine Katastrophe zu werden. Die erst gefeuerte und dann wieder eingestellte CFO von Paypinion hätte Stargast werden sollen. Vier Stunden vor Beginn hatte sie den Unionista wissen lassen, dass sie überhaupt nicht daran dachte, auf einem derartigen Panel aufzutreten. Stefan Fischer klemmte sich hinter das Telefon und suchte nach Alternativen. Er fand mit großen Mühen einen früheren leitenden Angestellten eines gescheiterten Jugendportals. Dann sprang ein weiterer Gast wegen angeblicher Terminprobleme ab. Der Unionista fluchte auf die feigen Schweine der New Economy. Zwei Stunden vor Beginn fand sich dafür noch das personifizierte Böse in Form eines Personalberaters, der sich für Entlassungen als legitimes Instrument der Gewinnoptimierung aussprach. Stefan Fischer ging mit aufs Podium. Dafür war der Herr in Beige falsch vorbereitet. Der Prosecco zur Nervenberuhigung war unverzichtbar.

Der Abend ging in die Geschichte der Munich Area ein. Bis zu diesem Zeitpunkt hieß es, dass die Entlassenen bald wieder von der unersättlichen Boomregion aufgesaugt werden. Die Betroffenen konnten andere Geschichten erzählen. Beate Gerling, früher bei Blu4 Media, hatte trotz exzellenter Qualifikation wochenlang vergeblich nach einer neuen Stelle gesucht. Jetzt arbeitete sie als freie Texterin. Der Jugendspezialist kannte ein Dutzend Co-Worker seines früheren Projekts, die trotz optimaler Ausbildung als Online-Redakteure noch immer arbeitslos waren. Wer eine Stelle gefunden hatte, verdiente bis zu 30 Prozent weniger als vorher. Das Publikum aus Verlierern der New Economy, Journalisten und sonstigen Katastrophentouristen nickte andächtig.

Der Personalberater verkannte die Stimmung im Saal. Als er das Wort erhielt, setzte er zur Keynote gegen die Depression an. Als Überschrift hatte er notiert: Personalanpassung durch Beendigung von Arbeitsverhältnissen. Die Beendigung von Arbeitsverhältnissen sei immer ein heikles, heutzutage aber besonders aktuelles Thema. In seinen Seminaren könne man erfahren, welche rechtlichen Aspekte zu beachten und einzuhalten seien, damit die Kündigung für beide Seiten reibunglos verliefe und Rechtsstreitigkeiten vor Gericht vermieden werden könnten. Stefan Fischer sah in den randvollen Saal. Die Worte des Beraters waren in ihrer berechnenden Kühle angsteinflößend. Der Gewerkschaftler sah nicht dreihundert besorgte Menschen; er sah dreihundert ausgefüllte Beitrittserklärungen für die Gewerkschaft. Der Herr in Beige, der einen todsicheren Arbeitsplatz hatte, bohrte nach.

»Was empfehlen Sie dem Management in Ihren Seminaren konkret?«

»Wir raten immer zu einer gütlichen Einigung ohne Prozesse. Ein Prozess kostet in der Regel mehr als die übliche Abfindung.« Durch den Saal ging ein erleichtertes Aufatmen. »Am besten hat sich bislang bewährt, wenn man schon einen Monat vorher festlegt, welche Kapazitäten nicht mehr benötigt werden. Dann schlägt man den Betreffenden plötzlich eine Abfindung von zwei Monatsgehältern vor, wenn sie von selbst kündigen. Ansonsten werden sie gefeuert. Sie bekommen zwei Tage Zeit, sich zu entscheiden.«

Uta zoomte den Berater mit ihrer Kamera ganz nah heran. Als er zischend einatmete, hatte er einen unsäglich gierigen Gesichtsausdruck. Sie drückte ab. Die hässliche Fratze des ungehemmten Kapitalismus, textete sie automatisch. Um sie herum war gebannte Stille.

»Geschwindigkeit ist alles. Man muss mit der Dynamik einer Kündigungswelle arbeiten. Wenn man nur einen einzelnen Mitarbeiter freistellt, kann er eine gewisse Solidarität seiner Kollegen erwarten. Es findet sich immer ein Rechtsverdreher, der ihm Flausen in den Kopf setzt. So jemand läuft schnell Amok, und das kann als medienwirksames Einzelbeispiel ins Auge gehen. Wenn man auf einen Schwung 25 Prozent der Belegschaft freistellt, werden sie dagegen keine Solidarität bekommen. Ganz im Gegenteil, die restlichen 75 Prozent werden sich aktiv gegen diesen Block wehren. Nachdem die meisten Arbeitnehmer in der New Economy aufgrund der hohen Arbeitszeiten ihre sozialen Kontakte vor allem in der Firma haben, entsteht so ein immenser Druck auf die Freigestellten. Sie müssen sowieso gehen – und jetzt noch die Arbeit ihrer Freunde gefährden? Unsere Untersuchungen zeigen, dass Kündigungen zwischen 10 Prozent und 30 Prozent der Belegschaft diese psychologischen Effekte begünstigen. Die Mehrheit muss aber immer im Betrieb bleiben. Wenn tiefere Einschnitte nötig sind, sollte man lieber in zwei oder drei Wellen kündigen. Der ideale Abstand beträgt dabei vier bis maximal sechs Wochen. Sie müssen natürlich immer an die Wirkung in der Öffentlichkeit denken. Ich würde nie von Entlassungen sprechen. Auch Begriffe wie Restrukturierung oder Personalanpassung sind inzwischen etwas abgenutzt. In letzter Zeit sprechen wir deshalb konsequent vom Refinement der Human Ressources.«

Der Berater hatte sich sehr kurzfristig zum Auftritt entschieden. Im Programmheft war die Gewerkschaft nur ganz klein als Veranstalter erwähnt. Er hatte etwas von anschließendem Buffet gelesen und erfolgreiche Entrepreneure erwartet. Jetzt schlugen die Wogen der Empörung über ihm zusammen. Der Herr in Beige hatte Schwierigkeiten, das Publikum zu bändigen. Der Mob wollte Blut, und der Unionista gab es ihm.

»Es mag ja sein, dass Sie mit derartigen Strategien bei Unternehmern Erfolg haben können. Aber wissen Sie eigentlich, was Sie da verkaufen? Eine rechtliche Grauzone. Jeder halbwegs fähige Rechtsanwalt würde Sie vom Acker blasen.«

»Deshalb kommt es ja auf die Geschwindigkeit an. Am besten verkündet man eine Zwei-Tage-Deadline für das freiwillige Ausscheiden und das Refinement unmittelbar nach dem Mittagessen. Dann ist es für den Human Overhang schwierig, an diesem

Tag noch einen Termin bei einem Anwalt zu bekommen. Wenn die Leute sofort freigestellt werden, sind sie nicht mehr in der Lage, das Betriebsklima zu stören. Wenn der Schnitt sauber durchgeführt wird, wenn die Büros mittags abgeschlossen und die Accounts gelöscht sind, verstehen die meisten von selbst, dass sie keine Chance mehr haben.«

»Sie perverses Stück Scheiße«, entglitt es dem ehemaligen Macher des Jugendportals. Das gemeine, geschundene Fußvolk der New Economy tobte. Stefan Fischer konnte sich vor Fragen aus dem Publikum nicht retten. Wie man sich wehrt. Was Anwälte erreichen können. Wie man einen Betriebsrat gründet. Der Abend wurde eine Trainingseinheit im Kampf gegen den ungehemmten Kapitalismus. Am Ende ergriff eine Frau in Himmelblau das Wort, ohne aufgerufen zu sein. »Ich finde, wir sollten das alles nicht so negativ sehen. Wir sollten uns immer wieder bewusst darüber werden, wieviel Schönes in unserem ganz alltäglichen Leben in der New Economy geschieht. Leider vergessen wir oft, wie glücklich wir eigentlich sein können! Auch in der Krise ist die Welt doch so, wie wir sie sehen. Wir müssen unser Successpotenzial erkennen ...«

»Das Buffet ist eröffnet!«, schnitt der Herr in Beige der Frau in Himmelblau das Wort ab. »Alles Weitere am Buffet. Dort können Sie mit den Referenten plaudern. Und wer gegen Leute wie unseren Personalberater gerne allein antritt, soll bitte nicht der Gewerkschaft beitreten. Vielen Dank.«

Das perverse Stück Scheiße sprang auf und hetzte raus. Auch wegen dieser Flucht wurde es ein legendärer Abend. Wer es gesehen hatte, erzählte es in seiner Company weiter. Um den Unionista bildete sich eine Menschentraube. Uta stürzte sich auf Beate Gerling.

»Frau Gerling, ich schreibe für Newsmag über Arbeitnehmer der New Economy. Stefan Fischer hat Ihnen vielleicht schon von mir erzählt. Darf ich ein paar Fragen stellen?«

»Sie haben den Artikel über Paypinion geschrieben, oder? Nur zu. Mein Ruf ist sowieso schon ruiniert.«

»Was war für Sie die schlimmste Erfahrung in der New Economy?«

»Die Entsolidarisierung. Dass in der Krise die zum Sündenbock gemacht werden, die etwas retten wollen. Und die Gleichgültigkeit. Das, was der Personalberater gerade über die Psychologie der Entlassungen erzählt hat, stimmt. Die schlimmsten Verletzungen entstehen, wenn die eigenen Freunde wegschauen.«

»Warum wird darüber nicht geredet?«

»Das verstehe ich nachträglich auch nicht. Es ist wie ein Rausch. Wenn man in einer Unit ist, dann entwickelt das eine irre Eigendynamik. Man baut zusammen an einem Projekt, und alle reden nur über den Erfolg. Das ist auch wichtig, um die Leute zu motivieren. Aber irgendwann schleicht sich Zweifel ein. Irgendwas läuft schief, und der Erste, der das offen anspricht, bekommt von der Mehrheit einen Dämpfer. Es gibt eben einen Spirit, und gegen den kommt man nicht an.«

»Das klingt nach einer Massenhysterie, oder so.«

»Das ist ein guter Vergleich. Es ist eine Versuchung, sich darauf einzulassen. Mit herkömmlichen Jobs ist das nicht zu vergleichen. Man wird nicht für eine bestimmte Anzahl produzierter Teile bezahlt, sondern für Kreativität, Intelligenz und Teamfähigkeit. Es gibt niemanden mit einer Stechuhr.« Beate Gerling fing eine Bedienung mit Sektgläsern ab und stieß mit Uta an. »Auf die kreativen Überlebenskünstler. Man hat eine Mission, die will man so gut wie möglich erfüllen. Wir haben damals daran geglaubt, wie man als Kind an einen lieben Gott glaubt.«

»Und wie verliert man den Glauben?«

»Das ist einfach plötzlich vorbei. Irgendetwas passiert, nur eine Kleinigkeit, und dann ist nichts mehr wie früher.« Beate Gerling kippte den Sekt, als wäre es Wasser.

»Und was sind das für Kleinigkeiten?«, fragte Uta nach einer kleinen Pause. Ihre Interviewpartnerin nahm noch ein Glas.

»Das ist jetzt was Persönliches, off records, okay?«

»Off records, klar.« Uta legte Block und Stift zur Seite. Es war ohnehin nur Attrappe. Sie hatte sich angewöhnt, alles auf einem Minidiscrecorder aufzuzeichnen. Im Gedränge hatte sie ihn in ihrer Jackentasche gelassen, aber wenn sie die Knöpfe richtig gedrückt hatte, lief er mit. Ein Bekannter hatte ihr für solche Momente ein Mikrofon gegeben. Ein dünner, schwarzer Stummel, unauffällig und kaum größer als ein Lippenstift.

»Wir hatten bei Blu4 eine Praktikantin, die immer vollen Einsatz gebracht hat. Der Unitleiter hat ihr versprochen, dass sie nach zwei Monaten übernommen wird, wenn sie gut arbeitet. Es gab auch ein bisschen böses Gerede, die beiden hätten was miteinander, aber sie hat wirklich jeden Tag 14 Stunden geschuftet. Ich habe mich immer gefragt, wie sie es schafft, bis ich eines Morgens gekommen bin und sie gefunden habe. Jeder nimmt mal was, aber sie hat die falsche Mischung erwischt. Der Notarzt hat noch um ihr Leben gekämpft, aber sie war bereits im Koma. Nach vier Tagen ist sie gestorben. Es gab einen Riesenaufstand, weil die Polizei die Agentur durchsucht hat. Der Staatsanwalt war sich sicher, dass sie bei uns laufend geschluckt hat. Speed, Ecstasy, Prozac, alles durcheinander.«

»Und woher kommen diese Drogen?«

»Fragen Sie den Unitleiter.«

»Ich kenne jemanden, der behauptet, in einer Münchner Agentur würden die Leute Antidepressiva mit Wodka einnehmen. Wodka Prozac, glaube ich.«

»Wer ist Ihr Bekannter?«

»Ein freiberuflicher Consultant, der sich mit Agenturen beschäftigt hat.«

»Der muss reden. Hören Sie, Kindchen, ich verstehe ja, dass Sie sich mit solchen Leuten beruflich abgeben, und Blu4 war wirklich diese Agentur. Aber es gibt immer noch einen Unterschied zwischen normalen Antidepressiva und den zusammengepanschten Derivaten, mit denen sich diese Klugscheißer am Laufen halten.«

»Der nicht. Der nimmt nur Fruchtgummis aus Israel.«

»Träumen Sie weiter. Fruchtgummis aus Israel. Hallo Tanja!«

Beate Gerling fiel einer selbstbewusst aussehenden
Geschäftsfrau von Anfang dreißig um
den Hals. Das Interview war
beendet. Uta hasste
dieses Bussi-
Bussi.

48. Kapitel

Worin Küsse auf Wangen und Gummis in Gedärme gedrückt werden, nebst einiger Inszenierungen und einer heldischen, bühnenreifen Großtat.

Peter hasste dieses Bussi-Bussi. Er stand allein am Buffet. Er kannte niemanden, und niemand sprach mit ihm. Der Unionista hätte ihn auf das Podium laden sollen, dann hätte er den Leuten was erzählt. Stattdessen hatte er am Ende den peinlichen Auftritt von Jeanette Jentner erleben müssen. Jetzt war er zwischen zwei Grüppchen eingekeilt, und er litt unter dem dümmlichen Gerede frisch gekündigter schicker Menschen.

Hinter ihm sprachen drei junge Männer über die Probleme, die durch die Freistellung beim Leasing ihrer Sportflitzer entstanden waren. Keiner hatte Lust, auf ein anderes Modell umzusteigen. Sie empfanden das nicht nur als unzumutbare Grausamkeit, sondern auch als ein Problem bei der nächsten Bewerbung. Ohne repräsentative Erscheinung würden sie niemals einen Job finden. Das Auto war ein unverzichtbares Core Asset.

Von der anderen Seite rammte ihm ein fleischiger Mittdreißiger die Ellbogen in die Rippen. Er hatte zwei Mädchen dabei, denen er schnelle Karriere in seinem Nanotech-Start-up versprach. Er hatte zwar keine Ahnung, was seine Techniker von der Uni da machen würden, aber er könnte es sicher verkaufen. Er bräuchte dringend Hilfe bei PR und Werbung, sobald die Finanzierung durch sei. Die Mädchen überboten sich gerade in möglichen Marketingstrategien, als Peter von einer jungen Frau angesprochen wurde.

»Peter? Kennst du mich noch?«

Er sah die Frau genau an. Es war eine schöne Erinnerung aus einer Zeit vor den Rechtswissenschaften und der New Economy. Sie hieß Andrea. Er hatte mit ihr eine Seminararbeit über die klassischen Vorbilder manieristischer Graphik geschrieben.

Es war ein wunderbarer Sommer gewesen, und sie hatten die meiste Zeit in der Cafeteria des Zentralinstituts für Kunstgeschichte vertrödelt. Nach diesem Sommer war er auf Jura umgestiegen. Sie hatten noch ein paar Mal telefoniert, dann kam Gundi, und Peter verdrängte die Statuen, die Gemälde und die Paradiesvögel wie Andrea. Andrea hatte sich verändert. Sie war nicht mehr von den Schuhen bis zur Brille existenzialistisch schwarz, sondern eher geschäftsmäßig bräunlich.

»Hallo Andrea. Was machst du hier?«

»Das ist eine lange Geschichte. Ich habe nach dem Magister einen Job als Graphikerin bei einer Webagentur bekommen. In drei Jahren den ganzen Zyklus erlebt. Vom Tapeziertisch über die Aktien für Mitarbeiter und 80-Stunden-Woche bis hin zur Krise. Anfang des Jahres bin ich dann für ein gemeinnütziges Projekt abgestellt worden, weil es keine echten Aufträge mehr gab. Dann ruft mein Chef an und sagt, ich kann dabeibleiben, wenn ich auf 30 Prozent meines Lohnes verzichte. Ich habe geglaubt, ich bekomme überall etwas. Und seitdem bin ich auf der Suche. Und was machst du?«

»Ich bin nach dem Studium bei einem Team gelandet, das Investoren berät.« Der fette Rüpel hinter ihm rammte ihm den Ellenbogen in die Lunge. »Ziemlich komische Sache. Ich kontrolliere, ob sich Start-ups an die Vorgaben und Verträge halten.« Er erinnerte sich an den vorletzten Abend vor der Abgabe der Seminararbeit. Sie hatte damals einen Computer, und sie arbeiteten bis spät in die Nacht. Irgendwann konnte sie den Bildschirm nicht mehr sehen und ruhte sich aus. Sie fragte ihn, ob er sie massieren wolle. Sie lag hingegossen auf ihrem Bett und las Gedichte von Baudelaire vor, irgendwas mit einem Stück Aas, Frauen in Verdammnis, einem verwandelten Vampyr und eine Litanei auf Satan, während er ihre Schulterblätter streichelte. Es war unverständlich, warum in dieser Nacht nicht mehr geschehen war. »Der Job ist hart, aber eigentlich ganz interessant. Es hat mit New Economy an sich nicht viel zu tun. Es ist eine Art Wirtschaftsprüfung.«

»Da schau her, die Andrea«, brüllte ihm der fette Rüpel von hinten ins Ohr. »Komm her zu mir. Wir planen gerade was Neues, das wird dir sicher gefallen.« Er griff Andrea um die Taille und zog sie in seinen Kreis. Andrea ließ es mit einem viel zu freundlichen Lächeln zu. Der Rüpel schmatzte sie ab, und das feuchte Geräusch tat Peter weh. Er nahm einen Tortillafladen mit Gemüsefüllung vom Buffet und hörte mit einem Ohr den tollen Erwartungen des Rüpels zu. Er war vom Erfolg so überzeugt, dass er vom Coaching für seine Angestellten daherschwafelte.

»Jeanette! Jeanette!«, brüllte er durch den Raum, und sein Kreis vergrößerte sich um etwas Himmelblaues. Der Rüpel nahm Peter den letzten Rest Bewegungsfreiheit. Jeanette Jentners Stimme sägte sich in sein Hirn.

»Hallo Kinder, ich habe euch was Tolles zu erzählen. Stellt euch vor, wir restrukturieren die Agentur. Und wir holen uns einen neuen Gesellschafter! Du da, gib mir bitte einen Sekt. Kennen wir uns?«

»Das ist Andrea, Designerin von Webmagix. Jeanette Jentner, Chefin von PressAd«, stellte der Rüpel vor.

»Hallo, also unsere Restrukturierung wird uns total neu aufstellen. Bei uns wird jetzt alles ganz schlank und gewinnorientiert. Ich habe meinen Mann überzeugt, es so wie in meinem Successbuch zu machen. Also: Carsten, hab ich gesagt, erkenne, was dich glücklich macht. Dein Gesellschafter ist ein Knauser, der macht dich nicht glücklich. Denk nach, wo unsere Stärken und Erfolge sind. Wenn du nicht weißt, wohin du willst, wirst du niemals ankommen. Und heute haben wir unsere Ziele definiert. Wir bekommen einen neuen Gesellschafter! Ihr glaubt ja gar nicht, wie froh wir alle sind.«

»Herzlichen Glückwunsch!« Die Runde stieß mit Jeanette Jentner an.

»Vielen Dank. Es war auch an der Zeit, diesen Idioten mit seinen Schweizer Schwarzgeldern loszuwerden. Wir nutzen jetzt die Synergien von AdPress und PressAd und beschaffen uns komplett neues Personal.«

»Brauchen Sie vielleicht eine Webdesignerin? Andrea wäre sicher über eine neue Aufgabe begeistert«, schaltete sich der Rüpel ein.

»Aber natürlich! High Potentials können wir immer brauchen. Rufen Sie mich doch einfach morgen an.«

»Ab wann darf ich mich bei Ihnen melden?«, fragte Andrea.

Peter drehte sich um und sah Jeanette Jentner durchdringend an. Sie erkannte ihn nicht. »Gleich morgen früh um zwölf, einfach vor meinem Masseurtermin reinschauen.«

Peter hielt es nicht mehr aus. Nichts würde diese Welt des Scheins, die Lüge des Goldenen Zeitalters erschüttern. Der Saal im Deutschen Museum war ein gigantischer Leichenacker, voller Menschen ohne Chancen, und alle waren sofort bereit, sich dem nächsten Kadaver wie Jeanette Jentner an den Hals zu werfen. Er hatte mit seinem Team zweihundert Leuten einen Karriereknick verpasst, und niemand beachtete ihn. Andrea würde sich jedem hingeben; von der Kunstgeschichtlerin war nichts mehr übrig. Peter musste die Zähne zusammenbeißen, um nicht loszuheulen. Der Unionista hatte sich gerade von einer Gruppe gelöst und wandte sich einer anderen zu. Peter ging dazwischen.

»Wir haben wegen Paypinion telefoniert. Ich bin vom Team, das den Fall bearbeitet hat.«

Der Unionista musterte ihn einen Moment. »Hallo. Ich habe Sie mir ganz anders vorgestellt. Sie sehen nicht aus wie ein typischer Liquidator.«

»Sie sehen auch nicht wie ein Gewerkschaftler aus.«

»Das bringt das Umfeld hier so mit sich. Wenn ich im Monteurskittel auftrete, nimmt mich keiner ernst.«

»Mögen Sie dieses Umfeld mit all seinen schicken Porschefahrern und Selbstinszenierern?«, fragte Peter sarkastisch.

»Sie müssten sie mal erleben, wenn sie die Kündigung erhalten haben. Dann sind sie ganz normal. Danach bauen sie wieder ihre Personality auf, und die brauchen sie auch, um zu überleben. Schlecht drauf sein ist immer noch ein Kündigungsgrund.«

»Und Sie als Gewerkschaft unterstützen dieses Larifari mit einem Event und einem Buffet.«

»Sehen Sie es doch nicht so negativ. Die Leute können hier Erfahrungen austauschen und networken. Sie sehen, dass sie mit ihren Problemen nicht allein sind und bleiben in Kontakt zur Szene. Viele haben nie gelernt, sich richtig zu bewerben. Wir haben uns Partner aus der New Economy gesucht, um diesen Leuten zu helfen. Für die Angeberei mit irgendwelchen SLKs oder

Audi TTs wird niemand genommen. Die Leute müssen wieder lernen, sich über ihre Core Assets zu qualifizieren. Und dann kommen eben Gunther C. Stadler von Work22.de, Jeanette Jentner von PressAd oder Antje Bertold von Newsmag Career zu uns. Die zeigen den Leuten, wie sie sich am besten verkaufen.«

Peter wusste, dass es dumm war, es zu sagen. Wenn er Uta gesehen hätte, die schräg hinter ihm stand und aufmerksam zuhörte, hätte er sich gebremst. So hielt er die Dummheit für vertretbar.

»Und was ist an einer Jeanette Jentner bitte so toll? Die will doch nur ihr Buch verkaufen, und ihr Mann gehört morgen selbst zu denen, die Leute feuern.«

»Ich dachte, AdPress geht es gut.«

»Sehr gut. Passen Sie mal auf.« Peter nahm sein Handy und rief bei Jentner an. »Herr Jentner, ich habe gerade Ihre Frau beim Afterwork Café der Gewerkschaften erlebt. Sie hat unseren Mandanten beschuldigt, Schwarzgeld in ihr Unternehmen gesteckt zu haben. Damit sehe ich keine Möglichkeit mehr, sie in der Geschäftsführung zu belassen. Und wenn Sie morgen noch Chef sein wollen, sollten Sie sie jetzt loswerden. Sofort. Verstanden?« Peter grinste den Unionista an. »Ich glaube, Sie können Frau Jentner von Ihrer Referentenliste streichen. Ist auch gut für Ihre Gewerkschaftsmitglieder.«

Am Buffet zog Jeanette Jentner ihr Handy aus der Tasche, lauschte und wurde bleich. Dann lief sie rot an und schrie: »Das kannst du nicht machen! Hallo! Hallo?« Ihr Gegenüber hatte offenbar aufgelegt. Die Werbespezialistin setzte ein gezwungenes Lächeln auf, gab ein paar Bussi-Bussis und stolperte hinaus. Uta überlegte, ob es hier oben nicht interessanter sein würde. Von Peter hatte sie bereits ein Foto, von Jeanette Jentner noch nicht. Sie hatte genug gehört. Sie ließ der Frau in Himmelblau ein paar Meter Vorsprung und verpasste Peters großen Auftritt.

»Was wollen Sie eigentlich den Leuten beibringen? Schauen Sie sich doch um! Hier gibt es kein Elend, das behoben werden muss. Hier gibt es nur ein paar Kinder, die Luxussorgen haben. Der eine kann seine 100 Quadratmeter Altbau nicht mehr bezahlen. Der andere muss von Koks auf Speed umsteigen, weil es billiger ist. Die Tussis verkaufen die Barchettas und nehmen einen Peugeot. Ein paar japanische Restaurants machen weniger Umsatz. Die HypoVereinsbank versetzt ihre VC-Spezialisten zurück in die Kreditabteilung. Der Internetstaatssekretär darf nicht mehr mit nach China, und Lothar Späth muss sein Redemanuskript umschreiben. Der Westerwelle meidet ein paar Jungunternehmer und geht stattdessen zum Event von Mercedes. Na und? Wo ist das Problem? Wenn das alles draufgeht – macht das irgendeinen Unterschied? Die Praktikantinnen machen immer noch die Beine breit, um eine feste Anstellung zu kriegen. Früher war das Gehalt vielleicht 7000, jetzt ist es nur noch 4000. Der einzige Unterschied ist der Preis. Die Poser, die Angeber werden immer die guten Jobs bekommen. Und wenn das Internet tot ist, gehen sie zu den Mobilportalen. Es ist die gleiche Masche, und die gleichen Journalisten werden wieder jubeln. Und die Gewerkschaften werden wieder hinterherhecheln.«

»Sie täuschen sich. Wir empfehlen allen Studienabbrechern, an die Uni zurückzugehen, wenn das möglich ist. Aber die Krise ist nun mal da, und da können wir nicht einfach zuschauen. Und wir müssen die Leute dort abholen, wo sie sind.«

»Wo sind sie denn? Sie sind immer noch in den Crea-Räumen, am Pool mit einem Longdrink. Ich bin eigentlich gekommen, um ein bisschen zu helfen, aber wissen Sie was? Diese Leute brauchen noch keine Hilfe. Denen geht es viel zu gut. Die sind noch nicht unter die Räder gekommen. Ich sorge dafür, dass sie in den Straßenstaub gerubbelt werden. Dann ist es auch leichter für die Gewerkschaften, ohne Frau Jentner und Tortilla à la Berkeley. Sie wollen Infos, wann das nächste Ding hochgeht? Dann passen Sie auf alle Leute auf, die im BVCN drin sind. Das sichert zumindest Ihren Arbeitsplatz mitsamt Laptop, Handy und Afterwork.« Peter ließ den Unionista nachdenklich zurück.

Draußen vor den großen Fenstern des Deutschen Museums ging die Sonne hinter dem Kulturpalast des Gasteig unter. Es war einer dieser wunderbaren Münchner Abende, wie geschaffen für optimistische, junge Menschen, die sich in Biergärten trafen, um revolutionäre Geschäftsideen zu entwickeln. Es war ein Abend voller Naturschönheit, Innovationskraft und Tradition, die es so weder im Silicon Valley, noch in Boston und schon gar nicht in Tel Aviv gibt. Die bösen Worte im Vortragssaal des

Deutschen Museums waren denkbar deplatziert, genauso wie das monotone Brummen des Berufsverkehrs, ein dumpfes Platschen und das Quietschen überhitzter Reifen. Es war ein Abend für das Gute im Menschen.

Wenn die positive Lebenseinstellung, die Jeanette Jentner predigte, also jemals gerechtfertigt war, dann an diesem Abend. In ihrem Successbuch der Lebensfreude hatte sie geschrieben, es sei wichtig, sich auf dem einmal eingeschlagenen Weg nicht beirren zu lassen. Sie dachte nicht im Traum an Selbstmord, sondern nur daran, nach Hause zu fahren und ihrem Mann die Meinung zu sagen. Deshalb hatte sie zügig die Straße vor dem Deutschen Museum überquert, um zum im Halteverbot geparkten AdPress-BMW zu kommen. Nur ein kleiner Teil ihrer Psyche, der letzte Rest von Selbstzweifel und Unsicherheit, den sie nie ganz beseitigen konnte, hatte die Sinnlosigkeit der Bemühung erkannt. Ihr Mann würde sich gegen sie entscheiden, weil sie einen unverzeihlichen Fehler begangen hatte. Im Bemühen, diesen Teil auch weiterhin standhaft zu ignorieren, versäumte sie es, auf den Verkehr zu achten.

Es war kein Selbstmord. Aber die Passanten hatten den Eindruck, dass die gestresst wirkende, ältere Frau im himmelblauen Kostüm aufrecht und bewusst in den sicheren Tod ging. Jeanette Jentner war schockiert über das vulgäre Hupen eines in seiner Banalität inakzeptablen weißen Arzneilieferwagens. Die Farbe nahm sie nur einen Moment zur Kenntnis, dann verwandelte sich vor ihren Augen alles in ein Meer von funkelnden Diamanten. Ihr Körper löste sich wieder von der zertrümmerten Windschutzscheibe, erhob sich in die immer noch warme Münchner Abendluft und überquerte in einer majestätischen Drehung die Erhardtstraße, die über Kilometer einen wunderbaren Ausblick auf die Isar gestattet.

Auf der Gegenfahrbahn war ein junger Si2Consult-Berater mit seinem neuen Flitzer auf dem Weg zu seiner Verlobten. Er war bereits zu spät dran, und sie war immer zickig, wenn er seine Termine nicht einhielt. Als Jeanette Jentners Körper direkt vor seinem Wagen aufschlug, konnte er nichts mehr tun. Er war zu schnell für eine Frau, die wegen eines ordinären weißen Lieferwagens ihren Weg nicht mehr bestimmen konnte. Sie hätte mit dem Schädelbasisbruch und den inneren Blutungen noch kurz zu leben gehabt, wenn der Porsche nicht über ihren Magen gefahren wäre. Deshalb stand auf dem Totenschein als unmittelbare Todesursache schwerste innere Verletzungen und eine Durchtrennung der Wirbelsäule im Bauchbereich.

Der Consultant kam zu spät. Als der silberne Boxter mit blutigen Reifen schlingernd zum Stehen kam, war dieser Abend endgültig und unauslöschlich in das kollektive Gedächtnis der Munich Area eingedrungen.

Den Rest besorgten die Exklusiv-Bilder von den letzten
Momenten der Jeanette Jentner, die Uta für einen
Monatslohn an die Boulevardpresse
verkaufte. Zuerst kommt der Job,
dann die Moral,
oder so.

49. Kapitel

Worin die Helden vergeblich die Wahrheit zu ergründen versuchen, die ihnen ein trauriges Schicksal hinterließ, nebst der Unterbrechung einer Liebesgeschichte.

WERBEKÖNIGIN TOT!
Tragischer Unfall nach Szene-Party

München (uho) Es geschah in Sekunden: Münchens Werbekönigin Jeanette Jentner (49) kam gestern bei einem schrecklichen Unfall ums Leben. Sie wollte nach einem rauschenden Fest der Münchner Schickeria zurück zu ihrem Gatten (58) in ihre noble Vorortvilla. Doch beim Überqueren der Straße passte sie einen Augenblick nicht auf. Zu spät: Sie wurde von einem Auto erfasst, meterweit durch die Luft geschleudert und vom entgegenkommenden Verkehr überrollt. Mit Jentner verliert die Werbeszene eine ihrer wichtigsten Persönlichkeiten. Bekannt wurde Jentner durch ihr »Successbuch der Lebensfreude«. (Exklusive Bilderserie des tragischen Unfalls ab Seite 3)

***

David hatte noch nie den München Express gekauft. An diesem Morgen hatte das Boulevardblatt einen Aufmacher, der selbst abgebrühte Journalisten staunen ließ. Die halbe Titelseite nahm das Foto einer durch die Luft fliegenden Frau ein, deren Kopf in einem unnatürlichen Winkel nach hinten gebogen war. Ein Fall für den Presserat, aber sicher auflagensteigernd. Die Seite drei enthielt eine Bilderserie, beginnend bei einem Porträt von Jeanette Jentner aus besseren Tagen bis zum blutroten Haufen, hinter dem das sinnliche Heck eines silbernen Porsche Boxter aufragte. David kaufte die Zeitung. Es gab noch mehr unschöne Überraschungen. Auf dem zweiten Bild der Serie war der Event der Gewerkschaften zu sehen, mit Peter und dem Unionista ziemlich in der Mitte. Die Bilder hatte U. Hofmann geschossen. Uta hatte davon erzählt, dass sie den Event in ihren Beitrag über die Opfer der New Economy einbauen wollte.

Er hatte eine gewisse Hoffnung, dass Peters Anwesenheit nur Zufall war. Als er den Anrufbeantworter abhörte, fand seine Hoffnung ein ähnlich abruptes Ende wie die »Werbekönigin«. Carsten Jentner hatte auf Band gesprochen: »Hier Jentner. Ich hoffe, ihr verdammten Schnüffler seid mit eurer Arbeit zufrieden. Macht alles Weitere mit meiner Vertreterin aus. Mörderbande.« Im Internet fand David weitere Einzelheiten.

***

Mi., 23:49 Uhr – von Uta Hofmann

PRESSAD-CHEFIN JEANETTE JENTNER ✝

München. Jeanette Jentner, die Chefin der Münchner Werbeagentur PressAd, ist heute Abend gegen 20 Uhr bei einem tragischen Verkehrsunfall ums Leben gekommen. Mit Jeanette Jentner verliert München eine zentrale Figur der Branche. Sie hatte sich besonders durch innovative Fernsehwerbung für Start-ups einen Namen gemacht. Unmittelbar nach dem Besuch der Diskussion »Arbeitssicherheit in der New Economy« wurde sie von einem Wagen erfasst und tödlich verletzt. Der Veranstalter Stefan Fischer gegenüber E-Investor schockiert: »Die Gewerkschaften betrauern den tragischen Tod. Jeanette war eine innovative Querdenkerin, die nie einen Gegensatz zwischen marktwirtschaftlichem und sozialem Engagement sah.« Der Tod von Jeanette Jentner fällt mit Gerüchten über eine angebliche Restrukturierung der PR-Agentur ihres Mannes Carsten Jentner zusammen.

Mehr im Abobereich
Siehe auch Freitag die Newsmag-Serie
»Die Opfer der New Economy«

***

Claudia hätte David noch mehr erzählen können. Sie hatte noch in der Nacht mit Jutta gesprochen. Sie wusste, dass Jentner nicht so betroffen war, wie er auf Band klang. Claudia wusste auch vom Ausrutscher mit dem Schwarzgeld, und sie wusste, dass Peter zu Recht interveniert hatte. Aber es war eine gute Gelegenheit, im Team einige Dinge klarzustellen.

»Erklär uns das hier«, fauchte sie Peter an. Auf dem Tisch lag die ausgebreitete Fotostory.

»Da gibt es nichts zu erklären. Ich war auf einer Veranstaltung. Jeanette Jentner war auch da. Sie ist öffentlich über Alex hergezogen. Volle Kanne. Er hat sie mit Schwarzgeld finanziert, er hat sie zu unsauberen Verträgen gezwungen und Steuern hinterzogen. Und dann hat sie gesagt, wir seien nur schäbige Betrüger, denen man das Handwerk legen muss. Sie würde es der Presse stecken. Also habe ich ihren Mann angerufen und gesagt, er soll sie feuern. Das hat er auch getan. Vors Auto ist sie alleine gelaufen.«

»Und wie kommst du dazu, das eigenmächtig zu tun?«

»Wäre es dir Recht, wenn sie den ganzen Abend rumrennt und Sachen über uns erzählt?«

»Du musst in jedem Fall mit uns sprechen.«

»Hör doch auf, David hat auch nicht gefragt, als er die Tussi bei Paypinion wieder eingestellt hat.«

David hätte Peter jedes Schlupfloch gegönnt. Nur dieses eine nicht. »Die hat danach den Mund gehalten, und alles ist gut. Jeanette Jentner ist dank dir auf Seite eins, und wenn ihr Mann singt, dann ist das alles hier beendet. Verstehst du? Da draußen gibt es Dutzende von Journalisten, die eine Story wittern. Ein Liquidator, der die Frau in den Tod gehetzt hat? Was Besseres gibt es nicht im Sommerloch.«

»Es hat doch niemand mitbekommen.«

»Dann schau dir mal die Bilder an. Ein paar Meter hinter dir stand eine Pressefotografin. Wenn die das gehört hat, fliegt hier alles auseinander.«

Wie auf Bestellung rief Alex an. Er wollte Claudia sprechen. Sie ging in ihr Büro und beruhigte ihn, während sich David und Peter anbrüllten.

»Ich mache die Restrukturierung heute Nachmittag mit Jentners Vertreterin. Wenn wir ehrlich sind, ist der Vorfall wirklich gut fürs Geschäft. Über die Frau wird nur Gutes verbreitet, Ad-Press hat eine sehr gute Publicity, und in der Firma hätte sie nur geschadet. Offenbar wollte sie plaudern. Das ist jetzt vorbei.«

»Und woher kommen die Informationen über die Restrukturierung in der Presse?«

»Offenbar hat sie schon ein wenig geredet, und unser Peter hat ihren Mann bedrängt, sie zu feuern. Jentner macht uns mitverantwortlich, aber bislang trifft es nur Peter.«

»Der eine schlägt jemanden zusammen, der andere treibt eine Frau in den Selbstmord. Das geht so nicht weiter. Ich muss dich heute Abend alleine treffen und das weitere Vorgehen klären. Ich bin um halb sieben beim Büro.«

Im Besprechungsraum starrten sich David und Peter wütend an, als Claudia zurückkam. »Also, Jungs: Alex tobt. Ich werde mich heute Abend mit ihm treffen, um Peters Hals zu retten.« Den Teufel würde sie tun. Sie hatte keine Lust mehr auf die beiden Versager. Peter konnte einfach nicht den Mund halten. Die Plaudertasche würde auch noch Alex vom peinlichen Vorfall auf dem Sofa erzählen.

Am Nachmittag erledigte sie die Restrukturierung von Ad-Press in einer halben Stunde. Jentner hatte sich freigenommen, und Jutta wusste bereits, wen sie nicht mehr sehen wollte. Ad-Press wurde eine PR-Agentur mit bemerkenswert niedrigem Frauenanteil. Claudia legte die unterschriftsreifen Entlassungen auf Jentners leeren Designerschreibtisch, fuhr nach Hause und zog sich um. Sie entschied sich für ein leicht unseriöses rotes Kleid von Dolce & Gabbana, eine vierreihige, enge Perlenkette, tränenförmige Ohrringe und nicht allzu hohe, elegant geschwungene Schuhe. Und nichts drunter. Dann fuhr sie ins Büro und wartete auf Alex. David hatte sich den Rest des Tages frei genommen, um mal wieder mit, wie er es ausdrückte, »normalen Menschen« wie seiner Bettina essen zu gehen. Peter grübelte noch über ein paar Akten. Claudia setzte sich in sein Büro und hackte auf ihm herum, bis Alex klingelte.

Sie hinterließ eine sanfte, ferne Ahnung ihres Parfums. Es war dasselbe Parfum, das sie schon in der ersten Nacht bei Starnberg getragen hatte. Und in der Nacht auf dem Sofa. Peter sah durch das Fenster, wie Alex ihr die Tür seines Aston Martin aufhielt. Er stürzte die Treppe hinunter und schwang sich in den TT. Paul hatte die elektronische Geschwindigkeitssperre des TT ausbauen lassen. Der Wagen schaffte 265 Spitze.

Peter machte sich an die Verfolgung des schwarzen Sportwagens, der hundert Meter Vorsprung hatte. Kein Problem für den TT, das Wunderwerk deutscher Ingenieurskunst. Peter nahm die Ampel bei Dunkelorange mit Tempo 120. An der nächsten Ampel musste er trotzdem halten. Die Ampel war zu rot. Außerdem stellte sich ein unauffälliger BMW vor ihm quer.

Die Zivilstreife nahm ihm sofort den Führerschein ab.
Rasende Jungunternehmer waren eine banale
Erscheinung in der traumhaft
schönen Munich
Area.

50. Kapitel

Worin Helden die Arbeit mit dem Vergnügen verbinden, nebst Versicherung gegenseitiger Hochachtung vor dem Hintergrund niederträchtiger Verhaltensweisen.

Von: *Chefredaktion Newsmag*
An: *Uta Hofmann*
Donnerstag, 19.36 Uhr

Super Story. Die Bilder der toten Frau sind der Knaller. Wegen dem Interview mit der Blu4-Tussi: Mach Dir keine Sorgen. Wenn du es auf Tonband hast, hat sie keine Chance. Sie muss selbst Angst haben, dass sie jetzt Ärger mit Blu4 bekommt. Und der Human Touch der Chefin, die um ihre Praktikantin trauert, macht es so richtig soft-sexy. Vielleicht hatten sie ja auch was miteinander. Leser mögen geile Lesben.

Aber das nächste Mal will ich was Hartes, ohne Sentimentalität. Einen Inside-Bericht vom Ende eines richtig fiesen Start-ups. Schweine, die an ihrem Blut ersticken. Und dann der Höhepunkt. Weiter so!

***

Von: *Uta Hofmann*
An: *Chefredaktion Newsmag*
Donnerstag, 20.31 Uhr

Fiese Start-ups gibt es wie Sand am Meer. Ich möchte etwas Schillerndes machen, B2C-Media. Das kann sich der Leser besser vorstellen als irgendeine B2B-Plattform, oder so. Ich würde auch die Sache mit den Drogen gerne nochmal anbringen. Und am Schluss ...

***

Es klingelte an der Tür. Das musste David sein. Uta löschte den letzten Halbsatz und schickte die Mail ab. Draußen stand David mit einer Flasche Martini d'Oro und einem Korb Essen. Uta erinnerte sich mit Grausen an den Zustand ihrer Küche. Sie drängte David in ihr liebenswert unordentliches Zimmer.

»Nichts Aufwendiges, bitte. Mir reicht eine Fertigpizza. Der Tod dieser Frau hängt mir immer noch nach. Ich hatte die Kraft, mit der Kamera draufzuhalten, und ich konnte die Artikel schreiben. Aber jetzt kommt alles wieder hoch. Ich habe Angst vor dieser Nacht.«

»Das ist ganz normal. Es gibt etwas, das einen in solchen Situationen automatisch weitermachen lässt. Ich war mal an einem Grenzposten zum Westjordanland, als sie einen Attentäter aufgehalten haben. Der Typ hat sich sofort in die Luft gesprengt. Es war ein wunderbarer Frühlingstag, und die Luft roch nach Zitrusblüten. Ich habe meine Kamera genommen und fotografiert, was der Film hergab. Dann habe ich meinen Bericht geschrieben. Nachts um drei ist dann alles auf mich eingestürzt. Soll ich heute Nacht bei dir bleiben?«

»Ich weiß noch nicht. Anderes Thema bitte.«

»Du hast doch mal erzählt, dass du bei Killer Content gearbeitet hast.«

»Ja, das war auch schlimm. Nicht so schlimm, aber auf seine Art die Hölle.«

»Irgendwer hat meinen Boss beschwatzt, dass Killer ein interessantes Objekt ist. Als Lieferant für Inhalte, und wegen ihrer Streaming-Technologie. Und ich muss jetzt eine Expertise schreiben.«

»Schwachsinn. Die können gar nichts. Die gesamte Technik wird von einem Tochterunternehmen namens KKSM betreut. Killer Kontexx Soft Media. Und die kaufen auch praktisch alles von außen zu: Workpower, Software, Design. Und die Inhalte sind das Letzte. Die werden dir das Blaue vom Himmel runterlügen. Labern ist alles, was die können.«

»Hast du noch irgendwelche Unterlagen? Ich will mit denen nicht persönlich in Kontakt treten. Ich will einfach nur schreiben, das und jenes machen sie, deshalb sind sie schlecht, also lieber keine Investition bei Killer.«

»Die Contents kann ich dir ja mal zeigen.« Uta zog einen Schuhkarton unter dem Bett hervor, kramte eine CD-ROM heraus und legte sie ins Laufwerk. »Da ist alles drauf. Nicht das wenige, was man jetzt im Internet sieht, sondern alles, was fertig war. Die Sendungen, die Konzepte, einfach alles.«

Davids Handy piepste sich dazwischen. David sah auf das Display. Es war Claudia. »Sorry. Mein Team. Ich bin gleich wieder da.« Er wollte Claudia abwürgen. Oder anschnauzen. Irgendwie war ihm danach. Die Frau hatte eine Begabung, immer im falschen Moment zu stören.

»Was gibt's?«

»Störe ich dich beim Dinner?«

»Du störst bei der Fertigpizza.«

»Es ist wichtig. Wegen Alex. Was sagst du zu Peter?«

»Wegen gestern? Keine Ahnung. Dumm gelaufen.« Warum ausgerechnet jetzt, nur eine Tür von einer karrieregeilen Journalistin entfernt. Alles blieb an ihm hängen, weil das BVCN einen Teil der Unterlagen über Killer Content nicht finden konnte. Angeblich verschwunden. Jede gefeuerte Content Managerin hatte das Zeug auf CD-ROM, aber das BVCN wusste nicht, wo das Material zu Killer war.

»Meinst du, wir sollen weiter mit Peter zusammenarbeiten?«

»Meinst du, ich muss wirklich mit meinem miserablen Ex-Lover weiterarbeiten?« übersetzte David für sich selbst.

»Ja, auf jeden Fall. Wenn wir jetzt einen Ersatz suchen, verlieren wir mindestens eine Woche. Hast du mit Alex darüber gesprochen?«

»Wir sind uns noch nicht ganz klar, was wir machen sollen.«

»Wir? Hör mal, ich habe jetzt wirklich keine Zeit, aber so was sollten wir in großer Runde besprechen. Nicht einfach so hintenrum. Ich muss jetzt Schluss machen.«

Claudia legte auf und sah Alex entschlossen an. »Was ich dir gesagt habe. Einfach unfähig, die notwendigen Entscheidungen zu treffen. Es macht keinen Sinn. Ich brauche ein neues Team. Peter muss weg. Und David macht lieber mit dem Trottel weiter, als den Laden wieder auf die Beine zu bringen.«

Sie ließ ein Bein vom Sofa baumeln. Alles war gut. Sie hatte Alex überzeugt, den unfähigen Vermögensverwalter zu feuern und das Team direkt ihrem Kommando zu unterstellen. Sie legte sich auf den Rücken und ließ den Kopf nach hinten über die Bettkante hängen. Sie hatte kurz vorher noch ihre Lippen befeuchtet und fest aufeinander gepresst, um sie röter erscheinen zu lassen. Es würde vielleicht in die Haare gehen. Nach dem Erfolg und der Prise war es ihr egal.

»Das ist der Eingang in die Stadt der Schmerzen«, sagte Uta und öffnete die Startseite des Mediaportals von Killer. »Das Höllentor.«

»Wieso? Die Allmacht Gottes richtet das Höllentor auf. In der Munich Area kann jeder sofort aussteigen. Es gibt keinen Gott, der die Leute dazu zwingt, etwas zu machen.«

»Vielleicht ist das das Schlimmste. Dass man nicht in die Hölle muss, sondern sich selbst dafür entscheidet?« Uta sah unendlich einsam aus. David legte den Arm um ihre Schultern. Es waren sehr feingliedrige Schultern, mit elegant geschwungenen Linien.

»Christengeschwätz. In Wirklichkeit gibt es keine Hölle. Es gibt nur die Gehenna, eine Art Schattenreich bis zur Ankunft des Messias. Ein Ort, wo die Toten unterschiedslos warten, wo alles gleichgültig ist. Alles andere haben eure Leute dazuerfunden, um kleine Utas zu erschrecken. Für mich gelten andere Regeln.«

»Ich glaube trotzdem, dass es die Hölle gibt. Meine Kollegen wollten sich an Lügen dusslig verdienen, und jetzt gehen sie deshalb drauf. Und wir sind auch nicht besser. Wir helfen mit. Und schauen einfach nur zu. Auch nicht anders als diese Frau. Die ist gestorben, ohne auch nur einen Moment ihre Hölle verlassen zu haben.«

»Es ist nicht deine Schuld. Vielleicht entscheiden sich die Leute tatsächlich dafür. Vielleicht wollen sie es genau so, weil alle anderen Alternativen ein bisschen Courage verlangen. Wie Goethes Faust, der sich im Bösen gefällt und trotzdem dauernd jammert.«

»Aber er kommt am Ende in den Himmel, oder so. Irgendwo bescheuert. Ich habe zu viel getrunken.«

»Wer stetig strebend sich bemüht, den erhört Gott, steht bei Goethe. Die interessante Frage wäre: Was passierte mit Faust, wenn der Teufel ihm einen Ausweg anbieten würde, irgendwas Schönes wie Sex oder ein neues Leben? Die Fauste der New Economy würden wahrscheinlich ablehnen. Sie würden sich andere Alternativen suchen, um in die Hölle zu kommen. Der Teufel kann sich ruhig zurücklehnen. Er stößt den armen Seelen eine Tür zur Rettung auf, und sie rennen zurück in die Hölle, weil es dort beim Verglühen so schön warm ist.«

»Und was bietet er denen, die keinen Sex oder kein neues Leben wollen?«

»Ich glaube nicht, dass der Teufel allen das gleiche Angebot machen würde. Er hat ja genügend Vorlagen. Bei Lessing gibt es ein Faust-Fragment, da spricht der Teufel nur die Wissbegier an. Wäre das was für dich als Journalistin?«

»So billig geht's doch nicht. Anderes Thema. Gib mir lieber noch einen Martini.« Sie zuckte mit dem Näschen. »Himmel, die Pizza!«

Während sich Uta die Finger am heißen Backblech verbrannte, schob David eine Floppy in den Rechner. Die Finanzplanung von Killer Content, die internen Umsatzprognosen und der Schriftverkehr mit Kunden waren schneller auf der Diskette, als Uta saubere Teller in ihrer Küche gefunden hatte. David hatte genug Zeit für zwei weitere Datenträger. Uta verfeinerte die Pizza mit bedächtig gepflücktem Rosmarin aus dem handgetopften Kräutergarten, den David ihr am ersten Abend geschenkt hatte.

Um drei Uhr morgens signalisierte sie David, dass sie jetzt doch gerne schlafen würde. Zum Abschied streichelte er ihre Wange und langsam den Hals hinunter bis zu der Stelle, wo ihr T-Shirt begann und jede Versuchung endete. Uta senkte den Kopf und konzentrierte sich ganz auf die Berührung. Langsam näherte sich seine Hand wieder der Stelle hoch im Nacken, an der sie sehr empfindlich war.

»David?«

»Ja?«

»Tust du mir einen Gefallen? Ich ... Bitte geh.«

»Wenn der Absturz kommt, ruf mich an. Egal wann. Versprich es mir.«

»Versprochen. Gute Nacht.«

Er war nicht so diskret, als dass er nicht noch mal ihr Gesicht berührte hätte. Uta wäre beinahe schwach geworden, aber nur beinahe. Als er gegangen war, legte sie sich auf das Bett, schloss die Augen, streichelte ihren Hals und dachte lange nach.

Uta entschied sich gegen David. Sie sah die Abfolge der Datenzugriffe auf ihrem Rechner durch. David hatte ganze Arbeit geleistet. Er hatte, was er brauchte, um Killer Content zu sprengen. Danach beschäftigte sie sich mit dem Fruchtgummi, den sie in Davids Sakko gefunden hatte. Es war eine gummiartige Substanz, aber eher wie eine Pille, oben weiß, unten grün mit einer schwarzen hebräischen Aufschrift und einem seltsam klingenden Firmennamen in lateinischen Buchstaben: Prizma / for Zahal only.

Uta brauchte nur zwanzig Minuten, um im Internet alles über den Fruchtgummi zu erfahren. Es war zum Teil ein Derivat des relativ harmlosen Antidepressivums Prozac. Die israelische Armee setzte ein aggressionsförderndes Aufputschmittel hinzu. Es wurde nur an Soldaten im Einsatz verteilt, die in Stresssituationen kollabierten; etwa, wenn ein Freund von einer Granate zerrissen wurde. Die Liste der Nebenwirkungen umfasste Manien, Abhängigkeit und bei Überdosierung dauerhafte psychische Schäden und suizidale Neigungen.

Außerdem sei von einer erhöhten Gewaltbereitschaft
auszugehen. Eine Tablette – mehr sollte man am
Tag nicht nehmen. David kam
inzwischen locker
auf drei oder
mehr.

51. Kapitel

Worin ein Schurke alte Freundschaften festigt und neue zarte Bande knüpft, nebst dem für das Gerechtigkeitsempfinden der Leserschaft unvermeidlichen, vorläufigen bösen Abschluss.

Tuchner hatte einen Investor kennen gelernt, der sein Geld in der Berliner New Economy verbrannte. Während das BVCN unbemerkt hinter einer prunkvollen Fassade in sich zusammenstürzte, zerriss es die Berliner Szene vor aller Augen. Die Startups platzten wie Seifenblasen, gerade noch schillernd durch die Luft gaukelnd, dann zu nichts zerstoben. Manchmal wurde eine Erfolg verkündende Pressemitteilung erst fertig, als die Company schon Insolvenz beantragt hatte.

Aus der Ferne erschien das BVCN wie ein Fels in einer alles verschlingenden Brandung. Der verängstigte Investor hatte um Möglichkeiten anfragen lassen, sein Vermögen aus den sterbenden DotComs herauszuholen. Als Sofortmaßnahme empfahl ihm Tuchner, die Aktien einer großen Multimedia-Agentur abzustoßen. Der Investor hatte sehr früh für zwei Millionen Mark Anteile erworben, die im März 2000 am Neuen Markt über 25 Millionen Mark wert waren. Durch den Panikverkauf erhielt er 1,24 Millionen zurück. Eine Woche später musste die Agentur das tun, was Tuchner schon wusste: Insolvenz anmelden. Die Agentur hatte verzweifelt versucht, sich an Blu4 Media zu verkaufen, aber in München wartete man ab. Die Aufträge und die guten Mitarbeiter würde Blu4 nach der Pleite sehr viel billiger bekommen.

Nach der Insolvenz fiel der Aktienkurs ins Bodenlose, und der Investor hielt Tuchner für einen Hellseher. Er beauftragte ihn sofort mit der Wahrnehmung seiner Rechte gegen neun Unternehmen, die insgesamt 22 Millionen Mark verschleuderten.

Tuchner hatte Peter am Freitagmorgen eine Mail geschickt. Er möge doch mal bitte einen unverbindlichen Blick auf das Berliner Internetradio AllUneed.de werfen, ohne sein Team zu informieren.

Der Anwalt rief beim Staatssekretär an. In den letzten Wochen war das Ministerium ihm gegenüber etwas zurückhaltend gewesen. Gewisse Kreise hatten vor ein paar Wochen den Crash des BVCN und den Untergang der Kanzlei vorhergesagt, aber nichts war geschehen. Das Ausscheiden mancher Unternehmen aus dem Netzwerk war überraschend, aber immerhin hatte Paypinion den Fischköpfen aus Dortmund gezeigt, wo der Barthel den Most holt.

Der Staatssekretär bat Tuchner, für den Minister ein paar Fragen und Statements über die Lage der New Economy in der Munich Area vorzubereiten, die der Minister bei einer Fernsehdiskussion vortragen könnte, Thema »Munich Area: Ist Bayern der Gewinner der DotCom-Krise?« Fremdworte seien kein Problem. Eventuelle Versprecher würde der Sender selbstverständlich korrigieren.

Die Schreibarbeit für den Minister hatte er in den letzten drei Jahren immer mehr an Klaus Kastner delegiert. Es war nicht anders zu bewältigen. Anfang 2000 musste der Minister fast täglich auf einem Event der New Economy sprechen. Das BVCN lieferte für diese Anlässe geschliffene Analysen, was dem Minister in der Öffentlichkeit den Ruf eines Visionärs einbrachte. Ab dem Herbst 2000 waren die Events seltener geworden. Der Minister praktizierte Liebesentzug; mit den Worten, er habe ja schon immer gesagt, dass letztlich die Substanz entscheidet. Nun hatte ein teuer eingekaufter PR-Berater dem Minister eingeflüstert, dass der Tiefpunkt erreicht sei. Die notwendige Marktbereinigung hätte stattgefunden, und jetzt ginge es wieder aufwärts.

Die neue Schreibarbeit für den Minister war nicht schlecht. Der Anwalt schob das unvollendete Kondolenzschreiben für Jeanette Jentner zur Seite und machte ein paar Notizen. Die Marktbereinigung musste bildlich positiv erklärt werden. Der Begriff war eine zynische Floskel, denn für die Anleger bedeutete er Milliardenverluste. Vielleicht sollte man die Marktbereinigung mit dem Zurückschneiden eines Weinstocks vergleichen. Das war ein schönes Motiv. Der Minister als gütiger Patron, der die Beschneidung der Weinstöcke gutheißt, auf dass nächstes Jahr wieder reiche Ernte eingefahren wird. Am besten Muskatellerwein. Muskateller machte Tuchner hungrig. Jetzt, im Hochsommer, war eigentlich nicht die Zeit für Austern, aber er hatte Appetit auf Austerngratin. Im Le Minou ersetzte man den dafür vorgeschriebenen Champagner durch Muskateller, was dem Ganzen den Snobismus nahm und den Geschmack verfeinerte. Der Anwalt ließ das Le Minou unterrichten.

Das Leben kehrte wieder in seine geordneten Bahnen zurück. Alles schien zu gelingen. Peter hatte den Köder mit AllUneed.de noch nicht wieder ausgespuckt. Bei Routineüberwachungen hatte der dünne Kerl mehrfach Auseinandersetzungen unter den Liquidatoren mitbekommen. Auch, wenn die drei in der Schweiz auf Kosten von Alex perverse Sexspielchen gemacht hatten, knirschte es immer wieder.

Aus Peters Rotlichttouren und Claudias Kokserei wurde Tuchner nicht schlau. Eigentlich hätten die beiden möglichst diskret handeln müssen. Peter fuhr mit seinem auffälligen Wagen direkt bei Münchens bestem Crea-Bordell vor, und Claudia holte sich wöchentlich immer in der gleichen Disco die gleiche Ration. David Rotberg hatte sich mehrfach mit einer skrupellosen Journalistin getroffen. Sie bewegten sich mit einer schamlosen Offenheit, als könnte nichts sie aufhalten. Vielleicht rechneten sie damit, dass sie alles hochgehen lassen konnten. Ihn, die Kanzlei, das BVCN. Entweder waren sie gerissene Schufte, oder sie waren dumme Schelme, die durch ein bedrohlich schwankendes Wirtschaftssystem stolperten.

Der Anwalt ließ die schwarzen Gedanken im Wagen zurück und betrat gelöst sein Restaurant. Er begann, in seinem Filofax zu kritzeln. Für den Minister hatte er an ein Zitat aus einer Studie gedacht, in der die Munich Area glänzend abschnitt. Mit 31 Punkten rangierte das Isar Valley weltweit auf Platz vier, gleich hinter San Francisco, Boston und London. Allerdings kam auch Tel Aviv auf 31 Punkte. München war genauso gut wie eine Bürgerkriegsregion mit Autobomben. Die Studie war vielleicht doch nicht geeignet.

Es ging auch ohne öde Zahlen und Punkte. Bodenständige Bilder wechselten mit scharfzüngigen Analysen, und wenn irgendwo ein Fehler einzugestehen war, dann war er entweder von außen verschuldet oder eine nachlässige Sünde, sehr viel weniger schlimm als ein veruntreuter Millionenkredit der landeseigenen Bank, exklusive Reisen mit Geschäftspartnern oder Waffenexporte an befreundete Diktaturen. Eine Kleinigkeit also gegen Ereignisse, die fast schon Teil der Brauchtumspflege waren. Dass die New Economy nur im Hightech-Standort Bayern gedeihen konnte, war als Schlussfolgerung unausweichlich.

Solange nicht irgendwelche selbst ernannten Liquidatoren die Anleger verunsicherten. Tuchner spülte den Gedanken mit einem Schluck 1997er San Casciano runter, als ihn seine Sekretärin anrief. Peter wolle ihn sprechen. Der Anwalt überlegte kurz, ob er ihn einfach ins Le Minou einladen sollte, entschied sich aber dagegen. Er wollte die Sache langsam wachsen lassen. Statt eines schlüpfrigen Austernmahls, das Peter sicher an ein Gemälde von Jean-François de Troy erinnert hätte, bekam er einen trockenen Anruf.

»Wie hat Ihnen AllUneed.de gefallen? Sind die wirklich Marktführer, wie sie behaupten?«

»Die machen Witze. Die Versprechungen haben mit dem Ergebnis nichts zu tun. Wie dieses Internetradio die erwarteten Millionengewinne erwirtschaften sollte, ist nicht erkennbar. Anlagebetrug würde ich so was nennen. Ich kann nur hoffen, dass sich Ihr Netzwerk da nicht engagieren will.«

»Würde das BVCN nie tun.«

»Aber Kasus Content ist genau dieselbe Knallschote. Nichts anderes als ein Münchner AllUneed.com. Werden Sie demnächst sehen.«

»Machen Sie ruhig. Die Sachen waren nicht meine Idee. Aber sie haben Recht«, sagte Tuchner, »AllUneed.com macht tatsächlich Anlagebetrug. Ich habe einen Mandanten, der sich eine Beteiligung hat andrehen lassen. Es wird unsere Aufgabe sein, sein Geld wieder herauszuholen.«

»Dieses Lied klingt mir doch sehr bekannt.«

»Vielleicht können wir uns mal in Ruhe zusammensetzen und über alles reden. Und lassen Sie sich nicht von den anderen gegen mich aufhetzen. Es gibt mindestens ebenso viele böse Gerüchte über mich wie Prozesse, die ich gewonnen habe.«

Vielleicht war es eine Falle, dass Peter das nächste Ziel ausgeplaudert hatte. Vielleicht war er wirklich nur ein Schelm, der selbst in die Falle stolperte. Der Anwalt rief Klaus Kastner an.

»Klaus, es geht los. Das nächste Ziel ist Kasus Content.«

»Wir haben jetzt ganz andere Probleme. Ich habe gerade mit dem Vermögensverwalter gesprochen. Alex hat eine Neue. Und die heißt Claudia.«

»Das war ja abzusehen. Länger als zwei Wochen hält das nie.«

»Der Vermögensverwalter sagt was anderes. Er ist praktisch nur noch Lieferant für Genussmittel. Alex hat ihm noch gestern Abend einen großen Teil seiner Kompetenzen entzogen. Deshalb ist er auch so panisch. Es sind sehr sensible Bereiche, wo es Unregelmäßigkeiten gab.«

»Was soll das heißen?«

»Er hat wohl manchmal etwas zu großzügig abgerechnet, und jetzt kann er nicht mehr auf die Buchführung zugreifen. Wenn Alex das an Claudia und ihr Team überträgt, können sie auch Vorgänge überprüfen, die nicht direkt mit den Investments an sich zu tun haben. Die Expertenrunde in der Schweiz, die Beratungshonorare für das BVCN, die Market-Researchs, die Alex bezahlt hat und die wir dann selbst verwendet haben, und so weiter. Wenn die das durchackern, fliegt alles in die Luft. Da sind mindestens acht bis zehn Millionen interne Burnrate.«

»Was soll das heißen – interne Burnrate? Gewisse Kosten sind doch normal.«

Klaus schwieg. Er sagte damit mehr, als dem Anwalt lieb war.

»Wie tief steckt das BVCN da drin?«

»Ziemlich tief, wenn man es richtig hindreht.«

Tuchner dachte einen Moment über seine letzten Wochen nach. Je länger er nachdachte, desto mehr erkannte er, dass Klaus der Schlüssel war. Was immer Klaus anfasste, verwandelte sich in Scheiße. Wenn es Klaus nicht gelingen würde, die Liquidatoren auszuschalten, müsste der Anwalt andere Schuldige haben. Um einen Schuldigen zu finden, brauchte er noch etwas Zeit.

»Klaus, es hängt alles von euch ab. Ihr habt jetzt zumindest das Wochenende Zeit, um Claudia und ihre Leute gründlich zu diskreditieren. Sie müssen an Kasus Content scheitern. Einen totalen Fehlschlag wird Alex nicht einfach wegstecken. Der Vermögensverwalter soll einfach still sein. Solange die sich mit den Start-ups beschäftigen, droht ihm keine unmittelbare Gefahr.«

»Ich hätte doch gerne mal über Plan B gesprochen. Jetzt, mit dem Vermögensverwalter an unserer Seite, kann eigentlich nichts mehr schiefgehen. Ich würde zumindest einen kleinen Vorrat kaufen. Für den Notfall.«

»Vergiss es. Plan B rüttelt an den Grundfesten der Mediengesellschaft. Verstanden?«

»Ja. Noch was. Diese Journalistin Uta Hofmann hat sich bei uns gemeldet. Sie will mit dem Ex-CFO sprechen. Über den Untergang des Blu4-Portals, Kündigungen und Drogen in der New Economy. Behauptet sie zumindest. Der Ex-CFO hat ziemlich Angst, wegen einer alten Geschichte.«

»Er soll das Interview ruhig geben. Mit Frauen kann er doch
umgehen. Wenn er sich feige verkriechen würde,
schöpft sie vielleicht noch Verdacht.
Und Blu4 ist für uns längst
abgeschlossen.«

52. Kapitel

Worin großer Heldenmut schlecht entlohnt wird, nebst einigen alten Rechnungen, die wohl noch länger offen bleiben werden.

Susan Berg hatte es nie geschafft, ihren Freunden Content Syndication nahezubringen. Schuld waren die Flausen, die man den Studenten am Institut für Kommunikationswissenschaften in den Kopf setzte. Die Professoren brachten den Leuten bei, wie man journalistische Eigenheiten entwickelte, aber nicht, wie man sich den Gegebenheiten des Marktes anpasste. Der Markt verlangte keine brillanten Artikel voller Geistesschärfe. Der Markt wollte Content. Susan hatte erkannt, dass der Leser eine aussterbende Gattung war. Die Zukunft gehörte dem User im Internet, und da zählten nur Geschwindigkeit, Verständlichkeit und das Fehlen jeder ideologischen Ausrichtung. Der Leser will Meinung, aber der User zahlt nur für Fakten.

Das hatte sie immer wieder gepredigt. Sie wollte ihren Kommilitonen nichts wegnehmen. Sollten sie ihre Leitartikel schreiben – sie wollte nur die Fakten zusammengefasst haben, um sie an die Betreiber von Webseiten verkaufen zu können. Man hatte Susan als Zuhälterin für Journalisten bezeichnet, als Nuttentreiberin auf dem Pressestrich und als Sargnagel der Meinungsvielfalt. Am Anfang tat es weh, aber dann fand sie einen Investor. Alex wollte zwar die Contents seiner Medien nicht außerhalb seines Konzerns verbreiten, aber er sah Chancen, an den Inhalten der anderen mitzuverdienen.

Er verstand die Geschäftsidee: Durch Kasus sparen sich Websites eine teure Redaktion, und die Content-Besitzer können ihre Contents mehrfach an den Mann bringen. Den Zwischenhandel macht der Content Syndicator. Er schnürt aus allen Contents Pakete, die für die Usergruppe einer Website zugeschnitten sind. Bezahlt wird pro Page Impression oder gleich per Flat-rate. Die Verlierer sind die Journalisten, denn die gehen leer aus. Das musste einfach ein Geschäft werden.

Susan hatte gelernt, dass nicht nur Erfolg einsam machen kann. Auch im Scheitern findet man keine Liebe. Ihre Bekannten gingen zu normalen Medien und feuerten Salven gegen die Ausbeutung des Journalismus. Sie konnten es sich leisten. Renommierte Verlage dachten nicht daran, die Exklusivität ihrer journalistischen Angebote für 0,3 Pfennige pro Page Impression an irgendwelche obskuren Websites zu verkaufen.

Ein paar kleinere Verlage boten schließlich ihre Überschussproduktion an: unaktuelle Geschichten, die wegen anderer Ereignisse gestrichen werden mussten. Geschreibsel von Volontären. Ein paar im Überschwang gegründete Internetportale suchten nach weiteren Verdienstmöglichkeiten und einigten sich mit Kasus. Nachdem der Content der Portale fast kostenlos durch »Webscouts« oder als »Online-Afficinados« bezeichnete Studenten zusammengeschmiert wurde, musste es ein Geschäft werden.

Und jetzt saß Susan in ihrem vornehmen Besprechungsraum und fragte sich, was wohl aus der Mahagoni-Vertäfelung werden würde, wenn sie hier ausziehen musste. Sie hatte es nie geschafft, einen Verlagsleiter in dieses seriöse Ambiente zu locken. Bei Content Syndication hatten alle abgesagt.

Der Plan erschien ihr pervers, aber es war ein Ausweg. In spätestens sechs Monaten wäre Kasus pleite gewesen. Zur Zeit glaubte die Munich Area noch an den Erfolg von Kasus. In ihrer Post hatte sie am Morgen noch eine Blindbewerbung gefunden; eine gewisse Viola Maier war gerade mal am letzten Freitag bei AdPress entlassen worden und suchte dringend etwas Neues. Sie hatte gute Zeugnisse von miesen Firmen. Sie war ein angeberisches, höheres Starnberger Töchterchen, das sich nicht zu schade war, als Beruf ihres Vaters »Chefarzt Prof. Dr. Dr.« anzugeben. Aus all der Anbiederung in den Unterlagen sprach tiefe Verzweiflung.

Dieses Schicksal würde Susan erspart bleiben. Wenn alles gut ging, würde sie sich keinen neuen Job suchen müssen. Deshalb hörte sie sich geduldig die Vorhaltungen an, die ihr die drei Menschen auf der anderen Seite des Konferenztisches machten. Die einzige Demütigung war David Rotberg. Sie kannte ihn vom Institut. Er hetzte damals im Studentenradio gegen ihre Ideen. Sie hatte ihn zur Rede gestellt und war überrascht, dass er durchaus Ahnung von New Economy und Content Syndication hatte. Privat war David die Liebenswürdigkeit in Person, und Susan kam zu dem Schluss, dass er eigentlich gar kein wirklich schlechter Mensch sein konnte. Sie versuchte es mit Charme und einem Jobangebot, aber zu mehr als bis zu einer kurzen und intensiven 1-2-1-Relationship am Rande einer KWler-Fete war es nie gekommen. Danach war David nach New York gegangen, und sie hatte ihn aus den Augen verloren.

David kannte alle Schwachpunkte in ihrer Geschäftsführung. Alles, was er ihr vor zwei Jahren vorhergesagt hatte, war eingetreten. Sie hatte sich bei den Kosten übernommen. Sie hatte die Probleme unterschätzt. Susan hörte nicht genau hin. Sie fragte sich, wie David sich wohl fühlte. Eines seiner Pamphlete von damals trug den Titel »Nur ein toter Content Syndicator ist ein guter Content Syndicator«. Vielleicht hatte er sogar ein wenig Mitleid. Die Situation von damals hatte sich komplett gedreht. David hatte einen Weg gefunden, in der New Economy reich zu werden. Sie war gescheitert. Er saß nur stumm dabei. Die Gründe ihres Scheiterns trugen ein Bubi und eine dumme Zicke vor.

»Frau Berg, Sie haben in Ihrem Businessplan versprochen, dass der Cash-Flow bereits nach einem halben Jahr positiv sein würde«, kläffte der Bubi. »Stattdessen: immer nur Verluste. Wir wissen, dass Sie größere Ausgaben einfach nicht aufgeführt haben. Beispiel 2. Hälfte 2000: Damals haben Sie über zwanzig Mitarbeiter außerplanmäßig zur Korrektur von Content beschäftigt, aber die Kosten erst im 1. Halbjahresbericht 2001 angegeben. Von Ihren 60 Content-Abnehmern sind über 20 pleite, aber Sie haben es versäumt, die Lieferung einzustellen. Nehmen wir nur mal das Seniorenportal Vivaveta.de. Die haben ein Jahr ihren gesamten Bedarf bei Kasus gedeckt und nicht bezahlt. Das sind 62.000 Mark, die Kasus niemals bekommen wird. Gleichzeitig mussten Sie an die Contentlieferanten 34.000 Mark bezahlen. Die Arbeitsleistung, die Sie für die redaktionelle Betreuung aufwenden mussten, liegt noch mal bei 17.000 Mark.«

Die billige Schlampe setzte nach. Susan konzentrierte sich ausschließlich auf David. Er wich ihrem Blick nicht aus. »Sie könnten selbst unter optimalen Bedingungen keinen Gewinn machen. Die internen Kosten sind viel zu hoch. Was die Websitebetreiber an Redaktion sparen, müssen Sie bei den Korrekturen tragen. Das haben Sie seit spätestens einem Jahr gewusst. Sie werden verstehen, dass wir unter diesen Umständen auf Rückerstattung des verbliebenen Investments beharren müssen. Sie erhalten im Gegenzug den von unserem Investor gehaltenen Teil an Kasus zurück. Wenn Sie in sechs Monaten pleite sind, ist auch nichts gewonnen. Wir würden zu Ihrem eigenen Besten nur sehr ungern gegen Sie klagen. Für die Presse gibt es bekanntermaßen nichts Schöneres als einen waidwunden Content Syndicator.«

Diese Zusammenfassung hatte sicher David formuliert. Er würde sein blaues Wunder erleben. Er hätte es besser wissen müssen. David hatte gesagt, ein echter Journalist würde sich mit allen Tricks gegen Content Syndication wehren, damals, im Garten hinter dem Institut. Wer seine Arbeit liebt, will nicht, dass sie zerrissen wird. Susan liebte ihren Job nicht mehr, aber sie wollte sich nicht zerreißen lassen. Sie hatte auch ihre Tricks.

»Ich denke, alles Weitere besprechen Sie mit meinem Anwalt.«

»Wir haben bereits mit Ihrem Anwalt Kontakt aufgenommen. Ich glaube nicht, dass er noch Ihr Anwalt sein will.«

Susan rief Tuchner an und hörte drei Minuten zu. Sie sah David unbeweglich an, legte auf und seufzte.

»In Ordnung, Sie können das verbliebene Geld haben.«

Schweigen breitete sich im noblen Konferenzraum aus. David sah sie traurig an. Du sentimentaler Narr, dachte Susan, du glaubst, ich würde einfach so aufgeben, nur weil du zu den Liquidatoren gehörst. »Können Sie einen Notar beschaffen? Ansonsten hoffe ich, dass Sie nicht rückwirkend irgendwelche Rechnungen stornieren oder sonstwie Kasus bewusst in die Insolvenz treiben.«

»Selbstverständlich«, die Tussi lächelte zuckersüß. »Wir haben schon damit gerechnet. Der Notar wartet bereits draußen, und den Vertrag haben wir schon fertig gemacht. Sie müssen nur noch unterschreiben.«

Während sie die Formalitäten regelten, machten die Kasus-Sekretärinnen in aller Ruhe die Bücher fertig. Der 1. Halbjahresabschluss 2001 lag erst ein paar Wochen zurück, und es dauerte nur eine Stunde, bis die Höhe des verbliebenen Investments errechnet war. Claudia hatte nach den Zahlen des BVCN mit einem Rest in Höhe von rund zwei Millionen gerechnet. Es vergällte ihr den wunderbaren Montagmittag, als der Rest mit 160.345 Mark beziffert wurde.

»Was ist mit dem Geld passiert?«, fauchte sie Susan an.

»Wir haben in den letzten Wochen unser neues Redaktionssystem erhalten. Nicht billig, aber gut. Von jetzt an ist es für die Kunden leicht, sich selbst Pakete zusammenzustellen. Damit können wir die Kosten stark reduzieren. Außerdem gibt es ein automatisches Content Refinement System. Ein Betreiber einer Website gibt das Profil seiner Zielgruppe ein, und das Programm stellt das Paket automatisch zusammen. Und mit dem System können wir in Zukunft Contents für gewisse Abnehmer sperren lassen. Wissen Sie, ich kannte mal einen Kerl, der dauernd Angst hatte, dass sich irgendwelche Nazis jüdische Beiträge kaufen könnten.« David würde diesen Kelch bis zu Neige auskosten müssen. Sie fühlte sich phantastisch. »Ein süßer Fratz. Ein David Rotberg, der sich nicht gegen die Verwendung bei der Aryan Nation wehren könnte, oder so was. Das ist damit ausgeschlossen. Und dafür finde ich sicher andere Investoren. Es ist nicht meine Schuld, dass Ihr Investor leer ausgeht. Ich habe niemanden zum Ausstieg gezwungen. Und jetzt verschwinden Sie auf der Stelle.«

»Claudia, Peter, geht schon mal vor, ich habe noch was mit ihr zu besprechen.«

Der Bubi warf David einen viel sagenden Blick zu, ballte die Faust und schlug in seine offene Hand, als er ging. David und Susan schwiegen sich eine Weile an.

»Du hast dich nie mehr gemeldet. Eigentlich schade, David.«

»Du hast dich auch nicht gerührt. Du hast alle Grundsätze über Bord geworfen.«

»Ich leite ein Unternehmen. Ich sorge für Arbeitsplätze. Es sind nicht die Arbeitsplätze, die sich Salonsozialisten erträumen, aber es ist wichtig. Wie fühlst du dich, wenn du anderen die Existenz zerstörst?«

»Komm, Susan, nicht auf die Tour. Wer mit dir zusammenarbeitet, muss Journalisten mit sittenwidrigen Knebelverträgen entrechten. Ein paar sind vor Gericht gegangen, und du lässt sie von den Verlegern feuern. Wie fühlst du dich, wenn du das machst?«

»Das gehört dazu. Und wie fühlst du dich?«

»Es hat mir um die Susan von vor zwei Jahren Leid getan. Du hast heute einen Etappensieg für deine Firma errungen, aber wie soll das denn weitergehen? Es gibt keine Kunden mehr für deinen Content. Alles liegt im Sterben. Niemand zahlt für Geschreibsel im Internet. Und du weißt das doch selbst.«

»Wir haben jetzt die beste Technik, und irgend jemand wird immer überleben. Ich werde dazugehören. Ich habe eine Zukunft. Aber was hast du? Was ist aus deinem Journalismus geworden? Du arbeitest für Alex. Das wäre doch vor zwei Jahren noch dein absoluter Alptraum gewesen. Ausgerechnet dieser Schmuddelunternehmer. Und David Rotberg macht für ihn den Straßenkehrer in der New Economy. Hätte ich nicht von dir erwartet. Was ist nur aus dir geworden, dass du so was nötig hast, David? Was sagt eigentlich deine, wie hieß Frau Moralapostel noch gleich? Richtig, was sagt die Bettina dazu? Oder macht die inzwischen auch in New Economy?«

Sie schwiegen sich noch eine Weile an. Es ging ihr nach dieser Abrechnung besser als im gesamten letzten Jahr. Es war überstanden. Sie wusste, dass sie in ihrer ablehnenden Körperhaltung sehr schön war. David sah nicht mehr so gut aus wie früher. Unter seiner glatten Oberfläche arbeitete etwas Brutales, eine innere bittere Verspannung, die ihren Weg nicht nach draußen fand und trotzdem fast greifbar war.

»Okay, Susan. Der Job ist keine Ruhmestat, und ich bin auch nicht stolz drauf. Es ist eine vorübergehende Angelegenheit. Ich kann jederzeit raus. Nach dem Gaza ist der Job fast eine Erholung. Aber ich werde wieder am Strand bei Jaffa sitzen und den Alptraum hier vergessen. Für dich wird er weitergehen. Überleg es dir. Du kannst immer noch in den Journalismus zurück.
Die Leute werden Kasus schnell vergessen. Und ich
kann dir helfen.« – » Ruf mich mit dem
Vorschlag in zwei Jahren
noch mal an. Mach's
gut, David.«

53. Kapitel

Worin kleine Heldentaten großes Benefitium versprechen und kleine Verrätereien viel Genuss bringen, nebst der Ruhe vor dem Sturm.

»Warum hast du uns nicht gesagt, dass sie deine Ex ist?«

»Verdammt, das ist zwei Jahre her, es war eine halbe Nacht, und der Sex war wirklich übel. Sie ist im Bett tausend Mal schlechter, als sie aussieht. Na und? Das damals war lange vor der Gründung von Kasus Content.«

»Das klang aber ganz anders.« Peter war klar, dass er David für das Debakel nicht verantwortlich machen konnte. Trotzdem suchte er einen Schuldigen. Die Sache war gründlich schiefgegangen. Alex würde explodieren. Ein Schuldiger war in dieser Situation wichtig.

»Ich habe früher ein paar Sachen darüber geschrieben. Damals gab es am Institut eine Keimzelle für alle möglichen Internet-Ideen, die letztlich alle auf Ausbeutung von Journalisten hinausliefen. Ich hatte eben mit Susan und ihrer Geschäftsidee zu tun.«

»Und wie sagen wir das jetzt Alex?« Claudia hatte Alex in den letzten Tagen so ziemlich alles gesagt, nur nichts Negatives. Sie wollte kein Debakel kommunizieren. Einer der anderen beiden würde sich opfern müssen, um Alex die schlimme Nachricht zu überbringen. Zu irgendwas mussten sie ja gut sein.

»Er wird es sowieso erfahren. Die Frage ist, ob wir nicht vielleicht eine Chance haben, das verlorene Geld doch wieder aufzutreiben. Die neue Software ist vielleicht fehlerhaft – dann sind rückwirkend Konventionalstrafen fällig. Mal schaun, ob das System im Internet schon läuft. Claudia, schaust du mal in den neuen Unterlagen nach, wann die neue Software bestellt wurde?«

»Hier ist der Vertrag. Gut acht Wochen alt. Ein Auftrag an eine Firma namens KKSM.«

David sah Claudia einen Moment ungläubig an.

»KKSM? Hier aus München?«

»Ja.«

David lehnte sich weit zurück. Der Alptraum, die Angst, alles fiel von ihm ab. Immer noch leicht hysterisch, begann er zu lachen.

»Volltreffer. Die gute alte Susan. Korrekt bis zum Ende.«

»Dürfen wir mitlachen, David? Was meinst du damit?«

»KKSM steht für Killer Kontexx Soft Media und ist eine hundertprozentige Tochter von Killer Content. Susan hat das gemacht, was alle BVCN-Beteiligungen machen sollen. Sie hat die Dienstleistung bei einem anderen BVCN-Start-up bestellt. Und Killer steht ganz oben auf unserer Abschussliste. Damit kommen wir doch wieder an das Geld.«

»Wie kann man eigentlich in zehn Wochen eine Software für zwei Millionen Mark schreiben?«, fragte Claudia. »Und warum war diese Rechnung nicht bei den Unterlagen, die wir vom BVCN bekommen haben?«

»Wahrscheinlich das übliche Verschludern der schlechten Nachrichten. Hatten wir bei der blöden Kuh schon ein paar Mal«, sagte Peter. Wenn David die letzte Aussage getroffen hatte, zeigte er es nicht. »Wahrscheinlich hat KKSM ein paar Monate im Vorlauf daran gearbeitet. Unser Freund Jentner hat jedenfalls auch mitverdient. Bei Kasus steht eine großkotzige Presseerklärung auf der Eins.«

***

Kasus Content Pressemitteilung
AdPress Communications
Mo., 14.53 Uhr

NOCH MEHR KUNDENFREUNDLICHKEIT BEI KASUS
Der führende Content Syndicator Kasus Content AG richtet seine Online-Strategie neu aus. Ein innovatives Content Management System erlaubt es den Usern, sich selbst in wenigen Schritten attraktive Contentpakete zusammenzustellen. Außerdem wird die exklusive »Virtuoso-Technologie« automatisch das Content Refinement durchführen.

»Mit dem neuen CMS sind wir on the Cutting Edge der Innovation«, freut sich Kasus-Gründerin Susan Berg. Durch die vereinfachte Bedienbarkeit ergeben sich ungewöhnliche Einsparpotentiale ... mehr

***

»Das heißt Entlassungen. Warum sagen die das nicht wenigstens einmal ehrlich? Die haben doch sowieso kein Geld mehr.« Peter hasste die Vorstellung, dass die Pressemitteilung von seinem ausgebliebenen Anteil finanziert wurde.

»Immer noch besser, als wenn irgendetwas über unsere Arbeit nach draußen dringt.« Nach Claudias Meinung redete Peter zu viel. »Solange alles seinen gewohnten Gang geht, mit Pressemitteilungen und ordentlicher Berichterstattung, kann uns das nur nützen. Was sagen denn die anderen dazu?«

***

Mo., 16.34 Uhr – von Jörg Gruber

KASUS. »ON THE CUTTING EDGE OF INNOVATION«

Der führende Content Syndicator Kasus Content AG richtet seine Online-Strategie neu aus. Ein innovatives Content Management System erlaubt es den Usern, sich selbst in wenigen Schritten attraktive Contentpakete zusammenzustellen. Außerdem wird die exklusive »Virtuoso-Technologie« automatisch ...

Mehr im Abobereich

***

»Eine abgeschriebene Pressemitteilung. Susan hatte schon immer Glück. Sie hat immer Leute gefunden, die sich für sie engagiert haben. Früher waren es BWL-Professoren, dann Alex und jetzt die Presse. Naja, wenn das System die Versprechungen hält, hat sie von Alex alles geschenkt bekommen und kann sich jetzt einen neuen Investor suchen. Die muss sich innerlich kaputtgelacht haben, als wir den Vorschlag zur Rückgabe des Investments gemacht haben.« David kramte eine grünweiße Käferleiche heraus und dachte kurz nach. »Alex wird diesmal auf den Spaß einer Pleite verzichten müssen. Es hat alles für Susan gearbeitet. Ein unheimlich perfektes Timing. Vielleicht ...«

»David, bist du sicher, dass wir das Geld über KKSM wiederbekommen? Irgendwas muss ich Alex erzählen.«

»Wir müssen es einfach so schnell wie möglich herausfinden. Das heißt, dass Killer Content spätestens am Mittwoch oder am Donnerstag fällig ist. Eine andere Chance haben wir nicht.«

»Dann rufe ich jetzt Alex an, und ihr beiden geht erst mal was essen. Ihr seht schrecklich aus.« Claudia schenkte ihnen ein Funkeln ihrer schönen grünen Augen. Sie ging in ihr Büro, konzentrierte sich kurz, machte sich ein paar Notizen und legte bei der Generalprobe einen traurigen Tonfall in die Stimme. »Alex, Folgendes: Jemand hintertreibt meine Arbeit. Heute hatten wir eine Katastrophe. Kasus Content hat offensichtlich das ganze Geld beiseite schaffen können. Es kann Zufall sein, aber ich — vielleicht hat Peter auf Haschisch etwas ausgeplaudert.« Unsinn. Auf Haschisch plaudert man nicht. »Vielleicht hat Peter was verraten. Oder David hat die Chefin von Kasus gewarnt. Die ist nämlich seine ehemalige Geliebte. Ich kann weder das eine noch das andere beweisen, aber ich kann so nicht weiterarbeiten. Ich brauche Leute, denen ich bedingungslos vertrauen kann.« Das »bedingungslos« musste mit einem leichten Schmachten kommen. Sie notierte das Wort und unterstrich es. An dieser Stelle würde Alex sicher fragen, ob sie das Geld nicht doch irgendwie beschaffen könnte. Wahrscheinlich in einem erregten Tonfall, vielleicht auch hysterisch. »Alex, ich bin mir sicher, dass es eine Möglichkeit gibt. Das Unternehmen, zu dem das Geld verschoben wurde, steht auch auf unserer Abschussliste. Killer Content. Ich werde dafür sorgen, dass wir es spätestens bis Donnerstag erledigen. Wenn wieder etwas schiefgeht, wissen wir, dass es einen Verräter gibt. Dann müssen beide sofort weg.« Sie musste dramatisch beginnen und entschlossen enden. Danach wäre noch Raum für ein paar Nettigkeiten. Sie sperrte die Tür ab, nahm eine Prise Koks und rief Alex an.

***

»Was sagt er?«, fragte Peter und schob seine Henkersmahlzeit beiseite. Er hatte lustlos in seiner Räucherlachspastete herumgestochert. Es war vielleicht das letzte Mal, dass er auf Kosten von Alex essen konnte, aber er hatte keinen Appetit.

Claudia nahm die Speisekarte, studierte sie kurz und bestellte eine Galette mit Shrimps. »Wenn es mit Killer klappt, ist alles in schönster Ordnung. Warum hast du so viel Angst vor Alex? Er ist sehr verständnisvoll, und er sieht die Probleme.«

»Ich habe keine Angst vor Alex.«

»Du hast Angst. Angst um den Job, Angst vor dem Versagen, Angst, den TT zu verlieren.«

»Bitte. Nicht schon wieder. Nicht beim Essen«, ging David dazwischen.

»Schon gut.« Claudia legte ihre Hand auf seinen Arm. »Der Tag ist viel zu schön. Maître? Eine Runde Champagner bitte. Wisst ihr, in der Akademie haben wir gelernt, dass man sich von Bad News nicht runterziehen lassen soll.«

»Du klingst wie die Jentner.«

»Soll sie in der Hölle schmoren. Hauptsache, wir haben Kasus abgeschossen. Das haben wir uns für heute vorgenommen, und das haben wir auch geschafft. Und jetzt lacht endlich mal. Wir sind die Sieger der Munich Area, und wenn wir zusammenhalten, werden wir es schaffen. Liquidatoren sterben nicht, sie lassen sterben.«

Die Kelche hatten gerade mit ihrem hellen Klang den Raum des überteuerten Restaurants in der Theresienstraße erfüllt, als sich Davids Handy meldete.

»Hallo David.«

»Hallo Susan.«

»Bist du überrascht?«

»Irgendwo schon. Hast du es dir noch mal mit dem Ausstieg überlegt?«

»Ach David, du sentimentaler Trottel. Ich wollte es dir nur als Erstem erzählen. Ich habe einen neuen Investor. Wieder einen Medienkonzern, diesmal nur Print. Die nehmen mich mit Handkuss, und meine wichtigsten Leute kann ich auch mitnehmen. Das habt ihr großartig hinbekommen. Die hätten nie investiert, solange Alex beteiligt war. Jetzt ist der Weg frei.

Sag noch mal Danke an deine Kollegen, und weiterhin
viel Spaß mit Alex. Die Tussi soll aufpassen,
sie passt genau in Alex' Profil,
und das kann böse
enden.«

54. Kapitel

Worin metereologische Betrachtungen angestellt werden, nebst starken Klimaschwankungen von heiß gemachten Helden bis zu eiskalten Schurken.

Claudia hasste die Stille im Alfa. Sie hatte bis eine Stunde zuvor gerechnet, überprüft und unter Druck einen perfekten Bericht vorgelegt. Peter und David hatten versagt. Die Arbeit schien sie nicht mehr zu interessieren. Sie konnten sich bei Killer Content kein Versagen leisten, aber nur Claudia stemmte sich verbissen gegen den Untergang. So erzählte sie es Alex, und so erlebte sie es. Was immer auch an diesem heißen und dunstigen Donnerstagmittag geschehen würde: Es war nicht ihre Schuld. Sie hatte alles gegeben.

Die Agonie, die Müdigkeit, der Stau auf der Leopoldstraße, der Wetterumschwung, das unausweichliche Ende des Sommers – es gab gute Gründe für das genervte Schweigen im Alfa. Bei ihren ersten Aufträgen war die Anfahrt ein Triumphzug, der Weg zum Lustmord. Die Stimmung hatte sich gewandelt. Sie fuhren zu einem weiteren Auftrag. Vielleicht war es der letzte, vielleicht auch nicht. Es spielte keine Rolle. Keiner beachtete die anderen. Niemand sagt mir etwas Nettes, dachte Claudia.

»Claudia?«

»Ja, Peter?«

»Diese Perlenohrringe sind großartig. Passen perfekt zu deiner Haut.«

»She seems to me like a rich jewel in an ethiops ear, beauty to rich for use, for earth to dear«, zitierte David.

»Danke.« Sie wollte diesen brüchigen Klang nicht in ihre Stimme legen. Es passierte einfach. Es klang herzzerreißend.

»Alles okay?«

»Ja.« Sie waren keine Helden, sie waren nicht erfolgreich, und sie waren noch nicht mal wirklich nett zu ihr. Es hatte eine Zeit gegeben, da waren sie im Einklang, aber irgendwann hatten sich die Risse aufgetan. Es gab keine Gemeinsamkeiten. Die frühere Vertrautheit, die Zuneigung und die unterschwellige Sexualität waren nur Täuschungen gewesen.

»Darf ich noch was sagen?«

»Was, David?«

»Du riechst ausgezeichnet.«

Auch Täuschungen konnten zauberhaft sein. Sie hatte sich mit ihren Träumen vom Luxusbordell in Frankfurt getäuscht, aber sie mochte Täuschungen. Wenn sie mit Alex schlief, dachte sie an Olympia. Oder sie stellte sich vor, wie sich Peter und David um sie prügelten und dann über sie herfielen. Sie beugte sich nach vorn und sagte, fast zufällig nah an ihren Mitarbeitern: »Jungs, wir sollten demnächst wieder nach Davos. Wenn alles gut geht, könnten wir morgen fahren, oder?«

»David, hast du morgen nicht was vor?«, hoffte Peter. Freitag war ideal. Freitag war in der Villa Hochbetrieb, und er hasste es, an der Bar auf Sabine warten zu müssen.

»Nichts, was man nicht absagen könnte. Nur ein Treffen mit dem ahnungslosen Dummchen Uta. Die geht mir in den letzten Tagen tierisch auf die Nerven. Hat jeden Tag angerufen und mir Löcher in den Bauch gefragt, ob unser ominöser Investor mit Killer Content ins Geschäft kommt. Bloß, weil sie mir die Unterlagen gegeben hat und sie jetzt was über die Chancen von Entertainment im Internet schreibt. Ich habe keine Lust mehr auf diese treuen Hundeaugen. Und der Alfa braucht auch mal wieder Auslauf.«

Claudia lehnte sich zufrieden zurück. Sie war sich gar nicht mehr so sicher, ob sie sich wirklich in den beiden getäuscht hatte. »Fahren wir. Alex kommt sowieso erst morgen von seiner Dienstreise zurück.« Von der er hoffentlich keine Geliebte mitbrachte, sondern was Hübsches für sie. »Räumen wir das Konto aus. Dann fahren wir gleich weiter nach Zürich und brennen nach Brasilien durch.«

»Oder Israel. Ich kenne da ein wunderbares Haus am Strand bei Jaffa.«

»Oder Mauritius. Die Jeanette-Jentner-Gedächtnis-Reise. Sponsored by PressAd.«

Sie erreichten, hysterisch lachend, die Herzogstraße. In den Straßencafés herrschte Hochbetrieb. Es würde nicht mehr viele traumhafte Tage im Jahr 2001 geben; die Luft trug bereits eine herbstliche Ahnung in sich. Der Sommer in der Munich Area scheint nie enden zu können, und doch verliert der Himmel irgendwann sein italienisches Blau, und unversehens kommt tagelanger Regen, der sich am Nordrand der Alpen staut. Die Studentinnen, die Bestellungen in den Cafés aufnahmen, würden sich irgendwo in der New Economy einen Nebenjob suchen. Aber nicht bei Killer Content.

Killer Content war nicht nur ein Content Provider, sondern auch ein Showcase für Internetprojekte. Der Eingang war ein düsterer Raum mit Edelholztheke, unbequemen Stahlrohrmöbeln und Surfstations. Fünf Webcams übertrugen jede Bewegung zu neugierigen Betrachtern ins Netz. Am Ende des Raumes flimmerten selbst produzierte Videos über eine Großleinwand. Seit Anbeginn des traumhaften Sommers in der Munich Area hatten nur noch vereinzelt Kunden den Weg in diese Alptraumvision gefunden. Hinter der Bar stand eine junge Frau und telefonierte.

»Was soll das heißen? Viola, ich habe mir den Mund fusslig geredet, dass du hier ein Praktikum machen kannst. Das kriegt nicht jeder, und jetzt sagst du einfach ab? Was soll das heißen, du kannst nicht weg von daheim. Was willst du überhaupt in Starnberg? Bei Papa zu Hause wird das nie was mit der Karriere, also komm her und lass mich nicht hängen. Hör mal, du kannst froh sein, Kundschaft, ich muss Schluss machen, bis bald, vielleicht irgendwann.« Die Barfrau legte auf und sah die unvermuteten Gäste nicht ohne Überraschung an. »Sie wünschen?«

»Wir wollen geschäftlich zu den Gründern.« In Claudia erwachte der Jagdtrieb.

»Moment bitte.« Das Mädchen nahm das Telefon, meldete »drei Geschäftsleute« und nickte. »Bitte folgen Sie mir.« Sie gingen an der flimmernden Videoleinwand vorbei in einen engen Gang mit einer Metalltüre am Ende. Dahinter erstreckte sich ein fensterloser Raum, der früher ein Lagerhaus gewesen war. Auch im Sommer musste er künstlich beleuchtet werden. Das grelle Neonlicht ließ jeden Schmutz überdeutlich hervortreten.

Für Ablenkung sorgte das Summen von billigen Computerlüftern und altersschwachen Kopierern. Eine klappernde Ventilation blies unangenehm nach Küche riechende Luft über Pappstellwände hinweg. In den kleinen Verschlägen saßen sehr junge Menschen. Niemand war älter als 30. Niemand beachtete die Liquidatoren. Die Stimmung war fühlbar schlecht.

Am Ende des Raumes war eine weitere Tür. Seitlich davon standen ein Schreibtisch und eine riesige Regalwand voller Aktenordner, ausrangierten Rechnern und Technikmüll. In einem billigen schwarzen Anzug steckte ein ungepflegter Mittzwanziger mit viel zu großen Koteletten. Er stellte sich als Controller vor und bat sie, noch einen Moment zu warten. Du wirst sterben, damit ich leben kann, dachte Claudia. Sie kannte seine Buchführung und wusste, dass er ein kleiner, korrupter Versager war.

»Darf ich telefonieren?«, fragte sie mit einem ironischen Lächeln. Sie setzte sich halb auf den Schreibtisch und zeigte ihren Mitarbeitern die ganze Schönheit ihrer Beine. Sie hat wirklich schöne Beine, dachte David. Und süße Zehen. Morgen in Davos kippe ich Peter Schlafmittel in den Wein.

»Herr Tuchner, wir sind jetzt bei Killer Content. Sie haben den Bericht?«

»Seit einer Stunde.«

»Und was sagen Sie?«

»Alex wollte ein WebmultimediaTV. Er hat eines gründen lassen. Sie glauben doch wohl nicht ernsthaft, dass ich mich für ein Webirgendwas in die Bresche werfen würde.«

»Natürlich nicht.«

»Und die unsauberen Abrechnungen – da hätte man besser einen richtigen Controller genommen, statt irgendeinen dahergelaufenen Schulfreund.«

Claudia schenkte dem Menschen im billigen Anzug ein scheues Lächeln. »Dann sind wir uns einig. Informieren Sie den Notar.«

»Schon geschehen.«

***

»Diesmal haben wir Sie endgültig. Das Ende der Liquidatoren. Alex wird explodieren.«

»Klaus, noch mal in aller Deutlichkeit. Alex darf nicht explodieren.« Die dumpfe Aggressivität des ehemaligen BVCN-Chefs ging Tuchner auf die Nerven. »Er muss erkennen, dass er in seinem Misstrauen uns gegenüber einen Fehler gemacht hat. Seine Leute werden jetzt reingehen und feststellen, dass kein Geld mehr da ist. Sie werden versuchen, es ihm schonend beizubringen. Schonend, das heißt, sie werden einen Schuldigen brauchen. Der Schuldige wird das BVCN sein, das die Start-ups nicht kontrolliert hat. Aber wir werden Alex beweisen, dass wir ordentlich arbeiten. Wir werden ihm das Geld wiederbeschaffen. Alex interessiert sich nur für das Geld.«

»Aber das war so nicht ausgemacht.«

»Was hast du denn geglaubt? Dass es darum geht, ein paar Millionen zu veruntreuen? Deine beiden Vogelscheuchen kriegen eine Aufwandsentschädigung, mehr nicht. Wir werden Alex alles bis auf den letzten Pfennig zurücküberweisen, damit er wieder Vertrauen zur Kanzlei bekommt. Das ist das einzig Entscheidende.«

»Ich habe die anderen aber unter ganz anderen Voraussetzungen angeheuert ...«

»Die mich nicht interessieren, und die dich auch nicht interessieren sollten. In dem Moment, in dem sich Alex einen anderen Anwalt nimmt, fliegt hier alles in die Luft. Nicht die Kanzlei, aber das BVCN. Du kannst persönlich für alle Pleiten im BVCN haftbar gemacht werden. Wenn alles gut geht, kannst du nach einer Weile wieder beim BVCN anfangen.«

»Und wenn es nicht gut geht?«

»Dann haben wir ein Problem. Umso wichtiger ist es, dass du die beiden Vogelscheuchen unter Kontrolle behältst. Wir werden das Geld wahrscheinlich schon morgen brauchen, wenn Alex kommt. Wegen der Optik am besten in bar. Und einen sauberen Vertrag, durch den klar wird, wer das Geld gerettet hat: die Kanzlei Tuchner. Alex muss merken: Wenn es um schnelles Handeln geht, ist die Kanzlei besser als die Liquidatoren.«

Klaus Kastner schluckte seine Wut runter. Tuchner hatte ihn hintergangen. Er hatte mit seinen Gehilfen und den Gründern von Killer Content alles perfekt ausgedacht. Kasus und Killer Content hatten ihre Großaufträge für den Relaunch ihrer Homepages gerade im richtigen Moment an KKSM vergeben. Der Gegenwert, die neuen Websites, die Software dahinter, war tatsächlich vorhanden.

Das Telefon klingelte. Tuchner hob ab und begann, den Gründern von Killer eine vorher abgesprochene Standpauke zu halten. Es klang überzeugend, aufgebracht und treu gegenüber dem Investor. Tuchner klang wie Richter und Henker in einer Person.

Es war nicht geplant, das Geld an Alex zurückzugeben. Klaus hatte mit Susan vereinbart, dass sie wegen fehlerhafter Software eine Million wiederbekommen würde. Das Redaktionssystem sah zwar nach zwei Millionen aus, war aber nicht im mindesten fertig. Killer Content hatte für vier neue Internetportale 3,6 Millionen an KKSM überwiesen. Ein Funsportportal, eine Techno-Community, eine Merchandising-Plattform und eine Reiseseite waren im Sommer 2001 Wahnsinn. Killer Content würde darüber Pleite gehen. Für die Gründer war es kein Problem: Sie hatten als Privatpersonen zwei Millionen verdient. Für die zwei Millionen hatten sie KKSM gestern an seine Helfer verkauft.

Nach diesem Plan wären bei KKSM 2,6 Millionen geblieben. Wenn Alex die Liquidatoren entlassen hatte, wollte Klaus das Geld aufteilen. 1,6 Millionen für sich, eine Million für treue Arbeit und Schweigen an seine Helfer. Tuchners Idee zerstörte alles. Klaus war Realist genug, um zu wissen, dass Tuchner ihn nicht ins BVCN zurückholen würde. Alex würde das nie zulassen. Klaus brauchte einen neuen Plan.

Tuchner knallte den Hörer theatralisch auf die Gabel. »So. Das war's. New Economy mit Funfaktor. Jetzt werden sie ein paar Millionen fordern und nur ein paar Mark bekommen.

Alex ist heute im Ausland, aber spätestens morgen wird er es erfahren. Und dann wird er hier anrufen und toben.

Wir geben ihm am Montag einfach das Geld.
Kein Problem für uns. Ich wäre nur zu gerne
dabei, wenn sich unsere Liquidatoren
jetzt gegenseitig
zerfetzen.«

55. Kapitel

Worin der Autor noch einmal die lieben Kollegen bemüht, um Zeugnis abzulegen von der wohltuenden Wirkung der Medien, nebst einigen Helden von trauriger Gestalt.

Der schwarze Tag ging einem traurigen Ende entgegen. Zurück im Büro fanden sie den entsprechenden Briefwechsel. Alex selbst hatte immer wieder gefordert, dass sich Killer Content von KKSM trennen sollte. Er hatte ausschließlich das Geschäft mit Multimediaportalen als Wachstumsmärkte begriffen. Eine Firma für Software wie KKSM erschien ihm Ende 1999 als überflüssiger Ballast. Er hatte darauf gedrängt, dass sich Killer auf die Kernbereiche konzentrieren und alles andere verkaufen sollte. Die Gründer hatten formal nur seinen Aufforderungen entsprochen. Sie hatten KKSM an Privatpersonen verkauft. Spezialisten aus dem IT-Bereich, wie die Gründer in aller Unschuld gesagt hatten.

Sie hatten die verbliebenen 43.700 DM anstandslos zurückgegeben. Es war ihnen egal. Einer der Gründer erzählte beiläufig, dass sein Vater in Immobilien mache. Bei der gewinnbringenden Wohnungsnot in der Munich Area konnte er ein paar Monate oder Jahre problemlos überleben. Das mit den Immobilien war eine Spitze gegen ihre Ermittlungsarbeit. Killer zahlte für die Räume völlig überhöhte Mieten an den Vater des Gründers. Nicht mal der Anruf bei Tuchner brachte sie aus der Ruhe.

»Wie erklären wir es Alex? Sollen wir ihm sagen, dass er es selbst verbockt hat?« Peter bekam keine Antwort. »Irgendetwas müssen wir sagen.«

»Alex ist nie Schuld. Das stimmt zwar nicht, aber für uns wird es die Realität.«

»Dein Zynismus kotzt mich an, David. Dir kann's ja egal sein. Aber wenn Alex mich feuert, habe ich im Marketing in München kaum Chancen. Weißt du eigentlich, wie wichtig Alex ist?«

»Tja, Claudia, in gewisser Hinsicht sind wir auch nur ein riskantes Start-up. Wenn's schiefgeht, sind die Leute verbrannt. Aber das hast du von Anfang an gewusst. Weißt du noch, wie wir uns kennen gelernt haben? An dem Abend, als Klaus Kastner gefeuert wurde?«

»Das ist verdammt noch mal egal! Es ist jetzt 19 Uhr, und in 20 Stunden ist Alex wieder da. Dann brauchen wir eine plausible Erfolgsstory.«

»Schaut mal bitte her«, sagte Peter tonlos. »Die Erfolgsstory können wir vergessen.« Er hatte die üblichen Wirtschaftsseiten nach Killer durchforstet.

***

Economy Now! – 17.44 Uhr

EIN ZEICHEN GEGEN DIE KRISE

Killer Content überrascht mit Online-Offensive

Die Killer Content AG wird am Freitag ihr Webradioportal relaunchen und verspricht mit drei innovativen Entertainment-Channels hohen Funfaktor für Online-Afficinados. »Wenn andere die Segel streichen, kommen wir erst richtig in Fahrt«, freut sich der Aufsichtsratsvorsitzende Stefan Ebers ... mehr

***

Do., 17.56 Uhr Newsmag Investor – von Jörg Gruber

NEUE WEGE IM E-BUSINESS

Killer Content AG bringt vier neue Angebote ins Netz

Funsport, Merchandising, Techno und Reisen – das sind die neuen Contents, mit denen vom Headquarter in der Herzogstraße aus die New Media Revolution vorangetrieben wird. Auf Basis der neuen Contentstudie von IQ4U wurden neue Wege in der Userinteraktion entwickelt ... Mehr im Abobereich

***

»Schaust du mal bitte bei www.killercontent.de nach?«, fragte David.

***

Killer Content Pressemitteilung

EIN ZEICHEN GEGEN DIE KRISE

Online-Offensive der Killer Content AG

Die Killer Content AG relauncht ihr Funsportportal und verspricht mit drei innovativen Entertainment-Channels hohen Funfaktor für Online-Afficinados. Aus der hauseigenen Redaktion kommen exklusive Inhalte für die neuen Themenseiten zu Starartikeln, Techno und Reisen.

»Wenn andere die Segel streichen, kommen wir erst richtig in Fahrt«, freut sich der Aufsichtsratsvorsitzende Stefan Ebers. »Der Benefit für die User ergibt sich aus unserem modernen Customer Relationship Management.« Killer Content beweist sich damit als führender Anbieter von High Quality Content, der Old und New Media zusammenführt. Auf Grundlage der Content-Studie von ICQ4U ... mehr

AKTUELL! Killer Content heute Abend, 19.30 Uhr, in der Internet-Lounge im Bildungsfernsehen! Die Gründer der Killer Content AG werden heute ihre innovative Neuausrichtung erklären. Das Motto des Abends: Munich Area – where Entrepreneurial Success is made.

***

»Hoffentlich erzählen die nichts über unsere Arbeit.« Peter wurde die Sache unheimlich. Killer bewies ein entsetzliches Standing. Sie gingen in die Bar und setzten sich mit einer Flasche Tequila auf das schwarze, teure Sofa. Das Bildungsfernsehen zeigte den »Founder und CEO Timo Altmann« titulierten Jungunternehmer in lässiger Pose: »Wissen Sie, das ganze Gerede vom Downturn ist nur eine billige Masche, mit der sich einige Journalisten aufspielen. Krise? Ich sehe keine Krise. Ein paar Companies verschwinden, andere tauchen auf. Natürlich braucht man einen langen Atem, und man darf nicht auf Old-Economy-Tugenden verzichten. Wir liegen mit unseren Ausgaben genau im Plan, und die Konzentration aufs Kerngeschäft ist goldrichtig. Das Team entscheidet. Wir haben uns junge, hungrige Leute geholt, die Erfolg wollen. Die kommen zu uns, holen sich ihre ersten Meriten, und dann, ab in die Media Szene. Bei uns waren Leute, die heute in Top-Positionen sind. Das garantiert uns auch ein exklusives Netzwerk von fähigen Autoren. Wir sind eine echte Talentschmiede.«

»Und trotzdem gibt es Leute, die Content Providing ablehnend gegenüberstehen ...«, gab der Moderator zu bedenken.

»Das Geschwätz von Salonsozialisten. User wollen Content. Unser Mission Statement ist: Best Service for New Media Afficinados.«

»Schalt das aus! Dieser verdammte Lügner! Und dieser schleimige Moderator. Und das wird mit Rundfunkgebühren bezahlt!« Claudia erlöste David und schaltete um.

»Es ist 19.37 Uhr. Hier bei uns in der TV-Online-Future ist jetzt Ferdinand Müller vom Web-Bizz-Verlag. Herr Müller, wie beurteilen sie die neuen, sensationellen Launches bei Killer Content?«

»Die Munich Area erholt sich wieder vom Krisensommer 2001. Wie der Staatsminister so schön sagt: Sobald der Weinstock zurückgeschnitten ist, entscheidet die Substanz. Ich denke, im dritten Quartal werden wir eine Erholung der Internetaktien erleben. Da fällt mir vor allem eine Blu4 Media ein, mit einem Kursziel von 35 Euro. Ein Schnäppchen! Wir brauchen Mutmacher wie Killer Content, die sich nicht lange mit den Vorbehalten auseinander setzen, sondern einfach mal machen.«

***

In Nymphenburg starrte Uta ungläubig in den Fernseher. Auf ihrem Schoß lag die druckfrische Ausgabe von Newsmag. In ihrem Artikel hatte sie kein gutes Haar an den Bedingungen gelassen, unter denen im Hinterhaus in der Herzogstraße Content produziert wurde. Frust, Ausbeutung, Manchester-Kapitalismus als Ursachen für die Drogensucht der Szene. Sie hatte fünf Todesfälle des letzten Jahres ausgegraben. Zwei Interviews mit Spezialisten geführt. Sie hatte drei weinende Mütter und einen anonymen Heroinabhängigen, der bei einer PR-Agentur jobbte. Sie wusste, dass Killer Content in den nächsten Tagen zusammenbrechen würde. Es war der Scoop schlechthin. Die Frau, die Content-Welten einstürzen lässt. Die Krise – Uta Hofmann erklärt! Dotcompest – die Journalistin Uta Hofmann sagt, wo die Leichen im Keller liegen! So oder ähnlich hatte sie ihre zukünftigen Chats und Vorträge überschrieben. Und jetzt war Killer Content trotz der Liquidatoren als leuchtendes Beispiel in aller Munde. Das Telefon klingelte, und sie hatte einen brüllenden Mann am Telefon, der ihr Chefredakteur hätte werden sollen.

»Du machst uns lächerlich! Das sind keine Schurken, das sind Helden!«

»Die reden doch nur! Da stimmt kein Wort!«

»Du blöde Kuh, das ist doch egal! Niemand interessiert sich für die Wahrheit. Die Wahrheit steht in der Pressemitteilung, die alle abschreiben!«

»Es gibt auch andere Stimmen. Bad News Entertainment zerreißt Killer. Der Bürgerfunk hat gelästert. Die Journalistenverbände ...«

»Das sind genau die Richtigen. Du hast in deinem Artikel einfach alles schwarz gemalt und die Fakten verdreht. Weißt du, wie so etwas auf die Werbekunden wirkt? Entweder es passiert ein Wunder, oder die Serie ist beendet.«

»Und wenn Killer Content was Gewaltverherrlichendes nachgewiesen werden könnte?«

»Interessiert seit Virtualstrike keine alte Sau mehr.«

»Gotteslästerung? Sexismus? Fremdenhass?«

»Vergiss es.«

»Antisemitismus?«

»Das wäre was anderes.«

»Ich kann das nicht schreiben. Das würde zu sehr auffallen. Aber Killer hat mal ein paar Sachen produziert, die krass antisemitisch sind. Sollte Comedy sein, ist aber auf alle Fälle strafrechtlich relevant. Ich habe das recherchiert und auf CD hier. Wenn der Jörg Gruber was drüber machen könnte? New Economy gegen Rechts?«

»Der Jörg schreibt nur, was ich ihm sage. Wenn das wirklich stimmt, können wir die Situation vielleicht retten. Bei Antisemitismus werden die anderen auch mitziehen. Aber trotzdem: Die nächste Story wird besser recherchiert, und es wird ein Knaller. Ich will Namen. Ich will Killer. Exklusiv.«

***

21.56 Uhr – von Jörg Gruber

KILLER, DAS JUDENTUM UND DIE MORAL

Killer Content AG brachte antisemitische »Witze« ins Netz

Der Holocaust als Witz, Vergasung und Lagerappell als Funsport, Diffamierung unserer jüdischen Mitbürger als Zuhälter, daneben noch niedrigste Gossen-Contents: Sex und Schmutz war nach E-Investor exklusiv vorliegendem Material lange das Motto des angeblichen Vorzeigeunternehmens Killer Content.

Man darf gespannt sein, wie der Aufsichtsrats-
vorsitzende Ebers das der empörten
Öffentlichkeit erklären kann.
Mehr im Abo-
bereich

56. Kapitel

Worin sich auch in kritischen Zeiten wahrer Heldenmut zeigt, nebst hochkochenden Emotionen und brandheißen Begehrlichkeiten.

Der nächste Morgen gehörte zu einem Freitag, so finster, wie ihn sich die sommerverliebte Munich Area kaum vorstellen konnte. Es war kühl, regnerisch, deprimierend. Auf den Straßen verwandelte sich der Staub in eine dunkelgraue Suppe, die helle Anzüge und leichte Kleider ruinierte. Claudia schlief schlecht und unruhig.

Erst gegen Mittag schleppte sie sich in die Dusche. Sie cremte sich vor dem Spiegel gewissenhaft ein. Das Ritual hielt die Gedanken an die graue Gegenwart fern. Heute würde Alex kommen und ihre Karriere beenden. Sie begann gerade, sich so richtig Leid zu tun, als das Telefon klingelte. Sie ließ den Anrufbeantworter rangehen.

»Claudia, hier David. Wir brauchen dich sofort hier. Dein Handy ist aus. Komm so schnell wie irgend möglich.«

Ihr fehlte die Kraft. Sie wollte mit David und Peter nichts mehr zu tun haben. Die beiden waren die Mühlsteine, die sie in den Abgrund zogen. Sie hatte alles richtig gemacht. Die beiden anderen hatten versagt. Es waren zu viele Zufälle. Zufällig hatte sich Kasus neue Software gekauft. Zufällig wurde Killer relauncht. Zufällig wurde KKSM verkauft. Niemand hatte es gestern Abend ausgesprochen, aber es war klar. Es gab einen Verräter. Das Telefon klingelte noch mal. Claudia blieb im Bad.

»Claudia, bitte, sonst komme ich und hol dich. Wir brauchen dich. Wir haben eine gottverdammte Lösung.«

Claudia brauchte nur siebzehn Minuten ins Büro. Peter und David waren in bester Laune. Sie führten Claudia ins Büro, wie man ein Kind zum Christbaum führt. Auf Davids Bildschirm war das neue Killer Funsportportal zu sehen. Eine Ansammlung von wüsten Grafiken, animierten Menüs und ohne jede erkennbare Konzeption. Die Zielgruppe aß wahrscheinlich LSD zum Frühstück. Die Qual für die Augen wurde von einem unbeholfenen Text ergänzt:

Killer Content weist Anschuldigungen zurück
Der führende Anbieter für jugendrelevante Inhalte Killer Content verwahrt sich gegen die Aussage, antisemitisches und menschenverachtendes Material verbreitet zu haben. Entsprechende Berichte sind falsch. Richtig ist, dass es Vorarbeiten für ein Comedyformat gab, das aber nie verbreitet wurde. Wir distanzieren uns nachdrücklich von den angeblichen Inhalten. Derartige Inhalte entsprechen nicht im mindesten unserem Ansatz, Old und New Economy zu einem konvergenten Ganzen zusammenzuführen. Es wäre schon wegen unserer renommierten Kunden wie dem bekannten Content Syndicator Kasus Content nicht denkbar, derartiges Material zu produzieren.

»Was bringt uns das heute?«, fragte Claudia.

»Nicht der Antisemitismus. Die Website selbst. Das ist der Knackpunkt. Pass auf.« David öffnete einen anderen Browser. Die gleichen wüsten Grafiken und Menüs. Beide Seiten waren weitgehend identisch. Bis auf den Namen.

»Das wäre die Seite von Mofon.at geworden.«

»Ich verstehe gar nichts.«

»Die Blu4 Media AG hat ein Portal für Mobilfunk in Österreich entwickelt. Das Ganze hieß Mofon.at. Ein gigantisches Projekt, mit ein paar Einzelhandelskonzernen als Geldgeber. Blu4 Media hat den Etat gewonnen, aber kurz vor der Vollendung haben die Geldgeber kalte Füße bekommen. Und dann ging die Post ab. Mofon konnte Rechnungen nicht mehr bezahlen, und alle sind abgesprungen. Riesenskandal in Österreich, und Blu4 Media blieb auf den Kosten sitzen. Das Portal war keine Sekunde online.«

»Und wo kommt das dann her?«

»Von einem internen Rechner von Blu4 Media. Es wird noch besser. Alle neuen Portale von Killer sind nicht realisierte Projekte von Blu4 Media. Nichts davon entstand bei KKSM. Auch das Redaktionssystem von Kasus ist eine Blu4-Entwicklung. KKSM hat Geld für Leistungen bekommen, die es nie erbracht hat. Irgendjemand recycelt altes Zeug. Wir müssen nur noch wissen, wer dahinter steckt.«

»Wer kann das sein?«

»Leute, die bei Blu4 Media Zugriff auf große Teile der Projektarbeit hatten. Und irgend jemand bei Tuchner muss gegenüber unseren Opfern geplaudert haben. Er selbst. Oder sonst jemand, der was gegen uns hat. Vielleicht ist es Klaus Kastner? Alex' Vermögensverwalter? Vielleicht stecken sie alle unter einer Decke. Claudia, schau nach, wer die KKSM jetzt besitzt und ob es Verbindungen zu Blu4 Media gibt. Peter, du versuchst, alles über Klaus Kastner herauszubringen. Wo er ist, was er tut, mit wem er fickt, mit wem er Kontakt hat. Ich überprüfe Killer und den Vermögensverwalter.«

Claudia hätte erzählen können, dass der Vermögensverwalter nach seiner Entmachtung gute Gründe hatte, Alex zu hintergehen. Sie ging in ihr Büro und dachte nach. Auch Tuchner und Klaus war alles zuzutrauen. Ihre ganze weitere Karriere wurde durch undurchsichtige Gegner und unfähige Mitarbeiter bedroht. Sie musste sich aus der Situation retten, und wenn alles um sie herum zugrunde ging. Sie rief Alex an, aber sein Handy war nicht erreichbar. Wahrscheinlich war er bereits im Flugzeug von Barcelona nach Deutschland.

Wie eine Maschine nahm sie ihre Arbeit wieder auf. Sie brauchte nur 20 Minuten, um die Gesellschafterstruktur von KKSM zu klären. Die Namen der neuen Besitzer sagten ihr nichts, aber der Notar war kein Unbekannter. Es war der ehemalige Hausnotar des BVCN. Sie rief noch mal bei Alex an. Diesmal erreichte sie ihn. Prinzipiell war er einverstanden. Er war bereits in Hamburg und würde sie in vier Stunden in München abholen. Claudia ging in Davids Büro. Er nahm gerade eines seiner grünen Gummibärchen. »Wie sieht's aus?«

»Die Käufer habe ich. Und der Notar weist auf Klaus Kastner. Einer seiner Vertrauten.«

David warf nur einen Blick auf die Namen und grinste. »Gehen wir doch mal zu Peter.«

Peter telefonierte gerade, als sie den Raum betraten. »Bei Ihnen hat er auch abgesagt. Und wann? Gut, danke.« Er legt auf. »Klaus Kastner ist angeblich nicht mehr im Lande. Er hätte in den letzten Wochen an einigen Veranstaltungen teilnehmen müssen, ist aber nie gekommen. Ich habe mit ein paar PR-Bunnies gesprochen, die ihn gerne als Redner gehabt hätten, aber bis in den Oktober ist alles gecancelt.«

»Das ist schade. Es gibt nämlich eine Spur zu Klaus.« Claudia legte ihre Ergebnisse auf den Schreibtisch. »Ein alter Freund von ihm steckt da mit drin.«

David holte seine Brieftasche heraus und entnahm eine kleine CD. »Dann zeige ich euch jetzt mal was Witziges.« Er legte die CD ins Laufwerk. »Das hier ist auch von Blu4. Eine komplette Liste der Mitarbeiter vor dem großen Massaker. Und was sehen wir da? Unsere beiden Käufer von KKSM sind auch auf der Liste. Der ehemalige CFO des Unternehmens und der Leiter des Business Development. Es kommt aber noch besser.« David klickte einen anderen Ordner an. »Das hier ist die Privatkorrespondenz des Developers. Da gibt es ein paar Briefe mit einigen Leuten, unter anderem auch Klaus. Die heißen kk.doc und gehen von 1 bis 37. Hübsch unsaubere Geschichte. Hier.«

Hallo Klaus, sorg bitte dafür, dass sie schon gut drauf sind und nicht zu viele blöde Fragen stellen. Es kann denen doch wirklich egal sein, wie das dann letztlich in den Schulen funktioniert. Wenn sie den Auftrag dem Weiler geben, muss man wegen der bayerischen Arbeitsplätze jammern. Kannst ja was von wegen Spende andeuten, aber mach ihnen klar, dass wir nicht die Mittel eines Waffenschiebers haben :-). mfg BD Blu4

»Sag mal, ist das nicht illegal, das Material zu besitzen?«, fragte Claudia.

»Frag meine Schwester. Edith wird schon einen Weg finden, um das legal zu machen. Aber hier stechen sich sowieso nur zwei schwarze Günstlinge die Augen aus. Die anderen sind noch mieser als Blu4 Media. Blu4 macht wenigstens witzige Sachen. Alpenwiesen, Kirchen und Kühe in Flash ist denen nicht innovativ genug. Wir müssen jetzt Klaus Kastner finden, um ihm ein paar Fragen zu stellen.«

»Tuchner weiß auch nicht, wo er steckt.«

Einen Moment war Ruhe.

»Wie bitte?«

»Tuchner hat auch keine Ahnung von seinem Aufenthaltsort, behauptet er.«

»Du hast beim Tuchner angerufen? Warum hast du ihm nicht gleich alles über uns erzählt?«, tobte David.

Peter versuchte panisch zurückzurudern. »Ganz ruhig. Alles, was ich sage, ist, dass Tuchner nichts über seinen Aufenthaltsort weiß. Als ich damals wegen AdPress bei Tuchner war, hat er lebhaft über Kastner gejammert und gesagt, wenn er ihn zu fassen kriegt, wird er ihn fertig machen. Was glaubt ihr denn? Dass ich einfach bei ihm anrufe?«

»Ganz ruhig, ihr Streithähne.« Claudia hielt es für besser, ihr Wissen für sich zu behalten. Wenn Tuchner Klaus suchte, würde er ihn auch finden. Das war der Baustein, der letzte Beweis, der für ihren Verdacht noch fehlte. So konnte sie es Alex präsentieren. Klaus und Tuchner und die diversen Gründer und die Blu4-Leute. Alle unter einer Decke.

»Na schön, und was machen wir jetzt?«, fragte Peter. »Einfach alles Alex erzählen und hoffen, dass er uns glaubt? Haben wir echte Beweise? Er wird explodieren, wenn er unser Debakel bei Killer mitbekommt.«

»Ich kann ja versuchen, ihn zu beruhigen. Auf mich hat er bisher noch immer gehört«, bot sich Claudia an. »Wenn ich ihm heute Nachmittag erzählen kann, dass wir die Schuldigen kennen, und ihr schafft es, das Geld aus KKSM herauszuholen, ist alles wieder in Ordnung.«

»Wenn die nicht schon längst über alle Berge sind«, zweifelte Peter.

»Sie wissen wahrscheinlich noch nicht, dass wir ihnen auf der Spur sind. Sie werden versuchen, auch die anderen Firmen zu solchen Spielchen zu überreden. Da draußen gibt es noch ein paar Dutzend Millionen, die sie nach dieser Methode einsammeln können. Die Start-ups werden mitspielen, weil sie einen Teil des Geldes abbekommen. Apropos«, Claudia lächelte David an, »was sagt uns das eigentlich über deine süße Freundin Susan?«

»Schon gut. Nachher. Jetzt statten wir KKSM erst mal einen Besuch ab. Ich muss noch einen Koffer holen. Kann sein, dass wir dort Beweismaterial finden.« David versuchte, die Tür hinter sich normal zu schließen. Es gelang ihm nicht ganz. Kurz vor dem Schließen fetzte er sie mit aller Kraft zu. »Scheiße!«

»Das war nicht nett«, meinte Peter.

»Ach, komm, was heißt schon nett. Okay, es tut mir Leid.« Claudia biss sich auf die Lippen, aus Nervosität und nicht, um sie röter wirken zu lassen. Sie hinterließ verbrannte Erde, aber sie hatte keine andere Wahl. Die anderen mussten selbst sehen, wie sie da wieder raus kamen. »Peter?«

»Ja?«

»Sei vorsichtig. Und noch was. Wenn das vorbei ist, versuch auszusteigen. Du ...« Sie wollte nicht übertrieben warm klingen, um es ehrlich wirken zu lassen. Trotzdem war Peter von der Gefühlstiefe in ihrer Stimme überwältigt. »Du bist ein netter Kerl. Viel zu nett für das, was wir hier getan haben. Als ich dich gebeten habe mitzumachen, wusste ich selbst nicht, was uns erwartet. So oder so, es ist gründlich schief gegangen. Der Auftrag. Zwischen uns beiden. Vielleicht gibt es irgendwann eine zweite Chance. Es tut mir Leid.«

Sie sah Peter ein paar endlose Sekunden an. Dann nahm sie ihn in den Arm. Er streichelte ihren Nacken, aber es kam bei ihr nicht durch. Sie fühlte sich miserabel und hätte am liebsten geweint. Sie konnte es sich nicht leisten. Bei Alex musste sie in Topform sein. Und David wäre wegen der geröteten Augen sicher misstrauisch gewesen. Die Aufführung gelang ihr bei David besser.

Er verriet ihr zum Schluss, dass er damals in Davos allein
wegen ihrer Zehen Peter beinahe aus dem Fenster
geworfen hätte. Sie würde zu Alex gehen und
beide verraten, aber sie wusste in diesem
Moment, dass es auch ein
Wiedersehen geben
würde.

57. Kapitel

Worin ein Held handgreiflich wird, nebst einigen Reflexionen über das Wesen und den Zweck von Gewalt und Niedertracht in der Munich Area und anderen Krisenregionen.

David war keine schwarze Seele. Die ehemaligen Blu4-Angestellten hatten natürlich eine schlechte Meinung von ihm. Uta konnte es in gewisser Hinsicht nachvollziehen, denn wenn die Geschichte stimmte, war David für das Scheitern des Blu4-Portals und die Kündigungen verantwortlich. Sie hatte versucht, die ehemaligen Mitarbeiter versöhnlich zu stimmen. Ohne Erfolg. David hatte ihr Projekt, ihren Lebenstraum zerstört.

In Utas Augen war er ein unglücklicher Mensch, ein Verworfener, dessen Leben in Finsternis verlief, weil er das Licht nicht mehr ertrug. Sie würde es in ihrem Artikel verständlich machen; das Böse, das trotzdem menschliche Züge hatte. Die Tablettensucht, die Einsamkeit, die Lebenslügen. Es war pittoresk. Sie würde anhand seiner Berichte aus Israel zeigen, dass in ihm eine leidende Seele lebte. Seine Kollegen hatten Spaß an der Vernichtung, aber David war so ambivalent, dass er selbst dem schwarzen Höhepunkt ihrer Serie den Human Touch geben würde.

Ihre Serie: Seit heute war sie wieder obenauf. Killer Content hatte sich mit dem Relaunch nur in die Medien katapultiert, um endgültig abzustürzen. Gegen Mittag waren die anderen Medien auf den Antisemitismus-Zug aufgesprungen. Als auf der Newsmag-Website Auszüge aus der Killer-»Comedy« veröffentlicht wurden, ließ der Ansturm der Leser den Server zusammenbrechen. Wer das Thema Killer Content gestern verschlafen hatte, prügelte jetzt um so herzhafter mit. In Kommentaren wurde endlich angemessene Berichterstattung über die New Economy gefordert, ein Ende der Kriecherei und die Rückkehr zum kritischen Journalismus. Ihr Newsmag-Artikel wurde von allen als Wegbereiter gelobt. Man erwartete von ihr einen neuen Höhepunkt. Sie hatte alle Unterlagen zusammen, außer diesem Bild, das sie nicht mehr fand.

Es war auch nicht so wichtig. Es gab genügend gutes Material. Vor ihr lag Davids letzter Artikel aus Israel. Wer so etwas schrieb, konnte nicht durch und durch böse sein.

DER MANN MIT DEM KOFFER
Ein Treffen im Autonomiegebiet

Von David Rotberg, Haifa

Muhmar al-Qaihjd ist vielleicht 25. Er heißt wahrscheinlich anders. Er hat sich den Namen für das Gespräch zugelegt. Muhmar trägt einen eleganten Anzug, ein teures Handy und einen stabilen Aluminiumkoffer. Der Koffer ist sein Werkzeug. Muhmar arbeitet als freischaffender Folterer bei den Al-Aqsa-Brigaden.

Man trifft sich in einem leeren Café in Ramallah, nur ein paar Steinwürfe von der Märtyrerkreuzung entfernt. Muhmar könnte auch ein Geschäftsmann sein, ein junger Drogendealer, aber er ist Dienstleister. Er mag Begriffe wie »Freelancer«, »Core Asset« und »Mission«. Seine Sprache ähnelt dem Küchenlatein der New Economy, das man in Tel Aviv spricht.

Er ist kein Steineschmeißer aus dem Flüchtlingslager. Er spricht besser Englisch als die meisten Israelis. Er analysiert leidenschaftslos die politische Situation. Muhmar hat sich mit Israel abgefunden. Israel ist eine Realität, und die Juden werden sich nicht ins Meer zurückwerfen lassen. Aber die Juden sollen auch nicht weiter vordringen; auf arabisches Land, in arabische Dörfer und arabische Seelen. Will man sie aufhalten, muss man einig im Kampf sein. Diese Einheit stellt Muhmar her. Nur, wenn das erreicht ist, kann man den Feind besiegen. Für die Intifada da draußen hat er nur ein Achselzucken übrig.

***

Das Büro war klein und schäbig. Die fette Sau und der dünne Kerl hatten offensichtlich jemanden erwartet und die Tür geöffnet. David hob seinen Metallkoffer vor die Brust und stieß die Tür auf. Das hat er wohl in Israel gelernt, dachte Peter. Jetzt saßen sie dem ungleichen Paar an einem billigen Resopaltisch gegenüber. Die neuen Besitzer von KKSM waren überrascht, aber trotzdem irritierend selbstsicher. Koks, vermutete David. Er ging sie direkt an: »Ihr wisst, wer ich bin. Ich weiß, wer ihr seid. Ich kann euch hochgehen lassen. Ihr habt bei Blu4 alle möglichen Unterlagen und Projekte mitgehen lassen. Ich hatte das kriminelle Zeug auf dem Laptop von Blu4, und ich habe es auf CD. Ihr habt mindestens fünf Millionen, die meinem Auftraggeber gehören. Die will ich haben. Jetzt. Hier. Sofort.«

»Warum?« Die fette Sau grinste David an.

»Weil ich euch sonst hochgehen lasse, ihr stinkenden Drogenwracks. Unter fünf Jahren kommt ihr nicht davon.«

Der dünne Kerl lachte. »David Rotberg. Ein Psychopath nennt mich Drogenwrack. Du rennst durch die Gegend, erzählst den Leuten von deiner Fickerei mit deiner Nutte, die längst tot ist. Du läufst seit Wochen nur noch auf Droge. Wer soll dir glauben? Du bist nicht zurechnungsfähig. Verpiss dich, du Junkie.«

»Da glotzt er. Wahrscheinlich fängt er gleich an zu flennen. Wie geht es dir, wenn Prizma nicht mehr wirkt? Irgendwann wirst du dich umbringen. Scheiß-Nebenwirkungen. Na los, verpiss dich.« Die fette Sau wusste alles. Sie fühlte sich richtig gut.

David hatte den Artikel über den Mann mit dem Koffer an seine Redaktion geschickt. Eine Viertelstunde später hatte ihn sein Chefredakteur angerufen und ihm von Bettinas Tod erzählt. Krebs, mit 29. Nur ihre Familie hatte davon gewusst. Wie ein abgeschossenes Flugzeug fiel David in den Abgrund. Es gab keinen Boden, keinen Aufschlag, nur einen endlosen Sturz durch dumpfe und dichte Finsternis in eine bleierne Nacht. Nach vier Tagen war Nurit in sein Hotelzimmer eingedrungen und hatte ihm die erste Tablette gegeben. Die grünweißen Käferleichen ließen seinen inneren Antrieb wieder anspringen. Wenn er nur schnell genug war, wenn er nicht an den Sturz dachte, solange er die Tabletten nahm, hörte der Sturz auf. Er durfte nicht daran denken.

***

»Die Intifada ist unwesentlich. Irgendwann verstehst du, dass du dich auf das Wesentliche konzentrieren musst. Trauer, Verzweiflung, Mitleid – das alles sind Regungen, die dich nur schwächen. Wir leben in einer gnadenlosen Welt. Wer sich mit Sentimentalitäten aufhält, stürzt unweigerlich ab.«

Zu seinen eigenen Sentimentalitäten will er nichts sagen. Muhmar lehnt sie nicht ab, aber er lässt nicht zu, dass sie ihn beherrschen. Er betrachtet sie für die »Mission« als nicht relevant. Die Mission ist das, worum sich sein gesamtes Denken dreht. Er wünscht sich ein einiges palästinensisches Volk, und wenn das erreicht ist, kann man wieder über Gefühle sprechen. Davor geht es nur um Taktik, Strategie und Methodik.

***

Er hatte das Grab gesehen. Er wusste, dass Bettina tot war. Trotzdem begann er, bei ihr anzurufen. Sie konnte nicht weg sein, ohne ein Wort zu sagen. Er war sich absolut sicher. Er rief jeden Tag an; jeden Morgen ein paar Mal und die Nächte ununterbrochen. Dr. Wassermann sah keine andere Möglichkeit, als ihm weiterhin das israelische Zeug zu geben. David versuchte, sich abzulenken. Mit genügend Tabletten konnte er gesund wirken. Solange er nicht daran dachte, dass Bettina tot war.

Manchmal drang die Realität in sein Bewusstsein. Dann stürzte er in Depressionen. Dr. Wassermann hatte ihm oft gesagt, dass die Nebenwirkungen verheerend und unkontrollierbar sein könnten.

***

»Ich halte nichts von diesen Willkürakten. Da werden ein paar Leute willkürlich eingesammelt, weil sie etwas gegen die Autonomiebehörde haben. Die Behörde braucht Opfer, ein Ventil für die Unzufriedenheit. Dann werden diese Leute wegen Kollaboration vor ein Pseudogericht gestellt, verurteilt und erschossen. Und die Behörde wundert sich, warum sie schlechte Presse hat.«

Hier hat Muhmar seine Marktlücke entdeckt. Es gibt Kollaborateure. Aber wer verdeckt für Israel arbeitet, wird gut beschützt. Israels Geheimdienste können über die Stümper der Gegenseite nur lachen. Muhmar beobachtet lange, bevor er jemanden verurteilt. Wenn er einen Kollaborateur meldet, hat er eindeutige Beweise. Wenn die Zielperson verhaftet wird, weiß Muhmar schon vorher, was in etwa aus ihr herauszuholen ist. Genau das holt er dann auch heraus.

***

Der Absturz war nicht aufzuhalten. Der Gedanke an das spießige, dumme, schwarze Grab auf dem Vorstadtfriedhof blies den Kitt aus den Bruchstellen seiner zerstörten Psyche. Der Sturz in den bodenlosen Abgrund ging weiter, und er fühlte ein Kribbeln an den Schulterblättern. Ein Teil seines zertrümmerten Bewusstseins überlegte, wieviele der grünweißen Käferleichen er heute genommen hatte. David konnte sich an vier erinnern. Genügend Aufputschmittel für eine ganze Golani-Einheit.

Und während er weiter stürzte, verdichtete sich das Kribbeln in seinem Rücken zu einem Druck. Der Absturz war von den Menschen an diesem Tisch ausgegangen. Sie hatten versucht, ihn zu zerstören. Sie hatten ihn in den Abgrund gestürzt. Nurit hatte ihn damals vor den Nebenwirkungen gewarnt, vor der Aggressivität, die in Suizid umschlagen konnte. Er fühlte den Griff des Koffers in seiner Hand, drückte fest zu und sah der fetten Sau ins Gesicht. So tief der Sturz auch war, er wusste, dass seine Aggressivität nicht gegen ihn selbst umkippen würde. Nicht hier. Nicht jetzt. Jetzt ballte sich in seinem Blut eine schwarze, böse Alchemie zusammen, die seinem Willen plötzlich wieder Kraft gab. Sein Herz schlug im Takt einer Bordkanone und presste giftige Munition durch seine Adern. In seinen Ohren rauschten die Flügel des Racheengels. Der Dämon ergriff ihn, gab seinem Absturz eine Richtung und schleuderte ihn mit aller Wucht in ein Ziel. Ein Ziel, in das er einschlagen wollte. Das Zeug in seinem Blut explodierte.

***

»Es gibt nichts, was einen Menschen mehr in die Defensive bringt als ein Schlag ins Gesicht. Wir alle glauben, dass wir im Gesicht Gottes Ebenbild sind, und deshalb verletzt dieser Schlag die Seele. Diejenigen, mit denen ich zu tun habe, sind bereits seelisch zerstört – sonst würden sie nicht gegen ihr eigenes Volk arbeiten. Es ist legitim, ihrer Seele diese Verletzung zuzufügen. Aber eine Faust braucht lange, bis sie einen Menschen wirklich verletzt. Die Verletzung an sich kann in einem Moment geschehen. Also nehme ich meinen Metallkoffer und schlage ihn von rechts unten schräg ins Gesicht.«

Der Metallkoffer hat Vorteile. Nach dem ersten Schlag ist das Opfer praktisch wehrlos. Oft ist der Kiefer oder die Nase gebrochen; das Opfer hat mit dem Blut im Mund zu kämpfen. Die nächsten Stunden ist Gegenwehr unmöglich. Die Wehrlosigkeit ist für Muhmar wichtig, denn er will Informationen. Die Opfer haben panische Angst, dass ihr Gesicht für immer entstellt ist. Meistens heilt die Verletzung nach vier, fünf Monaten wieder ab, aber im Augenblick ist das Entsetzen real.

***

Uta ging in ihre kleine, schmutzige Küche und setzte einen Tee auf. Draußen, im Hinterhof, verfärbten sich die Blätter an den Bäumen. Sie war trotz allem froh, in der Munich Area zu sein, mit all der Gemeinheit, solange die Gewalt außen vor blieb. Sie rollte sich auf einem alten Sessel zusammen und dachte nach, ob sie wirklich über David schreiben sollte. Es war Verrat, und die Sache mit seiner toten Freundin war an der Grenze. Andererseits war genau das ein reizvolles Detail. Und es hatte viel Arbeit gekostet, es herauszufinden. Bettinas Mutter sollte beim Anruf der angeblichen Kollegin nicht umsonst geweint haben.

Am Fenster stand der kleine, handgetopfte Kräutergarten des ersten Abends. Der Rosmarinstrauch hatte sich prächtig entwickelt, und jetzt blühte er. Vielleicht gab es einen Weg, einen Ausgleich zwischen beruflicher Notwendigkeit und privater Sympathie zu finden. David würde sicher zusammenbrechen. Aber wenn sie ihn nicht aus dem Kreislauf von Liquidationen und Tabletten herausholte, würde er daran zugrunde gehen. Wahrscheinlich tue ich ihm einen Gefallen, wenn ich ihn oute, dachte sie und las weiter.

***

»Aber es gibt noch etwas, das den Menschen ausmacht: die Hände. Die Hände, die den Weinstock beschneiden, eine Frau berühren. Die Hände, die das Geld der Zionisten nehmen.« Muhmar gebraucht den Begriff Zionisten nicht ohne Ironie. »Wer im Gesicht getroffen ist, deckt es mit den Händen ab. In diesem Moment versteht man, dass die Hände das wichtigste Gut sind. Sie trennen uns von den Tieren. Wir können damit segnen, töten, schreiben. Hände sind so wichtig, und so zerbrechlich.«

Muhmar legt den Koffer auf den Tisch. »Es ist keine zionistische Methode. Die Israelis haben das in aller Regel subtiler gemacht. Sie setzen seit ein paar Jahren auf psychischen Druck. Sie verstehen oft nichts von unserer Mentalität. Die Älteren, die die jordanische Herrschaft bis 1967 miterlebt haben, können ganz andere Geschichten erzählen. Ich stehe in dieser arabischen Tradition. Natürlich löst erst ein psychischer Prozess die Zunge, aber der kontrollierte Schmerz generiert die Willingness to confess.« Muhmar lächelt dabei, um klarzumachen, dass er über eine moderne Dienstleistung spricht. Er öffnet den Koffer und deutet auf den Rand. Die Aluminiumprofile sind gewellt, sodass beim Schließen Nuten in Rillen gedrückt werden. Nuten und Rillen haben scharfe Grate.

***

»Wie ist es gelaufen, Klaus?«

»Alles wunderbar. Wir hätten gleich zu Plan B greifen sollen und nicht warten, bis alles auffliegt. So ab sechs gehen wir in das übliche Lokal in Tutzing. Komm doch auch vorbei, wenn du Zeit hast.«

»Ich schätze, man wird mich bald in München brauchen.«

»Stimmt auch wieder.«

Tuchner ließ sich ein paar Minuten Zeit, um sich alle Optionen noch einmal zu überlegen. Es gab für die Kanzlei keine andere Alternative. Wenn, dann musste die Lösung umfassend und konvergent sein. Tuchner rief bei einem Bekannten im Innenministerium an und erklärte, wo das Lokal war. Danach fuhr er ins Le Minou. Ohne gutes Essen war dieser Abend nicht durchzustehen, und hungrig war er ein schlechter Verteidiger. Er wollte ein guter Verteidiger sein. Das war ihm wichtig.

***

»Menschen haben zehn Finger. Wichtig sind diese drei.« Muhmar hebt die rechte Hand und führt Daumen, Zeige- und Mittelfinger zusammen. »Deshalb beginnt man direkt daneben. Der Ringfinger. Und zwar immer gleich die rechte Hand. Keine sadistischen Spielereien. Man muss sofort kommunizieren, was Sache ist. Direkt unter dem Fingernagel einlegen, und zwar genau an der Kante des Koffers, dann erst mit der linken Hand zudrücken, und dann mit der rechten. Ein bisschen schaukeln. Es soll nicht nur quetschen, es muss auch schneiden.«

Die meisten, erzählt Muhmar, würden dann schon wissen, was kommt. Es wäre aber ein Fehler, jetzt aufzuhören. Nach ein paar Momenten würde der Schock den Schmerz reduzieren, und die Versuchung zur Lüge wäre da. Also wiederholt Muhmar die Prozedur, bis der Ringfinger an beiden Gelenken und dazwischen Frakturen aufweist.

***

Der dicke Mann starrte Peter an. Die Augen glotzten ohne jede Bosheit aus dem violetten Gesicht hervor. In ihnen war nur noch Schmerz, Angst und Verzweiflung. Es war der Blick des hängenden Marsyas, der in der Abgusssammlung in der Arcisstraße steht. Eine Skulptur eines gefesselten Satyrs, dem die Haut abgezogen wird. Peter war so oft ungerührt daran vorbeigegangen, aber jetzt erkannte er den Blick wieder. Sein Magen verkrampfte sich. In dieser Situation konnte er nicht nach der Toilette fragen. Er stand auf, drückte eine Tür auf und hatte die Toilette gefunden. Sie war lange nicht mehr gereinigt worden. Als er sich übergab, fiel ihm wieder die Datierung des Marsyas ein. Hellenistisch, 2. Jahrhundert v. Chr., Original wahrscheinlich aus Kleinasien.

***

»Wenn der Schmerz dann nachlässt, kann sich jeder die Folgen überlegen. Man sollte den Finger eingespannt lassen. Nichts erzeugt mehr Furcht als die Vorstellung, wie der Finger im Koffer aussehen könnte. Dabei kommen die Schwellungen erst Stunden später. Solange kann er ohne den bohrenden Schmerz sprechen, der das Denken vernebelt. Der stechende, heiße Schmerz der ersten Minuten entscheidet.«

Er hat nichts gegen das Wort Folter, aber in seinem Fall ist es das falsche Keyword. »Ich habe mit meiner Dienstleistung keine Probleme, genauso wenig wie die CIA, die Franzosen, die Iraker, die Briten. Die Amerikaner können das im Ausland machen. Wir sind keine Großmacht, also machen wir es bei uns zu Hause. Was ich tue, ist zielgerichtet, es hat einen Zweck, und wenn der erfüllt ist, ist es vorbei. Es geht nur, wenn beide Seiten einen Benefit darin sehen. Du bekommst die Information, er hat sofort danach nichts mehr zu befürchten. Was die dann im Gefängnis mit ihm machen, ist Sadismus, aber es hat kein Ziel. Es ist dumm. Es sorgt für schlechte Presse.«

Warum er das alles einem Journalisten erzählt? »Ich will nicht, dass wir immer nur als Barbaren gesehen werden. Die Erschießungen von Homosexuellen, die Fememorde – das legt sich mit der Zeit. Was bleiben wird, sind Dienstleistungen, und die sind weltweit identisch. Meine Generation denkt nicht mehr nur an Ziegen und Ölbäume. Wir denken global. Und die Welt wird irgendwann mit uns Frieden machen, genauso, wie mit den Serben, den Albanern, den Chinesen, den Kapitalisten, den Terroristen. Hast du dir eigentlich schon mal überlegt, warum du darüber schreibst? Du willst die Welt besser machen. Aber mit einem Koffer voll Gewalt kommst du weiter als mit einem Lastwagen voller Zeitungen.«

***

David sah sich im Büro um. Er hatte schon schäbigere Büros gesehen. Je schäbiger, desto mehr Gewalt hatte er erlebt. Auf der Ebene der Vitra-Sessel gab es keine Gewalt mehr, nur noch Gemeinheit. Die Vertreter der Gemeinheit kamen weiter als die Anhänger der Gewalt. Vielleicht kam es wirklich nur auf die optimale Kombination beider Strategien an. Der dünne Kerl und die fette Sau, die sich jetzt mit ein paar lumpigen Zehntausend absetzten, würden ihm sicher Recht geben. Das bisschen Geld war wenig für die unheilbaren Schäden. Das meiste war noch da. David nahm eines der Bündel und steckte es beiläufig in seine Brieftasche. Das Telefon klingelte. David kümmerte sich nicht darum. Er ging in die Toilette und klopfte Peter auf die Schulter.

»Geht's wieder?«

»Was bist du nur für ein Mensch.«

»Ich bin kein schlechter Mensch. Wir haben den größten Teil vom Geld, wir haben alle Informationen. Jetzt können wir Claudia anrufen und Klaus Kastner und den Vermögensverwalter hochgehen lassen. Und Kasus Content, und auch Killer Content.«

Peter starrte ihn an. David sah in seiner kleinen Dose nach. Fünf grünweiße Käferleichen waren noch da. Er drückte Peter eine in die Hand.

»Nimm das. Das hilft. Heute Nacht musst du noch durchstehen. Morgen fahren wir in die Schweiz und heben das restliche Geld ab.«

»Du bist verrückt.«

»Stimmt. Ein bisschen schizophren. Denk nicht mehr dran. Im Autonomiegebiet kannst du so was jeden Tag sehen. Und jetzt nimm, bevor du mir durchdrehst. Versuch dann, die Aggression zu kontrollieren. Das Teil ist ein Knaller.«

Nach fünf Minuten hatte sich Peter wieder gefangen. Das Zeug wirkte Wunder. Und dann war da noch der Anblick von 2,5 Millionen Mark in bar. Das Geld lag einfach so in einem Koffer. Kein Metallkoffer, sondern ein nobler Aktenkoffer aus braunem Schweinsleder. Die fette Sau und der dünne Kerl hatten das Geld, wie alle anderen Werte der KKSM, vertraglich an einen Schweizer VC-Fonds rückübertragen.

Wegen fehlerhafter Software. Peter
wunderte sich trotzdem, warum
sie so viel Geld in bar
herumliegen
hatten.

58. Kapitel

Worin niemand hungrig zurückbleibt, körperliche Genüsse befriedigt werden und so mancher Plan einen überraschenden Abschluss findet.

Es war Klaus egal, was aus Tuchner wurde. Der Anwalt hatte versucht, ihn ins Verderben rennen zu lassen. Jetzt war Alex dran. Egal, was Alex machen würde, er und Tuchner waren die Verlierer.

Das Zeug war nicht rein. Es war viel, und es war beste Qualität aus beiden Grundsubstanzen. Praktisch die gesamten Vorräte des Vermögensverwalters und alles, was die beiden Galgenvögel zusammengekauft hatten. Wenn Alex so viel wie sonst nahm, würde es keine Ermittlungen mehr geben. Wenn er wenig oder überhaupt nichts nahm, würde er nur in den Knast wandern. In jedem Fall war Alex aus dem Weg.

Klaus war sich in diesem Fall noch nicht mal sicher, ob der Medienunternehmer nach dem Anwalt rufen würde wie das Baby auf der Herdplatte nach seiner Mama. Er glaubte, dass Tuchner seinen Einfluss überschätzte. Wie auch immer, die Geschichte würde Alex für den Rest seiner Tage von den Problemen mit dem BVCN ablenken.

Klaus hatte bei KKSM Bescheid gesagt, dass man die gesicherten 2,54 Millionen in bar vorhalten sollte. Über die Zahlungen an Kasus und Killer würde man noch mal nachverhandeln. Die Gründer konnten auch nichts mehr verraten. Es würde keinen Ansprechpartner mehr geben, dem sie etwas verraten konnten. Damit sank auch der Wert ihres Schweigens gegen Null. Kein Alex, keine Informationen. So einfach.

Klaus war zufrieden. Es war sein Plan B, und noch am Morgen hatte sich Tuchner geweigert, ihn überhaupt nur anzuhören. Aber dann kam der Anruf aus Alex' Büro, und Tuchner hatte ihn gedrängt, dass sie es sofort durchzogen. Bis zu dem Moment, als sie die Villa verließen, war alles perfekt gelaufen. Dann rief er bei KKSM an. Die beiden Galgenvögel waren nicht da. Auch auf den Handys waren sie nicht zu erreichen.

Klaus unterdrückte den Wunsch, nach München zu fahren und nachzusehen. Sein Plan B sah zwingend vor, dass er und der Vermögensverwalter einwandfreie Alibis hatten. Also besichtigten sie, wie geplant, eine Bootswerft am Starnberger See. Danach saßen sie bei Tutzing in einem exklusiven Restaurant am See und sahen hinaus in die abendliche Dämmerung. Auf der anderen Seite des Sees gingen die Lichter an. Die Alpen am Südende konnte man durch Wolkenschleier und Nieselregen nur erahnen. Ein wenig erfolgreicher Sommer in der Munich Area ging zu Ende, doch die beiden waren in bester Stimmung. Sie hatten ihre Jobs verloren und ein Vermögen gefunden. Bis halb neun probierten sie die wirklich exquisiten Weine des Hauses.

Der Vermögensverwalter war auch ohne Alkohol ein miserabler Fahrer. Trotzdem setzte er sich an das Steuer des Porsche Carrera. Er hatte gerade den Motor angelassen, als ein beiger BMW auf den Parkplatz einbog. Der Wagen hielt genau neben dem Porsche. Eine Hand hielt eine Polizeimarke aus dem Fenster.

»Jetzt bloß ruhig«, sagte Klaus. »Wir haben ein wasserdichtes Alibi, was immer auch passiert ist.«

Der Vermögensverwalter ließ das Fenster herunter. Ein Polizist in Zivil war ausgestiegen und hatte die Hand bedrohlich an der Waffe, die er am Gürtel trug.

»Drogenfahndung. Sofort aussteigen und Hände hoch.«

Ein weiterer Polizist kam auf die Beifahrerseite. Der Vermögensverwalter gab Gas und raste über den Parkplatz in Richtung Straße. Klaus versuchte sich zu sammeln. Irgendetwas war schief gelaufen. Vielleicht war Alex von der Polizei überrascht worden, bevor er das Zeug nehmen konnte, und hatte seinen Vermögensverwalter angeschwärzt. Der Porsche nahm die Kurve vor der Ausfahrt mit viel zu hoher Geschwindigkeit, schlitterte über den Rollsplitt und fing sich wieder. Der Vermögensverwalter steuerte in echter Ralleymanier gegen und schaffte auch noch die zweite Kurve. Mit über 60 Stundenkilometern preschte er auf die hell erleuchtete Landstraße.

Klaus dachte weiter über einen Ausweg nach. Die Flucht vor der Polizei war dumm. Offensichtlich wurden sie gesucht, und die Flucht machte alles nur noch schlimmer. Man würde sie jagen. Vielleicht hatte die Polizei auch schon Informationen über KKSM. Andererseits hatten sie von einer Drogenkontrolle gesprochen. Die ganze Sache war irritierend, so irritierend wie die Straßenbeleuchtung. Sie kam von der Fahrerseite, und sie kam horizontal.

Plötzlich erlosch die Beleuchtung. Es war gerade noch hell genug, um zu erkennen, dass sich die Fahrertür öffnete. Sie öffnete sich nach innen und schob den Fahrersessel samt Vermögensverwalter in das Lenkrad. Hinter der klaffenden Öffnung sah Klaus den Schriftzug SCANIA. Der Schriftzug zog sich schnell wieder zurück, und Klaus fühlte sich schwerelos. Ich lebe noch, dachte er, der Einschlag hat mich verfehlt. Alles ist noch in Ordnung, ich sitze, bin angeschnallt und kann nachdenken. Irgendetwas ist schief gelaufen. Irgendjemand hat mich verraten. Die Galgenvögel? Die steckten zu tief drin. Der Vermögensverwalter? Klaus erhaschte einen Blick auf den skurril zerdrückten Sitz, der einen hilflosen rechten Arm zu haben schien. Niemals. Die Liquidatoren? Höchstens Claudia konnte etwas von den Drogen wissen. Blieb also nur Tuchner.

Bevor Klaus seine Erwägungen abschließen konnte, hatte der Porsche die zweite Drehung um die eigene Achse abgeschlossen. Er näherte sich wieder der Erde, von der ihn der Zusammenprall mit einem schweren Lastzug voller Erzeugnisse echter bayerischer Braukunst hatte abheben lassen. Exakt 2,63 Meter über dem Straßenniveau endete das Parkverbotsschild, das über das Seitenfenster in das Wageninnere eindrang und den Oberkörper von Klaus in eine blutige Masse verwandelte.

Alle Bierflaschen gingen dabei zu Bruch. Das konnte die Herrn in Beige und Schlammgrün nicht dauern, denn sie hielten sich lieber an Wein oder Tee, den zuzubereiten der Herr in Schlammgrün die Küche drängte. Das Bier wäre die zweite Lieferung für einen Spitzenevent gewesen. In München hatte ein Mobilfunkkonsortium seinen Hauptsitz eröffnet. Das hieß Arbeitsplätze und neuen Ruhm für das Standort-Marketing. Die Party fand, des Glanzes wegen, in einem großen Hotel am Starnberger See statt, mit über tausend Gästen aus ganz Deutschland. Viele aus dem Online-Business hofften auf Synergien mit der Mobilbranche. Das Konsortium leistete sich eine 30 Millionen Mark teure Werbekampagne. Wer so viel Geld hatte, konnte gar keine Schlappe auf dem deutschen Markt erleiden. Alle wussten, dass das mobile Internet die Zukunft war. Das Internet war tot, aber auf den briefmarkengroßen Anzeigen der Handys würden sich alle Träume der neuen Wirtschaft erfüllen. Zumindest hatte das der Minister gesagt. Mit einem Handy konnte er, im Gegensatz zu einem Computer, umgehen.

Die beiden Herren flohen vor der Ansprache auf die überdachte Terrasse und blickten über verstreute Villen hinunter zum regenverhangenen See. Auf dem anderen Ufer blitzten bisweilen blaue Lichter durch den Wald. Es war kühl und fast unangenehm, aber angenehmer als in dem stickigen Saal voller dynamischer Menschen, die nach der Pleite ihrer E-Commerce-Start-ups großartige M-Commerce-Ideen verbreiteten.

»Also, diese ganzen Internetsachen, ich habe ja schon immer gesagt, dass das nichts werden kann. Da werden nur die Unternehmen mit Substanz überleben, die Sachen aus dem BVCN. Aber Nanotech ist ganz groß im Kommen. Da sehe ich auch tolle Synergien mit der Mobilbranche. Ich könnte mir da einen wegweisenden Cross-Over-Event vorstellen, guten Abend, die Herren«, grüßte eine verhärmte Frau.

»Guten Abend, Frau Schultz, schön, Sie wieder zu sehen«, gab sich der Herr in Beige galant.

»Ach ja, ich war eine Weile im Wellness-Urlaub, am Tegernsee, total schick, das muss ich Ihnen erzählen, vielleicht sehen wir uns nachher am Buffet.« Frau Schultz zwängte sich mit einem fetten Industriellensohn durch die Tür zurück in den Saal, wo sie ihn ausgiebig vor den Herren und deren Personality warnte.

»Man sollte eine Podiumsdiskussion darüber machen. Irgendwas Gemeines, Hoffnungsloses«, sagte der Herr in Beige.

»M-Commerce – next Generation Dotcomtod. Untertitel: Tote Kühe sterben schneller«, fiel dem Herrn in Schlammgrün ein. »Mit einer ehrlichen Contentspezialistin, nicht so einer Susan, oder was sonst noch in diesem Bereich rumläuft. Und einem guten VC und einem erfahrenen Micropayment-Spezialisten.« Und in Richtung des Saales: »Aufrichtige, intelligente Menschen eben.«

»Und als Aufhänger nehmen wir diesen Event. These: Wenn das Buffet so grottenschlecht ist, kann das Geschäftsmodell nichts taugen. Was wurde nur aus den großen Orgien des Jahres 1999 und der ersten Hälfte 2000. Aus, vorbei, wie überhaupt alles.«

»Schade, dass dieser Hype keine bleibenden Werte geschaffen hat. Die Consultants kriechen zurück an die Unis. Die PR-Bunnies heiraten BMW-Angestellte und werden Mütter. Die Aasgeier von der Presse suchen sich andere Leichen. Ein paar verbitterte CEOs schleppen sich an den Leichenbergen vorbei in den Abgrund. Und nichts bleibt, außer ein paar Give-Aways von unbekannten Firmen, schalen Erinnerungen, vergilbten Magazinen und einigen geklauten Gläsern. Die Gläser hier sind übrigens sehr hübsch. Wir sollten nachher ein paar mitnehmen.«

»Vielleicht wird es ein paar Erfahrungsberichte von Pleitiers geben.«

»Aber das sind keine kulturellen Werte. Ich dachte eher an einen Roman, der alle Abgründe kongenial aufzeigt.«

»Interessiert niemanden. Die Leute hier haben zu viel Geld, zu wenig Hirn und keinen Anstand. Obwohl, so gesehen ...«

»Wenn man es nur ein wenig überzeichnet, kann das eine tolle Geschichte werden. Von der Begeisterung am Anfang zum Entsetzen am Schluss. Vielleicht anhand eines virtuellen Startups, das alle Fehler macht, besonders die menschlichen. Da hapert's am meisten, und das ist auch interessanter als eine banale Burn-Rate. Dazu noch den üblichen aufstiegsfördernden Bürosex, Luxus, Lesben, Drogen, Konten in der Schweiz. Ein paar junge Leute, die vor dem rabenschwarzen Hintergrund zumindest dunkelgrau erscheinen. Eine Art Schelmenroman vielleicht, weil die Typen natürlich von nichts eine Ahnung haben und trotzdem besser sind als der Rest.«

»Und mit vielen pittoresken Gestalten. So wie wir, zwei elegante Herren auf der Terrasse vor dem See, und einem regnerischen Wetter als Symbol für Vanitas und Endzeit.«

»Und dann noch die korrupte Presse, verlogene Berater, diebische Anwälte, inkompetente Politiker und kriminelle Deals, mit vielen Zitaten von Dante bis Feuchtwanger.«

»Das wird dann aber ein dickes Buch. Vielleicht sollte man eher ein Kochbuch schreiben? All die tollen Buffets des Jahres 1999 aufzeigen? Damals, in der Deutschen Bank ...«

»Jungunternehmer kochen nicht.«

»Oder lieber was Nettes, Kleines, für den Kurzurlaub. Ein Sammelband mit den Geschichten von Praktikantinnen, die sich nichts gefallen lassen. Ein Mutmacherbuch für alle Mädchen zwischen 17 und 35, die trotz allem in die neuen Medien wollen. Strategien fürs Überleben, amüsant verpackt, mit ein bisschen Sex, und das ganze am besten in Elmau erzählt, im Whirlpool ...«

»... mit netten, herumhopsenden nackten Nymphen. So, wie die da unten.« Der Herr in Schlammgrün wies auf eine Villa, wo sich auf einer hell erleuchteten Terrasse ein definitiv nacktes Mädchen zeigte. Selbst aus der Entfernung konnte man erkennen, dass sie mit einem schönen Körper gesegnet war. Sie hielt sich an einem Tisch fest und winkte mit einer Hand. Die Herren in Beige und Schlammgrün waren höflich genug zurückzuwinken.

Claudia hatte vergeblich versucht, das Telefon zu bedienen. Sie hatte die Angewohnheit, in kleinen Dosen zu schnupfen. Sie hatte nur ein Drittel der Linie genommen. Nach wenigen Momenten merkte sie, dass etwas nicht stimmte. Die Wirkung traf sie wie ein Schlag. Der Nebel in ihrem Hirn begann zu stechen, und ihr Puls raste. Alex saß auf dem Sofa und rührte sich nicht mehr. Was immer es war, es war kein normales Kokain. Sie versuchte sich zu konzentrieren. Vor wenigen Augenblicken war sie noch glücklich gewesen. Alex erfüllte ihr alle Wünsche. Er glaubte ihr. Er hatte mit Tuchner gebrochen. Morgen würde er David und Peter den goldenen Handschlag geben. Er würde auch sie der Optik wegen als Liquidatorin verabschieden. Dann, nach ein paar Tagen, könnte sie sich ein eigenes Team zusammenstellen und weitermachen. Oder auch nicht. Denn eigentlich wollte sie in dieser Villa am See bleiben, mit dem Alpenpanorama vor der Terrasse und dem Pool im Keller. Sie wollte nicht mehr weg aus diesem Haus. Vielleicht würde sie noch ein paar Companies ausnehmen, aber dann wollte sie an die Spitze der Marketing-Abteilung in Alex' Konzern. Im Meer aus stechender, zäher Flüssigkeit fielen ihr auch noch andere Optionen ein: die Agentur in Frankfurt. Sie kicherte Alex an. Alex sah aus wie Olympia. Sie verstand, dass etwas falsch gelaufen war. Der Nebel in ihrem Kopf ballte sich zu einer schmerzenden Masse zusammen. Sie fiel neben dem Telefon um.

Nach ein paar Minuten versuchte sie anzurufen. Erst nach einer Weile merkte sie, dass ihr keine Nummer einfiel. Sie erhob sich, und weil ihr Körper so seltsam heiß war, stolperte sie auf die kühle Terrasse, wo es zu schneien begonnen hatte. Dort oben zwischen den dicken Flocken standen zwei Männer, und sie war sich sicher, dass es Peter und David waren, die sie holen und nach Frankfurt bringen würden, in die Schluchten zwischen den Wolkenkratzern so fern der langweiligen Vorstadthäuser, nachdem sie sie auf dem schönen schwarzen Sofa gepflegt hatten, denn als sie damals aufgewacht war, in eine warme Decke eingewickelt und David auf dem Stuhl neben sich, da hatte er ihre Hand gehalten.

Das Mädchen kippte um und rührte sich nicht mehr. Die beiden Herren starrten sprachlos hinunter. Das Licht auf der Terrasse schmeichelte der Haut des Mädchens, die von der Feuchtigkeit glänzte. Sie lag sehr grazil auf dem Boden, verletzlich und unnahbar schön. Erst nach einer Minute griff der Herr in Schlammgrün zu seinem Handy und alarmierte den Notarzt.

Wegen eines Unfalls mit zwei Toten am anderen Ufer
dauerte es fast eine halbe Stunde, bis
der Rettungswagen
eintraf.

59. Kapitel

Worin zu einer Voyage Sentimentale durch die Munich Area mit all ihren Schönheiten geladen wird, nebst der Erkenntnis, dass das Ziel nicht immer so schön ist.

»Hallo David, bevor ich das Handy ausmache: Alex will uns bei sich sehen, Seestraße 23, Gemeinde Aufkirchen. Morgen um elf Uhr. Große Dinge stehen bevor. Alex hat Tuchner endgültig den Laufpass gegeben. Für uns bedeutet das erst mal eine Zwangspause, bis alles geordnet ist. Macht euch keine Sorgen, haltet die Ohren steif. Ciao.«

***

»Das ist alles?«

»Das war's.«

»Quatscht auf die Mailbox, macht mit dem Chef rum und meint, wir sollen die Ohren steif halten. Und was bitte macht sie solange steif?«

»Krieg dich wieder ein, Peter. Alex könnte wahrscheinlich fast jede Frau in seinem Konzern haben, und Claudia ist nun mal eben ein bisschen launenhaft.«

»Launenhaft. Sie macht gerade wer weiß was mit diesem Sack!«

»Eifersüchtig?«

»Nein. Die kann mir gestohlen bleiben.«

»Dann kann es dir ja egal sein. Sie ist sowieso nur eine Marketing-Schnepfe.« David sah mit einer gewissen Befriedigung, dass sich Peters Hände um Messer und Gabel verkrampften. Er war ein lausiger Schauspieler. Das Antidepressivum gab seiner Selbstbeherrschung den Rest. Peter sollte für Susan büßen. Und dafür, dass er bereits mit Claudias Zehen hatte spielen dürfen.

Wahrscheinlich hatte er es nicht mal gemacht, weil er keine Ahnung von Frauen hatte. Als David Claudia das mit den Zehen erzählt hatte, hätte er sie sofort auf den Fußboden ziehen können. Sie hatte ihren Körper eindeutig an ihn gepresst. Außerdem war es an der Zeit, dachte David. Marketing hin, Blond her. Manchmal muss man es einfach tun. Peter presste immer noch das Besteck.

»Drück nicht so fest zu, sonst brechen deine Finger.«

Peter wurde schlagartig aschfahl. Sein Magen begann wieder zu rebellieren. Er fühlte, wie die leichten Bruschette seinen Hals wieder hochwanderten. Nachdem er sie erfolgreich nach unten gekämpft hatte, nahm er einen hastigen Schluck Cola.

Er bemühte sich um einen möglichst kühlen Ton. Mit der grünweißen Tablette im Körper war es leicht. Er musste nur gut drauf sein wollen, und schon fühlte er sich wieder wunderbar: »Du willst doch selber mit ihr schlafen. Mach mir nichts vor. Was sollten denn die Geschichten mit deiner Bettina?« Peter ließ sich nicht einfach treten. David war kein abgebrühter Zyniker. Die Augenblicke, bevor er mit dem Koffer ausholte, hatten es bewiesen. Ohne Tabletten blieb von seiner großkotzigen, arroganten Art nur ein krankes, kaputtes Nichts. Ohne Tabletten konnte David nicht mal antworten.

»Sie war schon tot, bevor wir uns kennen gelernt haben. Aber irgendwie konnte und wollte ich es nicht wahrhaben, und wenn die Wirkung von Prizma nachlässt, werde ich es wieder nicht fassen können. Ich habe praktisch jeden Abend ein paar Dutzend Mal bei ihr angerufen.« David merkte, dass er sich eine Blöße gab. Der Racheengel flüsterte ihm ein, dass er sich das gegenüber Peter nicht leisten konnte. Er wusste, dass es falsch war, aber die Chemikalie in seinem Blut ließ es ihn trotzdem sagen: »Jeder hat so seinen Selbstbetrug, seine Lebenslügen, Süchte und«, David verschränkte die Finger und ließ die Gelenke krachen, »Urängste.« Peter sprang auf und rannte aufs Klo. David musste grinsen. Es war wie eine Schachpartie zweier Computer. Peter und David waren nur die Spielfiguren, und das Prizma trieb sie gegeneinander.

Es war ein geiles Gefühl. Es gab keine Alternative. Prizma klebte die Reste seiner zertrümmerten Psyche wieder zusammen. Es hatte ihn regelrecht zerrissen, aber dieses grünweiße Ding fügte im Sturz alles wieder zusammen. Wie ein explodiertes Jagdflugzeug, das plötzlich wieder ganz ist. Besser als neu. Die Zusätze trieben den Motor in den roten Bereich, immer ganz nah an der Schallgrenze. Die Maschinengewehre waren voll geladen. Es war der Flug auf einem Racheengel. Nurit hatte ihm gesagt, er müsse aufpassen. Irgendwann würde es ihn zerreißen, nicht trotz, sondern wegen Prizma. Was wusste sie schon. Eine pro Tag war eine lächerliche Dosis. Für Kinder.

David fühlte sich gut. So gut, dass er sich bei Peter einigermaßen ernsthaft entschuldigte. Peter hatte sich schnell wieder gefangen. Draußen wurde es langsam dunkel, und erschöpfte Menschen hasteten vor den großen Fenstern durch den Regen. Das große Café wirkte mit seinen goldbraunen Farben warm und optimistisch. Eine turbulente Woche am Abgrund ging für die Liquidatoren friedlich zu Ende. Die Kellner putzten über die Tische, bevor das Umland wie an jedem Freitagabend das Lokal überfallen würde, um das Gefühl zu haben, auch in der pulsierenden Munich Area gewesen zu sein.

Sie wollten noch einmal auf Alex' Kosten feiern. Keiner sprach es aus, aber ohne Claudia erschien es ihnen seltsam. Irgendwie unerfüllt. Sie hatten trotzdem viel zu lachen.

Sie stießen auf Steel2net an, möge es in der Hölle kochen. Auf Headsearch und Paul, mochten sie in Manchester unter einer Brücke hausen. Auf Virtualstrike und das Team, sollten sie doch selbst abgeknallt werden. Auf die Paypinions und die Cervisse, zum Straßenbau mit ihnen. Auf den Jentner-Clan, auf dass es auch in der Hölle ein Mauritius gäbe. Auf Susan und Kasus, möge sie jeden Artikel quer in den Hals gesteckt bekommen. Und zwar in der dreifachen Marmortafelausführung. Auf die Founder von Killer Content, auf dass das Mietshaus über ihrer Weblounge zusammenfalle. Auf die fette Sau und den dünnen Kerl, mögen sie in Zukunft nur noch mit den Füßen schreiben. Auf Klaus Kastner, er möge seinen Porsche um einen Baum knoten. Auf den Vermögensverwalter, sollte er doch auf der Züricher Drogenszene enden. Auf Alex, sollte er doch an Hepatitis verrecken. Auf Tuchner, sollte man ihn wegen seiner Schandtaten endlich mal nageln.

Es war gegen halb elf, als Peters Handy in den Toast auf das gesamte BVCN hinein klingelte.

»Ja?«

»Mit wem spreche ich?«

»Wenn Sie das nicht wissen, warum rufen Sie dann an?«

»Ich bin Hauptkommissar Seidl, Kripo Starnberg. Wir haben hier eine junge Frau in kritischem Zustand, blond, Mitte 20 ...«

»Claudia.«

»Sie hat nur sehr wenig persönliche Sachen bei sich. Wir haben bei ihr nur eine Telefonnummer gefunden, nämlich Ihre, wenn Sie ein gewisser Peter sind.«

»Was ist mit ihr.« In Peters Blut ballte sich etwas zusammen. Es war schwarz, giftig, böse und unbeherrschbar. Es schrie aus ihm heraus. »Was ist mit ihr!«

Einen Moment war im Café Totenstille. Peter fühlte die Gafferei aller Anwesenden, aber es war ihm egal. Abgebrochene Gespräche wurden aufgenommen. Wortfäden schlossen das Loch der Stille, das Peters Schrei gerissen hatte. Das Networking breitete sich von den Rändern des Raumes wieder zur Mitte hin aus, zum Tisch voller Essensreste und schmutziger Gläser.

»Wenn Sie die Möglichkeit haben, sollten Sie besser hierher kommen, und zwar so schnell wie möglich.«

»Wie geht es ihr?«

»Nicht besonders. Ihr Zustand ist kritisch, und es ist schon ein Wunder, dass sie überhaupt noch lebt.«

»Was ist passiert?«

Der Mann auf der anderen Seite atmete schwer. »Das können wir alles hier klären. Kommen Sie einfach ins Kreiskrankenhaus Starnberg und lassen Sie sich von einem Polizisten hochbringen. Und kein Wort an die Presse.«

»Presse?«

»Haben Sie es noch nicht gehört?«

»Was?«

»Kommen Sie einfach. Sofort.« Es klang wie ein Befehl.

Der Audi TT stand seit Wochen ungenutzt auf dem Firmenparkplatz. David holte alles aus dem Wagen heraus. Eine halbe Stunde später, kurz vor dem Autobahnkreuz Starnberg, kam es über das Radio. Alex' Tod wurde als großer Verlust für die Medienbranche gewertet, und an die Überdosis wollte kein Politiker glauben. Alex galt als vorbildlicher Unternehmer, der sich um den Medienstandort München verdient gemacht habe. Mit ihm verliere der Freistaat eine der bedeutendsten Persönlichkeiten des öffentlichen Lebens.

Peter und David starrten durch die niedrigen Fenster in die Nacht hinaus. Sie hatten sich nichts mehr zu sagen. Zwischen ihnen stand der schlanke Lederkoffer. Trotz der schlechten Witterung durchbohrte der Wagen mit fast 250 Stundenkilometern und Fernlicht die Dunkelheit.

Uta kroch mit dem vorgeschriebenen Tempo 80 die Biegung hinunter nach Starnberg. Niemand hatte sie nach Starnberg beordert, aber als sie die Nachricht gehört hatte, hielt sie es in ihrer Wohnung nicht mehr aus. Den Höhepunkt der Serie über die Opfer der New Economy konnte sie knicken. Über Tote nur Gutes, oder so. Jörg Gruber würde sicher eine Story über das vorbildliche Medienimperium schreiben, dort, wo ihr Höhepunkt vorgesehen war.

Über Alex hätte sie ohnehin nur in Andeutungen schreiben dürfen. Aber nach Alex' Tod war es mehr als fraglich, ob es die Liquidatoren noch geben würde. Uta hätte am liebsten vor Wut geschrien. Noch vor zwei Stunden hatte ein Nachrichtensender angerufen. Sie sollte am Abend vor der nächsten Newsmag-Ausgabe zur besten Sendezeit etwas über ihre Arbeit erzählen. Ungünstiger hätte Alex nicht sterben können. Trotzdem wollte sie vor Ort sein, falls etwas Ungewöhnliches passierte.

Hinter ihr wurde die Nacht langsam unnatürlich hell. Es fiel ihr nicht auf, denn im Regen konzentrierte sie sich voll auf die nasse Fahrbahn. Plötzlich tauchten hinter der Biegung zwei gleißende Lichtkegel auf und erfüllten das Wageninnere mit schmerzhafter Helligkeit. Fünf Sekunden später donnerte ein flacher, schwarzer Torpedo an ihr vorbei und verschwand, kreischend wie ein Racheengel mit der Seele eines Verdammten, hinter der nächsten Straßenbiegung.

Eine innere Stimme sagte Uta, dass sie
besser nicht weiterfahren sollte,
aber sie hörte nicht
darauf.

60. Kapitel

Worin die Helden einiges schlucken müssen, nebst einem alten Mann, der nicht an die allein selig machende Wirkung der New Economy und ihrer Akteure glaubt.

Die drei Worte fielen ihm schwer. Er musste seine ganze Kraft aufbringen, um sich am Türrahmen festzuhalten. »Ein Glas Wasser.«

Die Krankenschwester kannte diese Situation. Jedes Wochenende hielten sich zerstörte Menschen am Türrahmen zum Schwesternzimmer fest und verlangten ein Glas Wasser. Manchmal hatten sie ihre Kinder im Bad gefunden oder ihre Lebensgefährten im Pool. Manche verständigten eine Privatklinik, die ebenfalls eine effektive Entgiftung hatte. Falls es zu spät war, bekamen sie einen unverdächtigen, sauberen Totenschein. Die meisten kamen in ihre Abteilung. Sie gewannen über siebzig Prozent der Fälle. Nur wenige Besucher warteten vergeblich auf gute Nachricht. Sie wusste, dass es bei diesem Mann schief gelaufen war.

»Setzen Sie sich.« Das Mädchen sprach Deutsch mit einem schweren Balkanakzent. Sie hatte in ihrem Leben schon viel gesehen. Zuerst im Kosovo, dann im Flüchtlingslager und jetzt hier. Sie verstand nicht, warum sich die Menschen in diesem Luxus umbringen konnten, aber sie verstand den Schmerz, den sie hinterließen. Sie holte ein Glas Wasser und stellte es dem unrasierten Mann in seinem verbeulten, lichtgrauen Anzug hin. Der Mann kramte eine silberne Dose aus seiner Jacke, schüttete vier grünweiße Dragees auf den Tisch und nippte am Glas, als der Assistenzarzt das Schwesternzimmer betrat.

»Was tun Sie da?«, fragte der Assi. David warf ihm einen hastigen Blick zu und versuchte, die Dragees in seinen Mund zu schieben. Der Mediziner packte Davids Arm und verdrehte sein Handgelenk. Eine der Kapseln fiel auf den Boden, die anderen konnte David schlucken. Der Arzt hob die grünweiße Käferleiche auf und starrte auf die Aufschrift.

»Wo haben Sie das Zeug her?«

»Ist doch egal. Alles ist egal. Lassen Sie mich.«

»Das ist Prizma. Verdammt, das gibt es in Deutschland gar nicht. Sind Sie wahnsinnig? Wo haben Sie das Zeug her?«

David achtete nicht auf ihn. Er wartete nur noch darauf, dass die Wirkung einsetzte. Wie er es in Israel gelernt hatte, hatte er die Kapseln zerbissen. In seinem Mund war ein leicht ätzender Geschmack. Er hatte noch nie drei auf einmal genommen, aber er brauchte es. Die Wirkung würde einsetzen und die Erinnerung an die Zeit im Krankenhaus vertreiben.

Da waren die Ü-Wagen und die Kamera-Teams vor dem Eingang, die auf Informationen warteten. Peter und David wurden schon an der Zufahrt gestoppt und durch einen Hintereingang in den dritten Stock gebracht, wo sie Hauptkommissar Seidl erwartete.

Seidl war ein alter, jovialer Mann mit fester Stimme und einem freundlichen Bernhardinerblick. Er war als Sohn eines Bauern fest verwurzelt in der Hochebene, stand seit 44 Jahren im Dienst der Polizei und war kurz vor seiner Pensionierung. Es gab nichts, was er nicht schon erlebt hatte, und auch der tote Alex in der Villa hatte ihn kaum berührt. Es war einer der Fälle, wo man ihn ohnehin nur als Fassade brauchen würde. Im Hintergrund werkelten bereits die Drogenfahndung und das Innenministerium an einer pressetauglichen Lösung. Man hatte kurz überlegt, ob man nicht das Mädchen dafür verantwortlich machen konnte.

Nicht bei Hauptkommissar Seidl. Er hatte seit Anfang der 60er Jahre schon oft leichenblasse, stille Mädchen auf der Intensivstation oder in der Pathologie liegen gesehen. Es hatte keinen einzigen Fall gegeben, in dem diese Mädchen wirklich schuld waren. Er erklärte das mit etwas Nachdruck den schicken Jungs von der Drogenfahndung, und die wandten sich dem Vermögensverwalter zu, den sie zur Strecke gebracht hatten. Der zerquetschte Vermögensverwalter, sein Begleiter und die Spuren im

Wagen waren gute Beweise für das Funktionieren der bayerischen Behörden.

Seidl machte sich daran, den persönlichen Hintergrund des Mädchens auszuleuchten. In ihrer Tasche fand er nur eine alte Kleiderrechnung mit einer Handynummer. Damit stieß er auf ihre Kollegen. Sie waren entsetzt, aber auch kooperativ, nachdem er sie davon abbringen musste, in das Zimmer des Mädchens vorzudringen. Er erklärte ihnen das Nötigste. Claudia hatte sich eine Mischintoxination zugezogen. Das Kokain war mit Strychnin und Heroin vermischt gewesen. Alex hatte eine Herzschwäche und war nach wenigen Minuten gestorben. Claudia war jünger, kräftiger und hatte weniger genommen. Wenn sie diese Nacht überlebte, gab es eine reelle Chance.

Seidl verstand nichts von VC und Start-ups. Er ließ sich das alles sehr genau erklären und kam zu dem Schluss, dass die Münchner einfach verrückt waren. Deppert. Jede halbe Stunde kam der Chefarzt und informierte ihn über den Zustand der Patientin. Man konnte nichts tun, als zu warten und zu hoffen. Ihre Verwandten in Frankfurt würde er erst am nächsten Tag aufstöbern und informieren.

Gegen halb zwei Uhr morgens waren die Jungs von der Drogenfahndung gekommen und wollten ihn allein sprechen. Sie ließen Peter und David auf dem Gang warten. Neben ihnen saß ein junger Beamter in Zivil. Die Liquidatoren hatten nichts mehr zu sagen. Hinter der Tür gab es eine lange erregte Debatte. Die Zeit wurde nur vom Chefarzt gegliedert, der pünktlich jede halbe Stunde mit ernstem Gesicht aus einem Zimmer kam und dem Beamten ein Blatt Papier gab. Der Beamte stand auf, brachte das Papier in den Raum zu Hauptkommissar Seidl und setzte sich wieder. Der Chefarzt sagte Peter und David ein paar Worte über Claudias Zustand. Ernst, aber es gäbe Hoffnung.

Um drei Uhr morgens blieb der Chefarzt aus. Peter wurde nervös. Er stand auf, sah zum Fenster hinaus auf den Vorplatz des Krankenhauses. Die meisten Kamerateams hatten sich wieder in ihren Autos verkrochen. Irgendwo in der Pathologie lag die Leiche eines Menschen, der keine Rolle mehr spielte. Auf diesem Gang lag ein Mädchen, das mit dem Tod rang. Die Aasgeier hatten keinen Grund und kein Recht, hier zu sein. Auf der anderen Seite, an der hinteren Zufahrt, stand sein TT. Er stellte sich vor, den Wagen mit Sprengstoff zu beladen und damit in die Meute hineinzurasen.

Claudia hatte ein Recht zu leben. Die da unten hatten kein Recht. Sie würden alles Leid, allen Dreck verschreien, solange nur jemand einschaltete, zuhörte, gaffte und vor allem kaufte. Sie waren eine Bande von käuflichen Lügnern. Zu schade, dass die Medien nicht zur New Economy gehörten. Ein Liquidatorenteam für Journalisten. Das wäre eine Marktlücke, eine Herausforderung und ein Vergnügen. Mit Claudia und David diese Hyänen da unten hochgehen zu lassen. In ihren Gesichtern das Entsetzen zu sehen, das er bei den Steel2net-Gründern gesehen hatte. Die Koffermethode war noch viel zu gut. Ein Reißwolf für ihre Gierpfoten wäre besser. Er spürte die giftige Chemie in seinen Adern toben. Irgendwann würde die Aggression umkippen, und Gundi würde sich wundern, von wegen, du traust dich ja doch nicht. Ein Regenschauer fegte über den Betonklotz des Krankenhauses hinweg, hinunter zum See und weiter in Richtung Alpen.

Um 3 Uhr 21 kam der Chefarzt auf den Gang. David wusste es sofort. Er hatte diesen Gesichtsausdruck schon oft gesehen. Der Gesichtsausdruck ist immer der gleiche, egal ob in Starnberg oder in Ramallah. Die junge Sanitäterin am Checkpoint nach der Bombe. Er hatte sie damals fotografiert. Das Bild kam auf die Eins, weil in ihrem Blick, nur in der Art, wie sie die Augen hob, alles Grauen und der Tod vereint waren. Der Blick war schlimmer als das Bild vom abgerissenen Kopf des Attentäters. Ärzte und Sanitäter sind hart, aber was die Enttäuschung unmittelbar nach dem Tod angeht, sind sie alle gleich. Der Blick sagt immer das Gleiche. Bei diesem Spiel gibt es keine guten Verlierer. David hatte den Blick zu oft gesehen. Er hielt es nicht mehr aus. Er wollte nur noch die Kapseln, um die Erinnerung loszuwerden.

Der Assistenzarzt schrie weiter auf ihn ein. David wartete auf das Einsetzen der Wirkung. Sie musste kommen. Sie war noch jedesmal gekommen. Prizma hatte noch nie versagt, und trotzdem stürzte er unaufhaltsam weiter. Alle Symptome der Käferleichen kamen zuverlässig, der erhöhte Puls, das Rauschen in den Ohren, das wie die Flügel des Racheengels klang, die hektische Atmung. Aber es kam noch mehr. Obwohl David seine Kiefer mit aller Kraft zusammenpresste, konnte er das Zähneklappern nicht unterdrücken. Vom Hals ausgehend, begannen seine Muskeln zu zittern. Tausend kleine grünweiße Käfer krabbelten durch seine Adern. Er verlor das Gefühl in seinen Fingern, dann in seinen Händen und Armen. Sein Bewusstsein stürzte aus einem unkontrollierbaren Körper, und kein Racheengel fing ihn auf. Er war wehrlos, als ihn die Faust Gottes traf. Sie strafte ihn, zermalmte ihn und zerschlug ihn für alle Ewigkeit, und er wurde wüst und leer.

Tuchner kam nur einen Moment in die Station, um sich mit dem Chefarzt abzustimmen. Er warf einen Blick ins Schwesternzimmer. Der Assistenzarzt hielt David über dem Waschbecken fest und drückte ihm den Unterarm in den Magen. Im Klo weinte jemand. Tuchner verließ die Station wortlos. Das Wenige, was an die Presse zu geben war, wollten sie den Aasgeiern gleich vorwerfen. Der Chefarzt würde das knappe Ergebnis verkünden, und die Jungs von der Drogenfahndung würden sich auf ermittlungstaktische Gründe für ihr Schweigen berufen. Ein paar Fragen würde Tuchner beantworten, allein schon, weil es kostenlose Werbung war. Länger als eine halbe Stunde würde das Pressebriefing nicht dauern.

»Es tut mir wirklich Leid«, sagte Hauptkommissar Seidl, als er David und Peter im Aufzug nach unten brachte. »Das mit den Tabletten werden wir für uns behalten, aber Sie müssen das wirklich schleunigst aufgeben. Sie müssen lernen, damit umzugehen.« Der Aufzug hielt im ersten Untergeschoss an. Von dort führte ein langer, hell erleuchteter Gang zum hinteren Ausgang, wo Polizei, Leichenwagen und, ganz unten an der Auffahrt, der tuxedoblaue TT standen.

»Was wird jetzt passieren?«, fragte Peter.

Der Polizist sah ihn nachdenklich an. »Nichts. Die Hauptbeteiligten sind tot. Ihre Freundin wäre unsere einzige Zeugin gewesen.« Er wartete einen Moment, bis sich die Aufzugtür wieder geschlossen hatte. »Gegen Tote wird nicht ermittelt. Wenn ich vorhin die Drogenfahnder richtig verstanden habe«, er atmete tief ein, »dann ist es in deren Augen kein Mord, sondern ein Drogendelikt, das man, wenn überhaupt, den Lieferanten anlasten wird. Und die sind auch tot. Jede weitere Frage überflüssig. Wenn ich Sie also morgen anrufen werde, dann tue ich das vorläufig privat. Und wenn es außer den Drogen sonst noch was gibt, erzählen Sie es mir privat. Halten Sie sich bitte privat verfügbar. Wenn ich das als Privatmann sagen darf, war mir das zu einfach. Nur mögen manche Leute keine komplizierten Fälle. Passen Sie bei der Heimfahrt gut auf sich auf. Sie sollten vielleicht ein Taxi nehmen. Gute Nacht.«

Der Tablettensüchtige konnte schon wieder richtig laufen. Seidl wusste, dass da jenseits der üblichen Sex- und Drogengeschichte noch mehr war. Er würde sich morgen erst mal die Aussagen in Ruhe durch den Kopf gehen lassen, sich das Kauderwelsch der New-Economy-Begriffe erklären lassen und dann nochmal nachfragen. Er hatte viel Zeit. Er würde sich dumm stellen und warten, dass einer der Drogenfahnder mehr über den anonymen Tipp wegen des Drogenlieferanten erzählte.

Es dauerte etwas, bis der Aufzug wieder unten angekommen war. Die Tür ging auf, und heraus kamen der Chefarzt und Tuchner. Der Anwalt hatte Angst gehabt, dass man die Toten im Porsche mit ihm in Verbindung brachte. Die Angst war in einen arroganten, aufbrausenden Ton verpackt, aber trotzdem fühlbar. Er wollte sich schon lange von Klaus Kastner getrennt haben, und die Leute aus dem Ministerium glaubten ihm.

Seidl glaubte ihm kein Wort, aber er war ja nur
ein Bauernsohn der Hochebene, die mit
der Munich Area eigentlich
nichts gemein
hatte.

61. Kapitel

Worin die Helden befördert werden, nebst einigen Abschweifungen über das Wesen der Wirtschaft in der Munich Area und anderen eingängigen Worten.

»Fahr du.«

»Ich kann nicht fahren.«

»Ich auch nicht. Wieso kannst du nicht?«

»Mein Führerschein ...«

»Scheiße, vergessen. Gib mir ein paar Minuten.«

David setzte sich auf den Kotflügel des tuxedoblauen TT und sah seine Hände an. Er zitterte nicht mehr. Der Assistenzarzt hatte sofort professionell reagiert. Warum den Magen auspumpen, wenn man ihn auch einschlagen kann. Die Spritze hatte schnell gewirkt. Der intravenöse Tranquilizer machte ihn fad, gelangweilt und desinteressiert. Es war ihm egal, dass er sich in der feuchten Luft eine Erkältung holte. Der Abgrund, der Sturz ins Bodenlose war vorbei. In ihm war nichts mehr, kein Gefühl außer einer diffusen Traurigkeit und dem Wunsch, alles hinter sich zu lassen.

»Es ist vorbei, Peter. Lass uns verschwinden. Das Projekt ist gescheitert. Wir waren nicht gut genug. Wir brechen ab, geben alle Akten an die Erben, und was die damit machen, ist deren Problem. Sollen die sich mit dem BVCN rumschlagen, ich kann nicht mehr.«

Sie sahen sich eine Weile schweigend an. Zwei Silhouetten kamen die lange Auffahrt herunter. Was immer in der Spritze gewesen war, es senkte Davids Reaktionsfähigkeit auf Null. Er bemerkte Tuchner erst, als er sie ansprach.

»Können Sie fahren?«

»Nein. Und Sie?«

Irgendwann musste Tuchner das mit den verbliebenen Liquidatoren hinter sich bringen. Er atmete tief ein und setzte sich neben David auf den TT.

»Ich kann fahren. Ich muss. Wissen Sie, ich habe in meinem Leben viele Freunde verloren. Alex' Vater war mein bester Freund, und trotz der letzten Wochen war Alex fast wie ein Sohn für mich. Aber man muss weitermachen. Soll ich Sie mitnehmen?«

»Sie beide sollten wirklich nicht fahren«, sagte die andere Person. Es war der Chefarzt. »Wir hatten heute schon zu viele Tote. Nehmen Sie das Angebot an.«

David machte keine Anstalten, sich zu bewegen. Der Chefarzt zuckte mit den Schultern, verabschiedete sich und ging zurück. Er hatte seine eigenen Probleme. Das tote Mädchen erinnerte ihn an seine Tochter Viola, die etwas jünger war und ebenfalls in der New Economy gearbeitet hatte. Die blöde Kuh hatte das Studium geschmissen, eine steile Karriere hingelegt. Dann wurde sie zweimal gefeuert. Seit einer Woche saß sie mit Essstörungen und einem Tablettenproblem wieder zu Hause.

Vor zwei Tagen hatte er Viola nachts um vier auf der Terrasse gefunden, betrunken und in Tränen aufgelöst. Sie hatte ihm alptraumhafte Geschichten erzählt, von Drogen, Lügen, Ausbeutung und 80-Stunden-Wochen. Der Chefarzt machte sich Vorwürfe, weil er sich nicht eher um sie gekümmert hatte. Viola war ein wirklich nettes Kind, aber sicher dümmer als das tote Mädchen, das mit ihren blitzgescheiten grünen Augen jetzt in der Pathologie lag, weil sie in die falschen Kreise geraten war.

Er würde sich ein paar Wochen Urlaub nehmen und mit Viola nach Frankreich fahren. Ab dem Wintersemester sollte sie noch mal was Sinnvolles studieren, Hauptsache, sie konnte damit nicht in die New Economy. Kunstgeschichte zum Beispiel. Oder eine Buchhandelslehre. Eigentlich war sie eine geborene Buchhändlerin, fand er, und wenn er mal in Pension war, könnte er jeden Tag auf ein, zwei Bücher in ihrem Laden vorbeischauen. Als er im Aufzug nach oben fuhr, um den Totenschein für Claudia zu schreiben, half die Vorstellung von einem warmen Buchgeschäft mit Holzregalen und dicken Büchern gegen seine eigene Depression.

»Also bitte. Steigen Sie ein«, Tuchner versuchte es freundlich. »Ich habe auch keine Lust, in dieser Nacht allein unterwegs zu sein. Und irgendwann müssen wir sowieso mal über die Zukunft reden.« Er ging zu seinem Jaguar, der direkt hinter dem TT geparkt war. Peter ließ sich überzeugen. David kam willenlos mit. Erst, als er auf dem Rücksitz den Sicherheitsgurt schloss, begriff ein Teil von ihm, dass er einen Fehler gemacht hatte. Das Misstrauen fiel in seine innere Leere wie ein Tropfen in einen stillen See, und seine Hände begannen wieder zu zittern. Wäre nicht alles in ihm so unendlich tot gewesen, hätte er Peter gewarnt. Aber nach einigen Sekunden verebbte die Angst. Er wusste, dass das Mittel in der Spritze jede Gefühlsregung blockierte, aber es war ihm egal. Wer noch kämpfen kann, bekommt Prizma, wer am Ende ist, bekommt die Spritze. Die Logik der Sanitäter von der Märtyrerkreuzung in Ramallah.

Der Jaguar glitt die Einfahrt hinunter und schlich durch das stille Villenviertel, in dem die Ärzte des Krankenhauses residierten. Viola saß immer noch auf dem Balkon, in einen dicken Pulli gehüllt und mit einer Decke um die Füße und rauchte zufrieden. Sie war stolz auf sich. Sie hatte an diesem Abend ein Experiment in Sachen Selbstbeherrschung gemacht: eine Schachtel Pralinen statt der üblichen gelben Pille.

Das Experiment war gelungen. Morgen würde Viola das Experiment mit einem echten, schleimigen Hamburger und einer Apfeltasche versuchen. Wenn alles gut ging, waren übermorgen Fritten dabei. In drei Tagen würde sie mit Paps eine Raviolior-gie veranstalten. Viola musste unwillkürlich kichern. Nie wieder Sushi. Keine Blind Dates mehr mit New Media Workern im Pacha und nachfolgenden Bordelltouren. Keine idiotischen Events. Keine brutalen Nummern in TTs mehr, und auch kein Jaguar wie der, der da unten vorbei fuhr. Lieber was Kleines wie der Renault Twingo dahinter. Alles war gut. Sie würde es schaffen.

Tuchner sah in den Rückspiegel. Als er die erste größere Straße erreichte, beschleunigte er. Die Scheinwerfer im Rückspiegel verloren sich in der Ferne. Irgendwelche neugierige Presse konnte er nicht brauchen. Er mied die Autobahn und nahm den Weg über die Landstraße.

»Es gibt noch ein paar Punkte, die wir klären müssen, meine Herren. Ich weiß, dass Ihnen im Moment nicht danach ist, aber ich erwarte von Ihnen ab sofort absolute Verschwiegenheit. Ich ...«

»Es gibt doch überhaupt nichts mehr zu erwarten, Mann.« In David regte sich zäher, langsamer Widerstand; ein böses, schwarzes Tier, das in einem Sumpf aus Tranquilizer nicht recht vorankam.

»Noch mal: absolute Verschwiegenheit. Ich habe mich lange mit den Vertretern des Innenministeriums unterhalten, und die Sache ist klar. Alex und Ihre Mitarbeiterin haben sich mit einer Überdosis umgebracht. Für den Tod ist der Vermögensverwalter verantwortlich. Es gab entsprechende Rückstände der Drogen in seinem Wagen.

Was Sie beide angeht: Mir als Nachlassverwalter ...«

»Sie sind nicht der Nachlassverwalter«, unterbrach ihn David.

»Lass ihn ausreden, David.« Peter war die Situation unheimlich. Er hatte Angst vor Tuchner. Er wollte es sich mit dem Anwalt nicht verscherzen. Tuchner lächelte ihn an, erbarmungslos, schien es Peter, und er fühlte sich kraftlos und elend.

»Mir steht ein Bericht über Ihre Tätigkeit zu. Ich verlange eine Aufstellung über jede Mark, die durch Ihre Hände gegangen ist. Sie hatten den Auftrag, die Gelder für Alex zurückzuholen. Nach meinem Wissen haben Sie Gelder genauso veruntreut wie die Unternehmer, denen Sie sie abgenommen haben. Drogenkonsum, Bordellbesuche, Spritztouren in die Schweiz.«

»Was wir mit unseren Spesen gemacht haben, ist unsere Sache«, protestierte Peter.

»Wenn Alex gewusst hätte, was Sie getrieben haben, wären Sie schon lang nicht mehr bei ihm gewesen.«

»Und woher wissen Sie das? Klaus Kastner? Die Leute von Blu4? Uta Hofmann?«, rief David vom Rücksitz. Tuchner drehte sich kurz um und sah David an.

»Du mickriges Drogenwrack. Wie bist du denn da drauf gekommen?«

»Sie haben die Leute auf uns gehetzt.«

»Nein, Herr Rotberg. Sie selbst haben alle gegen sich aufgebracht. Es war alles in Ordnung, bis Sie gekommen sind. Das

BVCN. Mein Verhältnis zu Alex. Hin und wieder ging ein Startup drauf, dafür kam ein anderes an die Börse. Alles ganz normal. Und dann kommen Sie daher und mischen sich ein, mit Ihrer Idee, das Risikokapital unter Umgehung sämtlicher Gesetze wieder abzuziehen. Sie wundern sich, dass andere gegen Sie und die paar Nieten aktiv werden? Glauben Sie, die High Potentials sitzen nur da und warten, bis sie von Ihnen geschlachtet werden? Zuerst haben Sie Alex Geld geliefert, und nach der ersten größeren Pleite bei Paypinion hat Ihre Kollegin das Loch hingehalten.«

Peter fühlte ein Kribbeln im Blut. In seinem Rücken ballte sich etwas Schwarzes zusammen. Er dachte an den trostlosen Gang im Krankenhaus, den wertlosen Reichtum, und sein Elend erbarmte sich und vertrieb die Schwärze. Elend und Erbarmen. Die Begriffe hatten eine tiefere Bedeutung.

»Was geht Sie das denn noch an? Alex hat Sie doch heute rausgeschmissen«, höhnte David vom Rücksitz.

»Niemand hat mich rausgeschmissen.«

»Claudia hat uns das aber heute bestätigt.«

Tuchner zögerte kurz, aber das Zögern war offensichtlich.

»Haben Sie irgendwelche Beweise? Ich habe heute mit Alex telefoniert, und alles war bestens. Kein Konflikt. Er hat Ihnen nicht mehr getraut, das war alles. Es gibt nichts, was für Ihre Lüge spricht.«

Die Schwärze war wieder fühlbar. Sie sank von den Halswirbeln das Rückenmark hinunter, kroch entlang der Rippen nach vorn und quetschte seinen Brustkorb. Peter fühlte sein wundes, ungeliebtes Herz rasen. Er presste seine Hände zusammen, bis sie wehtaten. Der Schmerz lenkte ihn von der Schwärze ab, und das Elend erbarmte sich und vertrieb die Aggression. Es war lange her, dass Elend und Erbarmen für ihn eine Bedeutung hatten.

»Damit kommen Sie nicht durch«, keuchte David auf dem Rücksitz. Die Spritze machte Gefühlsregungen fast unmöglich, und er kämpfte verbissen um seinen Hass. »Wir haben so viel Dreck über Sie, damit machen wir Sie fertig.«

»Über mich haben Sie gar nichts. Sie haben Material über Klaus Kastner, aber nichts über mich und meine Kanzlei. Und Kastner ist tot. Wer sind Sie denn? Wer soll Ihnen glauben? Ein Berufssohn, der aus der Psychiatrie entlaufen ist, und ein Versager, der von irgendeiner Nutte angeheuert wurde, um ein paar krumme Dinger zu drehen. Orgien. Koks. Marihuana. Prizma. Niemand wird Ihnen glauben. Niemand wird Ihnen helfen. Und ab jetzt läuft hier alles ordentlich. Sie werden ...«

»Sie stecken hinter der ganzen Sache. Sie müssen davon gewusst haben. Klaus Kastner war weiterhin Ihr Mann. Sie haben Kastner auf uns angesetzt, und er hat unsere Arbeit sabotiert.«

Tuchner ignorierte David.

»Sie sind ab sofort von allen Tätigkeiten entbunden. Sie haben nichts mehr im Büro zu suchen. Ich bin der Nachlassverwalter. Wenn ich Sie nur einmal dort erwische, zeige ich Sie wegen Hausfriedensbruchs und versuchten Einbruchs an.« Er fühlte sich zum ersten Mal seit Monaten so richtig gut. Zuversichtlich. Das Goldene Zeitalter würde weitergehen. Die Munich Area würde sich gestärkt aus der Krise erheben. »Ich werde noch morgen früh eine Untersuchung Ihrer Tätigkeit einleiten. Ich werde Sie filzen, wie Sie es sich nicht vorstellen können. Ich werde Profis ranlassen, die mit Ihnen das tun werden, was Sie mit dem BVCN tun wollten.«

Es hatte keinen Sinn mehr. Das Elend brachte kein Erbarmen. Die Schwärze überflutete den Schmerz und spülte jede andere Empfindung weg. Die Schwärze war das Nichts, das seine gesamte Existenz ausmachte. Er würde wieder zu Nichts werden. Tuchner hatte eine der besten Kanzleien, und er war nur ein arbeitsloser Jurist mit vier Punkten im zweiten Staatsexamen. Er konnte nur noch seinen TT nehmen und sich mit dem Geld ein schönes Jahr in Italien machen – wenn Tuchner ihm nicht die Polizei auf den Hals hetzte. Dann blieb nur die Landesflucht. Die Schwärze verdichtete sich bei dem Gedanken. Im Zentrum wurde sie fest, spröde, wie ein Klumpen schwarzes, geronnenes Blut. Nicht das Elend brachte Erbarmen. Der Spruch ging anders. Er brachte den Spruch nicht mehr zusammen.

»Ihre Schweizer Konten lasse ich noch heute Nacht sperren. Per Gerichtsbeschluss, wenn es sein muss. Gefahr im Verzug. Sie werden keinen Pfennig behalten. Jede Unterschlagung werde ich gnadenlos verfolgen, so wie ich das Alex schuldig bin.« So war es gut. Das war der Ton, den die beiden verstehen würden. Sie waren kleine Insekten, die er mit mäßiger Lust zertreten konnte. Sie würden sich nicht wehren. Der eine war ein Fall für die Klapse, der andere ein feiger Verräter. Tuchner hatte lange mit Peters Ex-Freundin gesprochen. Peter war ein willenloses Nichts, das sich verängstigt auf dem Beifahrersitz wand. »Sie werden ganz ruhig dastehen und sich das gefallen lassen. Und du Feigling rückst sofort den Schlüssel für den TT raus.«

Peter war verstoßen. Elend ohne Erbarmen. Das war nicht der Spruch. Etwas fehlte. Der schwarze Klumpen in seinem Inneren zerfiel zu Staub. Der Staub breitete sich in seinem Körper aus. Es kribbelte wie tausend kleine Käfer. Draußen war es dunkel, aber in seinen Augen wurde es hell. Auf der anderen Straßenseite öffnete sich eine große Parkbucht mit einem Felsblock an der Einfahrt. Es war ein traumhaft schöner Ort, wie geschaffen für Elfen und Zauber und Pakte mit dem Satan, meines Elends dich erbarme. Satan meines Elends dich erbarme. Das war der Spruch.

Tuchner sagte noch etwas, aber in seinen Ohren war nur noch ein heißes Rauschen wie von den Flügeln eines Racheengels. Dann explodierte der Staub in seinem Blut. Er griff schnell und fest mit der rechten Hand an das Lenkrad. Der Jaguar schleuderte und traf eine Leitplanke. Peter rammte Tuchner den linken Ellenbogen in die Brust. Der Anwalt schrie in Panik auf und nahm die Hände vom Lenkrad, um sich zu schützen. Peter jagte den Wagen gegen den Felsblock.

Tuchner sah, wie die Stele näher kam. Es war ein Denkmal, das er selbst bezahlt hatte, für die an dieser Stelle zu Tode Gekommenen. 48 Juden waren hier von der SS in den letzten Kriegstagen erschossen worden. Er stellte sich die Schlagzeile in der Boulevardpresse vor: »Promi-Anwalt zerstört jüdisches Denkmal!« Es war lächerlich, aber gerade die Angst vor der negativen Publicity gab ihm die Kraft, in das Lenkrad zu greifen und gegenzusteuern. Er überraschte Peter, und das Unwahrscheinliche gelang. Der Wagen schleuderte den alles entscheidenden Meter vom Felsen weg. Nach einem Augenblick der Überraschung steuerte Peter den Wagen wieder in Richtung des Felsblocks, aber es war zu spät. Der Jaguar schleifte auf der Fahrerseite kreischend am Denkmal entlang, drehte sich, schlug seitlich in eine Tanne ein und kreiselte zur Parkbucht zurück.

***

Die Tür war offen. Er brauchte eine Ewigkeit, um das zu begreifen. Der Türgriff war nirgends. Erst, als er den Arm in die Nacht ausstreckte, begriff er, dass die Tür aufgesprungen sein musste. Seine Hand tastete nach dem Schloss des Sicherheitsgurtes. Überall waren scharfe Krümel. Seine Finger glitten vorsichtig am Gurt entlang und fanden den Druckknopf. Es gab nur wenig Platz für seine Beine. Er hob vorsichtig den rechten Fuß aus dem Wagen hinaus in die kalte Nachtluft. Von der Außenseite des Oberschenkels breitete sich ein dumpfer Schmerz aus. Das andere Bein schien heil zu sein. Er schloss die Augen und fühlte in seinen Körper hinein. Der rechte Arm, die rechten Rippen und das rechte Bein pulsierten im gleichen, dumpfen Schmerz. Er erinnerte sich. Bevor er das Bewusstsein verlor, hatte sich der Wagen gedreht und war seitlich gegen etwas geprallt.

Er wartete einen Moment und zog sich an der Karosserie hoch. Links fühlte er ein paar scharfe Grate, aber nichts, was eine Tür sein könnte. Es gab keine Tür mehr. Sie musste beim Aufprall herausgebrochen sein.

Langsam gewöhnten sich seine Augen an die Dunkelheit. Vor ihm dehnte sich der stille Wald der Endmoräne aus. Ein paar Meter entfernt stand ein großer Steinblock. Es war ein simpler Fels, etwas über zwei Meter hoch, ohne Inschrift. Hinter ihm hustete jemand.

David drehte sich ganz langsam um, immer mit der linken Hand an dem seltsam zerknitterten Metall. Der Jaguar war krumm und tailliert. Die Glasscheiben hatten sich in einen funkelnden Teppich verwandelt. Auf der Höhe der Beifahrertür war der Wagen in einem stumpfen Winkel eingeknickt. Dort wo die Spitze des Winkels war, ragte ein Hinterkopf über das zertrümmerte Metall der Beifahrertür hinaus. Etwas Feuchtes, das kein Regen war, lief über das Metall.

»David.«

»Ja, Peter.«

»Ich kann mich nicht rühren.«

»Bleib ruhig. Ich rufe den Notarzt.« Dazu brauchte er ein Handy. Er musste das Handy finden.

»Schau erst, ob die Sau noch lebt.«

David tastete sich am Wagen entlang und sah von vorn in das Innere. Peter hing mit dem Rücken zur Tür auf einem völlig zerdrückten Sitz. Irgendetwas passte nicht mit seinem Oberkörper, in etwa dort, wo der Brustkorb zu Ende war.

»Scheiße«

»Was ist.«

»Du ...«

»Lebt er noch?«

David biss die Zähne zusammen und versuchte, das Bild wegzuschieben. Am Kontrollpunkt hatte er schon einmal einen verschobenen Oberkörper gesehen. Keine Chance.

»Sag's mir. Ich kann nichts sehen.«

David sah Tuchners Körper. Die Hände umklammerten immer noch das Lenkrad. Der Körper schien weitgehend unversehrt zu sein. Die vordere Säule der Fahrgastzelle war stark verbeult. Dann erkannte David die Schrift. Es war ein Schriftzug aus Metall, Buchstaben, die oben und unten mit Metallstangen zusammengeschmolzen waren. Die Schrift widerstand der Schwerkraft und schwebte über der Motorhaube, dem Armaturenbrett, dem Lenkrad und dem Körper des Anwalts. Fast ein Meter Metall, das leicht verbogen fast waagerecht aus dem Loch ragte, wo die Windschutzscheibe gewesen war. David konnte den schwebenden Schluss entziffern. »... Tode Gekomnenen.« Der Rest setzte sich im Wageninneren fort. David sah, wie die Schrift in einer undefinierbaren Masse verschwand, etwa dort, wo die Kopfstütze des Fahrersitzes gewesen sein musste. Der Hals des Körpers auf dem Sitz ging dort ebenfalls in die undefinierbare Masse über.

»Er ist tot.«

»Sicher?«

»Kein Kopf mehr. He, du weißt doch, Liquidatoren sterben nicht, sie lassen sterben.«

»Hast du.« Peter hustete. Es klang entsetzlich nass. »Hast du noch eine von ...« Er hustete wieder. »... den Prizmas.«

David kramte in seinen Sakkotaschen. In einer Innentasche fühlte er ein paar kleine Gegenstände. Es waren seine letzten. Er nahm eines der grünweißen Gummibärchen, knickte es und schob es Peter zwischen die blutigen Lippen.

»Schluck's schnell runter.«

Peter hatte die Augen geschlossen. Er hatte sichtlich Mühe, das Prizma zu schlucken. Es tat ihm weh. Er musste husten, als er lachte.

»He, David.«

»Ja, Peter.« David tastete nach seinem Handy, obwohl er wusste, dass es keinen Sinn mehr hatte.

»Gundi hat geglaubt, ich könnte ...« Er hustete. »... ich könnte so was nicht.«

»Tuchner war auch ziemlich überrascht.«

Es war eine Mischung aus Lachen und Husten, und dann war Peter still.

David schleppte sich zu dem großen Steinblock, an dem die Inschrift angebracht gewesen war. Er zerbiss das letzte grünweiße Gummibärchen und schluckte. Die Kälte und Prizma durchschnitten nach ein, zwei Minuten das angenehm matschige Gefühl, das er seit der Spritze im Krankenhaus empfunden hatte. Er war ganz unten angekommen. Gegen die Realität des Augenblicks gab es keine Tabletten, keine Spritzen und keine Ausflüchte mehr. Es gab nur noch die Toten, den Wald und vielleicht ein paar Elfen.

David wollte zum Wrack des Jaguars gehen. Er wollte Peter und Claudia wissen lassen, dass trotzdem nichts vorbei war, dass sie kein totes Stück Aas waren, sondern in ihm unsterblich fortleben würden. Peter würde ihn nicht verstehen können, und trotzdem wollte er es ihm sagen.

Also löste sich David vom Steinblock und ging langsam, Schritt für Schritt am Waldsaum entlang, den in all seiner Schönheit Altdorfer gemalt haben musste und in dem bis heute Nymphen lebten, von einem verklingenden Brummen begleitet.

Ein grellweißer Blitz zerriss die Dunkelheit
und vertrieb die Elfen und den
Zauber aus Davids
Gedanken.

62. Kapitel

Worin ein Held mit großer Offenheit brilliert und seinen Weg neu bestimmt, nebst einem wunderbaren Beispiel für die Zuverlässigkeit der kritischen Medien in der New Economy.

»Dann denk ich an was andres als immer nur an dich, denn das viele An-dich-Denken bekommt mir nicht«, trällerte das Autoradio. Es passte nicht. Die Sängerin mit der verschleierten Stimme erzählte davon, dass es seit Tagen nicht geregnet hatte und seit Wochen nicht geschneit. Gleich hinter der Ortsgrenze von Starnberg hatte es wieder zu nieseln begonnen. Uta hatte den Jaguar aus den Augen verloren. Schon im Ort hatte die langgestreckte Limousine Fahrt aufgenommen und war mühelos davongezogen. Uta kannte den Weg nach München über die Landstraße nicht und verfuhr sich in Starnberg.

Als sie den richtigen Weg gefunden hatte, war es schon egal. Uta nahm die Kurven über die Endmoräne langsam und bedächtig. Sie fischte die letzte Zigarette aus einer Packung Gauloises Blondes. Die Packung hatte sie erst vor sechs Stunden für das Warten vor dem Krankenhaus in Starnberg gekauft. Die improvisierte Pressekonferenz war so trist wie ihr Gegenstand. Die Ermittlungen ließen auf einen Unfall mit Narkotika schließen, die der Vermögensverwalter deponiert hatte. Das tote Mädchen war ein trauriger Zufall, gab Tuchner zu Protokoll; eine ehemalige Mitarbeiterin, die er nur schweren Herzens hatte gehen lassen. Keine weiteren Fragen erlaubt.

Uta versuchte es trotzdem. Sie lauerte am Hintereingang der Klinik. Sie kannte den tuxedoblauen TT und den dunkelgrünen Jaguar, die an der Auffahrt standen. Sie stellte ihren Renault in eine Parkbucht und wartete. Erst kamen David und Peter, und dann Tuchner und der Chefarzt, der in der Pressekonferenz so deprimiert gewirkt hatte. Nachdem der Chefarzt verschwunden war, setzten sich die anderen in den Jaguar und fuhren los.

Zum ersten Mal nach dem Sommer schaltete sie die Heizung ein. Aus den Lüftungsschächten kam ein muffiger Geruch, der sich mit dem Zigarettenrauch zu einem stickigen Dampf vereinte. Uta öffnete das Seitenfenster und ließ sich den hübschen Kopf vom Fahrtwind durchpusten. Als die Sängerin mit ihrer verschleierten Stimme erzählte, dass sie vom vielen An-ihn-Denken immer so müde wurde, wunderte sich Uta über das Funkeln auf der nassen Fahrbahn; erst weiß und dann gelb, die Reifen knirschten darauf. Sie musste vor der nächsten Kurve sowieso abbremsen. Auf der anderen Straßenseite öffnete sich eine weite Parkbucht, und sie erkannte einen Umriss.

Er erinnerte entfernt an eine langgestreckte Limousine, wäre die Seite nicht so seltsam deformiert gewesen. Uta hielt am Straßenrand an, schaltete den Motor ab und griff nach ihrer Digitalkamera. Sie hatte Angst, aber die Neugier und der Jagdtrieb nach der Story waren stärker. Als sie die Straße überquert hatte, erkannte sie Tuchners Jaguar. Sie hob instinktiv die Kamera und drückte ab. Im Blitzlicht sah sie Sekundenbruchteile zwei grotesk gekrümmte Körper auf den Vordersitzen. Die Person am Lenkrad hatte etwas Undefinierbares an der Stelle, wo das Gesicht sein sollte. Das Bild brannte sich mit allen alptraumhaften Details in ihr Gehirn. Sie schloss die Augen und zählte bis zehn. Das Bild wollte nicht vergehen. Ihre Nerven gingen durch. Sie biss die Zähne zusammen und zählte noch mal. Bei fünf schrie sie auf. Etwas hatte sie berührt. Etwas zog an ihr. Sie öffnete die Augen und sah David, der ihr die Kamera wegriss.

»Hör auf zu schreien!«

Utas Lungen krampften sich zusammen, rissen sich hektisch mit Luft voll und explodierten. Der Wald hallte von gellenden Schreien zurück. Etwas Wildes drückte Utas Arme ab und schüttelte sie.

»Hör auf!«

Der stechende Schmerz an ihren Armen raubte ihr den Atem. Sie begann zu weinen, ließ sich auf den feuchten Boden fallen und versuchte, das Bild aus ihrem Kopf zu bekommen. Es ging nicht.

David packte sie an den schmerzenden Stellen ihrer Oberarme und schleifte sie weg. Als der Schmerz nachließ, saß sie in ihrem Renault. David ließ den Motor an und wendete den Wagen. Sie starrte apathisch in die Nacht. Nach ein paar Minuten war ihr schlecht.

»Halt an. Ich muss gleich kotzen.«

David steuerte den Wagen in einen Waldweg und würgte den Motor ab. Uta riss die Tür auf, aber sie konnte sich nicht übergeben. Sie hatte seit zwölf Stunden nichts gegessen.

»Bist du jetzt zufrieden?«

Uta fiel auf den Sitz zurück und legte den Kopf nach hinten.

»Ob du zufrieden bist.«

»Was ist denn passiert?«

Der Knall ließ sie zusammenzucken. David schlug mit aller Wucht auf das Lenkrad ein, brutal, unbeherrscht. Ein zerbrochenes Plastikteil klackerte über das Armaturenbrett.

»Du hast uns verfolgt. Du hast dich an mich rangehängt. Du weißt alles. Von Steel2net, Paypinion, Headsearch, Kasus, einfach alles. Unser Auftraggeber, die Bezahlung, unsere Taktik. Und vor allem, mein Leben. Die fette Sau hat dich verraten. Was zum Teufel ging es dich an? Es war mein Prizma, es war mein gottverdammtes Leben, und du verdammte Kuh lieferst mich diesen Schweinen aus.«

Es konnte nicht sein. Die ehemaligen Blu4-Mitarbeiter hatten ihr absolute Vertraulichkeit zugesichert.

»David, es stimmt, ich recherchiere über Blu4 Media, und da – es tut mir Leid, ja, ich habe auch über euch recherchiert. Ja, verdammt. Es tut mir Leid. Es war ein Geben und Nehmen. Du hast die Sachen über KKSM bei mir geholt. Was ist daran so schlimm?«

Der nächste Knall. Wieder flog ein Plastikteil vom Lenkrad. Soweit sie es im Licht der Armaturen erkennen konnte, war Davids Gesicht eine hassverzerrte Fratze.

»Wieso hast du ihnen von Bettina erzählt? Wieso hast du ihnen vom Prizma erzählt? Von Peters Marihuana? Wieso?«

»Sie hatten so einen Hass auf dich. Ich bin nur zufällig auf sie gestoßen, bei der Recherche zu meinem letzten Teil. Sie sagen, du hättest das Blu4-Portal abgeschossen. Und wir haben uns halt über dich unterhalten. Ich habe nur ein paar Sachen geradegerückt. Kannst du mir vielleicht mal erklären, was passiert ist?«

David holte ein paar Mal tief Luft. »Mein Team ist tot. Claudia ist mit einer Überdosis Koks umgebracht worden, und Peter hat sich ins Jenseits katapultiert. Und das alles nur, weil du uns an Tuchner verraten hast.«

»Ich hatte nie ...«

»Du hast!« brüllte David. »Du hast! Du hast! Verdammt, Tuchner hat seit Wochen auf die Gelegenheit gewartet. Er konnte uns nur mit deinen Informationen abschießen. Du hast es seinen Leuten erzählt!«

»Wieso seinen Leuten?«

»Die Kerle haben für Tuchner gearbeitet. Gegen uns. Sie hatten den Auftrag, uns zu demontieren. Tuchner wusste, dass kein Mensch Peter und mir in unserem Zustand glauben würde, und hat Alex und Claudia beseitigen lassen.«

»Das glaube ich nicht. Wegen so ein paar Start-ups?«

»Was weißt du schon. Alex hat Tuchner heute alle Mandate entzogen. Nach seinem angeblichen Drogentod hätte Tuchner alles bestreiten können, und die Einzigen, die das Spiel aufdecken konnten, sind dank dir nachweisbar ein paar Psychopathen mit Drogenproblem. Tuchner wäre einfach so davongekommen. Nur wegen dir, verdammt!«

Uta schwieg eine Weile und kämpfte mit den Tränen. Sie hatte gelernt, dass sie professionell bleiben musste, was auch geschah. Auf solche Situationen hatte man sie in der Pressestiftung nicht vorbereitet.

»Was ist passiert?«

»Liquidatoren sterben manchmal, aber sie lassen auch sterben. Peter hat ganze Arbeit geleistet. Deine Story ist tot. Nach den ganzen Toten wird das niemand abdrucken, und die Beweise werde ich dir sicher nicht geben. Kein Alex – kein Tuchner – keine Liquidatoren – keine Story. Ich bin raus. Und du bist am Ende.«

David ließ den Renault wieder an und fuhr nach Starnberg zurück. Uta wollte die Augen schließen, aber sie hatte Angst vor dem Bild. Langsam begriff sie ihre Situation. Die Story war endgültig gestorben. Sie hatte keine andere. Sie begann zu weinen, erst lautlos; später dann, als sie beim Krankenhaus durch den Vorort fuhren, ungehemmt und verzweifelt. David starrte wütend in die Finsternis hinaus.

Viola sah den Twingo wieder vorbeigleiten und überlegte sich, was wohl inzwischen passiert war. Vielleicht hatte ein Bruder seine Schwester aus der Diskothek geholt, vielleicht waren ein paar Teenager zum Poppen in den Wald gefahren. Oder vielleicht hatte sich jemand eine Pizza besorgt. Mit Pilzen und klebrigem Käse. Es gab in Starnberg eine 24/7-Pizzeria. Viola hatte plötzlich einen perversen Hunger auf Pizza. Sie hatte seit zwei Jahren aus Gewichts- und Stilgründen keine Pizza mehr gegessen. Es war eine gute Zeit, damit anzufangen. Sie ging ins Haus und rief beim Pizzadienst an.

David stellte den Wagen bei der Auffahrt zum Krankenhaus ab, zog den Schlüssel ab und warf ihn Uta auf den Schoß.

»Ich nehme deine Kamera mit. Kein Bericht. Du hast genug Unheil angerichtet. Du solltest alles vergessen, mich, die Liquidatoren, Tuchner, deine Freunde von Blu4 Media. Alles.«

»Wenn jemand Fragen stellt? Wenn die Blu4-Leute reden?«

David lächelte. Uta verstand nicht, wieso er lächeln konnte, aber er lächelte. Es war ein böses Lächeln, ein Lächeln aus einem tiefen Abgrund.

»Die werden nicht reden. Die haben genug Dreck am Stecken. Und Angst. Viel Angst. Wie alle.«

»Und wenn sie doch reden?«

»Wir Liquidatoren haben nur Alex treu gedient. Kein Problem. Du hast ihnen geholfen, Millionen zu veruntreuen und gepanschte Drogen zu verbreiten. Dein Problem. Sollen sie doch reden.«

»Nein.«

»Dann wirst du eben einiges erklären müssen. Die werden die ganze Geschichte so hindrehen, dass sie nicht schuld sind. Sie wissen alles nur von dir, haben sie mir zumindest erzählt. Sie selbst haben sich überhaupt nicht mit uns beschäftigt. Sie haben dein Wissen nur an Klaus Kastner weitergegeben. Und nachdem der Zeuge Klaus Kastner auch tot ist, können sie dich nageln. Zwei zu Eins. Und wir beide wissen ja: Irgendwas bleibt immer hängen.«

»Das ist nicht dein Ernst. Das können die nicht tun.«

»Es sind deine Freunde. Du hast uns an sie verraten. Dein Problem.«

»Gibt es keinen Ausweg?«

»Nein.« David öffnete die Tür, hielt inne und grinste sie an. »Doch. Es gibt immer einen Ausweg. Niemand zwingt dich, dich mit all dem Zeug zu beschäftigen. Du kannst einfach gehen. Was hält dich denn hier in diesem Abgrund? Sex? Drogen? Luxus? Warum machst du nicht in Kultur? Social Issues? Hier bricht alles zusammen. Tuchner, Alex und Klaus Kastner sind tot. Alle sind tot. Das BVCN wird nächste Woche explodieren. Die Investoren werden ihr Geld zurückfordern. Die Politik wird sich verkriechen. Da will keiner was drüber lesen, und dein Chefredakteur wird dafür schon sorgen, dass es unter der Decke bleibt. Schlechte Zeiten für karrieregeile Journalistinnen.«

»Aber gute Zeiten für Liquidatoren, oder?«

»Na und? Leute wie uns wird man immer brauchen. Da draußen in der Munich Area sind drei Milliarden Euro Venture Capital, das Investoren zurückhaben wollen. Wir waren nur Amateure. Die nächste Generation wird es besser machen. Lautlos. Ohne dass Utas etwas mitbekommen. Außer, die Utas beteiligen sich daran. Wie es geht, weißt du ja.«

Sie schwiegen sich eine Weile an.

»Du willst weitermachen, oder?«, fragte David.

»Lass mich in Ruhe. Du hast leicht reden mit deiner Familie. Ich brauche einen Job zum Leben. Ich habe fünftausend Schulden auf der Bank und komme gerade so durch. Keine Story, und ich kann die Miete nicht bezahlen.«

David zog seine Brieftasche aus dem Sakko, holte ein flaches Bündel mit großen Geldscheinen heraus und legte es auf das Armaturenbrett. »Da. Dein Anteil von unserer Aktion gegen Killer Content. Ich hab sowieso zuviel von dem Zeug. Das sind gut 20.000 in bar und steuerfrei. Das sollte für die nächsten Wochen reichen. Schau, dass du aus dem Ganzen rauskommst.«

»Ich will dein Geld nicht. Ich will weiterarbeiten.«

David schwieg ein paar Sekunden. Dann grinste er und zog eine kleine CD-ROM aus der Brieftasche. »Na schön. Hier sind ein paar Sachen über deine Freunde von Blu4 drauf. Wenn du das veröffentlichst, wird ihnen niemand mehr glauben. Da ist alles mit dabei. 210 MegaByte Bestechung, Insidergeschäfte, Unterschlagungen. 1a-Material. Das wird eine gute Story. Danach bist du Chefredakteurs Liebling, besonders, wenn er seine Blu4-Aktien rechtzeitig verkaufen kann. Blu4 wird es nicht überleben. Du wirst eine investigative, kritische Aufklärerin, du wirst der Racheengel der Kleinaktionäre. Kostet vielleicht 250 Leuten den Job, aber was ist das schon, wenn man auch da oben in der Leichenhalle liegen kann. Viel Spaß weiterhin im Abgrund, oder so.«

David nahm die Kamera und stieg aus. Er ging langsam durch den Regen zum TT. Er hatte alle Zeit der Welt. Hinter ihm sprang der Motor des Twingo an. Der Wagen rollte auf die Straße und torkelte wie ein Betrunkener um die nächste Straßenbiegung. David sah den Rücklichtern nach. Sie war nur ein Opferlamm auf dem Weg zu ihrer Höllenpforte; und weiter in einen dunklen Schacht voller falscher Entscheidungen und unvermeidlicher Sünden, dachte er. Dann sperrte er den dunklen Audi auf.

»Herr Rotberg?« Ein Mann kam hastig die Auffahrt herunter. Ein Gesicht, das David nicht vergessen würde. Das Gesicht, das ihm von Claudias Tod erzählt hatte. Der Chefarzt.

»Herr Professor Maier?«

»Wie geht es Ihnen?«

»Die anderen sind schon vorgefahren. Ich war noch eine Runde im Regen spazieren. Nachdenken. Trauern. Jetzt kann ich wieder fahren. Sind Sie auf dem Weg nach Hause?«

»Ja, aber es sind nur ein paar Minuten zu Fuß. Sollten Sie nicht ein Taxi nehmen?«

»Es geht schon, die Spritze hat gut gewirkt. Irgendwann muss man wieder mit dem Leben anfangen. Kommen Sie, steigen Sie ein, ich bringe Sie heim.«

An der Ausfahrt der Notaufnahme sprangen Blaulichter an. Wenige Sekunden später rasten zwei Ambulanzen an den Männern vorbei.

»Scheiße. Entschuldigen Sie, Herr Rotberg, aber ich dachte, wir hätten für heute Nacht genug erlebt.«

»Denken Sie nicht dran. Sie haben heute alles getan, was Sie konnten.«

David chauffierte Professor Maier behutsam durch das Villenviertel. Im Osten wurde es bereits wieder hell, und der Regen ließ nach. Vereinzelt waren die ersten Vögel zu hören, als der TT fast lautlos in die Einfahrt glitt.

»Herr Rotberg, kann ich Sie noch etwas fragen? Sie sind doch in der New Economy.«

»Nicht mehr lange, aber fragen Sie ruhig.«

»Meine Tochter war eine Weile drin. Sie hat mir ein paar üble Geschichten erzählt. Ist es wirklich so schlimm?«

»Nicht überall. Aber bis die Leute wissen, was sie da eigentlich tun, ist es zu spät.«

»Wie Drogensucht?«

»Wie eine Mischung aus Drogensucht und Psychose. Prizma ist ein gutes Symbol für die Szene. Eine Mischung aus Aufheller und Aufputschmittel, macht süchtig und wirkt trotz der schlimmsten Katastrophen.«

»Versprechen Sie mir, damit aufzuhören.«

»Klar. Schon passiert. Meine besten Wünsche für Ihre Tochter. Gute Nacht.«

Als der Chefarzt ausgestiegen war, zögerte David einen Moment. Dann ließ er den Motor an und fuhr zurück, Richtung Westen, am Krankenhaus vorbei. Er erreichte die Bundesstraße nach Memmingen und weiter nach Lindau. Kurz vor der Schweizer Grenze hielt er an und durchsuchte den Wagen nach Drogen. Zwei Joints waren von Peter, die Amphetamine waren wohl eine Hinterlassenschaft von Paul. David warf das Zeug in den Straßengraben und fuhr weiter.

Um sieben Uhr passierte er ohne Probleme die Grenze zur Schweiz. Niemand interessierte sich für den braunen Koffer. David hielt in Basel an. In einigen Postfilialen überwies er größere Summen an ein Privatkonto in Davos. Danach ging er in ein Hotel und schlief sofort ein.

Er war zu schnell für den Abgrund. Die Maschine durchtrennte kreischend das Nichts und ließ die Explosionen hinter sich. Dunkelgraue Schleier durchzogen die Nacht, als er senkrecht nach oben jagte. Vor ihm ballten sich tuxedoblaue Wolken zusammen. Der Griff des Racheengels brannte in seinem Nacken, aber der Druck ließ nach.

Etwas Weißes bohrte sich durch die Finsternis zu ihm
hinunter. Dann zerriss die Nacht, und die Maschine
raste, eine graue Rauchspur hinter sich,
hinein in das unendliche Blau des
Himmels. Der Racheengel
verglühte. Es war
vorbei.

63. Kapitel

Worin dieser Schelmenroman endet, nebst reichlichem und gerechten Lohn für Helden und Nichthelden und einem vorläufigen Abschied von der Munich Area.

Die Journalistin hatte Angst. Sie hatte gelogen. Ihre Informationen waren aus dritter Hand, gefälscht, und sie hatte sie ungeprüft weitergegeben. Jetzt wurde sie abgestraft. Sie bekam die Standpauke ihres Lebens. Ihr direkter Vorgesetzter hatte es noch abwenden wollen, aber der Fehler war zu groß.

Kerstin Müller hatte einen israelischen Luftangriff gemeldet, als sich im Gaza ein Bombenbastler selbst in die Luft gesprengt hatte. Selbst, als die Hamas schon zurückgerudert war, sah Kerstin Müller keinen Grund, ihren Bericht zu ändern. Sie war sowieso nur sechs Wochen in Tel Aviv stationiert, und dann würde sie in die traumhaft schöne Munich Area zurückkehren. Sie würde in der Wirtschaftsredaktion des Senders mit Handkuss genommen werden, denn der stellvertretende Leiter war im Netzwerk ihrer Journalistenschule.

Statt den Beitrag geradezurücken, ging sie im Pool schwimmen. Sieben Stunden lief im Radio ein Bericht, den sie mit Kriegsgeräuschen unterlegt hatte und der nach Gaza klang, auch wenn er nur im Studio in Tel Aviv produziert worden war. Kerstin Müller war nie in Gaza gewesen. Sie hatte den Hintergrund über eine ägyptische Zeitung im Internet recherchiert. Ein ungeschickter Bombenbauer wäre nie ins deutsche Radio gekommen, aber ein israelischer Luftangriff hatte gute Chancen.

Irgendwann hatte dann jemand im Sender angerufen und darauf hingewiesen, dass außer der antisemitischen Boulevardpresse Ägyptens niemand die Situation so darstellte. Der Senderchef wollte keinen Ärger im Rundfunkrat, nahm den Beitrag off air und begrüßte, dass eine Pressesoldatin Kerstin Müller wegen Hamas-Propaganda in die Mangel nahm.

Nurit Bar-Am hielt sich nicht mit schönen Appellen an das journalistische Ethos auf. Sie hatte in ihrer Jugend viele Filme über deutsche Soldaten gesehen und wusste, dass man sie einfacher zusammenschreien als überzeugen konnte. Die deutsche Journalistin war aus dem gleichen dummen Holz geschnitzt. Nurit wusste, was wehtat. Nach fünf Minuten weinte die Journalistin. Nurit war in ihrem Element.

»Did you understand me, you Kraut?«, brüllte sie aus Leibeskräften. Draußen vor der Tür bogen sich ihre Freundinnen vom Stab vor Lachen. Das verweinte Ding strich ihre kurzen Haare hinter die Ohren und nickte verstört. Es wurde Zeit für Nurits deutsche Spezialität.

»Get the hell outa here!« Sie begleitete das zusammengesackte Etwas zur Tür. Derartige Psychoterrormethoden waren bei Gefangenen in Israel verboten, aber hier gab es keine Gefangenen. Nur eine dumme Chonte, die mit dem Leid anderer Menschen Karriere machte. Nurit schaltete um.

»Noch was, Frau Müller.« Die Chonte sah sie verwundert an. Die deutschen Worte überraschten sie. »Wissen Sie, Ihre Kollegen vom Studio haben alle keine Lust, in die Westbank mitzufahren. Das Tränengas, die Steine, die Sniper – das sind harte Conditions. Nach dieser Geschichte schickt man Sie hin. Es ist meine Aufgabe dann, Sie wieder gesund nach Tel Aviv zu bringen. Wenn ich Sie nicht zurückbringe, bekomme ich ein wenig Ärger mit meinem Vorgesetzten. Ich frage mich, ob sich der Ärger nicht lohnt bei Ihnen. Zum Besten der deutschen Presselandschaft.«

Nachdem die Journalistin geflohen war, packte Nurit ihre Unterlagen zusammen, sperrte ihr Büro im Pressezentrum der israelischen Armee ab, zog die Armeefunkerinnen-Uniform aus, schminkte sich und schlüpfte in ein Nichts von einem blauen Kleid mit Spaghettiträgern. Alles andere wäre an diesem spätsommerlichen Nachmittag in der traumhaft schönen Tel Aviv Area zu warm gewesen.

Vor dem monumentalen Art-déco-Gebäude des Pressezentrums stand ein seltsames Fahrzeug. Es war flach, gefährlich, ein metallgewordenes Raubtier mit runden Formen und unsagbar schmutzig. Bevor jemand damit ein paar tausend Kilometer über staubige Straßen gefahren war, musste es dunkelblau gewesen sein. Die Kennzeichen kamen aus der Europäischen Union. Sicher irgendein Werbemensch, der ein paar krasse Bilder für eine Autozeitung wollte. Die Flunder in der Wüste zwischen ein paar israelischen Panzern. Nurit hasste solche PR-Geschichten, besonders, als dieser schlaksige Typ am Wagen mit einer Kamera auf sie zielte. Sie hatte die ersten arabischen Beschimpfungen schon abgefeuert, als sie merkte, dass David Rotberg am Auslöser war.

»Was tust du hier?«

»Kriegsberichterstatter. Wie immer.«

»Geht's dir wieder besser?«

»Geht so. Hast du ein paar Minuten Zeit für mich?«

Sie ging mit David ist das nächste Straßencafé. Sie fanden zwei Stühle an einem Tisch mit einem schweigsamen, ungleichen Paar. Ein älterer Herr wirkte wie ein Intrigant aus einem Film der vierziger Jahre: blendend weißer Anzug und Hut, Taschenuhr, keine 1,60 Meter groß, fett. Ihm gegenüber saß eine dünne Frau in einem mäßig eleganten Kostüm und mit verhärmtem Gesichtsausdruck. Beide blätterten in dicken Papierstapeln.

»Wie war es in Deutschland, David?«

»Furchtbar. Ich hatte Depressionen, und ich war vom Prizma abhängig. Es ging nicht ohne, aber auf Dauer wurde es zu viel. Ich war nie selbstmordgefährdet, aber ein paar Mal war meine Aggression nicht mehr kontrollierbar. Aber vor einer Woche habe ich mit Prizma aufgehört, und jetzt geht es wieder.«

»Schön.«

»Nach einer Weile habe ich in der New Economy gearbeitet. Ich dachte, es wäre ein Weg raus. Tatsächlich bin ich vom einen Abgrund in einen anderen Abgrund gekommen. Es gibt zuviel Geld, keine Skrupel, und du kannst dich auf niemanden verlassen. Es ist wie ein Flug durch eine Schlucht, die zusammenstürzt. Du glaubst, wenn du nur schnell genug bist, wirst du durchkommen, aber die Schlucht hört nicht auf. Es ist dir egal, denn du bist der Beste, und dein Team wird es schaffen, egal was kommt. Und dann zerreißt es plötzlich deine Freunde. Zu langsam. Du siehst sie explodieren, und du musst allein den Weg aus dem Abgrund finden. Du ziehst nach oben weg, und wenn du draußen bist, begreifst du, dass du nie da unten dein Leben hättest riskieren müssen. Verstehst du?«

»Nein.« Nurit holte einen Farbausdruck aus ihrer Tasche und legte ihn auf den Tisch. Drei junge Menschen auf einer Treppe vor dem Bürogebäude, gut gekleidet, mit einem professionellen Lächeln. Das Mädchen strahlte über das ganze Gesicht. Wie aus dem Modekatalog.

»Das hast du mir vor ein paar Wochen geschickt. Erzähl mir. Wer sind diese Leute? Wer ist diese Frau?«

»Leute, die zu langsam waren.«

»Sie sieht sehr schön aus.«

»Und hatte sehr schöne, intelligente grüne Augen.«

Nurits Deutsch war nicht so gut, dass sie die Bedeutungsunterschiede zwischen den Zeitformen erkannte.

»Hast du was mit ihr?«

»Nein. Lassen wir das. Es ist vorbei. Ich bin wieder hier, und mir sind die Territories lieber als die Munich Area.«

Nurit lachte hell auf. »Warum, Chawer?«

»Da unten gibt es euch und die anderen. Beide haben Recht. Es gibt nur ein Land, das beide wollen. Die Gründe sind nachvollziehbar, und wenn man stirbt, weiß man wenigstens, wofür. Bei uns hatte niemand Recht. Es gibt nicht zu wenig Land, sondern zu viel Geld. Es gibt keine Gründe, weswegen man lebt oder weshalb man stirbt. Man stirbt einfach, schnell, dumm. Und das Schlimme ist, dass man sich dieses Ende selbst aussucht. Auch wenn man Alternativen hat, man rennt in den Untergang.«

»Du redest wirres Zeug. Wenn du erst mal wieder Tränengas geschluckt hast, denkst du wieder anders.«

»Wahrscheinlich. Aber schlucken muss man überall. Ich kann das Tränengas mit einem Drink runterspülen, und das war's. In München brechen die Internetfirmen reihenweise zusammen, und dann stehen ein paar hundert Leute vor dem absoluten Nichts. Gestern noch zwölf Stunden Arbeit, heute nur noch Wodka Prozac.« David grinste. »Ich bin draußen. Aber gerade jetzt sind 250 Leute voll drinnen. Blu4 Media, eine weltbekannte Internetschmiede. Die werden heute von einem einzigen Zeitungsbericht ausgelöscht.« Der ältere Herr am Tisch klatschte seinen Papierstapel auf den Tisch und räusperte sich.

»Ähem, entschuldigen Sie – Sie kommen aus Deutschland? Was haben Sie gerade über Blu4 Media erzählt?«

»Blu4 Media aus München. Sie kennen die Firma?«

Der ältere Herr verspannte sein Gesicht, als hätte er ein akutes Prostataleiden. »Ja, ich kenne natürlich Blu4 Media. Ich bin im Medienbereich tätig und habe Blu4-Aktien.«

»Bedaure, dann sollten Sie das hier lesen.« David öffnete seinen Koffer und zog eine Newsmag-Ausgabe heraus. »Die ist seit ein paar Stunden am Flughafen erhältlich. Eine junge, tüchtige Journalistin von Newsmag hat aufgedeckt, dass der Gründer von Blu4 seinen üppigen Lebensstil mit Insidergeschäften finanziert hat. Offensichtlich haben ihn hochrangige Angestellte damit erpresst. Drogen, Sex, Korruption – alles dabei. Der totale Wahnsinn. Der Kurs war vorhin noch knapp vier Euro, nach über 20 Euro gestern.«

»Das kann doch nicht wahr sein.« Der ältere Herr begann zu zittern.

»Doch. Tut mir Leid für Sie. Wenn ich Ihnen einen Tipp geben darf: Schauen Sie, dass Sie da rauskommen. In dem Bericht steht noch längst nicht alles. Seit einer Woche gibt es Gerüchte, dass Blu4 Media den Konkurs verschleppt.«

»Aber die haben doch ihr verlustbringendes Portalgeschäft abgestoßen und sind jetzt wieder grundsolide.«

»Naja, Blu4 hat Pech, dass es gerade jetzt kommt. Diese Woche ist ein Venture Capital Netzwerk gecrasht. Das BVCN in München, wegen Unregelmäßigkeiten ...«

»Nein. Die waren doch von diesem Promianwalt ...«

»... der letzte Woche bei einem Verkehrsunfall ums Leben gekommen ist und zwei junge Menschen auf dem Gewissen hat. Diese Woche ist die Öffentlichkeit sensibilisiert.«

»Meine Prostata.«

»Ich will mich nicht in Ihre Geldgeschäfte mischen, aber wenn ich Sie wäre, würde ich in das Café reingehen und nach dem Internet-Terminal fragen. Es ist jetzt kurz vor Handelsschluss. Die Zocker werden das Papier noch mal etwas angehoben haben. Das kann Ihre Chance zum Verkaufen sein.«

»Danke für den Tipp.« Der ältere Herr stand hastig auf, packte das Magazin und blieb kurz stehen. »Wissen Sie – als ich Sie zuerst so habe reden hören, dachte ich mir, Sie wären auch nur so ein zynischer Lästerer. Ich habe da so einen jungen Autor bei der Hand, der über so was schreibt, ich sage Ihnen, renitent, ein nerviger Querulant, ein bissiger Köter. Vieles klingt auch so böse, wie das, was Sie sagen. Aber wenn das mit Blu4 stimmt, dann können Sie gar kein schlechter Mensch sein, Herr ...«

David öffnete den Mund, hielt kurz inne und sagte: »Arik Blumental.«

»Herr Blumental. Vielen Dank.«

»Täuschen Sie sich nicht. Die meisten Menschen in der New Economy sind entweder schwarz oder dunkelgrau. Hüten Sie sich vor denen, die behaupten, etwas anderes zu sein.«

»Sie meinen den CEO von Blu4, den angeblichen Kometen vom Neuen Markt?«

»Ich meine alle: die kleinen netten Mädchen mit ihren Kameras und Blöcken, die Anwälte, die Manager, die Gründer, die VCs, die Netzwerke, die Medien, mich selbst, einfach alle. Sie sind ohne Ausnahme bestenfalls dunkelgrau. Es gibt keine Helden mehr. Die Helden sind tot. In dieser Krise sind die Helden früh gestorben.«

»Herr Blumental, da haben Sie jetzt Curzio Malaparte zitiert. Sie sind ein belesener Mensch. Wenn Sie mal in Berlin sind, schauen Sie bei mir vorbei, vielleicht können wir ja ein Buchprojekt machen.« Der Verleger legte sein freundlichstes Lächeln auf, das nur noch entfernt an einen fetten, grinsenden Piranha erinnerte, zog mit seinen fetten Fingern eine Visitenkarte aus der Brieftasche, reichte sie David und stürmte ins Café. Die Kellnerin führte ihn zum Internetterminal. Der Verleger rief die Website seines Autors auf, der im Ruf stand, manchmal die Zukunft zu kennen.

***

Bad News Entertainment Group

ES MUSS NICHT IMMER LEICHENSCHMAUS SEIN
Warum wir die New Economy verlassen

Von den Herrn in Beige und Schlammgrün

Liebe Leserschaft,

die Bad News Entertainment Group gibt ihre Auflösung bekannt. Es war amüsant, eine Weile den Niedergang der Munich Area zu begleiten, doch jetzt beginnt der bodenlose Sturz. Allein in den letzten fünf Tagen gab es neun Pleiten, darunter so gehypte Firmen wie Headsearch, Killer Content, Virtualstrike, Healthnet und was da an BVCN-Gründungen mehr war.

Und jetzt trudelt auch Blu4 Media mit über 250 Mitarbeitern in den Abgrund. Irgendwo sitzt bereits ein Rechtsanwalt, der die Kündigungen schreibt. Man wird es als Restrukturierung, Konzentration aufs Kerngeschäft und den festen Willen zum Turnaround bezeichnen. Wie auch immer: Es hat verheerende Auswirkungen aufs Buffet. Ohne uns. Wir fahren noch im Oktober aufs Founders Forum nach Elmau, aber das war's dann endgültig. Wir möchten unserer Leserschaft danken und in Zukunft an Dotcomtod, den führenden Anbieter für exitorientierte Unternehmensmeldungen verweisen. Vielleicht insidern wir dort weiter ...

***

Der Verleger ärgerte sich über den vorlauten Ton seines Autors. Der Autor war nur ein dahergelaufener Kulturhistoriker, dessen Buch er nicht einmal fertig gelesen hatte. Es war ihm zu negativ. Die Entscheidung über seine Blu4-Aktien war zu wichtig, als sie einem geschwätzigen Autor und einer Zufallsbekanntschaft anzuvertrauen. Der Verleger holte sich kompetenten Rat bei Newsmag Investor.

Es dauerte, bis er den richtigen Artikel fand. Die Website wurde von einem imposanten Editorial dominiert. Der Chefredakteur präsentierte der Leserschaft die neue Ressortleiterin für »True Economy«, Uta Hofmann, ein viel zu junges Ding, dem Bild zufolge hübsch und angeblich unbestechliche Aufklärerin in der wachstumsorientierten Munich Area. Erst ziemlich weit unten kam das, was der Verleger suchte.

***

Fr., 16:54 Uhr – von Jörg Gruber

NEMAX AM NACHMITTAG

Der Geschäftsverlauf wurde von den Turbulenzen rund um die Blu4 Media-Aktie gekennzeichnet. Bereits gestern waren größere Verkäufe getätigt worden, und nach dem Bekanntwerden der Vorwürfe gegen das Unternehmen brach der Kurs auf bis zu 3,45 Euro ein. Händler in Frankfurt weisen aber darauf hin, dass Blu4 Media eine grundsolide Substanz hat. Die Gerüchte beim Gerüchteportal Dotcomtod, ehemalige Mitarbeiter von Blu4 wären auch in den Zusammenbruch des BVCN verwickelt, würden Blu4 Media selbst nicht tangieren. Das Blu4-Management arbeitet an einem Restrukturierungskonzept, das die Konzentration auf das Kerngeschäft vorantreibt und den festen Willen zum Turnaround zeigen soll. Zum jetzigen Kurs sollen bereits wieder massive Kauforders am Markt sein. mehr

***

Das waren nun wirklich verwertbare Informationen. Der Verleger dachte kurz nach. Wenn er jetzt verkaufen würde, hätte er fast 140.000 Mark verloren. Wenn er einstieg und sich der Kurs kurzfristig wieder verdoppelte, könnte er den finanziellen Schaden fast ausgleichen. In solchen Fällen hörte er immer auf seine Prostata. Die Schmerzen hatten nachgelassen. Zum Glück konnte er bei Speed Brokers seine Aktiengeschäfte in Echtzeit erledigen. Nurit warf einen kurzen, verächtlichen Blick auf die Frau mit dem verhärmten Gesichtsausdruck, die allein an dem kleinen Cafétisch zurückgeblieben war und nervös mit ihrem Handy spielte.

»Der hat ja mächtig Angst, David.«

»Nur verständlich. Lass uns gehen. Mir steht die New Economy bis hier. Hast du heute Abend schon was vor?«

Nurit beschloss, den Software-Entwickler zu versetzen, der in einem Café auf sie wartete.« Was soll ich schon vorhaben. Ich bin eine einfache Armeefunkerin und habe noch zwei Jahre Dienst vor mir. Du kennst meine Duty. Ich habe keine Zeit für Privates. Die Tel Aviv Area ist eine Krisenregion geworden.«

»Fährst du mit mir ans Meer?«

»Und dann?«

»Schwimmen. Die Krisenregionen vergessen.«

»Kommst du dann am Sunday mit down in Gaza?«

»Klar. Wenn du mich mit reinnimmst.«

Der dreckige, früher tuxedoblaue TT kämpfte sich durch die Stadt auf die Küstenstraße nach Haifa. Fünfzehn Kilometer hinter Tel Aviv wurde der Strand leer, und nur vereinzelt saßen junge Leute in Gruppen zusammen, um Gitarre zu spielen, Hasch zu rauchen und nicht an den Gaza zu denken. Nurit und David liefen zum Wasser und schwammen der Abendsonne entgegen.

Danach legten sie sich in den Sand, um den sich schon Philister, Ägypter, Hebräer, Perser, Griechen, Römer, Araber, Christen, Türken, Briten und Juden bekriegt hatten. Das Sonnenlicht tauchte den Strand in ein blutiges Rot, aber David dachte nicht mehr an die Vergangenheit.

Der kühle Wind aus der Hochebene Galiläas ließ Nurit in ihrem blauen Nichts schnell frieren. David lieh ihr sein Sakko, roch an ihrer sommerlichen Haut, betrachtete ihre kleinen Zehen und lauschte den Klagen, dass sie als Armeefunkerin keine Zeit fürs Privatleben fand. Als er sie mit dem tuxedoblauen TT zu ihrer winzigen Wohnung am Stadtrand von Tel Aviv brachte, lief Sophie Ellis Baxter mit »Groovejet – if this ain't love« im Autoradio.

Es war 2:38 Uhr an einem wirklich
traumhaften Shabbes Morgen
in der einzigartigen
Tel Aviv
Area.

Als sie um 2:38 Uhr in die Küche kam, bemerkte Uta, dass der Rosmarin im handgetopften Kräutergarten nicht mehr blühte. Der Sommer in der Munich Area war vorbei. Sie versuchte, den ätzenden Geschmack mit einem Martini runterzuspülen. Sie hasste es. Ihr neuer Chefredakteur war im Bett ein ekelhaftes Schwein.

Aber das ist der Tragödie zweiter Teil.

Finis Opera.
Oder so.

Nachrede

Worin sich der Herr in Beige über erlittenes Unrecht echauffiert, nebst dem Versuch, diesem nichtswürdigen Machwerk zum Ende noch einen Sinn zu geben.

Liebe Leserschaft,

auch wenn dieses Buch einen anderen Eindruck vermittelt, so bin ich doch ein schwer arbeitender Mensch, der in einer großen, alten Knochenmühle der Munich Area sein Tagwerk vollbringen muss. Die New Economy ist nicht mein Ding und wär's auch nie geworden, hätte mich der Herr in Schlammgrün nicht eines schönen Herbsttages auf ein romantisches oberbayerisches Schloss mitgenommen. In Unkenntnis seines nichtswürdigen Charakters hatte ihn eine würdige Institution der Munich Area eingeladen, um über das dortige Gründertreffen zu berichten.

Statt seiner Chronistenpflicht zu genügen, schleifte mich der Herr in Schlammgrün während der Vorträge und Pitches an den Pool und auf die grünen Matten der Gebirgswiesen. Dort bekamen wir die angestrengt arbeitenden Menschen der Munich Area nur von ferne zu sehen, doch mein Compagnon riss dauernd Witze über das, was sie seines Erachtens gerade täten: Geld verschwenden, dumme Geschäftsideen entwickeln, Bilanzen fälschen, Drogen schlucken, ficken. Mein einziges Verschulden war, dem keinen Einhalt zu gebieten.

Die Gastgeber kümmerten sich rührend um unser leibliches Wohl. Es muss beim abschließenden Gala-Diner gewesen sein, als wir, durch Prosecco bereits schwer in Mitleidenschaft gezogen, beschlossen haben, in Zukunft des Öfteren dieses gastliche Völkchen aufzusuchen. So begleiteten wir viele Jahreszeiten die New Economy in ihrem Entstehen und Vergehen.

Eigentlich hätte ich es wissen müssen, dass das nicht gut gehen konnte. Aber wie sollte ich den Herrn in Schlammgrün kontrollieren? Natürlich wusste ich, dass er unter www.badnewsentertainment.com Münchens Zentralorgan für Schlammschlachten unterhielt; jedoch habe ich nie mitgewirkt. Es ist mir auch unerklärlich, wieso dieses Subjekt weiterhin eingeladen wurde; ich jedoch, ein braver Reporter, der nie etwas anderes verbrochen hat, als das Buffet seiner Bestimmung zuzuführen und bisweilen Besteck zu borgen, wurde nicht mehr eingeladen.

Der Herr in Schlammgrün hatte eine Freundin, die ihn bestürmte, seine Bekanntschaft mit einem freischaffenden Berater eines hoch angesehenen Netzwerkes literarisch umzusetzen, weil er es verstanden hatte, ihr das langweilige Herumgestöber in Akten als spannende Beschäftigung zu verkaufen. Irgendwann, zwischen Prosecco und Caramelcreme, bei einem der zahl- und namenlosen Events, erzählte er mir dann, er hätte etwas geschrieben, und es gäbe auch schon einen Verlag. Und er wolle, dass ich darin auftauche, weil ich so eine pittoreske Gestalt abgeben würde.

Das Schicksal wollte es, dass ich am nächsten Morgen in meinen wohlverdienten Jahresurlaub musste. Als ich zurückkam, war es bereits zu spät. Ich fand die fertigen Fahnen in meinem Büro vor. Vier Arbeitstage brachte ich mit dem Lesen zu, doch schon nach wenigen Zeilen wusste ich, dass mich der Schuft schmählich verraten hat. Es mag ihm ja gefallen, sich selbst als Herr in Schlammgrün mit erfundenen Ferkeleien zu besudeln; ich hingegen verwahre mich dagegen.

Natürlich könnte ich jetzt nachtreten. Ich könnte darauf verweisen, dass sein Platz immer nur am Buffet war, dass er nie wirklich in Kontakt mit den hart arbeitenden Menschen der New Economy kam und dass alles nur Hirngespinste sind. Ich könnte Ihnen erzählen, wie er sich beim First Tuesday übergab, wie er im BMW-Pavillon in die Himbeertörtchen fiel, wie er über die Deutsche Bank lästerte, ohne zu wissen, dass deren Münchner Chef ihm gegenüber stand – doch bin ich mit einem anderen Verlag in Verhandlung über mein Enthüllungsbuch »Ich war der Herr in Beige, und ich war dabei«. Deshalb zum Schluss dieses traurigen Machwerks nur ein allgemeiner Hinweis zur Erbauung und Lehre: Das ist die Sache mit dem Buffet – und da muss ich den Herrn in Schlammgrün, so schwer es mir nach dem Verrat auch fällt, in Schutz nehmen. Die Buffets sind wirklich schlecht geworden. In letzter Zeit musste ich sogar beobachten, dass Frühlingsrollen offeriert wurden. Oder welker Salat.

So geht das nicht. Ich persönlich glaube, dass alles in Ordnung war, solange das Buffet gut war. Satte Menschen haben keinen Grund, an die Krise zu glauben. Irgendwann, im Mai 2000, muss bei einem Buffet das Essen ausgegangen sein. Ein Journalist blieb hungrig und schrieb etwas Gemeines über die New Economy. Ich will nicht behaupten, dass es der Herr in Schlammgrün gewesen ist, aber ausgeschlossen ist es nicht.

Das war die Ursünde. Andere schrieben Ähnliches, Negatives, Gemeines. Das bewog Sponsoren, die Mittel fürs Buffet zu kürzen. Noch mehr Journalisten, sogar treue Jubler, blieben hungrig. Die negativen Berichte vermehrten sich mit der Reduzierung der Buffets. Jetzt stehen wir am Rand der finalen Katastrophe, und so rufe ich Ihnen zu: Halt!

Verbessern Sie die Buffets, und die Berichte werden besser. Weniger hämisch. Aus Pleiten werden wieder Probleme. Aus Korruption wird wieder Konzession. Bestechung wird Freundschaft. Unterschlagung wird Buchführung. Inkompetenz wird Jugend. Dummheit wird Mut. Lüge wird PR. Prostituierte wird Praktikantin. Sklave wird Mitarbeiter. Verschwendung wird Freigiebigkeit.

Die Gewerkschaftler werden ganz von allein verschwinden. Das Goldene Zeitalter wird wiederkehren. Und das alles nur für ein gutes Essen. Journalisten sind selten teurer. Hätten Sie den Herrn in Schlammgrün besser gefüttert, würde es dieses Buch nicht geben.

Und noch was. Manchmal ist es, bedauerlicherweise, möglich,
dass einer dieser Kläffer doch die Hand beißt, die ihn füttert.
Ein Tipp: Nehmen Sie es mit einem Lächeln, auch wenn
es wehtut. Wenn Sie schreien, kann es sein,
dass man Ihnen das nächste Mal
lieber gleich die Kehle
durchbeißt.
HAPS!

Wörterbuch

Worin der Herr in Schlammgrün Auskunft gibt über schwierige Begriffe, deren Kenntnis zum tieferen Verständnis der Munich Area jedoch unverzichtbar ist.

1

1-2-1 Communication, die – Austausch von Nichtigkeiten zwischen zwei Menschen. Bestenfalls ein Quickie auf einer Fete.

2 – Zahl, die für das englische Wort to steht. Meist kommt nach dieser Zahl das imaginäre Firmenziel, etwa Success, Market, Revenue.

4 – Zahl, die für das englische Wort for steht. Meist kommt nach der Zahl das, für das man etwas zu tun gedenkt. Jack the Rippers Geschäftsmodell wäre demzufolge Lustmord4Befriedigung gewesen.

A

Ad Hoc-Meldung, die – Von Rechts wegen an der Börse sofort zu verbreitende Dreiviertellüge mit Vertuschungsversuch.

Altdorfer – Maler, den man nicht kennen muss, wenn man ein kulturloser CEO ist.

Alumne, der – ehemaliges Mitglied einer Ausbildungseinrichtung, der derselben nützt, indem er eine Success Story und Jobs bieten soll. Bietet in der Realität eine Mischung aus Münchhausens Abenteuern und Landserroman, wobei er für die Teilnahme an der Vorlage des Zweiten Leute braucht.

Anorexie, die – Schönheitsideal, dem Krebs im Endstadium entlehnt.

Asset, das – Wert, dessen Minderwertigkeit durchs Englische trefflich verhüllt wird.

B

B2B – Kurzform von Business to Business. Überbegriff für alles, was sich der Theorie zufolge zwischen Unternehmen abspielt. Die relevanten Dinge wie Industriespionage, Korruption und Kartellbildung sind damit nicht gemeint.

B2C – Kurzform von Business to Customer. Hat das Wort Endkundengeschäftsbeziehung ersetzt, weil es in der New Economy statistisch und experimentell nachweisbar keine funktionierenden Geschäftsbeziehungen zu Endkunden gibt.

Beamer, der – teures Gerät zum Verbreiten teurer Powerpoint-Vorlagen. Der B. verlangt nach abgedunkelten Räumen und übernimmt die Funktion der Schlaftablette in der Old Economy.

Benefit, der – Wohltat, die man sich selbst verspricht und die von anderen erbracht werden soll. Illusion.

Banker, der – modernes Schimpfwort, nicht zu verwechseln mit dem Bankert (anachronistisches Schimpfwort).

Bilanzfälschung, die – kleine Notlüge, die nie entdeckt wird.

Business Development, das – Pfadfinder für Lemminge, gehen zumeist nicht mit über die Klippe.

Break Even, der – der Moment, wo die Einnahmen so hoch wie die Ausgaben sind. Der B. wird entweder für das überübernächste Quartal prognostiziert oder mittels Bilanzfälschung generiert.

C

Catering, das – einziger Grund neben dem Lästern, um auf Events zu gehen.

Carracci – Grafiker, den man nicht kennen muss, wenn man ein kulturloser CEO ist.

Case Study, die – Schmutzfleck von grauer Realität auf den bunten Theorien der New Economy. Die C. wird mit Powerpoint verdünnt und mit Prosecco abgewaschen.

Celebrity, die – Person, die genügend Werbung gekauft hat, um dem Marketing der Medien aufzufallen.

CEO, der – Chief Executive Officer. Bezeichnung für Psychopathen, bei denen das verständliche Wort »Geschäftsführer« Minderwertigkeitskomplexe verstärken würde.

CFO, der – Chief Financial Officer. Weit geöffnetes Scheunentor, durch das Geld aus dem Unternehmen herausgetragen wird.

Challenge, die – riskante Situation, die Mut und Entscheidungsfreude verlangt, aber in aller Regel nicht bekommt.

Community, die – geplante Ansammlung von Menschen für die Durchsetzung sinistrer Interessen. Angeblich vergleichbar einer Kuhherde auf dem Transport zum Schlachthof. Allerdings geht die Herde meist durch und hinterlässt ein Trümmerfeld, auf dem die Metzger ihr eigenes Blut vergießen.

Company, die – Neudeutsch für Firma, Betrieb. Kommt vom altitalienischen Begriff »Compagnia«, der für die Stadtteil- und Handwerkermafia der Frührenaissance stand.

Consultant, der – professioneller Besserwisser. Teure Nervensäge. Prügelknabe, wenn's schief geht.

Content, der – zum Produkt verkommene Information, oft dem Journalisten brutal abgenommen und jeder Meinung beraubt. Die New Economy sondert Content als Lockmittel für User ab, ohne Methoden zum Einfangen derselben entwickelt zu haben.

Content Manager, der – Person, die Content so zusammenstellt, dass überall die gleiche langweilige Informationsflut das Internet überschwemmt. Journalistischer Aasgeier.

Core Asset, das – Minderwertigkeit, die durch den Mangel an Alternativen und/oder Größenwahn in den Mittelpunkt gerückt wird.

CvD, der – Abkürzung für Chef vom Dienst. In Wirtschaftsmedien unverzichtbare Eingabestelle für Zuwendungen und Befehle der Wirtschaft, angesiedelt zwischen aufrechter Chefredaktion und mutigen Journalisten.

D

Due Diligence, die – ein Unternehmen auf vorher gehübschte Herzen und Nieren prüfen und dabei das Fehlen lebenswichtiger Organe wie Hirn oder Magen übersehen.

E

Ecstasy, das – Treibstoff für Praktikantinnen.

Entrepreneur, der – verhält sich zum Unternehmer wie die Puffbrause »Château Hautgout« zum Qualitätswein »Faber-Castell«.

Event, der – Früher: Schlachtfeld, auf dem junge, dynamische Menschen kollektiv den Sieg des Glaubens über die Vernunft errangen. Heute: Gerüchteküche, Armenabspeisung.

Executive Director, der – Obermacker mit Porsche o.ä. Bis zur Pleite gottgleich, danach winselndes Etwas in den Fängen des Staatsanwalts.

F

Freelancer, der – Mietsklave. Mensch, der sich jeden Tag frei zwischen Verhungern und Verdursten entscheiden kann.

G

Give-away, das – Kleines Präsent; im Journalismus: Dringend anzubringende Aufmerksamkeit ab einer guten Flasche Wein. Empfehlenswert und praktisch ist das Verteilen von Blankoschecks für »Reisekosten«, auch bekannt als *Methode Life Science.*

Generation Golf, die – kleinwagenfahrende, moralische Degeneration, die den Kompost für das Gedeihen von studentischen Agenturprojekten, New Media Lehrstühlen und jungen Liberalen bildet.

H

Herausforderung, die – Gelegenheit, zu der der Insolvenzantrag vorbereitet wird.

HR – Human Ressources, dem Raubbau schutzlos ausgeliefert.

I

Investment, das – Geldspritze für Unternehmen. Nebenwirkungen: Verschwendungssucht, Überheblichkeit, Glaube an das Goldene Zeitalter.

IPO, der – Abkürzung für Initial Public Offering; Moment, da das Unternehmen zur Börse und der Kleinaktionär zur Schlachtbank geht, sowie der Zeitpunkt, zu dem sich die Bestechungssumme für den Journalisten rentiert.

IT, die – jede Technik, die was mit Daten zu tun hat. Mutter aller Pornosites.

J

Journalist, der – lieferbar in den Versionen *Speichellecker, Kriegsgewinnler, Essensempfänger* und in der Luxusedition *Mastdarmakrobat*. Der J. steht auf der untersten Stufe der New Economy. Er ist billig, schreibt, was man ihm sagt, und ist mit dem Stornieren von Werbung mundtot zu machen.

K

Karavatcho – innovative Schreibweise für Caravaggio; ein Maler, den man nicht kennen muss, wenn man ein kulturloser CEO ist.

Kleinaktionär, der – nützlicher Idiot mit minimalem Einsatz und maximaler Verlustquote. Spielernatur ohne die eigentlich unabdingbare Fähigkeit zum Falschspiel.

Kompetenz, die – Urgrund aller weiteren Hirngespinste.

L

Laptop, der – kleine Schlagwaffe für den internen Management-Streit, bevorzugte Beute der Mitarbeiter nach der Kündigung.

M

Marihuana, das – üblich, normal, billig.

Marketing, das – inhaltsleeres Zauberwort, dessen Magie inzwischen bezweifelt wird.

Marketing Agentur, die – Versuchskaninchenfarm für alle Formen des überflüssigen Luxus. Wenn ein Start-up merkt, dass der erwartete Markt nicht existiert, wird die M. eingeschaltet. Damit wird sichergestellt, dass das Verbrennen der Investments unter ordentlicher Aufsicht geschieht.

Marktanalyse, die – Sagen, was der Auftraggeber hören will. Weissagung. Manchmal versteckte Zuhälterei.

Marktreif – fehlerhaft, grob fahrlässig.

Meeting, das – sinnfreier Austausch von Nichtigkeiten ohne Folgen. 1873 wollte ein Holzfäller in Oregon einer Holzfällertruppe beitreten. Die Jungs »had a meeting«, wie es im Originaltext des Oregon Woodpeckers Record 1873 heißt. Sie beschlossen drei Aufgaben für den Neuling: eine Flasche Whiskey auf Ex trinken, eine Frau vergewaltigen und einem Bären die Hand schütteln. Der Einsteiger hörte gelangweilt zu, nickte, nahm eine Flasche Whiskey und goss sie ohne erkennbare Regung hinunter. Dann gingen sie zur Bärenhöhle. Der Neuling ging hinein, und schon kurz danach drang entsetzliches Bärengebrüll aus der Höhle. Dann kam der Kandidat wieder hervor, knöpfte seine Hose zu und fragte: »Und wo ist jetzt die Frau, der ich die Hand schütteln soll?«

Munich Area, die – ewige Heimat des Goldenen Zeitalters, zwischen Müllberg im Norden und Starnberger See im Süden liegend. Auch bekannt unter »Isar Valley«. Die M. entstand aus einer reaktionären Dumpfbackenmetropole und zeigt zum Oktoberfest ihr wahres Gesicht.

N

Netzwerk, das – mafiöse Struktur, wo der Regierungspolitker den Paten, der Unternehmer den Geldeintreiber und der Berater den Auftragskiller ersetzt. Bislang wenig erfolgreich, ganz im Gegensatz zur Camorra, Yakuza oder US-Gewerkschaften.

New Economy, die – Tummelplatz junger und dynamischer Manager. Ziele: Veruntreuung, Porsche fahren, Verschwendung, Hochgeschwindigkeitsbankrotte, der Sekretärin einen Sohn machen und sie dann ohne Zeugnis feuern.

O

Old Economy, die – Tummelplatz langsamer und behäbiger Manager. Ziele: Kartellbildung, Politikerhandel, Kolonialismus, Gewinne, dem Sohn der allein erziehenden Sekretärin Bonbons schenken.

P

Praktikant, der – Fußabstreifer.

Praktikantin, die – Preisbrecherin und schärfste Konkurrentin der Prostituierten.

Personality, die – charakterloser Charakter.

Pleite, die – Moment, in dem der Pressemitteilung zufolge alle anderen schuld sind und der Unternehmer alles richtig gemacht hat.

Portal, das – 1998 prognostizierter Goldesel, 1999 Jobmotor, 2000 Zukunft aller Medien, 2001 virtuelle Geldverbrennungsanlage, 2002 Unwort des Jahres in der New Economy, 2003 will's keiner mehr gewesen sein, 2004 Anachronismus.

PR, die – Public Relation. Beschreibt die Summe aller Informationen, die zwischen einer Institution und der Öffentlichkeit ausgetauscht werden. In der Regel handelt es sich um Desinteresse der Öffentlichkeit und Pressemitteilungen. Allenfalls peinliche Interna im Sinne eines Informations-GAUs garantieren auch heute noch ungeteilte Aufmerksamkeit.

PR-Abteilung, die – firmeneigenes Bordell für das Management. In 99,978 Prozent der Fälle Ursprung aller Informationslecks. Beachte folgende Bauernregel: Liegt der Boss endlich in Ketten, kann die PR in Urlaub jetten.

Prizma, das – künstlicher Sonnenschein an regnerischen Tagen.

Prosecco, der – Hauptnahrungsmittel zwischen Mittagessen und Abendkokain.

Prostituierte, die – Frau mit Grundsätzen und klaren moralischen Richtlinien. Die P. gehört zur Old Economy.

Q

Quick Flip, der – schneller, hochprofitabler Verkauf von Unternehmensanteilen an Investoren, die an enorme Wertsteigerung dieser Anteile ebenso glauben, wie ihre Ahnherren vor 400 Jahren an das Goldmachen glaubten.

R

Relationships, die – alles vom feuchten Händedruck bis zum Austausch von Körperflüssigkeiten.

Restrukturierung, die – betriebsinternes Massaker, das nur Schuldige überleben.

Revenue Flow – Eingang von Einnahmen, auf die Start-ups lange warten.

Return on Investment, der – der Vorgang, wenn ein Bankräuber die Tüte mit Geldscheinen füllt, um sich für die Investition in die Kugel zu entschädigen, die er in einer freundlichen Regung dem Bankdirektor hat angedeihen lassen.

S

Speech, die – öffentliche Äußerung einer bedeutenden Persönlichkeit, die die Eröffnung des Buffets hinauszögert.

Spirit, der – Einstellung zwischen Selbstbetrug und Psychose.

Standing, das – Arroganz, Dummheit, Sturheit.

Success Story, die – Vortrag, in dem im Winter die Äpfel des übernächsten Sommers verkauft werden, wobei die Äpfel aus dem Garten anderer Leute stammen.

Synergie, die – Grundlage für Restrukturierungen. Annahme, dass zwei miese Pläne zusammen gute Erfolge zeitigen.

T

Trade Sell, der – in Ermangelung dummer Kleinaktionäre für einen IPO ein Unternehmen an ein anderes Unternehmen verkaufen; einem Schwimmer einen teuren Mühlstein umhängen und dabei behaupten, es handle sich um einen Rettungsring.

U

Unionista, der – verhält sich zum Gewerkschaftler wie der Ferrari zum VW Käfer.

Usability-Report, der – Datensatz, der oft in Auftrag gegeben und nur selten gelesen wird. Enthält meist die Erklärung, warum User keine unmündigen Vollidioten sind.

User, der – unmündiger Vollidiot (glauben CEOs).

V

VC-Fonds, der – erst prall gefüllter Geldsack, dann Objekt der Begierde aller Entrepreneure, letztendlich Rohstoff für den Handel mit synthetischen Drogen. Inzwischen sind die V. für alle fest verschlossen, mit Ausnahme der Räuberclans, die die Verwaltung der V.s besorgen. Angesichts der Tatsache, dass der Handel mit synthetischen Drogen auch weiterhin floriert, sind erhebliche Rückschlüsse auf das Gebaren der Räuberclans möglich.

Visitenkarte, die – Utensil, das man hat, wenn man etwas ist. Wer mehr als nur »etwas« ist, hat in der Regel keine V. oder ein billiges Ding aus dem Computerdrucker. Auf gezackte Ränder von der Perforierung achten!

Venture Capital – überflüssiges Geld, das in überflüssige Startups gepumpt wird, um einen Rattenschwanz überflüssiger Berufe am Leben zu erhalten. Das V. gehört zu den sehr flüchtigen

Elementen. Der Investor erhält dafür den zeitlich begrenzten Glauben, bald reich zu sein.

W

Watho – Innovative Schreibweise für Watteau; ein Maler, den man nicht kennen muss, wenn man ein kulturloser CEO ist.

Win-Win-Situation, die – Zustand, in dem die Beteiligten glauben, die jeweils anderen übers Ohr gehauen zu haben.

Wodka-Prozac, das – Mischintoxination, bestehend aus einer zerbissenen Kapsel des Antidepressivums Prozac und danach 4 cl Wodka der momentanen Modemarke. Nicht nachmachen. Nein. Wirklich nicht.

X

XXX – geläufige Abkürzung im Internet, hinter der sich oft betrügerische, geldsaugende Dialerprogramme verbergen. Primitive, unanständige Abart der Unternehmens-Bewertung AAA, hinter der sich oft Venture Capitalists verbergen.

Y

You, your – häufig gebrauchte Anrede in Domainnamen, die ein freundschaftliches Schulterklopfen darstellt, das man vom Taschendieb kennt, mit dem dieser vom Griff in die Börse ablenkt.

Z

Zukunft, die – Heimat aller Erwartungen, Wohnort des Goldenen Zeitalters, garantiert sicherer Zeitpunkt, zu dem der Break Even erreicht wird.

Verzeichnis

einiger weniger Bücher aus dem Sortiment des Verlages, die dem Herrn in Schlammgrün bei der Entstehung dieses Werkes sehr geholfen haben, und die in das Buch einzufügen mit letzter Kraft dem Drucker noch gelungen ist.

FÜR EIN PAAR LEICHEN MEHR – Der Italo-Western von seinen Anfängen bis heute *von Ulrich P. Bruckner*
Worin von den Filmen des hochverehrten Sergio Leone und anderer Menschen erzählt wird, die für eine Handvoll Dollar den Western revolutionierten, auf daß so vornehme Eigenschaften wie Gier, Hass und Sadismus als Triebfedern menschlichen Handelns erkennbar sind, und die sich auch im vorliegenden Band niedergeschlagen haben.
Ein opulenter Bildtextband im Format 24 x 22 cm, gebunden mit Schutzumschlag, 520 Seiten, etwa 600 Abbildungen, ISBN 3-89602-416-7, 34,90 EUR (D)

DROGEN – Alles über Drogen und Drogenwirkung, Prävention und Strafverfolgung, Beratung und Therapie *von Dr. Bernhard van Treeck*
Worin Wirken und Wesen allerlei berauschender Stoffe beschrieben wird, nebst wichtigen Ratschlägen zum Umgang mit denselben und unverzichtbarer Hilfe, falls wieder mal das Marketing umkippt und sich in der Handtasche seltsames Pulver oder komische gelbe Pillen finden.
400 Seiten, Taschenbuch, ISBN 3-89602-420-5, konkurrenzlos günstig für 12,90 EUR

DIE ÄRZTE - Ein überdimensionales Meerschwein frisst die Erde auf *von Markus Karg*

Das finale Ärzte-Fanbuch, worin drei Helden ausziehen, um den Reichen und Mächtigen vor das Schienbein zu treten, und um sich selbst dabei zu bereichern, abzüglich einiger kleiner Missgeschicke und Pleiten, die Helden im Umgang mit staatlichen Organen zustossen können, nebst den üblichen Legenden von Geschwisterliebe, gefesselten Gwendolines & Schäferhunden im Besitz einer gewissen Claudia.

Hardcover mit Schutzumschlag im Großformat, 24 x 30 cm, 480 Seiten, etwa 2500 Abbildungen, bereits in 3. Auflage lieferbar, ISBN 3-89602-369-1, 52,00 EUR

ABENTEUER HURE – Prostitution als heimliches Hobby *von Felix Ihlefeldt*

Worin Frauen von ihrem Leben jenseits der sogenannten bürgerlichen Moral erzählen und in ihrer Freizeit gegen Bezahlung sexuelle Dienstleistungen bieten, wie man dergleichen auch in anderen Wirtschaftszweigen wie PR oder Marketing findet, wenngleich es dort in Form von karrierefördernde m Afterwork weitgehend akzeptiert ist.

Case Studies, Market Research, Knowhow, Worst Case Szenarios und Exit Strategien, 192 Seiten, Taschenbuch, ISBN 3-89602-430-2, 9,90 EUR

Wichtiger Hinweis:
Dies ist ein Roman. Ähnlichkeiten mit Ereignissen bzw. lebenden oder toten Personen sind daher zufällig und nicht beabsichtigt. Die Wahrheit ist irgendwo da draußen.

Danksagung:
Autor und Verlag bedanken sich bei Lanu und den Sentinels von dotcomtod.com sowie bei Frank Goyke, Conny Weiser und Sabine Tuch.

DON ALPHONSO: LIQUIDE
Der finale Dotcomtod-Roman, worin drei Helden ausziehen, um den Reichen und Mächtigen der New Economy zu nehmen, und um einem noch Reicheren wiederzugeben, abzüglich einer kleinen Provision für Heldentaten, nebst den üblichen Spesen für Sex, Drogen und Luxus.

ISBN 3-89602-449-3

1. Auflage, Berlin 2003

Katalog
Wir senden Ihnen gern unseren kostenlosen Katalog.
Schwarzkopf & Schwarzkopf Verlag GmbH / Abt. Service
Kastanienallee 32, 10435 Berlin.
Service-Telefon: 030 – 44 33 63 00
Fax: 030 – 44 33 63 044

Internet
Ausführliche Informationen zum Verlagsprogramm finden Sie im Internet.
www.schwarzkopf-schwarzkopf.de

EMail:
info@schwarzkopf-schwarzkopf.de